長恨歌

王安憶

【新版序】驀回首已是往昔

王安憶

「麥田」重印《長恨歌》，不禁想起初版時候。發去的文稿一部分是雜誌粗排的清樣，一部分則是手寫的複印件，編輯將一堆雜亂寄到王德威教授手裡，請他評估，不料就收到來信，於是開始了幾十年寫和批的文誼。從中作筏的陳雨航先生，自開創之始，為我做好幾筆賠本買賣，這才終於略得回報。正當春種秋實，卻拋下熟地，再辟生土，在水一方，可謂孤勇者。台灣出版當年，就登上《中國時報》的年度好書榜，而王德威教授的撰序，則推我入「海派」寫作傳統，甚至接續上張愛玲的前史，此時，距大陸優評「茅盾文學獎」尚有五年時間，上海城市書寫則在生成之中。

《長恨歌》是在一九九三年秋開筆，次年完稿，耗時一年。那真是冗雜的一段日子，在復旦大學開設小說課程一學期；撰寫電影《風月》劇本三稿次；參加墨爾本婦女書展，出境防疫站接種疫苗引發感染，住院兩週，病房在十六層高樓，晨起坐在陽台，看遠處的塔吊，紋絲不動，卻掉轉了方向。四下裡都在破土動工，嶙峋的天際線時不時爆出焊光，亞熱帶的霧氣裡，城市彷彿在浮動游移，隨時準備拔地而起。小說已到收尾，卻也不著急，急也急不得，倒是生怕錯過什麼。寫長篇就是這煎熬人，似乎冥冥之中蟄伏著某種機緣，本該是它的，就看你的運氣，稍一疏忽便閃開。越寫到後來越擔心，就越要耐性和謹慎。到底人在壯年，有力氣，也有彈性，可伸可張，早一點就會魯莽，晚一點呢，恐怕就有顧慮。我是個快手，行動向來迅疾，就知道「慢」才是難，這是讓《長恨歌》磨出來的耐力，從此我自以為能掌控局面，調整節奏，當然，這只是寫作的方法論，實際上，還需要更多的條件。

二〇一六年在紐約，當地僑報組織一場講座，座上一位年輕姑娘，來自上海，攜一本影集，說「王琦瑤」是她姑婆。一頁頁的沙龍照，鎂光燈下的笑靨，燦若春花。她道出姑婆的居住地點，果然是我攫取的原型所在，這就跑不了了。我極少談及故事的素材，情節派生十萬八千，虛裡藏實，實裡有虛。那不是吉祥的人生，誰會甘心如願，情何以堪。那姑娘向我展示照片，表情是愛惜的，和照片上的人真有幾分相似，彷彿看得見血緣流傳，心中不由釋然，甚至感動，「王琦瑤」的後人們沒有怪罪，隔了茫茫人世，前來認領。原先模糊的人和事，此時逐漸清晰，其實，連我自己本也不認識她的，只是一則報刊，描述簡單，加上記憶有誤，更可能是假想的吸引，引我去向虛構。好像海市蜃樓，穿過雲天霧海，光影折射，投在虛無縹緲之上，此時卻落地還魂。奇妙的是，當時並不自知，那事件的發生地離我很近，幾乎同處一個街區，曾經某報紙還作過舊聞攬采，標題「訪月邨，尋王琦瑤」，但雁過無痕，悄然過去，沒有人找我辯誣。誰會把小說當真呢？也難說，小說其實是紙上八卦，行蹤無定，不知道會有什麼樣的際遇。二〇〇九年參加歐羅巴利亞計畫，在布魯塞爾與讀者見面會上，到場一位聽眾，也來自上海，他在難民監獄裡讀到這本書，說面前打開一扇窗戶，上海撲面而來。你說是什麼樣的邂逅？它竟然去到我不曾去過終也到不了的地方。

《長恨歌》是我所寫小說裡銷售最好、傳播最眾的一本，三十年來，一直被提起說道。我也想過其中緣由，答案是它最接近坊間流言，那些茶餘飯後的閒談。反過來說，流言又最接近小說，張愛玲給自己的文章起名「流言」，多半是因為這。就在現在，二〇二四年，上海話劇藝術中心，將趙耀民先生改編的同名話劇重排滬語版上演，使之回歸到世情小說，令我想起幼年時，父母帶去看上海人民藝術劇院方言話劇團演出，張恨水的《啼笑因緣》。上海這地方，就是流言的集散地，因是小布爾喬亞的天下，嚼舌根再合適不過。那些英法的羅曼史，乘風印刷業的興起，飛飛揚揚，落地生根。聽弄堂裡的女人，講述狄更斯的《遠大前程》，還有柯林斯的《月亮寶石》，再有雨果的《笑面人》，懸疑驚悚，不都是八卦的變體，還是八卦的啟蒙運動！

曾經有法國的讀者讀了《長恨歌》，來到上海找我，一名大學教師，一名中學教師，教授拉丁語和文學，帶著他們的兒子，他們要實地看看上海，縱橫交錯的弄堂，空中飛翔的鴿群，是小說引他們來的。不消說有許多溢美之詞，也不消說有許多鼓勵的話，讓人得意的，他們是知識分子，來自大革命的原鄉，批判現實主義文學的歷史，文字語言的經典性質，他們的首肯可不比尋常，稱得上准入小說的正統，由此區分於八卦的原始性。

寫作《長恨歌》時，要低於王琦瑤半輩，生怕筆下不自覺流露促狹，所以格外鄭重，不免拘泥；後來，與王琦瑤年齡齊平，雖然還是傲嬌，傲嬌自己是清醒的，不會如她沉迷不悟；現在，王琦瑤成了自己的過往，就又佩服她的勇敢無畏，換作本人，絕不敢蹈入險境，交付身分體面甚至性命，這就是布爾喬亞的革命性。小說寫作者都是懦弱的人，生活中不敢下手的，只能在文字裡踐行，留下水中月鏡中花，等著親緣認領。

二〇二四年七月二十五日 上海

上海小姐之死
——王安憶的《長恨歌》

王德威

上海真是不能想，想起就是心痛。那裡的日日夜夜，都是情義無限。……上海真是不可思議，它的輝煌教人一生難忘，什麼都過去了，化泥化灰，化成爬牆虎，那輝煌的光卻在照耀。這照耀輻射廣大，穿透一切。從來沒有它，倒也無所謂，曾經有過，便再也放不下了。

這段對上海的懷想，出自王琦瑤的意識。王琦瑤是王安憶新長篇《長恨歌》的主人翁。一九四六年，年僅十七歲的王琦瑤參加上海小姐選美，一舉攀上第三名。王琦瑤出身寒素，卻是天生麗質；她雖心無大志，卻也不甘平凡。誠如王安憶所謂，王琦瑤是上海千門萬戶、俚巷弄堂中常見的女兒。她（或她們）生入平常人家，但既長於滬上，自然要吸取春申風月，黃浦精華。一九四六年的上海由淪陷到復原，又是另外一種繁榮風貌。劇場戲院、歌台舞榭，說不盡的旖旎浪漫。但還有什麼比選拔「上海小姐」更能顯現這座城市的時髦與風情呢？王琦瑤因緣際會，飛上枝頭做了鳳凰。但是選美的風光剛剛落幕，這位上海小姐卻半推半就的成了國民政府某單位李主任的情婦。她入駐愛麗絲公寓，過起假鳳虛凰的生活。

王安憶的《長恨歌》出手便是與眾不同。小說開場白描王琦瑤的一切，以一喻百，用的是正宗十九世紀歐洲寫實主義的單一贅敘（iterative）模式：像王琦瑤這樣的女子，在上海有千千百百，她們的鋒頭與墮落，不止代表了個人的際遇抉擇，也代表了這座城市對她們的恩義與辜負。王琦瑤藉選美而成他人禁臠，除了演義了自然主義的道德邏輯外，更重複了一種儀式性的蠱惑與犧牲。王安憶細寫一位女子與一座城市的糾纏關係，歷數十年而不悔，竟有一種神祕的悲劇氣息。王琦瑤的情婦生活，在亂世何能安穩？她的李主任未幾空難喪生，而共黨已逼近上海。王避難鄔橋鄉下，痛定思痛，所想所念的卻仍是上海。前引的一段話，正道破了她的癥結。

現代中國小說寫上海與女性的關係，當然不始自王安憶。早在一八九二年，韓邦慶就以《海上花列傳》打造了上海／女性想像的基礎。韓的《海上花》寫彼時青樓女子，如何在十里洋場上遍歷風塵。她們的虛榮與怨懟，她們的機巧與蒙昧，令百年後的讀者，也要為之動容。而《海上花》最精采處，在於點出了這些前來上海淘金的女子，終要以最素樸的愛欲癡嗔，來註解這一城市的虛矯與繁華。世故中有天真，張狂裡見感傷，這該是海派精神的真諦了。三〇年代左翼作家茅盾，曾以煙視媚行的女性喻上海，寫成《子夜》有名的開場白。同時的新感覺派作家更塑造了豔異妖嬈的「尤物」意象，附會上海的摩登魅力。而鴛鴦蝴蝶派的遺老遺少，則在上海現代化之際，就開始緬懷舊時風月了。這種種有關上海與女性的書寫，在四〇年代達到高潮。張愛玲、蘇青、潘柳黛、鳳子等，不止寫上海女性，更以女性寫上海。張愛玲受教半世紀前的《海上花》並發揚光大，不是偶然。

在這樣一個傳統下寫《長恨歌》，王安憶的抱負可想而知。王其生也晚（一九五四），沒能趕上上海最輝煌的那段歲月。但生於斯長於斯，她畢竟得天獨厚。即使是緬懷四〇年代的一晌繁華，也一樣要讓世紀末的上海人自歎自喜的。王想像上海小姐選美，不啻是向《海上花》時代的排花榜、選花魁致敬；她鋪張當年影藝娛樂的魅豔風情，則又透露著一切聲光色相，無不稍縱即逝的先見（或後見？）之明。的確，今天的上海再怎麼妝點打扮，也不過承襲過去的流風遺緒罷了。

然而王安憶的努力，注定要面向前輩如張愛玲者的挑戰。張的精警尖誚、華麗蒼涼，早早成了三、四〇年代海派風格的註冊商標。《長恨歌》的第一部敘述早年王琦瑤的得意失意，其實不能脫出張愛玲的陰影。王琦瑤的曖昧身分，可以看作是張愛玲「情婦」觀點的新詮。但《長恨歌》既名「長恨」，王琦瑤的感情歷險這才剛剛開始。避亂暫居鄔橋鄉下，不過是她以退為進的策略。就算政治變色，王琦瑤還是得回到上海，她的上海。一切得自於上海的創痕必須成為她繼續在那城市存活的條件，愛恨交織，死而後已：

上海的雙妹牌花露水、老刀牌香煙，上海的申曲……這些零碎物件便都成了撩撥。王琦瑤的心，哪還經得起撩撥啊！她如今走到哪裡都聽見了上海的呼喚和回應。她這一顆上海的心，其實是有仇有怨，受了傷的。因此，這撩撥也是揭創口，刀絞一般地痛。可那仇和怨是有光有色，痛是甘願受的。震動和驚嚇過去，如今回想，什麼都是應該，合情合理，這恩怨苦樂都是洗禮。她已經感覺到了上海的氣息……梔子花傳播的是上海夾竹桃的氣味，水鳥飛舞也是上海樓頂鴿群的身姿……她聽著周璇的〈四季調〉，一季一季地吟嘆，分明是要她回家的意思。

一九五二年，張愛玲倉皇辭離上海，以後寄居異鄉，創作亦由盛而衰，我們很難想像，張愛玲如果長留上海，下場如何。但藉著王安憶的《長恨歌》，我們倒可想像，張愛玲式的角色，如葛薇龍、白流蘇、賽姆生太太等，「解放」後繼續活在黃浦灘頭的一種「後事」或「遺事」的可能。小說的第二部及第三部分別描寫王琦瑤在五、六〇及八〇年代的幾段孽緣。她輾轉五個男人間，有的多情，有的寡義，但件件不得善終。王安憶儼然把張愛玲〈連環套〉似的故事，從民國的舞台搬到人民共和國的舞台，而其中的畸情與兇險，尤有過之。在一個誇張禁欲的政權裡，一群曾經看過活過種種聲色的男女，是如何度過她（他）們的後半輩子？張愛玲不曾也不能寫出的，由王安憶作了一種了結。在這一意義上，《長恨歌》填補了《傳奇》、《半生緣》以後數十年海派小說的空白。

《長恨歌》的第二部應是全書的精華所在。解放後王琦瑤回到上海，寄居平安里。昔時的佳人就算落魄，也依然有無限風情。在弄堂深處、小樓一角，一幕幕的情欲徵逐竟在無私無我的社會主義大纛下，繼續上演。王琦瑤結識了也是貶落凡塵的富太太嚴師母，又由此認識了嚴的娘舅康明遜，及康的朋友，中俄混血兒薩沙。這四個男女偈處在無產階級的天堂裡，卻是俗緣難了。外面的世界天翻地覆，這幾人卻能依偎在小酒精爐旁，蔥烤鯽魚、蛼子炒蛋、擂沙湯圓，續溫往日情懷。五七年反右的高潮裡，他們在鋪著毛毯的桌上打麻將。窗外雨雪霏霏，窗內雀戰終宵。在這麼險惡的年月裡，上海人「奇異的智慧」更顯得頹靡詭妙。但他們哪裡是天真無覺；誰笑之間，他們早已感到兇機處處了。

王安憶曾寫道：「張愛玲筆下的上海，是最易打動人心的圖畫，但真懂的人其實不多。沒有多少人能從她所描寫的細節裡體會到這城市的虛無。正是因為她是臨著虛無之深淵，她才必須要緊緊地用手用身子去貼住這些具有美感的細節，但人們只看見這些細節。」善哉斯言。而王顯然有意的承襲此一風格，以工筆描畫王琦瑤的生活點滴。《長恨歌》中的寫實筆觸，有極多可以徵引的片段。王的文字其實並不學張，但卻饒富其人三昧，關鍵即應在她能以寫實精神，經營一最虛無的人生情境。在一片頌揚新中國的「青春之歌」中，王的人物迅速退化凋零。

而又有什麼情境比追逐愛欲，更能凸顯王安憶筆下人物的虛無寄託呢？王琦瑤命犯桃花，首當其衝。她與康明遜交遊，由飲食而男女，幾次纏綿，竟懷有身孕。這樣的驚險，卻由小女子一人毅然，也夷然的扛負下來。與她有過恩情的男人，一一為她所（利）用：這是上海女子的本能了。混血兒薩沙不明就裡的被套牢成為禍首，四〇年代的追求者程先生則適時出現，權充她及嬰兒的守護人。反倒是康明遜置身事外，漸行漸遠。愛其所不能愛、不當愛，這三男一女糾纏不休，勾心鬥角，且啼且笑。殊不知文化革命的大禍已然掩至，一切恩恩怨怨，至此一筆勾銷。

王安憶處理王琦瑤及康明遜間由情生愛、由愛生怨的過程，極具功夫。如前所述，五〇到六〇年代的上海，飽經蛻變，何能容忍昔時遊龍戲鳳式的情愛苟合。王、康兩人卻要化不可能為可能。剝奪了一切階級口號的偽裝，他們有了情愫。但這感情卻是極不安穩的；康向王承諾「我會對你好的。」「這話雖是難有什麼保證，卻是肺腑之言，可再是肺腑之言，也無甚前景可望。」這感情也是極自私的，「他們也不再想夫妻名分的事，夫妻名分說到底是為了別人，他們卻都是為自己。他們愛的是自己，怨的是自己，別人是插不進嘴去的。」張愛玲〈傾城之戀〉裡的愛情觀，於焉浮現。只是王安憶走得比張愛玲更遠。她儼然要以上海的緩慢傾圮，來襯托又一對亂世男女的苟且偷歡。而這一回，他們再無退路。王琦瑤愛過怨過，卻不能有白流蘇般的妥協結局。新社會絕容不下她這樣的行徑；她與所愛仳離，原是再自然不過的定理。王安憶對人世的大破壞大威脅，因而有了不同於張愛玲的見解。

王安憶自承多受張愛玲語言觀的教益：「張是將這語言當作是無性的材料，然而最終卻引起了意境。」但王對張的「不滿足是她的不徹底。她許是生怕傷身，總是到好就收，不到大悲大慟之絕境。所以她筆下的就只是傷感劇，而非悲劇。這也是中國人的圓通」。王安憶也許不能理解張愛玲「參差對照」的美學；對張而言，人生「就是」哭笑不得的傷感劇。她的不徹底，正是她以之與五四主流文學對話的利器。但王安憶對張愛玲的反駁，畢竟別有所獲。《長恨歌》第三部情節急轉直下，應與王探尋另一種情色關係有關，而且與書首的上海意象，遙相呼應。

八〇年代的上海又成繁華都會，遙望當年風貌，豈真是春夢再生？像王琦瑤這樣的前朝「遺姥」，熬過三十年的波折，終得重現江湖。她既新且舊，不古不今，兀自成為小小奇觀。王安憶藉王琦瑤熱中時尚風潮，點出三十年風水輪流——政治的起落不過是服裝的幾進幾出罷了。張愛玲的服裝神話，依稀可見。然而王琦瑤儘管駐顏有術，到底敵不過時間：她亭亭玉立的女兒成了歲月殘酷的證人。而更可悲的是，上海的新一代女性幾乎失去了母親輩的鑑賞力與世派。她們趨時追新，無非是人云亦云；失去了深厚的底子，再怎麼裝模作樣，也顯得傖俗。王琦瑤是孤獨的。女兒的同學張永紅是她唯一的知音，這一對老少成了最奇特的組合。但張永紅有肺病——已經過時的「流行」病，而王琦瑤自己也逐漸散播著屍氣。

時序到了一九八五年，距離上海小姐選美已有四十年了。五十七歲的王琦瑤和她的忘年交張永紅依偎在人潮洶湧的上海街頭，是怎樣一幅景致？她倆的時髦是反時髦的時髦；她倆的勢利是最不勢利的勢利。但作為四〇年代海派精神的守護神與接棒者，這兩人畢竟心餘力絀。八五年的上海喧譁嘈雜，進退失據。王琦瑤饒是再精明算計，也有時不我予的感傷。而最「要命」的是，她又戀愛了，而且是愛上個歲數小她一半以上的男子。

《長恨歌》最後一部分寫王琦瑤的忘年之戀，貫徹了王安憶要「寫盡」上海情與愛的決心。王琦瑤一輩子所託非人，到了最後，不惜放手一搏。女兒早已結婚留洋，她再無所畏，唯願數年歡娛。這一回，她才是全盤皆輸。她一手調教的張永紅隱然成為她的對手。她的患得患失哪裡敵得過對方的全無機心，當王安憶寫到王琦瑤捧出珍藏四十年的金飾盒——當年李主任的餽贈——收買（或譏諷）小情人的心意時，真是情何以堪。這是王安憶不同於張愛玲之處了。張愛玲的人物，包括那視財如命的曹七巧，才是「更徹底」的悲劇人物。王安憶的王琦瑤闖不過情關，她所有的精括算計，透露著世俗男女的謹小慎微。而當她妥協時，沒有（如白流蘇者）看穿一切的犬儒，而有別無退路的尷尬。

我也要說，這樣的安排至少在《長恨歌》的架構中，有其作用。張愛玲小說的貴族氣至此悉由市井風格所取代。小說最後的關目，歸結到那金飾盒。這是王琦瑤生命最「實在」的部分，連她的女兒都無緣得享。《金鎖記》中的曹七巧靠累積財富來移轉她受挫的情欲；王琦瑤一輩子從未大富大貴過，只有出，沒有進，金錢的意義截然不同。金飾盒確是她的命根子，不能與她的情人相提並論。小說最後，王琦瑤為了保護錢財，而非愛情，死於非命。這場兇殺，驚心動魄。兇手是誰，在此賣個關子。要強調的是，在處理情欲與物欲的糾纏上，王安憶的路數與張愛玲起點相近，但結論頗有不同。所引生的「大悲大慟」其實更留給我們一絲不值的遺憾與悵惘。

《長恨歌》有個華麗卻淒涼的典故，王安憶一路寫來，無疑對白居易的視景，作了精緻的嘲弄。在上海這樣的大商場兼大歡場裡，多少蓬門碧玉才敷金粉，又墮煙塵。王琦瑤經選美會而崛起，是中國「文化工業」在一時一地過早來臨的訊號；但她的沉落，卻又似天長地久的古典警世寓言。是在巧妙的糅合了既舊且新的敘事技巧與人物造型中，王安憶有意證明自己作為「上海」「女」作家的自覺與自戀——她何嘗「不可能」成為又一個王琦瑤？出現在小說的開端與結局的一個意象，因此宜於作為我們討論的結束。

在小說的首部裡，王琦瑤曾受邀遊覽一個電影片廠。穿梭在數幢布景道具間，她赫然看見一具女屍，仰躺床上，頭上一盞燈搖曳不止。四十年後的那夜，當王琦瑤被勒死在床上，「在那最後的一秒鐘裡，思緒迅速穿越時光隧道，眼前出現了四十年前的片廠。對了，就是片廠，一間三面牆的房間裡，有一張大床，一個女人橫陳床上，屋頂上也是一盞電燈，搖曳不停……她這才明白，這床上的女人就是她自己，死於他殺。」這是文字向映像致意的時刻，也是幻想與回憶重逢的時刻。「上海小姐」的死亡是四十年前就演練好的宿命；上海一切的璀璨光華注定要墮入黑白膠片的滑動中。墜入永不醒來的死亡中。正逝去的王琦瑤「看」到了四十年前自己替身的死去。行年四十的王安憶選擇了王琦瑤作為自己的前身，向幻想／記憶中的上海告別。但這一切不是戲麼？但願這一切都是戲吧。海上一場繁華春夢，正是如電如影。浮花浪蕊的精魄，何所憑依？天長地久，此恨綿綿。

王德威，美國哈佛大學東亞系暨比較文學系Edward C. Henderson講座教授。

目次

第一部

第一章

1　弄堂

站一個至高點看上海，上海的弄堂是壯觀的景象。它是這城市背景一樣的東西。街道和樓房凸現在它之上，是一些點和線，而它則是中國畫中稱為皴法的那類筆觸，是將空白填滿的。當天黑下來，燈亮起來的時分，這些點和線都是有光的，在那光後面，大片大片的暗，便是上海的弄堂了。那暗看上去幾乎是波濤洶湧，幾乎要將那幾點幾線的光推著走似的。它是有體積的，而點和線卻是浮在面上的，是為劃分這體積而存在的，是文章裡標點一類的東西，斷行斷句的。那暗是像深淵一樣，扔一座山下去，也悄無聲息地沉了底。那暗裡還像是藏著許多礁石，一不小心就會翻了船的。上海的幾點幾線的光，全是叫那暗托住的，一托便是幾十年。這東方巴黎的璀璨，是以那暗作底鋪陳開，一鋪便是幾十年。如今，什麼都好像舊了似的，一點一點露出了真跡。晨曦一點一點亮起，燈光一點一點熄滅。先是有薄薄的霧，光是平直的光，構出輪廓，細工筆似的。最先跳出來的是老式弄堂房頂的老虎天窗，它們在晨霧裡有一種精緻乖巧的模樣，那木框窗扇是細雕細作的；那屋披上的瓦是細工細排的；窗台上花盆裡的月季花也是細心細養的。然後曬台也出來了，有隔夜的衣衫，滯著不動的，像畫上的衣衫，曬台矮牆上的水泥脫落了，露出鏽紅色的磚，也像是畫上的，一筆一劃都清晰的。再接著，山牆上的裂紋也現出了，還有點點綠苔，有觸手的涼意似的。第一縷陽光是在山牆上的，這是很美的圖畫，幾乎是絢爛的，又有些荒涼；是新鮮的，又是有年頭的。這時候，弄底的水泥地還在晨霧裡頭，後弄要比前弄的霧更重一些。新式里弄的鐵欄杆的陽台上也有了陽光，在落地的長窗上折出了反光。這是比較銳利的一筆，帶有揭開帷幕，劃開夜與晝的意思。霧終被陽光驅散了，什麼都加重了顏色，綠苔原來是黑的，窗框的木頭也是發黑的，陽台的黑鐵欄杆卻是生了黃鏽，山牆的裂縫裡倒長出綠色的草，飛在天空裡的白鴿成了灰鴿。

上海的弄堂是形形種種，聲色各異的。它們有時候是那樣，有時候是這樣，莫衷一是的模樣。其實它們是萬變不離其宗，形變神不變的，它們是倒過來倒過去最終說的還是那一樁事，千人千面，又萬眾一心的。那種石窟門弄堂是上海弄堂裡最有權勢之氣的一種，它們帶有一些深宅大院的遺傳，有一副官邸的臉面，它們將森嚴壁壘全做在一扇門和一堵牆上。一旦開進門去，院子是淺的，客堂也是淺的，三步兩步便走穿過去，一道木樓梯在了頭頂。木樓梯是不打彎的，直抵樓上的閨閣，那二樓的臨了街的窗戶便流露出了風情。上海東區的新式里弄是放下架子的，門是鏤空雕花的矮鐵門，樓上有探身的窗還不夠，還要做出站腳的陽台，為的是好看街市的風景。院裡的夾竹桃伸出牆外來，鎖不住的春色的樣子。但骨子裡頭卻還是防範的，後門的鎖是德國造的彈簧鎖，底樓的窗是有鐵柵欄的，矮鐵門上有著尖銳的角，天井是圍在房中央，一副進得來出不去的樣子。西區的公寓弄堂是嚴加防範的，房間都是成套，一扇門關死，一夫當關萬夫莫開的架式，牆是隔音的牆，鳴犬聲不相聞的。房子和房子是隔著寬闊地，老死不相見的。但這防範也是民主的防範，歐美風的，保護的是做人的自由，其實是想做什麼就做什麼，誰也攔不住的。那種棚戶的雜弄倒是全面敞開的樣子，牛毛氈的屋頂是漏雨的，板壁牆是不遮風的，門窗是關不嚴的。這種弄堂的房屋看上去是鱗次櫛比，擠擠挨挨，燈光是如豆的一點一點，雖然微弱，卻是稠密，一鍋粥似的。它們還像是大河一般有著無數的支流，又像是大樹一樣，枝枝叉叉數也數不清。它們阡陌縱橫，是一張大網。它們表面上是坦露的，實際上卻神祕莫測，有著曲折的內心。黃昏時分，鴿群盤桓在上海的空中，尋找著各自的巢，屋脊連綿起伏，橫看成嶺豎成峯的樣子。站在至高點上，它們全都連成一片，無邊無際的，東南西北有些分不清。它們還是如水漫流，見縫就鑽，看上去有些亂，實際上卻是錯落有致的。它們又遼闊又密實，有些像農人散播然後豐收的麥田，還有些像原始森林，自生自滅的。它們實在是極其美麗的景象。

上海的弄堂是性感的，有一股肌膚之親似的。它有著觸手的涼和暖，是可感可知，有一些私心的。積著油垢的廚房後窗，是專供老媽子一裡一外扯閒篇的；窗邊的後門，是供大小姐提著書包上學堂讀書，和男先生幽會的；前邊大門雖是不常開，開了就是有大事情，是專為貴客走動，貼了婚喪嫁娶的告示的。它總是有一點按捺不住的興奮，躍躍然的，有點絮叨的。曬台和陽台，還有窗畔，都留著些竊竊私語，夜間的敲門聲也是此起彼落。還是要站一個至高點，再找一個好角度：弄堂裡橫七豎八的晾衣竹杆上的衣物，帶有點私情的味道；花盆裡栽的鳳仙花、寶石花和青蔥青蒜，也是私情的性質；屋頂上空著的鴿籠，是一顆空著的心；碎了和亂了的瓦片，也是心和身子的象徵。那溝壑般的弄底，有的是水泥鋪的，有的是石卵拼的。水泥鋪的到底有些隔心隔肺，石卵路則手心手背都是肉的感覺。兩種弄底的腳步聲也是兩種，前種是清脆響亮的，後種卻是吃進去，悶在肚裡的；前種說的是客套，後種是肺腑之言，兩種都不是官面文章，都是每日裡免不了要說的家常話。上海的後弄更是要鑽進人心裡去的樣子，那裡的路面是布著裂紋的，陰溝是溢水的，水上浮著魚鱗片和老菜葉的，還有灶間的油煙氣的。這裡是有些髒兮兮，不整潔的，最深最深的那種隱私也裸露出來的，有點不那麼規矩的。因此，它便顯得有些陰沉。太陽是在午後三點的時候才照進來，不一會兒就夕陽西下了。這一點陽光反給它罩上一層曖昧的色彩，牆是黃黃的，面上的粗礪都凸現起來，沙沙的一層。窗玻璃也是黃的，有著汙跡。看上去有一些花的。這時候的陽光是照久了，有些壓不住的疲累的，將最後一些沉底的光都迸出來照耀，那光裡便有了許多沉積物似的，是黏稠滯重，也是有些不乾淨的。鴿群是在前邊飛的，後弄裡飛著的是夕照裡的一些塵埃，野貓也是在這裡出沒的。這是深入肌膚，已經談不上是親是近，反有些起膩，暗底裡生畏的，卻是有一股噬骨的感動。

上海弄堂的感動來自於最為日常的情景，這感動不是雲水激盪的，而是一點一點累積起來。這是有煙火人氣的感動。那一條條一排排的里巷，流動著一些意料之外又情理之中的東西，東西不是什麼大東西，但瑣瑣細細，聚沙也能成塔的。那是和歷史這類概念無關，連野史都難稱上，只能叫做流言的那種。流言是上海弄堂的又一景觀，它幾乎是可視可見的，也是從後窗和後門裡流露出來。前門和前陽台所流露的則要稍微嚴正一些，但也是流言。這些流言雖然算不上是歷史，卻也有著時間的形態，是循序漸進有因有果的。這些流言是貼膚貼肉的，不是故紙堆那樣冷淡刻板的，雖然謬誤百出，但謬誤也是可感可知的謬誤。在這城市的街道燈光輝煌的時候，弄堂裡通常只在拐角上有一盞燈，帶著最尋常的鐵罩，罩上生著鏽，蒙著灰塵，燈光是昏昏黃黃，下面有一些煙霧般的東西滋生和蔓延，這就是醞釀流言的時候。這是一個晦澀的時刻，有些不清不白的，卻是傷人肺腑。鴿群在籠中咕咕噥噥的，好像也在說著私語。街上的光是名正言順的，可惜剛要流進弄口，便被那暗吃掉了。那種有前客堂和左右廂房裡流言是要老派一些的，帶薰衣草的氣味的；而在亭子間和拐角樓梯的弄堂房子的流言則是新派的，氣味是樟腦丸的氣味。無論老派和新派，卻都是有一顆誠心的，也稱得上是真情的。那全都是用手掬水，掬一捧漏一半地掬滿一池，燕子啣泥啣一口掉半口地築起一巢的，沒有半點偷懶和取巧。上海的弄堂真是見不得的情景，它那背陰處的綠苔，其實全是傷口上結的疤一類的，是靠時間撫平的痛處。因它不是名正言順，便都長在了蔭處，長年見不到陽光。爬牆虎倒是正面的，卻是時間的帷幕，遮著蓋著什麼的。鴿群飛翔時，望著波濤連天的弄堂的屋瓦，心是一刺刺的疼痛。太陽是從屋頂上噴薄而出，坎坎坷坷的，光是打折的光。這是由無數細碎集合而成的壯觀，是由無數耐心集合而成的巨大的力。

2 流言

流言總是帶有陰沉之氣。這陰沉氣有時是東西廂房的薰衣草氣味，有時是樟腦丸氣味，還有時是肉砧板上的氣味。它不是那種板煙和雪茄的氣味，也不是六六粉和敵敵畏的氣味。它不是那種陽剛凜冽的氣味，而是帶有些陰柔委婉的，是女人家的氣味。是閨閣和廚房的混淆的氣味，有點脂粉香，有點油煙味，還有點汗氣的。流言還都有些雲遮霧罩，影影綽綽，是哈了氣的窗玻璃，也是蒙了灰塵的窗玻璃。這城市的弄堂有多少，流言就有多少，是數也數不清，說也說不完的。這些流言有一種蔓延的洇染的作用，它們會把一些正傳也變成流言一般曖昧的東西，於是，什麼是正傳，什麼是流言，便有些分不清。流言是真假難辨的，它們假中有真、真中有假，也是一個分不清。它們難免有著荒誕不經的面目，這荒誕也是女人家短見識的荒誕，帶著些少見多怪，還有些幻覺的。它們在弄堂這種地方，從一扇後門傳進另一扇後門，轉眼間便全世界皆知了。它們就好像一種無聲的電波，在城市的上空交叉穿行；它們還好像是無形的浮雲，籠罩著城市，漸漸釀成一場是非的雨。這雨也不是什麼傾盆的雨，而是那黃梅天裡的雨，雖然不暴烈，卻是連空氣都濕透的。因此，這流言是不能小視的，它有著細密綿軟的形態，很是糾纏的。上海每一條弄堂裡，都有著這樣是非的空氣。西區高尚的公寓弄堂裡，這空氣也是高朗的，比較爽身，比較明澈，就像秋日的天，天高雲淡的；再下來些的新式弄堂裡，這空氣便要混濁一些，也要波動一些，就像風一樣，吹來吹去；更低一籌的石窟門老式弄堂裡的是非空氣，就又不是風了，而是回潮天裡的水氣，四處可見汙跡的；到了棚戶的老弄，就是大霧天裡的霧，不是霧開日出的霧，而是濃霧作雨的霧，瀰瀰漫漫，五步開外就不見人的。但無論哪一種弄堂，這空氣都是滲透的，無處不在。它們可說是上海弄堂的精神性質的東西。上海的弄堂如果能夠說話，說出來的就一定是流言。它們是上海弄堂的思想，晝裡夜裡都在傳播。上海弄堂如果有夢的話，那夢，也就是流言。

流言總是鄙陋的，它有著粗俗的內心，它難免是自甘下賤的。它是陰溝裡的水，被人使用過，汙染過的。它是理不直氣不壯，只能背地裡竊竊喳喳的那種。它是沒有責任感，不承擔後果的，所以它便有些隨心所欲，如水漫流。它均是經不起推敲，也沒人有心去推敲的。它有些像言語的垃圾，不過，垃圾裡有時也可淘出真貨色的。它們是那些正經話的作了廢的邊角料，老黃葉片，米裡邊的稗子。它們往往有著不怎麼正經的面目，壞事多，好事少，不乾淨，是個腌臢貨。它們其實是用最下等的材料製造出來的，這種下等材料，連上海西區公寓裡的小姐都免不了堆積了一些的。但也唯獨這些下等的見不得人的材料裡，會有一些真東西。這些真東西是體面後頭的東西，它們是說給自己也不敢聽的，於是就拿來，製作流言了。要說流言的好，便也就在這真裡面了。這真卻有著假的面目，是在假裡做真的，虛裡做實，總有些改頭換面，聲東擊西似的。這真裡是有點做人的膽子的，是不怕丟臉的膽子，放著人不做卻去做鬼的膽子，唱反調的膽子。這膽子裡頭則有著一些哀意了。這哀意是不遂心不稱願的哀，有些氣在裡面的，哀是哀，心卻是好高騖遠的，唯因這好高騖遠，才帶來了失落的哀意。因此，這哀意也是粗鄙的哀意，不是唐詩宋詞式的，而是街頭切口的一種。這哀意便可見出了重量，它是沉底的，是哀意的積澱物，不是水面上的風花雪月。流言其實都是沉底的東西，不是千淘萬洗，百煉千錘的，而是本來就有，後來也有，洗不淨，煉不精的，是做人的一點韌，打斷骨頭連著筋，打碎牙齒嚥下肚，死皮賴臉的那點韌。流言難免是虛張聲勢，危言聳聽，鬼魅魍魎一起來，它們聞風而動，隨風而去，摸不到頭，抓不住尾。然而，這城市裡的真心，卻唯有到流言裡去找的。無論這城市的外表有多華美，心卻是一顆粗鄙的心，那心是寄在流言裡的，流言是寄在上海的弄堂裡的。這東方巴黎遍布遠東的神奇傳說，剝開殼看，其實就是流言的芯子。就好像珍珠的芯子，其實是粗糙的沙粒，流言就是這顆沙粒一樣的東西。

流言是混淆視聽的，它好像要改寫歷史似的，並且是從小處著手。它蠶食般地一點一點咬噬著書本上的記載，還像白蟻侵蝕華廈大屋。它是沒有章法，亂了套的，也不按規矩來，到哪算哪的，有點流氓地痞氣的。它不講什麼長篇大論，也不講什麼小道細節，它只是橫著來。它是那種偷襲的方法，從背後撩上一把，轉過身卻沒了影，結果是冤無頭，債無主。它也沒有大的動作，小動作卻是細細碎碎的沒個停，然後斂少成多，細流匯大江。所謂「謠言蜂起」，指的就是這個，確是如蜂般嗡嗡營營的。它是有些卑鄙的，卻也是勤懇的。它是連根火柴梗都要拾起來作引火柴的，見根線也拾起來穿針用的。它雖是搗亂也是認真鼠竊，而不是玩世不恭，就算是謠言也是悉從編造。雖是無根無憑，卻是有情有意。它們是自行其是，你說你的，它說它的，什麼樣的有公論的事情，在它都是另一番是非。它且又不是持不同政見，它是一無政見，對政治一竅不通，它走的是旁門別道，同社會不是對立也不是同意，而是自行一個社會。它是這社會的旁枝錯節般的東西，它引不起社會的警惕心，因此，它的暗中作祟往往能夠得逞。它們其實是一股不可小視的力量，有點「大風始於青萍之末」的意味。它們是背離傳統道德的，卻不以反封建的面目，而是一味的傷風敗俗，是典型的下三濫。它們又敢把皇帝拉下馬，也不以共和民主的面目，而是痞子的作為，也是典型的下三濫。它們是革命和反動都不齒的，它們被兩邊的力量都拋棄和忽略的。它們實在是沒個正經樣，否則便可上升到公眾輿論這一檔裡去明修棧道，如今卻只能暗渡陳倉，走的是風過耳。風過耳就風過耳，它也不在乎，它本是四海為家的，沒有創業的觀念。它最是沒有野心，沒有抱負，連頭腦也沒有的。它只有著作亂生事的本能，很茫然地生長和繁殖。它繁殖的速度也是驚人的，魚撒籽似的。繁殖的方式也很多樣，有時環扣環，有時套連套，有時謎中謎，有時案中案。它們瀰漫在城市的空中，像一群沒有家的不拘形骸的浪人，其實，流言正是這城市的浪漫之一。

流言的浪漫在於它無拘無束能上能下的想像力。這想像力是龍門能跳狗洞能鑽的，一無清規戒律。沒有比流言更能胡編亂造，信口雌黃的了。它還有無窮的活力，怎麼也扼它不死，是野火燒不盡，春風吹又生的。它是那種最卑賤的草籽，風吹到石頭縫裡也照樣生根開花。它又是見縫就鑽，連閨房那樣帷幕森嚴的地方都能出入的。它在大小姐花繃上的繡花針流連，還在女學生的課餘讀物，那些哀情小說的書頁流連，書頁上總是有些淚痕的。台鐘滴滴答答走時聲中，流言一點一點在滋生；洗胭脂的水盆裡，流言一點一點在滋生。隱祕的地方往往是流言叢生的地方，隱私的空氣特別利於流言的生長。上海的弄堂是很藏得住隱私的，於是流言便蔓生蔓長。夜裡邊，萬家萬戶滅了燈，有一扇門縫裡露出的一線光，那就是流言；床前月亮地裡的一雙繡花拖鞋，也是流言；老媽子托著梳頭匣子，說是梳頭去，其實是傳播流言去；少奶奶們洗牌的嘩嘩聲，是流言在作響；連冬天沒有人的午後，天井裡一跳一跳的麻雀，都在說著鳥語的流言。這流言裡有一個「私」字，這「私」字裡頭是有一點難言的苦衷。這苦衷不是唐明皇對楊貴妃的那種，也不是楚霸王對虞姬的那種，它不是那種大起大落，可歌可泣，悲天慟地的苦衷，而是狗皮倒灶，牽絲攀藤，粒粒屑屑的。上海的弄堂是藏不住大苦衷的，它的苦衷都是割碎了平均分配的，分到各人名下也就沒有多少的。它即便是悲，即便是慟，也是悲在肚子裡，慟在肚子裡，說不上戲台子去供人觀賞，也編不成詞曲供人唱的，那是怎麼來怎麼去都只有自己知道，苦來苦去只苦自己，這也就是那個「私」字的意思，其實也是真正的苦衷的意思。因此，這流言說到底是有一些痛的，儘管痛的不是地方，倒也是鑽心鑽肺的。這痛都是各人痛各人，沒有什麼共鳴，也引不起同情，是很孤單的痛。這也是流言的感動之處。流言產生的時刻，其實都是悉心做人的時刻。上海弄堂裡的做人，是悉心悉意，全神貫注的做人，眼睛只盯著自己，沒有旁騖的。不想創造歷史，只想創造自己的，沒有大志氣，卻用盡了實力的那種。這實力也是平均分配的實力，各人名下都有一份。

3 閨閣

在上海的弄堂房子裡，閨閣通常是做在偏廂房或是亭子間裡，總是背陰的窗，拉著花窗簾。拉開窗簾，便可看見後排房子的前客堂裡，人家的先生和太太，還有人家院子裡的夾竹桃。這閨閣實在是很不嚴密的。隔牆的亭子間裡，抑或就住著一個洋行裡的實習生，或者失業的大學生，甚至剛出道的舞女。那後弄堂，又是個藏汙納垢的場所。老媽子的村話，包車夫的俚語，還有那隔壁大學生的狐朋狗友一日三回地來，舞女的小姊妹也三日一回地來。夜半時分，那幾扇後門的動靜格外的清晰，好像馬上要跳出個什麼軼事來似的。就說那對面人家的前客堂裡的先生太太，做的是夫妻的樣子，說不準卻是一對狗男女，不幾日就有打上門來的，碎玻璃碎碗一片響。還怕的是弄底裡有一戶大人家，再有個小姐，讀的中西女中一類的好學校，黑漆大門裡有私家轎車進去出來，聖誕節、生日有派對的鋼琴聲響起來，一樣的女兒家，卻是兩種閨閣，便由不得艾怨之心生起，欲望之心也生起。這兩種心可說是閨閣生活的大忌，禍根一樣的東西。本是如花蕊一樣純潔姣嫩的閨閣，卻做在這等嘈雜混淆的地方，能有什麼樣遭際呢？

月光在花窗簾上的影，總是溫存美麗的。逢到無雲的夜，那月光會將屋裡映得通明。這通明不是白日裡那種無遮無攔的通明，而是蒙了一層紗的，婆婆娑娑的通明。牆紙上的百合花，被面上的金絲草，全都像用細筆描畫過的，清楚得不能再清楚。隱隱約約的，好像有留聲機的聲音傳來，像是唱的周璇的〈四季調〉。無論是多麼嘈雜混淆的地方，閨閣總還是寧靜的。衛生香燃到一半，那一半已經成灰塵；自鳴鐘十二響只聽了六響，那一半已經入夢。夢也是無言無語的夢。在後弄的黑洞洞的窗戶裡，不知哪個就嵌著這樣純潔無瑕的夢，這就像塵囂之上的一片浮雲，恍惚而短命，卻又不知自己的命短，還是一夜復一夜的。繡花綳上的針腳，書頁上的字，都是細細密密，一行復一行，寫的都是心事。心事也是無聲無息的心事，被月光浸透了的，格外的醒目，又格外的含蓄，不知從何說起的樣子。那月亮西去，將明未明，最黑漆漆的一刻裡，夢和心事都偃息了，晨曦亮起，便雁過無痕了。這是萬籟俱寂的夜晚裡的一點活躍，活躍也是雅緻的活躍，溫柔似水的活躍。也是塵囂上的一片雲。早晨的揭開的花窗簾後面的半扇窗戶，有一股等待的表情，似乎是醞釀了一夜的等待。窗玻璃是連個斑點也沒有的，屋子裡連個人影都沒有的，卻滿滿的都是等待。等待也是無名無由的等待，到頭總是空的樣子。到頭總是空卻也是無怨又無哀。這是騷動不安聞雞起舞的早晨唯一的一個束手待斃。無依無靠的，無求無助的，卻是滿懷的熱望。這熱望是無果的花，而其他的全是無花的果。這是上海弄堂裡的一點冰清玉潔。屋頂上放著少年的鴿子，閨閣裡收著女兒的心。照進窗戶的陽光已是西下的陽光，唱著悼歌似的，還是最後關頭的傾說。這也是這熱火朝天的午後裡僅有的一點無可奈何。這點無可奈何是帶有一些古意的，有點詩詞弦管的意境，是可供吟哦的，可是有誰來聽呢？它連個浮雲都不是，浮雲會化風化雨，它卻只能化成一陣煙，風一吹就散，無影無蹤。上海弄堂裡的閨閣，說不好就成了海市蜃樓，流光溢彩的天上人間，卻轉瞬即逝。

上海弄堂裡的閨閣，其實是變了種的閨閣。它是看一點用一點，極是虛心好學，卻無一定之規。它是白手起家和拿來主義的。貞女傳和好萊塢情話並存，陰丹士林藍旗袍下是高跟鞋，又古又摩登。「潯陽江頭夜送客，楓葉荻花秋瑟瑟」也念，「當我們年輕的時候」也唱。它也講男女大防，也講女性解放。出走的娜娜是她們的精神領袖，心裡要的卻是《西廂記》裡的鶯鶯，折騰一陣子還是郎心似鐵，終身有靠。它不能說沒規矩，而是規矩太雜，雖然莫衷一是，也叫她們嫁接得很好，是雜糅的閨閣。也不能說是摻了假，心都是一顆誠心，認的都是真。終也是朝起暮歸，農人種田一般經營這一份閨閣。她們是大家子小家子分不大清，正經不正經也分不清的，弄底黑漆大門裡的小姐同隔壁亭子間裡舞女都是她們的榜樣，端莊和風情隨便挑的。姆媽要她們嫁好人家，男先生策反她們鬧獨立，洋牧師煽動她們皈依主。櫥窗裡的好衣服在向她們招手，銀幕上的明星在向她們招手，連載小說裡的女主角在向她們招手。她們人在閨閣裡坐，心卻向了四面八方。腳下的路像有千萬條，到底還是千條江河歸大海的。她們嘴裡念著洋碼兒，心裡記掛著旗袍的料子。要說她們的心是夠野的，天下都要跑遍似的，可她們的膽卻那麼小，看晚場電影都要娘姨接和送。上學下學，則是結伴成陣才敢在馬路上過的，還都是羞答答的。見個陌生人，頭也不敢抬，聽了二流子的浪聲謔語，氣得要掉眼淚。所以，這也是自相矛盾，自己苦自己的閨閣。

午後的閨閣，真是要多煩人有多煩人的。春夏的時候，窗是推開的，梧桐上的蟬鳴，弄口的電車聲，賣甜食的梆子聲，鄰家留聲機的歌唱聲，一古腦兒地鑽進來，攪擾著你的心。最惱人的是那些似有似無的瑣細之聲，那是說不出名目和來歷，嘀里篤落的，這是聲音裡曖昧不明的一種，閃爍其辭的一種，趕也趕不走，捉也捉不住的一種。那午後多半是閒來無事，一顆心裡，全教這莫名的聲音灌滿，是無聊倍加。秋冬時節則是陰霾連日，江南的陰霾是有分量的，重重地壓著你的心。靜是靜的，連個嘆息聲都是噝回肚裡去的，再化成陰霾出來的。炭盆裡的火本是為了驅散那陰霾，不料卻也教陰霾壓得喘不過氣，晦晦澀澀地明滅著。午後的明和暗，暖和寒全是來擾人的。醒著，擾你的耳目；睡著，擾你的夢；做女紅，擾你的針線；看書，擾的是書上的字句；要是有兩個人坐在一處說話，便擾著你的言語。午後是一日裡正過到中途，是一日之希望接近尾聲的等待，不耐和消沉相繼而來，希望也是掙扎的希望。它是閨閣裡的蒼涼暮年，心都要老了，做人卻還沒開頭似的。想到這，心都要絞起來了，卻又不能與人說，說也說不明的。上海弄堂裡的閨閣，也是看不得的。人家院裡的夾竹桃，紅雲滿天，自家窗前的，是寂寞梧桐；上海的天空都教霓虹燈給映紅了，自家屋裡終是一盞孤燈，一架滴滴答答的鐘，數著年華似的。年華是好年華，卻是經不得數的。午後是閨閣的多事之秋，這帶有一股飢不擇食的慌亂勁兒，還帶有不顧一切的魯莽勁兒，什麼都不計較了，釀成大禍，貽誤終身都無悔了，有點像飛蛾撲燈。所以，這午後是陷阱一般的，越是明麗越是危險。午後的明麗總是那麼不祥，玩著什麼花招似的，風是撩人的，影也是撩人的，人是沒有提防的。留聲機裡，周璇的〈四季調〉，從春數到冬，唱的都是好景致，也是蠱惑人心，什麼都挑好的說。屋頂上放飛的鴿子，其實放的都是閨閣的心，飛得高高的，看那花窗簾的窗，別時容易見時難的樣子，還是高處不勝寒的樣子。

上海弄堂裡的閨閣，是八面來風的閨閣，愁也是喧喧囂囂的愁。後弄裡的雨，寫在窗上是個水淋淋的「愁」字，後弄的霧，是個模稜兩可的愁，又還都是催促，催什麼，也沒個所以然。它消耗著做女兒的耐心，也消耗著做人的耐心，它免不了有種箭在弦上，釵在匣中，伺機待發的情勢。它真是一日捱一日難捱，回頭一看卻又時日苦短，教人不知怎麼好的。閨閣是上海弄堂的天真，一夜之間，從嫩走到熟，卻是生生滅滅，永遠不息，一代換一代的。閨閣還是上海弄堂的幻覺，雲開日出便灰飛煙散，卻也是一幕接一幕，永無止境。

4 鴿子

鴿子是這城市的精靈。每天早晨，有多少鴿子從波濤連綿的屋頂飛上天空！牠們是唯一的俯瞰這城市的活物，有誰看這城市有牠們看得清晰和真切呢？許多無頭案，牠們都是證人。牠們眼裡，收進了多少祕密呢？牠們從千家萬戶窗口飛掠而過，窗戶裡的情景一幅接一幅，連在一起。雖是日常的情景，可因為多，也能堆積一個驚心動魄。這城市的真諦，其實是為牠們所領略的。牠們早出晚歸，長了不少見識。而且牠們都有極好的記憶力，過目不忘的，否則如何能解釋牠們的認路本領呢？我們如何能夠知道，牠們是以什麼來作識路的標記。牠們是連這城市的犄犄角角都識辨清楚的。前邊說的至高點，其實指的就是牠們的視點。有什麼樣的至高點，是我們人類能夠企及和立足的呢？像我們人類這樣的兩足獸，行動本不是那麼自由的，心也是受到拘禁的，眼界是狹小得可憐。我們生活在同類之中，看見的都是同一件事情，沒有什麼新發現的。我們的心裡是沒什麼好奇的，什麼都已經了然似的。因為我們看不見特別的東西。鴿子就不同了，牠們每天傍晚都滿載而歸。在這城市上空，有多少雙這樣的眼睛啊！

大街上的景色是司空見慣，日復一日的。這是帶有演出性質，程式化的，雖然燦爛奪目，五色繽紛，可卻是俗套。霓虹燈翻江倒海，櫥窗也是千變萬化，其實是俗套中的俗套。街上走的人，都是戴了假面具的人，開露天派對的人，笑是應酬的笑，言語是應酬的言語，連俗套都稱不上，是俗套外面的殼子。弄堂裡的景色才是真景色。它們和街上的景色正好相反，看上去是面目劃一，這一排房屋和那一排房屋很相像，有些分不清，好像是俗套，其實裡面卻是花樣翻新，一件件，一宗宗，各是各的路數，摸不著門檻。隔一堵牆就好比隔萬重山，彼此的情節相去十萬八千里。有誰能知道呢？弄堂裡的無頭案總是格外的多，一樁接一樁的。那流言其實也是虛張聲勢，認真的又不管用了，還是兩眼一摸黑。弄堂裡的事又是公說公有理，婆說婆有理，沒有個公斷，真相不明的，流言更是攪稀泥。弄堂裡的景色，表面清楚，裡頭亂成了一團麻，剪不斷，理還亂。在那窗格子裡的人，都是當事人，最為糊塗的一類，經多經久了，又是最麻木的一類，睜眼瞎一樣的。明眼的是那會飛的畜牲的眼，牠們穿雲破霧，且無所不到，牠們真是自由啊！這自由實在撩人心。大街上的景色為牠們熟視無睹，牠們銳利的眼光很能捕捉特別的非同尋常的事情，牠們的眼光還能夠去偽存真，善於捕捉意義。牠們是非常感性的。牠們不受陳規陋習的束縛，幾乎是這城市裡唯一的自然之子了。牠們在密密匝匝的屋頂上盤旋，就好像在廢墟的瓦礫堆上盤旋，有點劫後餘生的味道，最後的活物似的。牠們飛來飛去，其實是帶有一些絕望的，那收進眼瞼的形形色色，也都不免染上了悲觀的色彩。

應當說，這城市裡還有一樣會飛的生物，那就是麻雀。可麻雀卻是媚俗的，飛也飛不高的。牠一飛就飛到人家的陽台上或者天井裡，啄吃著水泥裂縫裡的殘湯剩菜，有點同流合汙的意思。牠們是弄堂的常客，常客也是不受尊重的常客，被人趕來趕去，也是自輕自賤。牠們是沒有智慧的，是鳥裡的俗流。牠們看東西是比人類還要差一等的，因牠們沒有人類的文明幫忙，天賦又不夠。牠們與鴿子不能同日而語，鴿子是靈的動物，麻雀是肉的動物。牠們是特別適合在弄堂裡飛行的一種鳥，弄堂也是牠們的家。牠們是那種小肚雞腸，嗡嗡營營，陷在流言中拔不出腳的。弄堂裡的陰鬱氣，有牠們的一份，牠們增添了弄堂裡的低級趣味。鴿子從來不在弄底流連，牠們從不會停在陽台、窗畔和天井，去諂媚地接近人類。牠們總是凌空而起，將這城市的屋頂踩在腳下。牠們撲啦啦地飛過天空，帶著不屑的神情。牠們是多麼傲慢，可也不是不近人情，否則牠們怎麼會再是路遠迢迢，也要泣血而回。牠們是人類真正的朋友，不是結黨營私的那種，而是了解的，同情的，體恤和愛的。假如你看見過在傍晚的時分，那竹梢上的紅布條子，在風中揮舞，召喚鴿群回來的景象，你便會明白這些。這是很深的默契，也是帶有孩子氣的默契。牠們心裡有多少祕密，就有多少同情；有多少同情，就有多少信用。鴿群是這城市最情義綿綿的景象，也是上海弄堂的較為明麗的景象。在屋頂給鴿子修個巢，晨送暮迎，是這城市的戀情一種，是城市心的溫柔鄉。

這城市裡最深藏不露的罪與罰，禍與福，都瞞不過牠們的眼睛。當天空有鴿群驚飛而起，盤旋不去的時候，就是罪罰禍福發生的時候。猝然望去，就像是太陽下驟然聚起的雨雲，還有太陽裡的斑點。在這水泥世界的溝壑裲褟裡，嵌著多少不忍卒目的情和景。看不見就看不見吧，鴿群卻是躲也躲不了的。牠們的眼睛，全是被這情景震驚的神色，有淚流不出的樣子。天空下的那一座水泥城，阡陌交錯的弄堂，就像一個大深淵，有如蟻的生命在做掙扎。空氣裡的灰塵，歌舞般地飛著，作了天地的主人。還有瑣細之聲，角角落落地灌滿著，也是天地的主人。忽聽一陣鴿哨，清冽地掠過，裂帛似的，是這沉沉欲睡的天地間的一個清醒。這城市的屋頂上，有時還會有一個飛翔的東西，來與鴿群作伴，那就是風箏。它們往往被網狀的電線扯斷了線，或者撞折了翅翼，最後掛在屋脊和電線桿子，眼巴巴地望著鴿群。它們是對鴿子這樣的鳥類的一個模擬，雖連麻雀那樣的活物都不算，卻寄了人類一顆天真的好高騖遠的心。它們往往出自孩子的手，也出自浪蕩子的手，浪蕩子也是孩子，是上了歲數的孩子。孩子和浪蕩子牽著它們，拚命地跑啊跑的，要把它們放上天空，它們總是中途夭折，最終飛上天空的寥寥無幾。當有那麼一個混入了鴿群，和著鴿哨一起飛翔，卻是何等的快樂啊！清明時節，有許多風箏的殘骸在屋頂上遭受著風吹雨打，是殉情的場面。它們漸漸化為屋頂上的泥土，養育著瘦弱的狗尾巴草。有時也有乘上雲霄的掙斷線的風箏，在天空裡變成一個黑點，最後無影無蹤，這是一個逃遁，懷著誓死的決心。對人類從一而終的只有鴿子了，牠們是要給這城市安慰似的，在天空飛翔。這城市像一個乾涸的海似的，樓房是礁石林立，還是擱淺的船隻，多少生靈在受苦啊！牠們怎能棄之而去。鴿子是這無神論的城市裡神一般的東西，卻也是誰都不信的神，牠們的神蹟只有牠們知道，人們只知道牠們無論多遠都能泣血而歸。人們只是看見牠們就有些喜歡。尤其是住在頂樓的人們，鴿子回巢總要經過他們的老虎天窗，是與牠們最為親近的時刻。這城市裡雖然有著各式廟宇和教堂，可廟宇是廟宇，教堂是教堂，人還是那弄堂裡的人。人是那波濤連湧的弄堂裡的小不點兒，隨波逐流的，鴿哨是溫柔的報警之聲，朝朝夕夕在天空長鳴。

現在，太陽從連綿的屋瓦上噴薄而出，金光四濺的。鴿子出巢了，翅膀白亮白亮。高樓就像海上的浮標。很多動靜起來了，形成海的低嘯。還有塵埃也起來了，煙霧騰騰。多麼的騷動不安，有多少事端在迅速醞釀著成因和結果，已經有激越的情緒在穿行不止了。門窗都推開了，真是密密匝匝，有隔宿的陳舊的空氣流出來了，交匯在一起，陽光變得混濁了，天也有些暗，塵埃的飛舞慢了下來。空氣裡有一種糾纏不清在生長，它抑制了激情，早晨的新鮮沉鬱了，心底的衝動平息了，但事端在繼續積累著成因，種瓜得瓜，種豆得豆的。太陽在空中度著它日常的道路，移動著光和影，一切動靜和塵埃都已進入常態，是日復一日，年復一年。所有的浪漫都平息了，天高雲淡，鴿群也沒了影。

5　王琦瑤

王琦瑤是典型的上海弄堂的女兒。每天早上，後弄的門一響，提著花書包出來的，就是王琦瑤；下午，跟著隔壁留聲機哼唱〈四季調〉的，就是王琦瑤；結伴到電影院看費雯麗主演的《亂世佳人》，是一群王琦瑤；到照相館去拍小照的，則是兩個特別要好的王琦瑤。每間偏廂房或者亭子間裡，幾乎都坐著一個王琦瑤。王琦瑤家的前客堂裡，大都有著一套半套的紅木家具。堂屋裡的光線有點暗沉沉，太陽在窗台上畫圈圈，就是進不來。三扇鏡的梳妝桌上，粉缸裡粉總像是受了潮，有點黏濕的，生髮膏卻已經乾了底。樟木箱上的銅鎖是鋥亮的，常開常關的樣子。收音機是供聽評彈、越劇，還有股票行情的，波段都有些難調，絲絲拉拉地響。王琦瑤家的老媽子，有時是睡在樓梯下的三角間裡，只夠放一張床。老媽子是連東家洗腳水都要倒，東家使喚她好像要把工錢的利息用足的。這老媽子一天到晚的忙，卻還有工夫出去講她家的壞話，還是和鄰家的車夫有什麼私情的。王琦瑤的父親多半是有些懼內，被收伏得很服貼，為王琦瑤豎立女性尊嚴的榜樣。上海早晨的有軌電車裡，坐的都是王琦瑤的上班的父親，下午街上的三輪車裡，坐的則是王琦瑤的去剪旗袍料的母親。王琦瑤家的地板下面，夜夜是有老鼠出沒的，為了滅鼠抱來一隻貓，房間裡便有了淡淡的貓騷臭的。王琦瑤往往是家中的老大，小小年紀就作了母親的知己，和母親套裁衣料，陪伴走親訪友，聽母親們喟嘆男人的秉性，以她們的父親作活教材的。

王琦瑤是典型的待字閨中的女兒，那些洋行裡的練習生，眼睛覷來覷去的，都是王琦瑤。在伏天曬霉的日子裡，王琦瑤望著母親的墊箱，就要憧憬自己的嫁妝的。照相館櫥窗裡婚紗曳地的是出嫁的最後的王琦瑤。王琦瑤總是閉花羞月的，著陰丹士林藍的旗袍，身影裊裊，漆黑的額髮掩一雙會說話的眼睛。王琦瑤是追隨潮流的，不落伍也不超前，是成群結隊的摩登。她們追隨潮流是照本宣科，不發表個人見解，也不追究所以然，全盤信託的。上海的時裝潮，是靠了王琦瑤她們才得以體現的。但她們無法給予推動，推動不是她們的任務。她們沒有創造發明的才能，也沒有獨立自由的個性，但她們是勤懇老實，忠心耿耿，亦步亦趨的。她們無怨無艾地把時代精神披掛在身上，可說是這城市的宣言一樣的。這城市只要有明星誕生，無論哪一個門類的，她們都是崇拜追逐者；報紙副刊的言情小說，她們也是傾心相隨的讀者，她們中間出類拔萃的，會給明星和作者寫信，一般只期望得個簽名而已。在這時尚的社會裡，她們便是社會基礎。王琦瑤還無一不是感傷主義的，也是潮流化的感傷主義，手法都是學著來的。落葉在書本裡藏著，死蝴蝶是收在胭脂盒，她們自己把自己引下淚來，那眼淚也是順大流的。那感傷主義是先做後來，手到心才到，不能說它全是假，只是先後的順序是倒錯的，是做出來的真東西。這地方什麼樣的東西都有摹本，都有領路的人。王琦瑤的眼瞼總是有些發暗，像罩著陰影，是感傷主義的陰影。她們有些可憐見的，越發的楚楚動人。她們吃飯只吃貓似的一口，走的也是貓步。她們白得透明似的，看得見淡藍經脈。她們夏天一律的疰夏，冬天一律的睡不暖被窩，她們需要吃些滋陰補氣的草藥，藥香瀰漫。這都是風流才子們在報端和文明戲裡製造的時尚，最合王琦瑤的心境，要說，這時尚也是有些知寒知暖的。

王琦瑤和王琦瑤是有小姊妹情誼的，這情誼有時可伴隨她們一生。無論何時，她們到了一起，閨閣生活便撲面而來。她們彼此都是閨閣歲月的一個標記，紀念碑似的東西；還是一個見證，能挽留時光似的。她們這一生有許多東西都是更替取代的，唯有小姊妹情誼，可說是從一而終。小姊妹情誼說來也怪，它其實並不是患難與共的一種，也不是相濡以沫的一種，它無恩也無怨的，沒那麼多的糾纏。它又是無家無業，沒什麼羈絆和保障。要說是知心，女兒家又有多少私心呢？她們更多只是個作伴，作伴也不是什麼要緊的作伴，不過是上學下學的路上。她們梳一樣的髮式，穿一樣的鞋襪，像戀人那樣手挽著手。街上倘若看見這樣一對少女，切莫以為是一胎雙胞的姊妹，那就是小姊妹情誼，王琦瑤式的。她們相偎相依，看上去不免是有些小題大作的，然而她們的表情卻是那樣認真，由不得叫你也認真的。她們的作伴，其實是寂寞加寂寞，無奈加無奈，彼此誰也幫不上誰的忙，因此，倒也抽去了功利心，變得很純粹了。每個王琦瑤都有另一個王琦瑤來作伴，有時是同學，有時是鄰居，還有時是在表姊妹中間產生一個。這也是她們平淡的閨閣生活中的一個社交，她們的社交實在太少，因此她們就難免全力以赴，結果將社交變成了情誼。王琦瑤們倒都是情誼中人，追求時尚的表面之下有著一些肝膽相照。小姊妹情誼是真心對真心，雖然真心也是平淡的真心。一個王琦瑤出嫁，另一個王琦瑤便來作伴娘，帶著點憑弔的意思，還是送行的意思。那伴娘是甘心襯托的神情，衣服的顏色是暗一色的，款式是老一成的，臉上的脂粉也是淡一層的，什麼都是偃旗息鼓的，帶了一點自我犧牲的悲壯，這就是小姊妹情誼。

上海的弄堂裡，每個門洞裡，都有王琦瑤在讀書，在繡花，在同小姊妹竊竊私語，在和父母嘔氣掉淚。上海的弄堂總有著一股小女兒情態，這情態的名字就叫王琦瑤。這情態是有一些優美的，它不那麼高不可攀，而是平易近人，可親可愛的。它比較謙虛，比較溫暖，雖有些造作，也是努力討好的用心，可以接受的。它是不夠大方和高尚，但本也不打算譜寫史詩，小情小調更可人心意，是過日子的情態。它是可以你來我往，但也不可隨便輕薄的。它有點缺少見識，卻是通情達理的。它有點小心眼兒，小心眼兒要比大道理有趣的。它還有點耍手腕，也是有趣的，是人間常態上稍加點裝飾。它難免有些村俗，卻已經過文明的淘洗。它的浮華且是有實用作底的。弄堂牆上的綽綽月影，寫的是王琦瑤的名字；夾竹桃的粉紅落花，寫的是王琦瑤的名字；紗窗簾後頭的婆娑燈光，寫的是王琦瑤的名字；那時不時躥出一聲的蘇州腔的柔糯的滬語，念的也是王琦瑤的名字。叫賣桂花粥的梆子，敲起來了，好像是給王琦瑤的夜晚數更；三層閣裡吃包飯作的文藝青年，在寫獻給王琦瑤的新詩；露水打濕了梧桐樹，是王琦瑤的淚痕；出去私會的娘姨悄悄溜進了後門，王琦瑤的夢卻已不知做到了什麼地方。上海弄堂因有了王琦瑤的緣故，才有了情味，這情味有點像是從日常生計的間隙中迸出的，牆縫裡的開黃花的草似的，是稍不留意遺漏下來的，無心插柳的意思。這情味卻好像會洇染和化解，像那種苔蘚類的植物，沿了牆壁蔓延滋長，風餐露飲，也是個滿眼綠，又是星火燎原的意思。其間那一股掙扎與不屈，則有著無法消除的痛楚。上海弄堂因為了這情味，便有了痛楚，這痛楚的名字，也叫王琦瑤。上海弄堂裡，偶爾會有一面牆上，積滿了鬱鬱葱葱的爬山虎，爬山虎是那些垂垂老矣的情味，是情味中的長壽者。它們的長壽也是長痛不息，上面寫滿的是時間、時間的字樣，日積月累的光陰的殘骸，壓得喘不過氣來的。這是長痛不息的王琦瑤。

第二章

6 片廠

四十年的故事都是從去片廠這一天開始的。前一天，吳佩珍就說好，這天要帶王琦瑤去片廠玩。吳佩珍是那類粗心的女孩子。她本應當為自己的醜自卑的，但因為家境不錯，有人疼愛，養成了豁朗單純的個性，使這自卑變成了謙虛，這謙虛裡是很有一些實事求是的精神的。由這謙虛出發，她就總無意地放大別人的優點，很忠實地崇拜，隨時準備奉獻她的熱誠。王琦瑤無須提防她有妒忌之心，也無須對她有妒忌之心，相反，她還對她懷有一些同情，因為她的醜。這同情使王琦瑤變得慷慨了，自然這慷慨是只對吳佩珍一個人的。吳佩珍的粗心其實只是不在乎，王琦瑤的寬待她是心領的，於是加倍地要待她好，報恩似的。一來二去的，兩人便成了最貼心的朋友。王琦瑤和吳佩珍做朋友，有點將做人的重頭推給吳佩珍的意思。她的好看突出了吳佩珍的醜；她的精細突出了吳佩珍的粗疏；她的慷慨突出的是吳佩珍的受恩，使吳佩珍負了債。好在吳佩珍是壓得起的，她的人生任務不如王琦瑤來的重，有一點吃老本，也有一點不計較，本是一身輕，也是為王琦瑤分擔的意思。這麼一分擔，兩頭便達到平衡，友情逐日加深。

吳佩珍有個表哥是在片廠做照明工，有時來玩，就穿著釘了銅釦的黃卡其制服，有些炫耀的樣子。吳佩珍本來對他是不在意的，拉攏他全是為了王琦瑤。片廠這樣的地方是女學生們心嚮往之的地方，它生產羅曼蒂克，一種是銀幕上的，眾所周知的電影；一種是銀幕下的，流言蜚語似的明星軼事。前者是個假，卻像是真的；後者是個真，倒像是假的。片廠裡的人生啊，一世當作兩世做的。像吳佩珍這樣吃得下睡得著的女孩子，是不大有夢想的，她又只有兄弟，沒有姊妹，從小做的是男孩的遊戲，對女孩子的竅門反倒不在行了。但和王琦瑤做朋友以後，她的心卻變細了。她是將片廠當作一件禮物一樣獻給王琦瑤的。她很有心機的，將一切都安排妥了，日子也定下了，才去告訴王琦瑤。不料王琦瑤卻還有些勉強，說她這一天正好有事，只能向她表哥抱歉了。吳佩珍於是就一個勁兒地向王琦瑤介紹片廠的有趣，將表哥平日裡吹噓的那些事蹟都搬過來，再加上自己的想像。事情一時上有些弄反了，去片廠倒是為了照顧吳佩珍似的。等王琦瑤最終拗不過她，答應換個日子再去的時候，吳佩珍便像又受了一次恩，歡天喜地去找表哥改日子。其實這一天王琦瑤並非是有事，也並非對片廠沒興趣，這只是她做人的方式，越是有吸引的事就越要保持矜持的態度，是自我保護的意思，還是欲擒故縱的意思？反正不會是沒道理。吳佩珍要學會這些，還早著呢？去找表哥的路上，她滿心裡都是對王琦瑤的感激，覺得她是太給自己面子了。

這表哥是她舅舅家的孩子。舅舅是個敗家子，把杭州城裡一片繭行吃空賣空，就離家出走，也不知去了什麼地方。她母親平素最怕這門親戚，上門不是要錢就是要糧，也給過幾句難聽話，還給過幾次釘子碰，後來就漸漸不來了，斷了關係。忽有一日，那表哥再上門時，便是穿著這身釘了銅釦的黃卡其制服，還帶了兩盒素點心，好像發了個宣言似的。自此，他每過一兩月會來一次，說些片廠裡的趣事，可大家都淡淡的，只有吳佩珍上了心。她按地址去到肇嘉濱找表哥，一片草棚子裡，左一個岔，右一個岔，布下了迷魂陣。一看她就是個外來的，都把目光投過去，待她要問路時，目光又都縮了回去。等她終於找到表哥的門，表哥又不在，同他合住的也是一個青年，戴著眼鏡，穿的卻是做工的粗布衣服，讓她進屋等，她有點窘，只站在門口，自然又招來好奇的目光。天將黑的時候，才見表哥七繞八拐地走來，手裡提著一個油浸浸的紙包，想是豬頭肉之類的。她回到家裡，已經開晚飯了，她還得編個謊搪塞她父母，也是煞費了苦心。可她無怨無艾，洗腳時看見腳底走出的泡，也覺得很值得。這晚上，吳佩珍竟也做了個關於片廠的夢，夢見水銀燈下有個盛裝的女人，回眸一笑，竟是王琦瑤，不由感動得醒了。她對王琦瑤的感情，有點像一個少年對一個少女，那種沒有欲念的愛情，為她做什麼都肯的。她在黑漆漆的房間裡睜著眼，心想：片廠是個什麼地方呢？

到了那一天，去往片廠的時候，吳佩珍的興奮要遠超過王琦瑤，幾乎按捺不住的。有同學問她們去哪裡，吳佩珍一邊說不去哪裡，一邊在王琦瑤的胳膊上擰一下，再就是拖著王琦瑤快走，好像那同學要追上來，分享她們的快樂似的。她一路聒噪，引得許多路人回頭側目，王琦瑤告誡幾次沒告誡住，最後只得停住腳步，說不去了，片廠沒到，洋相倒先出夠了。吳佩珍這才收斂了一些。兩人上車，換車，然後就到了片廠。表哥站在門口正等她們，給她們一人一個牌掛在胸前，表示是廠裡的人，便可以隨處亂走了。她們掛好牌，跟了表哥往裡走。先是在空地上走，四處都扔了木板舊布；還有碎磚破瓦，像一個垃圾場，也像一個工地。迎面來的人，都匆匆的，埋著頭走路。表哥的步子也邁得很快，有要緊事去做似的。她們兩人被甩在後頭，互相拉著手，努力地加快步子。下午三四點的太陽有點人意闌珊的，風貼著地吹，吹起她們的裙襬。兩人心裡都有些暗淡，吳佩珍也沉默下來。三人這樣走了一陣，幾百步的路感覺倒有十萬八千里的樣子，那兩個跟著的已經沒有耐心。表哥放慢了腳步與她們拉扯片廠裡的瑣事，卻有點不著邊際的。這些瑣事在外面聽起來是真事，到了裡面反倒像是傳聞，不大靠得住了，兩人心裡又有些恍惚。然後就走進了一座倉庫似的大屋，一眼望過去，都是穿了制服的做工的人走來走去，爬上爬下，大聲吆喝著。類似明星的，竟一個也見不著。她們跟著表哥一陣亂走，一會兒小心頭上，一會兒小心腳底，很快就迷失了方向。頭上腳下都是繩索之類的東西，燈光是一片明一片暗的。她們好像忘記了目的，不知來到了什麼地方，只是一心一意地走路。又好像走了十萬八千里，表哥站住了腳，讓她們就在這邊看，他要去工作了。

她們站的這塊地方，是有些熙攘的，人們都忙碌著，從她們的身前身後走過。好幾次她們覺得擋了別人的路，忙著讓開，不料卻撞在另一人的身上。而明星樣的人還是一個不見。她們惴惴的，心想是來錯了，吳佩珍更是愧疚有加，不敢看王琦瑤的臉色。這時，燈光亮了，好像有十幾個太陽相交地升起，光芒刺眼。她們這才看見面前是半間房間的擺設。那三面牆的房間看起來是布景，可裡頭的東西樣樣都是熟透的。床上的被子是七成新的，菸灰缸裡留有半截菸頭的，床頭櫃上的手絹是用過的，揉成了一團，就像是正過著日子，卻被拆去了一堵牆，揪出來示眾一般。看了心裡有點歡喜，還有點起膩。因她們站得遠，聽不見那裡在說什麼，只見有一個穿睡袍的女人躺在床上，躺了幾種姿勢，一回是側身，一回是仰天，還有一回只躺了半個身子，另半個身子垂在地上的。她的半透明的睡袍裹著身子，床已經皺了，也是有點起膩的。燈光暗了幾次，又亮了幾次。最後終於躺定了，再不動了，燈光再次暗下來。再一次亮起的，似與前幾次都不同了。前幾次的亮是那種敞亮，大放光明，無遮無擋的。這一次，卻是一種專門的亮，那種夜半時分外面漆黑裡面卻有光明的亮。那房間的景好像退遠了一些，卻更生動了一些，有點熟進心裡去的意思。王琦瑤注意到那盞布景裡的電燈，發出著真實的光芒，蓮花狀的燈罩，在三面牆上投下波紋的陰影。這就像是舊景重現，卻想不起是何時何地的舊景。王琦瑤再把目光移到燈下的女人，她陡的明白這女人扮的是一個死去的人，不知是自殺還是他殺。奇怪的是，這情形並非陰慘可怖，反而是起膩的熟。王琦瑤看不清這女人的長相，只看見她亂蓬蓬的一頭鬈髮，全堆在床腳頭，因她是倒過來腳頂床頭，頭抵床腳地躺著，拖鞋是東一隻，西一隻。片廠裡鬧哄哄的，貨碼頭似的，「開麥拉」、「OK」的叫聲此起彼伏，唯有那女人是個不動彈，千年萬載不醒的樣子。吳佩珍先有些不耐煩，又因為有點膽大，就拉王琦瑤去別處看。

下一處地方是拍打耳光的，在一個也是三面牆的飯店，全是西裝革履的，卻衝進一個窮漢，進來就對那作東的打耳光。作派都有點滑稽的，耳光是打在自己手上，再貼到對方的臉上，卻天衣無縫的樣子。吳佩珍喜歡看這個，往復了多少遍都看不厭，直說有趣。王琦瑤卻有些不耐煩，說還是方才那場景有看頭，是個正經的片子，不像這，全是插科打諢，猴把戲一樣的。兩人又回到方才那棚裡，不料人都散了，那床也挪開了，剩幾個人在地上收拾東西。她們疑心走錯了地方，要重新去找，卻聽表哥叫她們，原來收拾東西的人裡頭就有表哥。他讓她們等一會，再帶她們去別處逛，今日有一個棚在做特技呢！她們只得站在一旁乾等。有人問表哥她們是誰，表哥說了，又問她們在哪個學校讀書，表哥說不上來，吳佩珍自己說了，那人就朝她們笑，一口白牙齒在暗中亮了一下。過後，表哥告訴她倆，這人是導演，在外國留過學的，還會編劇，今天拍的這戲，就是他自編自導的。說罷，就帶了她們去看拍特技，又是煙又是火，還有鬼的。也都是底下的工人在折騰，留給演員去做的事，只一眨眼。吳佩珍又要表哥帶她們去看明星，表哥卻面露難色，說今天哪個棚都沒拍明星的戲，說這明星的戲不是哪天都有的，也不是想排哪天就排哪天的，要隨明星的意思。吳佩珍便揭底似地說：你不是講每天都可看見誰誰誰的？王琦瑤見表哥臉上下不來，就圓場道：下回再來吧，天也黑了，家裡人要等了！表哥這就帶了她們往外走，路上又遇見那導演一回，竟還記得她們，叫她們某某中學的女學生，很幽默的，兩人都紅了臉。

回去的電車上，兩人就有些懶得說話，聽那電車的噹噹聲。電車上有些空，下班的人都到了家，過夜生活的人又還沒有出門。那片廠的經驗有些出人意外，說不上是掃興還是盡興，總之都是疲乏了。吳佩珍本來對片廠沒有多少準備，她的嚮往是因王琦瑤而生的嚮往，她自然是希望片廠越精采越好，可究竟是什麼樣的精采，心中卻是沒數的，所以她是要看王琦瑤的態度再決定她的意見。片廠給王琦瑤的感想卻有些複雜。它是不如她想像中的那樣神奇，可正因為它的平常，便給她一個唾手可得的印象，唾手可得的是什麼？她還不知道。原先的期待是有些落空，但那期待裡的緊張卻釋然了。從片廠回來幾天，她都沒什麼表示，這使吳佩珍沮喪，以為王琦瑤其實是不喜歡片廠這地方，去片廠全是她多此一舉。有一日，她用作懺悔一樣的口氣對王琦瑤說，表哥又請她們去片廠玩，她拒絕了。王琦瑤卻轉過臉，說：你怎麼能這樣不懂道理，人家是一片誠心。吳佩珍瞪大了眼睛，不相信地看著她，王琦瑤被她看得不自在，就轉回頭說：我的意思是不該不給人家面子，這是你們家的親戚呀！這一回，連吳佩珍都看出王琦瑤想去又不說的意思了，她非但不覺得她作假，還有一種憐愛心中生起，心想她看上去是大人，其實還是個孩子呀！這時候，吳佩珍對王琦瑤的心情又有點像母親，包容一切的。

從此，片廠就變成她們常去的地方。拍電影的竅門懂得了不少，知道那拍攝完全不是接著情節的順序來的，而是一個鏡頭一個鏡頭分別拍了，最後才連成的。拍攝的現場又是要多破爛有多破爛，可是從開麥拉裡攫取的畫面總是整潔美妙。炙手可熱的大明星她們也真見著了一二回，到了鏡頭面前，也是道具一般無所作為的。那電影的腳本則是隨意的改變，一轉眼死人變活人的。她們鑽進電影的幕後，摸著了奧祕的機關，內心都有一些變化。片廠的經驗確是不尋常的經驗，它帶有一些人生的含義。尤其是她們那個年齡，有些虛實不分，真偽不辨。又尤其在那樣的時代，電影已經成為我們生活的一個重要部分。

7 開麥拉

王琦瑤知道了，拍電影最重要最關鍵的一瞬，是「開麥拉」的這一瞬，之前全是準備和鋪墊，之後呢？則是永遠的結束。她看出這一聲「開麥拉」的不同尋常的意義，幾乎是接近頂點的。那導演有時讓她們看鏡頭，鏡頭總是美妙，將雜亂和邋遢都濾去了。還使暗淡生輝。鏡頭裡的世界是另一個，經過修改和製作，帶有精華的意思。那導演已成為熟人，她們見他不再臉紅。有幾回，表哥不在片廠，她們便直接找他。他自作主張的，喊她們一個叫「珍珍」，一個叫「瑤瑤」，好像她們成了他戲裡的角色似的。他背底裡和片廠的人說，珍珍是個丫頭相，不過是榮國府賈母身邊的粗使丫頭，傻大姐那樣的；瑤瑤是小姐樣，卻是員外家的小姐，祝英台之流的。他把吳佩珍當小孩子看，喜歡逗她，開些玩笑，對王琦瑤則說有機會要讓她上一回鏡頭，因她的眉眼有些像阮玲玉，趁著人們對阮玲玉的懷念，說不定能捧出一顆明星，也是帶點玩笑的意思，卻含蓄得多。王琦瑤當然也不會認真，只是有點喜歡自己和阮玲玉的相像。可是有一日，導演竟真的打電話到家裡，讓她去試一試鏡頭。王琦瑤心怦怦跳著，手心有點發涼，她不知道這是不是個機會，她想，機會難道就是這般容易得的嗎？她不相信，又不敢不信，心裡有些掙扎。她本是想不告訴吳佩珍，一個人悄悄地去，再悄悄地回，就算沒結果，也只她自己知道，好比沒發生過的一樣。可臨到那一天，她還是告訴了吳佩珍，要她陪自己一起去，為了壯膽子。晚上她沒睡好，眼睛下有一片青暈，下巴也尖了一些。吳佩珍自然是雀躍，浮想連翩，轉眼間，已經在策劃為王琦瑤開記者招待會了。王琦瑤聽她聒噪，便又後悔告訴了她。這一天的課，兩人都沒上好，心不知飛到哪裡去了。終於放學，兩人便踅出校門，上了電車。這時間的電車，多是些家庭主婦般的女人，手裡拎著布袋，身上的旗袍是有皺痕的，腿後的絲襪也沒對準縫，偏了那麼一點，頭髮或是蓬亂，或是理髮店剛出來戴了一頂盛似的，臉上表情也是木著的，萬事俱不關心的樣子。電車在轉道裡哐哐噹噹地走，也是漠然的表情。她們倆卻是這漠然裡的一個活躍，雖然也是不作聲，卻是有著幾百年的大事在醞釀的。下午三點鐘的馬路，是有疲憊感的，心裡都在準備著結束和換班了。太陽是在馬路西面的樓房上，黃熟的顏色。她們倆倒好像是去開始這一天的，心裡有著許多等待。

導演先將她倆領進化妝室，讓一個化妝師來給王琦瑤化妝。王琦瑤從鏡子裡看見自己的形象，覺得自己的臉是那麼小，五官是那麼簡單，不會有奇蹟發生的樣子，不由頹喪起來。她由化妝師擺弄，聽天由命的表情，有一段時間，她閉起眼睛不去看鏡子。她感到十分的難堪，恨不得這一切早點結束；她還有些神經過敏，認為那化妝師也是恨不得早點結束，手的動作難免急躁和粗暴的。她睜開眼睛再看鏡子，鏡子裡的自己是個尷尬的自己，眼睛鼻子都是不得已的樣子。化妝室的光是充足的平均分配的光，沒有抑揚頓挫，看上去都有些平鋪直敘的。王琦瑤對自己沒有信心了，反倒是豁出去地，睜大眼睛看那化妝師的手法，看著自己一點一點變得不是自己，成了個陌生人。這時，她倒平靜下來，心情也鬆弛了，等那化妝師結束工作走開時，她甚至還生出幾分幽默感同吳佩珍玩笑。吳佩珍說她簡直像是嫦娥下凡，她就說嫦娥也是月餅盒上的嫦娥，於是兩人都笑。一笑，表情舒展了，脂粉的顏色裡有了活氣，便生動起來。再看那鏡子裡的美人，也不那麼生分和隔膜了。不一會兒，導演就派人來招呼她去，吳佩珍自然尾隨著。棚裡燈架都支好了，那吳佩珍的表哥在一個高處朝著她笑，導演卻變得很嚴肅，六親不認似地，指定她坐在一個床洞，是那種寧式眠床，有著高大的帳篷，架上雕著花，嵌著鏡子，是鄉下人的華麗。導演告訴她，她現在是一個舊式婚禮中的新娘，披著紅蓋頭，然後有新郎倌來揭蓋頭，一點一點露出了臉龐。導演規定她是嬌羞的，嫵媚的，有憧憬又有擔憂的，一古腦兒交給她這些形容詞，全要做在一張臉上。王琦瑤雖是點頭，心卻茫然，還恍恍的，不知從何著手。可此時她只是一個豁出去，反倒很鎮定，竟能注意到周圍，聽見有鄰近棚裡傳出的「開麥拉」的叫聲。

接著，一塊紅蓋頭蒙上來了，眼前陡地暗了。這時，王琦瑤的心才擂鼓似地跳起來。她領悟這一時刻的來臨，心生畏懼，膝蓋微微地打顫。燈光齊明，眼前的暗變成了溶溶的紅色，雖是有光，卻是不明就裡的光。王琦瑤發熱似的，寒顫沿了膝蓋升上去，牙齒都磕碰起來。片廠裡的神奇在光裡聚集和等候著。有人走過來，整理她的衣服，又走開了，帶來一陣風，紅蓋頭動了一下，撫著她的臉，是這一下午的緊張裡的一個溫柔。她聽見四周圍一連串的「ＯＫ」聲，是遞進的節奏，有幾分激越的，齊心奔向一個目標的，最終是一聲「開麥拉」。王琦瑤的呼吸屏住了，透不過氣來，她聽見開麥拉走片的機械聲，這聲音蓋住了一切，她完全忘了她該做什麼了。當一隻手揭去紅蓋頭的時候，她陡然一驚，往後縮了一下，導演便嚷了一聲停。燈光暗下，紅蓋頭罩上，再又從頭來起。

再一遍來起就有些人事皆非了。很多情景遠去了，不復再現，本來也是幻覺一樣的東西。王琦瑤清醒過來，寒顫止住了，心跳回復正常。紅蓋頭裡的暗適應了，能辨出活動的人影。燈光亮起，是例行公事的，一連串「ＯＫ」也是例行公事，那一聲「開麥拉」雖是例行公事，也是權威性的，有一點不變的震撼。她開始依著導演的交代在臉上做準備，卻不知該如何嬌羞，如何嫵媚，如何有憧憬又有擔憂。喜怒哀樂本來也沒個符號，連個照搬都沒地方去搬的。紅蓋頭揭起時，她臉上只是木著，連她天生就有的那嫵媚也木住了。導演在鏡頭裡已經覺察到自己的失誤，王琦瑤的美不是那種文藝性的美，她的美是有些家常的，是在客堂間裡供自己人欣賞的，是過日子的情調。她不是興風作浪的美，是拘泥不開的美。她的美裡缺少點詩意，卻是忠誠老實的。她的美不是戲劇性的，而是生活化，是走在馬路上有人佇目，照相館櫥窗裡的美。從開麥拉裡看起來，便過於平淡了。導演不覺失望，他的失望還有一點為王琦瑤的意思，他想，她的美是要被埋沒了。後來，為了補償，他請一個攝影的朋友，為王琦瑤拍了一些生活照，這些生活照果真情形大異，其中一張還用在了《上海生活》的封二，以「滬上淑媛」為題名。

試鏡頭的經歷就這樣結束了，這是片廠裡的小事一樁。王琦瑤從此不再去片廠了，她是想把這事淡忘，最好是沒發生過。可是罩著紅蓋頭，燈光齊明的情景卻長在了心裡，眼一閉就會出現的。那情景有一種莫測的悸動，是王琦瑤平靜生活中的一個戲劇性的片刻。這一片刻的轉瞬即逝，在王琦瑤心裡留下一筆感傷的色彩。有時放學走在回家的路上，會有一點不期然的東西喚起去試鏡頭的那個下午的記憶。王琦瑤這年是十六歲，這事情使她有了滄桑感，她覺得自己已經不止十六歲這個歲數了。她還有點躲避吳佩珍，像有什麼底細被她窺伺了去似的。放學吳佩珍約她去哪裡，十有九次她找理由拒絕。吳佩珍有幾次上她家找她玩，她也讓娘姨說不在家推了。吳佩珍感覺到王琦瑤的迴避，不由黯然神傷。但她卻並不喪失信心，她覺得無論過多少日子，王琦瑤終究會回到她的身邊。她的友情化成虔誠的等待，她甚至沒有去交新的女朋友，因不願讓別人侵占王琦瑤的位置。她還隱約體會到王琦瑤迴避的原委，似乎是與那次失敗的試鏡頭有關，她也不再去片廠了，甚至與表哥斷了來往。這次試鏡頭變成她們兩人的傷心事，都懷有一些失敗感的。後來，她們逐漸變得連話也不大講了，碰面都有些尷尬地匆匆避開。當她們坐在課堂的兩頭，雖不對視，可彼此都感覺到對方的存在，有一種類似同情的氣氛在她們之間滋生出來。去片廠的事情是以一聲「開麥拉」告終的，這有一種電影裡稱作「定格」的效果，是一去不返，也是記憶永存。如今，課餘的生活又回復到老樣子，而老樣子裡面又是有一點新的被剝奪，心都是有點受傷的，傷在哪裡，且不明白的。本來見風就是雨的女子學校，對這回王琦瑤試鏡頭的事，竟無一點聲氣，瞞得緊緊的。兩人雖沒互相叮囑，卻不約而同地緘口不提。其實在一般女學生看來，能為導演看上去試一回，已是足夠的光榮，成功則是奢望中的奢望。這也是王琦瑤她們原先的想法，可一旦走到了那一步，情形便不是舊時舊地，人也不是舊人，是付出過代價的，有些損失的。若非是吳佩珍這樣將心比心的旁觀者，是體嘗不到這番心境的。

8 照片

導演為拍照片的事打電話給王琦瑤，是在一個月之後了。聽到是導演的電話，王琦瑤的口氣不自主就變得生硬起來，還有點諷刺地，問他有何貴幹。導演就說有一個朋友叫程先生的，是個攝影師，想替她拍些照片。王琦瑤說，她是並不上相的，還是請程先生找別人吧！導演笑道：瑤瑤生氣了！王琦瑤就不好意思再推了。過了一天，那程先生自己來電話約好時間和地方，到時候，王琦瑤遵程先生吩咐，帶上自己的幾件旗袍和裙裝，按著他給的地址去了。程先生住在外灘的一幢大樓，頂上的一層，房間是重新隔過的，裝修成一個照相間，拉著布幔，有一些布景，歐洲的城堡，亭台樓閣什麼的。裡邊另有暗房和化妝室。程先生是個二十六歲的青年，戴著金絲邊近視眼鏡，白襯衫束在吊帶西裝褲裡，很精幹的樣子。他讓王琦瑤進化妝間修飾一下，自己在外面布燈。王琦瑤從化妝間的窗戶看見了外灘，白帶子似的一條。星期天的上午，太陽格外的好。海關大鐘噹噹地敲著，聲音在空氣裡散開，聽起來是曠遠的意境。江邊的人是如豆的大小，亮晶晶地移動。王琦瑤的眼睛從窗外移回來，忽有些茫然的，不知自己來這裡是為什麼。她無意地抑制了自己的希望，不讓這希望漫生漫長。她已是受過打擊的，心裡難免有點灰。她其實無意地也欣賞著自己的希望成灰，顧影自憐的。到程先生這裡來，她對自己說是照顧導演的面子，為他人作嫁衣裳的，她自己是無所謂。她很無所謂地打量鏡子裡的自己，塗了點唇膏，也懶得換衣服，就這麼走出了化妝間。

程先生已經布置好了，背景是一幅橙色的布幔，布幔前是一個花几，几上是白色的馬蹄蓮。他請王琦瑤站到几旁去，退幾步又進幾步地端詳著。王琦瑤也是以無所謂的表情接受這端詳，並無窘色，曾經滄海的樣子，不過也是天真的「曾經滄海」，暗底裡使勁，有些誇張的。程先生的眼光和導演是不同的，導演要的是性格，程先生只要美。性格是要去塑造什麼，美卻沒有這任務。在程先生眼裡，王琦瑤幾乎無可挑剔，是個標準美人，每個角度都有每個角度的美。她又不是拍慣照片的那樣，有著無可矯正的壞毛病，是一張白紙，想畫什麼圖畫就畫什麼圖畫。她卻也不是不大方，並不忸怩的。她的大方是有試鏡頭的經歷作底的，也是有過鍛鍊。因是失敗的鍛鍊，她的大方裡便有了一點謙遜和靦腆，是楚楚動人的。程先生心裡很滿意導演朋友的推薦。他這個照相間裡記不清來過多少美人了，都是程式化的，已經完成的照片似的，他只是在複製而已。這時，他內心竟有一些兒激動，這情緒似乎傳達給了王琦瑤，當燈光亮起時，她竟也生出一點無名的希望。這希望是退一步希望，還是崛起的。程先生的照相間自然是比不上片廠，有些小兒科的，氣氛是冷清的氣氛，可它卻也是認真的，誠實的，從小處做起，奮發的，使人願意合作的。王琦瑤不由地收起那無所謂，流露出一些興趣和熱情。

像王琦瑤這樣知道自己長得漂亮的女孩，無論有多麼老實，都免不了是作態的。在這樣的年齡，這作態又往往不高明，或是過火，或是錯位，結果反而遜色。王琦瑤卻是個不犯錯誤的例外。她比較聰敏，天生有幾分清醒，片廠的經歷又增添了見識，這就使她比較含蓄和沉著。要說作態，她也有，是不作態的作態，以抑代揚，特別適合照片的表現。程先生欲罷不能地，拍了又拍，王琦瑤也有如魚得水之感。她有些熱，眼睛亮亮的，面色姣好。她所攜帶的各款衣服都挨次輪過，程先生的布景也挨次輪過，她一會兒變成外國的女郎，一會兒是中國的小姐。等最後拍完，她回到化妝間換衣服時，天已正午。黃浦江閃閃發光，江面有一點一點金銀斑，是飛翔的水鳥。汽車駛過江邊，駛進背陽的幽暗的直街，大樓底下的直街像峽谷之間的溝渠。她從容仔細地重新穿上來時的衣服，將其餘的一件件疊好，收起。她心情很明淨，拍過的照片她不再去想，當它是椿沒結果的事情。她拿好東西離開化妝間時，心想，這扇面朝外灘的窗倒是有意思的。這扇窗正好在樓的角上，也就是在沿江馬路和狹窗的直馬路的直角上，又是高處，可眼觀六路的。她走出化妝間與程先生道了再見，出門到了走廊，然後按下電梯的鈕。電梯悄無聲息地上來，她走進去，回過身時，看見程先生站在門邊，正目送她。

後來被《上海生活》選為封二的照片是她穿家常花布旗袍的一張。她坐在一具石桌邊的石凳上，臉微側，好像在與照片外的什麼人作交談，人家說她聽的姿態。背後是一具圓窗，有花葉枝蔓的影，一看便是紙板畫的景。雖是做的室外的景，光卻是室內的人造的光。她那姿態也是擺出來的，就算是交談也是供展覽的交談。這張照片其實是最尋常的照片，每個照相館櫥窗裡都會有一張，是有些俗氣的，漂亮也不是絕頂的漂亮。可這一張卻有一點鑽進人心裡去的東西。照片裡的王琦瑤只能用一個字形容，那就是乖。那乖似乎是可著人的心剪裁的，可著男人的心，也可著女人的心。她的五官是乖的，她的體態是乖的，她布旗袍上的花樣也是最乖的那種，細細的，一小朵一小朵，要和你做朋友的。景是假，光是假，姿勢是假，照片本身說到底就是一個大假，可正因為這假，其中的人倒變成個真人了。這人不是合夥一起假戲真做地欺人，而是假戲假做，老老實實，把底兜出來，坦言相告。照片上的王琦瑤，不是美，而是好看。美是凜然的東西，有拒絕的意思，還有打擊的意思；好看卻是溫和，厚道的，還有一點善解的。她看起來真是叫舒服，她看起來還真是叫親切，能叫得出名字似的。那些明星、模特兒確實光彩照人，可卻是兩不相干，你是你，她是她的。王琦瑤則入人肺腑。那照片的光也是仔細貼切，王琦瑤像是活的，眸子裡映著人影，衣服褶子都在動似的。這照片是收在家庭照相簿裡，而不是裝上玻璃框掛在牆上作偶像用的。這照片倘若要去做廣告，那也是做的味之素、洗衣粉一類的，而不是做夜巴黎香水、浪琴坤錶。這照片是實惠的情調，沒有一點奢華，有一點豔麗，也是俗麗，有一點甜蜜，也是桂花粥的甜蜜。它不是醒人耳目，過目不忘的，它是看過了就不去想，再看見還會再喜歡的，看不厭卻不是丟不下的。總之，它是適度，從容，有益無害的。《上海生活》選它作封裡，是獨具慧眼。這照片與《上海生活》這刊名是那麼合適，天生一對似的，又像是《上海生活》的注腳。這可說是《上海生活》的芯子，穿衣吃飯，細水長流的，貼切得不能再貼切。

王琦瑤卻不知道為什麼刊登出來的是這張，許多精心設計，全神貫注的照片反而沒有中選。她甚至有點模糊，記不清這一張是怎麼拍下的，總之是不經意的一張。照片上的自己不是她喜歡的自己，有點鄉氣，還有點小家子氣，和她想像中的自己不大像似的，令她失望，還有些受打擊。雖然是高興事，可情緒卻低落了。她想，她難道是這樣經不起檢驗嗎？她想，一次試鏡頭是那樣，一次拍照又是這樣，都是不順心遂意似的。那本《上海生活》被她壓在枕頭底下，也不想多看。她心裡有說不出的沮喪，好像露了個醜。她簡直不知道自己究竟是個什麼樣子了，除了灰心，還惶惑不安。再坐到鏡子面前，就好比換了個立場，是重新審度的。她想這照片簡直是剝皮，要把人打散了重新來過。這「開麥拉」究竟是什麼東西，裡面另有一世人生嗎？王琦瑤又是一番惆悵生起。《上海生活》刊登照片並沒有帶給她多大的快樂，有一點也是雜拌的，百感交集，還不夠折磨人的。

這一回是瞞也瞞不住了，全校都知道了王琦瑤，還有別的學校的女學生跑來看王琦瑤的。王琦瑤走到哪裡，都是有人佇步回眸。女學生們就是這樣，就像不相信自己的眼睛，非要旁人說了才算數的。原先並不以王琦瑤為然的人，這回服氣了，倒是原先肯定王琦瑤的，現在反有些不服，存心要唱對台戲的。於是就有流言興起，說王琦瑤的表兄之類在《上海生活》當差，走的是近水樓台。無論是豔羨的目光，還是無中生有的流言，全不在王琦瑤的心目中，因為在經驗上和覺悟上，王琦瑤都要超出她們一籌，所有的議論都是無稽之談。王琦瑤人在事中，心裡有的全不是那些。《上海生活》把她變成了女校的名人，師生皆知的，可她倒有些找不到自己似的，那照片就像是硬奪走她本來的面目，再塞給個不相干的，要不要也不由她。

9 滬上淑媛

「滬上淑媛」這名字是貼著王琦瑤起的。她不是影劇明星，也不是名門閨秀，又不是傾國傾城的交際花，倘若也要在社會舞台上占一席之地，終須有個名目，這名目就是「滬上淑媛」。這名字是有點大同世界的味道，不存偏見，人人都有份權利的，王琦瑤則是眾望所歸。她旗袍上的花樣，成為流行的花樣；她的燙髮梢的短髮也成為流行的短髮，她給「滬上淑媛」這名字畫了一幅肖像。「滬上淑媛」是平常心裡的一點虛榮，安分守己中的一點風頭主義，它像一樁善舉似的，給每個人都送去一點幻想。一九四五年底的上海，是花團錦簇的上海，那夜夜歌舞因了日本投降而變得名正言順，理直氣壯。其實那歌舞是不問時事的心，只由著快樂的天性。櫥窗裡的時裝，報紙副刊的連載小說，霓虹燈，電影海報，大減價的橫幅，開張誌喜的花籃，都在放聲歌唱，這城市高興得不知怎麼辦才好。「滬上淑媛」也是歡樂樂章，是尋常女兒的歌舞，它告訴人們，上海這城市不會忘記每一個人的，每一個人都有通向榮譽的道路。上海還是創造榮譽的城市，不拘一格，想像自由。它是唯恐不夠繁華，唯恐不夠榮耀，它像農民種莊稼一樣播種榮譽，真是繁花似錦。「滬上淑媛」這名字有著「海上升明月」的場景，海是人海，月是尋常人家月。

然後，就有照相館來請王琦瑤拍照。是在晚上，營業結束，母親讓娘姨陪著，挾著衣服包，乘一輛三輪車，去照相館。那照相間是要比程先生的正規，燈也多，有人專門負責照明布景，還有人幫她換衣化妝，三四個人圍著王琦瑤轉，有點眾星捧月的意思。這時候，樓下店門關上了，是靜的，門外的馬路也是靜的，幾種靜包圍，照相間裡氣氛是有神聖感的。拉起布幔的後窗下，弄堂裡有「火燭小心」的敲梆聲，像是另個世界傳來的。燈光照在身上，熱烘烘的有點烤，自己都可看見自己眼中的光芒似的。四周都是暗，暗中的世界也是另一個。在照相館櫥窗陳列出的照片是要華麗得多，去參加晚會的裝束。但這華麗是大眾化的華麗，像婚紗出租似的，心都是各自的心。這明擺著是作假的華麗，眾所周知，倒也不騙人。這照相館櫥窗裡的華麗是懷了一些未圓的夢，淑媛的夢，還懷著爭取，也是淑媛的爭取。《上海生活》封二的王琦瑤是生活中的淑媛，那櫥窗裡的王琦瑤是幻想中的淑媛，兩者都是真人。前者是入心的，後者是奪目的，各有各的歸宿。櫥窗裡的王琦瑤，將那可人的乖藏進心裡去，把矜持做在臉上，比世人都站得高似的。她臉上是冷冷的，心裡卻是熱切的，想得到人們喜歡的。這是王琦瑤喜歡的自己，特別地合她口味，還給了她自信。那陳列她照片的櫥窗前，她是不再經過，這也是一個矜持。那大照片上標出了她的名字，題為「滬上淑媛王琦瑤」，她的名字便隨風而走了。

王琦瑤卻依然故我。晚上拍照睡覺遲了，第二日早上也還準時到校。學校舉行懇親會，要她上台給老校友獻花，她推給了別的同學。有好奇的同學問她照相的細節，她則據實回答，不渲染賣弄，也不故作深奧。她對人對事還和從前一樣，不搶先也不落後，保持中游，使那些生忌的女生也漸漸消除了成見，緩和下來。雖是一切照舊，心情其實是另一番了。過去的安守本分中是懷了一些委屈，還有些負氣的，如今卻是心甘情願。王琦瑤做人做得從容多了，這從容是有成功打底的。因是有收穫，所以叫她怎麼退讓她也是願意。照相館裡那些眾星捧月的晚上，足以照耀很多個平淡的白晝，有了那櫥窗裡的亮相，無聲也是有聲。這就是王琦瑤高出一般女生的地方，她是比人多出一顆心的，確實是淑媛裡的典範。王琦瑤總是安靜，以往的安靜是有些不得已，如今則有希望撐腰，前後兩種安靜，卻都是一個耐心。王琦瑤就是有耐心，她比人多出的那顆心就是耐心。耐心是百折不撓的東西，無論於得於失，都是最有用的。柔弱如王琦瑤，除了耐心還有什麼可作爭取的武器？無論是成是敗，耐心總是沒有錯的，是最少犧牲的。安靜也是淑媛的風采。王琦瑤什麼都故我，只有一樁舊日的東西是回不來了，那就是和吳佩珍的友誼。她們如今是比陌生人還要疏遠，陌生人是不必互相躲的，她們卻都有些躲。有王琦瑤照片的照相館，吳佩珍也是要繞道行的，連照片上的王琦瑤也不願見了。各自都有著說不出來的苦惱，想起來不免傷感。

現在，想取代吳佩珍位置的同學有好幾個，有的上門來邀王琦瑤一同去學校，有的課後約王琦瑤一同看電影。王琦瑤一律是不遠不近，不卑不亢。幾次下來，對方便也失了興趣，只得退回去了。這一日，王琦瑤在課本裡發現一封信，打開看是一張請柬，另有一紙信箋，寫著一些女學生間流行的文字，表明對王琦瑤的好感，很真誠地邀請她參加生日晚會，署名是蔣麗莉三個字。蔣麗莉向來與王琦瑤沒什麼往來，似乎也從來沒有過特別接近的朋友。她出身工廠主家庭，是班上同學中家境最好的之一。她功課一般，卻喜歡在課間看小說，終把眼睛看成了近視，戴著洋瓶底厚的眼鏡，那樣子越發不可接近。因受小說的影響，她的作文語句就分外濃豔，是哀情小說的翻版。使王琦瑤接受邀請去赴晚會，一是不忍拂蔣麗莉的好意，二也是好奇。這好奇也是一半對一半，一半是衝著蔣麗莉，另一半是對了晚會。同學們中間流傳過蔣麗莉家的排場，她又從不帶人去她們家，就更顯得神祕了。這事要放在過去，無論怎樣的好奇，王琦瑤都只能有一個做法，就是拒絕，她是不會把自己奉獻給別人的熱鬧裡面的。可如今她卻不那麼在意了，再說，誰知道呢？說不定到頭來是人家的熱鬧反過來奉獻給她的。王琦瑤心裡決定去參加晚會，就想同蔣麗莉說一聲，可蔣麗莉明顯在迴避她，下了課便匆匆出了教室，只在桌上留一本翻開著的書。那敞開的書頁是在向王琦瑤也討一封信箋，欲言又止的樣子。王琦瑤有意不稱她的心，她不喜歡這種文藝腔的把戲，那些寫在紙上的字句總有點叫她肉麻。蔣麗莉回到課室，面對空著的書頁，現出失望的表情，王琦瑤有點心中暗喜的。一直捱到放學，蔣麗莉搶先出了教室，頭不回地往前走，王琦瑤追上去，叫了她一聲。她陡的漲紅了臉，很窘，也很堅定，是迎受打擊的樣子。不料王琦瑤卻說到那天，她一定去祝賀生日快樂，還謝謝她的邀請。她的臉更紅了，眼睛裡好像有了淚光，濛濛的。第二天，王琦瑤又在書本裡看見一頁信箋，淡藍色，角上印花的那種，寫著詩句般的文字，歌頌的是昨晚的月亮。王琦瑤不免心裡有些起膩。

過了幾日，生日的那晚就到了。王琦瑤準備了一對束髮辮的緞帶作禮物，素色旗袍外罩了格子的薄呢秋大衣，頭髮上箍一條紅髮帶，畫龍點睛的效果。直到八點她才離開家門，她去也是打算蜻蜓點水一到就走的。臨到這一日，她心裡忽覺得沒了底，不知等待自己的是什麼。她和蔣麗莉又不熟，倘若有吳佩珍作伴就好了。吳佩珍就像很久以前的事，想起來不由滿心惆悵。她在自己的朝北房間裡等待八點鐘到來，這時間弄堂裡已是一片寂靜，有些聲響也是入夜的聲響，天井裡的水聲，自鳴鐘的報時聲，無線電裡播的是夜曲。這一刻的靜由不得人寂寞心來，還疲憊心來，一天已到了尾聲，卻還有個未完成。八點鐘她走出家門，弄裡的一盞電燈灑下的不是亮，而是夜色。街上的燈也還不足以驅散這弄口湧出的暗，霓虹燈更是夜空裡的浮雲，人是燈影那樣的東西。蔣麗莉的家住在背靜的馬路，一條寬闊的弄堂，弄堂兩邊是三層的樓房，有花園和汽車間，也是暗和靜的，但那暗和靜卻是另一番聲色。蔣麗莉家的窗戶拉著窗簾，那窗簾上的光影似是要比別家的活躍。王琦瑤以為她是晚會遲到的一人，可卻有汽車從她身後越過，停在蔣麗莉家的門前，門是開著的，要迎一宿的客似的。

她走進門去，把大衣脫下掛在門廳的衣帽架上，手裡拿著手袋和禮物。客廳裡人不多，且都在說自己的話。長餐桌上擺了水果點心，最中間空著放蛋糕的位置，蛋糕大約還在路上。蔣麗莉一個人坐在客廳的一角，有一句沒一句地彈鋼琴，穿的還是平常的衣服，臉上是漠不關心的表情，好像是別人的生日。當她看見王琦瑤，臉上有了一個燦爛的笑容。她站起身，丟下鋼琴，向王琦瑤過來，拉住了她的手。王琦瑤不由心生感激，蔣麗莉是這個晚上唯一的熟悉，也是唯一的親切，於是也握了她的手。蔣麗莉就把她往外拉，一下直拉上了樓，拉進她的房間。房間是粉紅色的窗簾，粉紅色的床罩，梳妝鏡上也是粉紅緞子的簾罩，倒把蔣麗莉襯托得更加老氣和陳暗了。而蔣麗莉也好像是有心破壞，桌上床上堆的書，封面上染著墨汁且殘破了的；杯子裡是有褐色茶垢的；唱片是裂紋的；胡亂拋置的衣服都是黑和灰兩種顏色的。王琦瑤本是要讚嘆這房間，話也不好出口了。這房間就好像憋了一肚子的氣，又是含了一包委屈。蔣麗莉把王琦瑤領進房間，自己在床沿坐下，眼睛看著地，半天不說話。王琦瑤不知所措，此情此景很怪，也很尷尬。樓下卻忽然沸騰起來，大約是蛋糕房將蛋糕送到了，傳來陣陣驚呼聲，人也多起來似的。王琦瑤想勸蔣麗莉下樓去了，卻發現她原來在哭，眼淚從鏡片後面流了滿臉。她說你怎麼了，蔣麗莉，今天是你的生日，你唱主角的日子，怎麼不高興了。蔣麗莉的眼淚更洶湧了，她搖著頭連連地說：你不知道，王琦瑤，你不知道。王琦瑤就說：那你告訴我，我不知道的是什麼。蔣麗莉卻不說，還是哭和搖頭，帶了些撒嬌的意思。王琦瑤有一點不耐，但只得忍著，還是勸她下樓，她則越發的不肯下樓。最後王琦瑤一轉身，自己下去了，不到一半，聽見身後有腳步聲，卻見蔣麗莉一臉淚痕的也跟下來了。心裡倒有點好笑，也有點嫌煩，還有一點感動，是不得已，被逼出來似的感動。她回頭對蔣麗莉說，你不換衣服不化妝，至少要洗洗臉吧！這話聽起來有一些親情，也是不得已的親情。蔣麗莉聽話地去了洗手間，再出來時臉色便乾淨了一些。她從王琦瑤手裡拿過那裝緞帶的小盒，說：這是給我的吧！要貼在心窩上的表情。王琦瑤不去看她，快步向客廳走去，蔣麗莉要跟她去，卻叫一幫親戚朋友圍住了。

一整個晚上，蔣麗莉都是拉著王琦瑤的手，到這到那的。有人認出王琦瑤，互相傳著，就像認識似的與她微笑說話。王琦瑤漸漸自如了一些，也有些愉快了，可就是抽不出她的手，好像上了鎖。蔣麗莉還時不時將她的手緊握一下，似乎有什麼你知我知的祕密。這陡然而起的親密，是叫王琦瑤發窘，可她面上並不流露，也是知己的樣子。她心裡詫異蔣麗莉和學校裡就像是換了一個人，又顧不得細想，忙著應付眼前的人和事。人和事是像穿梭似的，也沒個仔細的印象，都是有些花團錦簇的，很亮麗的景象。那屋角的鋼琴，你去彈幾下，我去彈幾下，不間斷地汀淙聲起，也是亮麗之聲。後來，客廳裡有些熱，就打開一扇落地窗，外面是一個平台，鋪著花磚，走下幾階便是花園。露台的燈開了，隱約可見花園裡的丁香花枝，紛亂攪成一團的樣子，花和葉都落盡了。蔣麗莉拉著王琦瑤到露台上，也不說話，只望著花園幽暗的裡處。王琦瑤覺著這樣子的古怪，便說身上冷要進屋，於是又進了客廳。客廳裡鬧哄哄的，圍著一對青年男女向他們要喜糖吃，生日蛋糕已切得七零八落，殘骸似地躺在枝形吊燈下面，奶油像是髒了，邋遢兮兮的。咖啡杯也是東一個西一個，留著殘渣。晚會是要結束的樣子，正在最後的高潮裡，人都有些失態似的。一個青年跑來向王琦瑤大獻殷勤，演劇般的姿態，王琦瑤卻紅了臉，不知如何是好。蔣麗莉頓時沉下臉，將王琦瑤拉開，叫那人討了個沒趣。然後就有人率先告別回家，接著，則是一窩蜂的告別，衣帽架前亂成一團。蔣麗莉也不理別人，只對了王琦瑤一個人致告別詞，她說她把這個生日當作她們兩人共同的，說罷就鬆開她手，揪心的表情一般轉身上了樓。王琦瑤是被開釋的心情，不由暗暗鬆了口氣。衣帽架前的人已疏散了不少，還有二三個年長的客人在與蔣麗莉的母親說話。當王琦瑤取下自己的大衣時，她母親竟然回過頭來特地向她告別，謝謝她的光臨，說今天蔣麗莉特別的高興，還請她以後經常來。她將王琦瑤直送到門外，王琦瑤走出好遠，還見門口一方燈光裡有她的身影。

從這晚以後，王琦瑤和蔣麗莉做了朋友。她們在學校還是往常那樣，交往都是私底下。她們不同於一般女學生的要好，同進同出，嘁嘁喳喳，有說不完的心裡話，就像王琦瑤和吳佩珍那樣的。她們不這樣交往是各有原因。在王琦瑤，是不願給人們留下厚此薄彼的印象，內心深處，則是有著對吳佩珍的顧恤，雖是她不願承認的；而在蔣麗莉，卻是為了與眾不同，她凡事都要反著大家來，她做人行事的原則最簡單，就這一個公式。她們倆在做朋友上的趣味又都有些不同於女學生的地方，都有些自以為不俗的，王琦瑤是因為經歷，蔣麗莉則來源於小說，前者是成人味，後者是文藝腔，彼此都有些歪打正著，有些不對路，也自欺著擋過去了，結果殊途同歸。她們在學校各歸各，出了校門則形影不離。蔣麗莉幹什麼都要拖著王琦瑤，王琦瑤因有蔣麗莉母親的請求，便不好拒絕似的。她幾乎要成為蔣家的一員，到哪都跟著的。蔣麗莉的親戚朋友很快都為她熟識，也是她的親戚好友一般。由於她小小的名聲，又由於她的懂事知禮，眾人對她的熱誠還勝過對蔣麗莉一籌。到後來，不是為蔣麗莉而請她，倒像是為請她捎帶上蔣麗莉的。她顯見得有些受寵，但她沒有一點忘形，待蔣麗莉比較以前還更照顧了。

自那天的晚會之後，晚會便接踵而來。所有的晚會都像是有著親緣關係，盤根錯節的。晚會上的人也都是似曾相識，天下一家的樣子。他們雖是形形種種，幹什麼的都有，卻都是見面熟。所有的晚會，又都大同小異，是有程式的，王琦瑤很快就領會了它的真諦。她曉得晚會總是一迭聲的熱鬧，所以要用冷清去襯托它；她曉得晚會總是燈紅酒綠五光十色，便要用素淨去點綴它；她還曉得晚會上的人都是熱心腸，千年萬代的恩情說不完，於是就用平淡中的真心去對比它。她天生就知道音高弦易斷，她還自知登高的實力不足，就總是以抑待揚，以少勝多。效果雖然不是顯著，卻是日積月累，漸漸地贏得人心。她是萬紫千紅中的一點芍藥樣的白；繁弦急管中的一曲清唱；高談闊論裡的一個無言。王琦瑤給晚會帶來一點新東西，這點新東西是有創造性的，這裡面有著制勝的決心，也有著認清形勢的冷靜。王琦瑤在晚會上，有著凡事靠自己的心情。別人都是晚會的主人，想來就來，想去就去。只有她是客人，來和去都作不得主的。她還曉得蔣麗莉可說是她在晚會上的唯一的親人，她和她走到哪都是手拉著手。蔣麗莉本心是討厭晚會的，可為了和王琦瑤在一起，她犧牲了自己的興趣。她們倆成為晚會上的一對常客，晚會總看見她們的身影。有那麼幾次，她們缺席的時候，便到處聽見詢問她們，她們的名字在客廳裡傳來傳去的。缺席不到也是以抑待揚的一部分，比較極端的那部分。

上海的夜晚是以晚會為生命的，就是上海人叫作「派對」的東西。霓虹燈、歌舞廳是不夜城的皮囊，心是晚會。晚會是在城市的深處，寧靜的林蔭道後面，洋房裡的客廳，那種包在心裡的歡喜。晚會上的燈是有些暗的，投下的影就是心裡話，歐洲風的心裡話，古典浪漫派的。上海的晚會又是以淑媛為生命，淑媛是晚會的心，萬種風情都在無言之中，骨子裡的豔。這風情和豔是四十年後想也想不起，猜也猜不透的。這風情和豔是一代王朝，光榮赫赫，那是天上王朝。上海的天空都在傾訴衷腸，風情和豔的衷腸。上海的風是撩撥，水是無色的胭脂紅。王琦瑤是這風情和豔裡的一點，不是萬眾矚目的那點，卻是心裡墊底的一點。她幾乎是心裡的心，最最含而不露的。倘若沒有王琦瑤，晚會便是空心的晚會，是浮光掠影的繁華。王琦瑤是這風情和豔裡最有意的一點，是心裡的那點渴望，倘若沒有這，風情是無由的風情，豔也是無由的豔了。如今，這風情和豔都是有根有源，它們給上海染上那叫作情調的東西，每一景每一物都會說話似的，說的比唱的還好聽。王琦瑤走進上海的夜晚，這夜晚是以弄堂深處的昏黃和照相館布幔前的燈作背景的，這夜晚不再是照片那樣斷章取義，而是有頭有尾，也不是靜止，而是流動。這流動又不是片廠開麥拉裡的流動，開麥拉裡流動的是人家的故事，這夜晚流動的都是自己的，自己的得，自己的失。這得失說是自己的，卻又不全是，它是上海燈光之上那一大塊天空，還在星光之上的，是籠罩一整個城市，晝裡變白，夜裡變黑，隨日月轉移。這一塊天空被高樓遮住，被燈光遮住，是有障眼法的，可卻是雷打也不動，任憑乾坤顛倒，總是在人頭頂上的一個無邊無際。

10 上海小姐

一九四六年的和平氣象就像是千年萬載的，傳播著好消息，壞消息是為好消息作開場白的。這城市是樂觀的好城市，什麼都往好處看，壞事全能變好事。它還是歡情城市，沒有快樂一天沒法過的。河南鬧水災，各地賑災支援，這城市捐獻的也是風情和豔，那就是酬募賑款的選舉上海小姐。這消息是比風還快，轉眼間家喻戶曉。「上海」是摩登的代名詞，「上海小姐」更是摩登的代名詞，上海這地方，有什麼能比「小姐」更摩登的呢？這事情真是觸動人心，這地方，誰不崇尚摩登啊？連時鐘響的都是摩登的腳步聲。這是比選舉市長還眾心所向的事情，市長和他們有什麼關係？上海小姐卻是過眼的美景，人人有份。那發布消息的報紙一小時內搶光，加印也來不及，天上的雲都要剪下來寫號外的。電車噹噹地，也在發新聞。這是何等的豔情啊！是夢中景色，如今卻要成真。都像是坐不住要跳起來的，心怦怦乓乓地擂鼓，是快三步的節奏。燈光也像是昏了頭似的，暈眩閃爍。還有什麼能比「上海小姐」這事情更得這城市的心？這心是像孩童一般天真，有些恬不知恥的貪歡。這是人人都要去投票，無私奉獻意見的事情，選票上寫著愛美的心意。

最初建議王琦瑤參加競選的，是那拍照的程先生。程先生後來又給王琦瑤拍過兩次室外的照片，這兩次，王琦瑤是要老練一些，但卻不動聲色。她就像知道程先生的心意似的，程先生剛想到，王琦瑤便做到了。王琦瑤的美是一點一滴累積起來的美，不會減，只會加，到了最後，程先生眼裡的王琦瑤是如天仙一般，舉世無雙的了。他是真心建議王琦瑤參加競選「上海小姐」，他簡直覺得這選舉就是為王琦瑤而舉行的。倘若只有程先生的建議，王琦瑤還不會去報名，因她對自己不如程先生那樣的有信心，再則她也不同於程先生的人在事外，她是有過得失的，得失都是心上留痕，她可不敢輕舉妄動。但程先生的建議確實觸動了她的心。那些接踵而至的晚會，時間長了，就有徘徊之感，不知何去何從的。程先生的建議使她心頭一亮，雖然亮也是曚昧的亮。這晚，在蔣麗莉一個遠房表姊的婚宴上，蔣麗莉一下子宣布了程先生的這個建議。這其實是一個很不合適的婚禮節目，帶有喧賓奪主的意思，眾人的目光全轉到王琦瑤身上，她雖然惱怒，卻也不好發作。不過，在喜慶的宴會上宣布這事給了她一個吉兆，那大紅燈籠雖不是對著她來的，可洋洋喜氣卻是有主也沒主的。那一對新人是吉兆，成雙的吉日是吉兆，杯子裡的酒，懷裡的康乃馨，都是好兆頭。馬路上的燈也是流光溢彩，喜形於色，廣告燈箱裡的麗人倩影，更是春風滿面。王琦瑤心裡對蔣麗莉也不全是怪，還有一點感激，她想，這也許是一個機緣呢？誰又能知道。於是她便順勢而走了。

蔣麗莉就好比是自己參加競選，事未開頭，就已經忙開了。連她母親都被動員起來，說要為王琦瑤做一身旗袍，決賽的那日穿。蔣麗莉拖著她，參加一個又一個晚會，就像做巡迴展出。

她也不懂婉轉措辭，開口就提選票的事，不管人家認不認識王琦瑤，也不管王琦瑤難堪不難堪。她的任性和專斷，算是用著了地方，她的一廂情願，也用著了地方。她做這些事情的時候，就好像「上海小姐」是她家的，王琦瑤也是她家的，她都有權一手包攬的。好在她是一片真心都寫在臉上，否則，保不住是要壞事的。她是真心地以為王琦瑤美，而要向全社會推薦這美。她選擇美麗的王琦瑤做她的知心，她的心事也變得美麗了。「上海小姐」這稱號對她無關緊要，要緊的是王琦瑤。她想得王琦瑤的歡心，這心情是有些可憐見的。她對父母兄弟都是仇敵一般，唯獨對個王琦瑤，把心裡的好兜底捧出來的，好像要為她的愛找個靶子似的。這愛不僅是她自己的，還加上小說裡看來的，王琦瑤真有些招搖不住了。王琦瑤內心又可憐她，覺得她是有的不要，要的沒有，對人對己都是無故的折磨。因此才能由著她胡來，只是見她鬧得過分了，不得不說她幾句。這時候，她就成了不知錯在哪裡的孩子，滿臉的害怕和惶惑。心裡又是不忍。有一回，王琦瑤又生氣了，蔣麗莉擰著雙手說了一句：王琦瑤，我不知該怎樣讓你高興！這句話使王琦瑤想起了吳佩珍，心裡不由一陣暗淡。她想吳佩珍從不說這些起膩的話，但時時處處都是這樣做的。如今她和她，雖在咫尺之間，卻遙如天各一方。

事情已經沸沸揚揚，王琦瑤的小照卻剛剛寄出。王琦瑤的原意是寄出小照就不管了，全當沒有這回事，可是哪抵得住蔣麗莉的鼓噪，還有程先生的一日三提。程先生在報界有些熟人，選舉上海小姐是這段日子報紙的熱門話題，選票也由報業發放。但程先生在報界的熟人又不是太熟的，所以他帶來的消息難免真假摻半。王琦瑤倒還好，蔣麗莉就總是被這些消息左右。程先生有一回說某些企業的業主，號稱某某大王的，其女也參加競選，一下子便捐助給賑災委員會一大筆款。蔣麗莉立刻就要去籌款捐助。又一回程先生說的是，某某政界要人為某某交際花競選，專門在國際飯店召開一個盛大的酒會，社會各名流都邀請了前去。蔣麗莉便也要去開酒會。王琦瑤的心怎能不受影響，也是七上八下，想不管也不行了。這些日子是有些激動難耐的，天天都在等待結果。這結果又是像押寶一樣，有力氣也使不上，只能由著天意。於是蔣麗莉就要去禮拜堂祈禱，祈禱辭是可當作抒情散文發表的。王琦瑤的不耐本是壓在心裡，卻教蔣麗莉張揚得滿世界，那不耐便加了倍的，不由生出厭煩之心，對蔣麗莉不理不睬的。蔣麗莉只以為自己做得還不夠，就更加努力，王琦瑤簡直不知如何是好。她知道蔣麗莉是對她好，可這好卻像是壓迫，是侵犯自由，要叫人起來反抗的。這就像用好來欺人，好裡面是有個權力的。這事情如今八字沒一撇，卻已鬧得滿城風雨，幾乎人人皆知。王琦瑤只恨沒個地方躲，可以不見人；又恨不能裝聾作啞，好拒絕回答問題。好在，這時她們已經畢業，可以不去學校。倘若還是在校，眾目睽睽之下，王琦瑤想都不敢想的。可即使是在家裡，光是家人和親戚，就夠她應付的。所以，她又不得不經常在蔣麗莉家中，蔣麗莉再鼓噪，不過是一個，外面可就是成十成百的。後來，索性就搬過去住了。

蔣麗莉早就邀請王琦瑤與她同住，王琦瑤一直沒有答應，如今搬去了，把蔣麗莉歡喜的，提前三天就在收拾房間。見她高興，她母親便也很積極，吩咐老媽子做這做那，好像迎接貴客。蔣麗莉家中只有母親和一個兄弟。父親在抗戰時把工廠遷到內地，抗戰勝利還不回來，其實是在那裡娶了小的，是連過年也在那邊過的，每年只在兩個孩子的生日回來，也算是舐犢之情吧。蔣麗莉的弟弟在讀初中，讀書是三天打漁，兩天曬網，逃了學也不幹別的，只在家裡聽無線電，這無線電可以從一早聽到一晚，關起了門，只三頓飯出來吃。他們家的人都有些怪，連老媽子都有怪癖的，樣樣事情倒著來：孩子對母親沒有一點禮數，母親對孩子卻是奉承的；過日子一分錢是要計較，一百塊錢倒可以不問下落；這家的主子還都當煩了主子，倒想著當奴僕，由著老媽子頤指氣使的。王琦瑤住過去之後，幾乎是義不容辭的，法起了半個主子，另半個是老媽子。第二天的菜餚，是要問她；東西放在哪裡，也是她知道；老媽子每天報帳，非要她記才軋得攏出入。王琦瑤來了之後，那老媽子便有了管束，夜裡在下房開麻將桌取締了；留客吃飯被禁止了；出門要請假，時間是算好的；早晨起來要梳光了頭髮，穿整齊鞋襪，不許成天一雙木屐呱嗒呱嗒的響。於是，漸漸的，那半個主子也叫王琦瑤正本清源地討了回來。王琦瑤住進蔣麗莉家，還是和蔣麗莉搞了平衡。她是還蔣麗莉的好，也是還她的權力控制。這樣，她們就誰也不欠誰，誰也不凌駕於誰了。就在這時候，王琦瑤接到參加初選的通知。

初選真是美女如雲，滬上美色聚集一堂。大報小報的記者穿插其間，是搶新聞也是飽眼福。那眼睛是花的，新聞也加了花邊。進行初選的飯店門口，三輪車和轎車穿梭似的，你來我走。小姐們帶著娘姨或者小姊妹，還有家人陪伴的，裁縫和髮型師也有跟隨而來的。上海的小姐們就是與眾不同，她們和她們的父兄一樣，渴望出人頭地，有著名利心，而且行動積極，不是光說不做的。她們甚至還更勇敢，更堅韌，不怕失敗和打擊。上海這城市的繁華起碼有一半是靠了她們的名利心，倘若沒有這名利心，這城市有一半以上的店鋪是要倒閉的。上海的繁華其實是女性風采的，風裡傳來的是女用的香水味，櫥窗裡的陳列，女裝比男裝多。那法國梧桐的樹影是女性化的，院子裡夾竹桃丁香花，也是女性的象徵。梅雨季節潮黏的風，是女人在撒小性子，嘰嘰喳喳的滬語，也是專供女人說體己話的。這城市本身就像是個大女人似的，羽衣霓裳，天空撒金撒銀，五彩雲是飛上天的女人的衣袂。

這一天，就更是不同凡響。是小姐們的節日，太陽都是為她們升起的，照著她們從千家萬戶走出。花店裡的花是為她們罄售一空的，為的是慶賀她們入圍。最漂亮的時裝穿在她們身上，最高超的化妝術體現在她們臉上，還有最摩登的髮型，做在她們頭上。這就像是一次女性服飾大博覽，她們是模特兒。她們的容貌全是百裡挑一。她們分開來看，個個可以奪魁；對比著看，一個賽一個；再要合起來，這美便是排山倒海之勢。她們是這城市的精髓，靈魂一樣的。平常日子裡，她們的美洇染在空氣裡，平均分布的，而今天是特別的日子，她們集起精華，鍾靈毓秀，畫下這城市最美的圖畫。

有了初選這一幕，王琦瑤就有些安心，對各方的關懷詢問有了交代，對自己也有了交代。而接下去的進入複選，卻是有些意外的喜悅了。可說到了這時，王琦瑤才開始認真起來，之前，她就好像是應付蔣麗莉，還應付程先生。她的不認真，有點是為自己做一層防衛的殼，殼裡藏的是自尊心。蔣麗莉和程先生的認真，來日都會來打擊她的自尊心，所以她只有將這不認真做得徹底，才可保住自己的不受傷。回想那時的一段日子，其實是難捱的日子。蔣麗莉和程先生的希望和努力，說到底都是要王琦瑤來負責任的，他們的成和敗都不是自己的，而是王琦瑤的。他們那樣的做法是有些代人作主，把自己的意願強加於人的。王琦瑤倘若是認真，定會對他們有怨氣，甚至反友為敵。也是不認真救了他們和王琦瑤的友情。現在好了，能夠進入複選，連蔣麗莉和程先生都滿意了。

王琦瑤和蔣麗莉重新出現在各種晚會上，每一個晚會都有些像記者招待會，問題層出不窮，王琦瑤總是有問有答。而蔣麗莉卻變得格外矜持，問十句不定答一句的。程先生又給王琦瑤拍了一次照，是借人家的照相間，拍的大特寫，專要人記準她的臉的。他再去託報界的熟人，竟真給登在了報紙的一角。報不是大報，卻是競選上海小姐的配文，等於做了一次廣告。事情到了這步，王琦瑤心裡倒有些害怕。她覺得事情太順了，順得像有個陷阱在前面等她，她相信物極必反的道理。這時候，王琦瑤其實是真正的起了奢望。她的心本來是高的，只是受了現實的限制，她不得不時時潑自己的冷水。她知道這世界上的東西真是太多了，越想要越不得，不如握牢自己手中的那一點，有一點是一點，說不定反會有意外的獲得，所以是越不想越能得。如今這意外卻到了眼前，不想也要想的地方。這是更難捱的日子。前邊的難捱是在「防」，這時的難捱是在「進」。在等待複選的日子裡，王琦瑤竟然憔悴了。

王琦瑤住的是底層客廳旁的一間，本是書房，專門為她做個臥室。窗戶對了花園，月影婆娑。有時她想，這月亮也和她自己家的月亮不同。她自己家的月亮是天井裡的月亮，有廚房的煙薰火燎味的；這裡的月亮卻是小說的意境，花影藤風的。她夜裡睡不著，就起來望著窗外，窗上蒙著紗窗簾。她聽著靜夜裡的聲音，這聲音都是無名的，而不像她自己家的夜聲，是有名有姓：

誰家孩子哭，奶娘哄罵孩子的聲；老鼠在地板下賽跑的聲；抽水馬桶的漏水聲。這裡只有一個聲音有名目，像是萬聲之領的，那就是鐘聲。它凌駕於一切聲息之上，那些都是它的餘音，是聲的最細小的筆觸，是夜的出聲的冥想。這夜聲是有浮力的，將人托起，使之盪漾，像水似的。一個人浮游的久了，便會覺得從裡到外都虛空了，叫這夜聲給浸透了。這裡的夜，是有侵蝕性，它侵蝕人的實感，而代之以幻覺。這裡的夜色清澄見底，也不像她自家窗外的夜色，是有著雜質，渾沌沌的。這裡的夜色可照見人影兒，頭髮絲都一清二楚。伸出手，夜色從指縫裡全漏盡了，篩子也篩不出個顆粒。一穹的夜色壓在頂上，也不覺重，是如蟬翼一般的。也只有一件東西是有形，也是為首的，那就是月光投下的影，透明的夜色是替它作襯托，也是夜色最細小的筆觸，是夜的肌膚。這夜色可在萬物之間穿行，無縫不入，最終，萬物皆成無形無色。這夜色是有溶解力的，它溶解了物的實體，代之以虛形。總之，這裡的夜晚是有魔術的，它混淆視聽，使得人物皆非。

複選的名單是登在報上的，儘管勝負未決，但也已是光輝的殊榮，人人瞻目。都知道王琦瑤住在蔣麗莉家，她家竟有點門庭若市的了。凡認識些的都要來坐坐，問題是問也問不完。王琦瑤便也成了蔣家的光榮。蔣麗莉和母親成天替她送往迎來，準備茶點，忙得不亦樂乎，只有那弟弟閉門不出，無線電嘰嘰喳喳不知在說唱什麼。她們這三人，一早起來就穿戴整齊，坐在客廳裡，等著門鈴響，好去迎客，有點嚴陣以待的意思。都明白事情已接近最後的關頭，一點兒也忽略不得的。曾有個晚報記者來採訪，回去寫了篇文章，把王琦瑤和蔣麗莉描寫成乾姊妹的關係，於是蔣家的工商背景又使她名聲增添一成。其實，蔣麗莉的母親早已將她看成比親女兒還親的。親女兒是樣樣事情與她作對，王琦瑤則正相反，什麼都遂她的心。她甚至還寫信給重慶的丈夫，逼他捐一些錢給賑災委員會，為王琦瑤的競選再添籌碼。這母女倆平時的是非全是出於無事，如今有了這事供她們忙，且又共一個目標的，於是相安無事，甚至還有些同心協力。這時候，離複選雖還有幾天，但其實大家心裡都有些數了。有一些人明擺就是給墊底的，還有一些人則明擺是要進入決賽，只不過走個過場的。而另有一些人卻是在這兩種人的之間，既不是墊底，也不是確定無疑的。這是尚待爭取的人，王琦瑤便是其中之一。競選的任務其實是由這類人真正承擔的，她們可說是「上海小姐」的中流砥柱，是名副其實的「上海小姐」。這場競選的戲劇實際上是由她們唱主角，一輪輪的考驗都是衝著她們來，優勝劣汰也是衝著她們來。最後能衝出重圍的，是上海小姐裡的真金。

在登門來訪的客人之中，有一個人卻是王琦瑤始料未及，那就是吳佩珍。進門見是她，王琦瑤不由就慌了神，吳佩珍也有點慌，眼睛看著別處，手也沒處放的。兩人就這麼手足無措地站了一會兒，吳佩珍才從口袋裡掏出一封信，交在王琦瑤手裡。她來回看了兩遍，還沒看懂似的，只模糊知道是那片廠的導演寫來的一張請柬。吳佩珍說，要有個回話，去還是不去。王琦瑤想也沒法想的，就說去。吳佩珍也不告辭一聲，轉身就走。王琦瑤跟在後面，一直跟出門外。吳佩珍便放慢了腳步，兩人走了並肩，走出弄堂，又走了一段，到了一個郵筒跟前。吳佩珍說：回去吧，別送了。王琦瑤說再送一段，反正是沒事。兩人都停了腳步，也是誰也不看誰。吳佩珍又說：我本來想把信投在這裡的，結果卻自己送來了。王琦瑤不說話，看著那郵筒。停了一會兒，兩人都哭了。她們也不知在哭些什麼，有什麼可哭的，只是覺得心裡有一種無法挽回的難過。上午十點鐘的陽光從梧桐葉裡灑在她們身上，晶片似的，還像水銀，有一些落葉掃著她們的腿，在路面上嚓嚓地過去。她們的眼淚把手裡的手絹都浸濕了，可還是說不出名堂，還是難過。有一種和她們純潔無憂的閨閣生活有關的東西似乎失不再來了，她們從此都要變得複雜了。有轎車從她們身後開過，無聲地，車身反射著陽光，也是水銀流淌般的。她倆又哭了一會兒，吳佩珍慢慢地轉過身，低頭抹淚地走了。王琦瑤看著她的背影，漸漸地乾了眼淚，眼睛有些酸脹，被太陽刺得睜不開，臉上的皮膚是緊的。她也慢慢轉過身，向回走去。

導演請王琦瑤吃飯是在新亞酒樓。王琦瑤心想吳佩珍也會去，就沒告訴蔣麗莉，怕她跟著，只說要回家看看，拿點衣物。可是吳佩珍卻並不在，只有導演自己。導演見面就叫她瑤瑤，使她回想起片廠的事情，幾乎是隔世的了。導演說：瑤瑤成大姑娘了！這話是兄長的親暱，要教人掉淚的。王琦瑤忍著，笑道：導演卻是越發年輕了。導演顯然沒料到王琦瑤能有這樣場面上的應答，倒是一怔，停了半拍，王琦瑤又問：導演召見有何貴幹呢？導演嘴上說沒事，心裡卻開始打鼓，後悔來時太沒準備，王琦瑤已今非昔比了。這時，跑堂送上菜單，導演讓王琦瑤點，她略略推辭便點了兩樣，糟鴨掌和揚州干絲，不貴也不便宜，不教主人破費也不教主人難堪，也是經場面的。是臨窗的桌，窗玻璃都教潑墨似的霓虹燈染了，天上放禮花一般。餐室裡只亮了幾盞壁燈，桌上點了蠟燭，燭光搖搖曳曳，兩人的臉忽明忽暗，心裡都有些恍惚，心想對方這人是誰，又為何在了一起。導演先前已經說過沒事，也不便再改口，只能拉扯些閒話。王琦瑤不會真當他沒事，只是不知是怎樣的事。兩人心裡都有些不耐，嘴上還東一句，西一句的，說些往事，又說些近況，後來就說到了「上海小姐」的事情上，兩人忽都停了一下。

菜上來了，導演客氣了幾聲，便埋頭吃起來。一旦吃起，就好像把要說的事給忘了，只是一股勁地吃。這時，王琦瑤看見他西裝袖口已經磨破，一層變兩層，指甲也長了沒剪，心裡有些作噁，便放下了筷子。等幾個盤子的菜都去了大半，導演才從容起來，漸漸地放下筷子，臉上也有了光彩似的，他請王琦瑤抽菸，重新對待的方式，王琦瑤不抽，卻幫導演點了菸，這動作使導演受了感動，就有些推心置腹的。他說瑤瑤，你還是求學的年齡，應當認真地讀書，何必去競選「上海小姐」？王琦瑤說我並不是有心想去競爭，不過是順水推舟，水到渠就成，水不到就不成的。導演說：瑤瑤你是受過教育的，應當懂得女性解放的道理，抱有理想，競選「上海小姐」其實不過是達官貴人的玩弄女性，怎能順水推舟？王琦瑤說：這我倒有不同看法，競選「上海小姐」恰巧是女性解放的標誌，是給女性社會地位，要說達官貴人玩弄女性，就更不通了，因為也有大亨的女兒參加競選，難道他們還會虧待自己女兒不成？導演說：那就對了，其實為的就是這些大亨的女兒，「上海小姐」是大亨送給他們女兒和情人的生日禮物，別人都是作的陪襯，是玩弄裡的玩弄。聽了這話，王琦瑤卻變了臉，冷笑說：我倒不這麼想，在家全是女兒，出外都是小姐，有什麼她是我不是的，倘若真是你說的那樣，我就是想退也不能退了，偏倒奉陪到底，一爭高低。見她這樣動氣，還這樣有道理，導演不由亂了方寸，不知說什麼好。他支吾了些男女平等、女性獨立的老生常談，聽起來像是電影的台詞，文藝腔的；他還說了些青年的希望和理想，應以國家興亡為己任，當今的中國還是前途莫測，受美國人欺侮，內戰又將起來，也是文藝腔的，是左派電影的台詞。王琦瑤便不再發言，只由著他去說。等他說了有一個段落，便站起來要告辭。導演措手不及地也站起，想再說些什麼，王琦瑤卻先開了口，她說：導演，其實我競選「上海小姐」也有你的一份，如不是當初你讓程先生替我拍照登在《上海生活》，也不會有後來的事情，說實在，去競選還是程先生的建議呢。說罷一笑，是有些嘲弄的口氣。這笑容刺激了導演，他突然來了靈感，對王琦瑤說出一番話，他說：瑤瑤，不，王小姐，「上海小姐」這頂桂冠是一片浮雲，它看上去奪人眼目，可是轉瞬即逝，它其實是過眼的煙雲，留不住的風景，竹籃打水一場空的，它迷住你的眼，可等你睜開眼睛，卻什麼都沒有，我在片廠這麼多年的經歷，見過的光榮，作雲是傾盆的大雨，作風是十二級的，到頭來只是一張透明的黑白顛倒的膠片紙，要多虛無有多虛無，這就叫作虛榮！王琦瑤沒聽他說完就轉身走了，留下他在身後朗誦。樓下有新人的喜宴，鞭炮聲聲，將他的話全蓋沒了。

導演是負了歷史使命來說服王琦瑤退出複選圈，給競選「上海小姐」以批判和打擊。電影圈是一九四六年的上海的一個進步圈，革命的力量已有縱深的趨勢。關於婦女解放青年進步消滅腐朽的說教是導演書上讀來的理論，後一番話則來自他的親聞歷見，含有人生的體驗，這體驗是有至痛至愛的代價，可說是真正的肺腑之言。他看著王琦瑤走遠，頭也不回，她越是堅定，他越覺得她前途茫茫，可想幫也幫不上忙的。喜慶的鞭炮聲是一連串的，窗玻璃上的燈光赤橙青藍，這城市的夜晚真是有聲有色啊！

11 三小姐

導演的話，王琦瑤如風過耳，而與吳佩珍見面，她卻有回不去的感覺。可這更使她義無反顧，為的是盡快將茫然的前途明確下來，好償還代價似的。此時此地，代價是未明的代價，前途是未明的前途，王琦瑤的心卻是平靜的。她本就是個少想多做的人，不過是受了境遇的影響，生出些感時傷懷，這其實都是贅物一樣無用的東西，平添負擔的，王琦瑤出於上進的本能，將它們排除了出去。通過複選，進入決賽，似乎是在意想之中，她並沒有多少意外的喜悅，就好像決賽的資格不是別人給她的，而是她自己給自己的。她不再相信奇蹟，只相信自己。每一個進入決賽的小姐，都是以為理所當然。這競爭一輪又一輪的，早已把僥倖的心理消除乾淨，餘下的都是謀事在人，成事也在人。這也是上海的小姐同其他小姐的不同之處，她們是主動權在握，相信人的力量。說起來，進入決賽也已是大半個成功，是大半個名人。有上海的老店名店主動上門來給王琦瑤免費做衣服的。在發表決賽名單的同時，也公布決賽時小姐們將三次出場，第一次是旗袍裝，第二次是西洋裝，第三次是結婚禮服。穿上結婚禮服出場就好像小姐們都要出閣似的，於是社會上一時盛傳這些小姐都已經名花有主，誰對誰也有名有姓。決賽之前的日子，蔣家閉門謝客，只程先生例外，他是她們與外界的聯絡。所以，她們人在家中坐，卻知天下事的。

王琦瑤和蔣麗莉母女，再加上程先生，四人著重商量的，是這三次出場的服裝問題。程先生認為把結婚禮服放在壓軸的位置，是有真見識的。因結婚禮服總是大同小異，照相館櫥窗裡擺著的新娘照片，都像是同一個人似的，是個大俗；而結婚禮服又是最聖潔高貴，是服裝之最，是個大雅，就看誰能一領結婚禮服的精髓，這次出場是帶有些烈火真金的意思了。她們三人聽程先生說話都聽出了神，這女人的衣服穿在她們身上，心倒好像長在程先生體內，他全懂得。程先生接著說，對這結婚禮服，雖然有些無從著手，卻也並非一無所措，可做的至少有兩點：第一，就是利用對比，讓第一次和第二次出場給第三次開闢道路，做一個烘托，結婚禮服不是白嗎？就先給個姹紫嫣紅，結婚禮服不是純嗎？就先給個繽紛五彩；結婚禮服不是天上仙境嗎？就先給個人間冷暖，把前邊的文章做足，轟轟烈烈，然後卻是個空谷回聲，這就是第二點，王琦瑤要穿最簡單的結婚禮服，最常見的，照相館櫥窗裡的新娘的那種，是退到底的意思，其間的距離越拉開，效果就越強烈，難的是前兩套服裝當是個什麼繁榮熱鬧法，這就要聽你們女士的意思了。這時候，她們三個哪敢有什麼意見，心裡只有慚愧，做女人的要領全教一個男人得去了，很失職的。倒是王琦瑤還剩有幾分主見，說是受程先生啟發，她便決定穿一身紅和一身翠，好去領出那身白。程先生一聽便知她已明白自己的意思，只是在紅和翠的具體顏色上還有一些分歧。他說，紅和翠自然是顏色的頂了，可是卻要看在什麼地方，王琦瑤的好看是不露聲色的美，要靜心仔細地去品的，而紅和翠卻是果斷的顏色，容不得人細想，人的目光反是倉卒行事的；它們的濃烈也會誤事，把王琦瑤的淡蓋住了不說，還叫這淡化解了的，濃烈也濃烈不到極處了，倘若退一步的顏色，有些謙讓的，能同王琦瑤互相照顧，你呼我應，攜起手來，齊心協力的，興許倒可達到濃烈的效果。所以，他建議紅是粉紅，和王琦瑤的嫵媚，做成一個嬌嫩的豔，綠是蘋果綠，雖是有些鄉氣，可如是西洋的式樣，卻也蓋過了，蘋果綠和王琦瑤的清新，可成就一個活潑的豔。說到此處，她們三人便只有聽的份，再開不得口了。三次出場的裝束就這樣定了下來。

這時，社會已經風傳「上海小姐」的三名位置已經全被人買下，一是某大老闆的千金，二是某軍政界要人的情婦，三是某交際花，名揚滬上的。雖是風傳，小報上卻登出了諷刺小品，說是評「上海小姐」卻評出了「上海夫人」。接著又有文章調侃，把「上海夫人」這諢稱解釋出人皆可夫的意思。第三篇則是闢謠，說「上海小姐」的評選是投票的方式，不存在花錢買這一說。第四篇文章就專門反駁闢謠者，說它是此地無銀三百兩，人家說買的就是選票，國民政府的官，抗日的民族義士稱號都可買得，「上海小姐」又有什麼買不得？這話其實是含沙射影，指的是重慶接收大員的受賄。幾張報紙你來我往，硝煙漸起的樣子，算是為決賽造了一場別致的聲勢，也使競選的空氣加倍地緊張起來。

程先生出入蔣家越發頻繁，早來晚去的，也是臨戰的氣氛。裁縫請進門就再沒離去過，三餐一宿地伺奉，好比貴客，同時又是夥計，是有幾個師傅監工的。程先生自然是為首，蔣麗莉算一個，她母親也算一個，再有王琦瑤，雞蛋裡挑骨頭，一個針腳不許錯。她挑剔著這些，心裡是有些委屈的，難道這就是她的人生嗎？那麼微乎其微的，又是角角落落的心思都用盡的樣子。她明知那裁縫的活是好得沒法再好的，卻有意找茬地說不好，看著裁縫為難，自己的委屈非但沒減少，還加了些為人家的。粉紅旗袍緞子上的繡花，卻是溫暖著她的心，那細針密線，繡的都是她的希望，滾邊滾的也是希望，看著會掉淚，即使事情不成也不怪它的。蘋果綠的洋裝的裙襇，則要灑脫得多，開司米的面料把光收進去，沉下去，穩住了心的。結婚禮服的白可是百感交集，有千萬句話要說，終還是啞口無言，其實最是你知我知，天知地知，是善解裡的善解。這些衣服，都是要與她共赴前程的，是她孤獨中的伴侶。她與它們是有肌膚之親，是心貼心。這也是有些教人委屈的，臨到頭誰也幫不上忙，只撇下她自己似的。臨近決賽的日子，住在人家家裡是教人委屈，報紙傳播的謠言更是教人委屈，蔣家母女和程先生待她的好是委屈加委屈。這些委屈都是憋在心裡，看上去依然如故，誰也看不出來，都照著自己的意思奔忙和著急，難免有些亂的，王琦瑤反倒是亂中的一個鎮定。在小報的筆仗，衣料的粉紅嫩綠，還有包在心裡的委屈中，決賽的那一日，一分一秒地來臨了。

投票的方式也是豔情手筆，有萬種風流。台前一排花籃，繫著各小姐的芳名，有意於哪一位，便將手中的康乃馨投進哪一位的花籃。康乃馨有紅色和白色兩種，擺滿了前廳，一百元錢一朵，賣花得的錢，便捐給河南的災民。這城市所有的康乃馨都集中到了新仙林花園的前廳，康乃馨的舞池似的。紅和白都是風情的顏色，花香更是風情。這一天的晚上，連天上的星星都變成了康乃馨，也在向人間灑播風情。這晚上的燈啊！真是了不得，都在訴說衷腸，人心盪漾得沒法說。燈下的梧桐，也是有衷腸的，只是不說。車水馬龍是啦啦隊一樣鼓動，川流不息的，不讓人稍停。這城市的勁頭，足得了不得，不知人事不知愁的，立志將世上的快樂都享盡。新仙林門前的燈是起霧的，廳裡的康乃馨也是起霧的，而且漫了出來，聚起一層雲，新聞記者的閃光燈，是雲裡的雷電，傾刻之間，釀成一場風流雨。小姐們的轎車來了，一輛輛的，出轎車的一幕是最初的亮相。人們目不暇接的，胡亂喝著采，掀起了第一個高潮。這時候，好像有五彩的小雨，繽紛亂舞，披了人的一身，小姐們驚鴻一瞥，倏忽而去。新仙林前人頭擠擠，是自覺自願的龍套演員，烘托氣氛的。廳裡排著長隊買康乃馨，那康乃馨摘了還會長似的，怎麼賣也不見少，轉眼間，人人手裡都有一束，廳裡還是康乃馨的舞池。今天就像是康乃馨的晚會，是它們聚首的日子，盛開得格外嬌豔，心花怒放的樣子。這情景可真是美啊！這繁華是可有四十年不散的餘音，四十年的入夢。

決賽是載歌載舞的，小姐的三次出場被歌唱、舞蹈和京劇的節目間隔開來，每一次出場都有聲色作引子。在歌、舞、劇的熱鬧中間，她們的出場有偃旗息鼓，斂聲屏息的意思，是要全盤抓住注意力，打不得馬虎眼的。在歌、舞、劇的各自謝幕之後，便也產生了舞后、歌后和京劇皇后，每一個皇后都是為她們出場開道的，她們便是皇后的皇后。是何等的光榮在等著她們，天大地大的光榮將在此刻決定，這又是個何樣的時刻呢？台前的花籃漸漸地有了花，一朵兩朵，三朵四朵，是真心真意，也是悉心悉意。籃裡的花無意間為王琦瑤作了點綴。康乃馨紅和白，是專為襯托她的粉紅和蘋果綠來的，要不，這兩種豔是有些分量不足，有些要飄起來，散開去的，這紅和白全為它們壓了底。王琦瑤在紅白兩色的康乃馨中間，就像是花的蕊，真是嬌媚無比。她不是舞台上的焦點那樣將目光收攏，她不是強取豪奪式地，而她是一點一滴，收割過的麥地裡拾麥穗的，是好言好語有商量的，她像是和你談心似地，爭取著你的同情。她的花籃裡也有了花，這花不是如雨如瀑的，卻一朵一朵沒有間斷，細水長流的，竟也聚起了一籃。王琦瑤不是台上最美最耀目的一個，卻是最有人緣的一個，三次出場像是專為她著想，給她時間讓人認識，記進心裡。她一次比一次有轟動，最後一次則已收攬了奪魁的希望。

白色的婚服終於出場了，康乃馨裡白色的一種退進底色，紅色的一種躍然而出，跳上了她的白紗裙。王琦瑤沒有做上海小姐的皇后，就先做了康乃馨的皇后。她的婚服是最簡單最普通的一種，是其他婚服的爭奇鬥豔中一個退讓。別人都是婚禮的表演，婚服的模特兒，只有她是新娘。這一次出場，是滿台的堆紗疊縐，只一個有血有肉的，那就是王琦瑤。她有嬌有羞，連出閣的一份怨也有的。這是最後的出場，所有的爭取都到了頭，希望也到了頭，所有所有的用心和努力，都到了終了。這一刻的輝煌是有著傷逝之痛，能見明日的落花流水。王琦瑤穿上這婚紗真是有體己的心情，婚服和她都是帶有最後的意思，有點喜，有點悲，還有點委屈。這套出場的服裝，也是專為王琦瑤規定的，好像知道王琦瑤的心。穿婚服的王琦瑤有著悲劇感，低迴慢轉都在作著告別，這不是單純的美人，而是情景中人。投向王琦瑤籃裡的花朵帶著點小雨的意思了，王琦瑤都來不及去看，她眼前一片撩亂，心裡也一片撩亂，她是孤立無援，又束手待斃，想使勁也不知往何處使的，只有身上的婚服，與她相依為命。她簡直是要流淚的，為不可知的命運。她想起那一次片廠，開麥拉前的一瞬，也是這樣的境地，甚至連裝束也是一樣，都是婚服，那天一身紅，今天一身白，這預兆什麼呢？也許穿上婚服就是一場空，婚服其實是喪服！王琦瑤的心已經灰了一半，淚水蒙住眼睛。在這最後的時刻，劇場裡好像下了一場康乃馨的雨，看不清誰投誰，也有投錯花籃的。這是頂點，接下去便勝負有別，悲喜摻半了。所有的小姐都佇立著，飛揚的都沉落下來，康乃馨的雨也停了，音樂也止了，連心都是止的，是夢的將醒未醒時分。

這一刻是何等的靜啊，甚至聽見小街上賣桂花糖粥的敲梆聲，是這奇境中的一絲人間煙火。人的心都有些往下掉，還有些沉渣泛起。有些細絲般的花的碎片在燈光裡舞著，無所歸向的樣子，令人感傷。有隱隱的鐘聲，更是命運感的，良宵有盡的含義。這一刻靜得沒法再靜了，能聽見裙裾的悉索，是壓抑著的那點心聲。這是這不夜城的最靜默時和最靜默處，所有的靜都凝聚的一點，是用力收住的那個休止，萬物禁聲。廳裡和籃裡的康乃馨都開到了最頂點，盛開得不能再盛開，也止了聲息。燈是在頭頂上很遠的地方，籠罩全局的樣子；台下是黑壓壓的一片，沒底的深淵似的。這城市的激盪是到最極處，靜止也是到最極處。好了，這靜眼看也到頭了，有新的騷動要起來了。心都跳到口邊了，弦也要繃斷了。有如雷的掌聲響起，燈光又亮了一成，連台下都照亮了。皇后推了出來，有燦爛的金冠戴在了頭上，令人目眩。那是壓倒群芳的華貴，頭髮絲上都綴著金銀片，天生的皇后，毋庸置疑，不可一世的美。金冠是為她定做的，非她莫屬，她那個花籃也分外大似的，預先就想到的，花枝披掛在籃邊，兜不住的情勢。亞后卻是有藏不住的妖冶，銀冠也正對她合適，花籃裡的花又白的多紅的少，專配銀冠似的。她的眼睛是有波光的，閃熠熠，煽動著情欲，是集萬種風情為一身，是人間尤物。掌聲連成了一片，燈光再亮了一成，連場子的角落都看得見，眼看就要曲終人散，然後，今夜是人家的今夜，明晨也是人家的明晨。這時，王琦瑤感覺有一隻手，領她到了舞台中間，一頂花冠戴在了她的頭頂。她耳邊嗡嗡的，全是掌聲，聽不見說什麼。皇后的金冠和亞后的銀冠把她的眼眩花了，也看不見什麼。她茫然地站著，又被領到皇后的身邊。她定了定神，看見了她的花籃，籃裡的康乃馨是紅白各一半，也是堆起欲墜的樣子，這就是她春花秋實的收穫。

王琦瑤得的是第三名，俗稱三小姐。這也是專為王琦瑤起的稱呼。她的豔和風情都是輕描淡寫的，不足以稱后，卻是給自家人享用，正合了三小姐這稱呼。這三小姐也是少不了的，她是專為對內，後方一般的。是輝煌的外表裡面，絕對不遜色的內心。可說她是真正代表大多數的，這大多數雖是默默無聞，卻是這風流城市的豔情的最基本原素。馬路上走著的都是三小姐。大小姐和二小姐是應酬場面的，是負責小姐們的外交事務，我們往往是見不著她們的，除非在特殊的盛大場合。她們是盛大場合的一部分。而三小姐則是日常的圖景，是我們眼熟心熟的畫面，她們的旗袍料看上去都是暖心的。三小姐其實最體現民意。大小姐二小姐是偶像，是我們的理想和信仰，三小姐卻與我們的日常起居有關，是使我們想到婚姻、生活家庭這類概念的人物。

第三章

12 程先生

程先生學的是鐵路，真心愛的是照相。他白天在一家洋行裡做職員，晚上就在自家照相間裡拍照或者沖洗。照相裡他最愛照的是女性，他認為女性是世界上最好的圖畫。他對女性是有研究的，他以為女性的好時光只有十六歲至二十三歲這一段，是嬌嫩和成熟兩全其美的時候。做職員的工資都用在這上面了，好在，他並沒有別的嗜好，也沒有女朋友。他從來沒有過意中人，他的意中人是在水銀燈下的鏡頭裡，都是倒置的。他的意中人還在暗房的顯影液中，罩著紅光，出水芙蓉樣地浮上來，是紙做的。興許是見的美人多了，這美人又都隔著他喜愛的照相鏡頭，不由就退居其次了。程先生幾乎都沒想過婚娶的事情。杭州的父母有時來信提及此事，他也看過就忘，從沒往心裡去過。他的性情，全都對著照相去了。他一個人在這照相間裡，摸摸這，摸摸那，禁不住會喜上心來。每一件東西，與他都有話說，知疼知暖的。

在四十年代，照相還算得上是個摩登玩意，程先生自然也就是個摩登青年，不過，已是二十六歲的老青年了。在他更年輕的時候，確實是喜歡摩登玩意，滬上流行什麼，他必定要去試一下。他迷過留聲機，迷過打網球，也迷過好萊塢，和一切摩登青年一樣，他也是見異思遷，喜新厭舊的。可當他迷上照相機之後，他便把一切拋光，矢志不渝了。他確是因摩登而為照相吸引，而一旦吸引，卻不再是追求時尚的心情了。他迷上照相，可真有點像迷上意中人，忽然發現以往都是錯誤的貪歡，還是無謂的彷徨，多少寶貴的金錢和時光都浪費了，幸而一切發現得還早。自從迷上照相，他便不再是個追求摩登的青年，他也逐漸過了追求摩登的年齡，表面的新奇不再打動他的心，他要的是一點真愛了。他的心也不再像更年輕的時候那樣游動飄移，而是覺出了一點空洞和輕浮，需要有一點東西去填滿和墜住，那點東西就是真愛。現在，表面上看來，程先生還是很摩登的，梳分頭，戴金絲邊眼鏡，三件頭的西裝，皮鞋鋥亮，英文很地道，好萊塢的明星如數家珍，可他那一顆心已不是摩登的心了。這是那些追逐他的也是很摩登的小姐們所不知道的，這也是她們所以落空的原因。

程先生其實是很有幾個追逐者的，他是那種正當婚齡且羅曼蒂克的小姐以及她們父母的注目的對象。他有正當的職業和可觀的薪水，還有一個很有意趣的愛好。可憐她們坐在照相機前，眉目傳情，全是對了一架機器，冰冷的，毫無人情味。程先生也不是不懂得，只是沒興趣。光顧他照相間的小姐，在他眼裡，都是假人，不當真的，一嗔一笑都是衝著照相術，和他無關的。他也並不是不欣賞她們的美，可這美也是與他無關。二十六歲的人，是有些刀槍不入了，不像十七八的少男，什麼都是照單全收，哪怕日後再活生生地剝開，也無悔無怨的。二十六歲的心是已開始結殼的，是有縫的殼，到三十六歲，就連縫也沒了。誰能鑽進程先生心上的縫裡去呢？終於有了一個人，那就是王琦瑤。那個星期天的早晨，王琦瑤走進他的照相間，她起先是不起眼的，因為光線的緣故，還有些暗淡，但那暗淡是柔和的暗淡。興許就是這不起眼才使程先生不設防的，有點悄然而入的意思。他先還是有點不起勁，覺得王琦瑤是馬路上成群結隊的女性中的一個，喚不起創作的靈感。可每當他拍完一張，卻都覺得有一點新發現，是留給下一張去完成的，於是一張接一張的便沒了頭。直到最終，他依然還覺得有一個沒完成。其實，這就是餘味的意思了。程先生忽然感到了照相這東西的大遺憾，它只能留下現時現地的情景，對「餘味」卻無能為力。他還認識到自己對美的經驗的有限，他想，原來有一種美是以散播空氣的方式傳達的，照相術真是有限啊！當王琦瑤離去，他忍不住會開門再望她一眼，正見她進了電梯，看見她在電梯柵欄後面的身影，真是月朦朧鳥朦朧。這天下午，程先生在暗房裡洗印拍好的照片，忘記了時間，海關大鐘也敲不醒他了。他懷了一種初學照相時的急切，等待顯影液裡浮現出王琦瑤的面容，但那時的急切是衝著照相術來的，這時的急切卻是對著人了。相紙上的影像由無到有，由淺至深，就好像王琦瑤在向他走來，他竟感到了心痛。

王琦瑤有點來分程先生的心了。她不僅是程先生的照相機統治下的女性，她是有一些照相鏡頭之外的意義的，那就也要以之外的手法去攫取了。程先生並不想要去攫取什麼，他只覺得心上少了些什麼，要去找回來。於是，他就總是想著要做些什麼，這是帶有點盲目的爭取，因和果都不怎麼明瞭的。他將王琦瑤的照片推薦給《上海生活》，不曾想真的刊登出來，他等不及地給王琦瑤打電話，報功似的。可當他看見報攤和書局裡擺著這一期的《上海生活》，被人拿在手裡翻閱，卻覺得不是滋味，好像要找的沒找回，反又失去了一點。這張照片本是他最喜歡的，這時變成最不喜歡的。陳列王琦瑤照片的照相館前，他只去過一回，而且是在夜間。人車稀少，燈光闌珊，第四場電影也散了。他在照相館櫥窗前站著，裡面那人又近又遠，也是有說不出的滋味。櫥窗玻璃上映出他的面影，禮帽下的臉，竟是有點哀傷的。他雙手抄在西裝褲口袋裡，站在無人的明亮的馬路上，感到了寂寞。在這不夜城裡，要就是熱鬧，否則便是寂寞裡的寂寞。過後，他曾有兩次再給王琦瑤照相，他分明覺得這不是他想做的，可問題是，除了照相，程先生他又能做什麼？這兩次照相，還是沒追回什麼卻少去什麼的。其時的王琦瑤，面對的似乎並不是程先生的鏡頭，而是大眾的眼睛，一顰一笑，都是準備再上封面或者封裡，是對觀眾打招呼的。因此，程先生覺著他的眼睛也不是自己的，而是代表大眾的了。之後，程先生就再不提照相的事了。

程先生想到了約會，可卻開不了口。有一次，電影票買了，電話也打通了，可等王琦瑤來接，說的卻是另一件事，完全無關的。程先生雖是二十六歲，也見識了許多美女，可都是隔岸觀火，其實是比十六歲少年還不如的。十六歲時至少有勇敢，如今勇敢沒了，經驗也沒積攢，可說兩手空空。這約會的念頭，一直等到王琦瑤和蔣麗莉做了朋友，才最終實現。雖然一約兩個，可唯有這樣，程先生才開得口的。程先生有約，王琦瑤表面不露，心裡是滿意的。倒並不是也對程先生有好感，為的是好和蔣麗莉平衡。她和蔣麗莉交朋友，成日是在蔣麗莉的社交圈子裡出入，她這方面，是一個也沒有，程先生正好填了這個空白。那天，是程先生請她們看原版的美國電影。程先生先到了一步，站在國泰電影院門前等候，兩個女學生遠遠地走來，在梧桐樹葉的陽光下顯得特別有情致。天空是那樣明淨，有幾絲雲彩也是無礙的，路邊牆上的影，是畫上的那種，若靜若動的。一個先生和兩個小姐約會是多麼奇妙的人生場景。它有一種羞怯的莊嚴，鄭重其事，還是滿腹的心事。有一種下午是專門安排給這樣的約會，它有一種佯裝的曖昧，還有一種佯裝的不知不覺。這樣的下午是一個假天真，也是一個真有情。

蔣麗莉知道程先生，卻是頭一次看見，王琦瑤為他們作了介紹，然後三人一起進了電影院。他們三人的坐法是：王琦瑤和程先生坐兩頭，蔣麗莉坐中間。其實坐兩頭的往往有著關係，坐中間的那一個，雖是兩頭都靠，實際兩邊都無涉，是作隔離，還作橋梁的。王琦瑤請程先生吃橄欖，由蔣麗莉傳遞；有費解的台詞，也由程先生翻譯給蔣麗莉，再傳給王琦瑤。看電影時，王琦瑤的手始終拉著蔣麗莉的手，就像聯合起來孤立程先生；程先生的殷勤卻一半對一半，表示一視同仁，蔣麗莉還是個障眼法。電影院裡黑漆漆的，放映孔的光柱在頭頂旋轉移動，是個神奇世界。下午場的電影總是不滿座，三三兩兩，有些心不在焉，好像各懷各的心事。影幕上的聲音也在頭頂上迴盪，格外宏亮，震人耳膜。他們三人似乎感到某種威懾，有些偎在一起的樣子。蔣麗莉能聽見兩邊的呼息聲，心跳也是近在咫尺，影幕上的故事她沒有看清，只作了身邊這兩人的傳聲筒。程先生伏在她腮邊低語，雖是說給王琦瑤的話，卻句句先入她的耳。走出電影院，來到陽光明媚的馬路上，再看那程先生就是變了樣的。然後他們去喝咖啡，三人坐一個火車座，她倆坐一排，程先生坐對面。程先生的話還是對王琦瑤的，眼睛卻是看著蔣麗莉，王琦瑤也不作答，都由蔣麗莉代言了。話也不是什麼要緊的話，全是閒篇，誰答都一樣。蔣麗莉漸漸有些話多，也有了些私心，程先生明明問的是她倆的事，她只回答自己的一份，王琦瑤又是個不開口，程先生被牽著走也是無奈。最終是他倆在談心，多年的朋友似的，王琦瑤則作壁上觀。程先生的心全在王琦瑤身上，可惜分不出嘴去，又不敢送出目光去。蔣麗莉的話像流水，流出來的全是小說的字句，也叫程先生不便流連目光，只得垂下眼，盯著杯中的咖啡底，底裡有王琦瑤的影，也是不回答。蔣麗莉這才止了說話，眼睛也看著咖啡底，底裡是程先生的影，垂目不語的。

從此，程先生就成了她們的晚會中人，護花神似的，緊隨其後，每次都是陪到底，送回家。程先生是有些把照相荒廢掉的，照相機上蒙了薄灰，暗房也生出潮氣，他走進去，無端地就會生出感慨。他心裡的那個真愛似乎換了血，冷的換成熱的，虛的換成實的。王琦瑤就是那個熱和實。程先生原先也是晚會的積極分子，晚會填補了獨身一人的很多夜晚。晚會那一套東西他還沒熟到膩煩的程度，本是可以再消受一段日子，可是陪伴王琦瑤參加晚會使膩煩的一天提前到來。去晚會是為接近王琦瑤，可王琦瑤反倒遠去了。其實在晚會上，王琦瑤與他的話反是多了些，行止也親密些的，為的是避免糾纏，可程先生倒無言以對了，說出口的都不是自己的話，大家的話似的。晚會上的一切都是公有制，笑是大家一起笑，鬧是大家一起鬧，聚散是大家的聚散。最沒有個人自由就是晚會，最沒有私心就是晚會，懷著私心來的程先生，自然是要失望了。可他還是不得不去，王琦瑤即便是個影子，他也要追隨的；這影子就是被風吹散，他也要到那個散處去尋去覓。晚會上，他站在一個牆角，手裡一杯酒，自始至終。空氣裡都是王琦瑤，待他去看，卻什麼也看不著。這是苦悶的晚上，身邊的熱鬧都是在嘲諷他，刺激他，他卻不退縮。

晚會的程先生，在蔣麗莉眼睛裡，也成了個影子，是失魂落魄的那個影子。她想把他喚回來，就總是說東說西。程先生耳根子不得清淨，苦悶是加一成的。可他生性柔和，從來不善駁人面子，只得敷衍。因敷衍的疲累，苦悶再加一成。程先生愁容滿面，蔣麗莉便越發的要散他的心。她不是看不見，而是不願看程先生的憔悴為什麼，她只想：程先生就算是一塊堅冰，她用滿肚腸的熱，也能溶化它。蔣麗莉讀過的小說這會兒都來幫她的忙，教她溫柔有情，教她言語生風，還教她分析形勢，只可惜她扮錯了角色，起首的一句錯了，全篇都錯。信心是錯的，希望也是錯的。晚會上的程先生，是由著她擺布，怎麼都行的，雖是魂不守舍，但有個殼蔣麗莉也滿意，殼碎了，碎的片蔣麗莉也要拾起的。蔣麗莉參加晚會，說的是為王琦瑤，其實是為程先生，她也是局外人似地，站在牆角。不是她要做局外人，是因為程先生做了，她就不得不做。程先生苦悶，她不得不苦悶，是全心相隨。可惜程先生一點不看見，滿心的王琦瑤。每夜的晚會上，只有這兩個人是真人，其餘的，都是戴假面的。真心也只有這兩顆，其餘的心都是認不得真的。可惜這兩顆真心走的不是一條道，越是真越是不碰頭。

提議競選「上海小姐」，是程先生向王琦瑤獻的一點殷勤，蔣麗莉的熱烈附議，一半對王琦瑤，一半對程先生。這段日子，王琦瑤雖然難熬，倒是程先生和蔣麗莉的好時光。他們三人幾乎隔日一見，見面就有說不完的話。等到王琦瑤住進蔣麗莉家，程先生開始上門來，連蔣麗莉的母親都有幾分歡喜。她家的客人是成群結夥的，熱鬧是連成片，冷清也是連成片，而程先生這樣的常客，是將熱鬧冷清打勻了來的，是溫馨的色彩，雖然是客，卻是家庭的氣息。蔣家的男人又長期在外，一個兒子未成年且百事不曉，程先生是還能幫著拿主意的，就是不拿主意，往客廳裡一坐，本身就是個掂量。競選的日子裡，程先生和蔣麗莉的癡心得到了暫時的宣洩和轉移，都是愉快的心情。他們因有著共同的目標，便也有了共同的語言，王琦瑤卻出於地位不同，要與他們唱些反調，是彆扭曲折的心曲，不得不唱。那兩個則是團結一致的，越是要討她喜歡，越是要同她把反調唱到底。他們三人站成了兩派，王琦瑤一個對付他們兩個，心裡曉得兩個都是幫她，也是含了些嬌癡和任性，還有點討他們保證來堅定信心。所以這三人兩派其實是一條心。這一條心裡有著些陰差陽錯的情愛，還有些將錯就錯的用意。

一個先生兩個小姐是一九四六年最通常的戀愛團體，悲劇喜劇都從中誕生，真理和謬誤也從中誕生。馬路上樹蔭斑斕處，前一輛三輪車坐了一對小姐，後一輛坐了一個先生，就是這樣的故事的起源，它將會走到哪一步，誰也猜不到。

臨近決賽的日子裡，王琦瑤對程先生的上門是真心歡迎的。萬事未決之中，程先生是一個已知數，雖是微不足道，總也是微不足道的安心，是無著無落裡的一個倚靠。倚靠的是哪一部分命運，王琦瑤也不去細想，想也想不過來。但她可以這麼以為，退上一萬步，最後還有個程先生；萬事無成，最後也還有個程先生。總之，程先生是個墊底的。住在蔣麗莉的家，有百般的好處，也沒一件是自己的。雖也是仔細地過日子，過的卻是人家的日子，是在人家日子的邊上過歲月。拿自己整段的歲月，去做別人歲月的邊角料似的。而回到自己家中，那雖是整段的歲月，卻又是看不上眼，做面子做襯裡都夠不上的，還抵不上人家的邊角料的。但總還是不甘心。而程先生是這邊角料裡的一個整匹整段，是一點不甘心也甘心。在心裡最委屈的時候，王琦瑤單個兒和程先生出去了一兩回，是程先生陪她回家拿東西。程先生不進弄堂，找個咖啡館候著。隔著窗玻璃看那馬路上的行人，程先生對自己說：這一個小姐後面該是王琦瑤了，或者，這個先生過去，王琦瑤就過來了。咖啡在杯裡涼了，他也不知道。電車噹噹地過去，是安寧白晝的音樂，梧桐樹葉間的陽光，也會奏樂似的，是銀鈴般的樂聲。王琦瑤走來時，是最美的圖畫了，光穿透了她，她像要在空氣裡溶解似的，叫人全身心地想去挽留。程先生不由激動起來，有點鼻酸了。他的照相間的灰越積越厚，暗房水池殘留的定影液也變了顏色，他已有多少日沒有進去了啊！程先生也感到了委屈，他幾乎是連後路都截斷的，一味地向前，他感到了咖啡杯的涼意。這時，王琦瑤已在了眼前。看見王琦瑤，那委屈煙消雲散，取而代之的是滿心的願意。王琦瑤坐都不坐，立即要走，坐一坐便是允諾了什麼似的。雖知道這是個萬事萬物的底，可畢竟遠不是退的地步，只不過前途茫茫，穩住心即可的。再有一層，則是為了蔣麗莉。

她當然是知道蔣麗莉的心。像王琦瑤這般聰敏仔細，又沒叫感情遮住眼，什麼看不見呢？她甚至還能看出蔣麗莉的母親的心。這一個無能的女人，以往大事小事都是問王琦瑤，如今則是問程先生了。上回親戚中有人結婚請喜酒，她竟藉口王琦瑤有些不舒服，要程先生陪她們母女去赴宴，這笨拙又露骨的用意是叫王琦瑤好氣好笑也可憐的。逢到這種情形，王琦瑤總是自行退讓，給她們方便。可她不去，程先生也不去。為了蔣麗莉母親的面子，最後是四個人都去。一晚上，王琦瑤總是候在蔣麗莉母親身邊，左右不離的，空出程先生邊上的位子讓蔣麗莉去填。王琦瑤這麼撮合蔣麗莉和程先生，有一點為日後脫身考慮，有一點為照顧蔣家母女的心情，也有一點看笑話的。她再明白不過，程先生的一顆心全在她的身上，這也是一點墊底的驕傲。看著蔣麗莉心甘情願地碰壁，雖也是不忍，卻還是解了一些心頭委屈似的。程先生怎麼也摸不透她的心，這顆心太過複雜，是境遇的複雜所造成的。也將他推進複雜的境遇中。他總是身不由己地，奔了王琦瑤去，結果卻落在了蔣麗莉手中，走入迷魂陣似的。程先生是個直心的人，沒有左顧右盼的，對蔣麗莉只覺得她熱心，蔣麗莉的母親也熱心，雖是有些過頭，也不生疑的，總以熱心回報，不料誤入了歧途。

蔣麗莉為程先生，已不知哭了多少回了。程先生對她在意一點和忽略一點，都是回到房裡流淚的理由。那房間重新收拾過了，書本是清潔整齊摞好的；茶杯天天洗；唱片呢，去舊換新，很羅曼的小夜曲；床頭掛了些手繡的香包，是王琦瑤的女紅；衣櫃裡也新添了顏色鮮亮的衣服，是程先生的眼光。這房間裡有了一股欣欣向榮的氣象，是溫順和婉的好脾氣，還是翹首以望的心情。她寫了許多不給人看的字句，日記本外面包了紅綢子。她看不清形勢，一半是因為愛得糊塗，另一半也是有權利心的。她對王琦瑤有權利，對王琦瑤的朋友也有了權利似的。對這權利她也是有些糊塗，不明白哪部分是名，哪部分是實，哪部分當然歸她，哪部分則是有前提的公平交易。這也是從小養成的任性使然，到頭總是吃虧。蔣麗莉被這感情折磨得不行的時候，便向王琦瑤傾訴衷心。是小說式的傾訴。其中那些上句不接下句，辭不達意的地方，才是真感情。這真是叫王琦瑤為難，不知該說什麼好。潑她的冷水不對，鼓勵她更不對，形勢是無法分析，真相也不便告訴。她也只能隨她去，什麼態也不表的。可經不住蔣麗莉一個勁地追問她的意見，只能說程先生的人不錯，再要問，便不得已地說：人可是有點呆。蔣麗莉卻說，這不叫呆，而叫不俗。王琦瑤見她執迷不悟，有時就用話來暗示，說凡事都要憑緣分，倘若沒有再用心也是白用。蔣麗莉聽了這話，不由喜形於色，說：這就對了，我自己常想，事情偏偏這樣巧，偏巧我和你好，你又帶來個程先生，這巧其實就是緣分啊！王琦瑤一邊暗中嘆氣，一邊覺得自己已盡到責任，餘下的事再與她沒有關係。

決賽的日子是萬事的目的地一樣，到了那一日，什麼都可見分曉的。所以都是一心往那裡奔。奔到眼前，抬起頭來，才發現事事皆非。不過這一抬頭，是將幾年當一瞬間說，甚至幾十年當一瞬間說的。蒙在鼓裡還要有一段。那天晚上，他們三人一個台上，兩個台下，多日的努力和激動，都歸成一個聽天由命，有點悲戚，也有點感動。滿台的小姐，台下兩個只盯著一個看的，他們由於立場和代價的關係，已難以進行比較，也難作判斷。他們三個全是束手待斃的，等待命運降臨。到第三輪出場，看著穿了婚服的王琦瑤，程先生的眼淚都要湧上來的。這是他朝思暮想的一幕，是唯願不醒的夢。蔣麗莉的眼裡也是含淚的，婚紗下面的不是王琦瑤，而是她自己，她卻是不把它當夢，而是當未來。這一時刻，他們三人，台下台上，是淚眼相向，各是各的情懷。最後的關頭，蔣麗莉情不自禁地抓住程先生的手，程先生沒有拒絕也沒有響應，注意力全在台上，身子都是木的，別說是手。待到宣布第三名王琦瑤時，程先生也情不自禁起來，回握一下蔣麗莉的手，然後抽回來，全身心地鼓掌。蔣麗莉也是鼓掌，心更是像擂鼓一般，臉也紅了。這一個晚上，初看起來，真是個如意夜晚。雖不是頭等的榮耀，可位居第三似更可靠，兩個有情的則都看見些曙光般的希望。這晚，王琦瑤她們在台上照相留影，接受採訪，程先生和蔣麗莉在前廳等候。廳裡的康乃馨到底有些枯萎了，紅和白都不那麼鮮明，枝葉也開始凋零，東一片，西一片的，是收場的樣子。廳前的燈火，是最後的輝煌了，人意闌珊的氣氛。車馬稀了些，餛飩挑子卻在路邊悄然出現，是靜夜的景致了。

第二天早上，程先生光了臉，穿了整潔的衣服，來到蔣麗莉家。那兩人晨妝已畢，早就坐在了客廳。三個人的眼睛都是熬了夜的，有些血絲，還有些浮腫。太陽有些潮黏，照在打蠟地板上，蠟也像要化似的。蔣麗莉的母親親手布置茶點，連她也換了新衣服。這有點像大年初一的那種早晨，轟轟烈烈的除夕夜過去了，滿地的炮仗紙掃盡了，年節雖才開始，已帶了點倦意。那喜慶之氣是要照耀一整年，就有些勉為其難的意思。他們回顧昨天晚上，你一言我一語，互相補充和糾正，要使情景重現似的。昨晚的燈光和康乃馨在這樣的潮天的太陽裡顯得不很真切，恍恍惚惚。他們就加把勁地回顧，好把它喚回來。一個上午過去了，他們的討論還保持到餐桌上。桌上也是過年一樣的菜，新換的桌布，年節用的碗碟。餐桌上的熱鬧卻含了一些失落，一天過去了一半，可事情沒新發展。午後總是倦怠的，有些提不起勁，都是歪著的。陽光裡的灰塵也是黏滯的，光線是顯得有些灰。坐著無話，蔣麗莉便起身到角落彈鋼琴，東一句，西一句，琴聲淙淙，畢竟是一點鼓舞，也是一點推動。是為找事做，程先生也走到鋼琴邊，倚著琴站著，問蔣麗莉會彈這還是會彈那。蔣麗莉就用鋼琴回答他，都不全會，又都會一兩句，因此有求必應，兩人都有了些興致。鋼琴邊一站一坐的兩個年輕男女，是這類客廳裡最貼切的情景。王琦瑤倚在另一角的沙發上，看著他們，忽然發現她做主角的日子過去了。昨夜那光榮啊！真是有些蒼海烏山的味道。那鋼琴是刺她耳的，還刺她的心，是專挑她過不去的來。坐在鋼琴前的蔣麗莉雖然姿色平平，可卻很優雅，無形中與她拉開了距離，程先生也是有距離的。王琦瑤忽有些悲傷，這是大喜過後常有的心情。那大喜總是難免虛張聲勢，有過頭的指望。王琦瑤望著落地窗外的冬日的花園，丁香花枝糾成一團，解也解不開的。太陽卻開始蓬勃起來，空氣也爽利了，昨天的夜晚都已經按下不提了，是輕鬆，也是空落落。上海灘的事情就是這樣，再大的熱鬧也是一瞬間。王琦瑤甚至想到，是該回家的日子了。這時，程先生回頭說：王琦瑤，來唱一曲吧！王琦瑤不由心頭火起，臉紅著，卻笑道：我又不是蔣麗莉那樣的藝術人才，會唱什麼？蔣麗莉還自顧自彈著琴，程先生則有些不放心，走過來提議：我們去看電影好嗎？王琦瑤負氣似地說：不去。程先生又說：我請二位小姐吃西餐。王琦瑤還是說不去，這回是將頭扭過去，眼裡含了淚的。程先生真是知心的體貼，可正是這體貼，碰著了王琦瑤的痛處。兩人默默無語地坐著，蔣麗莉的琴聲不再刺耳，是很柔和地揪心。

這天以後，王琦瑤開始和程先生約會了。她對蔣麗莉還是說回自己家，出了弄堂就掉了個頭的。有兩次，看完電影回來，夜已深了，沒進門就聽見蔣麗莉的琴聲，在空曠的夜空下，有點自言自語的意思。這些天，蔣麗莉重新拾起了鋼琴課，終於找到程先生一個喜歡似的，也為了傾訴心聲。王琦瑤走上樓梯時，總躡著手腳，可還是會被蔣麗莉叫住，要告訴她心中的感受。落地窗外有著大大的滿月，也在抒發著感受。蔣麗莉找定了王琦瑤做她的知心，王琦瑤是逃不脫的。她曾經提出搬回家住，蔣麗莉聽都不要聽，說王琦瑤回去，她也跟回去，反正是不分離。蔣麗莉的感情總是誇張，可到底不摻假，王琦瑤不能不當真的。她想她雖然沒有承諾程先生什麼，可畢竟是侵占了蔣麗莉的機會，她要不知道蔣麗莉的心意還好，而蔣麗莉偏是第一個要讓她知道。王琦瑤的感情不是從小說裡讀來的，沒那麼多美麗的道理，可講的是平等互利的原則，有來有往，遵義守信。她心裡對蔣麗莉抱愧，行動上便對她好過從前，把她當親姊妹一般。有一回，蔣麗莉說：程先生最近怎麼不來了，那若有所失的樣子，使王琦瑤只得拒絕程先生的邀請，程先生只得再上門來。蔣麗莉是大喜過望，王琦瑤自知是作孽，除此又無他法，只有一個念頭在安慰她的良心，就是那個不承諾。這時候的王琦瑤就靠著這個不承諾保持著平衡。這不承諾是一根細鋼絲，她是走鋼絲的人，技巧是第一，沉著鎮靜也是第一。

這一天，程先生帶著羞怯和緊張，問王琦瑤提出，再到他的照相間去照一次相。這請求裡是有些含義的，倘若裝不懂也可蒙混過去，要拒絕反倒是個挑明，水落石出了。王琦瑤要的就是個含糊，什麼樣的結論都為時過早。心裡的企盼又開始抬頭，有些好高騖遠，要說也是叫程先生的一片癡心給寵出來的。程先生的癡心是集天下為一體，無底的樣子，把王琦瑤的心抬高了。再去程先生的照相間，也是個禮拜日。前一天已經收拾過了，擦去了灰塵，梳妝桌上插了一束花，兩朵玫瑰合一蓬滿天星，另一角則立了一幀王琦瑤的小照。是那頭一次來時照的，看上去，像比現在年輕好幾歲，沒有成熟的樣子，其實不過就是前年。再看窗外，依然是前年的景色。這兩年的時間，似乎只記在了王琦瑤的身上，其他均是雁過無痕。花和小照，都是歡迎的意思。尤其是那照片，竟是不由分說，不來也要來的味道，是老實人的用心，一不做，二不休的。王琦瑤總是裝不看見。她略施脂粉就走出了化妝間，走到照相機前坐好，燈亮了。兩個人共同地想起前年的那個禮拜日，也是這樣的燈亮，人卻是陌路的人，是樓下那如蟻的人群中漠不相關的兩個。如今，雖是前途莫測，卻總有了一分兩分的同心，也是世上難得。他們已有很久沒有一起照相。可並不生疏，稍一練習便上了手，左一張右一張的。上午總是短促，時間在厚窗幔後面流逝，窗裡總是燈光恆常。兩人也不覺得肚飢，沒個完的。他們一邊照相還一邊扯著閒篇，許多趣事都是當時不覺得，過後才想起。他們先是說著兩人都知道的事情，然後就各說各的，一個說一個聽，漸漸就都出神，忘了照相。兩人坐在布景的台階上，一個高一個低，熄了燈，天光就從厚幔子外面透過來一些。程先生說他在長沙讀鐵路學校，聽到日本人轟炸閘北便趕回上海，要與家人會合，一路艱辛，不料全家已經回了杭州，再要去杭州，上海卻已寧靜，開始了孤島時期，於是就留下，一留就是八年，直到遇見了王琦瑤。王琦瑤說的是她外婆，住在蘇州，門前有白蘭花樹，會裹又緊又糯的長腳粽，還去東山燒香，廟會上有賣木頭雕的茶壺茶碗，手指甲大小的，能盛一滴水，她最後一次去蘇州是在認識程先生的前一年。

兩個人由著氣氛的驅策，說到哪算哪，天馬行空似的。這真是令人忘掉時間，也忘掉責任，只顧一時痛快的。程先生接下去敘述了第一次看見王琦瑤的印象，這話就帶有表白的意思，可兩人都沒這麼看，一個坦然地說，一個坦然聽，還有些調侃的。程先生說：倘若他有個妹妹，由他挑的話，就該是王琦瑤的樣。王琦瑤則說：倘若她父親有兄弟的話，也就是程先生的樣。這話是有推託的意思，兩個人同樣都沒往心裡去，一個隨便說，一個隨便聽。然後，兩人站起身來，眼睛都是亮亮的，離得很近地，四目相對了一時，然後分開。程先生拉開窗幔，陽光進來了，攜裹了塵埃，星星點點，紛紛揚揚在光柱裡舞蹈，都有些睜不開眼的，望了窗下的江邊。有靠岸的外國輪船，飄揚著五色旗。下邊的人是如蟻的，活動和聚散，卻也是有因有果，有始有終。那條黃浦江，茫茫地來，又茫茫地去，兩頭都斷在天涯，僅是一個路過而已。兩人倚在窗前，海關大鐘傳來的鐘聲是兩下，已到了午後。這是個兩心相印的時刻，這種時刻，沒有功利的目的，往往一事無成。在繁忙的人世裡，這似是有些奢侈，是一生辛勞奔波中的一點閒情，會貽誤我們的事業，可它卻終身難忘也難得。

過了一天，照片就洗印出來了。這是完全打破格局的，因是邊聊天邊照相，雖不是張張好，卻留下一些極為難得的神采，那表情是說到一半的話和聽到一半的話，那話又是肺腑之言，不與外人說的。這照片是體己的照片，不是供陳列展覽的。兩人看照片是在咖啡館裡，他們看一張，笑一張，當時的情景和說話都歷歷在目。程先生就說：看你這樣子！王琦瑤則笑：怎麼會這樣子！然後認真地回憶，終於想起了說：原來是這樣啊！每一張都是有一點情節的，是散亂不成邏輯的情節，最終成了成不了故事，也難說。王琦瑤總算一張一張看完，程先生又讓她翻過來看背面，原來每一張照片的背後都題了詞的。有的是舊詩詞，有的是新詩詞，更多的是程先生憑空想的。是描繪王琦瑤的形神，也是寄託自己的心聲。王琦瑤心裡觸動，臉上又不好流露，只能有意岔開，開了一句玩笑道：看上去倒像是蔣麗莉的作派。兩人想起蔣麗莉，忽都有些不自在，沉默下來。停了一會，程先生問道：王琦瑤，你不會一直住在蔣麗莉家吧？這話其實是為自己的目的作試探，卻觸到了王琦瑤的痛處，她有些變臉，冷笑一聲道：我家裡也是天天打電話來要我回去，可蔣麗莉就是不放，說她家就是我家，她不明白，我還能不明白，我住在蔣家算什麼，娘姨？還是陪小姐的丫頭，一輩子不出閣的？我只不過是等一個機會，可以搬出來，又不叫蔣麗莉難堪的。程先生見王琦瑤生氣，只得怪自己說話不小心，也不夠體諒王琦瑤，很是懊惱，又覆水難收。王琦瑤見程先生不安，也覺自己的脾氣忒大了，便溫和下來，兩人再說些閒話，就分手了。

然而，才過幾天，王琦瑤搬出蔣家的機會就來臨了，只是到底事與願違，是個大家都難堪。有一天晚上，王琦瑤又不在家，蔣麗莉為了找一本借給王琦瑤的小說，進了她的房間。小說沒找到，卻在她枕邊看到了那一些照片，還有照片後面的題詞。程先生對王琦瑤許多明顯的用心都為她視而不見地忽略了，這些照片卻終於撥開迷霧，使她看清了真相。這其實也是長期以來存在心底的疑慮，有了一個突破口，便水落石出。這一真相摧毀了蔣麗莉的愛情，也摧毀了她的友誼。這兩件東西都是蔣麗莉掏心掏肺對待的。因是一廂情願，那付出便是加了倍的，不料卻是這樣的結果。

13 李主任

請王琦瑤出場剪綵的請柬，正是王琦瑤離開蔣家那天送到的。王琦瑤已坐上了三輪車，那老媽子將請柬送了過來。王琦瑤看見這廣東女人臉上掩不住的喜色，知道自己走遲了她的心。她想她何苦要去做那不相干人的眼中釘？無故地結了怨仇。蔣家母女都沒出來送她，一個藉故去大學註冊，一個藉故頭痛，這使王琦瑤的走帶了點落荒而逃的意思。王琦瑤穿了一件短袖月牙白綢旗袍，一把折扇擋著初秋還有些暑意的陽光，蟬一聲迭一聲地叫，路上的樹蔭倒是秋色了。她心裡茫茫然的，手裡請柬也沒興致去拆。她沒有告訴程先生發生的事情，這事很不好開口。她還是有點負氣，故意要使自己處境淒慘，這才解恨似的。她一路出了寬闊的弄堂，院牆裡的丁香就像是起煙的，香霧繚繞，弄前的馬路人車俱無，靜得也是起煙的。王琦瑤拆開手裡的信封，見是一家百貨樓開張，請她去剪綵。這消息沒怎麼叫她興奮，反有點叫她稀奇，她想，她這個陪襯用的三小姐，能為開業慶典增添什麼彩頭？想來也是一家不怎樣的百貨樓，請不到第一第二位，便讓她到場敷衍罷了。這一日是灰心的一日，是告一段落的，事情是收場了，卻還有許多善後工作，在末梢上的心情。

王琦瑤到家正是午飯的時候，她推說已經吃過，便到亭子間裡看書。亭子間是灰拓拓的，那種鹼水洗過後泛白的顏色，牆和地都是吃灰的。王琦瑤的心倒是格外的靜，一動不動，看了一下午的書。傍晚時，接了兩個電話。一個是程先生，問她怎麼突然回家了，他是去了蔣麗莉家才知道的；她說是家裡有事，便回來了；程先生問是什麼樣的事，需不需他幫忙；她笑道，也不是什麼大事，不過正是個藉口罷了；程先生鬆口氣似地，停了會兒卻又問，是不是因為他那日說的話不合適，才突然決定；王琦瑤就反問，那天他說的哪句話不合適，她怎麼不知道；程先生倒不好說了，再停了會兒，就要上門來看她；她說剛到家，有些雜事，過兩天再說罷，便放了電話。第二個電話是那家百貨樓來的，請三小姐那天務必到場，屆時會有汽車來接，慶典過後還有一個便宴，仍請三小姐賞光，過後，也會有車送回府上。那人說話口氣非常恭敬，也很急切，很怕她不去的樣子。聽過這兩個電話，王琦瑤的心熨貼了不少，有點沉到底又浮起來的意思。本打算連晚飯也推託的，這時卻一併吃了，還陪母親捅了一陣子蓮心，才下樓睡覺，一覺就到天明。

剪綵那日，王琦瑤穿的是競選決賽的那一套出場服，粉紅緞旗袍。頭髮因為長了，也沒剪燙，臨時去理髮店做了個略顯老氣的髮髻。她心裡也是敷衍，是對那長久的冷落的一個抗議。她想，他們怎麼會記起了三小姐，連她自己都快忘了。而她這不經意的裝束卻自有成功之處，粉紅是對她號的顏色，嬌嫩新鮮，髮髻是最合適她目前心情的髮型，是新鮮裡一點滄桑，而畢竟那十八歲的年輕是擋也擋不住的。一雙皮鞋是新買的，白色的細高跟，將王琦瑤的身材拔高，玉樹迎風的樣子。王琦瑤從前門上的汽車，前後的窗戶裡，有一些眼睛在看，是一些很有洞察力的眼睛，什麼都瞞不過它們。王琦瑤心裡有一些悲戚，她坐進汽車，看著車窗外的街景，電車總是噹噹，永恆的聲音。她的眼睛是漠然的表情，什麼都無所謂，但這漠然是帶有挑戰性的，有一點豁出去的精神，要將命運奉陪到底的決心。到了地方，她眼睛裡才掠過一絲驚訝，她發現這百貨樓竟是這幾日報紙和無線電大作廣告的那家，慶典的聲勢也很大，幾十個花籃排在了門前。她這時有點後悔來得草率了，可她很快鎮定下來，還有些好笑自己的激動，再大的輝煌也還不是兜個圈子再回到原地？這時的王琦瑤是很透徹的，不過，這透徹不是說她放棄努力，剛好相反，是認清形勢，知己知彼，是做努力的準備。她從粉盒裡檢查了一下儀容，然後下了汽車。

參加慶典的有許多要人，有一些是面熟的，顯然在報上見過照片。只是時事與政治同王琦瑤隔得太遠，都是紙上文章，還是天外文章，所以也是木然。剪綵儀式總是一大串的講話，王琦瑤只靜立著，等待輪到她的那一剪刀。雖然頭一回經歷，可電影裡報刊上也見多了，到了實地反更減些意思，例行公事似的。心裡又遺憾自己的裝束，便盼著早散早回家。只在那動剪子的一剎那，悸動了一回，畢竟是眾人矚目，由她唱主角的一瞬，可也是倏忽之間。接下來的便宴，一大半要人走了去赴公事，留下少數，其中有一位李主任，落座時就在她身邊。是軍人的氣派，腰背很挺，不苟言笑。周圍人也都有趨奉之色，有些陪小心的，氣氛總是有幾分緊張。倒是王琦瑤沒什麼顧忌，出言天真，稍稍活躍了空氣。她以為李主任是此間百貨樓的經理之類，便問他化妝品牌子的問題，見他臉上浮出微笑，才知自己弄錯了，收又收不回，只得低下頭去吃菜。望了她羞紅臉的樣子，李主任又一次浮起了微笑。後來王琦瑤才知道，李主任是軍政界的一位大人物，也是這間百貨樓的股東。請她來剪綵，就是李主任的建議。

李主任是在「上海小姐」的決賽上認識王琦瑤的。他本是為二小姐來捧場，結果手裡的花卻投在了王琦瑤的籃子裡。王琦瑤喚起他的不是愛美的心情，而是憐惜之意。四十歲的男人是有憐惜心的，這憐惜心其實是對著自己來，再折射出去的。四十歲的人，哪個是心上無痕？單單是時間，就是左一道右一道的刻劃。更何況是這個動盪的時日，李主任這樣的風雲生涯。外人只知李主任身居高位，卻不知高處不勝寒。各種矛盾的焦點都在他身上，層層疊疊。最外一層有國與國間；裡一層是黨與黨間；再一層派系與派系；芯子裡，還有個人與個人的。他的一舉手，一投足都是牽一髮動千鈞。外人只知道李主任重要，卻不知就是這重要，把他變成了個活靶子，人人瞄準。李主任是在舞台上做人，是政治的舞台，反覆無常，明的暗的，台上的台下的都要防。李主任是個政治的機器，上緊了發條，每時每刻不能鬆的。只有和女人在一起的時候，他才想起自己也是皮肉做的人。

女人是一點政治都沒有，即便是勾心鬥角，也是遊戲式的，帶著孩童氣，是人生的娛樂。女人的詭計全是從愛出發，越是摯愛，越是詭計多端。那愛又都是恆愛，永遠不變。女人還都是那麼不重要，給人輕鬆的心情，與生死沉浮無關，是人生的風景。女人也是李主任的真愛，但愛不是李主任的人生大業，連附麗都談不上的，有點奢侈的意味。但因李主任有實力，便也談得上奢侈了。李主任的正房妻子在老家，是父母之命，媒妁之言。另有兩房妻室，一房在北平，一房在上海。而與其廝混過的女人就不計其數了。李主任是懂得女人的美的，競選「上海小姐」，他還是評委之一。在他這樣的年齡，不再是用眼睛去審視女人，而是以心情去體察的。當他年輕的時候，他也迷過明眸皓齒的美人，有一句話叫作「秀色可餐」，他要的就是這個「可餐」，是感官的滿足。可隨了年紀的增長，也隨了感官需求的日益滿足，他的要求開始變了。他要一種貼心的感受。他走過許多地方，見過各地的女人，北平女人的美是實打實的，可卻太滿，沒有回味的餘地；上海女人的美有餘味，卻又虛了，有點雲裡霧裡，也是貼不住。由於時尚的風氣，兩地的女人都走向潮流化，有點千人一面，即使有變，也是萬變不離其宗，終是落入窠臼。入目的沒有，入心的更沒有。這些年，看上去他對女人的心似乎是淡了，其實卻是更嚴格，是有點真心難求的苦衷。

王琦瑤卻打動李主任的心了。他本是最不喜歡粉紅這顏色，覺得女人氣太重，把嬌媚全做在臉上，是露骨的風情。可王琦瑤穿上的粉紅卻化腐朽為神奇，是煥然一新的面目。那粉紅依然是嬌媚做在臉上，卻是坦白，率真，老實的風情。旗袍上的繡花給人一針一線的感覺，仔細認真的表情。他發現他是錯怪了這顏色，這顏色是天然的女人氣，風要吹，水要流的，怪就怪街上那些女人們穿壞了它，裁縫也是幫凶，做壞了它。這原來是何等的賞心悅目啊！但李主任是女人看多了，眼睛難免撩亂，判斷反倒謹慎和猶疑。雖然把花投在了王琦瑤的籃裡，卻也並非忘不了，加上百事纏身，女人也纏身，更是騰不出空去牽記王琦瑤。是在百貨樓開業，請他參加慶典，他隨意問了聲，誰來剪綵，回說還沒定，也許請某女士。某女士是位電影明星，也是投其所好，因是與李主任有一段的。李主任聽了則說，不如請那三小姐呢！於是王琦瑤便被請了來，坐在了他的身邊。那粉紅緞旗袍在近處看是溫柔如水，解人心意，新做的髮型是年輕裝老成，懂事和乖覺的。等到她問他化妝品牌子，他是由衷地微笑起來，非但不見怪，還正中他下懷。他要的就是這個，世外人間。再見她知錯不語的樣子，不由的憐從中來，暗暗做了決定。

在女人的事情上，李主任總是當機立斷，不拖延，也不迂迴，直接切入正題的。是權力使然，也是人生苦短。晚宴之後，他說用他的車送王小姐回家。王琦瑤不知該怎麼回答，卻見眾人像開道似地閃開，簇擁著他們往門外走。王琦瑤看見人們恭敬奉承的目光，雖知是狐假虎威，心裡也是有點得意的，還對那李主任有了些認識。上車時，是李主任親自為她開門和關門，便有一種懵懂的驚喜生起。李主任上了車坐在她身邊，身材雖不高大，可那威嚴的姿態，卻有一股令人敬畏的氣勢。李主任是權力的象徵，是不由分說，說一不二的意志，唯有服從和聽命。李主任一路都沒說話，車窗是拉了窗簾，有燈光映在簾上，一閃一閃的。王琦瑤不由猜想：李主任在想什麼呢？這半天，直到此時，王琦瑤心裡才生出些類似希望的好奇，她想：這一天將怎麼結束呢？車在馬路上滑行，白紗簾上的燈光是成串的。這個不夜城真是謎一樣的，不到時候不揭曉。什麼才是時候呢？誰也不知道。王琦瑤心裡是惴惴的，還是聽天由命的。她似乎覺得有什麼事情已經為她決定好了，想也是白想。這便是李主任，而不是程先生了。李主任是決定一切的，而程先生則是要由別人替他決定的。汽車到王琦瑤家，李主任才側過頭說：明晚我請王小姐便飯，不知王小姐肯不肯賞光。雖是客套的謙詞，因是李主任說的，便是有權力的謙詞，是由你決定，又是不由你不決定。王琦瑤慌慌地點了頭，李主任又說明晚七點來接，伸過手替她開了車門。

王琦瑤站在自家大門前，望了那汽車一溜煙地駛出弄堂，做夢一般。那李主任是頭一回看見，他對自己卻像有千年萬載的把握似的，他究竟是誰呢？王琦瑤的世界非常小，是個女人的世界，是衣料和脂粉堆砌的，有光榮也是衣錦脂粉的光榮，是大世界上空的浮雲一般的東西。程先生雖然是個男人，可由於溫存的天性，也由於要投合王琦瑤，結果也成了個女人，是王琦瑤這小世界的一個俘虜。李主任卻是大世界的人。那大世界是王琦瑤不可了解的，但她知道這小世界是由那大世界主宰的，那大世界是基礎一樣，是立足之本。她慢慢地推門進屋，樓下客堂暗著，有飯菜的油膩氣，灶間倒亮了燈，是幾個串門的娘姨在切切嗟嗟，說些東家的壞話。她上樓到了自己屋裡，一時睡不著，就坐著看窗外。窗外是對面人家的窗戶，一臂之遙的，雖然遮了窗簾，裡頭的生計也是一目了然的，沒有什麼意外之筆。王琦瑤想著明天的晚上，有著些莫名的憧憬。昨天的事情都已經過去很久了，想也想不起來的樣子。她計畫著明天穿的衣服和鞋子，還有髮型。她敏感到李主任對她有意，卻不知道是什麼樣的有意，便也不知該往何處用心。但她心裡總有一條順其自然的信念，是可以不變應萬變。她知凡事不可強求，自有定數的天理，她也知做人要努力的道理。因此，做什麼都需留有三分餘地，供自己回轉身心。而那要做的七分，且是悉心悉意，毫不馬虎的。

第二天，王琦瑤還是原先的髮型，換一件白色滾白邊的旗袍，一半家常，一半出客的樣子。妝卻是化重了一些，正紅的胭脂和唇膏，不至叫那素色掃興的意思，臂上挽一件米黃的開司米羊毛衫，不是為穿是為配色。汽車還是停在前弄，那司機下車叩的門，不輕不重的兩下，受過規矩的模樣。王琦瑤走過天井去時有些慌張，那李主任雖是昨晚才見，這時卻不知何人何故，事情總有些突如其來。她坐進汽車，迎面看見李主任的微笑，老朋友似的了。雖還是不多話，但畢竟一次熟似一次，是略為親切的氣氛。車走在中途，李主任低頭看看她膝上的手提包，指一指上面的珠子說：這是什麼？王琦瑤老實回答，說是珠子。李主任便恍悟道：哦，是這樣！王琦瑤才知是逗她玩，便也一報還一報地點了李主任手上的戒指說：這是什麼？李主任不說話，拿過她的手，把那戒指套在了她的指頭上。王琦瑤又慌了，想這玩笑開得有點過頭，話收不回，手也抽不回。幸好，那戒指空落落的套不住，李主任只得拿回去，說：明天去買一個。說話時車已到了地方，是公園飯店。門口的人都像是認識他的，說道：李主任來了？便往裡請。進了電梯，一直上到十一層，早有人迎候著，領進單間的雅座，靠了窗的，窗下是一片燈海。

李主任並不問王琦瑤愛吃什麼，可點的菜全是王琦瑤的喜愛，是精通女人口味的。等待上菜時，他則隨便地問王琦瑤芳齡多少，讀過什麼書，家父在哪裡謀事。王琦瑤一一回答，心想這倒像查戶口，就也反問他同樣的問題。本也不指望他回答，只是和他淘氣，不料他卻也認真回答了一二，還問王琦瑤有什麼感想？王琦瑤倒不知所措了，低下頭去喝茶。李主任注意她片刻，然後問：願不願繼續讀書？王琦瑤抬頭說：無所謂，我不想做女博士，蔣麗莉那樣的。李主任就問蔣麗莉是誰？王琦瑤說是個同學，你不認識的。李主任說：不認識才要問呢？王琦瑤不得已說了一些，全是瑣瑣碎碎的，東一句西一句的，自己也說不下去，就說：和你說你也不懂的。李主任卻握住了她的手，說：如要天天說，我不就懂了？王琦瑤的心跳到了喉嚨口，臉紅極了，眼睛裡都有了淚，是窘出來的。李主任鬆開手，輕輕說了句：真是個孩子。王琦瑤不由抬起了眼睛，李主任正看窗外，窗外是有霧的夜空，這是這城市的至高點了。後來，菜來了，王琦瑤漸漸平靜下來，回想方才的一幕，有些笑自己大驚小怪，想她畢竟是有過閱歷，還有程先生的事情的鍛鍊，怎麼也不至於是這樣。便重整旗鼓似的，找些話與李主任說。她那故作的老練，其實也是孩子氣的。李主任也不揭穿，一句句地回答。她問他每天看多少公文，還寫多少公文，後又想起，那公文都該是祕書寫的，他只簽個字便可，便問他一天要簽署多少公文。李主任拿過她的手提包，打開來取出口紅，在她手臂上打個印，說，這就是他簽署的一份重要公文。

第三天，李主任又約王琦瑤吃飯，不過約的是午飯。飯後帶她去老鳳祥銀樓買了一枚戒指，是實踐前日的承諾。買完戒指就送她回了家。望了一溜煙而去的汽車，王琦瑤是有點悵惘的。李主任說來就來，說去就去，來去都不由己，只由他的。明知這樣，還要去期待什麼，且又是沒有信心的期待，徹底的被動。以後的幾天裡，李主任都沒有消息，此人就像沒有過似的。可那枚嵌寶石戒指卻是千真萬確，天天在手上的。王琦瑤不是想他，他也不是由人想的，王琦瑤卻是被他攫住了，他說怎麼就怎麼，他說不怎麼就不怎麼。這些日子裡，王琦瑤成天的不出門，程先生也拒絕見的。倒不是有心迴避，只是想一個人清靜。清靜的時候，是有李主任的面影浮起，是模糊的面影，低著頭用眼裡的餘光看過去的。王琦瑤也不是愛他，李主任本不是接受人的愛，他接受人的命運。他將人的命運拿過去，一一給予不同的負責。王琦瑤要的就是這個負責。這幾日，家裡人待王琦瑤都是有幾分小心的，想問又不好問。李主任的汽車牌號在上海灘都是有名的，幾次進出弄堂，早已引起議論紛紛。王琦瑤的閉門不出也是為了這個。上海弄堂裡的父母都是開明的父母，尤其是像王琦瑤這樣的女兒，是由不得也由她，雖沒出閣，已是半個客了。每天總是好菜好飯的招待，還得受些氣的。做母親的從早就站到窗口，望那汽車，又是盼又是怕，電話鈴也是又盼又怕。全家人都是數著天數度日的，只是誰也不對誰說。王琦瑤有幾日賭氣想給程先生打電話，可拿起電話又放下了，覺得這氣沒法賭。賭氣這種小孩子家的事，怎麼能拿來去對李主任呢？和李主任賭氣，輸的一定是自己。王琦瑤曉得自己除了聽命，沒有任何可做的。於是也就平靜下來，是無奈，也是迎接挑戰。她除了相信順其自然，還相信船到橋頭自會直，卻是要有耐心。這是茫然加茫然的等待，等到等不到是一個茫然，等到的是什麼又是一個茫然。可除了等，還能做什麼？

李主任又一次出現，是一個月之後。王琦瑤已經心灰意懶，不存此念。李主任讓司機來接王琦瑤，司機在樓下客堂等著，王琦瑤在亭子間裡匆匆理妝，換了件旗袍就下來了。旗袍是新做的一件，略大了一些，也來不及講究了。前一日剛剪了頭髮，也沒燙，只用火剪捲了一下梢。人是瘦了一輪，眼睛顯大了，陷進去，有些怨恨的。就這麼來到四川路上的酒樓，也是雅座，裡面坐了李主任。李主任握了王琦瑤的手，王琦瑤的淚便下來了，有說不出的委屈。李主任將她拉到身邊坐下，擁著她，兩人都不說話，彼此卻有一些了解的。李主任此一番去了又來，似也受了些折磨，鬢邊的白髮也有了些。不過，這折磨不是那折磨，那只是一顆心裡磨來擦去，這卻是千斤頂似的重壓在上，每一周轉都會導致粉身碎骨的險和凶。兩人都是要求安慰的，王琦瑤求的是一古腦兒，終身受益的安慰；李主任則只求一點。各人的要求不一樣，能量也不一樣，李主任要的那一點，正好是王琦瑤的全部；王琦瑤的一古腦兒，也恰巧是李主任的一點。因此，也是天契地合。

王琦瑤偎在李主任懷裡，心是落了地的，很踏實的感覺。李主任鋼鐵的意志這時也化作了水。他想的是，女人這東西，是紛亂喧囂的塵世裡唯有的清音。王琦瑤卻什麼都不想，有了李主任就有了一切似的。兩人相擁了一會兒，李主任推開她一些，托起她下巴注視她的臉，那臉越發像個孩子，神態也是託付和依賴，孩子似的不爭氣。李主任雖見過許多女人，各路的都有，各種情形的也有，但在他這樣的人事坎坷的中年，遇到如此不明就裡全心信託的女人，所喚起的似苦似甜的心情，卻有著異常的征服力。李主任再次把王琦瑤擁進懷裡，問她這些日子在家做什麼。王琦瑤說在家數手指頭。問她數手指頭做什麼。王琦瑤就說：看你去幾日才回來呀！李主任把她又摟得緊一些，心裡感嘆：看她是個孩子，可女人會的她都會。停了一會兒，王琦瑤也問他這些日子做什麼，李主任說：簽公文呀！兩人都笑了。王琦瑤想他居然還記得那一日的玩笑，可見心裡也是存個她的。

四川路上的夜晚是要平凡和實惠得多，燈光是有一處照一處，過日子的燈光。那酒樓的飯菜也是家常的，雖是油煙氣重了些，卻很入口。玻璃窗上蒙了人的哈氣，有點模糊。窗裡倒顯得暖融融的，滋生著一些同情。李主任鬆開王琦瑤，讓她坐回位置上，說他已派人去租下一套公寓，就給王琦瑤住。他會經常去看她，假如她覺得寂寞，可以有時讓母親陪她，當然，他會替她請個小大姐。她要願意，可以去讀大學，不讀也不要緊，反正不做女博士。說到此處，兩人又微笑，想起上一回的情景。王琦瑤聽他說完，本已是嚴絲密縫，挑不出錯的，可總也不好一口就答應。想了想說，要回去問問父母。這女學生氣的話，又教李主任笑了，伸過手撫摸下她的頭，說：我就是你的父母。這話卻把王琦瑤的淚說下來了，不知從何而起的一股辛酸，一下子溢滿了胸口。李主任沉默著，卻是比王琦瑤還懂得她這辛酸從哪裡來。這一類的眼淚，他不知見過有多少，雖都是一揮而去，可光是沉澱下來的，也有一層底了，略有波瀾也會泛起。當年他年輕氣盛，什麼都可在手裡握成齏粉。經歷多了，他明白再怎麼的不可一世，人都是握在一個巨手中，隨時可成齏粉。這隻巨手就叫命運。因此，王琦瑤的眼淚就像也是為他流的，觸動了他的心。王琦瑤哭了一陣不哭了，擦乾了眼淚，眼圈紅紅的，瞳仁卻是清澈見底，能映出人影來。神情反是輕鬆些，也堅決些，好像完成了一個告別的儀式，從此就開始新的階段，輕裝上陣了。她問：什麼時候能住過去呢？李主任倒有些意外，本以為她還須再繾綣一番，不料竟是乾脆的。他遲疑說，任何時候。王琦瑤就說，明天呢？這一來李主任就被動了，因那房子只是說說的，並未真的租好，只能說還得等幾天，這才緩住了王琦瑤。

以後的幾天，李主任幾乎天天同她一起，吃飯或者看京劇。李主任雖是南方人，卻因在北平待過，就迷上了京劇，家鄉的越劇卻是不能聽，一聽就起膩，電影也是要起膩。京劇裡最迷的是旦角戲，而且只迷男旦，不迷坤旦。他以為男旦是比女人還女人。因是男的才懂得女人的好，而女人自己卻是看不懂女人。坤旦演的是女人的形，男旦演的卻是女人的神。這也是身在此山中不識真面目，也是局外人清的道理。他討厭電影，尤其是好萊塢電影，也是討厭其中的女人，這是自以為女人的女人，張揚的全是女人的淺薄，哪有京劇裡的男旦領會的深啊！有時他想，他倘若是個男旦，會塑造出世上最美的女人。女人的美絕不是女人自己覺得的那一點，恰恰是她不覺得，甚至會以為是醜的那一點。男旦所表現的女人，其實又不是女人，而是對女人的理想，他的動與靜，顰與笑，都是對女人的解釋，是像教科書一樣，可供學習的。李主任的喜歡京劇，也是由喜歡女人出發的；而他的喜歡女人，則又是像京劇一樣，是一樁審美活動。王琦瑤是好萊塢培養大的一代人，聽到京劇的鑼鼓點子就頭痛的。可如今也學會約束自己的喜惡，陪著李主任看京劇，漸漸也看出一些樂趣，有幾句評語還很是地方，似能和李主任對上話來的樣子。一週之後，李主任便帶王琦瑤去看了房子。

房子是在靜安寺，百樂門斜對面一條僻靜馬路上的短弄裡，有並排幾幢公寓式樓房，名叫愛麗絲公寓。李主任租的是底樓，很大的客廳，兩個朝南的房間，可做臥室和書房，另有朝北的一間給娘姨住。細細的柚木地板打著棕色蠟，發出幽光。家具是花梨木的，歐洲的式樣。窗簾掛好了，還有些桌布，沙發巾，花瓶什麼的小物件空著，等著王琦瑤閒來無事地去侍弄，給她留一份持家的快樂似的。衣櫃也是空的，讓她一件一件去填滿，同時也填滿時間。首飾盒空著，是要填李主任的錢的。王琦瑤走進去時，只覺得這公寓的大和空。在裡面走動，便感到自己的小和飄，無著無落似的。她有些不相信是真的，可不是真的又能是假的？因是底樓，又拉著紗簾，再加上陰天，公寓裡暗沉沉的，有些看不清，待到開了燈，卻是夜晚的光景了。王琦瑤走到臥室，見裡面放了一張雙人床，上方懸了一盞燈，這情景就好像似曾相識，心裡忽就有了一股陳年老事的感覺，是往下掉的。她轉過身就去別的房間看，卻去不了，李主任就在她身後，將她抱住，擁著她往床邊走。她略略掙了幾下，便倒在了床上。屋裡是黑的，只有窗外傳進的鳥叫，才告訴她這是白晝的下午。李主任將她的頭髮揉亂，臉上的脂粉也亂了，然後開始解她的衣釦。她靜靜地由著他解，還配合地脫出衣袖。她想，這一刻遲早會來臨。她已經十九歲了，這一刻可說是正當其時。她覺得這一刻誰要都不如李主任有權利，交給誰也不如交給李主任理所當然。這是不加思索，毋庸置疑的歸宿。她很清醒地嗅到了新刷屋頂的石灰氣味，有些刺鼻的涼意。在那最後的時刻真正來臨之前，她還來得及有一點點的惋惜，她想她婚服倒是穿了兩次，一次在片廠，二次在決賽的舞台，可真正該穿婚服了，卻沒有穿。

第四章

14 愛麗絲公寓

愛麗絲公寓是在鬧中取靜的一角，沒有多少人知道的。它在馬路的頂端上，似乎就要結束了，走進去卻洞開一個天地。那裡的窗簾總是低垂著，鴉雀無聲。裡頭的人從來不出來，連老媽子都不和人囉嗦的。一到夜晚，鐵門拉上，只留一扇小門，還有一盞電燈，更不知何時何處，何人的世界。「愛麗絲」這名字不知是什麼人起的，懷著什麼樣的用心。「愛麗絲」這三個字聽起來，是一個美人，再加一段情。它在我們凡俗的世界真是一個奇境，與我們雖然比鄰，卻是相隔天涯，誰也看不見誰的。我們不知道在那些低垂的窗幔後面，是一些什麼樣的故事。這些故事在這城市的上空，就像是美麗的謠言，不怕不知道，只怕嚇一跳。那都是女人的歷險故事，愛情作舟筏的，她游到多遠，「愛麗絲」就在多遠。愛麗絲公寓是這鬧市中的一個最靜，這靜不是處子的無風無波的靜，而是望夫石一般的，凝凍的靜。那是用閒置的青春和獨守的更歲作代價的人間仙境，但這仙境卻是一日等於百年，絕非凡人可望。不甘於平凡，好作奇思異想的女人，誰不想作「愛麗絲」。這城市的馬路上，到處走著磕磕碰碰的「愛麗絲」。這城市自由真不少，機會卻不多，最終能走進這公寓的，可說是「愛麗絲」的菁英。

假如能揭開「愛麗絲」的屋頂，旖旎的景色便出現在了眼前。這是個綾羅和流蘇織成的世界，天鵝絨也是材料一種，即便是木器，也流淌著綢緞柔亮的光芒。這世界是堆紗疊縐，什麼都是曳地遮天，是分外的柔軟亮滑。澡盆前有繡花的腳墊，沙發上是繡花的蒲團，床上是繡花的帳幔，桌邊是繡花的桌圍。這世界是繡花針縫起，千針萬線，線是五色繽紛，一個紅裡也要分出上百種不同。這又是花的世界，燈罩上是花，衣櫃邊雕著花，落地窗是檳榔玻璃的花，牆紙上是漫撒的花，瓶裡插著花，手帕裡夾一朵白蘭花，茉莉花是飄在茶盅裡，香水是紫羅蘭香型，胭脂是玫瑰色，指甲油是鳳仙花的紅，衣裳是雛菊的苦清氣。這等的嬌豔只有愛麗絲公寓才有，這等的風情也只有愛麗絲公寓才有，這是把嬌豔風情做到了頭，女人也做到了頭。這是女人國的景象，女人的天下。在這鋼筋水泥的城市裡，哪裡能有這等的溫馨和柔軟，「愛麗絲」就有。「愛麗絲」的燈光也是蒙紗的，將什麼都照得綽綽約約，富於夢幻，又是柔上加柔。什麼都是無骨，手可在裡頭穿行，握起來，是一捧水，指縫間可滲漏的。「愛麗絲」還有一個特點，就是鏡子多，迎門是鏡子，關上門還是鏡子。床前有一個，櫥裡邊有一面，浴間裡是梳頭的鏡子，梳妝台上是化妝的鏡子，粉盒裡的小鏡子是補妝用的，枕頭邊還有一面，是照牆上的影子玩的。所以，「愛麗絲」的人都是成雙的人，影也是成雙的影，歡喜是成對，寂寞也是成對。什麼都是有兩個，一個實，一個虛；一個真，一個假。留聲機的歌聲都是帶雙音的，唱針磨平了頭，走著雙道。夢是醒的影子，暗是亮的影子，都是一半對一半的。

「愛麗絲」是女人的心，絲絲縷縷，又細又多，牆上壁上，窗上幔上，都掛著的。地上床上，桌上椅上，都鋪著的。針線裡藏著，梳妝盒裡收著，不穿的衣服裡掖著，積攢的金銀片裡擱著。「愛麗絲」原來是這樣的巢，棲一顆女人的心，這心是鳥兒一樣，盡往高處飛，飛也飛不倦，又不怕危險的。「愛麗絲」是那高枝上的巢，專棲高飛的自由的心，飛到這裡，就像找到了本來的家。「愛麗絲」的女人都不是父母生父母養，是自由的精靈，天地間的鍾靈毓秀。她們是上天直接播撒到這城市來的種子，隨風飄揚，飄到哪算哪，自生自滅。「愛麗絲」是枝蔓叢生的女兒心，見風就長，見土就扎根。這是有些野的，任性任情，沒有規矩，不成方圓，好賴都能活，死了也無悔。這顆心啊，因為是太灑脫了，便有些不知往哪裡去，茫茫然的，是彷徨的心。鳥從天上落到地下，其實全是因為彷徨。彷徨消耗了牠們的體力和信心，還有希望。飛到越高就越危險。

「愛麗絲」的靜其實是在表面，騷動是壓在心裡的。那厚窗幔後面傳出的電話鈴便是透露。鈴聲在寬闊的客廳迴盪，在綾羅綢緞裡穿行，被揉搓得格外柔軟，都有些喑啞了，是殷切之聲。只有聽見電話鈴聲，才可領會到「愛麗絲」的悸動不安，像那靜河裡的暗流似的。電話是愛麗絲公寓少不了的，它是動脈一樣的組成部分，注入以生命的活力。我們不必去追究是誰打來的電話，誰打來的都一樣。都是召喚和呼應，是使「愛麗絲」活起來的聲音。那鈴聲是在深夜裡也會響起的，從寂寞中穿心而過的樣子，是最悸動的聲音，過後還會有很長一段的不平靜。門鈴也是一種動靜。這是果決的，不像電話鈴那樣纏綿，縈繞不絕。它是獨斷專行，我行我素，是靜河裡最強勁的暗流，主宰河的走向，甚至帶有源頭的性質。我們也不必去追究是誰按的門鈴，總是那有權力有承諾的人。這兩種鈴聲在愛麗絲公寓漫行，就好像主人在漫行，是哪個角落都去得了。如花如錦如夢如幻的「愛麗絲」，就好像托在這鈴聲之上，懸浮在這鈴聲之上，是由它串起的珠子。

「愛麗絲」也有熱鬧的時候，是由那鈴聲作先行官的。「愛麗絲」的熱鬧也是厚窗幔捂著的，實在捂不住迸出來的那一點，就已叫人目眩，忘也忘不了。這是「愛麗絲」的節日，這節日不是跟著日曆排，而是自有定規。這節日有時是長達數月，有時只一夜良宵，平時都把笑和鬧積攢著，到這一天來用。眼淚也是積攢到這一日來抛撒。老媽子平時是閒養著，專到這一日來用，一個不夠，還要到燕雲樓定菜請廚子。這可真是喜上眉梢的日子，大紅燈籠都要掛起的，紅蠟燭也要點起的。過年的新衣穿上身，鴛鴦被一針一線縫起來。「愛麗絲」的熱鬧還總是你一日，我一日，她一日，攢起來一年也有三百六十天；「愛麗絲」的熱鬧還總是你一輪，我一輪，她一輪，總也不斷頭，歲歲年年的形勢，許多人合成的好年景。斜對面的百樂門也是熱鬧，是鋪陳開來；「愛麗絲」的熱鬧是包心的。百樂門的熱鬧是臉上的，背底裡不知是什麼樣的暗街陋巷；「愛麗絲」的熱鬧雖不多，卻是心口一致，表裡如一。百樂門的熱鬧是流水，一去不回頭的；「愛麗絲」的熱鬧卻是河岸，等著人來的。百樂門的歌舞夜夜達旦，其實是虛張的聲勢，朝不保夕；「愛麗絲」是個定心丸，晝夜循序，按部就班。

這城市不知有多少「愛麗絲」這樣的公寓，它們是這城市的世外桃源，公寓裡的生涯總有著隱祕感，有多少不為人知。我們再也猜不出在那灰白的水泥牆後面，有一個美奐美輪的世界。這世界嵌在這城市的一些個零星角落，從總體看，是蟻穴似的，貝殼一般薄脆的壁，那美也是螢火蟲似的，一晝一夜的壽命，一星一點的光芒。可就是這些，已是那些自由的精靈，拚盡全力的照耀。這城市還有著許多看不見的自由精靈的殘骸，它們作了爬牆虎的肥料，所有的爬牆虎，都是哀悼她們的輓聯。這樣的公寓裡，寄存了她們人生裡最大的快樂，是由寂寞作養料的。她們的做女人的心意，全是在「愛麗絲」這樣的公寓裡實現的。這心意看上去是不起眼的，零零碎碎，都是那主宰命運的大理想的邊角料，連邊角料也稱不上的瑣屑，可卻是飽含著心血，是終身的希冀。「愛麗絲」這樣的公寓，其實還是這心意的墓穴一類的地方，它是將它們鎖起獨享。它們是因自由而來，這裡卻是自由的盡頭。這是心也甘情也願的囚禁，自己禁自己的。爬牆虎還是她們殘存了的一點渴望，是援壁的自由，牆縫裡透出去的。所以，愛麗絲公寓還是犧牲，獻給自由女神的祭禮，也是獻給自己，那就是「愛麗絲」。

這樣的公寓還有一個別稱，就叫作「交際花公寓」。「交際花」是唯有這城市才有的生涯，它在良娼之間，也在妻妾之間，她其實是最不拘形式，不重名只重實。它也是最大的自由，是城市裡逐水草而生的游牧生涯，公寓是像營帳一樣的避風雨，求飽暖。她們將它繡成了織錦帳。她們個個都是美，還是高貴，那美和高貴也是別具一格，另有標準。她們是徹底的女人，不為妻不為母，她們是美了還要美，說她們是花一點不為過。她們的花容月貌是這城市財富一樣的東西，是我們的驕傲。感謝栽培她們的人，他們真是為人類的美色著想。她們的漫長一生都只為了一個短促的花季，百年一次的盛開。這盛開真是美啊！她們是美的使者，這美真是光榮，這光榮再是浮雲，也是五彩的雲霞，籠罩了天地。那天地不是她們的，她們寧願做浮雲，雖然一轉眼，也是騰起在高處，有過一時的俯瞰。虛浮就虛浮，短暫就短暫，哪怕過後作他百年的爬牆虎。

15 愛麗絲的告別

王琦瑤住進愛麗絲公寓是一九四八年的春天。這是局勢分外緊張的一年，內戰烽起，前途未決。但「愛麗絲」的世界總是溫柔富貴鄉，綿綿無盡的情勢。這也是十九歲的王琦瑤安身立命的春天，終於有了自己的家。她搬進這裡住的事，除了家裡，誰也不知道，程先生找她，家裡人推說去蘇州外婆家了，問什麼時候回來，回答說不定。程先生甚至去了一次蘇州。白蘭花開的季節，滿城的花香，每一扇白蘭花樹下的門裡，似乎都有著王琦瑤的身影，結果又都不是。那木頭刻的指甲大小的茶壺茶盅也有的賣，用那茶壺茶盅玩過家家的女孩都是小時候的王琦瑤，長大就不見了的。蛋珞路上都印著王琦瑤的腳印兒，卻怎麼也追不上，飄忽而去的樣子。程先生去的時候是茫然，回來更加茫然。乘在回上海的夜車上，窗外漆黑的一片，心裡也漆黑一片。程先生禁不住落下淚來，他自己也不知道自己為什麼這樣傷感，像是沒有道理，可傷感卻是不可抗拒。從蘇州回來後，他再也不去找王琦瑤，心像死了似的。照相機也是不碰，徹底地忘了。他一早一晚地進出家門，總是視而不見地從那照相間穿過，逕直進了臥室，或者出了家門。那一切都是不堪入目的。這一年，他已是二十九歲了，孤身一人。他不想成家的事，也沒什麼事業心，照相這點嗜好，也算是過去了。他真是一無所有的樣子，還是萬念俱灰的樣子。他戴著禮帽，手裡還拿了一根斯迪克，走在上海的馬路上，好像是一幅歐洲古典風景。那絕望一半是真，另一半是表演，表演給自己看，也給人家看。這表演欲裡還是蘊含著一些做人的興趣和希望的。

當程先生找王琦瑤的時候，也有一個人在找程先生，那就是蔣麗莉。蔣麗莉找程先生也是遭受挫折的，可她卻不服輸。她先到程先生供職的洋行去，那裡的人說程先生早就不來上班，據說去了另一家洋行。她就到另一家洋行去問，另一家洋行則從來沒聽見過程先生的名字，她只能再回到原先那家洋行去打聽程先生的住處。被問的人兩次見這小姐問程先生，又是急不可耐的樣子，便有意隱了不說，怕給程先生招麻煩，自己也要擔責任。蔣麗莉這時就想去找王琦瑤了。她明知道是不合情理，可她是不管這些的。然而，此時此刻，竟連王琦瑤也不見了。蔣麗莉也想過這兩會不會在了一處，但細想過便覺不會，程先生那方面沒有結婚的消息，王琦瑤這邊也沒有。最後，她是通過吳佩珍，從那導演的途徑，得到了程先生的地址。去找吳佩珍的時候，兩人都避開王琦瑤不提，但心裡卻全是王琦瑤。她們雖然同學多年，可很少有接觸，現在，彼此是由王琦瑤曲曲折折地聯繫起來。這王琦瑤是她們各人心裡的一個傷痕似的紀念。蔣麗莉去找程先生的那股勁頭，什麼也阻擋不了，終於得了他地址的那一天，她便去了他家。

電梯將她送上了頂樓，程先生的門關著，按了幾聲鈴也沒回應。程先生還沒回家，她便在門口等著。樓梯口的窗戶是臨黃浦江的，已是薄暮時分，江水是暗紅色的，有輪船的汽笛傳來。蔣麗莉倚著樓梯欄杆站著，心裡也是渺茫。程先生什麼時候回來呢？她已經有多久沒有見他了呀！最後一次見他是什麼樣的情景？那第一次見他又是什麼樣的情景？思緒湧上心來，百感交集。晚霞在天邊結起了紅雲，一朵一朵，迅速地變深變黑，有鴿子在飛，一點一點的，不知飛往了哪裡。樓裡的頂燈亮了，程先生還沒有回來。蔣麗莉的腿也站疼了，還覺著了寒意，卻不覺一點餓。電梯總是在下邊升降，再不上來的。那升降的聲音雖是靜靜的，卻格外地清晰入耳。有一陣子特別頻繁，是下班回家的時分，可還是不上頂樓。蔣麗莉乾脆在樓梯上鋪塊手絹坐下來等。她不相信程先生會不回來，她也不相信，她會找不到程先生。窗外是有光的夜空，也有霧。這樓是肅穆的空氣，門都是威嚴緊閉，沒有人間冷暖的。偶爾有誰家的門啟開一回，傳出點人聲和飯菜的香氣，才找回一些生活的信心似的。蔣麗莉感覺到身下大理石沁出的涼氣，她雙手抱著胳膊，有點蜷縮的，乾脆把時間都忘了。然後她就聽見電梯一直升上了頂樓。程先生走出電梯，她幾乎沒有認出來，也是不相信自己的眼睛。他本來就是削瘦，這時幾乎形銷骨立，剩個衣服架子，掛了禮帽和西裝，再拄著斯迪克。她也不去追究程先生這般憔悴是因何人，只覺得一陣鼻酸。她叫一聲「程先生」，就落淚了。程先生卻是有點懵了；半天回不過神來，等漸漸明白，看清了眼前的人，不由的往事回到眼前。

程先生和蔣麗莉別後重逢，各人都懷著一段遭際，傷心落意的，見面便分外親切。雖然不是相知相愛的人，卻是茫茫人海中的兩個相熟，有一些共同的往事和共同的舊人。他們兩人的見面，是把中斷的故事再續了起來，卻各是各的一段，支離破碎。因此也是感慨叢生，悲喜交加。程先生開了門，打開燈，引蔣麗莉進了房間。蔣麗莉是頭一回來到這裡，無比的驚奇。照相間雖然荒蕪了，卻也是另一個世界。她走過去，摸摸這個，摸摸那個，摸了滿手的灰。程先生在一邊看著，忽也有些喚回，走去揭開燈具上罩的布，灰塵像一場小雨似的。他說：蔣麗莉，你坐好，我給你照張相吧！蔣麗莉便坐下，沾了一旗袍的灰。燈亮的一剎那，程先生竟一陣恍惚，以為眼前這人是王琦瑤，再一定睛，才見是蔣麗莉。她端坐著，雙手擱在膝上，臉上是緊張和幸福的表情。她的全身心都是在程先生目光的籠罩裡，不敢動不敢笑的。她真希望這一剎那是永遠。可是程先生手裡的快門響了，燈滅了。她還怔著，卻聽程先生在同她說話，問她有沒有見到王琦瑤。蔣麗莉熱騰騰的心涼了一涼，她生硬著口氣說：程先生，我還沒吃飯呢！程先生愣著，不明白她吃不吃飯於自己有什麼責任。蔣麗莉又說：我下午就來這裡，等到你至今。程先生便有些羞愧地低下了頭，那樣子是像大男孩的。蔣麗莉不由柔和了語氣，說：程先生，陪我吃晚飯怎麼樣？程先生就說好，兩人一前一後出了房門。

出了樓，見那燈和星光在江面相映成輝，車和人都是活躍的，心裡便也有些沸騰。程先生興致盎然地說：蔣麗莉，我要帶你去一個有趣的地方吃飯。蔣麗莉說：無論你帶我去哪裡，我總是服從。程先生便在前邊帶路，腳步飛快，蔣麗莉幾乎小跑著才能跟上。程先生走著走著，腳步又沉緩起來，好像想起了什麼。蔣麗莉問他話，他也沒在意。就這樣，來到一個小小的飯館。走上窄窄的木樓梯，是普通人家的沿街的二樓，好像不專為飯館陳設的。臨窗的餐桌剛撤下，他們便坐上了。樓下是嘈雜的小馬路，水果攤前的燈光和餛飩鋪的油煙氣混淆著，撲面而來。程先生也不問蔣麗莉愛吃什麼，兀自點了糟鴨蹼、干絲等幾個菜，然後就對了窗外出神。停了一會兒，說，有回同王琦瑤在這裡吃飯，忽然想吃桔子，就用一根繩子繫了手絹和錢吊下去，讓攤主包了幾個桔子，再又吊上來。程先生已有很久不提王琦瑤的名字，是躲避，也是自伐，要痛上加痛似的。今天見了蔣麗莉，是不由地要提起，一提起就放不下了。他也不為蔣麗莉的感情著想，甚至有些藉著這感情任性胡來，本能裡是知道無論自己說什麼，蔣麗莉都只有聽的份。

蔣麗莉雖說知道程先生和王琦瑤的往來，可這樣聽程先生正面描繪還是頭一遭，她有些氣，有些急，還有些委屈，便伏在桌上哭了起來，程先生這才收住了話，不知所措地望了蔣麗莉，一個字的勸慰也沒有的。蔣麗莉哭了一陣，不哭了，摘下眼鏡擦了眼淚，強笑道：程先生，我等你這大半天，難道是為了來聽你說王琦瑤的嗎？程先生就低了頭，望著桌面的縫出神。蔣麗莉又說：難道不說王琦瑤別的話一句也沒有嗎？程先生就慚愧地笑笑。蔣麗莉扭頭對了窗外，水果攤上不是桔子，而是黃金瓜，很燦爛的顏色，賭氣也想像王琦瑤那樣買個瓜，又覺得重蹈舊轍沒什麼意思。桌上的菜也是王琦瑤愛吃的，那人是叫王琦瑤收了心去的。可無論怎麼樣，王琦瑤是無影無蹤，千呼萬喚沒回應的，是人還怕個影子嗎？蔣麗莉振作了一些，她諷刺地一笑，說：你程先生再牽記王琦瑤，王琦瑤卻並不牽記你，你的心可不是白費了？這話說到了程先生的痛處，可他畢竟是個男人，沒教眼淚流下來，只是把頭垂到了桌面上。蔣麗莉又有點心疼，就換了口氣說：其實，我也在找王琦瑤，可是沒消息，她家的人，全是封口瓶子的嘴，半點真情也探不出來。程先生抬起頭，很可憐地說：你再去問一次呢，興許多問問就能問出，你是她的好朋友。蔣麗莉聽見「好朋友」這話便心頭火起，她大了聲說：朋友值幾個錢？我現在可再不信朋友的話了，全是騙人，越是朋友越栽得厲害。這話也是說到要害處的，程先生不敢出聲，只聽著。蔣麗莉出了氣，漸漸平靜下來，停了會兒，又說：其實我倒是不怕去問的，心裡也是很好奇，看她家的人神祕兮兮的樣子，說出來只怕嚇人一跳。聽她這麼一說，程先生倒不敢求她去問了。

其實，王琦瑤住進李主任為她租的愛麗絲公寓，可算是上海灘上的一件大事，又是在這樣的局勢之下，也是亂世裡的一件平安事吧！只不過程先生是另一個社會的人，又由於灰心，竟是有些隔世起來。蔣麗莉呢，則因為尋找程先生，凡事都擱置一旁，不聞不問。待到靜下心來，稍留些神，不用問，消息自己就來了。消息的來源，不是別人，正是蔣麗莉的母親。她說：你那同學，在我們家住過一陣的，在做女寓公了呢！據說還是李主任的人。蔣麗莉就問哪個李主任，她母親實也搞不清李主任是誰，不過鸚鵡學舌而已，只說是個大人物，無人不曉的。蔣麗莉心裡暗暗一驚，心想王琦瑤怎麼走了這一條路，這才想起她家人吞吞吐吐的神情，正是合了這事實。母親又說：這樣出身的女孩子，不見世面還好，見過世面的就只有走這條路了。這話雖是有成見的，也有些小氣量，但還是有幾分道理。可蔣麗莉不要聽，一甩手走了。

王琦瑤是傷了她的心，她也正期望王琦瑤早日有歸宿，好把程先生讓給她，但這消息依然教她難過，心裡還存了一絲不信。她想：王琦瑤是受過教育的，平時言談裡也很有主見，怎麼會走這樣的路，是自我的毀滅啊！然後她就著手去做進一步的調查，想證明消息的不實。而事情則越來越確鑿無疑，連王琦瑤住的哪一幢公寓都肯定的。蔣麗莉還是不信，她想：耳聽為虛，眼見為實，我何不自己走一趟，找到那王琦瑤，倘若真是這樣，程先生也好死心了。這時她才想起程先生。這事本是程先生所託，如今卻成她自己的事一樣了。程先生將會如何的傷心！這念頭刺痛了她。她癡癡地想了半天，覺得了自己的可憐。從小到大，都是別人為她做的多，唯有兩個人是反過來，是她為他們做的，這就是王琦瑤和程先生，偏偏是這兩個人，是最不顧忌她，將她可有可無。

愛麗絲公寓這地方，蔣麗莉聽說過，沒到過，心裡覺得是個奇異的世界，去那裡有點像探險，不知會有什麼樣的遭際。再加是個陰霜很重的下午，烏雲壓頂的，心情沉鬱得厲害。她乘了一輛三輪車，覺著那三輪車夫的眼光都是特別的。車從百樂門前走過時，已有了異常的氣氛。車停在路口，她付錢下車，然後走進了弄堂的鐵門，背後也是有眼睛的。那弄內悄無聲息，窗戶都是緊閉，窗內拉著簾子，有一副簾子上是漫撒的春花，有些天真的鄉氣。蔣麗莉似乎嗅見了王琦瑤的氣息，她想：王琦瑤真是在這裡的啊！她有些膽怯地按了電鈴，不知是盼還是怕那開門的人就是王琦瑤。天就像要擠出水來的樣子，陰得不能再陰。門開了一道縫，露出一張臉，看不清眉目的，問她找誰，說的是浙江口音。她說找王琦瑤，是她的同學，姓蔣。門重又關上，只一小會兒便開了，讓她進去。客廳裡很暗，打蠟地板反著棕色的光，客廳那頭的房門開著，有一塊亮光，光裡站著王琦瑤，穿了曳地的晨衣，頭髮留長，電燙成波浪，人就像高大了一圈。她們倆都背著光，彼此看不清臉，只看見身形，是熟又是生。王琦瑤說：你好，蔣麗莉。蔣麗莉說：你好，王琦瑤。她們說過這話便走攏過來，到了客廳中間的沙發前。這時，那浙江娘姨端來了茶，兩人便坐下。王琦瑤又說：蔣麗莉，你母親好不好？還有你兄弟好不好？蔣麗莉一一回答了好。窗簾上透進些微天光，映在王琦瑤的臉上。她比以前豐腴了，氣色也鮮潤了些，晨衣是粉紅的，底邊繡了大朵的花，沙發布和燈罩也是大花的。蔣麗莉眼前出現王琦瑤昔日旗袍上的小碎花，想那花也隨了主人堂皇起來的。

她們面對面坐著，有些沒話說。由於物人皆非，連往事也難再提，甚至都好像想不起的，停了一會兒，蔣麗莉說：是程先生託我來看你的。王琦瑤淡淡一笑，說：程先生在忙些什麼呢？還是成天的照相，洗印？那照相間裡有沒有添新設備？記得有幾盞燈是燒壞了，準備再買的。蔣麗莉說：他早已不碰那些東西了，別說是照相的燈，只怕連一般的電燈都快拉不亮了。王琦瑤又笑了，說：這個程先生啊！好像程先生是個頑皮的小孩。然後對蔣麗莉說：你呢？什麼時候戴博士帽呢？這時，連蔣麗莉都成了小孩。王琦瑤活躍起來，接著說：寫了什麼新詩沒有？蔣麗莉沉下了臉，想她有點欺人，卻不知是仗著什麼，便反詰道：王琦瑤，你呢？是不是很好。王琦瑤微微一昂下巴，說：不錯。這表情是過去不曾有過的，帶著慷慨凜然之氣，做了烈士似的。王琦瑤說：我知道你心裡在想什麼，我還知道你母親心裡在想什麼，你母親一定會想你父親在重慶的那個家，是拿我去作比的；蔣麗莉，你不要怪我說這樣的話，我要不把這話全說出來，我們大約就沒別的話可講，在你的位置當然是不好說，是要照顧我的面子，那麼就讓我來說。蔣麗莉的臉紅一陣白一陣，無地自容的樣子，心裡卻不得不承認王琦瑤的聰敏過人，可謂一針見血。王琦瑤接著說：對不起我要作這樣的比喻，怎麼比喻呢？你母親是在面子上做人，做給人家看的，所謂的「體面」，大概就是這意思；而重慶的那位卻是在芯子裡做人，見不得人的，卻是實惠；你母親和重慶那人各得一半天下，誰也不多，誰也不少；至於誰得哪一半，倒是不由自己說了算，也是有個命的。蔣麗莉此時此刻臉不紅心也不跳，雖是拿她父母做例子，卻是像上課似的，全是處世為人的道理。這道理還不是那些言情小說上的粉飾過的做夢般的道理，是要直率得多，也真實得多。王琦瑤也像是在說別人的事似的，不動心不動氣，她又說：要說自然是面子和芯子兩全為好，也就是圓滿的意思了，可人的條件都是有定數，倘若定數只能面也湊合，裡也湊合，還不如丟下一邊，要個滿滿的半邊，也是不圓滿裡的圓滿；再說，還有句老話叫作月滿則虧，水滿則溢呢！缺一半，另一半反可更牢靠安全還說不定呢！蔣麗莉聽了王琦瑤這一席話，心想方才被她看成小孩並不吃虧，這些道理是可與做她母親的人去平齊的。

正像王琦瑤說的，把這話說出來，別的話便也好說了。這是最大的忌諱，擺出來也不過如此的，更何況枝枝節節的難堪。兩人都輕鬆下來，蔣麗莉問了些李主任情況，王琦瑤也都不瞞她，還告訴了些事情的經過，再就帶她參觀房間。進臥室時，王琦瑤搶先一步，將床上的什麼塞進了床頭櫃裡，臉上掠過一片紅暈，使蔣麗莉想起她不再是姑娘了，兩人間好像有了一條分界線，有些隔河相望了。看畢，王琦瑤又吩咐那浙江娘姨去買蟹粉小籠作點心，一邊吃一邊告訴蔣麗莉左鄰右舍的閒事，許多上海灘上盛傳的流言竟在此得到證實，也作了細節上的更正。這時，天倒有些亮起來，晴了一半。兩人又好像回到了過去的時光，卻是將嫌隙擱下不談，只說些好的。

因此那程先生便再不提了，沒這人似的，倒是李主任說的多些。王琦瑤拿來李主任的板菸斗給蔣麗莉看，大小各異的，裝在一個金屬盒裡，王琦瑤拿起一個啣在嘴上，做那抽菸的姿態，很孩子氣的。蔣麗莉起身告辭，王琦瑤卻怎麼也不讓走，非留她吃晚飯，囑那娘姨做這做那。主僕都有些興奮，想來蔣麗莉是這裡的頭一個客人。吃晚飯時，王琦瑤對蔣麗莉說了一句動感情的話，她說：總是我在你家吃飯，今天終於可以請你在我家吃飯了。這話使蔣麗莉也有些觸動，她頭一回體諒到王琦瑤住在她家的心情，這本是她從來沒想過的。窗外全黑了，客廳裡開了燈，亮堂堂的，留聲機上放了一張梅蘭芳的唱片。咿咿呀呀不知在唱什麼，似歌似泣。燈下的杯盤都是安寧的樣子，飯菜可口，還有一些溫過的花雕酒，冒著輕煙。

蔣麗莉不知該如何去對程先生說，她不免也為程先生著想，生怕他經受不住這打擊。她還是為自己著想，倘若他真的垮到底，心都死絕，她又希望何在呢？這時候，她是可憐程先生也可憐自己，可憐他們兩個都是被動，由不得自己作主。這天她決定去和程先生談，約他在公園裡見面，她老遠就看見程先生的身影，煢煢孑立的樣子，想到自己帶給他的竟是那樣的消息，不由地感到了抱歉。她還沒下車，程先生便迎了過來，然後兩人一起進了公園。走在甬道上，一時都無語，程先生想問不敢問，蔣麗莉想說又不好說。兩人沿了甬道走了一圈，到了湖邊，租了船，一頭一尾坐著，盪到了湖心。雖是面對面，中間卻隔了個王琦瑤，奪去了注意力。划了一會槳，蔣麗莉說：程先生還記得嗎？前一回來這裡划船，是我們三個人。說這話是為了漸入正題，讓程先生有個準備。程先生好像預感到前邊有什麼禍事等著他，不由紅了臉，避開話題，要蔣麗莉去看岸邊的一株垂柳，說是可以入畫的。放在平時，這正是對蔣麗莉心思的話題，可今天卻是有另外的任務。她沒有搭程先生的腔，重起頭道：我媽昨天還說，王琦瑤不來，程先生也不來了。程先生強笑了一聲，想打岔卻找不出話來，便垂下眼去看水面。蔣麗莉雖是不忍，但想長痛不如短熬，就一鼓作氣說道：我媽還告訴我有關王琦瑤的一些流言。程先生險些兒丟了手中的槳，蒼白著臉說：流言是不可信的，上海這地方，什麼樣的流言沒有啊！蔣麗莉被他搶白了一通，又好氣又好笑，禁不住嘲諷說：我還沒說是哪一種流言呢，你就不相信。程先生的眼睛在鏡片後頭閃了一閃，早忘了划槳，船兀自打著轉。蔣麗莉倒難以啟口了，可話已說到這個地步，要不說怕是再沒機會了，便平淡了口氣，一五一十將她聽到看到的都告訴了程先生。程先生手裡划動了槳，一下一下，不說也不哭，變成個牽線人似的。他把船划到岸邊，用槳搆住岸邊一塊石頭，把纜繩繞住，然後上了岸，也不管船上還有一個蔣麗莉。等蔣麗莉手慌腳忙地爬上岸去，還替他拿著斯迪克，他已進了一片小樹林子，面對了一棵樹站著。她走近去，本想埋怨他，卻見他在流淚。

程先生！蔣麗莉輕輕地喚他，他不是不答應而是聽不見。蔣麗莉又輕輕地扯他衣袖，他也不是不理睬，而是不覺得。蔣麗莉不由地嘆了一聲道：你這麼難過，叫我怎麼辦呢？程先生這才回頭望了她一眼，無限慘淡地說了聲：還不如死了好呢！蔣麗莉潸然淚下，心想她這人原來還抵不上一死的，心裡正過不去，不料程先生卻將她摟住，頭抵著她的頭。她便不由自主地抱住了程先生，嗅到了他衣領上的生髮水氣味，很清淡的。她心裡升起了希望，雖然是從程先生的絕望裡硬擠出來的一線，那也是希望。

以後的日子裡，程先生再不提王琦瑤了，蔣麗莉也不提。他們倆每星期都有約會，或是吃飯，或是看電影。那吃飯和看電影的地方都是另選的，不是過去三個人常去的，也不是程先生單獨與王琦瑤同去的。就好像在躲王琦瑤，越想躲越躲不了，每一回見面，兩人都會無端地生出緊張，恐怕做錯了什麼似的。那王琦瑤在彼此的心裡都占了大地方，留給他們自己相知相交的只有些縫隙了，打擦邊球似的。不過，雖然只是縫隙裡的情義，卻是真情義，沒有欺騙和作假的，有就有，沒有就沒有。蔣麗莉對程先生自然是沒話說，程先生對蔣麗莉至少是沒有反感，還有些感激。感激她對自己，也感激她對王琦瑤，是兄妹朋友的感情，也是起作用的感情。有一段，他們的往來還相當密切，幾乎天天見面，甚至兩人還共同出席一些親朋好友的宴席和聚會，儼然一對情侶，婚娶之事就在眼前的形勢。這段日子，是心底平靜，不說大的憧憬，卻有些小計畫的。程先生是蔣家的座上客，連那木頭樣的少爺，見面也有幾句客套的。蔣麗莉過二十歲生日的時候，父親從內地回來，鄭重地見了面，彼此都留下好印象。程先生雖然沒有正式提出求婚，可言語間已不把自己當外人的。蔣麗莉的母親開始著手為蔣麗莉設計結婚的儀式，還有喜宴上穿的旗袍料，同時也想起自己出閣的情景，又是喜又是悲。

在這熱騰騰的氣氛之中，蔣麗莉的心卻有點涼。程先生分明在與她接近，她倒覺得是遠了。她得到程先生的感情越是多就越是不滿足。蔣麗莉不免是得寸進尺。她天性裡就是有占有欲和權力心的，先前的寬忍不過是形勢所迫，不得已為之。這也是此一時彼一時的人之常情，但在蔣麗莉身上則表現得尤為極端，退也是到底，進也是到底，沒有中間道路的。這時候，她對程先生的態度幾近苛求，稍一個走神都是不可以，且又將王琦瑤看得過重，凡事都往這上面聯想。開始，是心裡想，嘴上還是不提，設個禁區，也是留有餘地，可後來情形就有些變了。這日，兩人走在馬路上，是去先施公司為友人買禮券。正說著話，程先生卻有點對不上茬，分明是心不在焉。順了他目光看去，前邊有一架三輪車，車上大包小包中間坐了個披斗篷的年輕女人。蔣麗莉先還有些不明白，再仔細看去，才恍然若悟，也停了說話。她不說話，程先生倒像醒了，問她說到一半怎麼不說了，蔣麗莉冷笑：我以為前邊那人是王琦瑤，就忘了話是說到哪裡了。程先生冷不防被她點穿了心思，笑也不是，惱也不是，只好不作聲。這是自那日划船以來頭一回提王琦瑤的名字，把彼此的隱衷都抖落出來的意思，有些撕破臉的。蔣麗莉見程先生不說話，便當他是承認，還是不服氣，一下子火了起來，買東西的心思全沒了，當下叫住一輛三輪車，上去就走，把程先生丟在了馬路上。程先生雖是難堪可也無奈，誰讓自己不留心呢？他自個兒去先施公司買了禮券，又去采芝齋為蔣麗莉買了點松仁糖，便乘電車去了蔣麗莉家。蔣麗莉本來在客廳，見他來了，轉身上樓進了房間，還把門反鎖了。程先生又不便大聲，只得壓低了聲音，裡邊就是不開門，待他認了輸準備走開，卻聽那門鎖嗒的一聲開了。推進門，見蔣麗莉站在門前，眼睛哭成個桃子。於是百般地勸慰，直到天近黃昏，才將她勸慰過來。

事情有過第一次，就有第二次，漸漸的，蔣麗莉是有些把王琦瑤掛在嘴邊，動輒便來。有時說得準，有時卻是出錯的，而不論對錯，程先生總是一概吃下去，賠不是。次數多了，程先生自己也有些糊塗，真以為自己是非王琦瑤莫屬的了。王琦瑤本是要靠時間去抹平，哪經得住這麼翻來覆去地提醒，真成了刻骨銘心。程先生經歷了割心割肺的疼痛，漸漸也習慣了沒有王琦瑤的日子，雖然也是沒有奈何。如今，蔣麗莉卻告訴他，他原來可以用心存放王琦瑤的。王琦瑤又好像回來了，朝夕相伴的，還免去了早先的牽腸掛肚，是更自由的想念。他開始喜歡獨處，一個人的時候，就是和王琦瑤在一起的時候。他重新又擺弄起照相，卻熱衷於拍些風景啊，靜物啊，建築什麼的，沒有人物，是給王琦瑤留著空的。於是，就將蔣麗莉忽略了，見面的次數稀疏下來。開始，蔣麗莉賭氣也不約他，好容易來了電話或者來了人，還愛理不理的，甚至乾脆拒絕。有點欲擒故縱，也有點動真氣。可後來，程先生乾脆沒消息了，蔣麗莉不由著了慌，開始給程先生打電話。聽筒裡傳來程先生的聲音，一顆心是放定了，氣卻又上來了，雖是見了面，終是不歡而散，彼此都是掃興。幾次下來，程先生竟也婉拒她的約請了。這樣，事情就退到最初的狀態，兩個人的認真和努力都付之東流似的，有徒勞的感覺。而蔣麗莉是不甘心的，也是不相信。程先生的婉拒反倒激勵了她，使她一而再，再而三地打電話過去。她又一次退到底，變得謙卑起來，怎麼都可以，只要與她見面。程先生卻是有點怕了，躲著她的。這「怕」倒不是專對蔣麗莉的，而是對了男女之情來的。程先生的兩次戀愛都是折磨人的，付出去的全是真心，真心和真心是有不同，有的是愛，有的是情義，可用心都是良苦，然而收回的是什麼呢？因此，他開始從根本上懷疑有沒有什麼兩情相悅。他想男女之情真是種瓜不得瓜，種豆不得豆。不得是磨人，得也是磨人。

蔣麗莉打電話過去就沒人接了，去程先生新供職的公司打聽，卻說他請長假回了老家，什麼時候返滬尚不可知。蔣麗莉又去他那外灘的頂樓的居所，想找找有沒有留下字條一類的線索。

她已有那寓所的一把鑰匙，倒是不常用的，因總是程先生上她家的多。電梯無聲地上了頂樓，穹頂下有一股荒涼的氣息撲面而來，像是沒有人煙的氣息，很多灰塵在空氣中飛舞著。她將鑰匙插入鎖孔，開進門去。屋裡是黑的，拉著窗簾，從縫隙間漏進光線，灰塵便在那線光裡飛舞。她站了一會，適應了眼前的暗，才漸漸走動起來。地板是蒙灰的，照相機上是蒙灰的，桌上椅上都是蒙灰的，燈上罩了布，左一架，右一架，也是蒙灰的。她在中間的空地上走了幾步，想像著燈光亮起的情景。她心裡有說不出的空，無著無落的，一顆心便無底地往下掉。那些作布景用的台階几凳照原樣放著，有一副冷清的表情。蔣麗莉看著它們，只覺著心裡的空。蔣麗莉走進化妝間，開了梳妝桌上的燈，桌上是收拾過的，乾乾淨淨，只是有灰。她看見了鏡裡的自己，是這頂樓公寓裡唯一的活物，卻也是抽了心去，只剩下軀殼。她關上燈再去暗房，暗房倒是有亮的，不知哪來的光。鉛絲上，夾了一條舊底片，迎光一看，是無人的景物，左一張右一張，也是放空的心似的。蔣麗莉丟下不看，走了出來。然後就來到程先生的臥房，臥房裡只一張床，一具衣櫃，還有一個衣帽架，上面掛了件夾大衣，沒穿走的，一碰也是揚灰。房間也是收拾過的，一絲不亂，面無表情的樣子，好像無話可說。蔣麗莉幾乎能聽見灰塵從天花板降落的聲氣。她曉得程先生這一走是千呼萬喚不回頭了，她這一回是真的失去他了。

蔣麗莉同程先生一波三折，從始到終的時候，王琦瑤只有一件事可做，那就是等李主任來。李主任將她安置在愛麗絲公寓之後，曾與她共同生活過半個月。像李主任這樣的忙人，時間都是一日當兩日過的，所以也可算是一個蜜月了。然後，李主任便是來也匆匆，去也匆匆，有時是過一夜，有時只是半天。王琦瑤從不追問李主任從哪來，又到哪去，政局和公務是她不懂也沒興趣的，李主任的私事，她又不便過問，過問也是沒趣。李主任就是喜歡她這渾然不覺不聞不問，裡面是有女人的自知之明，也有著女人的可憐，便又增添了愛惜，只是苦於無術分身，無法多陪她。這段日子，李主任是像箭在弦上，又像千鈞一髮，他夜裡熟睡著也會挺身而起，要去發命或者受命。夢魘屢屢發作，便掙扎著叫喊。逢到這時，王琦瑤就擁住他，不停地撫慰，直到他大汗淋漓地醒來，翻身將王琦瑤抱在懷裡，身心的緊張都得到些緩解。還有的夜晚他睡不著，一個人悄悄地起來，坐在客廳裡，輕輕放一張梅蘭芳的唱片。在王琦瑤面前，李主任還須撐持著，藏住心裡的疲累，而對了梅蘭芳的聲音，他卻是徹底的解除武裝，軟弱下來。李主任的內心，只有留聲機裡的梅蘭芳知道，他知道了也不會去說。王琦瑤有時候一覺到天亮，身邊沒了人，趕緊出房門，卻見李主任一個人在沙發上熟睡，菸斗裡的菸絲全成了灰，唱針在唱盤上空轉，一圈又一圈。

李主任每一次走，都不說回來的日期，王琦瑤便也無心一天天地數日子，日曆都不翻的。王光陰連成一條線地過去，無所謂是晝還是夜。她吃飯睡覺都只為了一個目的，等李主任回來。王琦瑤認識了李主任，才知道這世界是有多大，距離有多遠，可以走上十幾日也不回來的；王琦瑤跟了李主任，也才知道這世界有多隔絕，那電車的噹噹聲都像是遙遠地方傳來，漠不相關的；王琦瑤等著李主任，知道了什麼是聚，什麼是散，以及聚散的無常。她有時候想，天下雨李主任會來。雨天裡則想，天出太陽李主任就來。她還扔銅板占卦，這一面是李主任來，那一面則是不來。她又看瓶裡的花苞，花開了李主任就來。她不數日子，卻數牆上的光影，多少次從這面牆移到那面牆。她想：「光陰」這個詞其實該是「光影」啊！她又想：誰說時間是看不見的呢？分明歷歷在目。她等李主任是寂寞，又是填寂寞，寂寞套寂寞的，真是裡裡外外的寂寞。她不想去娘家，怕家裡人問這問那，更不想讓他們來，也是怕問這問那，連電話都懶得打，幾乎斷了來往。蔣麗莉來過那一次以後，還來過兩次，一同出去看電影，後來也不來了。沒有人來，她也不出去。她不出去，也不讓娘姨出去，去買菜是給她掐著時間，要讓她也嚐嚐寂寞的滋味，這其實是寂寞加寂寞的。還是灶火冷清，王琦瑤就像是不吃飯的，一天至多吃一頓，吃什麼也是不知道的。她有時也聽梅蘭芳的唱片，努力想聽出李主任聽的意思，好和李主任作約會似的，更是無從抓撓，越聽離得越遠。她想，她和李主任的緣，大約就是等人的緣，從開始起，就是等，接下來，還是等，等的日子比不等的多，以等為主的。她不知道，愛麗絲公寓，那一套套的房間裡，盛的全是各色各樣的等。

李主任回來的時候，王琦瑤難免是要流淚，雖然什麼也不說，李主任也知道她的委屈。知道她委屈，要走的時候還得走。李主任不覺有身不由己之感，這心情一旦生出，就不是此時此地，一人一物，而是多少年多少事的濃縮。不知從什麼時候開始，李主任當頭的一個「敢」字，變成了一個「難」。他是因為「敢」，才涉足世事的核心，越往深處越無迴旋之地，如今是舉步維艱。世人以為他有權，其實他是連對自己的權利都沒有的。李主任可憐王琦瑤，也可憐自己，因可憐自己，更可憐王琦瑤，不知道該怎麼待她好。越這樣，王琦瑤越戀他。事到如今，兩人是真有些夫妻的恩愛了。這恩愛也是從等裡面生出來的，是苦多樂少的恩愛，還是得過且過的恩愛，有一日是一日。王琦瑤不知道時局的動盪不安，她只知道李主任來去無定，把她的心搞得動盪不安。她還知道，李主任每一次來都要比上一次更憔悴，蒼老幾歲的樣子。她就有洞中一日，世上千年的心情。她只能擔心，卻幫不上一點忙。李主任的世界是雲水激盪的世界，而她，雲是行雲，水是流水，除了等，她又能做什麼？她除了送一個「等」給李主任，又還能送什麼？李主任的世界啊，她是望也望不著，別說去搆了。她聽著他的汽車在弄口發動，片刻間無聲無息。

有一回李主任來，繾綣之後，正色道，對誰也別承認她與李主任的關係，反正這房子是以王琦瑤名義頂下的，他每一回來去都無人知無人曉，雖說上海傳言很盛，但傳言只是傳言，畢竟不作數的。王琦瑤躺在枕上聽他這一席話，覺得他是要擺脫干係的，便冷笑一聲道，她自知攀不上李家，也從未有過做李家什麼人的奢望，因此也從未對別人承認過什麼，像他今天這一番叮囑，其實是大可不必。李主任知她是有誤解，又不便說明，只苦笑一聲說：本以為王琦瑤不會鬧小心眼兒，結果卻也會的。王琦瑤聽出了他話裡的苦衷，再看他焦愁的面容，頭髮幾乎白了一半的，不由一陣後悔的辛酸，她強笑道：和你開玩笑的。李主任抱住她，不覺有些動情，說道，他這一生，是如履薄冰，如臨深淵的一生，怕是自身難保，能不牽連她們這些人就算是最好，她們這些人是最最無辜的了。他說著這話，眼睛都有些要濕的樣子。這是他的肺腑之言，輕易不吐，這會是吐給王琦瑤，也是吐給自己。王琦瑤聽在耳裡卻驚在心裡，想這話越說越不善，要去打斷他，卻哽住喉頭，眼淚流了下來。

這一個夜晚事後想來是不同尋常，天格外的黑，格外的靜，桂花糖粥的梆子，一記沒敲，百樂門的歌舞聲也偃息著。屋裡靜的呀，連那娘姨在自己房間的夢哭聲，都一清二楚。他們兩人幾乎通宵未眠，先是說話，後是躺著想心事，各想各的，但都是傷感。李主任聽見王琦瑤的隱泣，裝著聽不見，不是不想勸，而是沒法勸，他說什麼都是無法兌現的，不如不說。王琦瑤聽見李主任起床，在客廳裡走動，也裝不知道，李主任是通天的人，倘若他都是過不去，又有誰能幫得上他。所以，這一夜是極其孤獨的夜晚，兩個人在一處，卻誰也安慰不了誰，由著各自難過。兩人都是有預感的，李主任的預感有憑有據，王琦瑤卻是一筆糊塗帳。她朦朧覺著，有什麼事情即將來臨，卻又不敢多想，對自己說：天亮就好了。她心裡盼著天亮，不知不覺地睡著，夢見自己要去蘇州外婆家，還沒去就被推醒了，屋裡一片漆黑，李主任的臉卻是清晰的，伏視著她，將一個西班牙雕花的桃花心木盒放在她枕邊，又抽出她的手，把一枚鑰匙按在她手心，說要走了，汽車已在門外。王琦瑤不由摟住他脖子大哭起來，從未有過的失態。她像個孩子一般耍賴著不讓他走，心想他這一走又不知什麼時候才能來了，她又要日等夜等，寢食不安，數著牆上的光影度日，牆上的光影是要它快時它慢，要它慢時它快，毫不解人意，梧桐樹也不解人意，秋風未起就已落葉滿地。王琦瑤不知哭了有多少時間，李主任解開她的胳膊，走出了公寓，她還在哭。這一個夜晚，是從眼淚裡浸泡過去的。最後，晨曦照進了房間，有一點亮了，王琦瑤也哭累了。

王琦瑤這一回等李主任回來，不是坐在公寓裡等的。她坐不下來，非要出去走動著才行。她穿戴整齊了，叫一輛三輪車，說一個地方，讓那車夫去。她坐在三輪車上，望著街景，那街景是與她隔著心的，她兀自從中間穿過，回頭的興致也沒有。櫥窗裡的鞋帽告訴她，時代又前進了一步，這前進也與她無關，時代是人家的時代。電影院在上演新片，新的男女歡愛，在她則是上一代的故事了。咖啡館裡對面對坐的年輕男女也是上一代的故事，她已是過來人了。陽光從樹葉間灑下，是如碎銀一般的，除了照她的眼，叫她目眩，也是沒有意義。她看著馬路上的人，心中不平地想，這麼多的人裡面，為什麼偏偏沒有李主任！她讓車夫拉她到一處地方，然後便下車去。她對自己說，是要來買東西，卻不知該買什麼。她有時候是空手而回，有時候則買了亂七八糟不明所以的一大堆。乘在三輪車上，心裡的茫然總好一些，因是在向前走，走一點近一點，雖然不知是要去哪裡。兩邊的街景向後退去，時間也在退去。畢竟有點聲色。

王琦瑤出去逛街的日子，愛麗絲公寓裡有幾戶相繼離去，留下幾套空房。王琦瑤並不知曉，只覺得這裡越發的靜，靜得發空。她放著梅蘭芳的唱片，聲音很響，要把房間填滿，不料卻是起回聲的，一個梅蘭芳呼，一個梅蘭芳應，更顯得大和空。有一回她推開窗戶，想看看天，卻看見樓上的陽台欄杆停滿了麻雀，心裡別的一跳，知那主人已經離去。再看左右，又有幾戶窗門緊閉，不露聲色，窗台上鋪著落葉，也是人去樓空的意思。「愛麗絲」已是一片凋零了，她心裡也是凋零。她安慰自己，只要李主任回來，就一切都好，可是李主任什麼時候回來呢？她出去得更勤了，有時一日裡會出去三回，早一回，午一回，晚一回。她還總嫌車夫踏得太慢，要他騎得風樣的快，和汽車賽跑似的。她匆匆地去，匆匆地回，要事在身的樣子。車走在馬路，她的眼睛則四下地搜索，好像要把李主任從人群中挖出來。她心裡焦灼，嘴上都起了乾皮。李主任這回走，她是算了日子的，已有整整半個月過去了。這半個月是比半輩子還長，她的耐心已到了頭，一分鐘也捱不下去了。這一日，她剛出門，李主任就來了，也是滿臉的焦灼，問娘姨王琦瑤去哪裡了。娘姨說去買東西，又問去多長時間回來。娘姨說不定規，或許短，或許長，又問李主任中午飯怎麼吃。李主任說他中午前就得走，是抽空回來看看的。他走進臥房，臥房拉著窗簾，有王琦瑤的氣息。他又去洗澡間刮臉，也是王琦瑤的氣息，處處是她觸及過的痕跡，洗臉池上的水跡，髮刷上的幾根斷髮。他刮了臉，在客廳裡坐著等，王琦瑤卻是不來。他也坐不住了，來回地踱步，抬頭看牆上的鐘。他這一趟來，本是個隨意，可一旦來到，王琦瑤又不在，就變得非見不可了。他從來沒有這般地想見王琦瑤，難忍的渴望。到了最後一分鐘，王琦瑤還是不回來，他心裡竟是絕望的了。他一邊穿外衣，一邊還期待王琦瑤在最後一秒鐘裡出現，可是沒有。他走出愛麗絲公寓，懷著悲涼的心情，想，什麼時候才能看見她呢？

僅只十分鐘之後，他就看見了王琦瑤。在他的汽車裡，從車窗的紗簾背後，看見一輛三輪車飛快地駛著，幾乎與他的汽車平行，車上坐著王琦瑤。她穿一件秋大衣，頭髮有些叫風吹亂。她手裡緊捏著羊皮手袋，眼睛直視前方，緊張地追尋著什麼。三輪車與汽車並齊走了一段，還是落後了，王琦瑤退出了眼瞼。這不期而遇非但沒有安慰李主任，反使他傷感倍加。這真是亂世中的一景，也是蒼茫人生的一景。他想，他們兩個其實是天涯同命人，雖是一個明白，一個不明白。可明白與不明白都是無可奈何，都是隨風而去。他們兩個都是無依無託，自己靠自己的，兩個孤魂。這時刻，他們就像深秋天氣裡的兩片落葉，被風捲著，偶爾碰著一下，又各分東西。汽車在車水馬龍中穿行，焦躁地按著喇叭，時間已經有點遲，都為了等王琦瑤的。這是一九四八年的深秋，這城市將發生大的變故，可它什麼都不知道，兀自燈紅酒綠，電影院放著好萊塢的新片，歌舞廳裡也唱著新歌，新紅起的舞女掛上了頭牌。王琦瑤也什麼都不知道，她一心一意地等李主任，等來的卻是失之交臂。

這天晚上，愛麗絲公寓又來了一個人，是吳佩珍。她穿一件黑大衣，燙了髮，唇上塗了口紅，是少婦的樣子，比過去好看了，也成熟了。她進來時，王琦瑤竟有些不敢認，等認出了，便有些吃驚，心想吳佩珍其實是有幾分姿色的，過去卻藏而不露，也是過謙了吧！吳佩珍似乎是為自己的形象不好意思，很不自在的，紅了臉說：我結婚了。王琦瑤的心被敲擊了一下，嘴裡說：恭喜，眼睛卻是怔怔的，自己坐了下來，也沒給吳佩珍讓坐。這時，娘姨送茶來，說聲：小姐請用茶。王琦瑤厲聲道：分明是太太，卻叫人家小姐，耳朵聽不見，眼睛也看不見嗎？那娘姨被她劈臉一頓訓斥，丈二不摸頭腦，但曉得她心情不好，便也不作計較，轉身走了。吳佩珍卻尷尬了，她本就不笨，新近做了人妻，又心領許多原委，人情世故都深了一層。她聽出王琦瑤這番脾氣的來由，怪自己不該進門便說此事，就像是專為炫耀而來。其實，這又有什麼可炫耀的呢？她收起些忸怩，身子坐正，抬起臉，對著王琦瑤說，她這次冒昧地上門，是來向她告別的，她本來不準備打攪她，可臨到要走，總覺得不見她一面就走了，這一走，不知什麼時候才能見面，王琦瑤是她最好的朋友，也是唯一的，她對於王琦瑤也許情形不同，可王琦瑤對於她確實如此，上海這地方叫她留戀的，除了父母家人，就是王琦瑤了，和王琦瑤做朋友的那一段，是她最快樂，最無憂慮的時光。這話原是有些誇張，但此時此地，卻是吳佩珍的最真實。在這一個憂患的年頭，憂患就像是空氣，無處不在，無論是知道和不知道，都感到憂心忡忡，前途茫然，而過去的每一分鐘都是好時光。

王琦瑤聽著吳佩珍的話，心裡恍恍惚惚，抓不住要領。這一天發生的事情真是太多了，太雜了，亂成一團麻了。等李主任，李主任不來；不等他，他卻來了；回到家，他倒走了，鬧得她頭都痛。這時候，吳佩珍竟在了面前，先說結婚，後又說要走。她的思路漸漸理出一個頭緒，問道：你去哪裡？吳佩珍被她打斷了話，停一下才回答是去香港，跟她的婆家一起走。她婆家是個中等產業的企業主，決定把家業全都搬到香港，船票已買好，正是明天。王琦瑤笑了一笑，說：吳佩珍，看不出來，我們三個人中間，倒是你最有福啊！吳佩珍有些糊塗地，問：哪三個人？王琦瑤就說：你，我，還有蔣麗莉。聽到她提蔣麗莉的名字，吳佩珍就有些彆扭，轉過臉去。在她心底裡，總覺得是蔣麗莉奪去了王琦瑤的友誼，她雖然已經長大，做了人家的太太，卻還有著一些女學生的意氣，寄存著女學生的恩怨，到老都不會忘的。王琦瑤沒注意吳佩珍的心思，繼續說：我和蔣麗莉都不如你啊！蔣麗莉大約要做老小姐了，我是妻不妻，妾不妾，只有你，嫁得如意郎君，有享不盡的榮華富貴。吳佩珍被她說得低了頭，一聲不吭的。王琦瑤說著說著便興奮起來，眼睛放著光，手指甲在沙發布上劃過來劃過去，眼看就要折斷的樣子。吳佩珍握住她的手，說：你跟我一起去香港吧！王琦瑤愣住了，把正說著的話也忘了，等明白過來，便笑了，說：我去算什麼？做僕，還是做妾？倘若一樣做妾，還是在上海好，一動不如一靜。吳佩珍說：你再不要妾不妾的，你知道我對你的心，我從來把你看作比我好。王琦瑤身上一顫，軟了下來。她扭過臉去對了牆壁望了一會，再回過來時，眼睛裡全是淚了，她說：謝謝你，吳佩珍，我不能走，我要留在這裡等他，我要走了，他倒回來了，那怎麼辦？他要回來，見我不在，一定會怪我。

第二日，吳佩珍走的時間裡，王琦瑤就好像能聽見輪船離岸的汽笛聲。和吳佩珍在一起的情景出現在眼前，一幕接一幕。那時候的她們就像是白絹似的，後來就漸漸寫上了字，字又連成了句，成了歷史。沒有字的日子是輕盈自由的日子，想怎麼就怎麼，沒有一點要負的責任，憂愁也是不負責任的憂愁。她和吳佩珍的關係是彼此沒有責任的關係，全憑的是友情。與蔣麗莉便不同了，是有些利益的，當然，利益也不是不好的利益。她和吳佩珍的關係是有些類似萍水的關係，至清而無魚，和蔣麗莉卻是蓮藕和泥塘。吳佩珍的走，是將王琦瑤這段無字的歷史剪下帶走的，剩下的全是有字，有些混亂不成章節，是過於認真寫，筆墨太重，反不那麼流暢自然了。

王琦瑤還是等李主任，自從那次與李主任失之交臂之後，她再不敢出去了。自從看見鄰居空關的門窗後，她也再不敢開窗，終日拉著窗簾，倒可避免去看牆上的光影。那公寓裡，白天也須開著燈，晝和夜連成一串，鐘是停擺的，有沒有時間無所謂。唯一有點聲氣的是留聲機，放著梅蘭芳的唱段，咿咿哦哦，百折千迴。王琦瑤終日只穿一件曳地的晨衣，鬆鬆地繫著腰帶，好像是著戲裝的梅蘭芳，演的是楚霸王的虞姬。她想，時間這東西，你當它沒有就沒有。她現在反倒安下心來，有時聽那梅蘭芳的唱段也能聽進深處，聽見一點心聲一樣的東西，這正是李主任要聽的東西。那就是一個女人的極其溫婉的爭取，棉裡藏針的，這爭取是向著男人來的，也是向著這世界來的，只有男人才看得懂，女人自己是不自覺的，做了再說，而這卻是男女之間稱得上知音的一點東西。公寓裡畢靜，梅蘭芳的曲聲是襯托這靜的。這靜是一九四八年的上海的奇觀。在這城市許多水泥築成的蟻穴一樣的格子裡，盛著和撐持著這靜。這靜其實都是那大動裡的止，就好像光投下的影，是相輔相成，休戚相關的。王琦瑤幾乎忘記了外面的世界，連報紙也不看，廣播也不聽。這些日子，報紙上的新聞格外的多而紛亂；淮海戰役拉開帷幕；黃金價格暴漲；股市大落；槍斃王孝和；滬甬線的江亞輪爆炸起火，二千六百八十五人沉冤海底；一架北平至上海的飛機墜毀，罹難名單上有位名叫張秉良的成年男性，其實就是化名的李主任。

第二部

第一章

1 鄔橋

鄔橋這種地方，是專門供作避亂的。六月的梔子花一開，鋪天蓋地的香，是起霧一般的。水是長流水，不停地分出岔去，又不停地接上頭，是在人家簷下過的。簷上是黑的瓦稜，排得很齊，線描出來似的。水上是橋，一彎又一彎，也是線描的。這種小鎮在江南不計其數，也是供懷舊用的。動亂過去，舊事也緬懷盡了，整頓整頓，再出發去開天闢地。這類小鎮，全是圖畫中的水墨畫，只兩種顏色：一是白，無色之色；一是黑，萬色之總。是隱，也是概括。是將萬事萬物包攬起來，給一個名稱；或是將萬物萬事偃息下來，做一個休止。它是有些佛理的，講的是空和淨，但這空和淨卻是用最細密的筆觸去描畫的，這就像西畫的原理了。這些細密筆觸就是那些最最日常的景致：柴米油鹽，吃飯穿衣。所以這空又是用實來作底，淨則是以繁瑣作底。它是用操勞作成的悠閒。對那些鬧市中沉浮、心懷創傷的人，無疑是個療治和修養。這類地方還好像通靈，混沌中生出覺悟，無知達到有知，人都是道人，無悲無喜，無怨無艾，順了天地自然作循環往復，講的是無為而為。這地方都是哲學書，沒有字句的，叫域外人去填的。早上，晨曦從四面八方照進鄔橋，像光的雨似的，卻是縱橫交錯。炊煙也來湊風景，把晨曦的光線打亂。那樹上葉上的露水此時也化了煙，濕騰騰地起來。鄔橋被光和煙烘托著，雲纏霧繞，就好像有音樂之聲起來。

橋這東西是這地方最多見也最富涵意的，它有佛裡面彼岸和引渡的意思，所以是江南水鄉的大德，是這地方的靈魂。鄔橋真是有德行的。橋下的水每日價地流，濁去清來；天上的雲，也是每日價地行，呼風喚雨。那橋是彎彎的拱門，橋下走船，橋上走人。屋是長長的簷，路人躲雨又遮太陽。鄔橋吃的米，是一顆顆碾去殼，篩去糠，淘水籮裡淘乾淨。鄔橋用的柴，也是一根根斫細斫碎，曬乾曬透，一根根燒淨，燒不淨的留作木炭，冬天燒腳爐和手爐。鄔橋的石板路上，印著成串的赤腳板；鄔橋的水邊上，杵衣聲此起彼伏，連成一片。鄔橋的歲月，是點點滴滴，仔仔細細度著的，不偷懶，不浪費，也不貪求，掙一點花一點，再攢一點留給後人。鄔橋的路、橋、房舍、舍裡的腌菜罎、地下的酒缽，都是這麼一日一日、一代一代攢起的。鄔橋的炊煙是這柴米生涯的明證，它們在同一時刻升起，飯香和乾菜香，還有米酒香便瀰漫開來。這是種瓜得瓜、種豆得豆的良辰美景，是人生中的大善之景。鄔橋的破曉雞啼也是柴米生涯的明證，由一隻公雞起首，然後同聲合唱，春華秋實的一天又開始了。這都是帶有永恆意味的明證，任憑流水三千，世道變化，它自巋然不動，幾乎是人和歲月的真理。鄔橋的一切都是最初意味的，所有的繁華似錦，萬花筒似的景象都是從這裡引發伸延出去，再是抽身退步，一落千丈，最終也還是落到鄔橋的生計裡，是萬物萬事的底，這就是它的大德所在。鄔橋可說是大千宇宙的核，什麼都滅了，它也滅不了，因它是時間的本質，一切物質的最原初。它是那種計時的沙漏，沙粒像細煙一樣流下，這就是時間的肉眼可見的形態，其中也隱含著岸和渡的意思。

所以有鄔橋這類地方，全是水做成的緣。江南的水道簡直就像樹上的枝，枝上的岔，岔上的葉，葉上的經絡，一生十，十生百，數也數不過來。水道交錯，圍起來的那地方，就叫作鄔橋。它不是大海上的島，島是與世隔絕，天生沒有塵緣，它卻是塵緣裡的淨地。海是蒼茫無岸，混沌成一體，水道卻是為人作引導的。海是個無望，是個宿命，高高在上。水道則是無望裡的出路，宿命裡的一個眼前道理，是平易近人。鄔橋這類水鄉要比海島來得明達通透一些，俗一些，苟且一些，因此，便現世一些。它是我們可作用於人生的宗教，講究些俗世的快樂，這快樂是俗世裡最最底處的快樂，離奢華遠著呢！這快樂不是用歌舞管弦渲染的，而是從生生息息裡迸發出來。由於水道的隔離和引導，鄔橋這類地方便可與塵世和佛境保持著若即若離的關係，有反有正的，以反作正，或者以正作反。這是一個奇蹟，專為了抑制這世界的虛榮，也為了減輕這世界的絕望。它是中介一樣的，維繫世界的平衡。這奇蹟在我們的人生中，會定期或不定期地出現一兩回，為了調整我們。它有著偃旗息鼓的表面，心裡卻有一股熱鬧勁的。就好比在那煙霧繚繞的幕帳底下，是雞鳴狗吠，種瓜種豆。鄔橋多麼解人心意啊！它解開人們心中各種各樣的疙瘩，行動和不行動都有理由，幸和不幸，都有解釋。它其實就是兩個字：活著。

凡來到鄔橋的外鄉人，都有一副悽惶的表情。他們傷心落意，身不由己。他們來到這地方，還不知這地方名什叫誰，一個勁兒地混叫。在他們眼裡，這類地方都是荒郊野地，沒有受過馴化的飲食男女。他們或者閉門不出，或者趾高氣揚，一步三搖。他們或是驕，或是餒，全都是浮躁淺薄。他們要認識鄔橋的不簡單，還需有一段相當的時間，到那時候，他們感激都來不及。起初的日子裡，鄔橋容忍著他們的心浮氣躁，他們只當是鄔橋的木訥，其實那是真正的寬度，大人不把小人怪的。外鄉人是鄔橋的一景，無論何年何月，鄔橋的街上總要走著一個兩個。外面的世界終年在進行角力似的，敗下陣來的人，便來到鄔橋這樣的地方。鄔橋人看外鄉人，不驚也不怪，再自然不過的。他們貌似看不懂，其實是最懂。外鄉人的衣服是羽衣霓裳，天邊晚霞那樣的東西，衣裳裡的心是晚霞迅速收集起來的那個光點，剎那間便沉落，漆黑一團的。外鄉人乘著船來到這裡，好像到了世界的邊邊上，那世界使他們又恨又愛，得不到又捨不下，萬般的為難。他們個個被離別之苦遮住了眼睛，任憑那水道九曲十八彎，不知前邊是什麼等著他們。

鄔橋是我們母體的母體，因與我們隔了一層親緣，所以便看它們陌生了。由於血統混雜了一層，我們又與它面貌相異，比生人還要生。其實我們都是從它那裡來的，鄔橋的橋都是外婆橋。這便是這裡外鄉人不斷頭的原因。外鄉人七拐八繞的，總能找到一個這樣的地方。每一個外鄉人，都有一個鄔橋。它是我們先祖中最近的一輩，是我們凡人唾手可及的。它不是清明時分那高高飄揚的幡旗，堂皇嚴正，它卻是米磨成粉，揉成麵，用青草染了，做成的青團，無言無語，祭的是飽暖。它是做的多、說的少的親緣。過年的臘肉香裡，就有著它的召喚；手腳爐的暖熱裡，也有著召喚。荷鋤種稻，撒網捕魚，全是召喚。過橋行船，走路跨坎，是召喚的召喚。這召喚幾乎是手心手背，身裡身外，推也推不掉，躲也躲不掉。熨在熱水中的酒壺裡有；燉在灶上的熟荸薺裡有；六月的栀子花裡有；十月的桂花香裡也有。那是綿綿纏纏，層層迭迭，圍著外鄉人，不認親也認親。

水道成網的江南，鄔橋這樣的地方便是星羅棋布，雲層上才數得清。它們是樹枝上的鳥巢，棲著多少失魂落魄的人。失魂落魄的人，來了又走，走了又來，像日長夜消的潮汐。從他們的來去，便可窺見外面世界的繁鬧與動盪，還可窺見外面人心的繁鬧與動盪。鄔橋是療病養傷的好地方，外鄉人卻無一不是好了傷疤忘了痛的。這也怪鄔橋的哲學不徹底，它總是留有餘地，不失敦厚的風度。還怪鄔橋的哲學不武斷，它總是以商量的口氣。外鄉人的病也是不斷根的病，入了膏肓的，無論怎麼，都是治表不治裡。可這些不說，鄔橋總是個歇腳和安慰。那烏篷船每年要載來多少斷腸和傷心，船下流的都是傷心淚。在那煙雨迷濛的日子，鄔橋一點一點近了，先是細細的柳絲，垂直的千條萬條，拉了幾重婆娑珠簾。橋洞像門一樣，一進又一進。然後，穿過柳絲垂簾，看見了水邊的房屋，插入水中的石基上長了綠蘚苔，絨絨的。臨水的窗戶撐開著，伸出晾了紅衣綠衣的竹竿，還有荸薺形的蓋籃。沿水的迴廊，立著百年不朽的大廊柱，也是生綠苔的。廊下是各色店鋪，酒店的菜牌子掛了一長排，也是百年不朽。這過來的一路上，會碰到一條兩條娶親的大船，篷上貼著喜字，結著紅綠綢緞。箱籠摞起來，新娘嚶嚶地哭，哭的是喜淚。兩岸的油菜花黃著，秧苗綠著，粉蝶兒白著，好一副姹紫嫣紅。最後，鄔橋就到了。

2 外婆

鄔橋是王琦瑤外婆的娘家，外婆租一條船，上午從蘇州走，下午就到了鄔橋。王琦瑤穿一件藍嗶嘰駱駝毛夾袍，一條開司米圍巾包住了頭，袖著手坐在船篷裡。外婆與她對面坐，捧一個黃銅手爐，抽著香菸。外婆年輕時也是美人，傾倒蘇州城的。送親的船到蘇州，走上岸的情形可算得蘇杭一景。走的也是這條水路，卻是細雨紛紛的清明時節，景物朦朧，心裡也朦朧。幾十年過去，一切明白如話，心是見底的心了。外婆看著眼前的王琦瑤，好像能看見四十年以後。她想這孩子的頭沒有開好，開頭錯了，再拗過來，就難了。她還想，王琦瑤沒開好頭的緣故全在於一點，就是長得忒好了。這也是長得好的壞處。長得好其實是騙人的，又騙的不是別人，正是自己。長得好，自己要不知道還好，幾年一過，便蒙混過去了。可偏偏是在上海那地方，都是爭著搶著告訴你，唯恐你不知道的。所以，不僅是自己騙自己，還是齊打夥地騙你，讓你以為花好月好，長聚不散。幫著你一起做夢，人事皆非了，夢還做不醒。王琦瑤本還可以再做幾年夢的。這是外婆憐惜王琦瑤的地方，外婆想，她這夢破得太早了些，還沒做夠呢，可哪裡又是個夠呢？事情到了這一步，就只得照這一步說，早點夢醒未必是壞事，趁了還有幾年青春，再開個頭。不過，這開頭到底不比那開頭了，什麼都是經過一遍，留下了痕跡，怎麼打散了重來，終究是個繼續。

撐船的老大是崑山人，會唱幾句崑山調，這崑山調此時此刻聽來，倒是增添淒涼的。日頭也是蒼白，照和不照一樣，都是添淒涼的。外婆的銅手爐是一片淒涼中的一個暖熱，只是炭氣薰人，微微的頭痛。外婆想這孩子一時三刻是回不過神來的，她好比從天上掉到地上，先要糊塗一陣才清楚的。外婆沒去過上海，那地方，光是聽說，就夠受用的。是紛紛攘攘的世界，什麼都是向人招手。人心最經不起撩撥，一撥就動，這一動便不敢說了，沒有個到好就收的。這孩子的心已經撩起了，別看如今是死了一般止住的，疼過了，痛過了，就又抬頭了。這就是上海那地方的危險，也是罪孽。可好的時候想卻是如花似錦，天上人間，一日等於二十年。外婆有些想不出那般的好是哪般的好，她見的最繁鬧的景色便是白蘭花、梔子花一齊開，真是個香雪海啊！鳳仙花的紅是那冰清玉潔中的一點凡心。外婆曉得曾經滄海難為水的道理，她知道這孩子難了，此時此刻還不是最難，以後是一步難似一步。

手爐的煙，香菸的煙，還有船老大的崑山調，攪成一團，昏昏沉沉，催人入睡。外婆心裡為王琦瑤設想的前途千條萬條，最終一條是去當尼姑，強把一顆心按到底，至少活個平安無事。可莫說是王琦瑤，就是外婆也為她心不甘的。其實說起來，外婆要比王琦瑤更懂做人的快活。王琦瑤的快活是實一半，虛一半，做人一半，華服美食堆砌另一半。外婆則是個全部。外婆喜歡女人的美，那是什麼樣的花都比不上，有時看著鏡子裡的自己，心裡不由想：她投胎真是投得好；投得個女人身。外婆還喜歡女人的幽靜，不必像男人，鬧轟轟地闖世界，闖得個刀槍相向，你死我活，男人肩上的擔子太沉，又是家又是業，弄得不好，便是家破業敗，真是鋼絲繩上走路，又艱又險，女人是無事一身輕，隨著有福同享、有難同當便成了。外婆又喜歡女人的生兒育女，那苦和痛都是一時，身上掉下的血肉，卻是心連心的親，做男人的哪裡會懂得？外婆望著王琦瑤，想這孩子還沒享到女人的真正好處呢！這些真好處看上去平常，卻從裡及外，自始至終，有名有實，是真快活。也是要用平常心去領會的，可這孩子的平常心已經沒了，是走了樣的心，只能領會走了樣的快活。

有幾隻水鳥跟了船走，呱呱地叫幾聲，又飛去了。外婆問王琦瑤冷不冷，她搖頭；問餓不餓，她也搖頭。外婆曉得她如今只比木頭人多口氣，魂不知去了哪裡，也不知游多久才回來。回來也是慘淡，人不是舊人，景不是舊景，往哪裡安置？這時，船靠了一個無名小鎮，外婆囑那老大上岸買些酒，在炭火裡溫著，又從艙裡向岸上買些茶葉蛋和豆腐干，下酒吃。外婆給王琦瑤也倒上半杯，說不喝也暖暖手，又指點王琦瑤看那岸上的人車房屋，說是縮小的鄔橋樣子。王琦瑤的眼睛只看到船靠的石壁上，厚厚的綠苔蘚，水一拍一拍地打著。

王琦瑤望著蒙了煙霧的外婆的臉，想她多麼衰老，又陌生，想親也親不起來。她想「老」這東西真是可怕，逃也逃不了，逼著你來的。走在九曲十八繞的水道中，她萬念俱灰裡只有這一個「老」字在刺激著她。這天是老，水是老，石頭上的綠苔也是年紀，崑山籍的船老大看不出年紀，是時間的化石。她的心掉在了時間的深淵裡，無底地墜落，沒有可以攀附的地方。外婆的手爐是陳年八古，外婆鞋上的花樣是陳年八古，外婆喝的是陳年的善釀，茶葉蛋豆腐干都是百年老湯熬出來的。這船是行千里路，那車是走萬里道，都是時間壘起的銅牆鐵壁，打也打不破的。水鳥唱的是幾百年一個調，地裡是幾百度的春種秋收。什麼叫地老天荒？這就是。它是教人從心底裡起畀的，沒幾個人能頂得住。它教人想起螢火蟲一類的短命鬼，一霎即滅的。這是以百年為計數單位，人是論代的，魚撒子一樣瀰漫開來。乘在這船上，人就更成了過客，終其一生也是暫時。船真是個老東西，打開天闢地就開始了航行，專門載送過客。外婆說的那鄔橋，也是個老東西，外婆出生前就在的，你說是個什麼年紀了？

橋一頂一頂地從船上過去，好像進了一扇一扇的門。門裡還是個地老天荒，卻是鎖住的。要不是王琦瑤的心木著，她就要哭了，一半是悲哀一半是感動。這一日，鄔橋的畫面是鉛灰色的線描，樹葉都掉光了，枝條是細密的，水面也有細密的波紋。綠苔是用筆尖點出來，點了有上百上千年。房屋的板壁，舊紋理加新紋理，亂成一團，有著幾千年的糾葛。那炊煙和木杵聲，是上古時代的老筆觸，年經月久，已有些不起眼。洗衣女人的圍兜和包頭上，土法印染著魚和蓮的花樣，圖案形的，是鉛灰色畫面中一個最醒目，雖也是年經月久，卻是有點不滅的新意，哪個歲月都用得著似的，不像別的，都是活著的化石。它是那種修成正果的不老的東西，穿過時間的隧道，永遠是個現在。是扶搖在時間的河流裡，所有的東西都沉底了，而它卻不會。什麼是仙，它們就是。有了它們，這世界就更老了，像是幾萬年的煉丹爐一樣。

那橋洞過也過不完，把人引到這老世界的心裡去。炊煙一層濃似一層，木杵聲也一陣緊似一陣，全在作歡迎狀的。外婆的眼睛裡有了活躍的光芒，她熄了香菸，指著艙外對王琦瑤說，這是什麼，那是什麼！王琦瑤卻置若罔聞。她的心不知去了哪裡，她的心是打散了的，濺得四面八方，哪一日再重新聚攏來，也不免是少了這一塊，缺了那一片的。船老大的崑山調停了，問外婆哪裡哪裡，外婆回答這裡那裡的。船在水道裡周折著，是回了家的樣子。後來，外婆說到了，那船就叮噹地下錨，又搖盪了一會兒，穩在了岸邊。外婆引了王琦瑤往艙外走，艙外原來有好太陽，照得王琦瑤瞇縫起眼。外婆扶了船老大上了岸，捧著手爐站了一時，告訴王琦瑤當年嫁去蘇州那一日的熱鬧勁：臨河的窗都推開著，伸了頭望；箱籠先上船，然後是花轎；梔子花全開了，雪白雪白的，唯有她是一身紅；樹上的葉子全綠了，水也是碧碧藍，唯有她是一身紅；房上的瓦是黑，水裡的橋墩是黑，還是唯有她一身紅。這紅是亙古不變的世界的一轉瞬，也是襯托那亙古的，是逝去再來，循回不已，為那亙古添磚加瓦，是設色那樣的技法。

3 阿二

王琦瑤在鄔橋，是住舅外公的家。舅外公開了個醬園店，醬豆腐干是出了名的。每天有豆腐店的夥計來送老豆腐。豆腐店老闆家有兩個兒子，阿大已娶親生子，阿二在崑山讀書，本想再去上海或者南京考師範，後因時局動盪，暑假後就耽擱了下來。阿二的裝扮是舊時的摩登，戴眼鏡，梳分頭，學生裝的領子外頭圍一條駝色圍巾。他對鄔橋的女人看都不看一眼，和男人也不打攏，一個人躲在房裡看書。有時被阿爹差遣去送豆腐，便滿臉的艾怨，鬱沉沉的。在有月亮的夜晚，就可見到他孤孑一身的影子。阿二其實是鄔橋的一景，說是不貼，其實貼得很。是鄔橋的孤獨者。鄔橋的每一段都會有孤獨者來出場，這一段便輪到阿二了。這場景是鄔橋水上的泡沫，水是長流水，泡沫卻今日非明日。阿二是白淨的面皮，五官很纖秀，說話輕輕，走路也輕輕。倘若他不是那麼好的一種男孩子，家裡人就不免要嫌他，鄔橋人也要把他作笑料了，就像通常的鄔橋舞台上的孤獨者一樣。而現在情形就有些不同，大家都有點寵他。家裡人心甘情願地養他，還有幾家想讓他作女婿的。大約也是時代的不同，時代變得可愛了，那孤獨者的形象便也可人心意了，是按著人的惻隱之心一筆一筆刻劃的。但這喜歡卻是一廂情願，阿二心裡不知有多少討厭鄔橋，這討厭甚至掛在了臉上，使他更具有時代的特徵。他自覺著是見過世界的，就把鄔橋看作是世界的邊角料，被遺棄的。要依了他的心，是要走出去的，可他的身子卻太弱，經不起那大世界的動盪，到了還是退回鄔橋。於是，他覺著自己也成了那世界裁剩的邊角料，裁又沒裁好，身子裁在這裡，心卻裁在了那裡。

所以，阿二內心是很分裂的，有一種傳說是說人的影子是人的靈魂，阿二自稱是沒有影子的人。月光好的夜晚，阿二看著石板橋上的自己的影子，心裡是拒絕的，想：這是我嗎？分明是個別人。有一天，阿二走過醬園店，看見王琦瑤坐在裡頭，心裡忽有種觸電般的相通感覺，他驚奇地想：這才是他的影子呢！從這日起，上醬園店送豆腐的事就由他包下了。從豆腐房到醬園店，要經過三座橋，每過一座橋，他就覺著高興了一點兒。可阿二卻不把高興露出來，為了藏住，他還分外地繃緊了臉。他把豆腐放下，轉身就走。走在回去的橋上，每過一座，心裡就憂鬱一點兒，可那憂鬱也含了些高興的，走著走著，腳下會不自禁地一躍。他覺著，王琦瑤也是從那正經的世界上裁下的，卻是錯裁的，上面留著那世界的精華。她是怎麼才來到了這地方的啊！阿二感激得都要流淚了。有了她，鄔橋這地方就有些見天日，不會被埋沒了；有了她，鄔橋這地方還和大世界有了些藕斷絲連的關係。她給鄔橋帶來什麼樣的改變呀！阿二也聽到了有關王琦瑤的傳說，這傳說再離譜也不叫阿二意外，相反，更合乎阿二的想像。王琦瑤的傳說是上海繁華夢的景象，雖然繁華是舊繁華，夢是舊夢，可那餘光照耀，也足夠半個世紀用的。阿二的心，活躍了起來。

王琦瑤很快注意到這個送豆腐的少年，他的白皙文弱和學生裝束，很像那種舊照片上的人物。她隔了板壁牆，聽見他在後天井裡和舅外公說話，聲音是細細柔柔的，就像鳥語。有一回，她去買針線，正與他迎面，就見他紅了臉，轉上了一頂橋，逃跑似地走了。她心裡覺著有趣，更注意他了。她發現他似乎有夜遊的毛病，夜深人靜時在街上行走，月光下的身影有著處子般的寧馨美好，當他有時輕盈地一躍，也是處子的快樂。這天，她見他挑了豆腐從店堂裡穿出來，走過後廂房時，就在身後叫他「阿二」，等阿二回過頭來，卻閃進身去，偷偷地看他激動又惶惑的眼神。這是王琦瑤來到鄔橋後頭一次有淘氣的閒心，是阿二喚起來的。阿二先是尋找，後是懷疑聽錯，卻又不甘心，對了空中叫道：誰人喊我？王琦瑤就捂了嘴笑。也是頭一回笑，由阿二引出的。下一天在街上碰見阿二，她就去堵阿二的路，說：阿二眼睛這麼大啊，看都看不見人。一邊看阿二窘，臉紅到脖頸，頸上的藍筋一跳一跳，眼睛看了地，手卻沒處放。她這才好好地問：阿二去做什麼？阿二囁嚅說是去收豆腐帳，給她看手裡的帳本。王琦瑤拿過來看上邊的小楷字，問：是阿二的字嗎？阿二說有是有不是。王琦瑤就要他指哪是哪不是。阿二慢慢地定了神，指給她看，有幾行特別娟秀細小的。王琦瑤其實並不懂，卻裝懂地說：阿二的字不錯。阿二的臉漸漸不紅了，說：阿姊是講反話。王琦瑤正色道：我們學校的國文教員都未必能寫這樣的蠅頭小楷。阿二就說：上海的教育是重科學，重實用，寫字本是閒裡功夫，可有可無的。王琦瑤聽他這話裡是有些見識的，怪自己小瞧了他，又接著問他別的問題，阿二都一一回答，像個聽話的學生。然後王琦瑤邀他時常來玩，才與他分了手。

下一日，來送豆腐的，又換了原先那夥計，阿二是在晚上來的。腳上穿著刷了鞋粉的雪白的球鞋，圍巾圍著，手裡夾了一些書本。他是正式來作客的樣子，還給舅外公家的小孩帶了些水果糖。他對王琦瑤說，帶幾本小說讓阿姊解悶，鄔橋這地方也沒有電影院，晚上是很寂寞的。那書是雜七雜八的，有《拍案驚奇》，有《施公案》，有張恨水的《夜深沉》，還有幾本雜誌，《小說月報》、《萬象》什麼的。她想，阿二也是傾其所有了。到底是鄔橋地方的民風淳樸，要是在上海，這樣的少年早就學得浮滑了，那些少年是何等的風流倜儻啊！王琦瑤心裡生出了感慨，再看阿二，更覺憐惜。阿二的臉在燈下越發顯得白皙，頭髮很黑地搭在前額。王琦瑤就說：阿二什麼時候接新娘子呢？阿二臉又紅了，說自己才不過十八歲。王琦瑤說：你家阿大二十歲已經有兒有女了嘛！阿二就說：那是鄔橋人。王琦瑤聽他這話已把自己排除在鄔橋之外，便注意到阿二的自恃，暗自留心照顧阿二的心情，卻又覺得有趣，說：要不要阿姊替阿二介紹一個上海小姐呢？阿二低了頭說：阿姊拿我開玩笑！聲音裡有些委屈，王琦瑤不敢再逗他，趕緊說：阿二的年紀正是做事業的年紀，有什麼打算呢？阿二便告訴她本要去南京讀師範，被時局耽擱了。談到時局，王琦瑤便黯然了，有一會沒說話。細心的阿二知她是有觸動的，卻不好挑明，只能作籠統的開導，說些時局總要安定，人生也是有沉有浮，否極泰來的大道理。王琦瑤來到偏僻轉折的鄔橋，天地生死幾茫茫的，人都是不足道，何況是心呢？可這時候，人和心都有點被喚回的意思。

阿二的人和心也都被喚回了。王琦瑤就像是一面鏡子，對了她，阿二才知道自己的人是如何，心是如何。他隔天就要去她那裡坐坐，談東談西，不一會兒，月亮就到了那頭。有時，天不那麼冷，他們就在街上走走，街邊就是水道，停了船，船艙裡漏出點光，兩邊人家的板壁縫裡也漏出點光，絲絲縷縷地落在水面上，能照見水的流動來。兩個人的心裡都很安寧，也很明淨。阿二說：阿姊，上海的月亮也是這一個嗎？王琦瑤說：看起來就像是兩個，其實還是一個。阿二說：其實就是兩個，一個是月亮，一個是月亮的影。王琦瑤就笑了：原來阿二是個詩人呢！她想到了蔣麗莉，那就像是上一輩子的人了。她想同是詩的才情，蔣麗莉是故作，阿二卻是天然。阿二忽然就靦腆起來，說：阿姊才是詩人呢！王琦瑤忍住笑問：你倒說說看，我怎麼會是詩人？我是舊詩新詩一句也記不得的。阿二卻認真起來，說：詩其實才不在於那幾行字呢！有些人，以為把字句截短了一行一行地豎排著，就是詩；還有些人，以為揀那指心明腑、抒情言志的文字連起來就是詩，詩都快成裝腔作勢的代名詞了。王琦瑤在心裡說：阿二指的不就是蔣麗莉嗎？阿二接著說：詩其實就是一幅圖畫，比如，「漢家秦地月，流影照明妃」，可不是一幅畫；「千呼萬喚始出來，猶抱琵琶半遮面」，又是一幅畫；「玉容寂寞淚闌干，梨花一枝春帶雨」，還不是一幅畫？「桃之夭夭，灼灼其華」，這幅畫又如何？王琦瑤聽得出神，本是對詩沒興趣的，這會兒卻叫阿二給訓導出了一些詩情。阿二說著說著便止了口，她帶了幾分著急地追問：怎麼不說了？阿二說：我已經證明了呀！證明什麼？王琦瑤問。阿二說：證明阿姊是個詩人。王琦瑤先不懂，然後忽然明白了，不覺紅了臉。

4 阿二的心

阿二的心，連他自己都不懂的。他不曉得他怎麼高興了沒幾日，又難過起來。這難過比先前的更甚，有點咬心的。先前的難過，是茫茫然一片，如今卻是水落石出的。先前的難過，是不知道要什麼，只知道不要什麼的難過，如今卻是知道要什麼，還知道要不到的難過。他不懂他為什麼知道是不能得，卻偏要去嚮往，簡直是搬起石頭砸自己的腳。這個他口口聲聲地叫「阿姊」的上海女人，就像是天邊的落霞，轉眼就會過去，然後無影無蹤。她其實是一個傳奇，阿二想在上面添寫幾行嗎？不等他落筆，她又要去創造新的傳奇。她和鄔橋真是個奇怪的對照，鄔橋有多麼明白，她就有多麼莫測；鄔橋是個通達，她就是個雲遮霧罩。阿二這樣的年紀，寧可要個謎，也不要真理的。鄔橋就是個真理。得了真理，人生便到頭了，還有什麼可望的？這也是鄔橋所以叫阿二消沉的緣故，也是王琦瑤所以激發阿二的緣故。阿二現在每天都要去醬園店的後廂房，對了王琦瑤坐著，看她做針線，與她說話。可是越是與她接近，她卻越是遠似的。越是遠，阿二就越是要追，結果便越追越遠，都要看不清這人了。

阿二有時會想起那個談詩的月亮夜，他引用的那些詩句，一句一句響起在耳邊，王琦瑤反倒清晰了一些。其時其境，這些詩句都是不假思索，脫口而出。句句不像是古人所作，而是他阿二觸景生情的即興之句。可他漸漸記起這些詩的出處，心裡忽有些不安了。「漢家秦地月，流影照明妃」是李白寫王昭君。昭君出塞，離家千里，真是有些應了王琦瑤眼下的境地，也是故鄉的月，照異地的人。後兩句有「一上玉關道，天涯去不歸」，難道是預兆王琦瑤在異鄉久留不歸嗎？阿二有些興奮，可卻覺得不頂像。因為王琦瑤雖是離家，卻沒有去國，與昭君有根本的不同。阿二再一想，便有些恍悟，王琦瑤雖未去國，卻是換了大朝代，可說是舊日的月照今天的人，時間不能倒流，自然是「天涯去不歸」了。這一想，便覺得十分貼切了。並且，那舊時的海上明月裡立了王琦瑤婷婷的身影，有一股難言的悽婉，是要扎進阿二心裡去的。接下來引用的詩句則是一首比一首不祥：「千呼萬喚始出來，猶抱琵琶半遮面」，出處是白居易的〈琵琶行〉，詩中那琵琶女且是天涯淪落之人，良辰美景一去不復回了。那一句「玉容寂寞淚闌干，梨花一枝春帶雨」卻是〈長恨歌〉中，楊貴妃玉殞香消，魂魄在了仙山的情景。阿二不由生出悲戚來，他想他想起的美人圖，全是不幸的美人圖，正應了紅顏薄命的說法。只有《詩經》上那「桃之夭夭，灼灼其華」是喜慶的圖畫，然而，在那一系列的慘淡畫面之後，那桃花燦爛的景象卻有了一股不祥的災禍之氣。阿二的心黯淡下來，他想，難道這真是預兆嗎？他看見了那上海女人身上繚繞的不幸的氣息。可這氣息多麼美啊，是沉魚落雁之勢，阿二無限地嚮往。

阿二對王琦瑤的嚮往裡，並不光有愛，還有著膜拜在其中。王琦瑤不是一個人，而是化開來，瀰漫和洋溢在空氣裡的一個靈樣的東西。這是一個迷離的境界，亂了心智的，它是騰在鄔橋的空中，海市蜃樓一般。阿二有時覺著，連他自己都化了的，變成煙雨那樣的東西。鄔橋這地方，其實是多有幻覺的，它實在太靜，夜也太長，幻覺便產生了。那密集又曲折的水道間，擠挨著的屋簷下，石板路上，都是幻覺產生的地方。王琦瑤就是個幻覺成真。她走在鄔橋的街上，身上披著那繁華錦繡的光影，幾乎能聽見歌舞的餘音，尾隨而來。阿二想：這上海女人就是為了引誘他來的。前景有多不妙，引誘就有多強烈，阿二幾乎懷了犧牲的精神。他膜拜的真是一個不幸的宗教，不是為了永生，而是為了短暫，是追逐過眼的煙雲，瞬間的快樂。阿二的心是中了邪的心。

王琦瑤只把阿二的心當成少年之愛來領會，雖然把阿二看簡單了，卻也是救了阿二。因為只有從這愛裡，才可著手去接近王琦瑤，其餘都是撲朔迷離。只有這點愛，是清晰的，有人間面目，是王琦瑤和阿二交流的橋梁。阿二的愛是純潔的愛，沒有要求，只要允許他愛，就足夠了。王琦瑤上街買菜，阿二替她挎著籃子；太陽好的天氣，王琦瑤把水端在屋外洗頭，阿二提了水壺替她沖洗髮上的肥皂沫；王琦瑤剝豆，阿二捧著碗接豆；王琦瑤做針線，阿二也要搶來那針穿線。王琦瑤看他眼睛對在鼻梁上穿針的模樣，心裡生出喜歡。這喜歡也很簡單，由衷生起，不加考慮的。她情不自禁地伸出手摸摸阿二的頭，髮是柔順和涼滑的。她還去刮他架了眼鏡的鼻子，鼻子也是涼涼的，小狗似的。這時，阿二便興奮得眼睛都濕潤了。她對阿二說：跟我到上海去不去？阿二說：去！她又說：阿二怎麼養阿姊呢？阿二說：做工。她笑了，又怔了怔，說：阿二做工的錢，光夠阿姊買梳頭油的。阿二也怔了怔，說：阿姊小看了我。王琦瑤就揪揪他的薄耳朵，說：和你開玩笑，究竟也不知能不能回上海呢！阿二正色道：我撐船送阿姊去上海！王琦瑤笑道：阿二的船能到上海？阿二說：百川歸海，怎麼到不了？王琦瑤便不說話了。

阿二迷濛的心裡有了些昏晦的光，使他辨別出一些形勢。他對自己說：我應該怎麼辦？阿二覺得是應當行動的時候了。冬天過去了，迎春花都開了，疏朗的枝條綴著些不明不暗的黃色，也像阿二的心。阿二想：他已經等待了一個冬天了。鄔橋的冬天又是何等的漫長。阿二走在河邊，看那船也是待發的樣子，心裡的光又亮了一些。這時，他真感激鄔橋的水啊！有了這水，阿二才知道該怎麼去行動。現在，阿二是迎了那光走去的，前途被昏晦的光照耀著。阿二變得勇敢了，全因為那光的照耀，所有的勇敢其實都是昏晦的勇敢。阿二不再天天去找王琦瑤，可王琦瑤反倒變得切實了，王琦瑤好像化進了他的行動裡。阿二心中突兀而起一股悲慟之情，就像在做著一個重大的訣別，但這悲慟裡是有些歡喜的，因他感到，這訣別其實不是訣別，而是相聚。他心裡唱著歌，是那種童貞的悲喜交加的歌，在月夜裡的鄔橋走來走去。這時候如果有人看見他，就會被他的目光感動，那是什麼樣的溫柔目光啊！那裡的決心和信念，全是溫柔如水。

王琦瑤正在驚異阿二的不來，卻聽見了他的敲門聲。阿二的白球鞋是新洗的，刷了鞋粉，阿二的圍巾也是新洗的，熨平了。阿二的眼睛在鏡片後頭，一閃一閃地發光。阿二說：阿姊，我看你來了。王琦瑤說：阿二也不來了，是不是忘記阿姊了？阿二說：我忘記誰也不會忘記你。王琦瑤說：娶了媳婦，連娘都要忘記，何況是非親非故的我呢？阿二說：說不忘就是不忘，只怕有一日，在上海的大馬路上，迎面遇見，都認不出我阿二了。王琦瑤就笑：認出怎樣，認不出又怎樣？阿二有些悲傷地垂了垂眼睛，小聲道：是啊，我憑什麼教人永記不忘的呢？王琦瑤正要哄他，他卻退出門去，說了聲：阿姊再見！轉身走了。他的球鞋踩在石板路上，聲息全無，一下子溶入鄔橋的夜色，再也看不見了。王琦瑤還有些話要對他說，想追上去，又想明天再說吧，便關上了門。鄔橋的夜晚，真是要多靜有多靜，不一會兒，就聽見沙沙的下露水聲。第二日，王琦瑤等阿二來，沒等到；第三天，又不來；再過一日，便聽那送豆腐的夥計說，阿二走了，去南京考師範了。王琦瑤想起阿二來的那個晚上，每一句話都是有意思的。她把阿二的話又細細地想了一遍，在心裡認定阿二去的不是南京，而是上海。她還覺著：阿二去上海不為別的，正是為她。阿二是到上海等她呢！可是上海是個人海，她即便是回了上海，阿二能找著她嗎？

5　上海

上海的心是被阿二勾起的，那不夜的夜晚就又出現在王琦瑤的眼前，卻是多麼久遠的景象了啊！早晨，她對著鏡子梳頭，從鏡子裡看見了上海，不過，那上海已是有些憔悴，眼角有了細紋的。她走在河邊，也從河裡看見了上海的倒影，這上海是褪了色的。她撕去一張日曆，就覺著上海又長了年紀。上海真是不能想，想起就是心痛。那裡的日日夜夜，都是情義無限。鄔橋天上的雲，都是上海的形狀，變化無端，晴雨無定，且美輪美奐。上海真是不可思議，它的輝煌教人一生難忘，什麼都過去了，化泥化灰，化成爬牆虎，那輝煌的光卻在照耀。這照耀輻射廣大，穿透一切。從來沒有它，倒也無所謂，曾經有過，便再也放不下了。

王琦瑤眼前還出現阿二乘船去上海的景象，是乘風而去的。她想：阿二真是勇敢啊，竟把戲言當真了。可那戲言果真是戲言嗎？難道不能說是預言！她想：連鄔橋的阿二都去得上海，她上海生上海長的王琦瑤，又何故非要遠離著，將一顆心劈成兩半，長相思不能忘呢？上海真是教人相思，怎麼樣的折騰和打擊都滅不了，稍一和緩便又抬頭。它簡直像情人對情人，化成石頭也是一座望夫石，望斷天涯路的。阿二一走便音信全無，送豆腐的夥計也說沒有信來。王琦瑤更斷定阿二是去了上海。茫茫人海中，哪裡是阿二的立足之地呢？她不由感嘆阿二的魯莽，可是阿二的傳奇畢竟是開了頭。什麼時候才能見到阿二呢？王琦瑤有些悵惘。她推開窗戶，看水邊的月亮地，看到的也是上海的影子，卻是淺淡了許多，在很遙遠的折射的光之下。

鄔橋並不是完全與上海隔絕，也是有一點消息的。那龍虎牌萬金油的廣告畫是從上海來的，美人圖的月份牌也是上海的產物，百貨鋪裡有上海的雙妹牌花露水、老刀牌香菸，上海的申曲，鄔橋人也會哼唱。無心還好，一旦有意，這些零碎物件便都成了撩撥。王琦瑤的心，哪還經得起撩撥啊！她如今走到哪裡都聽見了上海的呼喚和回應。她這一顆上海的心，其實是有仇有怨，受了傷的。因此，這撩撥也是揭創口，刀絞一般地痛。可那仇和怨是有光有色，痛是甘願受的。震動和驚嚇過去，如今回想，什麼都是應該，合情合理，這恩怨苦樂都是洗禮。她已經感覺到了上海的氣息，與阿二感覺的不同，阿二感覺的都是不明就裡，王琦瑤卻是有名有實。梔子花傳播的是上海的夾竹桃的氣味，水鳥飛舞也是上海樓頂鴿群的身姿，鄔橋的星是上海的燈，鄔橋的水波是上海夜市的流光溢彩。她聽著周璇的〈四季調〉，一季一季地吟嘆，分明是要她回家的意思。別人口口聲聲稱她上海孃孃，也是把她當外鄉人，催促她還鄉的。她的旗袍穿舊了，要換新的。她的鞋走了樣，也要換新。她的手腳裂口，羊毛衫蛀了洞，她這人有些千瘡百孔的，不想回家也得回家了。

阿二還是沒有信，傳奇的開頭總是偃聲屏息，無聲無聞。王琦瑤再不懷疑阿二是去了上海。有個阿二在上海，上海似乎暖心了些，還有些不甘心。現在，王琦瑤還沒走，鄔橋卻已在向她揮手告別。一草一木，一磚一石，雖在眼前，卻已成了記憶，霧濛濛，水濛濛的。鄔橋的柳絲也是夢中情景，日婆娑，月婆娑。王琦瑤也注意到船了。船在橋洞下走過，很歡快的樣子，穿過一個橋洞又一個橋洞，老大也是唱崑山調的。轉眼間一冬一春過去，蓮蓬又要結籽了。王琦瑤乘上回蘇州的船，兩岸的房屋化成石壁，上面有千年萬年的水跡和苔蘚。鄔橋變成長卷畫一般的，漸漸拉開。碾米的水碓聲凌空而起，是萬聲之首。鄔橋的真實和虛空，鄔橋的情和理，靈和肉，全在這水碓聲中，它是恆古的聲音。崑山調也是恆古的聲音，老大是恆古的人。

王琦瑤從鄔橋走出來了，那畫卷收在水岸之間，視野開闊了，水鳥高飛起來，變成一個個黑點。岸上傳來轟麻雀的銅鑼聲，鏗鏗鏘鏘，敲著得勝令的點子。紅日高照，水面亮得像鏡子，照的不是人，而是天。天上沒有雲，也是個大鏡子，照著碧水盪漾。有無數船隻乘風行駛，萬舸爭流的情景，你說心能不鼓盪吧！

沒見蘇州，已嗅到白蘭花的香。蘇州是上海的回憶，上海要就是不憶，一憶就憶到蘇州。上海人要是夢回，就是回蘇州。甜糯的蘇州話，是給上海訴說愛的，連恨都能說成愛，點石成金似的。上海的園子，是從蘇州搬過來的，藏一點閒情逸致。蘇州是上海的舊情難忘。船到蘇州，回上海的路便只剩一半了。

從蘇州到上海的一段，王琦瑤是坐火車，船是嫌慢了，風也不順帆的。車是夜車，窗外漆黑，有零星的燈掠過，螢火蟲似的。王琦瑤的心此刻是靜止了的，什麼聲音也沒有，風聲都息了。窗外的黑，就像厚帷幕一般，上海就在那幕後，等待開幕的一刻。窗外的黑還是隧道，盡頭就是上海。當上海最初的燈光，閘北汙水廠的燈光，出現在黑夜裡頭，王琦瑤忽然間熱淚盈眶。燈光越來越稠密，就像撲燈的蛾子，撲向窗口。火車自是不理，還是朝前，轟隆聲響蓋滿天地。往事像化了凍的春水，漫過了河堤，說不想它，它還是來了，可畢竟大河東去，再不復返。車窗上映出的全是舊人影，一個迭一個。王琦瑤不由地淚流滿面。這時，汽笛響了，如裂帛一般。一排雪亮的燈照射窗前，那舊的映像剎那間消遁，火車進站了。

第二章

6 平安里

上海這城市最少也有一百條平安里。一說起平安里，眼前就會出現那種曲折深長、藏汙納垢的弄堂。它們有時是可走穿，來到另一條馬路上。還有時它們會和鄰弄相通，連成一片。真是有些像網的，外地人一旦走進這種弄堂，必定迷失方向，不知會把你帶到哪裡。這樣的平安里，別人看，是一片迷亂，而它們自己卻是清醒的，各自守著各自的心，過著有些掙扎的日月。當夜幕降臨，有時連月亮也升起的時候，平安里呈現出清潔寧靜的面目，是工筆畫一類的，將那粗疏的生計描畫得細膩了。那平安里其實是有點內秀的，只是看不出來。在那開始朽爛的磚木格子裡，也會盛著一些談不上如錦如繡，卻還是月影花影的回憶和嚮往。「小心火燭」的搖鈴聲聲，是平安里的一點小心呵護，有些溫愛的。平安里的一日生計，是在喧囂之中拉開帷幕；糞車的軲轆聲，涮馬桶聲，幾十個煤球爐子在弄堂裡升煙，隔夜洗的衣衫也晾出來了，竹竿交錯，好像在煙幕中升旗。這些聲色難免有些誇張，帶著點負氣和炫耀，氣勢很大的，將東升的日頭都遮暗了。

這裡有一些老住戶，與平安里同齡，他們是平安里的見證人一樣，用富於歷史感的眼睛，審視著那些後來的住戶。其中有一部分是你來我往，呈現出川流不息的景象。他們的行跡藏頭露尾，有些神祕，在平安里的上空散布著疑雲。

王琦瑤住進平安里三十九號三樓。前邊幾任房客都在曬台上留下各種花草，大多枯敗，也有一兩盆無名的，卻還長出了新葉。前幾任的房客還在灶間裡留下各自的瓶瓶罐罐，裡面生了霉，積水裡游著小蟲，卻又有半瓶新鮮的花生油。房門後的牆上留著一些手跡，有大人的，記著事：正月初十備壽禮，也不知是誰的壽禮。也有小孩的，是發洩私憤，寫著「王根生吃屎」。都是些零星的歲月，不成篇章，卻這裡那裡的，俯首皆是。還是一層摞一層，糊鞋靠一樣，扎扎實實，針錐都吃不進去。王琦瑤安置下自己的幾件東西，別的都亂攤著，先把幾副窗簾裝上，拉起，開亮了電燈。那房間就變了面目，雖是接在人家的茬上，到底也是換新的。那電燈沒有罩子，光便滿房間的，不是明亮，而是樣樣東西都扒了皮，裸著了。窗外是五月的天，風是和暖的，夾了油煙和泔水的氣味，這其實才是上海芯子裡的氣味，嗅久了便渾然不覺，身心都浸透了。再晚些，桂花糖粥的香味也飄上來了，都是舊相識。窗簾也是舊窗簾，遮著熟知的夜晚。這熟知裡卻是有點隔，要悉心去連上，續上，有些拼接的痕跡。王琦瑤很感激窗簾上的大花朵，易時易地都是盛開，忠心陪伴的樣子。它還有留影留照的意思，是好時光的遺痕，再是流逝，依然絢爛。地板和木窗框散發出木頭的霉爛的暖意，有老鼠小心翼翼的腳步，從心上踩過似的，也是關照。然後，「小心火燭」的鈴聲便響起了。

王琦瑤到護士教習所學了三個月，得了一張注射執照，便在平安里弄口掛了牌子。這種牌子，幾乎每三個弄口就有一塊，是形形色色的王琦瑤的營生。她們早晨起來收拾乾淨房間，穿一身乾淨衣服，然後便點起酒精燈，煮一盒注射針頭。陽光從前邊人家的屋頂上照進窗口，在地板上劃下一方一方的。她們熄了酒精燈，打開一本閒書，等著有人上門來打針。來人一般是上午一撥，下午一撥，也有晚上的一個兩個。還有來請上門去打針的，那樣的話，她們便提一個草包，裝著針盒、藥棉，白布帽和口罩，儼然一個護士的樣子，去了。王琦瑤總是穿一件素色的旗袍，在五十年代的上海街頭，這樣的旗袍正日漸少去，所剩無多的幾件，難免帶有緬懷的表情，是上個時代的遺跡，陳舊和摩登集一身的。王琦瑤穿著旗袍，走過一兩條馬路，去給病家打針。她會有舊境重現的心情，不過人都是換了角色的。有一日，她去集雅公寓，走進暗沉沉的客廳，打蠟地板映著她的鞋襪。她被這家的傭人引進臥房，床上一個年輕女人，蓋一條綠綢薄被，她覺得這女人就是自己的化身。打完針，裝好東西，走出那公寓，心卻好像留在了那裡。她幾乎能聽見那女人對傭人發嗔的聲音，是怪她買來的蝦又小又不新鮮，明知道先生要來家吃晚飯的。她有時望著酒精燈藍色的火苗，會望見斑斕的景象，裡面有一個小世界，小世界裡的歌舞永恆不止，是天上的歌舞。她偶爾去看一場電影，晚上八點的那一場。馬路上靜靜的，路面有燈的反光，電影院前廳裡那靜的沸騰，有著時光倒流的意思。她看的多是老電影，周璇的《馬路天使》，白楊的《十字街頭》，這也是舊相識，最不相關的故事也是肺腑之言。她訂了一份晚報，黃昏時間是看報度過的，報上的每一個字她都讀到，懂一半，不懂一半，半懂不懂之間，晚飯的時間便到了，爐子上的水也開了。

晚上來打針的，總有點不速之客的味道，聽見樓梯響，她便猜：是誰來了。她有些活躍，話也多幾句。倘若打針的是孩子，她便格外地要哄他高興。她重新點上酒精燈消毒針頭，問東問西，打完針，病家要走時，她就有些不捨。那一陣騷動與聲響還會留下餘音，她忘了收拾，鍋裡的水乾了底才醒來。這種夜晚，打破了千篇一律的生活，雖然是個沒結果，可畢竟製造了一點起伏不定，使人生出期待。那期待是茫茫然的，方向都不明，有什麼未知在醞釀和發展，終於會有果實似的。她有一次夜半被叫醒。人們早已入睡，那叫聲便顯得格外驚動，帶著些危急和恐怖。王琦瑤的心擂鼓似的怦怦響著，她睡衣外面披上件夾襖便下樓去開門，見是兩個鄉下人，抬了一個擔架，躺著垂危的病人，說是請王醫師救命。王琦瑤知道他們弄錯了，將護士當作醫師了。她指點他們去最近處的醫院，再回樓上，卻怎麼也睡不著了。這城市的夜晚總有著出其不意，每一點動靜都不尋常。弄口路燈下，寫著注射護士王琦瑤的牌子，帶著點翹首以待。靜夜裡有汽車駛過，風掃落葉的聲音，夜晚便流動起來，有了一股暗中的活躍。

上門打針的人川流不息，今天去了明天來，常有新人出現。這時，王琦瑤便暗自打量，猜那人的家庭和職業，再用些閒話去套，套出的幾句實情，竟也能八九不離十。要逢到那些做奶媽的帶孩子來，不問也要告訴你東家的底細，哪個奶媽不是碎嘴，又不是對東家有仇有恨，要把一肚子苦水倒給你的樣子。還有一些是固定出現的病人，這些其實都算不上病人，打的是胎盤液之類的營養針，一週一次或一週兩次。日子長了，有幾個不打針時也來，坐坐，說說閒話，張家長李家短。這樣，王琦瑤雖然不出門，也知天下事了。這些雜碎雖說是人家的，可也把王琦瑤的日子填個半滿。一早一晚，有時甚至會是忙碌的，眼和耳都有些不夠用。平安里的鬧，是會傳染的，而且無縫不鑽，漸漸的，就有些將王琦瑤的清靜給打破了。樓梯上的腳步紛沓起來，門開門關頻繁起來，時常有人在後弄仰頭叫王琦瑤的名字，一聲聲的。尤其是在那種悠閒的下午，這叫聲便傳遠，有一股殷切的味道。夾竹桃也開了。平安里也是有幾棵夾竹桃的，栽在曬台上碎磚圍起來的一掬泥土中，開出絢爛的花朵。白晝裡雖不會有奇遇，可卻是悉心積累起許多細枝末節，最後也要釀成個什麼。

王琦瑤和人相熟起來。人們知道她是個年輕的寡婦，自然就有熱心說媒的人上門。王琦瑤見過其中的一個，是個做教師的，說是三十歲，卻已謝頂。兩人在電影院裡見面，看一場農民翻身的電影，是王琦瑤最不要看的那種，硬撐到底的。其中有靜默的間隙，便聽見那教書的局促的呼吸聲，帶了一股胸腔裡的嘯音，是哮喘的症狀。王琦瑤從此便對說媒的人婉言謝絕，她知道再介紹誰也跳不出教書先生這個窠臼。她不怪別人，只怪自己命運不濟。她望著平安里油煙瀰漫的上空，心裡想：還會有什麼好事情來臨呢？人們有說她驕傲，也有說她守節，什麼閒話她都作耳邊風，什麼開導的話她也作耳邊風。雖是相熟，卻還是隔的，這也是正常。平安里的相熟中不知有多少隔，渾水裡不知有多少大魚。平安里的相熟都是不求甚解，浮皮潦草，表面上鬧，底下還是寂寞，這寂寞是人不知，己也不知。日子就糊里糊塗地過下去。王琦瑤是糊塗一半，清楚一半，糊塗的那半供過，清楚一半是供想。白天忙著應付各樣的人和事，到了夜晚，關了燈，月光一下子跳到窗簾上，把那大朵大朵的花推近眼前，不想也要想。平安里的夜晚其實也是有許多想頭的，只不過沒有王琦瑤窗簾上的大花朵，映顯不出來罷了。許多想頭都是沉在心底，沉渣一般。全是叫生計熬煉的，擠乾汁，瀝乾水，凝結成塊，怎麼樣的激盪也泛不起來。王琦瑤還沒到這一步，她的想頭還有些枝葉花朵，在平安里黯淡的夜裡，閃出些光亮來。

7 熟客

常來的人中間，有一個人稱嚴家師母的，更是常來一些。她也是住平安里，弄底的，獨門獨戶的一幢。她三十六七歲的年紀，最大的兒子倒有十九歲了，在同濟讀建築。她家先生一九四九年前是一爿燈泡廠的廠主，公私合營後做了副廠長，照嚴家師母的話，就是擺擺樣子的。嚴家師母在平常的日子，也描眉毛，抹口紅，穿翠綠色的短夾襖，下面是舍味呢的西裝褲。她在弄堂裡走過，人們便都停了說話，將目光轉向她。她則昂然不理會，進出如入無人之境。他家的兒女也不與鄰人家的孩子嬉戲玩耍，嚴先生更是汽車進，汽車出，多年來，連他的面目都沒看真切過。嚴家的娘姨是不讓隨便出來的，又換得勤，所以就連他家娘姨，也像是驕傲的，與人們並不相識。嚴家師母每逢星期一和四，到王琦瑤這裡打一種進口的防止感冒的營養針。她第一眼見王琦瑤，心中便暗暗驚訝，她想，這女人定是有些來歷。王琦瑤的一舉一動，一衣一食，都在告訴她隱情，這隱情是繁華場上的。她只這一眼就把王琦瑤視作了可親可近。嚴家師母在平安里始終感到委屈。住在這裡全為了房價便宜，因嚴先生是克勤克儉的人。為此她沒少發牢騷，嚴先生枕頭上也立下千般願，萬般誓，不料公私合營，產業都歸了國家，能保住一處私房就是天恩地恩，花園洋房終成泡影。嚴家師母在平安里總是鶴立雞群，看別人都是下人一般，沒一個可與她平起平坐。現在，三十九號住進一個王琦瑤，不由她又驚又喜，還使她有同病相憐之感。也不管王琦瑤同意不同意，便做起她的座上客。

嚴家師母總是在下午兩點鐘以後來王琦瑤處，手裡拿一把檀香扇，再加身上的脂粉，人未見香先到。下午來打針多是在三四點鐘，這一小時總空著，只她們倆，面對面地坐。夏天午間的睏盹還沒完全過去，禁不住呵欠連呵欠的。她們強打精神，自己都不知說的什麼。弄口梧桐樹上的蟬一迭聲叫，傳進來是嗡嗡的，也是不清楚。王琦瑤舀來自己做的烏梅湯給客人喝，一杯喝下去也不知喝的什麼。等那呵欠過去，人漸漸醒了，胸中那股潮熱勁平息下去，便有了些好的心情。一般總是嚴家師母說，王琦瑤聽，說的和聽的都入神。嚴家師母對了王琦瑤像有幾百年的心裡話，竹筒倒豆子似的，從娘家說到婆家，其實都是說給自己聽的。王琦瑤呢？耳朵裡聽進的嚴家的事，落到心裡便成了自己的事，是聽自己的心聲。也有時候，嚴家師母要問起王琦瑤的事，王琦瑤只照一般回答的話說，明知道她未必信，也只能叫她自己去猜，猜對了也別出口。嚴家師母雖是能猜出幾分，卻偏要開口問，像是檢驗王琦瑤的誠心似的。王琦瑤不是不誠心，只是不能說。兩人有些兜圈子，你追我躲，心裡就種下了芥蒂。好在女人和女人是不怕種下芥蒂的，女人間的友誼其實是用芥蒂結成的，越是有芥蒂，友情越是深。她們兩人有時是不歡而散，可下一日又聚在了一處，比上一日更知心。

這一日，嚴家師母要與王琦瑤做媒，王琦瑤笑著說不要，嚴家師母問這又是為什麼。王琦瑤並不說理由，只把那一日同教書先生看電影的情景描繪給她。她聽了便是笑，笑過後則正色道：我要介紹給你的，一不是教書，二不敗頂，三不哮喘，說到此處，兩人就又忍不住地笑，笑斷腸子了。笑完後，嚴家師母就不提做媒的事，王琦瑤自然更不提，是心照不宣，也是順水推舟。兩人都是聰敏人，又還年輕，沒叫時間磨鈍了心，一點就通的。雖然相差有近十歲的年紀，可一個淺了幾歲，另一個深了幾歲，正好走在了一起。像她們這樣半路上的朋友，各有各的隱衷，別看嚴家師母竹筒倒豆子，內中也有自己未必知道的保留，彼此並不知根知底，能有一些同情便可以了。所以儘管嚴家師母有些不滿足的地方，可也擔待下來，做了真心相待的朋友。

嚴家師母就是時間多，雖有嚴先生，卻是早出晚歸；有三個孩子，大的大了，小的丟給奶媽；再有些工商界的太太們的交際，畢竟不能天天去。於是，王琦瑤家便成了好去處，天天都要點個卯的，有時竟連飯也在這裡陪王琦瑤吃。王琦瑤要去炒兩個菜，她則死命攔著不放，說是有啥吃啥。她們常常是吃泡飯，黃泥螺下飯。王琦瑤這種簡單的近於苦行的日子，有著淡泊和安寧，使人想起閨閣的生活，那已是多麼遙遠的了。當她們正說著閒話，會有來打針的人，嚴家師母就幫著端椅子，收錢接藥，遞這遞那。來人竟把裝扮豔麗的她看成是王琦瑤的妹妹，嚴家師母便興奮地紅了臉，好像孩子得到了大人的誇獎。事後，她必得鼓動王琦瑤燙頭髮做衣服，懷著點自我犧牲的精神。她說著做女人的道理，有關青春的短暫和美麗。想到青春，王琦瑤不由哀從中來。她看見她二十五歲的年紀在蒼白的晨曦和昏黃的暮色裡流淌，她是挽也挽不住，抽刀斷水水更流的。嚴家師母的裝束是常換常新，緊跟時尚，也只能拉住青春的尾巴。她的有些裝束使王琦瑤怵目驚心，卻有點感動。她的光豔照人裡有一些天真，也有一些滄桑，雜糅在一起，是哀絕的美。經不住嚴家師母言行並教的策動，王琦瑤真就去燙了頭髮。

走進理髮店，那洗髮水和頭油的氣味，夾著頭髮的焦糊味，撲鼻而來，真是熟得不能再熟。一個女人正烘著頭髮，一手拿本連環畫看，另一手伸給理髮師修剪的樣子，也是熟進心裡去的。洗頭，修剪，捲髮，電燙，烘乾，定型，一系列的程序是不思量，自難忘。王琦瑤覺得昨天還剛來過的，周圍都是熟面孔。最後，一切就緒，鏡子裡的王琦瑤也是昨天的，中間那三年的歲月是一剪子剪下，不知棄往何處。她在鏡子裡看見站在身後的嚴家師母瞠目結舌的表情，幾乎是後悔慫恿她來燙髮的。理髮師正整理她的鬢髮，手指觸在臉頰，是最悉心的呵護。她微微側過臉，躲著吹風機的熱風，這略帶嬌憨的姿態也是昨天的。

嚴家師母真心地說：我真沒想到你是這麼好看的。王琦瑤也真心地說：我到你的年紀一定是不如你。這話雖是恭維，卻還是觸到了嚴家師母的痛處，到底還是年紀不饒人的。話剛出口，王琦瑤就覺著了不妥，兩人都沉默下來。因對嚴家師母抱歉，王琦瑤便挽住她的臂彎，兩人一起沿了茂名路向前走。走了幾步，嚴家師母忽然笑了一聲說：你曉得我最擁護共產黨是哪一條？王琦瑤覺得這問題來得突兀，不知該作何答。嚴家師母接著說：那就是共產黨不讓討小老婆。王琦瑤明知不是說她，心裡還是格登一下，挽著臂彎的手也鬆了鬆。嚴家師母只顧自己說下去：倘若不是共產黨反對，我們嚴先生早就討了小的。王琦瑤說：這也是你多心，嚴先生真要討早就討了，還拖到這時候？嚴家師母搖了搖頭，說道：王琦瑤你不知道，本就是差一點的事情，人都已經找好了，仙樂斯的一個舞女，後來說要解放，有人勸他去香港，又有人要他留上海，亂了一陣，才把這事擱下了。王琦瑤想她怎麼忽然談起這種私事，難道就因為方才那句關於年齡的話？兩人又默默地走了一段，王琦瑤緩緩地勸慰說：其實再怎麼樣，也還是結髮夫妻最恩深義長。嚴家師母笑了，點著頭道：是啊，有恩有義是不錯，可你知道恩和義是什麼嗎？恩和義就是受苦受罪，情和愛才是快活；恩和義是共患難的，情和愛是同享福的，你說你要哪樣？王琦瑤不得不承認她的話有幾分道理，並且驚訝養尊處優的嚴家師母竟也有著不失慘痛的人生經驗。嚴家師母轉回臉對了王琦瑤說：還是情和愛好啊，只要嚐過味道沒有肯放手的，你說我們做女人是為誰做？還不是為男人！這一回王琦瑤不同意了，負氣似地說：我偏是為自己做的。嚴家師母拍了拍她挽在臂彎裡的手背，說：那就更吃力了，為了男人做，還就是最省心。王琦瑤沉默不語了。她們這兩個女人走在秋日的斑駁陽光下，人成了透明的玻璃人似的，彼此都能看進對方心裡一些。

自從燙了頭髮，王琦瑤又有了些做人的興趣了，從箱底翻出舊日的好衣服，稍作修改便是新。她也開始化妝，修眉毛的鉗子、眉筆、粉撲都還在，一件件找出來擺開。她在鏡子前流連的時間多了些，鏡子裡的人是老朋友，也是新認識，能與她說話的。嚴家師母看見她的變化，暗中加了把勁追趕。王琦瑤顯見得比她懂打扮，也是仗著年輕有自信，樣樣方面都是往裡收，留有餘地，不像嚴家師母是向外擴張，非做到十二分不可。一個是含而不露，一個是虛張聲勢；一個是從容不迫，一個是劍拔弩張。嚴家師母不使勁還好，越使勁越失分寸，總是過火。王琦瑤當然覺察出嚴家師母的用力，更上了幾分心。像她這樣的聰敏，不上心就是合適，再要上心便是格外好了。由不得嚴家師母不服氣。有幾次，她甚至是忍了淚的，回到家中無由地向娘姨發脾氣，還把新做的頭梳亂，自己報復自己的。但脾氣發過了，還是重振旗鼓，再與王琦瑤較量。這幾日，嚴家師母到王琦瑤家，不是為別的，專是挑戰而來的。她越這樣，王琦瑤越不讓她，每天都給她個出奇制勝，並且輕而易舉，不留痕跡。嚴家師母話裡面就有幾分酸意了，說王琦瑤真是可惜了，這般的濃妝淡抹也相宜卻無人賞識。王琦瑤知道她是發急，嘴裡說的未必是心裡想的，聽了也當沒聽見，只是下一回再用些心，更上一層樓，教她望塵莫及。這兩個人勾心鬥角的，其實不必硬往一起湊，不合則散罷了。可越是不合卻越要聚，就像是把敵人當朋友，一天都不能不見。

有一日，嚴家師母穿了新做的織錦緞鑲滾邊的短夾襖來到王琦瑤處，王琦瑤正給人推靜脈針，穿一件醫生樣的白長衫，戴了大口罩，只露一雙眼睛在外，專心致志的表情。嚴家師母還沒見那白長衫裡面穿的什麼，就覺著輸了，再也支撐不住似的，身心都軟了下來。等王琦瑤注射完畢，打發走病人，再回頭看嚴家師母，卻見她向隅而泣。王琦瑤這一驚不得了，趕緊過去扶住她肩，還沒出聲問嚴家師母先開口了，說，嚴先生早晨起來不知什麼事不順心了，問他什麼都不作聲的，想想做人真是沒有意思，說罷眼淚又流了下來。王琦瑤就勸她不必這樣小心眼，夫妻之間總是好一時壞一時，不能當真，嚴家師母當是比她更懂這些的。嚴家師母擦著眼淚又說，如今也不知怎麼的，花多少力氣也得不到嚴先生的一個笑臉。王琦瑤再勸道，乾脆把他扔一旁，倒是他來討你的笑臉了。嚴家師母不由破涕而笑。王琦瑤繼續哄她，拉她到梳妝鏡前，幫她梳頭理妝，順便教給她些修飾的竅門。兩人其實是用話裡面的話交談，最終達到和解。

嚴家師母快把王琦瑤的門檻踩平了，王琦瑤卻還沒去過嚴家一次。嚴家師母不知邀請了多少回，王琦瑤總是推說有人上門打針，不肯去。有一回，嚴家師母半氣半笑地說了句：你怕嚴先生吃了你啊！她把脖頸都羞紅了，可還是拒絕。這一天，嚴家師母如此動容，王琦瑤總覺自己有錯，至少是太計較，不厚道，便待她百般的迎合。過去是嚴家師母硬賴在她這裡吃飯，今天卻是她極力挽留，還將壓箱底的衣服翻出來，請嚴家師母批評。嚴家師母這才漸漸回復過來，下午時，仗著是受過委屈、占著理的，又一次逼王琦瑤去她家玩，王琦瑤略一遲疑，點頭答應了。她們倆說去就去，起身關了門窗，就下了樓。是兩點鐘的時分，隔壁小學校傳來課間操的音樂，弄堂裡少見的沒人，寧靜著，光線在地面流淌。她們一逕往弄底走去，路上都沒說話，很鄭重的樣子。繞到後門，嚴家師母叫了聲「張媽」，那門便開了，王琦瑤隨嚴家師母走了進去。

眼前有一時的黑暗，稍停一會兒，便微亮起來。走過一條走廊，一邊是臨弄堂的窗，掛了一排扣紗窗簾，通向客餐廳。廳裡有一張橢圓的橡木大西餐桌，四周一圈皮椅，上方垂一盞枝形吊燈，仿古的，做成蠟燭狀的燈泡。周遭的窗上依然是扣紗窗簾，還有一層平絨帶流蘇的厚窗幔則束起著。廳裡也是暗，打蠟地板發出幽然的光芒。穿過客餐廳，走上樓梯，亮了一些。樓梯很窄，上了棕色的油漆，也發著暗光，拐彎處的窗戶上照例掛著扣紗窗簾。嚴家師母推開二樓的房門，王琦瑤不由怔了一下。這房間分成裡外兩進，中間半挽了天鵝絨的幔子，流蘇垂地，半掩了一張大床，床上鋪了綠色的緞床罩，打著褶繝，也是垂地。一盞綠罩子的燈低低地懸在上方。外一進是一個花團錦簇的房間，房中一張圓桌鋪的是繡花的桌布，幾張扶手椅上是繡花的坐墊和靠枕，窗下有一張長沙發，那種歐洲樣式的，雲紋流線型的背和腳，橘紅和墨綠圖案的布面。圓桌上方的燈是粉紅玻璃燈罩。桌上丟了一把修指甲的小剪子，還有幾張棉紙，上面有指甲油的印子。窗戶上的窗幔半繫半垂，後面總是扣紗窗簾。倘若不是親眼所見，絕不會相信平安里會有這樣一個富麗世界。嚴家師母拉王琦瑤坐下，張媽送上了茶，茶碗是那種金絲邊的細瓷碗，茶是綠茶，又飄了幾朵菊花。光從窗簾的紗眼裡篩進來，極細極細的亮，也能照亮一切的。外面開始嘈雜，聲音也是篩細了的。王琦瑤心裡迷濛著，不知身在何處。嚴家師母從裡面大櫥取出一段絳紅色的衣料，在她身上比劃著，說要送她做一件秋大衣，還拉她到大櫥的穿衣鏡前照著。她從鏡子裡看見床頭櫃上有一個菸斗，心裡忽然跳出「愛麗絲」三個字，這裡的一切和「愛麗絲」多麼相像啊。她其實早就知道會在這裡遇見什麼，又勾起什麼，所以，她不敢來。

8 牌友

此後，除了嚴家師母到王琦瑤這裡來，有時候王琦瑤也會去嚴家。有人來打針，樓下的鄰居便會告訴去弄底那一家找。不久，嚴家第二個孩子出疹子。這孩子已經讀小學三年級，早已過了出疹子的年齡，這疹子是越晚出聲勢越大，所以高燒幾日不退，渾身都紅腫著。這嚴家師母也不知怎麼，從沒有出過疹子，所以怕傳染，不能接觸小孩，只得請了王琦瑤來照顧。要打針的人，索性就直接進到嚴家門裡了。嚴先生從早到晚不在家，又是個好脾氣，也不計較的。於是，她倆就像在嚴先生臥室開了診所似的，圓桌上成日價點一盞酒精燈，煮著針盒。孩子睡在三樓，專門闢出一個房間作病室。王琦瑤過一個鐘頭上去看一回，或打針或送藥，其餘時間便和嚴家師母坐著說閒話。午飯和下午的點心都是張媽送上樓來。說是孩子出疹子，倒像是她們倆過年，其樂融融的。

這些天，也有些親朋好友來看孩子的，並不進孩子房間，只帶些水果點心之類的，在樓下客廳坐一會就走。其中有一個常來的，是嚴家師母表舅的兒子，算是表弟的，都跟了孩子叫他毛毛娘舅。毛毛娘舅在北京讀的大學，畢業後分他去甘肅，他自然不去，回到上海家中，吃父親的定息。父親是個舊廠主，企業比嚴先生要大上幾倍，公私合營後就辦了退休手續，帶兩個太太三個兒女住西區一幢花園洋房。毛毛娘舅是二太太生的，卻是唯一的男孩，既是幾方嬌寵在一身，又須眼觀六路，耳聽八方地做人，從小就是個極乖順的男孩，長大了也是。雖是閒散在家，也不討嫌，大媽二媽，姊姊妹妹的事，他都當自己的事去跑腿奔忙。無論是去醫院還是去理髮店，或者買衣料做衣服，要他陪他就陪，還積極地出主意做參謀。親友間有不可少又不耐煩的應酬，也由他全包了，探望嚴家，便是其中的一樁。

毛毛娘舅來的那天，因為中午孩子又發了場高燒，請了醫生來看，配藥打針，忙到下午一點多才吃飯。聽張媽說毛毛娘舅來了，就請他上樓來坐，反正不是外人，又是年幼的親戚。毛毛娘舅坐在一邊，她們倆吃著飯，酒精燈還點著。外邊是陰天，屋裡便顯得很溫暖。飯後，張媽上來撤了碗碟，毛毛娘舅便坐上桌來，三個人一起閒聊。毛毛娘舅和王琦瑤雖是初次見面，但有嚴家師母左右周旋，誰都不會冷落著。這起居的房間又自有一股稔熟親近的氣氛，能使人消除生疏之感。說笑了一陣，毛毛娘舅就問有沒有撲克牌，嚴家師母笑道：這裡可沒有你的對手。又向王琦瑤介紹，毛毛娘舅會打橋牌，每個星期天到國際俱樂部去打牌的。王琦瑤便趕忙地搖手，連說不打牌，不打牌。毛毛娘舅就笑了起來，說，誰說打牌呢？哪裡有三個人打橋牌的。嚴家師母說：不打牌你又要什麼牌呢？一邊就站起來，拉開抽屜找牌。毛毛娘舅說：天下又不止只橋牌一種，有的是玩法呢！他接過牌來，在手裡很熟練地洗著，然後說：其實橋牌也不難學的，非但不難，還很有趣。說著，就把牌四張一迭地發著，「叫牌」「打牌」地講起來。嚴家師母說：看看，這不是得寸進尺，慢慢地就陪他玩起來了。王琦瑤笑著說：把他累死也教不會我們，到頭還只他一個人在玩。毛毛娘舅說：橋牌真有這麼可怕嗎？又不是火坑陷阱。說罷只得把牌收起，嘩嘩地洗出各種花樣，像一把扇子，或像一座橋，把王琦瑤看花了眼。嚴家師母說：你看他這手功夫，可以去大世界變戲法了。毛毛娘舅說：我不會變戲法，倒會算命，我給表姊算一個吧。嚴家師母說：你給我算命又不是本事，什麼是你不知道的，要能給王琦瑤算出一二分，才可服人。毛毛娘舅說和王琦瑤初次見面，就妄言人家過去將來的，未免太失禮了。嚴家師母就說：漏餡了吧，什麼失禮，藉口罷了，真金不怕火來煉，你還是沒功夫。毛毛娘舅一聽這話，倒非算不可了。王琦瑤要推託，經不住嚴家師母的激將，說什麼：你放心，保他算你不出！就只好由他算。毛毛娘舅又洗了一遍牌，在桌上發了一排，再發一排，來回地發，就像通關似的。發到末了，還剩幾張，再一字排開，讓王琦瑤親手翻一張。王琦瑤剛翻過，就聽鈴響，那孩子在叫人了，趕緊抽身上樓。趁她上樓，毛毛娘舅壓低了聲問他表姊：表姊快告訴我，王小姐有否婚嫁。嚴家師母幾乎笑出聲來，數落道：我說你是騙人，你還不服。然後壓低了聲說：告訴你吧，這事是連我也不知道的。

這天下午，時間不知不覺地過去，轉眼已到晚飯時候，嚴先生的汽車在後門揿喇叭了。三個人卻還意猶未盡，便約定好毛毛娘舅過一日再來，嚴家師母說到那日讓張媽去王家沙買蟹粉小籠請客。隔了一天，毛毛娘舅果然來了，也是那個時間，這回她們已吃過飯，用縫被針捅蓮心。酒精燈滅著，有一些氣味散發開來，清爽凜冽的感覺。三個人你一言我一語地閒話，前一日的高興勁卻接不上似的，有些冷場。等蓮心捅完，就更沒事情做了。毛毛娘舅又提議打牌，她們懶得反對，便同意下來。那日找出來的牌還沒有收好，就扔在沙發上，毛毛娘舅說要教她們打「杜勒克」，所有牌中最簡單的一種，一邊講解一邊就發起牌來。這兩個人是連理牌都不會的，他只得一個個地幫著理，理完之後才發現已將兩位的牌全看過了，只得收起來重新洗過再發。免不了要說些取笑的話，氣氛就活躍了。打這樣的牌，又是同這麼兩個人，毛毛娘舅十分心裡用一分就夠了。嚴家師母一邊打牌一邊緬懷麻將的樂趣，也只用了三分心。只有王琦瑤是十分心都用上了，眼睛只看在牌上，每一次出牌都掂量過的，只是無奈得牌不如人意，總是小牌多於大牌，所以每每反是輸，而那兩位卻一人一副地贏，便十分感慨地說：看來成敗自有定數，不能強奪天意的。毛毛娘舅說：王小姐原來還是個天命論者。王琦瑤剛要開口回答，嚴家師母卻搶過去說：天命不天命我不懂，可我倒是相信定數，否則有許多事情都解釋不來的；比如我們嚴先生老家有個人，是個擺渡的，有一天晚上，人都睡下了，卻有人喊著渡河，他只得起來撐過船去，把那人擺過河，那人上了岸往他手裡塞了個什麼，硬硬的，就匆匆地走了；嚴先生他家鄉人張開手一看，原來是塊金條，他用這金條買了一批糧食，想不到第二年就是荒年，這批糧食賣了好價錢；發了財，也不擺渡了，到了上海，正碰上發行橡皮公司股票，統統買成股票，不想三個月後橡皮公司就破產倒閉，一分不剩，只得回鄉下去再擺渡；後來才知道，那給他金條的擺渡客，實是個強盜，犯了殺頭罪，那天是連夜出逃。說的和聽的都忘了打牌，不知該誰出牌，只得和了再從頭打。

毛毛娘舅說：這也是偶然。王琦瑤不同意道：我看恰恰是必然。嚴家師母又打斷她說：我不管什麼偶然必然，我只知道什麼都不會平白無故臨到頭上，總是有道理，這道理又不是別的好商量的道理，而是鐵打的定規。王琦瑤也說：命裡只有七分，那麼多得的三分就是禍了；我外婆說過蘇州閶門有一個青樓女子，品貌都是一般；有一日來了一個揚州鹽商，富比王侯的，一眼看中她，為她贖了身，進門不久太太就病故，立刻扶正，第二年生下兒子，本是高興事，不料那孩子三個月就露出了呆相，原來是個聾啞兒，再過三個月，那女子便得了不吃不喝的病，一命嗚呼；人們都說是福把她的壽給折了，因她本是個福淺之人。嚴家師母點頭感慨不已。毛毛娘舅則道：你說的是月滿則虧，水滿則溢的道理。王琦瑤就說：月滿則虧，水滿則溢說到底也是個定數的事，總是指一定的分寸，但這分寸是因人各異。毛毛娘舅不再反駁，三人接著打牌。打了一陣，毛毛娘舅也有故事要講了。他說的是他父親的一位老友，十年前亡故，死的那一刻，牆上的電鐘停了，因那鐘很古舊，又是很高的牆上，說是要修，卻也一天推一天的，竟拖了十年，到了半年前，老友的太太生了不治之症，也死了，就在她閉眼的時分，那鐘竟走動起來，一直走到如今再沒停過。故事說完，三人都靜默著，太陽西移了，屋裡暗了些，透過紗簾，卻可看見對面的窗扇，被太陽照得晃眼。心裡有些生畏，又不知畏懼什麼。這時張媽走上來，說蓮心湯已煮好，什麼時候去買蟹粉小籠。嚴家師母這才醒過來，趕緊說，現在就去，又囑咐買好後坐三輪車回來，免得乘公共汽車擠漏了湯水。張媽應了下去，王琦瑤看看時間該給孩子打針，便點了酒精燈煮針，那藍火苗一搖一曳的，房間裡頓時有了暮色。

這個下午雖沒有上一個的熱鬧高興，卻是有些令人感動的。張媽買回的小籠包子還燙著嘴，湯水也飽滿。又新沏了一道茶，「杜勒克」且從頭來起。一晃眼一下午又過去了。嚴家師母說：如今天短了，剛開始就結束，乾脆，明天毛毛娘舅上午就來，中午在這裡吃飯，我讓張媽燒個八珍鴨，是張媽的拿手菜，過年才燒的。毛毛娘舅說：還是幾年前，母親在表姊這裡吃過，回去就讓燒飯的李大過來學，雖是正傳，也不如真經啊！嚴家師母說：是啊，說起來已有四五年了，那時親戚走動得還勤，現在都疏遠下來，難得見一面，前天你來，我倒嚇一跳，忽然間冒出個大人了。又轉向王琦瑤說：你不知道他小時候的樣子，西裝短褲，白色的長統襪，梳著分頭，像個小伴童，婚禮上專門牽新娘的禮服的。毛毛娘舅說：難道長大就討嫌了？嚴家師母不由神情黯淡了一下，說：人是不討嫌，只是這一身衣服，左看右看不入眼。毛毛娘舅穿的是一身藍卡其人民裝，熨得很平整；腳下的皮鞋略有些尖頭，擦得鋥亮；頭髮是學生頭，稍長些，梳向一邊，露出白淨的額頭。那考究是不露聲色的，還是激流勇退的摩登。王琦瑤去想他穿西裝的樣子，竟有些怦然心動。嚴家師母感慨了一會兒，三個人便散了。

再一日來，天下起了小雨，寒氣逼人的，都添了衣服。午飯時，臨時又添了一個暖鍋，炭火燒旺了，湯始終滾著，菠菜碧綠，粉絲雪白。偶爾的，飛出幾點火星，噼噼啪啪地響幾聲。半遮了窗戶，開一盞罩子燈，真有說不出的暖和親近。這是將裡裡外外的溫馨都收拾在這一處，這一刻；是從長逝不回頭中攬住的這一情，這一景；你安慰我，我安慰你。窗戶上的雨點聲，是在說著天氣的心裡話，暖鍋裡的滾湯說的是炭火的心裡話，墨綠的窗幔裡，粉紅的燈下，不出聲都是知心話。王琦瑤吃魚吃出一根仙人刺，用筷子搛著，往下一拋，仙人刺竟站住了，嚴家師母便問許了什麼心願，王琦瑤笑而不答。嚴家師母再追問，就說沒有心願。嚴家師母不信，毛毛娘舅也不信。王琦瑤說，不相信就不相信，反正是沒有。嚴家師母就說：你瞞我，還能瞞他，毛毛娘舅可是會算命的。毛毛娘舅說，我不僅會算命，還會測字，不信就給一個字。王琦瑤不給，嚴家師母說，我幫她給。四周看看，看到窗外正下雨的天，隨口說：就給個天字吧！毛毛娘舅用筷子沾了湯，在桌上寫個「天」，然後把那兩橫中的人字頭向上一推，說：有了，王小姐命有貴夫。嚴家師母拍起手來，王琦瑤卻說：這字是嚴家師母給的字，貴夫也是她的貴夫，要我給，我偏給個「地」字。毛毛娘舅說：「地」字就「地」字。也用筷頭沾了汁水寫了個「地」，然後從中一分，在「也」字左邊加個「人」字旁，說：是個「他」，也是個貴夫。王琦瑤用筷頭點著「地」字的那一邊說：你看，這不是入土了嗎？本是順嘴而出的話，心裡卻別的一跳，臉上的笑也勉強了。那兩人也覺不吉祥，又見王琦瑤神色有異，便不敢再說下去。嚴家師母起身喊來張媽給暖鍋添水加炭，毛毛娘舅趁機恭維張媽的八珍鴨，換過話題。等那暖鍋再次滾起，火星四濺，王琦瑤才慢慢恢復過來。

喝了一會湯，王琦瑤緩緩地說：這世上要說心願，真不知有多少，蘇州有個廟，廟裡有個水池，丟一個銅板發一個心願，據我外婆說，廟裡的和尚全是吃這池底的銅板，可見心願有多少，可是，如願的又有幾個呢？這話題本已經避過不談，不料王琦瑤反倒又提起了，他們兩個不知該接不該接，怔著。暖鍋裡的湯又乾了一些，突突地，想滾又滾不起來的樣子。王琦瑤笑了一下，是笑自己的沒趣，再接著喝湯。窗上的天又暗了一成，壓低了聲似的，好叫人吐露心曲。停了一會兒，毛毛娘舅說起一種撲克牌的玩法，叫作「吹牛皮」。「吹牛皮」的打法是：出牌的人將牌覆在桌上，然後報牌，報的牌可能是假也可能是真，倘若同意他是真，那麼便過去，有不同意的就翻牌，翻出是真，翻牌的吃進，翻出是假，出牌的吃進，翻牌的則可出牌。毛毛娘舅說：這牌雖然是叫「吹牛皮」，可往往卻是不吹牛皮的人贏。王琦瑤和嚴家師母都看著他，不知其中是什麼道理。毛毛娘舅繼續說：不吹牛皮的人也許牌要脫手得慢一些，雜牌零牌只能一張一張地出去，但只要他不吹牛皮，這牌總是在出，而不會吃進，對了，還有一點，他不吹牛皮，但也不要去翻人家的牌，翻人家的牌也是有吃牌的危險；讓別人去吹牛，去翻牌，吃來吃去的僵持不下，他這邊則一張牌一張牌的出了手。她們兩個還是看著他，停了一會，王琦瑤若有所悟道：你說的是打牌，其實是指的做人，對嗎？毛毛娘舅只是笑，嚴家師母就說：倘若是指做人，那未免過於消極，不如麻將來得周全：天時地利，再加上用心思，缺哪樣都不行，那十三只牌的搭配是很有講究的，既是給人機會，也是限定人的機會，等到一切都成功，卻還要留一只空缺，等著牌來和；這真叫萬事俱備，只欠東風；這才是做人的道理。說起麻將，嚴家師母就來精神，她腦子裡出現許多精采的和局，帶有千鈞一髮之勢的，還有柳暗花明又一村的，是多麼令人激動啊！她對毛毛娘舅說：要說牌，什麼都抵不上麻將，那種西洋的紙牌，沒什麼意思，比如你教我們的「杜勒克」，就是比牌大，誰大誰凶；你方才說的「吹牛皮」，也是把小牌吹大牌，誰大誰凶，小孩子打架似的，又像是小孩子做算術，麻將才不是呢！它沒有什麼大牌小牌，大和小全看你做牌，是看局面的，這就是做人了：人和人是怎麼比大小的？是憑年紀大小？還是比力氣大小？都不是，憑什麼呢？還要我說嗎，你們都是聰敏人。嚴家師母有些忿懣似的，帶了一股氣。暖鍋的湯乾了，還硬要喝。毛毛娘舅不服氣，申辯說那紙牌裡的技巧千變萬化，並不是那麼絕對，有相對的地方，比如「吹牛皮」，方才只是簡單的說，其實有更深的道理，有時明明知道報牌是假，可也同意了，為的是也跟著把小牌當作大牌的打出去，大家其實心裡都明白都在吹牛，可為了小牌出手，也都不說。嚴家師母鄙夷地撇撇嘴道：這才是不講理呢！麻將可沒有一點不講理的地方。毛毛娘舅就有些不悅，說：如此高明的麻將，怎麼不設一個國際比賽？王琦瑤見這表姊弟倆竟有些真動氣，又覺得好笑，又覺得沒趣，打圓場說：明後天，我請嚴家師母、毛毛娘舅吃晚飯好不好？我雖然不會做八珍鴨，家常菜也還能燒幾個，不知你們給不給面子。

過了一天，王琦瑤下午就從嚴家回來，準備晚飯。這時，嚴家孩子的麻疹也出完了，燒退了，身上的紅點也退了，開始樓上樓下地淘氣起來。王琦瑤事先買好一隻雞，片下雞脯肉留著熱炒，然後半隻燉湯，半隻白斬，再做一個鹽水蝦，剝幾個皮蛋，紅燒烤麩，算四個冷盤。熱菜是雞片，蔥烤鯽魚，芹菜豆腐干，蟢子炒蛋。老實本分，又清爽可口的菜，沒有一點要蓋過嚴家師母的意思，也沒有一點怠慢的意思。傍晚，那兩人一起來了，毛毛娘舅因是頭次上門，還帶了些水果作禮物。聽見樓梯上腳步聲響，王琦瑤心裡生出些歡騰。這是她頭一次在這裡請客，嚴師母便飯的那幾回當然不能算。她將客人迎進房間，桌上早已換了新台布，放了一盤自家炒的瓜子，她覺得有點像過節。因為忙，還因為興奮，她微微紅了臉，臉上蒙一層薄汗。她拉上窗簾，打開電燈，窗簾上的大花朵一下子跳進來。王琦瑤眼裡有些含淚的，要他們坐下，再端來茶水，就回到廚房去。她眼裡的淚滴了下來，多少日的清鍋冷灶，今天終於熱氣騰騰，活過來似的。煤爐上燉著雞湯，她另點了只火油爐炒菜，油鍋嗶剝響著，也是活過來的聲音。房間裡傳來客人說話聲，這熱鬧雖然不是鼎沸之狀，卻是貼了心的。

菜上桌，又溫了半瓶黃酒，屋裡便暖和起來。這兩人都是讚不絕口的，每一個菜都像知道他們的心思，很熨貼，很細緻，平淡中見真情。這樣的菜，是在家常與待客之間，既不見外又有禮貌，特別適合他們這樣天天見的常客。嚴師母不由嘆息一聲道：可惜是三缺一啊！那兩個都笑了。嚴師母不理會他們的好笑，四面環顧一下，說：其實就是打麻將，又有誰知道呢？拉上窗簾，桌上鋪塊毯子，誰能知道呢？她被自己的想像激動起來，說她藏著一副麻將，上等的骨牌，像玉似的，什麼時候打一回吧！王琦瑤說她不會，毛毛娘舅也說不會。嚴師母起勁地說：這有什麼不會的，簡單得很，比「橋牌」、「杜勒克」都容易。毛毛娘舅說：怎麼可能呢？「橋牌」什麼的不都是小孩子們做算術嗎？嚴師母也笑了，不搭理他，還是自顧自地說麻將的規則，人坐四面，東西南北，這才發現，終是三缺一，又洩了氣，說這才叫作天不時地不利人不和呢？那兩個見她這般沮喪，就說著打趣的話。嚴師母也不回嘴，由他們奚落，半天才說道：我真是為你們抱委屈，連麻將都不曾打過。說罷，自己也笑了起來。笑過之後，毛毛娘舅說：既然這樣的想，大家商量一下，怎樣來成全表姊，我可以找個朋友來的。王琦瑤說：嚴師母要不嫌棄，就在我這裡好了，就是地方小了些。嚴師母說：地方小不要緊，又不是開生日舞會。又問毛毛娘舅他要找的人是否可靠。毛毛娘舅說：只要他來，就是可靠。她們一時沒聽懂，再一想便懂了。事情看來十有九成了，嚴師母反倒不安起來，千叮囑萬叮囑不能教嚴先生知道，嚴先生最是小心謹慎，人民政府禁止的事，他絕對不肯做，那一副麻將都是瞞了他藏下來的。這兩人便道：只要你自己不說。

說妥了打麻將的事，酒菜也吃得差不多了，一個盛了半碗飯，王琦瑤再端上湯，都有些飽過頭了，身上發懶，話也少了。王琦瑤撤去飯桌，熱水擦過桌子，再擺上瓜子，添了熱茶，將毛毛娘舅帶來的水果削了皮切成片，裝在碟裡。三個人的思緒都有些渙散，不知想什麼，說的話東一句西一句，也接不上茬。隔壁人家的收音機裡放著滬劇，一句一句像說話一樣，訴著悲苦。這悲苦是沒米沒鹽的苦處，不像越劇是曠男怨女的苦處，也不像京劇的無限江山的悲涼。嚴師母說，王琦瑤這地方是要比她家鬧，可心裡倒靜了，她家正好反過來，外面靜心裡鬧。王琦瑤笑著說：看來在哪裡都跑不掉一靜一鬧。毛毛娘舅注意地看她一眼，再環顧一下房間。房間有一股娟秀之氣，卻似乎隱含著某些傷痛。舊床罩上的繡花和荷葉邊，流連著些夢的影子，窗簾上的爛漫也是夢的影子。那一具核桃心木的五斗櫥是紀念碑的性質，紀念什麼，只有它自己知道。沙發上的舊靠枕也是哀婉的表情，那被哀婉的則手掬不住水地東流而去。這溫馨裡的傷痛是有些叫人斷腸的。毛毛娘舅沒聽見王琦瑤在叫他，遞給他一碗酒釀圓子，圓子搓得珍珠米大小，酒釀是自家做的，一粒稗子也沒有。

約定的這天，七點鐘，嚴師母先來，抱嬰兒似地抱一個毯子卷，裡面是一副麻將，果真是白玉一般涼滑，不知被手多少遍地撫弄過，能聽見嘀篤的響。再過些時，毛毛娘舅帶了位朋友來了。因是生人，王琦瑤和嚴師母有些拘束，又是為那樣的目的而來，更不好說話。只有毛毛娘舅與他說笑，那人一開口竟是一口流利的普通話，令她們吃了一驚。毛毛娘舅介紹他叫薩沙，聽起來像女孩的名字，他長得也有幾分像女孩子：白淨的面孔，尖下巴，戴一副淺色邊的學生眼鏡，細瘦的身體，頭髮有些發黃，眼睛則有些發藍，二十歲出頭的年紀。她們心裡狐疑，不知他是個什麼來歷，誰也不提打牌的事，那兩個也像忘了來意似的，淨是說些無關的事情，她們也只得跟著敷衍。話說到一半，那薩沙忽然煞住話頭，很柔媚地笑了一下，說：現在開始好不好？這麼突如其來，又直截了當，倒把她倆怔了一下，尤其是嚴師母，就像抓賭的已經在敲門了似的，紅了臉，張口結舌的。薩沙將桌上的毯子打開鋪好，把麻將撲地一合，牌便悄無聲息地盡倒在桌上。

於是，四個人東南西北地坐下了。說是不會，可一上桌全都會的，從那洗牌摸牌的手勢便可看出。那牌在手間發出圓潤的輕響，嚴師母眼淚都要湧上來的樣子，過去的時光似乎倒流，唯一的陌生是那薩沙，是嚴師母牌友中的新人。

或是由於薩沙的緣故，或是由於緊張，麻將似乎並沒有帶來預期的快樂。說話都是壓低了聲，平時聊天打撲克的活躍這時也沒了。一個個神情嚴肅，不像是玩牌，倒像是盡什麼義務。毛毛娘舅不得不在嚴師母她們和薩沙之間周旋，好使雙方稔熟起來，不覺也累了。反是薩沙這個生人，並不覺得有什麼拘束，還有幾句玩笑話，和這晚的壓抑沉悶唱著反調。要不是他的普通話給她們官腔的感覺，心生隔膜，氣氛便可好得多。他的玩笑也使她們不慣，其中有目空一切的味道，還有理所當然的味道，叫人不由地自謙自卑。但因他的禮貌和斯文，還不至使人反感。雖然他是這樣文弱年輕又知禮，卻給這裡帶來一股淩駕於一切的空氣，好像他才是真正的主人。王琦瑤看見，毛毛娘舅有些奉迎薩沙，這叫她十分不悅，為毛毛娘舅委屈。她心裡盼著這場麻將早點結束，各自回家了事。她本來準備有水果羹作夜宵的，如今也沒興致了。而嚴師母一旦真的坐到麻將桌前，畏懼便上心頭。她始終心跳著，一會兒擔心有人上樓來打針，一會兒生怕嚴先生找她，神不守舍，從頭至尾就沒和過一副，興致也淡了。毛毛娘舅本就是陪太子讀書，可有可無，見大家不起勁，自然也是盼著早散。只有薩沙有熱情，大都是他和，別人家的籌碼都到了他面前。到頭來，薩沙不是毛毛娘舅找來陪她們打牌，而是那三個人陪薩沙打牌。終於東南西北風地打完十六圈，嚴師母說再不回去，嚴先生要發火了。毛毛娘舅也順水推舟地說要回去，王琦瑤嘴上留客，心裡卻鬆了口氣。薩沙意猶未盡，說才開始怎麼就結束了？這時，隔壁無線電正好報時，報了十一點。大家都不相信地說：怎麼這樣晚了？嚴師母感嘆道：打麻將是最不知道時間的了。這時，她卻有些依依不捨的。他們和來時一樣分兩批走，嚴師母先走，過一會兒，毛毛娘舅和薩沙再告辭。弄堂裡已經一片寂靜，他倆自行車的鋼條聲，滋啦啦地從很遠處傳來。

下一回毛毛娘舅來，嚴師母和王琦瑤就責怪他請了薩沙這位牌友，顯見得與他們不是一路人，能靠得住嗎？且又無話可說的。毛毛娘舅說這個薩沙是他的橋牌搭子，很要好的。他的父親是個大幹部，從延安派往蘇聯學習，和一個蘇聯女人結了婚，生下他，你看，「薩沙」這名字不就是蘇聯孩子的名字？後來，他父親犧牲了，母親回了蘇聯，他從小在上海的祖母家生活，因為身體不好，沒有考大學，一直待在家裡。聽了薩沙的來歷，那兩位心下更加害怕，毛毛娘舅卻笑了，也不與她們解釋，只說儘管放心。到了下一回，他還是把薩沙帶來，儘管有戒心，可經不起一回生二回熟的。薩沙又是那麼有趣，見多識廣，雖然是另一路的見識，也是叫人開眼界的。他的普通話則是另一路的生動，消除偏見之後，也是日見有趣。他性情隨和，雖然是占了優勢的，畢竟是真心想搞好關係。他的牌也打得不錯，還有一些風度。總之，作為一個牌友，薩沙當之無愧。

9 下午茶

後來，薩沙不僅晚上來打牌，下午不打牌的時候，他也會跟了毛毛娘舅一起來玩。這時，他們聚集的地點，已從嚴家移到王琦瑤處。一是因為有人上門打針，二也是因為王琦瑤處更隨意一些，嚴家的排場畢竟叫人受拘束，連嚴師母自己，似乎都是喜歡王琦瑤處勝過自己家的。現在，他們也有些少不了薩沙似的，有一段時間不來，就要問起。四個人都到齊，即使不打麻將，也有許多事好做。桌上那盞酒精燈，成日價點著，一苗藍火，像個小精靈在舞蹈。每一回來，王琦瑤總備好點心，糕餅湯圓，雖簡單，卻可口可心的樣子。也有時是嚴家師母叫張媽去喬家柵、王家沙買了送來。毛毛娘舅則專門負責茶葉和咖啡。漸漸地就成了習慣，本是為聚而吃點心，現在是為點心而聚的。薩沙總是空手而來，飽腹而去，人們都以為自然，並不計較。可是有一天，別人都來了，他還不來，只當他臨時有事，不會再來，便就喝茶吃點心聊天，開始覺著有些冷清，漸漸也就忘了。時間依舊不知不覺過去，天色已黑。正想著散的時候，忽聽樓梯上登登的腳步聲響，薩沙氣喘喘地一頭撞進，滿頭大汗的樣子。他手裡拿著一個大報紙包，放在桌上，一層層地打開，裡面是一個大圓麵包，散發出熱氣和香味。邊緣是酥脆的焦黃，顯然是剛出爐。薩沙不等氣喘定便解釋說，這是他請一個蘇聯朋友烘烤的麵包，正宗的蘇聯麵包，本以為能趕上下午茶，沒料到做麵包竟那麼複雜，直到這時才出烤箱。這時的薩沙，像大孩子似的，又天真又真誠。大家都受了感動，從此與薩沙更親近，下午茶也成定規，一週至少要有兩回。

到了說好的這一日，王琦瑤總要把房間整理一遍，將女人家的東西收好，桌上放一些平日就買下的零食，山楂片芒果乾之類的。她還特地去買了一套茶具，鑲金邊帶蓋帶托的茶碗，這時也一邊一個的安置好。點心是前一回就說好由誰負責，因是在她這裡，總是由她準備的多，雖是增加開銷的，她也情願。毛毛娘舅買茶葉咖啡，可有幾次卻是帶了桂圓紅棗還有蓮心來的。王琦瑤體會到他的用心，驚訝也感激他的細緻和善解。薩沙自從帶過一次蘇聯麵包之後，就沒什麼新的創舉了。嚴師母讓張媽去買了幾回點心，因覺得周折麻煩，便疏懶下來。但她也感到都由王琦瑤一人負擔不妥，就提出一個湊份子的方案。王琦瑤卻堅辭不受，說本來有趣的事，這樣一來，公事公辦似的，就沒意思了，要不，大家往後都別來了。她這樣一說，嚴師母也不好再堅持。這時，毛毛娘舅出了個主意，他說，往後打麻將不應空算籌碼，要有些輸贏，輸的拿出來，充入公帳，就作點心的開銷，這樣，打牌還有些刺激，也更有意思了。嚴師母和薩沙都贊成，王琦瑤見大家都說好，反對不免掃興，也拂了毛毛娘舅的好意，便同意了。從此，打一次麻將，總有一兩塊錢的收益，全交給王琦瑤操辦茶點。王琦瑤不敢含糊，專門用個本子記帳，每一筆進出都寫明日期、數目和用途，詳細而清楚。雖然誰也不看的，為的是自己心裡有數。這樣一來，別人便都撒手不管，全由王琦瑤一個人操辦。她動足腦筋，努力翻新花樣，總能給大家一個出其不意。有時實在想不出了，就和毛毛娘舅商量。後來，乾脆每一回都要請教毛毛娘舅。毛毛娘舅也不推辭，不僅出點子，還出力氣，買這買那的。那嚴師母和薩沙只管帶了一張嘴來，說話和吃喝。

在薩沙帶來蘇聯麵包之後，他還帶來了那個做麵包的蘇聯女人。她穿一件方格呢大衣，腳下是翻毛矮靴，頭髮梳在腦後，挽一個髻，藍眼白膚，簡直像從電影銀幕走下來的女主角。她那麼高大和光豔，王琦瑤的房間立刻顯得又小又暗淡。薩沙在她身邊，被她摟著肩膀，就像她的兒子。薩沙看她的目光，媚得像貓眼，她看薩沙，則帶著些癡迷。薩沙幫她脫下大衣，露出被毛衣裹緊的胸脯，兩座小山似的。兩人挨著坐下，這時便看見她臉上粗大的毛孔和脖子上的雞皮疙瘩。她說著生硬的普通話，發音和表達都很古怪，引得他們好笑。每當她將大家逗笑，薩沙的眼睛就在每個人的臉上掃一遍，很得意的樣子。無論王琦瑤還是嚴師母，她都叫「姑娘」，每叫一次，這兩人就要紅一陣臉，再笑一陣。她胃口很好，在茶裡放糖，一碗接一碗。桂花赤豆粥，也是一碗接一碗。桌上的芝麻糖和金桔餅，則是一塊接一塊。臉上的毛孔漸漸紅了，眼睛也亮了起來，話也多了，做著許多可笑的表情。他們越笑，她越來勁，顯見得是人來瘋，最後竟跳了一段舞，在桌椅間碰撞著。他們樂不可支，笑彎了腰。薩沙拍著手為她打拍子，她舞到薩沙跟前，便與他擁抱，熱烈得如入無人之境。他們便偏過了頭，吃吃地笑。鬧到天黑，她還不想走，賴在椅子上，吃那碟子裡芝麻糖的碎屑，舔著手指頭，眼睛裡流露出貪饞的粗魯的光。後來是被薩沙硬拉走的。兩人摟抱著下樓，蘇聯女人的笑聲滿弄堂都能聽見。這時，房間裡有些狼藉的，桌椅都亂了，台布上到處是茶漬和糖漬。剩下這三個人也都笑累了，懶在沙發上不想動。屋子裡暗下去，也忘了開燈，任它暗去。

這樣的下午茶的節目，也不可多得，大部分是平靜度過。下午的太陽一點一點過去，光線柔和下來，話都說盡了，只是將眼睛看來看去，還有些未盡的意思。散了之後，王琦瑤也無心燒晚飯，將剩下的東西，無論是甜還是鹹，胡亂熱一熱就打發了。這種熱鬧過了之後的夜晚，人有著說不出的散淡與無聊，做什麼都提不起勁，都覺得沒有意思。人來過又走了的房間裡，顯得格外空廓和靜，掉一根針都能聽見的樣子。於是，千頭萬緒湧上心頭。這真是愁煩的夜晚，總是難眠，月光都是攪人的。王琦瑤甚至盼著有人來打針，將酒精燈點起，有一些聲色似的。她找一些針線來做，等找出來了又沒有興致，毛線團滾到沙發底下也不知道。她看晚報，看幾遍都不了解說的什麼。她對了鏡子刷頭髮，也不知鏡裡的人是誰。心裡的念頭都是沒頭沒尾，不成章不成句。她拿一個分幣在桌上擲著，卻說不準要的是哪一面，卜的是哪一樁事情。她也用撲克牌通五關，通了還是沒通也是不懂。窗外面弄堂裡，「小心火燭」的巡夜聲又響起了，梆子換了搖鈴。那鈴聲凜冽得多了，在夜晚的平安里，一音獨響。這一般寂寥，是要挨到下一次的下午茶。下午茶有多熱鬧，夜晚就有多難耐，非要將這熱鬧抵銷掉似的，甚至抵銷掉還不算，再要找回來一些，才罷休的。為消除寂寥，她又去看第四場電影。第四場電影是這城市殘留的一點夜生活了，是這不夜城還未冥滅的一點芯。第四場電影已經坐不滿了，餘著一半座位，也是寂寥。回來的路上是人意闌珊加寂寥。這不夜城如今到處寫著「夜」字，梧桐樹影是夜色，候車的人滿臉都是夜色，電車進場噹噹地敲著夜聲，路燈霓虹燈全是夜的眼。不過，這城市再是夜，也有一些萌動的掙扎的光，河的暗流似的。全身心去注意，才可覺察出來。

現在，下午茶的前一日，毛毛娘舅還須來一次，和王琦瑤商量，怎麼安排茶點，商量好了，就由毛毛娘舅去採買東西。有時商量晚了，到了吃飯時間，王琦瑤便不讓走，又去叫來弄底的嚴師母，三個人一起吃頓便飯。後來，到了這一日，嚴師母自己就來了，薩沙也參加進來。於是，下午茶之前又多了頓聚餐，麻將的賭注就高上去了一些，而且，這麻將還不打不行了似的。別人倒無所謂，只薩沙有些躲的，兩回只來一回，另一回就說有推不掉的事。誰也不說，可心裡卻明白。王琦瑤還發現，毛毛娘舅有意地讓薩沙吃牌，還有意地出沖，有和也不和的。王琦瑤知道他是要多出錢，又怕別人不接受，就用這個輸的方式。想到這些，一邊鄙夷薩沙，一邊讚賞毛毛娘舅。有一回，她曉得毛毛娘舅早在聽和，也推斷出他聽的是哪一張牌。正巧手裡有一張，便往桌上「啪」地一放，還看他一眼。毛毛娘舅猶豫了一下，吃進了，果然和了，還是副大牌。王琦瑤見自己猜對了牌，又見他領自己的情，比自己和牌還興奮。不料那薩沙卻將她的牌翻下一看，說：你怎麼拆對子給他牌，是有意放沖吧！王琦瑤趕緊把牌抹了，說她半路想做清一色，這一對就不想要了。心裡卻說，你不知吃了人家多少放沖的牌，倒不說。嚴師母則有些不高興，說，打牌就要按規矩來，不許有私心的。聽她這麼說，王琦瑤便窘了，再次申辯沒有放沖這回事，自己也正後悔拆對呢！接下去，大家就有些沉默，都藏著些氣的，勉強打完四圈，便散了。下一次，毛毛娘舅來商量茶點時，王琦瑤心裡還是上天的事，見了他就說：薩沙這個人是男人，倒比女人還心胸窄小。毛毛娘舅就說：薩沙也可憐，沒工作，又愛玩，拿了些烈屬撫恤金，不夠他打台球的。王琦瑤還是氣，說我不是為錢，是為公平，本來我就說不用設公帳，也不是多麼大的花銷，後來是為了好玩才做出這出錢入帳的規矩。毛毛娘舅笑了，說：怎麼這樣大的氣，我代薩沙向你道歉。王琦瑤說：我不光是為薩沙。毛毛娘舅就說：我也代我表姊道歉。王琦瑤聽了這話，眼圈倒有些紅了，想這毛毛娘舅真是心細如髮，什麼都明白。想說什麼又沒說，這時，嚴師母倒上樓來了。她一進門，往椅上一坐，開口就說：薩沙這個人真是不上路！也是聲討的樣子。王琦瑤和毛毛娘舅不由相視一眼，都笑了。

這天討論下午茶，毛毛娘舅提出新建議：到國際俱樂部喝咖啡，由他作東。王琦瑤知他是為了緩和矛盾，心裡想他用心雖然良苦，但天下哪有不散的筵席？第二天上午，王琦瑤抽空去理髮店吹了頭髮，中午飯提早吃了，洗過碗，就化妝更衣。她很淡地描了眉，敷一層薄粉，也不用胭脂，只塗了些口紅。她本想穿旗袍，外罩秋大衣，又覺得過於隆重了，還好像故意去比嚴師母。所以就穿了薄呢西褲，上面是毛葛面的夾襖，都是淺灰的，只在頸上繫一條花綢圍巾，很收斂的花色。剛停當，就聽見張媽叫她的聲音，說三輪車已在嚴家門口，讓她去上車。她拿著手提包便下了樓，弄底果然停了輛三輪車，嚴師母正往外走。她穿一件黑的薄呢大衣，很見身分的裝束，妝也化得恰到好處。王琦瑤走過去也上了車，車子慢慢地出了平安里。太陽很紅，梧桐葉疏落了，天空便顯得高朗。王琦瑤忽有些恍惚，覺得身邊這人不是嚴師母，而是蔣麗莉。蔣麗莉這名字從心頭一掠而過，就冥滅了。她覺著臉有些乾，像要脫皮似的，嘴唇也乾。太陽晃著眼，眼皮是重的，睡腫了的感覺。三輪車從街面騎過，櫥窗一幀一幀拉洋片似地過去。電車在軌道上緩緩地轉過彎，又噹噹地向前。

毛毛娘舅和薩沙一起等在國際俱樂部門前。薩沙也是主人的樣子，見面就說和毛毛娘舅一起作東。然後，他們在前邊帶路，引進了大廳。地板光可鑑人，落地窗外是深秋枯黃的草坪，花壇裡還有菊花盛開著，有一種蒼勁的鮮豔。廳內有低低的圓桌，鋪了白桌布，四邊是沙發椅。剛落座，就有白西裝紅領帶的侍應生過來問要什麼。薩沙擅自作主地點了好幾樣。毛毛娘舅並不插話，只贊許地笑。兩個人都是胸有成竹的樣子，到頭總歸是毛毛娘舅付帳。王琦瑤心裡說：薩沙的刁滑原是讓這些人給寵出來的。一邊把眼睛掉過去，看牆上蓮花狀的壁燈。熱水汀燒得很熱，有些紅頭漲臉的，很後悔沒有穿單薄些，外套秋大衣，可穿可脫的。不知自己為什麼沒有想到，也是因為許久不來這樣的地方，倒成個鄉巴佬了。咖啡和蛋糕上來了，細白瓷的杯盤，勺子和叉是銀的，咖啡壺也是銀的。有人走過看見毛毛娘舅和薩沙，便同他們打招呼。毛毛娘舅向他介紹嚴師母和王琦瑤。那人就對嚴師母說：嚴先生近來還好嗎？原來也是認識的，只是拐了個彎。他們幾個噓寒問暖地說著，王琦瑤則是個局外人了。她把臉又掉過去看牆邊一盆萬年青，已結了紅果。這時候，廳裡的桌椅都坐滿人了，侍應生穿行著，上空瀰漫著咖啡的香氣，是熱騰騰的景象。王琦瑤是這熱騰騰中的冷清，穿著不合時宜的衣服，且又插不進嘴。她有些嘲笑自己，為什麼要來這個地方，自找沒意思。

那過路的人乾脆拉過一把沙發椅坐下不走了，自己揮手召侍應生來要了一份咖啡糕點，幾個人像有說不完的話似的。毛毛娘舅側過身，悄聲對王琦瑤說，這人也是同他們一起打橋牌的，牌打得不怎麼樣，因此也沒有固定的橋牌搭子，卻特別愛好，誰肯同他打，他願意請客的，今天，他又有請客的意思了。王琦瑤知道毛毛娘舅是在照顧她，不叫她受冷落，可卻更叫她覺得是局外人了。這時，那人向這邊轉過來，問他們賞不賞臉，去紅房子吃大餐。嚴師母和薩沙已經答應了，毛毛娘舅則徵詢地看著王琦瑤，王琦瑤欠了欠身，說，今天有幾個預約打針的，她必得晚飯前回去，恕不奉陪了。嚴師母說：今天你有什麼預約？我怎麼不知道，不許走的。薩沙也嚷著不讓走，說要走大家都走，毛毛娘舅雖不勸她，卻問那幾個預約的人家中有沒有電話，通知晚一些時間再來。王琦瑤知道他是給自己台階下，也是挽留的意思，就說等會兒再說吧。大家以為她是答應了，不料過一會兒她卻起身告辭，態度很堅決，誰也留不住。嚴師母真的生氣了，說她不給面子。王琦瑤嘴裡說抱歉的話，心裡卻想：嚴師母的意思其實是說她不識抬舉。

毛毛娘舅送她出去，外面的天已有了暮色，風也料峭，幸好有渾身的熱頂著，還不覺怎麼冷。毛毛娘舅低著頭，一句話也不說，她便找些話來問，問俱樂部有些什麼好玩的，花銷大不大，諸如此類的問題。穿過甬道，到了大門口，她說：毛毛娘舅你進去，外面這樣的冷。毛毛娘舅卻像沒聽見似的，突然說了一句：我本來是為大家高興。他沒再說下去，可王琦瑤全懂了，不由心裡一動，想這人是什麼都收進眼裡的。這時，有一輛三輪車過來，她叫住了，頭也不回地上了車。

10 圍爐夜話

天冷了，王琦瑤和毛毛娘舅商量在房間裡裝個煙囪爐取暖，大家來打牌喝茶，也不必縮手縮腳了。毛毛娘舅很同意，說著就要去買爐子和鉛皮管，王琦瑤拿錢給他，他怎麼也不要，說明明是大家受益，怎能讓她一個人破費。第二天，毛毛娘舅就帶了一個工人來了。那工人騎著黃魚車，車上裝著東西，毛毛娘舅指示他爐子安在什麼位置，怎樣通出煙囪，又朝哪個方向出煙，不到半天便完工了。因管子接得嚴密，一絲煙都不漏的，火還上得特別快，中午飯就在爐子上燒的。房間裡暖和起來，飄著飯菜的香。王琦瑤又在爐膛裡埋了塊山芋，不一會兒，山芋也香了。下午來喝茶時，點心也不要了，圍著爐子烤那山芋吃，都成了孩子似的。還搶著加煤球，人多手雜的，險些兒弄滅了，趕緊再添劈柴，火才又旺了起來。漸漸地天黑下來，屋裡暗了，爐火映著人的臉，都有些變形，做夢似的，還像幻覺。似乎是為了同這爐子作對照，第二天就下起了雪，不是江南慣常的雨夾雪，而是真正的乾雪，在窗台屋頂積起厚厚一層，連平安里都變得純潔起來。

這是一九五七年的冬天，外面的世界正在發生大事情，和這爐邊的小天地無關。這小天地是在世界的邊角上，或者縫隙裡，互相都被遺忘，倒也是安全。窗外飄著雪，屋裡有一爐火，是什麼樣的良宵美景啊！他們都很會動腦筋，在這爐子上做出許多文章。烤朝鮮魚乾，烤年糕片，坐一個開水鍋涮羊肉，下麵條。他們上午就來，來了就坐到爐子旁，邊閒談邊吃喝。午飯，點心，晚飯都是連成一片的。雪天的太陽，有和沒有也一樣，沒有了時辰似的。那時間也是連成一氣的。等窗外一片漆黑，他們才遲疑不決地起身回家。這時氣溫已在零下，地上結著冰，他們打著寒噤，腳下滑著，像一個半夢半醒的人。

圍爐而坐，還滋生出一股類似親情的氣氛。他們像一家人似的。王琦瑤和嚴師母織毛線，毛毛娘舅和薩沙就為她們拿著毛線團，負責放線。她們一人一把湯匙在爐上做蛋餃，他們則把做好的蛋餃一圈圈排在盆裡，排出花朵和寶塔的樣子。他們說話也有些隨便，開著玩笑。他們開玩笑的對象總是薩沙，把那蘇聯女人作材料，問他是不是永久性地吃蘇聯麵包了。薩沙便說：蘇聯麵包還可以，蘇聯的洋蔥土豆卻吃不消。大家聽出他話中隱晦的意思，又是笑又是罵。薩沙厚著臉說：諸位若有興趣，我可以提供蘇聯麵包，但是要搭洋蔥土豆。他們又罵他，他就委屈地說：這是資產階級向無產階級發起進攻。王琦瑤不平了，問：誰是資產階級？要說無產，她是第一個無產，全靠兩隻手吃飯。薩沙便說：那你不幫我倒幫他們，我和你是一夥的呀！嚴師母說：產業都給了你們無產階級，如今我們才是真正的無產，你們卻是有產！王琦瑤說：我任憑有產無產也不幫你薩沙的，我們是吃中國飯，你是吃蘇聯麵包，才是真正兩路的人。嚴師母和毛毛娘舅都拍手稱對，薩沙便做出可憐的樣子，說他們聯合起來欺他沒爹沒媽。聽他這一說，別人還真慚愧起來，紛紛撫慰他。他卻一把拉住王琦瑤的手，涎著臉說：讓我叫你一聲媽吧！王琦瑤甩開手，唾他一口道：你是拿親爹親媽都來取笑的。大家便笑，見他無所謂的樣子，也就趁著開玩笑一味地追問。薩沙說：這有什麼奇怪的，一句話，天要下雨娘要嫁。大家更是開懷。笑歸笑，心裡不免要把薩沙看輕，想他可算得上半個癟三的。

薩沙見他們樂不可支，心裡也是好笑，他暗暗說：看你們這些資產階級，社會的渣滓，渾身散發出樟腦丸的陳舊氣，過著苟且偷生的生活！可他確也喜歡他們，一是他們可提供他吃的，簡直是變化無窮，層出不盡的吃的花樣。薩沙有一張好嘴，大約也是肺結核的後遺症之一。他特別愛吃，沒個夠的時候，因為吃得多，便練出了品味。他是能吃出王琦瑤這裡的好處的。他喜歡他們，一是他們可幫他消磨時光。正和他的沒有錢相反，他的時間真是多得嚇人，早上睜開眼就在想著如何打發時間。他們是一群和他時間一樣多的人，且還挺有趣，有著另一路的見識，大可充實他的社會經驗。薩沙是個重視經驗的人，經驗可幫助他去了解這個世界，在這世界裡弄潮的。因為他們這兩樣無可取代的好處，薩沙便也願意付出些代價。其實他也不把他們當真，趁著勢胡來，什麼樣的渾話都敢出口。這些渾話裡且有著些真貨色，一古腦兒夾帶出去，叫他們不收下也收下。什麼叫作混，這就叫作混。一日復一日地廝混著，真中有假，假中有真的。知道的裝不知道，不知道的裝知道。太陽從東到西，再從西到東，月亮也是這樣。這城市的夜和晝就是這麼來去著。

有一日，大家又逗薩沙，要給薩沙介紹女朋友。薩沙誰也不要，只要嚴家女兒。嚴師母說她女兒還小得很，他就說情願等，等白了頭也不悔的。嚴師母說這樣你就要叫我丈母娘了。薩沙說：有嚴師母做丈母娘很光榮。大家簡直笑得不行，沙鍋裡的湯燒溢了，滋滋響著，湯裡的蛋餃肉丸上下翻滾，也是樂開花的樣子。薩沙忽而正色道：我倒是想給一個人做個介紹。大家問誰，薩沙說：就是他。將手指向毛毛娘舅。那兩個就笑著問介紹的又是誰，心裡卻有些忐忑，想這人什麼話都可說出口。薩沙笑而不答，她們就逼著，薩沙說：你們會罵我。在場的都有些心跳，臉上也有些繃起，卻依然笑著，還是催問。薩沙說：你們保證不罵我？這時候，人們心裡都有些明白，三個人臉上都有些異樣，笑也勉強了。王琦瑤說：當然是要罵的，狗嘴裡還能吐出象牙呀！

薩沙說：這樣說，王小姐已經知道我說的是誰了，要不怎麼說一定要罵呢？王琦瑤不想一下子被他套住，窘得臉刷地紅了，笑也掛不住了，帶著幾分真地說：你哪一句話不是找罵？薩沙還是涎著臉：要是說出來不罵呢？王琦瑤就有些氣急交加，手裡的瓷勺重重一放，那勺柄竟在沙鍋沿上斷了，氣氛陡地緊張起來。這一日，無論薩沙再說了多少自輕自賤的話，毛毛娘舅再是及時及境地應和，卻也緩不回來了。勉強坐到傍晚，屋裡還沒暗，便散了。外面正在化雪，叫人踩得東一攤西一攤，淌著汙濁的泥水。天已經晴了，出奇地明亮著，彼此能看見臉上的毛孔似的。王琦瑤將大家送到樓下，互相說著再見的話。那熱烈中都是存了心的，顯出些虛張聲勢。

過後的一日，嚴師母私下和毛毛娘舅說，王琦瑤也忒沒意思了，薩沙明明是開玩笑，有什麼了不得的事，發這樣的火，弄得大家都下不來台。毛毛娘舅息事寧人地說，王琦瑤也並沒有發火，失手打碎了湯勺，也是常有的事。嚴師母說：我又不是指她弄斷勺子的事，我是覺著，薩沙開玩笑是無意，她倒是有心。說罷，還往她表弟臉上看了一眼。毛毛娘舅有些不自然，笑著說：我看是表姊你多心，什麼事情也沒有的。嚴師母哼了一聲：其實你心裡都是知道的，你是聰敏人，我也不多說，我只告訴你一聲，如今大家閒來無事，在一起作伴玩玩，伴也是玩的伴，切不可有別的心。毛毛娘舅笑道：表姊你說我能有什麼心。嚴師母又哼了一聲：你保證你沒有別的心，卻不能保證旁人沒有。聽她這話似是不肯放過王琦瑤的意思，又不便為她作辯解，就只有不作聲。嚴師母見他沉默不語，以為是聽進了她的勸告，便緩和下來，說道：你在表姊我這裡玩，要出了事情我怎麼向你爹爹姆媽交代。毛毛娘舅說：我這樣一個大人，能出什麼樣的事情。嚴師母就點了他的額角說：等出了事就來不及了。兩人說罷就下樓去王琦瑤處，到了那裡，見薩沙早來了，在烤火，一雙白瘦的手，在爐上烙餅似地翻著。王琦瑤在一邊灌開水，兩人沒事人一樣，有一句沒一句地搭訕。陽光照進來，房間便有些灰的，有無數塵屑在飛舞。嚴師母和毛毛娘舅也圍爐坐下，將那日的不快盡數忘記，開始新的一日。

臨近過年，王琦瑤在爐邊用一盤小磨磨糯米粉。她前一夜就將糯米泡上，這時米粒就脹得很鼓。薩沙自告奮勇往磨眼裡舀米，半勺水半勺米的。毛毛娘舅搖磨，王琦瑤則用石臼鬆芝麻，嚴師母什麼也不做，只在嘴裡發指令。房間裡洋溢著芝麻的香氣，恨不能立刻就進嘴的。這時，薩沙體味到一種精雕細作的人生的快樂。這種人生是螺絲殼裡的，還是井底之蛙式的。它不看遠，只看近，把時間掰開揉碎了過的，是可以把短暫的人生延長。薩沙有些感動，甚至變得有些嚴肅，很虛心地請教為什麼要水浸了糯米磨粉的道理，還請教做黑洋沙的方法。她們便一一解釋給他聽，他一下子成了個乖孩子，人們把他以往的淘氣都原諒了。她們向他約定過年時做種種好東西給他吃，糖年糕，炸春卷，核桃仁，松子糖，一件件，一宗宗，如數家珍一般。薩沙想：這真是一個吃的世界啊，每天忙著做忙著吃就不夠的。他不禁感嘆地念道：誰知盤中餐，粒粒皆辛苦！嚴師母嗞一聲笑了，說這還只是辛苦的一半呢，還有身上衣的另一半，只怕你薩沙聽也沒有聽說過。一說起衣服，那話就更沒得完了。王琦瑤和嚴師母一人一件地說，眼前像有羽衣霓裳在飛舞。薩沙聽得忘了手裡的事情，那磨就一圈圈地空轉，搖磨的毛毛娘舅也是出了神的。那穿是針針線線、絲絲縷縷織成的世界，多少的心細如髮，才可連成周身的美奐美輪。嚴師母無限感慨地說：要說做人，最是體現在穿衣上的，它是做人的興趣和精神，是最要緊的。薩沙就問：那麼吃呢？嚴師母搖了一下頭，說：吃是做人的裡子，雖也是重要，卻不是像面子那樣，支撐起全局，做宣言一般，讓人信服和器重的，當然，裡子有它實惠的一面，是做人做給自己看的，可是，假如完全不為別人看的做人，又有多少味道呢？說到這裡，嚴師母不覺有些傷感，聲音低了下來。方才還是熱烈的勞動場面，這時也沉寂了，磨和石臼發出空洞的聲響。芝麻的香氣濃得膩人了，乳白的米漿也是膩人的顏色。牆壁和地板上沾著黑色的煤屑，空氣汙濁而且乾燥，爐子裡的火在日光下看來黯淡而蒼白。一切都有著不潔之感。這不潔索性是一片泥淖倒也好了，而它不是那麼髒到底的，而是斑斑點點的汙跡，就像黃梅天裡的霉。

不過，天黑卻將這些遮住了。暮色流進窗戶，像是溫暖而稀薄的液體，一切都蒙上了一層膜。物體，空間，聲音和氣息，全變得隔膜，模糊，不很確定。唯有那爐膛裡的火，陡地鮮明起來，熱烈起來，激勵人的身心。這是爐火邊最溫情脈脈的時刻，所有的欲望全化為一個相偎相依的需求，別的都不去管它了。哪怕天塌地陷，又能怎麼樣呢？昨天的事不想了，明天的事也不想了，想又有什麼用呢？他們剝著糖炒栗子的殼，炒栗子的香也是深入肺腑。他們說著最最閒來無事的閒話，每一個字都是從心底裡吐出來，帶著肚腹間的暖意。他們在爐上放了鐵鍋，炒夏天曬乾的西瓜子，摻著幾顆大白果。白果的苦香，有一種穿透力，從許多種有名或無名的氣息中脫穎而出，帶著點醒世的意思，也不去管它。他們全都不計前嫌，好得像一個人似的，弄不懂為什麼要彼此生隙，好都好不過來了。他們簡直是柔情蜜意，互相體諒得要命，這真是善解的時刻，除了善解又能做什麼呢？外面的冷和黑，都是在給這屋內加溫加光的，雪還是不要化的好，要是化盡了，這爐火便也差不多到時候了。他們還是說話，輕言慢語，說的什麼？都是說過就忘，這才是心聲呢！無痕無跡，卻綿綿不盡。他們說的不外乎是炒栗子的甜糯，瓜子的香，白果的苦是一筆帶過。他們還說糯米圓子的細滑，酒釀的醇厚，還有酒釀湯裡的嫩雞蛋。好了，天已黑到底了，再黑下去便要亮起來；知心話兒也說到底了，再說下去難免又要隔起來。他們嘴裡說著走，走的，就是不走，挪不動腳步似的。他們一邊說明天見，一邊心裡不願意今夜結束，明天再好，也是個未知未到。今夜就在眼前，抓一把則在手中。給時間做個漏真是對得沒法再對，時間真是不漏也漏，轉眼間不走也要走。

他們的白天都是打發過去的，夜晚是悉心過的。他們圍了爐子猜謎語，講故事，很多謎語是猜不出謎底的，很多故事沒頭沒尾。王琦瑤說，他們這就像除夕夜的守歲，可他們天天守，夜夜守，也守不住這年月日的。毛毛娘舅說，他們是將夜當成晝的，可任憑他們如何唱反調，總還是日東月西。嚴師母說他們還像守靈，不過那死去的人是上幾輩的高祖，喪事當喜事的。薩沙說他們像西伯利亞的狩獵者，到頭卻是一場空。他們各形容各的，總之都是愛這樣的夜晚，有許多吃食在爐上發出細碎的聲音和細碎的香味，將那世界的縫隙都填滿的。這世界的整塊磚和整塊石頭，全是叫這些細碎的填充物給砌牢的。他們在爐邊還做著一些簡單的遊戲，用一根鞋底線繫起來挑棚棚。那線棚棚在他們手裡傳遞著，變著花樣，最後不是打結便是散了。他們還用頭髮打一個結，再解開，有的解開，有的折斷，還有的越解結越緊。他們有一個九連環，輪流著分來分去，最終也是糾成一團或是撒了一地。他們還有個七巧板，拼過來，拼過去，再怎麼千變萬化，也跳不出方框。他們動足腦筋，多少小機巧和小聰敏在此生出，又湮滅。這些小東西都是給大東西作肥料的，很多大東西是吃著小東西的屍骸成長的。可別小看這些細碎的小東西，它們哪怕是這世界上的灰塵，太陽一出來，也是有歌有舞的。

第三章

11　康明遜

在這些混沌的夜晚裡，人心都是明一半，晦一半的。毛毛娘舅，也就是康明遜，是王琦瑤心裡的那一半明，也是那一半晦，雖是不敢想，卻還是要去想。有一次，只有他們倆時，王琦瑤便問：康明遜何日婚娶呢？康明遜笑道：有誰家女兒肯嫁我這樣無業的遊民？王琦瑤也笑道：這才是得了便宜又賣乖呢！康明遜這樣的人品、家底和門第，誰家女兒娶不到？康明遜就說：那麼王小姐替我介紹一個。王琦瑤說：與你相配的人家，可不是我輩能夠結識的。康明遜便也學了她先前的口氣道：這才是得了便宜又賣乖呢！像王小姐這樣的儀態舉止，一看就是出自上流的社會，倒不是我輩可攀比的了。王琦瑤說：你這不是嘲笑我們小家小戶的女兒嗎？康明遜說：受嘲笑的分明不是你而是我。兩人這麼一句去一句來的鬥嘴，康明遜雖然有問必有答，王琦瑤卻沒有聽出她想要的意思，倒有人來了。再有一次，也是只他們倆在，康明遜問了同樣的問題：王小姐佳期何時呢？王琦瑤也學著上回康明遜的口氣：誰能娶我這樣的，但不待她說出「這樣的」是怎樣的話來，卻突然地緘了口。康明遜再要問，竟看見她眼裡的淚了，趕緊地問：有什麼不對，千萬包涵，不知者不為罪的。王琦瑤搖頭不語，停了一會兒，才又說了一遍：有誰能娶我這樣的呢？康明遜就說：你這樣的又怎樣呢？王琦瑤反問：你說怎樣呢？康明遜說：錦上添花。她說：你又嘲笑我。康明遜說：分明是你嘲笑我。這回，是康明遜挑起的問話，王琦瑤等著他追問到底，不料卻沒有問到她想要答的意思。

王琦瑤和康明遜的問與答，就像是捉迷藏。捉的只是一門心思去捉，藏的卻有兩重心，又是怕捉，又是怕不來捉，於是又要逃又要招惹的。有時大家都在的時候，他們的問與答便像雙關語的遊戲，面上一層意思，裡頭一層意思。這是在人多的地方捉迷藏，之間要有默契，特別的了解，才可一捉一藏地周旋。漸漸的，他們有了一些兩人才知的用語，很平常的，在他們卻另有一番意思，是指鹿為馬的。他們能心領神會，還能於無聲處聽真言。別人都蒙在鼓裡，他們自己也不挑明，說了也當沒說。那回薩沙開玩笑要給康明遜介紹女朋友，著實把他倆唬了一跳，不怪王琦瑤要著急，把那次瓷湯勺的柄也敲斷了。過後嚴師母同她表弟的一番話，也叫康明遜慌神，說的話裡到處是漏洞。不過顯見得是虛驚一場，後來什麼事也沒有，再沒有人提了。倒是王琦瑤自己向康明遜提了一回，問薩沙要給他介紹的女朋友到底是誰。康明遜說：我怎麼知道，要問應當去問薩沙。她說薩沙一定是有所指，康明遜心裡當然清楚。康明遜說：既是這樣想知道，當時為什麼不讓薩沙說，千方百計堵住他的嘴？王琦瑤又急了，說她並沒有堵薩沙的嘴，薩沙嘴裡吐的什麼，與她又有何干？康明遜便說：與你無干，又追著問我幹麼？王琦瑤一聽這話，就好像被揭開了傷疤，又痛又羞，臉都紅了，憋了一會兒才說：反正你們是一夥，天下烏鴉一般黑的。康明遜說：要分敵我的話，薩沙才是另一夥，是吃蘇聯麵包的。王琦瑤只好笑了，兩人就算和解了。其實是兜了個圈子，又回到原地，因為方才兜遠了，回到原地時便覺著近了一步似的，是個錯覺。

錯覺也有錯覺的好處，那是架虛的一格。而這架虛的一格上興許卻能搭上一格實的，雖是還要退下來，但因有了那實的一格，也不是退到底，不過是兩格併一格，或三格併一格，也就是進兩步退一步的意思吧！這就像是舞步裡的快三步，進進退退，退退進進，也能從池子的這邊舞到那邊，即使再舞回來，也有些人事皆非似的。一支舞曲奏完，心裡便蓄了些活躍和滿足。與康明遜捉迷藏，王琦瑤有一些是錯覺，也有一些是有意將對當錯，將錯就錯。她明知是錯，還是按著錯的來，倒叫康明遜沒辦法了。有時候，王琦瑤將她與康明遜叫作我們，嚴師母和薩沙叫成他們，雖然也是混著叫的，不定是特別的意思，康明遜心裡也會一跳，不知這樣是好是壞。有一回，他說：王琦瑤，你怎把我表姊算作薩沙的人了，她又不吃蘇聯麵包。王琦瑤笑道：他們不是丈母娘和女婿嗎？怎麼不是一家人？大家都笑。王琦瑤這麼解釋，康明遜也不知是稱心還是不稱心。這時候，他們倆又有些像三岔口了，又要摸著對方，又怕被對方摸著，推來擋去地暗中對付，也是用錯覺作文章。這文章有些連篇累牘，重複冗長。事後，兩個人一處時，王琦瑤還得再問一回：你為什麼問我把你表姊推給薩沙？康明遜再進一步問：你問我這個做什麼？有些糾纏不清，還囉里囉嗦。把個問題連環套似的，一個一個接起來。還像那種武術裡的推手，一推一讓，看似循環往復，其實用的是內功，還是有輸贏勝負，強弱高低的。

其實，他倆積極籌備下午茶什麼的，是有些以公濟私，為了做這種雙關語和三岔口的遊戲。這還像渾水摸魚，在一下午或者一晚上的廢話中間，確實會有那麼一兩句有實質性意義的話，就看你怎麼去聽了。不過，即便是有實質性意義，那話也滑得很，捉也捉不住，所以說是「渾水摸魚」嘛。他們兩人話裡來話裡去，說的其實只是一件事。這件事他們都知道，卻都要裝不知道：但只能自己裝不知道，不許對方也裝不知道；他們既要提醒對方知道，又要對方承認自己的不知道。聽起來就像繞口令，還像進了迷魂陣，只有當事人才搞得清楚。因為是這樣的當事人，頭腦都是清楚，想糊塗也糊塗不了。他們了解形勢，目標明確，要什麼不要什麼，心裡都有一本明白帳。在這方面，他們是旗鼓相當，針尖對麥芒，這場遊戲對雙方的智能都是挑戰。他們難免會沉迷遊戲的技巧部分，自我欣賞和互相欣賞。但這沉迷只是一瞬，很快就會醒來，想起各自的目的。在這場貌似無聊，還不無輕薄的遊戲之下，其實卻埋著兩人的苦衷。這苦衷不僅是因為自己，還為了對方，是含了些善解和同情的，只是自己的利益要緊，就有些顧不過來了。

康明遜其實早已知道王琦瑤是誰了，只是口封得緊。第一次看見她，他便覺得面熟，卻想不起來在哪裡見過。又見她過著這種寒素的避世的生活，心裡難免疑惑。後來再去她家，房間裡那幾件家具，更流露出些來歷似的。他雖然年輕，卻是在時代的銜接口度過，深知這城市的內情。許多人的歷史是在一夜之間中斷，然後碎個七零八落，四處皆是。平安里這種地方，是城市的溝縫，藏著一些斷枝碎節的人生。他好像看見王琦瑤身後有綽約的光與色，海市蜃樓一般，而眼前的她，卻幾乎是庵堂青燈的景象。有一回，打麻將時，燈從上照下來，臉上罩了些暗影，她的眼睛在暗影裡亮著，有一些幽深的意思，忽然她一揚眉，笑了，將面前的牌推倒。這一笑使他想起一個人來，那就是三十年代的電影明星阮玲玉。可是，王琦瑤當然不會是阮玲玉，王琦瑤究竟是誰呢？其實他已經接觸到謎底的邊緣了，可卻滑了過去。還有一次，他走過一家照相館，見櫥窗裡有一張披婚紗的新娘照，他心裡一亮。這照片有一種似曾相識的樣子，使他想起很久以前也是在這裡的一張照片。倘若這時他能想起王琦瑤，大約便可解開疑團，可他卻沒有，於是又一次從謎底的邊緣滑過去。和王琦瑤接觸越多，這個疑團就越是頻繁地來打擾。他在王琦瑤的素淡裡，看見了極豔，這豔洇染了她四周的空氣，雲煙氤氳，他還在王琦瑤的素淡裡看見了風情，也是洇染在空氣中。她到底是誰呢？這城市裡似乎只有一點昔日的情懷了，那就是有軌電車的噹噹聲。康明遜聽見這聲音，便傷感滿懷。王琦瑤是那情懷的一點影，綽約不定，時隱時現。康明遜在心發恨：一定要找出她的過去，可是到哪裡去找呢？

最終卻是得來全不費工夫。一天，在家和大媽二媽聊天，說起十年前上海的盛況一幕，那就是競選上海小姐。他母親竟還記得那幾位小姐的芳名，第三位就叫王琦瑤。他這才如夢初醒。他想起那酷似阮玲玉的眉眼，照相館裡似曾相識的照片，還想起舊刊物《上海生活》上的「滬上淑媛」，以及後來的做了某要人外室的風聞，這所有的記憶連貫起來，王琦瑤的歷史便出現在了眼前。這歷史真是有說不盡的奇情哀豔。現在，王琦瑤從謎團中走出來了，凸現在眼前，音容笑貌，栩栩如生。這是一個新的王琦瑤，也是一個舊的王琦瑤。他好像不認識她了，又好像太認識她了。他懷了一股失而復得般的激動和歡喜。他想，這城市已是另一座了，路名都是新路名。那建築和燈光還在，卻只是個殼子，裡頭是換了心的。昔日，風吹過來，都是羅曼蒂克，法國梧桐也是使者。如今風是風，樹是樹，全還了原形。他覺著他，人跟了年頭走，心卻留在了上個時代，成了個空心人。王琦瑤是上個時代的一件遺物，她把他的心帶回來了。

他連著幾天沒有去王琦瑤處，嚴師母來電話約，他都說家裡有事推掉了。他想：該對王琦瑤說什麼呢？後來，他決定什麼也不說，一如既往。因此，當他再看見王琦瑤時，就和什麼也沒發生過的一樣。王琦瑤問他怎麼幾天不來，他說有事。王琦瑤就說什麼有事，一定有了新去處，比這裡更有趣的。他笑笑沒說話，把帶來的東西放到了桌上。他帶來的是老大昌的奶油蛋糕，王琦瑤便去拿碟子。剛給人打過針，王琦瑤手上帶著酒精的氣味。她穿一件家常的毛線對襟衫，裡面是一身布的夾旗袍，腳下是雙搭絆布鞋，忙進忙出地準備著茶點。他忽然間想起初與王琦瑤相識，在表姊家吃暖鍋，胡亂測字玩。王琦瑤說了個「地」字，康明遜指了右邊的「也」說是個「他」，她則指了左邊的「土」說，「豈不是入土了。」她那脫口而出然後油然哀起的樣子，這時又一次出現眼前，卻是有根有由的了。他心裡生出憐憫，又生出惋惜，憐憫和惋惜是為王琦瑤，也是為自己。這時，康明遜被一股憂傷籠罩著，他話不多，有些走神，還有些所問非所答。他望著窗外對面人家窗台上的裂紋與水跡，想這世界真是殘破得厲害，什麼都是不完整的，不是這裡缺一塊，就是那裡缺一塊。這缺又不是月有圓缺的那個缺，那個缺是圓缺因循，循環往復。而這缺，卻是一缺再缺，缺缺相承，最後是一座廢墟。也許那個缺是大缺，這個則是小缺，放遠了眼光看，缺到頭就會滿起來，可惜像人生那麼短促的時間，倘若不幸是生在一個缺口上，那是無望看到滿起來的日子的。

康明遜是二房所生的孩子，卻是他家唯一的男孩，是家庭的正宗代表，所以他不得不在大房與二房之間來回周旋。一些較為正式的場合，由他和大媽跟了父親出席；另一些比較親密的社交，則是和二媽跟了父親參加。大媽是個厲害人，正房本就是占著理的，還占著委屈，十分理加上三分委屈，大媽便有了十三分的權利，二媽卻是倒欠了三分的。父親是個老派人，寵歸寵，愛歸愛，卻不越規矩半步，上下長幼，主次尊卑，各得其分。康明遜是康家的正傳，他從小就是在大媽房裡比在二媽房裡多。他和兩個同父異母的姊妹打得火熱，比同胞還同胞，無意中他還有些討好她們，好像怕受到她們的排斥。他隱隱地覺出，大媽的愛是需爭取，二媽的愛則不要也在，沒有也有。所以，他對大媽便悉心得多，而對二媽怎麼也可以，甚至有時故意冷淡二媽好叫大媽歡喜。他的一顆小小的心裡，其實全是倚強凌弱，也是適者生存的道理。有一回，他和兩個姊妹玩捉迷藏，他循聲上了三樓二媽的房間，推門而進，一眼看見垂地的床罩在波動，分明是藏了人的。他悄悄地走過去，這時卻見靠裡的床沿上，背著身坐著二媽，低了頭，肩膀抽搐著。他不由站住了，床底下嗖地躥出妹妹，一陣風地從他身邊跑過，並且發出尖銳的快樂的叫聲。他沒有去追，施了定身術似的，站在原地。是個陰天，房間裡的柚木家具發出幽暗的光，打蠟地板也是幽暗的光。二媽臉朝著窗口，有暗淡的光流淌進來，勾出她的背影。她頭髮蓬亂著，就像一個鳥巢，肩膀特別窄小，而且單薄。她覺察出後面有人，一邊抽泣一邊轉過身體，不等她看見，他拔腿跑出了房間。他的心怦怦跳著，憐憫和嫌惡的情緒攫住了他，使他有說不出的難過。他以更大聲的快樂尖叫來克服這難過，這天他是有些過分了，招來大媽的喝斥。大媽喝斥他的時候，便看見二媽亂蓬蓬的頭從三樓樓梯上探下來。這時，他心裡生出了對二媽的說不出的恨意。這恨意是為消除痛楚而生的，這痛楚有多深，這恨就有多大。隨了成年，他應付這複雜環境漸漸熟練，可說得心應手，那痛楚和恨意便也消除，積留在心裡的只是一些煙塵般的印象。可就是這些煙塵般的印象，卻是能夠決定某種事情。

康明遜知道，王琦瑤再美麗，再迎合他的舊情，再拾回他遺落的心，到頭來，終究是個泡影。他有多少沉醉，就有多少清醒。有些事是絕對不行的，不行就是不行，可他又捨不得放下，是想在這「行」裡走到頭，然後收場。難度在於要在「行」裡拓開疆場，多走幾步。他能做些什麼呢？王琦瑤是比他二媽聰敏一百倍，也堅定一百倍，使他處處遇到難題。可王琦瑤的聰敏和堅定卻更激起他的憐惜，他深知聰敏和堅定全來自孤立無援的處境，是自我的保護和爭取，其實是更絕望的。康明遜自己不會承認，他同弱者有一種息息相通，這最表現在他的善解上。那一種委屈求全，迂迴戰術，是他不懂都懂的。他和王琦瑤其實都是擠在犄角裡求人生的人，都是有著周轉不過來的苦處，本是可以攜起手來，無奈利益是相背的，想幫忙也幫不上。但那同情的力量卻又很大，引動的是康明遜最隱祕的心思，這心思有些是在童年的那個陰霾下午裡種下的。康明遜已經看見痛苦的影子了，不過眼前還有著沒過時的快樂，等他去攫取。康明遜再是個有遠見的人，到底是活在現時現地。又是這樣一個現時現地，沒多少快樂和希望。因沒有希望，便也不舉目前瞻，於是那痛苦的影子也忽略掉了，剩下的全是眼前的快樂。

康明遜到王琦瑤處來得頻繁了。有時候事先並沒有說好，他也會突然地來，說是正好路過。因王琦瑤沒想到他會來，往往沒怎麼修飾，頭髮隨便地用手絹紮起，衣服是更舊的，房間裡也有些亂。王琦瑤不由面露窘態，手足無措，拾起這樣放下那樣。此情此景卻更能引動康明遜的惻隱之心。所以，他就故意地突然撞來，製造一個措手不及。那樣的場景裡，總有著一些意外之筆，也是神來之筆。有一回他是在午飯時來的，王琦瑤一個人吃泡飯，一碟海瓜子下飯，碗邊已聚起一小堆海瓜子的殼。這情形有一股感人的意味，是因陋就簡，什麼都不浪費的生計，細水長流的。還有一回來，王琦瑤正在洗頭，衣領窩著，頭髮上滿著泡沫。她的臉倒懸著，埋在臉盆裡，可康明遜還是看見她裸著的耳朵與後頸紅了。這一刻裡，王琦瑤變成了一個沒經過世面的孩子，她從臉盆裡傳出的聲音幾乎是帶著哭音的。後來她洗完了，匆匆擦過的頭髮還在往下滴水，將衣服的肩背全洇濕了，看上去真是一副可憐相。漸漸地，王琦瑤曉得他會不期而至，便時時地準備著，但這準備是不能叫他看出來的準備，否則難免會被他看輕。她穿的還是家常的衣服，卻不露邋遢相的。她房間還是有些亂，也是不露邋遢相的。吃飯照例要吃，也照例是個「簡」字，卻不是因陋而簡的「簡」，而是去蕪存菁的意思了。至於洗頭之類的內務，她就安排在康明遜絕不可能來的時間裡，極早或是極晚。這麼一來，康明遜的不期而至便得不到預期的效果了，不免遺憾。但他體察到王琦瑤自我捍衛的用心，深感抱歉。

王琦瑤的偽裝，是為康明遜拉起一道帷幕，知他是想擅自入內。王琦瑤為康明遜拉起帷幕，正是為了日後向他揭開。這有點像舊式婚禮中，新娘蒙著紅蓋頭，由新郎當眾揭開的意思。這時候，王琦瑤對他格外矜持，反倒比先前生疏了。兩人坐著說不了幾句話，太陽已經偏西了。他們說話都有些反覆掂量，生怕有什麼破綻。過去他們是沒話找話，現在卻有話也不說，打埋伏似的。他們處在僵持的狀態，身心都不敢懈怠地緊張，卻又不離開，幾乎日日在一起，看著日頭從這面牆到那面牆。兩人心裡都是半明半暗，對現在對將來沒一點數的。要說希望還是王琦瑤有一點，卻無法行動，因她的行動是與犧牲畫等號的，行動就是獻出。康明遜沒什麼希望，卻隨時可以出擊，怕就怕出擊的結果是吃不了兜著走。他們嘴上什麼也不說，心裡都苦笑著，好像在說著各自的難處，請求對方讓步。可是誰能夠讓誰呢？人都只有一生，誰是該為誰墊底的呢？

爐子拆掉了，地板上留下了爐座的印子，窗玻璃上的煙囪孔用紙糊著，好像是冬天留下的殘垣。春日的陽光總是明媚，也總是徒然的樣子。他們臉上作著笑，卻是苦水往肚裡流。他們的笑有些哀懇的，作著另一種保證。都不是對方所要的。他們都很堅持，堅持是因為都不留後路，雖是諒解，可也無奈。他們都是利益中人，可利益心也是心，有哀有樂的。

這一天晚上，吃過晚飯了，又一前一後來了兩個推靜脈針的病人，將他們剛送走，又聽樓梯上腳步響了。王琦瑤想：難道有第三個來了嗎？可都擠在一起了。然而，樓梯口上來的竟是康明遜。這是他頭一次在晚上單獨到王琦瑤處，並且突如其來，兩人都有些尷尬。王琦瑤心跳著，請他坐下，給他倒茶，又拿來糖果瓜子招待。她忙進忙出，有點腳不沾地的。康明遜說他是到朋友家去，朋友家卻鐵將軍把門，只得回家，不料忘帶鑰匙了，今晚他家人除他父親外都去看越劇，連娘姨也帶去了，他不好意思叫他父親開門，只得到她這裡來坐坐，等一會兒戲散場就回去。他絮絮叨叨地說著，王琦瑤只聽對了一半，問他今晚去看什麼戲，哪一個戲院。康明遜便再從頭解釋一遍，還不如前一遍來得清楚。王琦瑤更有些糊塗，卻作出懂的樣子，可不過一會兒又很擔心地問，戲是幾點開場，會不會遲到了。事情變得夾纏不清，康明遜索性不再解釋。王琦瑤本是沒話找話，見他不答，也不問了，兩人就沉默下來。房間裡顯得分外的靜，隔壁人家的動靜都能聽見。桌上酒精燈還燃著，一會兒便燒乾了，自己滅了，空氣中頓時充滿濃郁的酒精味，有些嗆鼻的。這時候，樓梯又一次響起腳步聲，王琦瑤想：這是誰呢？這真是個不平凡的夜晚，像是要發生什麼事情。來人是里弄小組長，收弄堂費的，連房門也沒進就又走了。屋裡的兩個人聽著樓梯一級一級響下去，中間還踏空了一級，不由都驚了一下，互相望了一眼，笑了。剎那間，便有了一個什麼默契，而氣氛卻更加緊張，竟有點箭在弦上的味道。王琦瑤端起康明遜喝乾的茶杯到廚房添水，她從後窗看見遠處中蘇友好大廈尖頂上的一顆紅星，跳出在夜色之上。她帶著些祈禱的心情，想：有什麼樣的事情來臨呢？她端了添滿水的茶杯再進房間，見那康明遜也是木登登地坐著，臉對了窗，不知在想什麼。王琦瑤把茶杯放在他面前，然後退回自己的位子上坐著，她曉得今天是挨不過去的，就算挨過今天也終有一天是挨不過去。康明遜一直面朝著窗，因窗上是拉了窗簾，就有點面壁的意思，這姿勢確實是有話要說，只是不知從何開口。他們靜默的時間是有點過長了，這也是有話要說的證明。還是不知從何開口。

康明遜終於出口的一句話是：我沒有辦法。王琦瑤笑了一下，問：什麼事情沒有辦法？康明遜說：我什麼事情也沒有辦法。王琦瑤又笑了一下：到底什麼事情沒有辦法？王琦瑤的笑其實是哭，她堅持了這樣久等來的卻是這麼一句話。這時她倒平靜下來，心裡安寧，無風無浪。她是有些惡作劇的，非要他把那件事情的名目說出來，雖然這名目已與她無關，但無關也要是有名有目的無關。看他受窘，她便想：她等了這麼久，總要有一點補償吧！她笑著說：你沒辦法做，也沒辦法說嗎？康明遜不敢回頭，只將耳後對著王琦瑤。這回是輪到王琦瑤看他的脖項一點點地紅出來。她又追了一句：其實你說出來也無妨，我又不會要你如何的。說到此處，王琦瑤的聲音就有些哽咽，她含著淚，卻還笑著，催問道：你說啊！你怎麼不說！康明遜轉過臉，求饒似地看著她，說：你讓我說什麼呢？王琦瑤倒叫他說怔了，一時想不起問他的究竟是什麼，氣更不打一處來，一急，眼淚就流了下來。康明遜心軟了，多年前的那個陰霾午後又回到眼前，二媽背著他的身影就好像朝他轉了過來，讓他看見了淚臉，他說：王琦瑤，我會對你好的。這話雖是難有什麼保證，卻是肺腑之言，可再是肺腑之言，也無甚前景可望。康明遜也流下了眼淚，王琦瑤雖是哭著，也看在眼裡，曉得他是真難過，心中就平和了一些，漸漸地收了淚。抬眼望望四周，一盞電燈在屋裡似乎不是投下亮，而是投下暗，影比光多。她以往一個人時不覺得，今晚有了兩個人卻覺出了淒涼和孤獨。她帶著滿臉淚痕地笑著：其實有什麼說不出口的呢？像我這樣的女人，太平就是福，哪裡還敢心存奢望？可你當老天能幫你蒙混過關，混得了今天能混過明天嗎？跑了和尚還跑不了廟呢！康明遜說：照你的話，我又算怎樣的男人呢？自己親生母親都得叫二媽，夾縫中求生存，樣樣要靠自己，就更不敢有奢望了。聽了這話，王琦瑤不覺長嘆一聲道：不是我說，你們男人，人生一世所求太多，倘若丟了芝麻拾西瓜，還說得過去，只怕是丟了西瓜拾芝麻。康明遜也嘆了一聲：男人的有所求，還不是因為女人對男人有所求，這女人光曉得求男人，男人卻不知該去求誰，說起來男人其實是最不由己的。王琦瑤便說：誰求你什麼了？康明遜說：你當然沒求什麼了。說罷便沉默下來。停了一會兒，王琦瑤說：我也有求你的，我求的是你的心。康明遜垂頭道：我怕我是心有餘而力不足。他這話是交底的，有言在先，劃地為界。王琦瑤不由冷笑一聲道：你放心！

這是揭開帷幕的晚上，帷幕後頭的景象雖不盡如人意，畢竟是新天地。它是進一步，又是退而求其次；是說好再做，也是做了再說；是目標明確，也是走到哪算哪！他們倆都有些自欺欺人，避難就易，因為堅持不下去，彼此便達成妥協。他們這兩個男女，一樣的孤獨，無聊，沒前途，相互間不乏吸引，還有著一些真實的同情，是為著長遠的利益而隔開，其實不妨抓住眼前的歡愛。虛無就虛無，過眼就過眼，人生本就是攥在手裡的水似的，總是流逝，沒什麼千秋萬載的一說。想開了，什麼不能呢？王琦瑤的希望撲空了，反倒有一陣輕鬆，萬事皆休之中，康明遜的那點愛，則成了一個劫後餘生。康明遜從王琦瑤處出來，在靜夜的馬路上騎著自行車，平白地得了王琦瑤的愛，是負了債似的，心頭重得很。這一個晚上的到來，雖是經過長久準備的，卻還是猝不及防，有許多事先沒想好的情形，可如今再怎麼說也晚了，該發生的都發生了。

百般繾綣的時候，王琦瑤問康明遜，是怎麼知道她身分的，康明遜則反問她怎麼知道他知道。王琦瑤曉得他很會糾纏，就坦言道：那一日，大家坐著喝茶，他突然說起一九四六年的競選上海小姐，別人聽不出什麼，她可一聽就懂。他既然能將那情景說得這般詳細，怎會不知道三小姐是誰。王琦瑤又說：這時她就曉得他們是鴛夢難圓了。康明遜擁著她說：這不是圓了嗎？王琦瑤就冷笑：圓的也是野鴛鴦。康明遜自知理虧，鬆開她，翻身向裡，王琦瑤就從背後偎著他，柔聲說：生氣啦！康明遜先不說話，停了一會兒，卻說起他的二媽。他說他從小是在大媽跟前長大，見了二媽反倒不好意思，尤其不能單獨和她在一處，在一處就想走。他想起這點心裡就發痛，什麼叫作難過，就是二媽教給他的。最後，他說道：他同二媽二十幾年裡說的話都不及同王琦瑤的一夕。王琦瑤將他的頭抱在懷裡，撫摸著他的頭髮，心裡滿是憐惜，她對他不僅是愛，還是體恤。康明遜說：我知道誰也比不上你，可我還是沒辦法！這個「沒辦法」要比前一個更添了淒涼。做人都有過不去的坎，可他沒想到他的坎設在了這裡，真是沒辦法。王琦瑤安慰他，她總是和他好，好到他娶親結婚這一日，她就來做伴娘，從此與他永不見面。康明遜說：你這才是要我死。一邊是合歡，一邊是分離。到了這時，他們打趣的話都成了辛酸的話，說著說著就要掉淚的。

他倆雖做得形不留影，動不留蹤，早來暮歸避著人的耳目，但瞞得過別人，還瞞得過嚴師母嗎？她早就留出一份心了，沒什麼的時候已經在猜，等有了些什麼，那便不猜也知道了。嚴師母暗叫不好，她怪自己無意中做了牽線搭橋的角色。她還怪康明遜不聽她的提醒，自找苦吃。她最怪的是王琦瑤，明知不行，卻偏要行。她想：康明遜不知你是誰，你也不知道你是誰嗎？在嚴師母眼裡，王琦瑤不是個做舞女出身的，也是當年的交際花，世道變了，不得不歸避起來。嚴師母原是想和她做個懷舊的朋友，可她卻懷著覬覦之心，嚴師母便有上當被利用的感覺，自然不高興。她不再去王琦瑤處，藉口有事，甚至犧牲了打牌的快樂，那兩人心裡有點明白，嘴上卻不好說。薩沙倒還是照來不誤，不知是真不明白，還是假不明白，夾在他們中間，是他們的妨礙，也是障眼法。王琦瑤有一回問康明遜，嚴師母會不會去告訴他家，他們倆的事。康明遜讓她放心，說無論怎麼他終是個不承認，他們也無奈。王琦瑤聽了這話，有一陣沉默，然後說：你要對我也不承認，就連我也無奈了。康明遜就說：我承認不承認，總是個無奈。王琦瑤聽了這話，想負氣也負不下去。康明遜安慰她說，無論何時何地，心裡總是有她的。王琦瑤便苦笑，她也不是個影子，裝在心裡就能活的。這話雖也是不痛快，卻不是負氣了，而是真難過。這就是他們始料不及的，本是想抓住眼前的快樂，不想這快樂是摻一半難過的。他們沒想到眼前的快樂其實是要以將來作抵押，將來又是要過去來作抵，人生真是連成一串的鎖鏈，想獨取一環談何容易。

難過得緊了，本來不抱希望的會生出希望，本來不讓步的也會讓步，都是妥協。兩人暗底裡都在等待一個奇蹟，好為他們解困。這一日，康明遜回到家，發現全家人都對他冷著臉，二媽則帶著淚痕，鼻溝發紅，嘴唇青紫，是他最不要看見的樣子。父親關著門，吃晚飯也沒出來。他心裡疑惑，再看見客廳桌上放著一盒蛋糕，知道來過客人了，向傭人陳媽打聽，才知來的是嚴師母，那盒蛋糕沒人去碰，放在那裡，是代人受過的樣子。第二天，他沒敢出門，各個房裡蹿著應酬，也沒討來笑臉，依然都冷著，愛理不理。父親還是關門。二媽哭是不哭，卻嘆氣。第三天，他出門去到王琦瑤處，將這情形說了，王琦瑤吃驚之餘，竟意外地有一些欣喜，她想，乾脆事情鬧開，窗戶紙捅破，倒會有料想不到的結局，像他們這種舊式人家，都是愛惜面子的，生米煮成熟飯，不定就睜眼閉眼，當它是個虧也吃下去了。康明遜也有輕鬆之感，卻是另一番期待。他想，倘若父親動了大怒，不要他這個兒子，更甚的是，連家都不讓回，也就罷了。這一天，兩人都生出些細微的指望，渺渺然的，內心有些共同的激動。他們比平日更相親相愛，薩沙恰巧又沒來打攪。兩人偎在沙發上，裹著一床羊毛毯，看著窗簾上的光影由明到暗。他們手拉著手，並不說話，窗下的弄堂嘈雜著，是代他們發言，麻雀啁啾，也是代他們發言。這些細細瑣瑣的聲音，是長恨長愛的碎枝末節，分在各人頭上，也須竭盡全力的。房間裡黑下來，他們也不開燈，四下裡影影綽綽，時間和空間都虛掉了，只有這兩具身體是貼膚的溫暖和實在。

康明遜的期待落空了。這天回到家，進門就覺出和解的氣氛。雖然已晚過十一點，誰也不問他為什麼，從哪裡來。父親的房門虛掩著，漏出一點亮，他走過時看見父親坐在鴨絨被裡看一份報紙，臉色很平靜。姊妹的房間裡傳出留聲機的聲音，唱的是那種新歌曲，有點鏗鏘的，卻也是平靜的氣象。大媽問他餓不餓，要不要吃點心。他其實不餓，卻不敢拂大媽的好意，便點了頭。他吃紅棗蓮心粥時，大媽和二媽坐在一邊織毛線，談論著一齣新上演的越劇，問他想不想看。他就說，倘若大媽二媽想看，他就去買票。她們則說，倘若他有空就去買，沒空便算了。一連三天都是平靜度過，他開頭還等著他們來問，後來便不等了，他想他們不會問了。他們一定是商量好了，決定「不知道」，一切都和過去一樣，什麼都沒發生過，連那盒蛋糕也無影無蹤。康明遜不知是喜是悲，他足有整整一週沒去王琦瑤那裡。他陪兩個母親看越劇，陪兩個姊妹看香港電影，又陪父親去浴德池洗澡。父子倆洗完澡，裹著浴巾躺在睡榻上喝茶說話，好像一對忘年交。他又回到了小時候，那時父親是壯年，自己只是個小男孩。他忽有點鼻酸，扭過頭去，不敢看父親頸項上疊起的贅肉。

王琦瑤在家裡日日等他，開始還有些著急，後來急過頭反心定了，想這事情鬧得越不可收場，就越有轉機，由他們鬧去吧！中間嚴師母倒來過一次，像是探口風的意思，王琦瑤並不露出什麼，一如既往地待她。嚴師母卻憋不住了，問她康明遜怎麼沒來。王琦瑤笑笑說：嚴師母不來，把個牌局給拆了，所以康明遜也不來了，只有薩沙還記著我，常來些。正說著，樓梯上腳步響了，薩沙上來了，好像專門來印證她的話似的。王琦瑤就撇下嚴師母，和薩沙有說有笑，其實是在撒氣，也是撒怨，她含著一包淚地想：他到底還來不來呢？

康明遜再來王琦瑤處，已是分手後第八天了，兩人都憔悴了不少，王琦瑤只覺得一顆心沉了一沉，因本來也是浮著的，這時反覺得踏實了。這一回來，兩人也是不說話，卻是各坐一隅，都躲著眼睛，互相不敢看臉，生怕對方嘲笑似的。坐了一下午，天黑了，王琦瑤站起來拉開了燈，然後問：吃飯嗎？房間亮著，兩人都有些不認識的，還有些客氣。康明遜說：我回去吃吧，卻又不走。王琦瑤便不再問他，兀自到廚房去燒晚飯。康明遜一個人在房間裡，這邊走走，那邊看看。對面窗戶的燈也亮了，看得見裡面活動的人，來去很頻繁的樣子，鄰家的房門一會開一會關，乒乓地響。然後，廚房裡傳來油鍋炸響的聲音，是一種溫和的轟然。接著，香味起來了。他心裡安定下來，甚至還覺出幾分快樂。王琦瑤端著飯菜進來了，一湯一菜，另有一碟黃泥螺下飯，兩人坐下吃飯，再沒有提這八天內的任何事情，這八天是沒有過的八天。吃飯時，他們開始說話，說這日的天氣，服裝的新款式，馬路上的見聞。飯後，兩人就在一張《新民晚報》上找電影看。王琦瑤指著一個新上映的香港電影說，是不是去看這個。康明遜一看正是日前陪姊姊妹妹去看過的那個，心裡難免一動，嘴上當然是說好。兩人就收拾收拾準備出門，走到門口，手已經拉住門把了，王琦瑤又停下，一個轉身將臉貼進他的懷裡，兩人默默無語地抱著，不知有多少時間過去。燈已拉滅，是人家的燈照著窗簾，屋裡也有了光，薄膜似地鋪在地板上。

從此，他們不再去想將來的事，將來本就是渺茫了，再怎麼架得住眼前這一點一滴的侵蝕，使那實的更實，空的更空。因是沒有將來，他們反而更珍惜眼前，一分鐘掰開八瓣過的，短晝當作長夜過，星轉斗移就是一輪迴。這真是長有長的好處，短有短的好處。長雖然盡情盡興，倒難免揮霍浪費；短是局促了，卻可去蕪存菁，以少勝多。他們也不再想夫妻名分的事，夫妻名分說到底是為了別人，他們卻都是為自己。他們愛的是自己，怨的是自己，別人是插不進嘴去的。是真正的兩個人的世界，小雖小了些，孤單是孤單了些，可卻是自由。愛是自由，怨是自由，別人主宰不了。這也是大有大的好處，小有小的好處。大固然周轉得開，但卻難免摻進旁騖和雜念，會產生假相，不如小來得純和真。

他們兩人在桌邊坐著，看著酒精燈藍色的火苗，安寧中有一些欣喜，也有些憂傷。有時有大人抱著孩子來打針，孩子趴在王琦瑤膝上，由那大人按著手腳，康明遜則舉著一個玩具，對那孩子的哭臉哄著，陪著笑。這情景可笑到揪心，是角角落落裡的溫愛，將別人丟棄的收拾起重來。

還有時他們一起摘馬蘭頭，那一小棵一小棵的，永遠也摘不完的樣子。他們將老葉放一堆，嫩葉放一堆，這情景瑣碎到也是揪心，是零零碎碎的溫愛，都不成個器，倒是不摻假。他們本是以利益為重的人生，卻因這段感情與利益相背，而有機會偷閒，溫習了愛的功課。日子一天一天過去，不知道「將來」什麼時候才來，似乎是近一步就遠一步，永遠到不了的。是因為那時間實在是太長太長，沒有個頭的。倘若不是後來的那件事發生，他們幾乎以為日子會一逕這麼下去，把那將來推，推，推地推去，直推進眼不見心不煩的幽冥之中。後來的那件事，其實不是別的，正是將來的信號。這件事就是，王琦瑤懷孕了。

起初，他們不敢相信是真的，後來，確信無疑了，便陷入一籌莫展。他們不敢在家中商量這事情，生怕隔牆有耳，就跑到公園，又怕人認出，便戴了口罩。兩人疑神疑鬼，只覺著險象環生。又到了冬天，公園裡花木凋零，湖邊上結著薄冰，草地枯黃，太陽在雲後蒼白地照著。他們想不出一點辦法，圍著草坪走了一圈又一圈。乾冷的天氣，臉上的皮膚都是收緊的，頭髮也在往下掉屑，心裡都有到頭的感覺。他們一出公園門，就分手各走各的，扮作兩個陌路人。喧囂的市聲浮在他們的頭頂，好像作雨的雲層。他們各自走著，轉眼間誰也看不見誰了。

下一日，他們還須再商量，就去一個更遠的公園，依然草木凋零，遊人稀疏，麻雀在枯草地上作並腳的跳遠，太陽移著淡薄的影子，告訴他們時間流淌，刻不容緩。他們焦急得心都碎了，卻還是一個沒辦法。然後，就有無端的口角發生。王琦瑤本就是害喜，身上有一百個不舒服，再加上心裡有事，又是一百個不順氣，就變得急躁易怒。康明遜自己也是滿腹的心事，因要顧忌王琦瑤，還須忍著，說一些言不由衷的寬慰話，其實是更不自由的。待到忍無可忍，便發作起來。他們站在公園的水泥甬道上，開始是壓著聲音你一句，我一句，後來就漸漸忘乎所以，提高了音量。但他們再怎麼高聲大氣，在這冬天的空廓天空之下，也是和耳語沒有兩樣，一出口便教風吹散了。有一些鳥類在天上飛過，像揚起的沙粒一般。他們真是絕望，但又不是絕望到底，而是暗懷苟且之心。他們這兩顆心其實都是奮力向上的，石頭縫裡都要求生存，別看他們一籌莫展，互相折磨，那正是因為不服輸，所以要掙扎。他們兩人都瘦了一圈，氣色發黑，王琦瑤的臉上起了疙瘩。最初的焦急過去了，接下來的是一個倦怠的時期。兩人不再去公園，也不再商量，王琦瑤抱著熱水袋坐在被窩裡，康明遜則在沙發，裹一條羊毛毯。兩人這麼孵蛋似的孵著，好像能把那個危險孵化掉。等陽光照到沙發的那面牆上，康明遜便用雙手在牆上做出許多剪影，有鵝，有狗，有兔子，有老鼠，王琦瑤在那頭的床上看著。等陽光從牆上移走，皮影戲結束，房間裡也有了暮色。

這一段日子，是康明遜燒飯。他從未碰過鍋灶，可一出手就不平凡，連他自己也有些吃驚。他全神貫注於烹調技術，倒將那煩惱事情擱在了一邊。他腰裡繫著王琦瑤的花圍裙，手上戴著袖套，頭髮有些亂，額上有些油汗，眼睛裡閃著興奮的光芒，將飯菜端到王琦瑤的床邊。王琦瑤吃著吃著飲泣起來，眼淚滴到碗裡。康明遜手足無措地站在一邊，好像是一個夥計，過了一會兒，也滴下淚來。事情是不能再拖了，必須有個決斷。王琦瑤說她明天就去醫院檢查手術，康明遜就說要陪她一同去。王琦瑤卻不同意，說她反正是逃不了的，何苦再賠上一個；她這一生也就是如此，康明遜卻還有著未盡的責任。她撫摸著他的頭髮，含淚微笑道：留得青山在，不怕沒柴燒嘛！這時候，王琦瑤發現自己真是很愛這個男人的，為他做什麼都肯。康明遜說，人家要問起這孩子的來歷怎麼說呢？王琦瑤想這卻是個問題，她就算不說，別人也會猜。她同康明遜再不露行跡，也是常來常往，跑不掉的嫌疑。別人想不到，嚴師母還能想不到？她忽然心頭一亮，想起了一個人，這個人就是薩沙。

12 薩沙

薩沙是革命的混血兒，是共產國際的產兒。他是這城市的新主人，可薩沙的心其實是沒有歸宿的。他自己也搞不清自己是誰，到哪邊都是外國人。這城市裡有許多混血兒，他們的出生都來自一種偶然性很強的遭際，就好像是一個意外事故的結果。他們混血的臉上，流露出動盪飄泊的命運，還有聚散無常的命運。他們語言混雜，看上去都有怪癖，大約是兩種血緣衝突的表現，還是兩套起居方式混淆的表現。他們行為乖張，違背常理，小時看了好玩，大了可就不以為然。他們顯得怪模怪樣的，走在人群裡，也是一副獨行客的面目，招來好奇的目光，是看西洋景的目光。他們在這城市是寄居的人，總是臨時的觀點，可這一臨時或許就是一生。他們很少做長遠打算，人生都是零零落落，沒有積累的。積累也不知積累什麼，什麼都是人家，什麼都不歸他。有一些混血兒神祕地消失，杳無音訊。也有一些扎下根不走了，說著一口本地方言，甚至掌握了黑道上的切口，出沒於街頭巷尾，給這城市添上詭祕的一筆。

薩沙表面上驕傲，以革命的正傳自居，其實是為抵擋內裡的軟弱虛空，自己壯自己的膽。他是連爹媽也沒有的，又沒個生存之計，成日價像個沒頭蒼蠅地亂投奔。臉上的笑都是用來奉迎的，好教人收留他。可又不甘心，就再使點壞，將便宜找回來。反正他沒什麼道德觀念，哪一路的做人原則也沒有，什麼都按著需要來，有時也是能給人方便的。

王琦瑤想到他是再合適不過的，對別人下不了手的，對他卻可以。對別人過不去的，對他也可以。他好像生來就是為派這種用場的。她對康明遜說，有辦法了。康明遜問她有什麼辦法。她不說，只叫他別管了，一切由她處理。康明遜有些不安，隱隱地有些明白，幾乎不敢再問，可又不能不問。幸好王琦瑤死活不說，只讓他近段時間不要來了。這天臨走前他照例與王琦瑤相擁一陣，他將王琦瑤抱在懷裡，忽然心痛欲裂。他久久不能放手，懷裡的肉體與他骨血相連，怎麼都扯不斷的。他的眼淚沒了，全乾了，聲音也啞了，一句話說不出。最後，他終於走出門去，推起自行車，推了幾下沒推動，才發現忘了開鎖。他騎上車，搖搖晃晃地騎在馬路上，眼前白晃晃的一片，雲裡霧裡似的。他好一會兒才意識到自己是逆向地行車，車燈照著他的眼。他體會到人將死未死的情景，那就是身體還活著，魂已經飛走了。以後的幾天裡，他總是在平安里附近走動，好像在等著什麼，自己也不清楚的。平安里總是嘈雜，人進人出，車來車往。他問自己：王琦瑤是住在裡面嗎？回答也是猶豫不決的。弄口王琦瑤的打針招牌他是頭一回注意到，卻不明白那上面的名字與自己有什麼關係。已是臨近過年，人們都在置辦年貨，馬路上更添幾分熙攘，與他也是隔岸的火似的，無干無係。一連幾天過去，他早一趟晚一趟地從平安里過，竟一次也沒看見王琦瑤，甚至也沒見嚴師母家的人，進來出去的都是些未曾謀面的陌生人。這王琦瑤就像是滄海一粟，一鬆手便沒了影。他心裡空落落地往回走，說是第二天不來，第二天還是來了。直到有一天，下午三點時分，他在平安里對面，看見薩沙手裡提著一包東西，腳步匆匆地走進弄口。他在附近幾家商店穿行著，眼睛卻看著弄口。天漸漸黑了，路燈亮了，薩沙沒有出來。他有些倦了，便騎上車，慢慢地走開了。從此，他不再來了。

薩沙將王琦瑤當作許多喜歡他的女人中的一個。他知道自己有一張美麗的臉，是女人都喜歡。女人對他的喜歡，總是摻雜著一點母親對兒子的心情，愛憐交加的。久而久之，薩沙就變得更加溫柔乖覺，就好像可著她們的心思長成的。薩沙對女人，則是當作衣食父母那麼來喜歡的。他喜歡女人的慷慨和誠實，還喜歡女人的簡單和輕信，她們總是有一得就有一還的。女人又是那麼一種虛無的東西，將溫情看得無比的重，簡直不可思議。薩沙別的沒有，可說是個真正的無產階級，可溫情他有的是，要多少有多少。薩沙對自己的蘇聯母親，記憶早已模糊，也沒有姊妹，他對女人的所有經驗，都來自這些略微年長的，愛他勝過愛自己，向他索取溫情，又賜以仁慈的女人。他在她們懷裡就像一隻小貓，溫柔得不能再溫柔。也有不耐煩的時候，那都是被她們的愛給惹的，他便是抓撓幾下，也是溫柔的。

薩沙在女人堆裡可說是魚水自如，可薩沙畢竟是個男人，心胸是廣大的，欲望很多，雖不一定能爭取到手，看一眼也是好的，男人的世界在向他招手。然而，薩沙在這個世界裡卻縮手縮腳的伸展不開，他的漂亮臉蛋沒什麼用處，國際主義後代的招牌也只是唬人的。他對男人是敬畏摻半，有著不可克服的緊張。他敏感到人們看不起他，對誰也構不成威脅，心中難免又嫉又恨。女人對他是安慰，又安慰不了，她們甚至會喚起他的自慚形穢。他想，他是因為不行才和她們廝混的。所以，薩沙內心其實又是恨女人的，她們像鏡子，照出了他的無能。有時，他就會伺機報復一下，當然，還是溫柔的，引不起一點警惕。不過，薩沙對王琦瑤的心情略有不同，說這不同，其實也不是對王琦瑤來的，而是衝著康明遜。他毫不懷疑王琦瑤會喜歡自己，卻是因為康明遜而使形勢變了。憑他的聰敏小心，早已看出他倆的糾葛，他說不上有什麼氣惱，反覺得興奮。他覺著他是與康明遜對峙，得到了平等的快感。

要說薩沙可憐，他自己卻不知道。見王琦瑤待他親熱，康明遜又不上門了，便以為是戰勝了他，虛榮心很是滿足。那王琦瑤因是爭取來的，有一點勝利果實的意思，則又分外看得重一些。見王琦瑤懶懶的乏力，沒有胃口，又去求人做了蘇聯麵包。他還學會了搓棉球，消毒針頭，給王琦瑤打著下手。王琦瑤不免動了惻隱之心，問自己是否太缺德，可是緊接著就想到康明遜。康明遜出現在眼前，總是那繫著圍裙，戴了袖套，頭上出了油汗，曲意奉承的樣子，心便像被什麼打擊了一下。她曉得沒有回頭路可走，不行也得行。那頭一回摟著薩沙睡時，她撫摸著薩沙，那皮膚薄得幾乎透明，肋骨是細軟的，不由心想：他還是個孩子呢！他拱著她的胸口睡熟著，她輕輕地撥著他的頭髮看，看那頭髮從根到梢竟不是一種顏色，烏羽似的，便要笑一笑，一笑，眼淚倒落下來了。他平時戴眼鏡不注意，脫下眼鏡才看見了扇子般的長睫毛，覆在眼瞼下，鼻翼是很精緻的，輕微地抽動著。王琦瑤覺著害他是多麼不應該，可她也是萬般無奈，便在心裡求他原諒。再想他到底沒父沒母，沒個約束，又是革命後代的身分，再大個麻煩，也能吃下的，心裡才平和一點。不過，薩沙也有使她覺著可怕的地方，她沒有想到孩子般的薩沙，竟這麼懂得女人，動作準確熟練，她幾乎都有些難以自持了。王琦瑤和男人的經驗雖不算少，但李主任已是久遠的事情，總是來去匆忙，加上那時年輕害羞，顧不上體驗的，並沒留下多少印象，康明遜反是還要她教，只有這個薩沙，給了她做女人的快樂，可這快樂卻是叫她恨的。這樣的時候，她對薩沙的愧疚煙消雲散，取而代之一股報復的痛快，她想：薩沙你只配得這種回報。

當她把懷孕的事情告訴薩沙時，薩沙眼睛裡掠過疑慮的神情。然後，他開始提問，問題都很內行，就像一個婦產科專家。問題還有些設置圈套，逼王琦瑤露馬腳似的。王琦瑤知道他是一百個不相信，可話裡卻是滴水不漏，叫他一百個沒奈何。她暗暗驚訝薩沙的鎮定，康明遜是不能與之同日而語，看來，由他來承擔這事是對了。薩沙問過之後，心裡雖還是不相信，可也沒再說什麼。兩人依然吃飯說話，甚至還上床睡了。事後，薩沙趴在王琦瑤肚子上，用耳朵貼著。王琦瑤問他做什麼，他笑嘻嘻地說：問它叫什麼名字。王琦瑤就說：它不會告訴你的。兩人話裡有話，都是沒法說出來的。王琦瑤只覺著薩沙下手比平日都狠，她的快樂也加了倍，更覺著他所做應得，心中很是解氣。過後的兩天裡，薩沙都沒提這事，這事就好像沒有似的。王琦瑤忍不住問怎麼辦，他就說急什麼呢？王琦瑤心裡著急又不好說，只得忍著，依然與他周旋，卻拿定主意咬住他不放。因有了恨意，事情反而變得簡單了。她甚至還和薩沙開玩笑說，把孩子生下來，然後一同去蘇聯吃麵包。薩沙也開玩笑說，不曉得他要不要吃蘇聯麵包，說不定只吃大餅油條呢。王琦瑤到底心裡發虛，不敢把這種玩笑開下去，只得中途撤回，心裡的怨恨則有增無減，決心也更堅定了。又過了兩天，薩沙來到王琦瑤處，吃完午飯，坐在那裡剔牙。太陽從窗戶照進來，照著他的臉，連皮膚下的毛細血管都歷歷可見。他剔了一會牙，然後說明天帶王琦瑤去醫院。王琦瑤問是哪一家，說是在徐家匯，他特別找了個醫生，蘇聯留學的。多日來的石頭落了地，王琦瑤長出一口氣，竟覺著一陣暈眩。

去醫院是乘公共汽車。薩沙好像是有意的，放過兩輛車不上，偏要上那最擠的一輛。王琦瑤本是不常出門，更少乘車，也不會搶先，淨是讓著人家，等她上了車，車門是在她背上關攏的，腳後跟也夾痛了。而薩沙早已擠到深處，沒了人影。她站在門口，進不得退不得，上車下車的人都推她，還埋怨她。等到了徐家匯，下了車來，她已頭髮蓬亂，鈕釦擠掉了一顆，鞋也踩黑了。她眼淚在眼眶裡打轉，嘴唇顫抖著。薩沙最後一個從車上下來，問她怎麼了，她咬咬牙，把眼淚嚥回肚裡，說沒怎麼，就跟了薩沙往前走。無論他走多麼快，都搶先一步，那姿態是說：看你還能怎樣！薩沙原是要繼續搗蛋，這時也不得不老實了。兩人終於走到醫院，掛了紅十字招牌的大門赫赫然在了眼前。薩沙帶了她七拐八繞地走，去找他認識的醫生。那醫生是在住院部的，剛查完病房，坐在辦公室休息。薩沙先進去與他說了一會，然後招手讓王琦瑤進去。王琦瑤一看，那醫生竟是個男的，先就窘紅了臉，醫生問了幾個問題，就讓她去小便然後檢查。她出了辦公室去找廁所，找了幾圈沒找到，又不敢問，做賊似的。後來總算找到了，廁所裡又有工務員在清掃。

等人掃完，她走進去，關上門，一股來蘇水的氣味刺鼻而來，不由地一陣攪胃。她對著馬桶嘔吐起來，吐的全是酸水，剛擦過的馬桶又教她弄髒了。她又急又怕，眼淚就流了出來。這一流淚卻引動了滿腹的委屈，她幾乎要嚎啕起來，用手絹堵著嘴，哽咽得彎下腰來，只得伏在廁所的後窗台上。後窗外是一片連綿起伏的屋頂，有誰家在瓦上鋪了席子曬米。太陽照著屋頂，也照著生了蟲的米粒。有鴿群飛起，盤旋在天空，一亮一亮的，令人眼花。王琦瑤止了抽噎，眼淚還在靜靜地流。鴿群在屋頂上打著轉，忽高忽低，忽遠忽近。屋頂像海洋，牠們像是海鳥。王琦瑤直起腰，用手帕擦乾眼淚，走出廁所，逕直下了樓去。

直到下午兩點，薩沙才回到王琦瑤處，見她正給人打針，還有一個等著的。桌上點了酒精燈，藍火苗舔著針盒。床上的被褥全揭下來，堆在窗台上曬太陽。地板是新拖過的，家具也擦過了。王琦瑤換了身衣服，藍底白點的罩衣，頭髮也重新梳過，整齊地梳向腦後，用橡皮筋紮住，就像換了個人似的。她見薩沙來，便問他有沒有吃過飯，要不要喝水。因有外人在，薩沙也不好發作，只得等著，卻不知道王琦瑤究竟是要做什麼。那打針的一走，他就跳了起來，臉上卻帶了笑的，問她是不是不喜歡那醫生，只見了一面就跑了，連招呼都沒打。王琦瑤說她出了廁所再找不到那間辦公室，所以才走的。薩沙就說都怪他不好，他應當陪在她身邊，給她作嚮導。王琦瑤則說是怪她太笨，總是不認路。薩沙說不認路倒不要緊，只怕要認錯人。王琦瑤便不說了，只笑笑。停了一會兒，又問薩沙要不要吃飯，薩沙一扭身說不吃，脖子上的藍筋鼓出來，一縷一縷的。他這樣子使王琦瑤又一次想到，他還是個孩子。她想她和康明遜要比他年長四五歲，卻在欺他。她走過去，站在薩沙身後，伸手撫摸他的頭髮，又看他鳥羽似的髮絲，很輕柔地摩挲著她的掌心。兩人都不說話，停了一會，薩沙臉不看她地問道：你到底要我怎麼辦？這話裡是有著鑽心的委屈，還有些哀告的意思。王琦瑤想她再委屈，其實也沒薩沙委屈。可她是沒辦法，而薩沙卻有辦法。她的手停在薩沙的頭髮裡，奇怪這頭髮的顏色是從哪裡來。她說：薩沙，你知道有一句俗話叫作「一日夫妻百日恩」嗎？薩沙不響。她又說：薩沙你難道不願意幫幫我？薩沙沒說話，站起來走出房間，將房門輕輕帶上，下樓了。

薩沙的心真的疼痛了。他不知是發生了什麼，事情竟是這麼一團糟。切莫以為薩沙這種混血兒沒有心肝，他們的心也是知冷知暖知好歹的。他知道王琦瑤欺他，心裡有恨，又有可憐。他有氣沒地方出，心裡憋得難受。他在馬路上走著，沒有地方去，街上的人都比他快樂，不像他。眼前老有著王琦瑤的面影，浮腫的，有孕斑，還有淚痕。薩沙知道這淚痕裡全是算計他的壞主意，卻還是可憐她。他眼裡含了一包淚，壓抑得要命。後來他走累了，肚子咕咕叫著，又飢又渴的。他買了一塊蛋糕一瓶汽水，因汽水要退瓶，便只能站在櫃台前吃。一邊吃一邊聽有人叫他「外國人」，心裡就有些莫名的得意，稍微高興了一點。他喝完汽水退還了瓶，決定到他的蘇聯女友處去。他乘了幾站電車，聽著電車鈴響，心情明快了許多。天氣格外的好，四點鐘了，陽光還很熱烈。他走進女友住的大樓，正是打蠟的日子，樓裡充斥了蠟的氣味。女友的公寓裡剛打完蠟，家具都推在牆邊，椅子翻在桌上，地板光可鑑人。女友見薩沙來，高興得一下子將他抱起，一直抱到房間的中央才放下，然後退後幾步，說要好好看看薩沙。薩沙站在一大片光亮的地板上，人顯得格外小，有點像玩偶。女友讓他站著別動，自己則圍著他跳起舞，哼著他們國家的歌曲。薩沙被她轉得有些頭暈，還有些不耐煩，就笑著叫她停下，自己走到沙發上去躺下，忽覺著身心疲憊，眼都睜不開了。他閉著眼睛，感覺到有陽光照在臉上，也是有些疲累的暖意。還感覺到她的撫索的手指，他顧不上回應她，轉瞬間沉入了睡鄉。等他醒來，房間裡已黑了，走廊裡亮著燈，廚房裡傳來紅菜湯的洋蔥味，油膩膩的香。女友和她丈夫在說話，聲音壓得很輕，怕吵了他。房間裡的家具都復了原位，地板發著暗光。薩沙鼻子一酸，大顆的淚珠從眼角流了下來。

第二天，薩沙到王琦瑤處去，兩人都平靜下來。薩沙說，他可以再找一個女醫生，王琦瑤說男醫生就男醫生吧，到了這個地步，還管醫生是男是女嗎？兩人就都笑了，還有些辛酸。再約定好日子，又一次去那醫院。這一回去是叫了三輪車，薩沙坐一輛，王琦瑤坐一輛。還是那位醫生，不過是在門診部裡了。他好像已經忘了王琦瑤，將先前的問題再問一遍，就讓她去小便。王琦瑤出了門診室，見薩沙跟在身後，便笑著說：你真怕我不認路啊！薩沙也笑了，卻並不回門診室，而是站在門口等。門前來往的都是女人，懷孕或不懷孕的。大約是因王琦瑤的關係，他覺著這一個個的女人，都有著沒奈何的難處，又是百般地不能說，不由得心情憂鬱。過了一會兒，王琦瑤回來了，自己進了門診室，一會兒又出來，說是去化驗間，再讓他等著。王琦瑤匆匆消失在走廊盡頭，已是決心接受一切的樣子。事情很順利地進行，手術的日子也最後定下了。走出醫院，天已正午，王琦瑤提議在外面吃午飯，薩沙也同意。兩人對徐家匯這地方都不熟，漫無目標地走了陣，看見了徐家匯天主教堂的尖頂，矗立在藍天之下，心裡便有一陣肅穆。再走了一陣，終於看見一個飯店，推門進去了。

一坐下，薩沙就說由他請客。王琦瑤說怎麼是他請呢？當然是她請了。薩沙看她一眼，問為什麼是她請，明明他請才對。王琦瑤暗暗一驚，差點兒露出破綻，是有些大意了。就不再與他爭，心想薩沙也不定拿得出錢，等會兒再說吧。兩人點了菜，說了會閒話，薩沙忽然冒出一句：做這種手術痛不痛？王琦瑤怔了怔，說她也並不知道，想來總不會比生孩子難。薩沙就又問：那麼比拔牙齒呢？王琦瑤笑了，說怎麼好比呢？她體會到薩沙的擔憂，心中有幾分感動，也有幾分感激，卻不好流露，只得嘲笑著：這又不是一顆牙齒。這時，菜來了，兩人就開始吃飯。薩沙說：我吃來吃去，覺得最好吃的還是王琦瑤燒的菜。王琦瑤笑他嘴甜，薩沙卻很正經，說他絕不是恭維，王琦瑤的菜好吃，絕不是因了珍奇異味，而是因了它的家常，它是那種居家過日子的菜，每日三餐，怎樣循環往復都吃不厭的。王琦瑤就說：誰家的菜不是居家過日子的菜，還能是打家劫舍的菜？薩沙道：王琦瑤，你這「打家劫舍」幾個字說得太對了，說出來怕你不相信，像我這樣的人，從來就是過著打家劫舍的生活。王琦瑤說：我當然不相信。薩沙不理她，兀自說下去：我是個沒有家的人，你看我從早到晚地奔來忙去，有幾百個要去的地方似的，其實就是因為沒有家，我總是心不定，哪裡都坐不長，坐在哪裡都是火燎屁股，一會兒就站起要走的。王琦瑤說：不是有奶奶的家嗎？薩沙有些淒涼地搖了一下頭，沒回答。王琦瑤心裡同情，卻沒法安慰，兩人沉默了一時。吃完飯，要結帳了，王琦瑤作出理所當然的樣子，掏出錢來，不料薩沙勃然大怒，說王琦瑤你這不是小看我嗎？薩沙雖然不發財，可也不至於請女人的錢都沒有。王琦瑤窘得臉都紅了，囁嚅了半天才說出一句：這本是我的事情。這話說得相當危險，眼睛裡全是認帳的表情。薩沙按住她拿錢的手，臉上忽有種溫柔，他輕聲說：這是男人的事情。王琦瑤沒再與他爭，等叫來招待付了錢，兩人出了酒樓，一路沒說話，都在往肚裡吞著眼淚。

臨到手術這天，忽又有事。薩沙的姨母從蘇聯來訪問，要他去北京見面。薩沙說等他回來再去手術，反正沒幾天的。王琦瑤卻說不要緊，他儘管去，她自己到醫院好了，又不是什麼開膛破腹的大手術，就好比是拔一顆牙齒，她開了句玩笑。薩沙不依，無論她怎麼說行也是不行。後來王琦瑤騙他，說讓她母親陪她去，他雖是不信王琦瑤會讓母親陪去，可見她執意要去，也只有裝作相信了。走之前，他硬是給王琦瑤十塊錢，讓她買營養品。王琦瑤先是收下，然後悄悄塞進他口袋二十元。聽他下了樓梯，腳步聲在後門口響起，又漸漸遠去。有一陣子發呆，坐在那裡，什麼也不想。暮色漫進窗戶，像煙一般罩住了王琦瑤。

這一個夜晚非常安靜，好像又回到以前，沒有薩沙，沒有康明遜，也沒有嚴師母的時候。她又聽見平安里的細碎的聲響：鬆動地板上的走路聲，房門的關閉聲，大人教訓孩子的喝斥聲，甚至誰家水開了，那潽出來的「滋」一聲。她還看見對面人家曬台上栽在盆裡的夾竹桃，披著清冷的月光，旁邊是一盆泥栽的蔥，也是披月光的，好像能看見栽它的手，小心翼翼的樣子。水落管子的動靜卻氣勢磅礴，轟然而下，砰然落地，要為平安里說話似的，是屈服裡的不屈。平安里的天空雖然狹窄曲折，也是高遠的，陰霾消散的時候，就將平安里的房屋襯出一幅剪紙。那星和月有些被遮擋，可也不要緊，那光是擋不住的，那溫涼冷暖也擋不住。這就好了，四季總是照常，生計也是照常。王琦瑤打開一包桂圓，剝著殼。沒有人來打針，是個無病無災的晚上。搖鈴的老頭來了，喊著「火燭小心」，在狹弄裡穿行，是叫人好自為之的聲音，含著過來人的經驗。剝好的桂圓蓄起了一碗，殼也有一堆，窗簾上的大花朵雖然褪了色，卻還是清晰可見的。老鼠開始行動了，悉悉嗦嗦地響，還有蟑螂也開始爬行，背著人的眼睛，它們是靜夜的主人，和人交接班的。許多小蟲都在動作，麻雀正朝著這邊飛行。

第二天是個陰雨的天氣，潮濕而溫暖。王琦瑤打了一把傘出門，鎖門時，她看了一眼房間，心想能回得來吃午飯嗎？然後就下了樓。雨是淅淅瀝瀝的，在陰溝裡激起一點漣漪。她在弄口叫了部三輪車，車篷上雖然垂了油布簾，車墊還是濕漉漉的，這才覺出了涼意。有很細小的雨從簾外打進來，濺在她的臉上。她從簾縫裡看見梧桐樹的枯枝，從灰濛濛的天空劃過，她想起了康明遜，她肚裡這孩子的爸爸。她這時想到肚裡的麻煩還是一個孩子，但這孩子馬上就要沒有了。王琦瑤背上出了一層冷汗，心也跳得快起來。她忽然之間有些糊塗，想這孩子為什麼就要沒了？她的臉完全被雨水濺濕了，雨點打在車篷上，噼噼啪啪地響，耳朵都給震聾似的。王琦瑤想：她其實什麼都沒有，連這個小孩子也要沒有了，真正是一場空呢！有眼淚流了下來，她自己並不覺得，只覺得前所未有的緊張，膝蓋都顫抖了，有一件大事將在須臾之間決定下來。她眼睛盯著油布簾上的一個小破洞，將破未破的，還網著絲絡，透進了光。她想這破洞是什麼意思呢？她又看見了灰白的天空，從車篷與布簾的連接處，那麼蒼茫的一條。她想起她三十歲的年齡，想她三十年來一無所有，後三十年能有什麼指望呢？她這顆心算是灰到底了，灰到底倒彷彿看見了一點亮處。車停了，靠在醫院大門旁的馬路邊。王琦瑤看見進出的人群，忽有一股如臨深淵的心情。她坐在車簾後頭，打著寒戰，手心裡全是汗，雨下得緊了，行人都打著傘。那車夫揭起了車簾，奇怪地看她一眼，這一個無聲的催促是逼她作決定的。她頭腦裡昏昏然的，車夫的臉在很遠的地方看她，淌著雨水和汗水，她聽見自己的聲音在說：忘了件東西，拉我回去。簾子垂下了，三輪車掉了個頭，再向前駛去，是背風的方向，不再有雨水濺她的臉。她神智清明起來，在心裡說：薩沙你說得對，一個人來是無論如何不行的。

她回到家，推開房門，房間裡一切如故，時間只有上午九點。她在桌邊坐下，劃一根火柴，點起了酒精燈，放上針盒，不一時就聽見水沸的聲音。她又看鐘，是九點十分，倘若這時去醫院，也來得及。她忙了那許多日子，不就為了這一次嗎？如不是她任性，這時候怕已經完事大吉，正坐在回家的車中。她聽著鐘走的滴答聲，想再晚就真來不及了。她將酒精燈吹滅，酒精氣味頓時瀰漫開來，正在這時，卻有人敲門，來推靜脈針的。她只得打開針盒，替他注射，卻心急火燎的，恨不能立刻完事好去醫院。越是急越找不著靜脈，那人白挨了幾下，連連地叫痛。她按下性子，終於找著了靜脈，一針見血的剎那間，她的心定了一定，藥水一點一點進入靜脈，她的情緒也和緩下來。最後那人按著手臂上的棉球走了，她收拾著用髒的藥棉和針頭，那一陣急躁過去了，剩下的是說不出的疲憊和懶惰。她聽天由命，抱著凡事無所謂的態度，她反正是沒辦法，就沒辦法到底也罷了。已是燒午飯的時間，她走進廚房，看見昨晚上就燉好的雞湯，冷了，積起油膜。她捅開爐子，放上砂鍋，然後就去淘米，一邊看著玻璃窗上的雨，她想：她總是賴住薩沙了，不生是他的，生也是他的，薩沙要幫忙就幫到底吧！她嗅到了雞湯的滋補的香氣，這香氣給了她些抓撓得著的希冀。這希冀是將眼下度過再說，船到橋頭自會直的，是退到底，又是豁出去的。

薩沙此時正坐在北上的火車裡，一支接一支地吸菸。這姨母是他從未見過的，甚至只在幾天前剛聽說。連母親都是個陌生人，更何況是姨母。他所以去見姨母，是為了同她商量去蘇聯的事情。他決定去蘇聯是因為對眼下生活的厭倦，希望有個新開頭。他想混血兒有這點好，就是有逃脫的去處。這逃脫你要說是放逐也可以，總之是不想見就不見，想走就走。

13 還有一個程先生

與程先生故人重見，是在淮海中路的舊貨行。這一年副食品供應逐漸緊張起來，每月的定糧雖是不減，卻顯得不夠。政府增發了許多票證，什麼東西都有了限量的。黑市悄然而起，價格是翻幾倍的。市面上的空氣很恐慌，有點朝不保夕的樣子。王琦瑤懷著身孕，餵一張嘴，養兩個人，不得不光顧黑市。靠給人打針的收入只夠維持正常開銷，黑市裡的兩隻雞都買不來的。當時李主任離開之際，留給她的那盒子裡，是有一些金條，這些年都鎖得好好的，一點沒動過，是作不備之需。如今似乎到了動它們的時候，夜深人靜，王琦瑤從五斗櫥的抽屜裡取出它來，放在桌上。電燈照著它，桃花心木上的西班牙風格的圖案流露出追憶繁華的表情，摸上去，是溫涼漠然的觸覺，隔了有十萬八千年的歲月似的。王琦瑤對了它靜靜地坐了會兒，還是一動沒動地放回了原處。她覺得依然沒到動它的時候，她實在說不準有多少過不去的時刻在前面等著呢！她不如找幾件穿不著的衣服送去舊貨行賣了，放著也是餵蟑螂。於是就去搬衣箱，打開箱蓋，滿箱的衣服便在了眼前，一時竟有些目眩。她定了定神，首先看見的是那一件粉紅緞的旗袍。她拿在手裡，綢緞如水似地滑爽，一鬆手便流走了，積了一堆。王琦瑤不敢多看，她眼睛裡的衣服不是衣服，而是時間的蟬蛻，一層又一層。她胡亂拿了幾件皮毛衣服，就闔上了箱蓋。後來，翻箱底就有些例行公事的意思，常開常關的，進出舊貨行，也是例行公事，熟門熟路起來。這一日，她接到東西售出的通知，就到舊貨行去領錢，正往外走，卻聽有人叫她，回頭一看，竟是程先生。

王琦瑤有一時的恍惚，覺著歲月倒流，是程先生鬢上的白髮喚醒了她。她說：程先生，怎麼會是你？程先生也說：王琦瑤我以為是在做夢呢！兩人眼睛裡都有些淚光，許多事情湧上心頭，且來不及整理，亂麻似的一團。王琦瑤見他們正是站在照相機器材的櫃檯邊，不由笑了，說：程先生還照相嗎？程先生也笑了。想到照相，那亂麻一團的往昔，就好像抽出了一個頭似的。王琦瑤又問那照相間是否依然如故。程先生說：原來你還記得。這時他看見了王琦瑤懷著身孕，臉是有些浮腫，那舊日的身影就好像隔了一層膜。他想剛才喊她的時候，覺著她一絲未變，宛如舊景重現，如今面對面的，倒彷彿依稀了。時間這東西啊，真是不能定睛看的。他不由問王琦瑤：有多少年沒見面了？掐指一算，竟有十二年了。再想到那分手的源頭，都有些緘默。時近中午，舊貨行擁擠起來，推來搡去，站也站不穩，王琦瑤就說出去說話吧。兩人出了舊貨行，站在馬路上，人群更是熙攘，他們一直讓到一根電線桿子底下，才算站定，卻不知該說什麼，一起昂頭看電線桿子上張貼著各種啟事。太陽已是春天的氣息，他倆都還穿著棉襖，背上像頂著盆火似的。站了一時，程先生就提出送王琦瑤回家，說她先生要等她吃飯。王琦瑤說，她才沒人等呢！回去倒是該回去了，程太太一定要等急的。程先生臉紅了，說程太太純屬子虛烏有，他孑然一身，這輩子大約不會有程太太了。王琦瑤便說：那就可惜了，女人犯了什麼錯，何至於沒福氣到這一步？兩人都有些活躍，你一言我一語的，眼看著太陽就到了頭頂，彼此都聽見飢腸轆轆的。程先生說去吃飯，兩人走了幾個飯館，都是客滿，第二輪的客人都等齊了，肚子倒更覺著餓，刻不容緩的樣子。最後，王琦瑤說還是到她那裡下麵吃罷了，程先生卻說那就不如去他那裡，昨天杭州老家有人來，帶給他臘肉和雞蛋。於是就去乘電車。中午時分，電車很空，兩人並排坐著，看那街景從窗前拉洋片似地拉過，陽光一閃一閃，心裡沒什麼牽掛的，由那電車開到哪是哪。

程先生的大樓果然如故，是舊了些的，外牆上的水跡加深了顏色，樓裡似也暗了。玻璃窗好像蒙了十二年的灰沒擦，透進的光都是蒙灰的。電梯也是舊了，鐵柵欄生鏽的，上下哐啷作響，激起回聲。王琦瑤隨了程先生走出電梯，等他摸鑰匙開門，看見了穹頂上的蜘蛛網，懸著巨大的半張，想這也是十二年裡織成的。程先生開了門，她走進去，先是眼睛一暗，然後便看見了那個布幔圍起的小世界。這世界就好像藏在時間的芯子裡似的，竟一點沒有變化。地板反射著棕色的蠟光，燈架佇立，照相機也佇立，木板台階上鋪著地毯，後面有紙板做的門窗，又古老又稚氣的樣子。程先生一頭扎進廚房忙碌起來，傳出了刀砧的聲音。不一會兒，飯香也傳出了，夾著臘肉的香氣。王琦瑤也不去幫他，一個人在照相間走來走去。她慢慢走到後面，化妝間依然在，鏡子卻模糊了，映出的人有些綽約，看不清年紀的。她去推梳妝桌旁的窗子，風將她的頭髮吹亂了，太陽已經偏午，夾弄裡的暗有些過來，她看見底下的行人，如蟻的大小和忙碌。她走出化妝間，又去推暗房的門，手摸著開關，一開，紅燈亮了，聚著一點，其餘都是黑，含著個心事般的，又還是萬變不離其宗的那個「宗」字。王琦瑤不知道，那大世界如許多的驚變，都是被這小世界的不變襯托起的。她立了一會，關上燈掩了門再往裡走，這一間卻是廚房了，煤氣灶邊有張小圓桌，桌上已放好兩副碗筷。飯還燜在火上，另一個火上燉著蛋羹。

程先生燒的是臘肉菜飯，再有一大碗蛋羹。兩人面對面坐著，端著菜飯碗，卻有點餓過頭了，胃裡滿滿的。一碗飯下去，才覺出了空，就一碗接一碗地吃下去，沒底似的。不知不覺竟將一只中號鋼精鍋的飯都吃完。蛋羹也見了底，不由都笑了。想十二年才見一面，沒說多少話，卻是悶頭吃飯。又想過去曾在一起吃過許多次飯，加起來大約也沒這一頓吃的多。兩人笑過之後又有些不好意思，王琦瑤見程先生看她，便說：你別看我，你是一個人，我是兩個人，也不過同你吃的一樣。說到這話，兩人都一怔，不知該怎麼接下去。停了一會，王琦瑤勉強一笑，說：我知道你早就想問我，可是你問我我也不知道如何告訴你，反正，我現在怎樣是全部在你眼前，也就沒什麼可問的了。程先生聽她這話說得潑辣世故，卻又隱著無奈和辛酸，便有滄海桑田的心情。但既是把話說開，兩人倒都坦然了。他們撇開過去不提，說些眼下的狀況。程先生說他在一個公司機關做財務的工作，薪水供他一個人吃喝用度，可說綽綽有餘，只是近些日子覺出了緊，但比起那些有家口的同事，就算是好上加好的了。王琦瑤告訴他，打針的收入，本就勉強，如今就難免要時常光顧舊貨行了。程先生不禁為她發愁，說賣舊衣服總不是個長久之計，賣完的那一天怎麼辦？王琦瑤笑笑，反問他，什麼是長久之計？什麼又是個長久？看程先生回答不上來，又和緩口氣說：只要把眼前過去，就是個長久之計。程先生便問眼前的日子如何。王琦瑤細細告訴他一日三餐怎麼安排，一鹽一醬都不遺漏的。程先生也告訴王琦瑤他的勤儉之道，一根火柴也發出三分光的。兩人說著說著，又說回到吃的上面，是有千言萬語要說的題目，說到興起，便約定了時間請客，好像下了戰書似的，都是躍躍然的。然後，王琦瑤就說要走，約好人下午來打針，還有一個須上門去的。程先生送她出門，看著她進了電梯才回去。

一九六〇年的春天是個人人談吃的春天。夾竹桃的氣味，都是絞人飢腸。地板下的鼠類，在夜間繁忙地遷徙，麻雀則像候鳥似地南北大飛行，為了找一口吃食。在這城市裡，要說「饑饉」二字是談不上的，而是食欲旺盛。許多體面人物在西餐館排著隊，一輪接一輪地等待上座。不知有多少牛菲利，洋蔥豬排，和匿塌魚倒進了饕餮之口，奶油蛋糕的香味幾乎能殺人，至少是教人喪失道德。搶劫的事件接連發生，事件也不是大事件，搶的都是孩子手中的點心。糕餅店是人們垂涎的地方，一人買，眾人看。偷竊的事件也常有發生。夜裡，人們不是被心事鬧醒，而是被轆轆飢腸鬧醒。什麼樣的感時傷懷都退居其次，繼而無影無蹤。人心都是實打實的，沒什麼虛情假義。人心也是質樸的，洗盡了鉛華。在這城市明麗的燈光之下，人們臉上的表情都是歸真還原的，黃是黃了，瘦是瘦了，禮貌也不太講了，卻是赤子之心。雖然還不是「饑饉」那樣見真諦的，是比「饑饉」要表一層，略有些奢侈，卻也相當純粹，相當接近水落石出了。雖然也不如「饑饉」來的嚴肅，終有些滑稽的色彩，可嘲諷的力量也是極大的。不是說，喜劇是將無價值的撕碎給人看嗎？這城市裡如今撕碎的就正是這些東西。要說價值沒什麼，卻是有些連皮帶肉的，不是大創，只是小傷。

程先生與王琦瑤的再度相遇，是以吃為主。這吃不是那吃，這吃是飽腹的，不像以往同嚴師母幾個的下午茶和夜宵，全是消磨時光。他們很快發現，兩個人合起來吃比分開單個吃更有效果，還有著一股同心協力的精神作用。於是他們每天至少有一頓是在一起吃了。程先生把他工資的大半交給王琦瑤作膳食費，自己只留下理髮錢和在公司吃午飯的飯菜票錢。他每天下了班就往王琦瑤這裡來，兩人一起動手切菜淘米燒晚飯。星期天的時候，程先生午飯前就來，拿了王琦瑤的購糧卡，到米店排隊，把配給的東西買來，有時是幾十斤山芋，有時是幾斤米粉。他勤勤懇懇地扛回來，一路上就在想如何消受這些別緻的口糧。程先生的西裝舊了，裡面的羽紗烊了，袖口也起了毛。他的髮頂稍有些禿。眼鏡還是那副金絲邊的，金絲邊卻褪了色。雖然是舊，還有些黯淡，程先生還是修飾得很整潔，臉色也清爽，並無頹敗之相。這就使他看上去更有些特別，像是從四十年代舊電影裡下來的一個人物。這類人物，在一九六〇年的上海，馬路上還是走著幾個的。他們的身影帶著些紀念的神情，最會招來孩子的目光。他不是像穿人民裝的康明遜那樣，舊也是舊，卻是新翻舊，是變通的意思。程先生是執著的，要與舊時尚，從一而終的決心。程先生拎著一鉛桶山芋，走在路上。因為拾得不得法，鉛桶老是碰膝蓋，他不得不經常換手。換手時，便趁機喘口氣，看看街景。梧桐樹都長出了葉子，路上有了樹蔭，他心裡很安寧，問自己：這一切是真的嗎？

程先生出入王琦瑤處，並沒給平安里增添新話題。康明遜與薩沙相繼光顧她處，又相繼退出；再接著，她的腹部一日一日地顯山顯水，都看在了平安里的眼中。平安里也是滿開通的，而且經驗豐富，它將王琦瑤歸進了那類女人，好奇心便得到了解釋。這類女人，大約每一條平安里平均都有一個，她們本應當集中在「愛麗絲」的公寓裡，因時代變遷，才成了散兵游勇。有時，平安里的柴米夫妻為些日常小事吵起來，那女的會說：我不如去做三十九號裡的王琦瑤呢！男的就嘲笑道：你去做呀，你有那本事嗎？女的便啞然。也有時是反過來，那男的先說：你看你，你再看三十九號裡的王琦瑤！那女的則說：你養得起嗎？你養得起我就做得起！男的也啞然。以此可見，平安里的內心其實並不輕視王琦瑤的，甚至還藏有幾分豔羨。自從程先生上了門，王琦瑤的廚房裡飄出的飯菜香氣總是最誘人的。人們吸著鼻子說：王琦瑤家又吃肉了。

晚上，王琦瑤早早進了被窩，程先生坐在桌前，記著流水帳，再商量第二天的菜餚。他們雖是吃過了晚飯，卻已開始嚮往第二天的早餐了，說起來津津樂道的，在細節上作著反覆。說著話，天就晚了，貓在後弄裡叫著春，王琦瑤昏昏欲睡。程先生站起身，檢查一下窗戶的插銷，拉好窗簾，將放亂的東西歸好，然後關上燈，走出房間，放下司伯靈鎖，輕輕碰上了門。

程先生從不在王琦瑤處過夜。王琦瑤曾起過留他的念頭，卻沒有開口，因是自己懷著人家的孩子，生怕程先生嫌棄。心裡是想，只要程先生開口，自己絕不會拒絕的。倒不是對程先生有什麼欲望和愛，而是為了報恩。十二年前，程先生是王琦瑤的萬事之底，是作退一步想的這個「想」。那時她並不知道這個「底」的寶貴和難得，是因為她淨是向前看的境遇，離向後退還早著呢！如今，她雖不是退，卻也不敢說進的話了，那個「底」和自己是近了許多的。這些日子，她與程先生也算得上朝夕相處，她發現程先生沒變，可她卻是變了的，今天的她不再是昨天的她。倘是程先生也變了些，還好說。唯其因為程先生的不失毫釐，反使她生有愧疚的心情，覺得對不起程先生的等待。程先生守身如玉這多年，等來的是千瘡百孔的一份生計，自己都為他抱屈。所以，當她接近這個「底」的時候，卻又不敢認它作「底」了，自己已是失去資格，只剩有一顆知恩圖報的心。但程先生就是不開口，坐得再晚也是一個回家。有幾回，王琦瑤朦朧中覺著他是立在自己的床邊，心裡忐忑著，想他會不走，可他立了一會兒，還是走了。聽見他碰上門的那「咔噠」一聲，王琦瑤既是安慰又是惆悵。

他們有時候也會談到一些故人，比如蔣麗莉。這些年裡，程先生倒還有蔣麗莉一些稀疏的音信，是從那位導演朋友處得來的。提起導演，王琦瑤恍若隔世，有一些場景從渾沌的往事中浮現起來，她說導演怎麼會認識蔣麗莉的呢？程先生就告訴她，蔣麗莉曾為了找他，從吳佩珍那裡找到導演，再從導演那裡找到他的。吳佩珍是又一個故人，又有一些舊景接踵而來，浮在眼前。程先生說，導演如今是在電影部門任一個副職，當時他們都不知道，導演其實是共產黨員。後來，蔣麗莉也在他的影響下參加了革命，上海解放的時候，他親眼看見蔣麗莉揮著大鑔，指揮女學生的腰鼓隊遊行。她還是戴眼鏡，卻穿一身舊軍裝，袖子捲在胳膊肘，腰裡繫一根皮帶，他差點兒沒認出她來。她本來還有兩年就可以拿到畢業文憑，卻退學去做了一名紗廠工人，因為有文化又要求進步，就提到工會做了幹部。再後來，就和紗廠的軍代表結婚了。軍代表是山東人，隨軍南下到上海的。如今，已有了三個孩子，住在大楊浦的新村裡。聽完程先生的話，王琦瑤說：想不到蔣麗莉做幹部了，真不錯！程先生也說不錯，但兩人心裡卻都不相信自己的話。蔣麗莉的經歷聽起來像傳奇，裡面總有些不對頭的地方。停了一會兒，王琦瑤說，原來導演是個共產黨，那年競選上海小姐，還特地請她吃飯，勸她退出，說不定是上級指派他做的呢！倘若那一回聽了導演的話，就不是蔣麗莉革命，而是她王琦瑤革命了。說罷，兩人都笑了。

王琦瑤和程先生商量要去看望蔣麗莉一回，卻猶豫不定。他們不曉得如他們這樣的身分，是否還能與蔣麗莉做朋友了。和所有的上海市民一樣，共產黨在他們眼中，是有著高不可攀的印象。像他們這樣親受歷史轉變的人，不免會有前朝遺民的心情，自認是落後時代的人。他們又都是生活在社會的芯子裡的人，埋頭於各自的柴米生計，對自己都談不上什麼看法，何況是對國家，對政權。也難怪他們眼界小，這城市像一架大機器，按機械的原理結構和運轉，只在它的細部，是有血有肉的質地，抓住它們人才有倚傍，不至陷入抽象的虛空。所以，上海的市民，都是把人生往小處做的。對於政治，都是邊緣人。你再對他們說，共產黨是人民的政府，他們也還是敬而遠之，是自卑自謙，也是有些妄自尊大，覺得他們才是城市的真正主人。王琦瑤和程先生自覺著從此與蔣麗莉不是一個階層的人了，照說沒有聚首的道理，只因為往事的糾纏，才生出這非分之想。

王琦瑤和程先生的重逢，就好像和往事重逢，她溫習著舊時光，將那經歷過的生平再讀一遍，會有身臨其境，恍若夢中的感覺。她想，誰知道哪個是過去，哪個才是現在呢？她身子越來越重，腳浮腫著，越發不想動，成天坐著，心裡恍恍惚惚，手裡織一件嬰兒的毛衣褲。毛線是她用舊毛衣拆下的，有點斷頭，一邊接一邊織，進度很慢的。程先生忙裡忙外，直到晚飯後，將近八點才算忙完坐下，王琦瑤的眼睛卻已經半張半闔，說話也是東半句，西半句。程先生不由也困乏起來。兩人在一張沙發上，一人一頭坐著，打著瞌睡，直到覺出了身上的寒。程先生打了一個寒噤驚醒，王琦瑤還是不動，待程先生為她鋪好床，扶她上去，才自己半脫了衣服鑽進被窩。程先生照例檢查一遍門窗，然後拉了燈走出去，輕輕碰上房門。

正當他們拿不定主意，要不要去看蔣麗莉的時候，萬萬想不到的，蔣麗莉竟然自己找上了程先生的門。這段日子，程先生除了睡覺，幾乎不在自己家裡待，也不知她究竟去了多少回，最後才把程先生在電梯裡捉住的。她先是上樓，撲了一個空，只得下樓，等電梯上來，不想電梯裡正走出了程先生。兩人迎面看見，又認識又不認識，說是都變了，可又好像都沒變，總是理所當然的樣子。蔣麗莉穿著列寧裝，一條卡其褲，膝蓋處鼓著包，褲腿又短了。腳上倒是皮鞋，卻蒙了一層灰，眼鏡上也蒙灰似的，好像又加深了近視，一層一層旋進去，最深處才是兩隻小眼，眼裡的光，也是旋進深處的兩小叢。程先生說：真是太巧了，蔣麗莉說：巧什麼巧，你巧也不是我巧。程先生被她這麼一堵，不知說什麼才好。蔣麗莉又說：早來你不在，晚來你不在，中午來你也不在！程先生嘴裡說對不起，心裡卻辯解：這不是在了嗎？一邊開門讓她進房間，是星期日的中午，他把王琦瑤安頓睡了午覺，臨時想要洗澡，就回來拿換洗衣服，不料碰上了蔣麗莉。蔣麗莉走進房間，站在翻捲著灰塵的陽光裡，臉上沒有一絲笑容，眼睛裡那兩叢光分明是怨氣。程先生有些忐忑，心跳著，還有些窘，想找些閒話說，可出口的卻是：你找我有事嗎？蔣麗莉又火了，說：沒事就不能來嗎？程先生臉紅了，陪著笑，說去給她泡茶，可熱水瓶是空的，玻璃杯蒙了垢，茶葉聽則生了鏽，打不開。蔣麗莉跟他到廚房，看他忙著燒水洗杯子，說：簡直像個雞窩！轉身走了回去。程先生忙完了，走出去，見她一個人站著出神。照相間的布幔都已拉起，燈推在角落，台階什麼的布景也推在角落，越加顯得空盪盪。程先生看著蔣麗莉的背影，不敢驚動她，又輕輕退到廚房去，守著那壺燒著的水。時間好像停住了，只有那壺水一點一點響了起來，最後頂起了壺蓋。

程先生泡好茶走出去，見蔣麗莉正在房間裡來回踱步，雙手背在身後，步子有些像男人似的。程先生將茶放在做布景用的那張搖搖晃晃的圓桌上，兩人一邊坐一個。程先生說：你先生好嗎？蔣麗莉皺皺眉頭說：你是在說誰？是說老張嗎？程先生就知道她男人是姓張，卻不敢再問，轉而問她的孩子。她也是皺眉，說孩子除了吵還是吵，有什麼好不好？程先生要想問她的工作，又覺著那是自己不配問的，把話嚥下，就再找不出什麼話了。可他不說話，蔣麗莉也不願意，說這麼多年不見面，就沒什麼要問的嗎？程先生聽她這麼說，知道沒道理可講，反倒豁出去了，笑著說：我看還是你問我答吧，反正我問什麼都不對。蔣麗莉凶聲說：誰說你不對了？臉色卻和緩了一些，那凶也是有幾分做作的。程先生更拖定主意不問只答，蔣麗莉也沒了辦法，不再逼他，低下頭喝茶。窗外傳來輪船的汽笛聲，很是悠揚。房間裡靜默著，卻有一股溫煦滋生出來。他們都在想過去的時光，雖是不無尷尬的人與事，想起來也是溫暖的。這人生說起來是向前走，卻又好像是朝後退的，人越來越好商量，不計較。蔣麗莉對程先生說：你倒是一切如舊，住的都是老地方。程先生有些慚愧地低下頭說：我是沒什麼追求的。蔣麗莉冷笑一聲道：你怎麼沒追求？你很有追求。程先生就不敢出聲。停了一會兒，蔣麗莉問道：王琦瑤住在什麼地方？程先生驚異地說：你找她？蔣麗莉不耐煩地說：你知不知道？不知道就算了。程先生趕緊說知道。蔣麗莉就站起來問：在哪裡？馬上就要去找似的。程先生也站起來說：我正要去她那裡，一起去吧，我們這幾天還說到你呢！他神情躍然，也忘了回來是要拿衣服去洗澡，說著就往外走，走到門口回頭一看，蔣麗莉還站在原地，看著他。即便是隔了這麼一段距離，程先生還是看見了她眼睛裡的幽怨。他好像覺著回到了從前，他們都還年輕的時候。兩人對視了一陣，互相都明白了對方的一個矢志不忘，然後，一同走出房門。

蔣麗莉正在寫入黨申請表格，個人履歷裡中學這一階段，需一個證明人，她就想到了王琦瑤。王琦瑤真是久遠的事情了，想起來都是懷疑，一切像是杜撰，而不是真實，這十多年來，她過的是一種截然不同的生活。她以她歷來的狂熱，接受這生活裡不堪承受的一面。從前放縱任性的衝動，這時全用在約束檢討自己。她的積極性令她左右上下的人都感到跟不上。什麼樣的事情，她都要做得過頭。她自知是落後反動，於是做人行事就都反著她心願來，越是不喜歡什麼，就越是要做什麼。比如和丈夫老張的婚姻，再比如楊樹浦的紗廠。她變得越來越不像自己，有點像演戲，卻是拿整個生活作劇情的。她的入黨問題很令黨的組織頭疼，她固然是革命，可革命也不是這麼革命法的。她幾乎每半年要向組織寫一份匯報，有點挖心挖肺的，用詞造句也相當過火，即便是對組織，也有些肉麻了。一九六〇年，這種狂熱病蔓延得很厲害，一般都有一頂小資產階級的帽子，其實也難說是哪個階級的，各有各的病根，是連自己都不清楚的。

從大樓裡出來，蔣麗莉和程先生就去乘電車，兩人一路都無話，聽著電車噹噹地響。這好像是那千變萬化中的一個不改其宗，凌駕於時空之上的聲音。馬路上的鐵軌也是穿越時間隧道的，走過多少路了也還是不改其宗。下午三點的陽光都是似曾相識，說不出個過去，現在，和將來，一萬年都是如此，別說幾十年的人生了。下了電車，穿過兩條馬路，就到了平安里。平安里的光和聲是有些碎的，外面世界裁下的邊角料似的，東一點西一點，合起來就有些雜亂。兩人走過弄堂，也是默默無語。有一些玻璃窗在他們頭頂上碰響，還有新洗的衣衫上的水珠滴在他們頸窩裡。走到後門口，程先生就從口袋裡摸出鑰匙。蔣麗莉的眼光落在鑰匙上，忽變得銳利起來，待程先生發現，便迅速閃開。程先生稍有些窘，想開口解釋什麼，蔣麗莉已奪路而進，走在了前頭。王琦瑤已經醒了，卻還睡在被窩裡養神。房間裡拉著窗簾，有些暗，一時沒認出蔣麗莉來，等她認出，蔣麗莉已走到她的跟前，低下頭看她，兩人幾乎是臉對臉的，眼睛就不動了。其實只是一秒鐘的時間，卻有十幾年的光陰從中關山飛度，身心都是飄的，光和聲則是倏忽而去。然後，王琦瑤從被窩裡坐起，叫了聲「蔣麗莉」。蔣麗莉的眼睛一下子落在她拱在被子下的腹部，也是銳利地一瞥。王琦瑤本能地往下縮了縮，反是畫蛇添足。蔣麗莉的臉刷的紅了，她退後幾步，坐到沙發上，臉朝著窗外，一言不發。房間裡的三個人是在尷尬中分的手，又是在尷尬中重聚，宿債未了的樣子。窗簾上的光影過去了一些，窗下的嘈聲也更細碎了。蔣麗莉說要走了，那兩人都不敢說留她的話，是自慚形穢，還是怕碰壁。程先生將她送到樓下，再回到房間，兩人都有些迴避目光，知道蔣麗莉是誤會了，但這誤會卻有些稱他們心的意思。

晚上，兩人各坐方桌一邊剝核桃，聽隔壁無線電唱滬劇，有一句沒一句的，心裡很是寧靜。他們其實都是已經想好的，這一生再無所求，照眼下這情景也就夠了，雖不是心滿意足，卻是到好就收，有一點是一點。他們一個負責砸，一個負責出仁，整的留著，碎的就填進嘴了。王琦瑤破例沒有早早就瞌睡，腰痠也好些了，程先生替她在椅子上墊了個枕頭，問道：大約是什麼時候生呢？王琦瑤掐指一算，竟就是十天之內的事了。程先生不免有些緊張，王琦瑤倒反過來安慰他，說做什麼事情都沒有比生孩子自然的了，看馬路上有多少人便可明白。程先生說別的不怕，就怕要生時身邊沒有人，無法送去醫院。王琦瑤就說，這生孩子也不是立時三刻的事情，說是要生，也須一天半天的。聽她這麼說，且還很沉著，程先生也定心了一些，停了停又說，不知道這孩子是男還是女。王琦瑤說，希望是個男的。程先生問為什麼。王琦瑤說做女人太不由己了。兩人就都沉默了。這是他們頭一次提及這個未出世的孩子，這是一個禁區性質的話題，雙方都小心地繞開著。如今一旦說及，就好像克服了一個障礙，有一些較深的情和義交流貫通，兩人更親近了一些。剝完核桃，已是十點，王琦瑤讓程先生走，等他下了樓，聽見後門響過，才檢查了門窗，洗漱就寢。

第四章

14 分娩

這天，程先生下班後到王琦瑤處，見她臉色蒼白，坐立不安，一會兒躺倒，一會兒站起，一會玻璃杯碰在地上，摔得粉碎，也顧不上去收拾。程先生趕緊去叫來一輛三輪車，扶她下樓，去了醫院。到醫院倒痛得好些了，程先生就出來買些吃的做晚飯。再回到醫院，人已經進了產房，晚上八點便生了，是個女孩，說是一出娘胎就滿頭黑髮，手腳很長。程先生難免要想：她究竟像誰呢？三天之後，程先生接了王琦瑤母女出院，進弄堂時，自然招來許多眼光。程先生早一天就把王琦瑤的母親接來，在沙發上安了一張鋪，還很細心地準備了洗漱用具。王琦瑤母親一路無言，看程先生忙著，忽然間說了一句：程先生要是孩子的爸爸就好了。程先生拿東西的手不禁抖了一下，他想說什麼，喉頭卻哽著，待嚥下了，又不知該說什麼了，只得裝沒聽見。王琦瑤到家後，她母親已燉了雞湯和紅棗桂圓湯，什麼話也沒有地端給她喝，也不看那孩子一眼，就當沒這個人似的。過一會兒，就有人上門探望，都是弄堂裡的，平時僅是點頭之交，並不往來，其時都是因好奇而來。看了嬰兒，口口聲聲直說像王琦瑤，心裡都在猜那另一半像誰。程先生到灶間拿熱水瓶給客人添水，卻見王琦瑤母親一個人站在灰濛濛的窗前，靜靜地抹著眼淚。程先生向來覺得她母親勢利，過去並不把他放在眼裡，他在樓下叫王琦瑤，她連門都不肯開，只讓老媽子伸出頭來回話。這時，他覺得她的心與他靠近了些，甚至是比王琦瑤更有了解和同情的。他站在她的身後，囁嚅了一會，說道：伯母，請你放心，我會對她照顧的。說完這話，他覺著自己也要流淚，趕緊拎起熱水瓶回房間去了。

過了一天，嚴師母來看王琦瑤了。她已經很久沒有上門，早聽娘姨張媽說，王琦瑤有喜了，扭著肚子在弄堂裡進出，也不怕人笑話。其時，康明遜和薩沙都銷聲匿跡了似的，一個閉門不出，一個遠走高飛，倒是半路裡殺出個程先生，一日三回地來。嚴師母雖然不清楚究竟發生了怎樣的事，但自視對王琦瑤一路的女人很了解，並不大驚小怪，倒是那個程先生給了她奇異的印象。她看出他的舊西裝是好料子的，他的作派是舊時代的摩登。她猜想他是一個小開，舞場上的舊知那類人物，就從他身上派生出許多想像。她曾有幾回在弄口看見他，手裡捧著油炸臭豆腐什麼的，急匆匆地走著，怕手裡的東西涼了，那油浸透了紙袋，幾乎要滴下來的樣子。嚴師母不由受了感動，覺出些江湖不忘的味道，暗裡甚至還對王琦瑤生出羨嫉。這時聽說王琦瑤生了，也動了惻隱之心，感觸到幾分女人共同的苦衷，便決定上門看望，王琦瑤的母親看出嚴師母身分不同，有一些安慰似的，臉色和悅了一些，泡來茶，一同坐下聊天。程先生上班去了，就只這老少三個女人，互訴著生產的苦情。比起來，王琦瑤多是聽，少是說，因不是來路明正的生產，不敢居功似的。嚴師母和她母親卻是越說越熱烈，雖然是多年前的事情，一點一滴都不忘懷的。她母親說到生王琦瑤的艱辛，不覺觸動心事，又紅了眼圈，趕緊推說有事，避到灶間去了。留下這兩人，竟一時無語。嬰兒吃足了奶已睡著，捲在蠟燭包裡，也看不見個人形。王琦瑤低頭剔著手指甲，忽然抬頭一笑。這一笑是有些慘然的，嚴師母都不覺有一陣酸楚。王琦瑤說：嚴師母，謝謝你不嫌棄我，還來看我。嚴師母說：王琦瑤，你快不要說這樣的話了，誰嫌棄你了？過幾天我去叫康明遜也來看你。聽到這個名字，王琦瑤把臉轉到一邊，背著嚴師母，停了一會兒才說：是呀，我也有好久沒看見他了。嚴師母心裡狐疑，嘴上卻不好說，只閒扯著要重新聚一聚，可惜薩沙不在了，去西伯利亞吃蘇聯麵包了，不過，補上那位新來的先生，也夠一桌麻將了。說到這裡，便問王琦瑤那位先生姓什麼，貴庚多少，籍貫何處，在哪裡高就。王琦瑤一一告訴她後，她便直截了當問道：看他對你這樣忠心，兩人又都不算年輕，為什麼不結婚算了呢？王琦瑤聽了這話又是一笑，仰起臉看了嚴師母說道：我這樣的人，還談什麼結婚不結婚的話呢？

又過了一天，康明遜果然來了。王琦瑤雖是有準備，也是意外，兩人一見面，都是怔怔的，說不出話來。她母親是個明眼人，見這情形便走開去，關門時卻重重地一摔，不甘心似的。這兩人則是什麼也聽不見了，自從分手後，這是第一次見，中間相隔有十萬八千年似的。彼此的夢裡都做過無數回，那夢裡的人都不大像了，還不如不夢見。其實都已經決定不去想了，也真不再想了，可人一到了面前，卻發覺從沒放下過的。兩人怔了一時，康明遜就繞到床邊要看孩子。王琦瑤不讓看，康明遜問為什麼，王琦瑤說，不讓看就是不讓看。康明遜問為什麼，王琦瑤就說因為不是他的孩子。兩人又沉默了一會，康明遜問：不是我的是誰的？王琦瑤說：是薩沙的。說罷，兩人都哭了。許多辛酸當時並不覺得，這時都湧上心頭，心想，他們是怎樣才熬過來的呀！康明遜連連說道：對不起，對不起，對不起。自己知道說上一萬遍也是無從補過，可不說對不起又說什麼呢？王琦瑤只是搖頭，心裡也知道不要這個對不起，就什麼也沒了。哭了一會兒，王琦瑤先止住了，擦乾眼淚說道：確是薩沙的孩子。聽她這一說，康明遜的眼淚也乾了，在椅子上坐下，兩人就此不再提孩子的話，也像沒這個人似的。王琦瑤讓他自己泡茶，問他這些日子做什麼，打不打橋牌，有沒有分配工作的消息。他說這幾個月來好像只在做一件事，就是排隊。上午九點半到中餐館排隊等吃飯，下午四點鐘再到西餐社排隊等吃飯，有時要排隊喝咖啡，有時是排隊吃鹹肉菜飯。總是他一個人排著，然後家裡老老少少的來到。說是鬧饑荒，卻好像從早到晚都在吃。王琦瑤看看他說：頭上都吃出白頭髮來了。他就說：這怎麼是吃出來的呢？分明是想一個人想出來的。王琦瑤白他一眼，說：誰同你唱〈樓台會〉！過去的時光似乎又回來了，只是多了床上那個小人。麻雀在窗台上啄著什麼碎屑，有人在拍打曬透的被子，啪啪地響。

程先生回來時，正好康明遜走，兩人在樓梯上擦肩而過，互相看了一眼，也沒留下什麼印象。進房間才聽王琦瑤說是弄堂底嚴師母的表弟，過去常在一起玩的。就說怎麼臨吃晚飯了還讓人走。王琦瑤說沒什麼菜好留客的。王琦瑤的母親並不說什麼，臉色很不好看，但對程先生倒比往日更殷勤。程先生知道這不高興不是對自己，卻不知是對誰。吃過飯後，照例逗那嬰兒玩一會，看王琦瑤給她餵了奶，將小拳頭塞進嘴巴，很滿足地睡熟，便告辭出來。其時是八點鐘左右，馬路上人來車往，華燈照耀，有些流光溢彩。程先生也不去搭電車，臂上搭著秋大衣，信步走著。他在這夜晚裡嗅到了他所熟悉的氣息。燈光令他親切，是駐進他身心裡的那種。程先生現在的心情是閒適的，多日來的重負終於卸下，王琦瑤母女平安，他又不像擔心的那樣，對那嬰兒生厭。程先生甚至有一種奇怪的興奮心情，好像新生的不是那嬰兒，而是他自己。電影院正將開映第四場電影，這給夜晚帶來了活躍的空氣。這城市還是睡得晚，精力不減當年。理髮店門前的三色燈柱旋轉著，也是夜景不熄的內心。老大昌的門裡傳出濃郁的巴西咖啡的香氣，更是時光倒轉。多麼熱鬧的夜晚啊！四處是活跳跳的欲望和滿足，雖說有些得過且過，卻也是認真努力，不虛此生。程先生的眼睛幾乎濕潤了，心裡有一種美妙的悸動，是他長久沒體驗過的。

康明遜再一次來的時候，王琦瑤的母親沒有避進廚房，她坐在沙發上看一本連環畫的《紅樓夢》。這兩個人難免尷尬，說著些天氣什麼的閒話。孩子睡醒哭了，王琦瑤讓康明遜將乾淨尿布遞一塊給她，不料她母親站了起來，拿過康明遜手中的尿布，說：怎麼好叫先生你做這樣的事情呢。康明遜說不要緊，反正他也沒事，王琦瑤也說讓他拿好了。她母親便將臉一沉，說：你懂不懂規矩，他是一位先生，怎麼能碰這些屎尿的東西，人家是對你客氣，把你當個人來看望你，你就以為是福氣，要爬上臉去，這才是不識相呢！王琦瑤被她母親劈頭蓋臉一頓說，話裡且句句有所指，心裡委屈，臉上又掛不住，就哭了起來。她這一哭，她母親更火了，將手裡的尿布往她臉上摔去，接著罵道：給你臉你不要臉，所以才說自作自賤，這「賤」都是自己「作」出來的，自己要往低處走，別人就怎麼扶也扶不起了！說著，自己也流淚了。康明遜懵了，不知是怎麼會引起這一個局面，又不好不說話，只是勸解道：伯母不要生氣，王琦瑤是個老實人……她母親一聽這話倒笑了，轉過臉對了他道：先生你算是明白人，知道王琦瑤老實，她確實是老實，她也只好老實，她倘若要不老實呢？又怎麼樣？康明遜這才聽出這一句句原來都是衝著他來的，不由後退了幾步，嘴裡囁嚅著。這時，孩子見久久沒人管她，便大哭起來。房間裡四個人有三個人在哭，真是亂得可以。康明遜忍不住說：王琦瑤還在月子裡，不能傷心的。她母親便連連冷笑著：王琦瑤原來是在坐月子，我倒不知道，她男人都沒有，怎麼就坐月子了，你倒給我說說這個道理！話說到這樣，王琦瑤的眼淚倒乾了，她給孩子換好尿布，又餵給她奶吃，然後說：媽，你說我不懂規矩，可你自己不也是不懂規矩？你當了客人的面，說這些揭底的話，就好像與人家有什麼干係似的，你這才是作賤我呢！也是作賤你自己，好歹我總是你的女兒。她這一席話把她母親說怔了，待要開口，王琦瑤又說道：人家先生確是看得起我才來看我，我不會有非分之想，你也不要有非分之想，我這一輩子別的不敢說，但總是靠自己，這一次累你老人家侍候我坐月子，我會知恩圖報的。她這話，既是說給母親聽，也是說給康明遜聽，兩人一時都沉默著。她母親擦乾眼淚，愴然一笑，說：看來我是多操了心，反正你也快出月子了，我在這裡倒是多餘了。說罷就去收拾東西要走，這兩人都不敢勸她，怔怔地看她收拾好東西，再將一個紅紙包放在嬰兒胸前，出了門去，然後下樓，便聽後門一聲響，走了。再看那紅紙包裡，是裝了二百塊錢，還有一個金鎖片。

程先生到家時，見王琦瑤已經起床，在廚房裡燒晚飯。問她母親上哪裡去了，王琦瑤說是爹爹有些不舒服，她這裡差幾天就滿月，勸母親回去了。程先生又見她眼睛腫著，好像哭過的樣子，無端的卻不好問，只得作罷。這天晚上，興許少了一個人的緣故，顯出了沉悶。王琦瑤不太說話，問她什麼也有些答非所問，程先生不免掃興，一個人坐在一邊看報紙。看了一會兒，聽房間裡沒動靜，以為王琦瑤睡著了，回過頭去，卻見她靠在枕上，兩眼睜著，望了天花板，不知在想什麼。他輕輕走過去，想問她什麼，不料她卻驚了一跳，回頭反問程先生要什麼。她的眼睛是漠然警覺的表情，使程先生覺著自己是個陌生人，就退回到沙發上，重新看報紙。忽聽窗下弄堂裡嘈雜聲起，便推窗望去，原來是誰家在雞窩裡抓住一隻黃鼠狼。那人倒提著黃鼠狼控訴牠的罪孽，圍了許多人看，然後，人們簇擁著他向弄口走去。程先生正要關窗，卻在空氣裡嗅到一股桂花香，雖不濃烈，卻沁人肺腑。他還注意到平安里上方的狹窄的天空。是十分徹底的深藍。他心裡有些躍然，回過頭對王琦瑤說：等孩子滿月，辦一次滿月酒吧！王琦瑤先不回答，然後笑了笑說：辦什麼滿月酒！程先生更加積極地說：滿月總是高興吉利的事。王琦瑤反問：有什麼高興吉利？程先生被她問住了，雖然被潑了冷水，心裡卻只有對她的可憐。王琦瑤翻了個身，面向牆壁地躺著，停了一會兒，又說：也別提什麼滿不滿月了，就燒幾個菜，買一瓶酒，請嚴師母和她表弟吃頓便飯，他們都待我不錯的，還來看我。程先生就又高興起來，盤算著炒幾個菜，燒什麼湯，王琦瑤總是與他唱反調，把他的計畫推翻再重來。兩人你一句我一句地爭執著，才有些熱鬧起來。

這天下午，程先生提前下班，買了菜到王琦瑤處，兩人將孩子哄睡了，便一起忙了起來，一邊忙一邊說話。程先生見王琦瑤情緒好，自己的情緒也就好，將冷盆擺出各色花樣，紫蘿蔔鑲邊的。王琦瑤說程先生不僅會照相，還會烹飪啊！程先生說：我最會的一樣你卻沒有說。王琦瑤問：最會的是哪一樣？程先生說：鐵路工程。王琦瑤便說：我倒忘了程先生的老本行了，弄了半天，原來都是在拿副業敷衍我們，真本事卻藏著。程先生就笑，說不是藏著，而是沒地方拿出來。兩人正打趣，客人來了，嚴師母表姊弟倆一同進了門，都帶著禮物。嚴師母是一磅開司米絨線，康明遜則是一對金元寶。王琦瑤想說金元寶的禮過重了，又恐嚴師母誤以為嫌她的禮輕，便一併收下，日後再說。大家再看一遍孩子，稱讚她大有人樣，然後就圍桌坐下，正好一人一面。程先生同這兩位全是初次見面。嚴師母見過他，他卻沒見過嚴師母，和康明遜則是樓梯上交臂而過，誰也沒看清誰。這時候，便由王琦瑤作了介紹，算是認識了。嚴師母在此之前就對程先生有好印象，便分外熱情，見面就熟。程先生雖是有些招架不住，可也心領她的好意，並不見怪。相比之下，康明遜倒顯得拘謹和沉默，也不大吃菜，只是喝溫熱的黃酒，一瓶黃酒很快喝完了，又開了一瓶。程先生說要去炒菜，站起來卻有些搖晃，王琦瑤就說她去炒，按他坐下。他抬起手，在王琦瑤按他的肩的手背上撫摸了一下，王琦瑤本能地一抽手。對面的康明遜不禁看他一眼，是銳利的目光。程先生心裡一動，酒醒了一半。

王琦瑤炒了熱菜上來，重又入座。嚴師母也臉熱心跳的有了幾分醉意。她向程先生敬了一杯酒，稱他是世上少有的仁義之士，又說是黃金萬兩容易得，知心一個也難求。話都說得有些不搭調，可也是藉酒吐真言，放了平時則是難出口的。嚴師母自己敬了酒不算，又慫恿康明遜也向程先生敬酒。康明遜只得也舉酒杯，卻不曉得該說什麼，看大家都等著，心裡著急，說出的話更不搭調，說的是：祝程先生早結良緣。程先生照單全收，都是一個「謝」字，然後問王琦瑤有什麼話說。王琦瑤看程先生的眼睛很不像過去，有些無賴似的，不知是喝了酒還是有別的原因，心裡不安著，臉上便帶了安撫的笑容，說：我當然是第一個要敬程先生酒的，就像方才嚴師母說的，「黃金萬兩容易得，知心一個也難求」，要說知心，這裡人沒一個比得上程先生對我的，程先生是我王琦瑤最難堪時的至交，王琦瑤就算是有一萬個錯處，程先生也是一個原諒，這恩和義是刻骨銘心，永世難報。程先生聽她只說恩義，卻不提一個「情」字，也知她是藉了酒向他交心的意思，胸中有無窮的感慨，還是傷感，眼淚幾乎都到了下眼瞼，只是低頭，停了一會兒，才勉強笑道：今天又不是我滿月，怎麼老向我敬酒，應當敬王琦瑤才對呢！於是又由嚴師母帶頭，向王琦瑤敬酒。可大約是方才的話都說多了，這時倒都不說話，只喝酒。喝著喝著，程先生與康明遜的目光又碰在一起，相互看了一眼，雖沒看明白什麼的，可心裡卻都種下了疑竇。這天的酒都喝過量了，程先生不記得是怎麼送走的客人，也不記得洗沒洗碗盞了，更不記得是如何回到家的，躺在床上的。他一覺醒來，發現竟是睡在王琦瑤的沙發上，身上蓋一床薄被，桌上還擺著碗碟剩菜，滿屋都是黃酒酸甜的香。月光透過窗簾，正照在他的臉上，真是清涼如水。他心裡很安寧，看著窗簾上的光影，什麼都不去想的。

忽聽到聲音輕輕問道：要不要喝茶？他循聲音而去，見是王琦瑤躺在房間那頭的床上，也醒了。臉在陰影裡，看不清楚，只見一個隱約的輪廓。程先生並不覺局促，反是一片靜謐，他說：

真是現世啊！王琦瑤不出聲地笑了：趴在桌上就睡著了，三個人一起把你抬到了沙發。他說：喝過頭了，也是高興的緣故。靜了一下，王琦瑤說：其實你是不高興。程先生笑了一聲：我怎麼會不高興？真的是高興。兩人都不說話，月光又移近了一些。程先生覺得自己像躺在水裡似的，過了很久，程先生以為王琦瑤睡著了，不料卻聽她叫了聲程先生。他問：有什麼事嗎？王琦瑤停了一下，說：程先生睡不著嗎？程先生說：方才那一大覺是睡足了。王琦瑤說：你沒明白我的意思。程先生說：我很明白。王琦瑤說：你還是沒明白我的意思。程先生笑了：我當然明白的。王琦瑤就說：倘若明白，你說給我聽聽。程先生道：要我說我就說，你的意思是，如今你我只這一步之遙，只要我程先生跨過這一步，你王琦瑤是不會說一個「不」的。王琦瑤心裡詫異這個呆木頭似的程先生其實解人至深，面上卻有些尷尬，解嘲說：我自知是不配，所以只能等程先生提出。程先生又笑了，這時他感到身心都十分輕鬆，幾乎要飄起來似的，他聽著自己的聲音就好像聽著別人在說話，說的都是體己的話。他說：要說這一步，我程先生幾乎等了有半輩子了，可這不是說跨過就跨過的，不是還有咫尺天涯的說法嗎？許多事情都是強求不得的。王琦瑤那邊悄然無聲，程先生不管她是否醒著，只顧自己滔滔不絕地說，像是把積攢了十餘年的話全一古腦兒地倒出來。他說他其實早就明白這個道理，並且想好就作個知己知彼的朋友，也不枉為一世人生；可這人和人在一起，就有些像古話說的，「逆水行舟，不進則退」的道理，要說沒有進一步的願望是不真實的，要進又進不了的時候，看來就只得退了。停了一會兒，他突然問道：康明遜是孩子的父親吧？王琦瑤出聲地笑了，說：是又如何？不是又如何？程先生倒反有些窘，說：隨便問問的。兩人各自翻了個身，不一會兒都睡熟了，發出了輕微的鼾聲。

第二天。程先生下了班後，沒有到王琦瑤處，他去找蔣麗莉了。事先他給她往班上打了電話，約好在提籃橋見面。程先生到時，蔣麗莉已在那裡站著了，不停地看錶。分明是她到早了，卻怨程先生晚了。程先生也不與她爭辯，兩人在附近找了個小飯館，坐進去，點好菜。那堂倌一轉身，程先生便伏在桌上哭了，眼淚成串地落在鹼水刷白的白木桌面上。蔣麗莉心裡明白了大半，並不勸解，只沉默著，眼睛看著對面的牆壁，牆壁是刷了石灰水的，慘白的顏色。這時的程先生只顧著發洩自己的難過，是全然不顧別人是什麼心情。即便是如程先生這樣的忠厚人，愛起來也是極端自私的，也極其的不公平。在他所愛的人面前兢兢業業，小心翼翼，而到了愛他的人面前，卻無所顧忌，目中無人，有些像耍賴的小孩。也正是這個，促使程先生來找蔣麗莉了。

蔣麗莉沉默了一會兒，回頭看他還在流淚，嘲笑道：怎麼，失戀了？程先生的淚漸漸止了，坐在那裡不作聲。蔣麗莉還想刺他，又看他可憐，就換了口氣道：世上東西，大多是越想越不得，不想倒得了。程先生輕聲說：要不想也不得怎麼辦呢？蔣麗莉一聽這話就火了，大了聲說：天下女人都死光了嗎？可不還有個蔣麗莉活著嗎？這蔣麗莉是專供聽你哭她活著的嗎？程先生自知有錯，低頭不語，蔣麗莉也不說了。兩人僵持了一會，程先生說：我本是有事託你，可不知道怎麼就哭了起來，真是不好意思。聽他這話，蔣麗莉也平和下來，說有什麼事儘管說好了。程先生說：這件事我想來想去只能託你，其實也許是最不妥的，可卻再無他人了。蔣麗莉說：有什麼妥不妥的，有話快說。程先生就說託她今後多多照顧王琦瑤，她那地方，他從此是不會再去了。

蔣麗莉聽他說出的這件事情，心裡不知是氣還是怨，憋了半天才說出一句：天下女人原來真就死光了，連我一同都死光的。程先生忍著她奚落，可蔣麗莉就此打住，並沒再往下說什麼。

王琦瑤等程先生來，等了幾日，卻等來蔣麗莉。她是下班後從楊樹浦過來，調了幾部車，頭髮蓬亂著，鞋面上全是灰，聲音嘶啞。手裡提了一個網兜，裝了水果，餅乾，奶粉，還有一條半新的床單。進門就抖出來，王琦瑤來不及去阻止，就刷刷幾下子，撕成一堆尿布。

15 「昔人已乘黃鶴去」

後來，王琦瑤也到蔣麗莉家去過。其時，她家已從新村搬出來，住在淮海坊，離王琦瑤處只兩站路。這天是星期天，把孩子哄睡了午覺，王琦瑤自己出來交付水電費。看天氣很好，時候也還早，就放慢腳步在馬路上看櫥窗。忽聽有人叫她，見是蔣麗莉，手裡拿著一卷藏青布料，說要去找裁縫做一條褲子。王琦瑤拿過布料一看，見是普通的人造棉，便說，這又何須找裁縫，她就能做。蔣麗莉說真的嗎？那就到她家去量尺寸吧。兩人掉頭走了幾步，蔣麗莉卻停下腳步說：為什麼不上她家去量呢？王琦瑤不是還從來沒去過她家。於是兩人就再掉過頭往淮海坊去。蔣麗莉家住底樓一層，朝南兩大間，再帶朝北一小間，前邊有一個小花園，什麼也沒種，只是橫了幾根竹竿晾衣服。牆壁是用石灰水刷的，白雖白，但深一塊淺一塊，好像還沒乾透。地板是房管處定期來打蠟的，上足的蠟上又滴上了水，東一塌西一塌，也是沒乾透的樣子。家裡的房門都是大敞著，且又房房相通，樓梯正在門口，人來人往，腳步紛沓，使她家就像一條弄堂。儘管是這麼南北通風，還是有一股無法散去的蔥蒜味。已是十月的天氣，可幾張床上都還掛著蚊帳，家具又簡單，所以她家還像集體宿舍。家裡用了一個奶媽一個娘姨，兩人站在後門口，面和心不和的表情，見有客人來，就隨後跟進房間，各站一隅，打量王琦瑤。兩個大孩子有七八歲的年紀，見了王琦瑤也是一副莫測的神情，交頭接耳，竊笑不已，然後煞有介事地進進出出。蔣麗莉的丈夫老張不在家，牆上連張相片都沒有，不知是什麼模樣的人。蔣麗莉家也沒根皮尺，讓傭人去鄰居家借，兩人你推我，我推你，最後一致說鄰居家也不會有這樣的東西。只能找了團線，代替皮尺量了。王琦瑤心裡記牢哪根線是褲長，哪根線是腰圍或臀圍，小心地夾進布料，就說要走。蔣麗莉送她到門口，兩個傭人也跟著。王琦瑤從始至終都懵頭懵腦的，不曉得天南地北，剛走出橫弄，忽然身後冒出一聲小孩子的尖叫：阿飛！她一回頭，便看見蔣麗莉那兩個孩子逃跑的背影，心中更是惘然。

過了兩天，蔣麗莉按約好的時間來拿褲子了。王琦瑤讓她穿上試試，前後左右都很合適，蔣麗莉很滿意。王琦瑤卻是不懂天都涼了，為什麼還要做人造棉的褲子。蔣麗莉說她喜歡人造棉的褲子，即便天涼了，也可以套棉毛褲來穿的。王琦瑤就更不懂了，棉毛褲外面怎麼能罩人造棉褲子。收好褲子，兩人又坐著聊了會閒話。是晚飯以後，孩子自己在床上玩著布娃娃。王琦瑤給蔣麗莉倒了茶，端了一碟瓜子，蔣麗莉卻從口袋裡掏出菸來，王琦瑤這才知道她手指上發黃的斑跡原來是香菸薰的。問她怎麼學會抽菸了，蔣麗莉反問她要不要也抽一支，她說不要，蔣麗莉非讓她抽，兩人推來讓去，笑作一團，好像又回到做女學生的時光。王琦瑤最後還是不抽，蔣麗莉只得自己點上一支。王琦瑤看她抽菸的姿勢，不由想起她的母親，便問她母親怎麼樣了。蔣麗莉說老樣子，死抱住舊社會的一套不丟掉，自己苦惱自己。王琦瑤又問她兄弟如何，她想起那個把自己關在房間裡不出門的少年，她從來沒看清過他的面目。蔣麗莉說也是老樣子，不過總算自食其力，在中學教書，上班卻是騎摩托車來去的，反正她是看不慣。她那個家庭呀，真是一股樟腦丸的氣味，是這個時代的舊箱底。王琦瑤覺得蔣麗莉的話也是將她捎帶進去的，便有些不自在，話裡有話地問道，申請入黨，讓她王琦瑤這樣的人作證明人，能作數嗎？蔣麗莉聽了哈哈一笑，然後向她解釋了一通共產黨的章法。王琦瑤聽起來全是雲裡霧裡，摸不著頭腦的，聽她說定，便又問了一句，如今有沒有批准她的申請呢？這話問出，蔣麗莉的神情便黯淡了一下。然後她寬容地笑了，是笑王琦瑤的無知，她更加耐心地解釋道，這申請是在一個漫長時期內進行的，需要不懈的堅持和無條件的信任，是帶有脫胎換骨重新做人的含義，這不是由誰來允諾你的，共產黨不是救世主，而是靠自己救自己，憑你的忠誠和努力。聽她說著這些，王琦瑤恍惚看見了那個對月吟詩的蔣麗莉，不過那時吟的是風月，如今卻是鐵骨熱血，有點獻祭的味道。兩種都帶有誇張的戲劇的風格，聽起來總教人不敢全信。但別人再是懷疑，蔣麗莉自己卻是全心投入。聽她說完，王琦瑤便再無話可說了。

如今，蔣麗莉每過十天半月就會來王琦瑤處坐一坐，她對自己說是為了受人之託，其實那只是一半。另一半是因為對舊時光的懷戀，這個懷戀甚至使她忽略了王琦瑤是她的「情敵」這一事實。但這是她不能正視的情感，她是要與舊時光一刀兩斷的新人。因為心中的矛盾，所以她在王琦瑤處總是帶著生氣的表情，好像是她不情願來，而不得不來。有時候她一言不發，王琦瑤問她什麼，回答起來也是嫌惡的樣子。還有她比較和緩的時候，王琦瑤正與她閒聊，她卻忽然間凜然起來，使人陷入惶惑不安。她來總是使王琦瑤緊張，滿心搜索著話與她說，一邊準備著受她的搶白，還要看她的冷臉。可是她內心裡卻並不討厭蔣麗莉的來訪，甚至還有幾分歡迎。於她來說，蔣麗莉也是舊時光的標記，王琦瑤是不排斥懷戀舊時光的。最要緊的，也是最微妙的，是她在蔣麗莉面前，能持有一些勝利者的心情。她王琦瑤可說是輸到底了，可比起蔣麗莉，卻終有一樁不輸，那就是程先生。仗著這個不輸，對蔣麗莉再忍讓，也是不委屈的。因此，看上去是王琦瑤曲意奉承，內裡卻全是蔣麗莉的退讓，你說她能不氣嗎？論起來，王琦瑤是有些占了便宜賣乖，但也是可憐，一無所有中的那麼點便宜，能不讓她炫耀炫耀？再說也不全是賣乖，蔣麗莉已經認了輸，讓她氣勢上占個先，又有何妨？她們如此一進一退中，倒是有著至深的諒解，甚至體貼，均是彼此不覺察的。

蔣麗莉的冷若冰霜裡，卻有一點和顏悅色，那是衝著王琦瑤的孩子來的。蔣麗莉自己那三個都是男孩，就好像老張的縮版，說著半生不熟的普通話，身上永遠散發出蔥蒜和腳臭的氣味。他們舉止莽撞，言語粗魯，骯髒邋遢，不是吵就是打。她看見他們就生厭，除了對他們叫嚷，再沒什麼話說。他們既不怕她也不喜歡她，只和父親親熱。傍晚時分，三個人大牽小，小牽大，站在弄堂口，眼巴巴地看著天一點點黑下來，然後父親的身影在暮色中出現，於是雀躍著迎上前去。

最終是肩上騎一個，懷裡抱一個，手上再扯一個地回家。而這時，蔣麗莉已經一個人吃完飯，躺在床上看報紙，這邊鬧翻天也與她無關的。老張的母親每半年就從山東老家來住一段，幫著照看孩子，料理家務。這時候，蔣麗莉便成了局外人。老太太特別好客，家裡永遠坐滿了生人，有的是老家的親戚，有的是隔壁的鄰居。蔣麗莉昂然從他們面前走過，彼此熟視無睹。那夾在人群裡的三個男孩子，更成了路人一般的。當她看見王琦瑤的女嬰，穿一身鵝黃色羊毛連衣褲，帽子下露出一縷柔軟的額髮，心裡就生出了喜歡。她伸出一根手指，撫了撫嬰兒圓潤的下巴，小臉上便綻開一個笑容，真是如花盛開一般。嬰兒總是能喚起溫柔和純淨的心情，而人世是那麼紛亂，蔣麗莉又是亂麻中的一個結，多少的解不開理還亂。人其實都不是累死的，而是煩死的。嬰兒的世界卻是簡單的世界，當他們對我們笑的時候，那世界便打開了窗口。蔣麗莉看著那嬰兒時，心裡確實有一刻平靜。但她的煩亂心情使她臉上總帶有緊張與暴怒的表情，那孩子便有些怕她，在她面前有時會哭，她去哄她，又總是越哄越哭，她簡直束手無措，心裡是無比的沮喪。

王琦瑤直要等她實在沒辦法了才去解圍，孩子在她手裡三下兩下就弄服貼了。王琦瑤好笑地說：你這三個孩子都是白生了。蔣麗莉說：我雖然生了三個，卻是頭一遭抱孩子。王琦瑤便有些感動，說：送給你做女兒吧！話一出口就覺不妥，褻瀆了蔣麗莉似的，趕緊添一句：就怕她沒這個福氣。蔣麗莉卻不在意，反而說：要是照耶穌教的規矩，我就可以做她的教母。王琦瑤又脫口而出道：程先生做她的教父。蔣麗莉一下子脹紅了臉。王琦瑤以為她要發怒，但是沒有。紅潮漸漸從她臉上褪下，她忽然一笑，有些嘲諷又有些傷感，說：程先生倒是想做她父親的。這一回輪到王琦瑤臉紅了，紅過了才說：那她才真是沒福氣呢？兩人一時都沒說話，看著孩子。孩子剛吃飽奶，眼睛一閉一開，十分安寧的樣子，許多尷尬事便在這安寧的眼光中變得自然和溫和了。在春天的一個風和日暖的星期天裡，蔣麗莉甚至硬拉來程先生給她們和孩子照相。每個人心裡都有著時光倒流的感覺，只有這孩子是多出來的，打破了幻覺。他們三個大人一個孩子走在公園裡，出於好心情而讚嘆著花草樹木。這些花草樹木在燦爛陽光的照射下，顯得支撐不起似的，軟弱和稀疏，雖然處處流露出精心養育的跡象，卻反而透出一股無奈掙扎的表情。只有看著孩子在草地上歪歪斜斜地學步是令人振作的，那些嬌嫩的小腳步，掩蓋了草地的貧瘠枯萎。各色各樣的玩具在草坪上滾來滾去，引那些小孩子去追逐遊戲。王琦瑤把孩子也放下地來，三個大人看她跌倒爬起地折騰。

康明遜和王琦瑤還保持著稀疏卻不間斷的來往。似乎是孩子的問題已經解決，就沒什麼理由不來往了。不過，原先的愛不欲生和痛不欲生也釋淡了。他們坐在一起，不再有衝動，即便是同床共枕，也有些例行公事，也是習慣使然。總之，他們成了一對真正的老熟人，你知我，我知你，卻是橋歸橋，路歸路。所以，當王琦瑤聽說康明遜在與人約會的時候，她心裡也沒有太大的難過，至多調侃他幾句，康明遜也看出她的不認真和不在意。因為來去自由，他便也不急於找機會離開，而是從容行事，相當的挑剔。因此，雖然一直在進行著各種約會，卻始終沒有一個是明確了關係的，到了後來，連約會也疏落了下來。如今，他們兩人之間不再是如火如荼的熱烈，但卻是很穩定，甚至稱得上牢固的一對。倘若不是有個孩子在中間梗著，康明遜還會來得更勤一些。這孩子是使他不自在的，許多回憶都因她而起，打攪了他的平靜。當孩子會說話的時候，喊他的是「毛毛娘舅」，這稱呼會嚇他一跳。他看著她的眼光，就好像她隨時會追著他討債，又恐惶又有點厭惡。王琦瑤看出這些，於是當他上門時，她總是把孩子打發到鄰人家或者弄堂裡去玩，避免這種尷尬的局面。蔣麗莉也使康明遜不安。他初次看見她，還以為是派出所的戶籍警，穿一身藍卡其制服，晃晃盪盪的褲腿底下，是一雙亂糟糟的中學生樣式的丁字豬皮鞋。她說出話來也教他吃一驚，有一半是報紙上的話。他其實早從王琦瑤處聽過蔣麗莉這個名字，也知其出身和家庭，卻和眼前情景對不上號，不知哪是虛哪是實。她看他的目光叫他不自在，也是有追逼的意思。知道她多是晚上和星期天來，便繞開這兩種時間，來王琦瑤處的機會就又少了些。不過，無論是多是少，卻也影響不了他們什麼，無論是他們各人，還是之間的關係，都已成定局了。

時間就這樣過去。如果不是孩子在一天天長大，就幾乎不會覺出斗轉星移。王琦瑤在打針的同時，還從里弄邊的羊毛衫加工廠裡接一點活。五斗櫥抽屜裡，那盒金條，她只動過一次，是孩子出麻疹時，託了康明遜去兌換的，等兌來了錢，她卻一分沒用，因為意外接到一批毛線活。她幾個晚上沒睡覺，賺來了孩子的醫藥費和營養費。雖然差點兒累倒，可是想到那筆財產完好無缺，卻是倍感安慰。當王琦瑤明白嫁人的希望不會再有的時候，她會想念李主任。可她怎麼想李主任卻也想不起來，李主任的面目都是零碎著的，眼睛鼻子很清楚，拼在一起便拼不攏了，好像當年他和失事的飛機一起粉身碎骨的同時，也把王琦瑤記憶中的印象打散了。和李主任共眠的那些夜晚也是印象含糊的，就算是第一次的鑽心疼痛，卻早被以後多次的重複淹沒了。與李主任的生離死別，回想起來，如噩夢一般，是被現實淹沒的。別後的經歷，一層層地砌起來，砌牆似的。同李主任的聚散是在那最底的一層，知道是有，卻覺不出來。如今，唯一的看得見，摸得著，便是這個西班牙風格雕花的木盒了。而就這一點，卻是王琦瑤的定心丸。王琦瑤禁不住傷感地想：她這一輩子，要說做夫妻，就是和李主任了，不是明媒正娶，也不是天長地久，但到底是有恩又有義的。

日子很仔細地過著。上海屋簷下的日子，都有著仔細和用心的面目。倘若不是這樣專心致志，將注意力集中在這些最具體最瑣碎的細節上，也許就很難將日子過到底。這些日子其實都不能從全局推敲的。所以，在這仔細的表面之下，是有著一股堅韌。這堅韌不是穿越急風驟雨的那一種，而是用來對付江南獨有的梅雨季節。外面下著連綿的細雨，房間的地板和牆壁起著潮，霉菌悄無聲息地生長。那一點煨湯或是煎藥的小火，散發出的乾燥與熱氣，就是這堅韌。所以，這堅韌還是節省的原則，光和熱都是有限，只可細水長流。它是供那些小人物的切碎了平均分配的小日子和小目標。

那些深長里巷裡的夜聲，細細碎碎的，就是這小日子的動靜，它們走著比秒還小的毫秒的步子，難免是嘰嘰喳喳，雞毛蒜皮的，卻也是一步一個腳印，很扎實地往前走。歌和哭都是聽不大出來，悶在肚子裡的。只有當你看見迷霧籠罩弄堂的上空，才會發現它的憂愁和甜蜜。

一九六五年是這城市的好日子，它的安定和富裕為這些殷實的日子提供了好資源，為小康的人生理想提供了好舞台。一九六五年的城市上空，充斥著溫飽的和暖氣流，它絕非奢華，而是一股樸素敦厚的享樂之風。春天的街景，又恢復了鮮豔的色彩，滋養著不失常理的虛榮心。街道上有了一股隱隱的卻勃勃的生氣，靜中有動。夜晚的燈光，雖稱不上是燦爛輝煌，卻一個夢補一個坑的，每一點光都有用處，有情有景，有物有人，沒一盞是虛設。這城市就像是受過洗禮似的，有了平常心。這就是一九六五年這城市的內心，塵埃落定。程先生恢復了他的攝影間，在那裡度過他的節假日，當燈光亮起的時候，他有著平靜的心境，就好像一個遊子終於回了家。他的興趣也回到了最起初，也是最擅長，就是攝影肖像。開始是附近理髮店請他幫忙拍髮型模特兒的照片，後來一傳十，十傳百地傳開，逐漸就有一些年輕貌美的女性來造訪他的攝影間。此時程先生已經四十三歲，在年輕人眼裡可算得上老頭。本來就是拘謹嚴肅的性情，不輕易動心，大半生全教一個王琦瑤占了去，耗盡了情感和興趣，如今就再無半點兒女情長的心了。在他眼裡，那一個個美人都是木胎泥塑，只有觀賞的價值。只是不知是因年紀增長，還是同王琦瑤的折磨所致，他倒是比過去抓得住女性的美妙所在，常常有出奇制勝的表現，於尋常處見魅力。程先生不輕易接受請求給人照相，一旦接受便是精益求精。他寧少勿濫，凡拿出手的，全都是精品。晚上，他一個人坐在暗房，只一盞紅燈照耀，萬物萬事全退於黑暗之中，連自己都一併退去了。藥水中浮現起的花容月貌，是唯一的存在，也是蟬蛻一般的，內裡是一團虛空。他全心都在這些姣好面容的明暗深淺的對比之中，尋找著最協調的關係。當一切完畢，他輕輕吁一口氣，邊上一杯咖啡早已涼了。他任那咖啡擱著，關上紅燈，在黑暗中摸出房間，走進臥室，上了床。上床後他還要吸一支雪茄，這是他新近培養的愛好，也是豐衣足食的一九六五年的贈賜。雪茄的煙霧好像安魂香，之後，程先生就睡了。

這一年，事情似乎回到了原先的軌道。中間的上下周折，由於無結無果，便都煙消霧散，如同做了一場夢。上海的天空終是這樣，被樓房擠成一線天，光和雨都是漏進來的。上海馬路上的喧聲也是老調子。倘若不是住在這裡，或許還能看出這城市的舊來，山牆上的爬牆虎一層覆一層，是蔥蘢的光陰植物；蘇州河的水是一泓稠過一泓，積澱著時間的穢物；連那城市上方的一線天，其實也是加深顏色的，日夜吞吐的二氧化碳，使它變汙濁了。懸鈴木的葉子，都是這一批不如上一批新鮮潤澤的。可是每天在這裡起居的人們卻無從發現這些，因為他們也是跟著一起長年紀的。他們睜開眼就是它，閉起眼也是它。有那麼不多的幾次，程先生在暗房裡忘記了時間，萬籟俱寂中，時間似乎藏匿了起來，豈不知那是時間分外活躍的時刻，越是無聲越是活躍。後來是後街上牛奶車的聲音提醒了程先生，他才知道已經到了早晨。他竟一點不覺著困倦。他放完最後一張照片，拉開暗房窗戶上厚重的布幔，看見了晨曦中的黃浦江，這是久違了的情景，卻是熟入心底的情景，程先生想他已有多少日子沒有對它垂目，可它卻一直駐守著，等待他回心轉意。程先生的喉頭都有些哽住。這時，一群鴿子從樓的縫隙中湧出，飛上天空。程先生想：這也是多年前的鴿群嗎？也是在等待他嗎？

程先生漸漸和朋友們斷絕了來往，同王琦瑤蔣麗莉也不通信息。在上海的頂樓上，居住著許多這樣與世隔絕的人。他們的生活起居是一個謎，他們的生平遭際更是一個謎。他們獨來獨往。他們的居處就像是一個大蚌殼，不知道裡面養育著什麼樣的軟體生物。一九六五年也為這些蝸居樣的生活提供了好空氣。這是幾乎稱得上自由的年頭，許多神祕的事物在這年頭悄悄地生存和發展。唯有屋頂上的鴿群是知情者。

這一天晚上，響起門鈴聲的時候，程先生不由有些惱怒，他想今天並沒有約人來拍照，誰能夠不請自來呢？他走去開門的路上，心裡斟酌著如何謝客。他雖然有些怪癖，卻依然保持著和平文雅的天性。但他打開門，想好的謝客辭卻一個字也用不上了，門口站的是王琦瑤。他沒想到王琦瑤會上門來，他已經很久沒想到過王琦瑤了。他有些意外，也有些高興，卻很平靜，多年來激盪他的情感，全歸於溫存的往事。他請王琦瑤進房間，為她泡了茶來，這時他發現王琦瑤處在激動之中，她緊緊握住那茶杯，也不覺著燙手。她張口便道：蔣麗莉要死了！程先生驚了一跳，緊接著她又說了一句：蔣麗莉生了惡瘤。

這時候！「癌」這樣東西還不那麼普遍，人們對它的了解很少，甚至還不會叫它「癌」，而用「惡瘤」這兩個字代替它。它是一個恐怖的傳說，雖然聽得不少，可從來不會想像它在自己身上發生甚至自己近處的人身上發生。它一旦來臨，便要叫人嚇破膽的。其實長久以來，蔣麗莉一直患有肝病，可是誰也不知道。她向來就是灰暗的膚色，挑肥揀瘦的口味，還有壞脾氣。這使周圍人忽略了她健康狀況的退步，甚至也使她自己忽略。由於從小優裕的飲食生活，使她有一副好底子，抵抗力很強，於是減弱了對病痛的反應。她也覺得食欲不好，覺得疲勞，肝區不適，可這些全沒超出她的承受能力，使她以為小事一樁。可是有一天，她突然起不來床，無力到連張紙也拿不了。是丈夫老張背了她去的醫院，沒有費什麼周折，診斷便下來了。在觀察室裡掛了三天葡萄糖，老張又將她背了回來。蔣麗莉伏在老張的背上，嗅到他很濃烈的腦油氣味，心裡湧起一股軟弱的溫情。她將臉埋在老張的後頸窩裡，想說什麼又說不動。這股溫情是那麼反常，教她生出了不祥的預感。老張能為她做的，就是將他山東老家的親人全都叫來。那都是些天底下最淳厚的人，和最淳厚的情感，卻與蔣麗莉有著最深的隔閡。她們懷著最沉痛的憐憫之情，圍坐在蔣麗莉臥房的外間，偶爾低語交談幾句。她們看上去就像是一些守靈的人，這使房間裡預先就有了憑弔的氣氛。蔣麗莉突然生發的那一點溫情在這令人窒息的空氣中倏忽而去，蕩然無存。抵抗病痛的耐心也蕩然無存。她每天躺在房間裡，一開門便是陌生人的身影和陌生的鄉音。有幾次，她竟破口大罵，罵這些親人是催死的人。這些謾罵全被她們當作病人的痛苦而心甘情願地承受了。

王琦瑤並不知道蔣麗莉生病。這些日子，蔣麗莉在川沙搞社會主義教育運動，一個月回來四天，所以她們也就不常見面。這天她走過蔣麗莉家弄堂，看見老張的母親出來買切麵，便上前招呼了一聲。他母親其實記不起王琦瑤是誰，但她是個熱心腸的老太太，特別喜歡與人親近，又加上這些日子憋得難過，站下來一說就沒個完。王琦瑤聽了不禁大驚失色，她顧不上安慰淌著眼淚的老太太，返身就向弄堂裡走。她逕直走進房間，穿過靜坐無語的人們，推開蔣麗莉的房門。房間裡拉著窗簾，開一盞床頭燈，蔣麗莉靠在枕上，讀一本《支部生活》，看見她來，露出了笑容。王琦瑤很少看見蔣麗莉的笑容，她總是蹙著眉，怨氣沖天的樣子。如今這笑容看上去可憐巴巴的，像是討饒的樣子，不由一陣鼻酸。她在床邊坐下，心裡打著戰，想才幾天不見，竟就憔悴成這麼樣。蔣麗莉不知道真正的病情，只以為是得了肝炎，因怕王琦瑤有顧慮，解釋說是慢性的，所以不傳染，也就不住隔離病房了。又問王琦瑤她孩子怎麼樣了？什麼時候帶她來玩。說到此，再解釋了一遍慢性肝炎的不傳染。王琦瑤心酸得說不出話，見蔣麗莉卻是想說說不動，便不敢多留，告辭了出來。一個人在太陽很好的馬路上亂轉了一氣，買了些並不需要的東西，再回到家裡，已是午飯時間，肚子卻飽飽的。炒了點剩飯給孩子吃，自己坐著鉤羊毛風雪帽。鉤著鉤著，心裡慢慢平靜下來，第一個念頭，便是去找程先生。

這天晚上，程先生一直將她送下樓，兩人在外灘走了一會，都是心亂如麻，只得放下另說。江面上有一些水鳥在低低地飛行，開往浦東的輪渡在江心鳴著汽笛，隱隱約約地傳來。背著江堤望去，不由就要仰起頭來，殖民時期英國人的建築高大森嚴。這些建築的風格，倘要追根溯源，可追至歐洲的羅馬時代，是帝國的風範，不可一世。它凌駕於一切，有專制的氣息。幸好大樓背後的狹窄街道，引向成片的弄堂房屋，是民主的空氣。黃浦江也象徵著自由。海風通過吳淞口，從江上捲來，本是要一往無前而去，不料被高樓大廈擋住，只得回頭，卻加了外力，更加洶湧澎湃。幸而有開闊的江面供它鋪陳，不至於左衝右突，變得狂暴，但就此外灘卻總有著風在鼓盪，晝夜不息。走在江邊，程先生問王琦瑤孩子怎麼樣？王琦瑤說很好，又說倘若她要有個三長兩短，請他照顧這個孩子。程先生不由笑道：蔣麗莉生了絕症，你來託孤。兩人想起了蔣麗莉，一顆心又沉重起來，停了一會兒，王琦瑤說，晚託不如早託呢！程先生說：我要是不接受呢？王琦瑤就說：那可不由你，我反正是賴上你了。話裡有著一股認真的悲愴，使它聽起來也不顯得輕佻了。程先生扭過頭去，看那黑暗裡的江水，閃著一些微光，眼前卻浮起當年他們一男二女三個，一同去泰國電影院看電影的情景。心想究竟有多少歲月過去了呢？怎麼連結局都看得到了。這結局又不是那結局，什麼都沒個了斷，又什麼都了斷了。

　　這天，王琦瑤還與程先生商量，是不是勸說蔣麗莉搬回娘家去住，清靜一些，飲食也好些。豈不料，在他們約好去看蔣麗莉的前一天，她母親已經去看過她，幾乎是被蔣麗莉趕了出來。其時，蔣麗莉的父親早已回到上海，與她母親正式離婚，將房子和一部分股息分給她母親，自己和那個重慶女人在愚園路租了房子住。蔣麗莉的弟弟一直沒有結婚，與人也無來往，每天下班回到家裡，便把自己反鎖在房間聽唱片。他們母子生活在一個屋頂下，卻形同路人，有時一連幾天不打個照面的。平日裡，她母親只有一個保姆可以作陪，那保姆見她軟弱可欺，並不將她放在眼裡，一天倒有半天在外交遊，於是，連保姆都不常照面了。這幢小樓因為人少顯得格外空廓寂寥，院子裡的花草早已凋謝，剩下殘枝敗葉，後來連殘枝敗葉都沒了，只有垃圾灰土，更增添了荒涼。幸好她母親生性愚鈍，不是那種感時傷懷的人，因此身心不至受到太大傷害。只覺得時間過得慢，不知如何打發。知道蔣麗莉生病，她先是在家哭一場。像她這樣頭腦簡單且不求甚解的女人，總是靠眼淚來緩解困境，安撫心靈，並且總能收到好效果。哭過一場後，果然生出些希望，豁然開朗似的。她洗了臉，換上出門的衣裳，已經走到門口，又覺不妥，生怕惹那信仰共產黨的女兒女婿討厭。便回到房間，重又換一套樸素些的，再走出門去。走在去女兒家的途中，她懷著鄭重的心情。她本來是怕去蔣麗莉家的，總共只去了二三回。那三個外孫看她眼光就像在看怪物，女兒也不給她面子，來不迎，走不送，說話也很刻薄。女婿倒是忠厚人，是唯一待她禮貌的人，卻又輪到她看不上他了。嫌他的山東話聽不懂，又嫌他嘴裡有蔥蒜氣，就愛理不理的。女婿也不會奉承，只能由著她受冷落去。如今，蔣麗莉的病就好像替她撐了腰似的，她理直氣壯地走進蔣麗莉的家，對屋裡那群外鄉人視而不見，一逕推開蔣麗莉的房門。她坐下不到五分鐘，就提出了十幾條批評和建議，那批評是否定一切，建議則明知做不到也要提的。蔣麗莉先是忍受著，可她母親卻得寸進尺，越發趁興，竟動起手來，當場就嚷著要與蔣麗莉換床單被褥，洗澡洗頭，一切重新來起的架式。蔣麗莉連反駁的耐心都沒了，一下子將床頭燈摔了出去。外屋的山東婆婆聽見動靜斗了膽闖進門，屋裡已經一團糟。水瓶碎了，藥也撒了，那蔣麗莉的母親煞白了臉，還當她是個好人似地與她理論。蔣麗莉只是摔東西，手邊的東西摔完了，就摔枕頭被子。她婆婆拾起被子一把將她裹住，只覺得她在懷裡篩糠似地抖，只得勸親家母先回家轉，過些時再來。蔣麗莉看著母親退出房間，一下子就癱軟下來。從此，她婆婆便不敢隨便放人進房間，事先都要通報一聲，蔣麗莉讓進才放行。

程先生同王琦瑤去看蔣麗莉時，遭到了拒絕。那山東老太出來告訴他們，蔣麗莉身上乏，要睡覺，不想見人。老太太的表情就好像自己有錯似的，眼睛都不敢看他們，千般萬般地對不住。兩人都有些明白蔣麗莉不見他們的原因，又不敢承認，心裡一陣淒惶。蔣麗莉的不見就好像是一種譴責，此情此景，這譴責是教他們永世不得翻身的。兩人更是不敢看老太太的眼睛，互相也躲避著目光，趕緊地分了手，各自回家。事後，又分別去探望了蔣麗莉。程先生還是吃了辭客令，灰溜溜地出來，沿了淮海路朝東走。走過一家酒館，裡面吵吵嚷嚷的，白木方桌邊盡是做工模樣的人，門口架一口大油鍋，煎著臭豆腐，油香和著酒香，撲面而來。他走進去，也在桌邊坐了一個位子，要了二兩黃酒，一碟百葉絲。同桌的人互相都不認識，各自對了一兩碟小菜喝酒。鄰桌也有是熟人相聚，聲浪一陣高過一陣。程先生半兩酒下肚，心裡熱了，眼裡也熱了，不覺掉下成串的淚珠。沒有人注意他。油鍋的熱氣蒸騰瀰漫，人都是掩在煙霧中的，模模糊糊，程先生可以盡情地傷心。就在這時候，王琦瑤已經坐在了蔣麗莉的床邊。她是和程先生前後腳到的蔣麗莉家，程先生剛出弄口，她就來了。蔣麗莉讓她進了房間。

王琦瑤走進了房間，第一眼是覺得蔣麗莉要比前一回好些了。她頭髮梳得又齊又平，順在耳後，新換一件白襯衣，臉頰上有一些紅暈，靠在摞起來的枕頭上。看見王琦瑤，沒有招呼，反把頭扭向一邊，背著她。王琦瑤在床邊坐下，一時也不知說什麼好。蔣麗莉背著臉的側影，好像是在飲泣。窗簾拉開了半幅，有將近黃昏的陽光流瀉進來，鍍在她的頭髮和衣被上，看上去有一股難言的憂傷。停了一會，蔣麗莉卻笑了一聲，說：你看我們三個人滑稽不滑稽？王琦瑤不知該怎麼回答，只得陪笑一聲。聽見她笑，蔣麗莉便轉過臉來，望了她說：他剛才又來，我就不讓他進來。王琦瑤說：他心裡很難過。蔣麗莉繃緊臉，怒聲說：他難過關我屁事！王琦瑤不敢說話了，她發現蔣麗莉其實是在發燒，臉越脹越紅，倒是少見的鮮豔。她伸手去摸蔣麗莉的額頭，被她猛地推開了，手心卻是滾燙的。蔣麗莉坐起來，欠著身子拉開床邊寫字檯的抽屜，拿出一本活頁夾，扔給王琦瑤。王琦瑤打開一看，見是手寫的詩行。她立刻認出是蔣麗莉的作品，就好像回到了十多年前的女學生時代。那些矯情的文字是燒成灰也寫著蔣麗莉的名字的。它們再是矯情，也因著天真而流露出幾分誠心。這些風月派的詩句總是有一種令人難過的肉麻，真實和誇張交織在一起，叫人哭不是，笑不是。王琦瑤本是最不能讀這些的，也是因為這她反不敢與蔣麗莉親近，可這時候，王琦瑤讀著這些，卻覺得眼淚都冒上來了。她想，就算是演戲，把性命都貼了進去，這戲也成真了。她看出那詩句底下，行行都寫著一個名字，就是程先生的名字，不論是好句子，還是壞句子。蔣麗莉從王琦瑤手中奪過活頁簿，嘩嘩地翻著，挑選那些最可笑的念著，沒念完自己就笑開了。她的笑聲是那麼響，惹得老太太將門推開一條縫，朝裡望了望。蔣麗莉伏在被子上，笑得直不起腰，說：王琦瑤，你說，這算什麼？她的眼睛閃爍著銳利的光芒，聲音變了腔調，也是尖銳的。王琦瑤不禁有些害怕，去奪她手裡的本子，不讓她再念。她不鬆手，兩人爭奪著，她竟在王琦瑤的手背上抓出一道血痕。王琦瑤還是不鬆手，堅決地把本子搶了過來，並且按她躺下。蔣麗莉掙扎著，笑聲漸漸變成了哭聲，眼淚從她鏡片後面滾滾而下，她說：你們穿一條褲子，你們合起來害我，說是來看我，其實是來氣我！王琦瑤急了，忘了她是個病人，大聲說：你放心！我不會和他結婚的！蔣麗莉也急了，大聲說：你和他結婚好了，我怕你們結婚嗎？你把我當什麼人了！王琦瑤流著淚說：蔣麗莉，你多麼不值得，為了一個男人，就不好好做人了，你簡直太傻了！蔣麗莉淚如泉湧地說道：王琦瑤，我告訴你，我這一輩子都是你們害的，你們害死我了！王琦瑤忍不住抱住她，說：蔣麗莉，你以為我不知道？你以為他不知道？蔣麗莉先是將她推開，後又一把拉進懷裡，兩人緊緊抱住，哭得喘不過氣來。蔣麗莉說：王琦瑤，我真是太倒楣太倒楣了！王琦瑤說：蔣麗莉，說你倒楣，我就更倒楣了。多少不如意都是壓抑著，此時翻腸倒肚地湧上來，湧上來也是白搭，任憑怎麼都挽回不了的。

她們不知抱著哭了多久，腸子都揉斷了似的。後來是蔣麗莉口腔裡的味道提醒了王琦瑤，那味道夾著甜和腥，緩緩地散發著腐爛的氣味。王琦瑤想起她是一個病人，強忍著傷心，把眼淚嚥了下去。她鬆開蔣麗莉，將她按在枕上，又去絞來熱毛巾給她擦臉。蔣麗莉的眼淚就像是長流水，流也流不斷。這時候，天也暗了下來。那邊酒館裡的程先生，喝酒喝到一個段落，已伏在桌上起不來了。他耳畔有汽笛的聲音，恍惚間自己也登上了輪船，慢慢地離了岸。四周是浩渺的大水，不見邊際的。一九六五年的歌哭就是這樣渺小的偉大，帶著些杯水風波的味道，卻也是有頭有尾的，終其人的一生。這些歌哭是從些小肚雞腸裡發出，鼓足勁也鳴不起高亢的聲音，怎麼聽來都有些嗡嗡營營，是斂住聲氣才可聽見的，可是每一點嗡營裡都是終其一生。這些歌哭是以其數量而鑄成體積，它們聚集在這城市的上空，形成一種稱之為「靜聲」的聲音，是在喧囂的市聲之上。所以稱為「靜聲」，是因為它們密度極大，體積也極大。它們的大和密，幾乎是要超過「靜」的，至少也是並列。它們也是國畫中叫作「皴」的手法。所以，「靜聲」其實是最大的聲音，它是萬聲之首。

僅僅一週之後，蔣麗莉脾臟破裂，大出血而死。身邊是老張，三個孩子，還有來自山東的親屬，團團地圍著她。可她一直處在昏迷之中，並沒有留下什麼話。她所在的工廠為她舉行了追悼會，悼詞中說她與剝削階級家庭劃清界線，一生都沒有停止對加入共產黨的追求。她的父親，母親和弟弟都沒來參加。他們似乎覺得，他們的到場會褻瀆蔣麗莉的人生理想。但他們在家裡為蔣麗莉做了從頭七到七七完整的一套送殯儀式。在這七七四十九天裡，她的家人坐在一處，有時靜默，有時低聲地交談，流露出寬諒和理解的氣氛。可蔣麗莉卻永遠地缺席，再不會回來，與這靜謐的聚合無緣。程先生和王琦瑤也沒參加追悼會，事實上，他們是在追悼會之後才知道蔣麗莉的死訊。大悲大痛似乎已經過去，這消息甚至還使他們產生輕鬆之感，是為蔣麗莉的終於解脫。儘管他們自己也沒什麼值得慶幸的事情，可他們都是妥協的人，懂得隨遇而安，而不像蔣麗莉，一生都在掙扎，與什麼都不肯調和，一意孤行，直到終極。他們對蔣麗莉的祭祀是分開進行，互相都瞞著，卻不約而同是在第二年的清明。程先生獨自去龍華骨灰存放堂灑掃一回，王琦瑤則是在夜深人靜時替她燒了一刀紙。雖然是她不信，蔣麗莉也不信，可總是萬般無奈的一點安慰，否則又能如何？追悼會上，蔣麗莉的山東婆婆哭聲不斷，幾乎將領導的悼詞遮蓋。她的啼哭引起一片應和之聲，這鄉下人的哭喪調，使整個追悼會從頭至尾充滿了真實的哀慟。

16「此處空留黃鶴樓」

程先生是一九六六年夏天最早一批自殺者中的一人。身在這個夏天，回想一九六五年的日日夜夜，就像是不祥的狂歡，是樂極生悲的前兆。不過，這是不明就裡的小市民的心情。稍大些的人物，都早已看出端倪，在心理上多少做了些準備。因此，一九六五年的歌舞其實只是小市民的歌舞，一點沒有察覺危險的氣息。對他們來說，這個夏天的打擊是從天而降的。奇怪的是，弄堂裡的夾竹桃依然豔若雲霓。梔子花，玉蘭花，晚飯花，鳳仙花，月季花，也在各自的角角落落裡盛開著，香氣四散。只有鴿群，不時從屋頂驚起，陡地飛上天空，不停地盤旋，終於回到屋頂歇歇腳，卻又是一陣驚飛。牠們的翅膀都快飛斷了，牠們的眼睛要流出血來，牠們看到的最多，每一件悲慘的事情，以及前因後果都逃不過牠們的眼睛。

一九六六年的夏天裡，這城市大大小小，長長短短的弄堂，那些紅瓦或者黑瓦、立有老虎天窗或者水泥曬台的屋頂，被揭開了。多少不為人知的祕密暴露在光天化日之下。這些弄堂裡的苟且且的祕密，帶著陰潮的霉氣，還有鼠溺的氣味，它們本來是要腐爛下去，化做肥料，培育新的人生。這些渺小的人生，也是需要付出犧牲代價的。這些人生祕密，由於多而且輕，會有一些透出牆縫瓦縫，瀰漫在城市的空氣裡，我們從來沒嗅出裡面的腐味，因它們早已演變生化出新的生命。如今，屋頂被揭開了，那景象是怵目驚心，隱晦的故事汙染了城市的空氣。這故事中有一個是說，一個不守家規的女兒，被私下囚禁了整整二十年，當她被釋放出來的時候，雙腿已不會走路，頭髮全白，眼睛也見不得陽光。在這些屋頂底下，原來還藏有著囚室，都是像鼠穴一樣，幽閉著喊喊喳喳的動靜。一九六六年這場大革命在上海弄堂裡的景象，就是這樣。它確是有掃蕩一切的氣勢，還有觸及靈魂的特徵。它穿透了這城市最隱祕的內心，從此再也無藏無躲，無遮無蔽。這些隱祕的內心，有一些就是靠了黑暗的掩護而存活著。它們雖然無人知無人曉，其實卻是這城市生命的一半，甚至更多。就像海裡的冰山，潛在水底的那一半。這城市流光溢彩的夜晚與活潑潑的白晝，都是以它們的隱祕作底的，是那聲聲色色的釜底之薪，卻是看不見的。好了，現在全撕開了帷幕，這心便死了一半。別看這心是晦澀，陰霉，卻也有羞怯知廉恥的一面，經得起折磨，卻經不起揭底的。這也是稱得上尊嚴的那一點東西。

這個夏天裡，這城市的隱私坦露在大街上。由於人口繁多，變化也繁多，這城市一百年裡積累的隱私比其他地方一千年的還多。這些隱私說一件沒什麼，放在一起可就不得了，是一個大隱私。這是這城市不得哭不得語的私房話，許多歌哭都源於此，又終於此。你看見那砸得稀巴爛的玻璃器皿，明清瓷器；火裡焚燒的書籍，唱片，高跟鞋；從門楣上卸下的店號招牌；舊貨店裡一夜之間堆積如山的紅木家具，男女服裝，鋼琴提琴，這都是隱私的殘骸，化石一樣的東西。你還看見，撕破的照片散布在垃圾箱四周，照片上這一半那一半的面孔，就像一群屈死的鬼魂。最後，連真的屍體也出現在人頭濟濟的馬路上了。

當隱私被揭露，沉滓泛起地在空中飛揚，也是謠言蜂起的時刻。我們所聽見的那些私情，一半是真，一半是假。我們雖是信疑摻半，可也並不停止繼續傳播。烏煙瘴氣籠罩了城市的街道里巷。這是由最碎的舌頭嚼出來的傳言，它們使隱私被揭露的同時失去了真面目，變了顏色，自己都認不出自己。所以你千萬不要全信，可也不要不信，在那聳人聽聞的危言之下只有著那麼一點實情。那一點實情其實很簡單，也是人之常情的一種，就看你怎麼去聽。千奇百怪的人和事，一夜之間誕生於世，昨天還是平淡如水，今天則駭世驚俗。你只要去看路邊的大字報，白紙黑字地寫的都是；還有高樓頂上撒下的傳單，五色紙裡油墨寫的也是。你看這些，能把你看糊塗。這城市的心啊，已經歪曲得不成樣子，眉眼也斜了，看什麼，不像什麼。

程先生的頂樓也被揭開了，他成了一個身懷絕技的情報特務，照相機是他的武器，那些登門求照的女人，則是他一手培養的色情間諜。這夏天，什麼樣的情節，都有人相信。他家的地板撬開了，牆打穿了，環繞程先生的神祕氣息有增無減。他被逼供了幾天幾夜，還是沒有結果，只能將他關起來，鎖在機關的一間廁所裡，一關就是一個月。這一個月裡，程先生過著行屍走肉的生活，他吃，他睡，他寫，他說，都聽憑著別人的意志。他的腦子成了一個空洞。夜深人靜，有徹夜不斷的水滴的聲音，那是抽水馬桶的漏水聲，就好像時間的更漏。一個月過去，程先生被釋放回家，已是深夜兩點，沒有公交車，他是步行回家。馬路上沒有人，外灘的江邊也沒有人，走進他住的大樓，大樓裡靜悄悄。電梯停在底層，鎖著門。穹頂上開一盞電燈，將慘白的光灑下樓底。他一層層走在圍繞電梯鐵索盤旋而上的樓梯，腳步激起回聲，在穹頂下左衝右突。窗戶外傳來江水拍岸的聲響，可看見漆黑江水裡的航標燈亮。他走到頂樓，推門進去，房間裡意外地亮著，月光照在地上，原來所有的窗幔都已扯下。於是，他就想不起開燈，走過去，在月光裡站了一時，然後在地上坐了下來。

這一晚的月光照進許多沒有窗幔遮擋的房間，在房間的地板上移動它的光影。這些房間無論有人無人，都是一個空房間。角落裡堆著舊物，都是陳年八輩子，自己都忘了的，這使它看上去像廢墟。房間是空房間，人是空皮囊。東西都被掏盡。其實幾十年的磨礪本已磨得差不多，還在乎這一掏嗎？今天的月亮，可是在許多空房子和空皮囊裡穿行，地板縫裡都是它的亮。然後，風也進來了，先是貼著牆根溜著，接著便鼓盪起來，還發出嗖嗖的聲響。偶爾的，有一扇沒關嚴的門窗「噼啪」地擊打一聲，就好像在為風鼓掌。房間裡的一些碎紙碎布被風吹動了，在地板上滑來滑去。這些舊物的碎屑，眼見得就要掃進垃圾箱，在做著最後的舞蹈。

這樣的夜晚真是很淒涼，無思無想，也沒有夢，就像死了一樣。等天亮了，倒還好些，可以去看，去聽。可現在，看也沒什麼看，聽也沒什麼聽。街上多出許多野貓，成群結隊地遊蕩。牠們的眼睛就像人眼，似乎是被放逐的靈魂在做夢遊。牠們躲在暗處，望著那些空房間，嗚嗚地哀叫。牠們無論從多麼高的地方跳下，都是落地無聲。牠們一旦潛入黑暗，便無影無蹤。牠們實實在在就是那些不幸的靈魂，從驅殼中被趕出。還有一樣東西也可能是被驅出皮囊的靈魂，那就是下水道裡的水老鼠。牠們日遊夜遊，在這城市地下的街巷裡穿行，奔赴黃浦江的水道。牠們往往到不了目的地便死了，可終有一天，牠們的屍體也會被沖進江水。牠們是一種少有人看見的生物，偶爾的，千年難得見上一面，便會驚奇得不得了。在今天這個月夜裡，下水道裡幾乎是熙熙攘攘，正舉行著水老鼠的大遊行。這個夜晚啊，唯獨我們是最可憐的，行動最不自由，本是最自由的那顆心，卻被放逐，離我們而去。幸虧我們都睡著，陷於無知無覺的境地，等到醒來，又是一個鬧哄哄的白天，有看有聽又有做。

程先生是睜著眼睛睡的，月光和風從他眼瞼裡過去，他以為是過往的夢境。他甚至沒有注意到他的周圍，他的家已經變成這副樣子。可是江邊傳來的第一聲汽笛喚醒了他，月光逝去又喚醒了他，最初的晨曦再喚醒了他。他抬頭看看，一個聲音對他說：要走快走，已經夠晚了。他沒有推敲這句話的意思，就站起身跨出了窗台。窗戶本來就開著，好像在等候程先生。有風聲從他耳邊急促地掠過，他身輕如一片樹葉，似乎還在空中迴旋了一周。這時候，連鴿子都沒有醒，第一部牛奶車也未起程，輪船倒是有一艘離岸，向著吳淞口的方向。沒有一個人看見程先生在空中飛行的情景，他這一具空皮囊也是落地無聲。他在空中度過的時間很長，足夠他思考一些重要的事情。他一離開窗台，思緒便又回到他的身上。他想，其實，一切早已經結束，走的是最後的尾聲，可這個尾聲拖得實在太長了。身體觸地的一剎那，他終於聽見了落幕的聲音。

你有沒有看見過卸去一面牆的房屋，所有的房間都裸著，人都走了，那房間成了一行行的空格子。你真是難以想像那格子裡曾經有過怎樣沸騰的情景，有著生與死那樣的大事情發生。這些空格子看上去是那麼小，那麼簡陋，幾乎不相信能容納一個晝夜的起居。它們看上去還是那麼單薄，一彎樓梯就像洋老鼠房子裡的樓梯，就好像經不起一腳踩的樣子。看那一面面的後窗，窗外邊是藍天，有窗沒窗都一個樣。門也是可有可無，顯得都有些無聊。可就是這些木頭和磚壘起的小方格裡，有著我們的好日子，和壞日子。讓我們把牆再豎起來吧，否則你差不多就能聽見哭泣的聲音，哭泣這些日子的逝去。讓這些格子恢復原樣，成為一座大房子，再連成一條弄堂，前面是大馬路，後面是小馬路，車流和人流從那裡經過。無論這城市有多少空房子，總有著足夠的人再將它們填滿。這城市的人就像水一樣，見空就鑽。在這裡你永遠不會有足夠的空閒去哀悼逝去的東西，擠都來不及呢！不過那是將一百年作一年，一年作一天那麼去看事物的。倘若只是將人的一生填進去，卻是不夠塞歷史的牙縫。倘若要哀悼，則可哀悼一生。但那哀悼縱然有一百年，第一百零一個年頭，也就煙消雲散。在這城市裡生活，眼光不需太遠，卻也不需太近，夠看個一百零一年的就足矣。然後就在那磚木的格子裡過自己的日子，好一點壞一點都無妨。雖說有些苟且，卻也是無奈中的有奈，要不，這一生怎麼去過？怎麼攫取快樂？你知道，在那密密匝匝的格子裡，藏著的都是最達觀的信念。即使那格子空了，信念還留著。窗台上，地板上，牆上，壁上，那樓梯轉彎處用滑粉寫著的孩子的手筆：「打倒王小狗」，就是這信念。

第三部

第一章

1　薇薇

薇薇出生於一九六一年，到了一九七六年，正是十五歲的豆蔻年華。倘要以為她母親王琦瑤漂亮，她就也漂亮，那就大錯特錯了。薇薇稱不上是好看，雖然繼承了王琦瑤的眉眼，可那類眉眼是要有風韻和情味作底蘊的，否則便是平淡無趣了。而薇薇生長的那個年頭，是最無法為人提供這兩項的學習和培養。她難免也是乾巴巴的，甚至在神情方面還有些粗陋。那些年頭裡，女孩子要稱上好看，倒全是憑實力的，一點也摻不得水。薇薇顯然不具備這樣的好看的條件。她時常聽見人們議論，說女兒不如母親漂亮，這使她對母親心生妒忌，尤其當她長成一個少女的時候。她看見母親依然顯得年輕清秀的樣子，便覺著自己的好看是母親剝奪掉的。這類議論對母親也是有影響的，那就是使王琦瑤保持了心理上的優勢，能以沉著自若的態度面對日益成長的女兒，而不至感到年歲逼人。薇薇剛長到能穿王琦瑤的衣服的時候，就開始和母親爭衣服穿了。有時候，王琦瑤分明出於好心，說這衣服對她太老成，她反而更要穿那衣服，似乎母親是心懷叵測。家裡有兩個女人，再沒個男人來解圍，事情真難辦。倘要以為這個沒有父親的家庭會受到種種壓力，那也大錯特錯了。人們雖然會對她們嚼些舌頭，可卻從來沒有麻煩過她們什麼，甚至還有些憐惜和照顧。她們的麻煩淨是自己找的。如同所有結成對頭的女人那樣，她們也是勾心鬥角的一對。一九七六年，王琦瑤是四十七歲，看上去至少減去十歲，如女兒走在一起，更像是一對姊妹，也是姊姊比妹妹好看。但好看歸好看，青春卻是另一回事，怎麼補也補不過來，到底是年輕占些便宜，有著許多留待享用的權利，不爭取也總是歸她。所以，王琦瑤對女兒也是有妒意的，薇薇呢，便也有了她的優勢。總之，這母女倆的優劣位置是可轉換的，決定於從哪個角度看問題。

每年的大伏天，王琦瑤曬霉的時候，打開樟木箱，衣服搭滿了幾竹竿，窗台上則是各色皮鞋。滿屋子都飛揚著細小的灰塵，在陽光裡上下沉浮。薇薇就像踩高蹺似的，將每一雙皮鞋都套在腳上拖一圈。開始的時候，她的腳只能占個鞋尖，走兩步就要摔倒。後來，她的腳長起來了，一年比一年地穿滿了這些高跟鞋。箱子底的抽了絲的玻璃絲襪也教她驚奇，把手伸進去，再張開，對著太陽，看那蟬翼似的玻璃絲。她的手也一年一年長大，最終將那絲襪徹底撐破。還有那些綴了珠子的手提包，散了串的珍珠項鍊，掉了水鑽的胸針，蛀了洞的法蘭絨貝蕾帽。都是箱角裡的物件，雖是七零八落，卻也湊合成了一幅奇光異色的圖畫。這幅圖畫在這大太陽天裡，是有些暗淡，還有些灰心喪氣的，就像那種剝落了油彩的舊油畫，然而卻流露出華麗的表情。薇薇將這些東西全披掛起來，然後去照鏡子，鏡子裡的人不是人，是妖精。她一邊做著許多以為是壞女人的姿態，一邊笑彎了腰。她想像不出母親當年的樣子，也想像不出母親當年的那個時代。今天的景象再是索然無味，因為是她的時代，所以還是今天好。薇薇有時候故意將母親的這些箱底弄壞一點兩點，從皮領上扯下幾撮毛，緞旗袍上勾出幾根絲，等著母親來罵她，正好和王琦瑤頂嘴。可是，日落時分，母親收東西時，卻不是每次都發現，即使發現，反應也很淡漠。她將那破綻處迎著光線仔細看看，然後便疊好收起了，說：誰曉得還穿著穿不著。薇薇不覺也感到了黯然，甚至還有些可憐母親，起了自責的心情。這心情不是出於同情和善解，倒是來自青春的狂妄，覺著世界都是自己的，何苦去欺那些走在末途的老年人。在他們眼中，只要年長十歲，便可稱得上老人了。有時你聽他們在說「老頭子」、「老太婆」的，其實那不過是三十多歲的人，四十多歲的人就更別提了。

但薇薇時常會忘記自己的優勢，內心是有些自卑的。年輕總是這樣，因為缺乏經驗，便不會利用自己的好條件，而且特別容易受影響，不相信自己。所以，薇薇就變得不願意和母親一起出門。母親在場，她止不住就流露出喪氣的表情，使她平淡的面目更打了折扣。小些的時候，對母親的倚賴還壓制著挫敗感，漸漸大了，所謂翅膀硬了，倚賴逐步消退，挫敗感便日益上升，變得尖銳起來。一九七六年時，薇薇是高中一年級學生。她照例是不會對學習有什麼興趣的，政治上自然也沒什麼要求。她是那種典型的淮海路上的女孩，商店櫥窗是她們的日常景觀，睜眼就看見的。這些櫥窗裡是有著切膚可感的人生，倒不是「假大空」的。它是比柴米油鹽再進一步的生活圖畫，在物質需求上添一點精神需求，可說是生活的美學。薇薇這些女孩子，都是受到生活美學陶冶的女孩子。上海這城市，你不會找到比淮海路的女孩更會打扮的人了。穿衣戴帽，其實就是生活美學的實踐。倘若你看見過她們將一件樸素的藍布罩衫穿出那樣別緻的情調，你真是要驚得說不出話來。

在那個嚴重匱乏生活情趣的年頭裡，她們只需小小一點材料，便可使之煥發出光彩。她們一點不比那些反潮流的英雄們差勁，並且她們還是說的少，做的多，身體力行，傳播著實事求是的人生意義和熱情。在六十年代末到七十年代上半葉，你到淮海路來走一遭，便能感受到在那虛偽空洞的政治生活底下的一顆活潑跳躍的心。當然，你要細心地看，看那平直頭髮的一點彎曲的髮梢，那藍布衫裡的一角襯衣領子，還有圍巾的繫法，鞋帶上的小花頭，那真是妙不可言，用心之苦令人大受感動。薇薇的理想，是高中畢業後到羊毛衫櫃台去做一名營業員。說實在，那陣子的選擇很有限，薇薇也不是個好高騖遠的人，她甚至都不是個肯動腦筋的人，對自己前途的設想，帶著點依葫蘆畫瓢的意思。這點上，她也不如王琦瑤，當然這也是時代的局限性。總之，薇薇是淮海路上的女孩中最平常的一個，不是菁英，也不是落伍者，屬於群眾的隊伍，最多數人。

一九七六年的歷史轉變，帶給薇薇她們的消息，也是生活美學範疇的。播映老電影是一樁，高跟鞋是一樁，電燙頭髮是又一樁。王琦瑤自然是要去燙頭髮的。不知是理髮師的電燙手藝生疏了，還是看慣了直髮反而看不慣鬈髮了。王琦瑤從理髮店回來時是非常懊惱的。新燙的頭髮就像雞窩，顯得邋遢，而且看出了年紀。她再怎麼梳理都弄不好，心裡直罵自己沒事找事，還罵理髮店沒有金鋼鑽，卻偏要攬瓷器活。其時，薇薇也和她的同學一起去燙了辮梢和瀏海，倒是乾淨利索，也增添了一點嫵媚。薇薇心情很好地回到家，卻不料母親說她像個從前的蘇州小大姐。薇薇被潑了冷水，倒不氣餒，曉得母親這幾日因為頭髮燙壞了氣不順，由著她說，並不回嘴，還幫著王琦瑤捲頭髮做頭髮，鏡子裡看出了自己的優勢。王琦瑤一邊擺弄頭髮，一邊想起佛家把頭髮叫作煩惱絲，是實在有道理。這千絲萬縷的，真是煩惱死人了。過了幾天，王琦瑤又去理髮店，乾脆剪了，極短的，倒新造出一個髮式，非常別緻。走出理髮店時，這才覺出藍天紅日，微風拂面。薇薇一看母親再看自己，果然是一個蘇州小大姐，不由一陣沮喪。這回就輪到王琦瑤替她弄頭髮了。可她心裡有成見，總覺著母親給她的建議不對頭，故意要她難看似的。王琦瑤說什麼，她反對什麼。最後，王琦瑤生氣了，撇下她走開去，薇薇一個人對了鏡子，不由就哭了起來。這麼鬧一場，她們母女至少有三天不說話，進來出去都像沒看見。

到了第二年，服裝的世界開始繁榮，許多新款式出現在街頭，據老派人看，這些新款式都可以在舊款式裡找到源頭的。於是，王琦瑤便哀悼起她的衣箱，有多少她以為穿不著的衣服，如今到了出頭之日，卻已經賣的賣，破的破。她嘮叨著這些，薇薇倒不覺著囉嗦，還很耐心地聽。聽母親細緻地描繪每一件衣服的質地款式，以及出席的場合，曬霉的日子又到了眼前。她看見母親的好日子已經失了光彩，而她的好日子正在向她招手。她奮起直追的，要去響應新世界的召喚。她和她那些同學們，將這城市服裝店的門檻都快踏破了，成衣店的門檻也踏破了。她們讀書的時間沒有談衣服的時間多。她們還把外國電影當作服裝的摹本反覆去看。然而當她們初走出原先那個簡單的無從選擇的衣著世界，面對這一個豐富多彩，紛繁雜沓的服裝形勢，便會感到無所適從。天賦好一些的人，尚能夠迅速找到方向，走到時尚的前列，起個領路人的作用。像薇薇這樣天賦一般的人，難免就要走一些彎路，付些學費。其實薇薇要是肯多聽母親幾句，也許還可及時走上正軌，合上時尚的腳步。可她偏是要同母親唱對台戲的。母親說東，她偏西。要說起來，在服飾的進步方面，薇薇是花大力氣了，但失敗還是不可避免。她每過一段日子，就為了要錢做衣服和王琦瑤嘔氣；做好的衣服效果適得其反，又要和王琦瑤嘔氣；再看母親不費一點難的，將箱底的舊衣服稍作整理便一領潮流，還得嘔一次氣。在追求時髦的過程中，薇薇就是這樣將錢和心情作代價，舉步維艱地前進。

不過，凡事都怕用心二字，再過了一年，薇薇的裝束便得了要領。看見她，就知道街上在流行什麼。而她一旦納入時尚的潮流，心情便從容了許多。她有了一些識別力，曉得哪些是時尚的假象，哪些才是真諦，需要跟上，不跟就要落伍。身在這一年，回顧前一年，難免百感交集，那真是叫人亂了手腳的。不要小看這些從俗入流的心，這心才是平常心，日日夜夜其實是由它們撐持著，這城市的繁華景色也是由它們撐持著。這些平常心是最審時度勢，心明眼亮，所以也是永遠不滅，長青樹一樣。薇薇高中畢業了，沒有去賣羊毛衫，而是進入一所衛生學校。學校在郊區縣，一星期回來一次。這個學校是女生多男生少，女孩子在一起，難免也是爭奇鬥豔，互相攀比著買衣買鞋。每到星期六回到市區，便如同補課一樣，大逛馬路。其時，王琦瑤早已經卸下打針的牌子，只在工廠間裡鉤毛線活。本是活多人少，可是插隊落戶大回城，進了一批知青，就變成人多活少，收入自然減低了。為了應付薇薇服裝上的開支，也為自己偶爾添一點行頭，她不得已動用了那筆李主任留給她的財產。她等薇薇不在的時候，開箱取出金條，拿到外灘中國銀行兌了現錢。她感慨地想：沒飯吃的時候都沒動這錢，如今有吃有穿的，卻要動了。她覺得動了一回就難保沒有下一回，就好像滿口牙齒掉了一顆，就會掉第二顆，心裡不覺有些發空。可是一街的商店都在伸手向她要錢，她捱得過今天捱得過明天嗎？王琦瑤眼裡的今日世界，不像薇薇眼裡的是個新世界，而是個舊世界，是舊夢重溫。有多少逝去的快樂，這時又回來了啊！她心裡的歡喜其實是要勝過薇薇的，因為她比薇薇曉得這一些的價值和含義。

金條的事情，王琦瑤瞞著薇薇，想若是被她曉得，還不知怎麼樣的買衣服呢！所以，薇薇向她要錢時，她手是一點不鬆的。這時候，薇薇才會想起父親這一樁事來。她想，倘若再有一個父親掙錢，便可多買多少衣服啊！除此，她也並不覺得需要有個父親。王琦瑤從小就對她說，父親死了，她也是這樣對別人說的。當薇薇稍稍懂事以後，她們這個家基本上就沒有男客上門，女客也很少，除了弄底七十四號裡的嚴家師母。雖然有外婆家，卻也少走動，一年至多一回。所以，薇薇的生活其實很簡單。她在外形上比她的實際年齡顯得成熟，內心卻還是個孩子，除了時尚，什麼人情世故都不懂。這不能怪她，全因為沒有人教她。這倒是淮海路女孩的一個例外。淮海路的女孩還是有些野心的，她們目睹這城市的最豪華，卻身居中流人家，自然是有些不服，無疑要做爭取的。住在淮海路繁華的中段的人家，大凡都是小康。倘若再往西去，商店稀疏，街面冷清，囂聲偃止，便會有高級公寓和花園洋房出現，是另一個世界。這其實才是淮海路的主人，它是淮海路中段的女孩的夢想。薇薇卻沒有這種追根溯源的思路，她是一根筋的，唯一的爭取，便是回家向王琦瑤要錢。她甚至從來都沒想一想，她向母親要錢，母親卻向誰要錢。有時王琦瑤向她嘆苦經，她便流著眼淚，為自己的家境悲嘆。但過後就忘了，再接著還是向王琦瑤要錢。一旦要到錢，她歡喜都來不及，哪裡還顧得去想錢的來路。所以只要王琦瑤自己不說，薇薇是不會知道金條那回事的。

現在，到了曬霉的日子，薇薇的衣服也有一大堆了。從吃奶時候的羊毛斗篷，一直到前一年流行的喇叭褲，真是像蟬蛻一樣的。這城市裡的女人，衣服就是她們的蟬蛻。她們的年紀是從衣服上體現的，衣服裡邊的心，有時倒是長不大的。王琦瑤細細地翻檢著這些衣服，看有沒有生霉斑。大部分衣服是六成新的，只因為式樣過時，便被拋置一邊。王琦瑤卻替薇薇收著，她知道，這些過時的樣式，再過些時又會變成新樣式。這就是時尚的規律，是根據循環論的法則。對於時尚，王琦瑤已有多年的經驗，她知道再怎麼千變萬化，穿衣總是一個領兩個袖，你能變出兩個領三個袖嗎？總之，樣式就是那麼幾種，依次擔綱時尚而已。她只是覺著有時循環的週期過長了，縱然有心等，年紀卻不能等了。她想起那件粉紅色的緞旗袍，當年是如何千顆心萬顆心地用上去，穿在身上，又是如何的千嬌百媚。這多年來壓在箱底，她等著穿它的日子到來，如今這日子眼看著就近了，可她怎麼再能穿呢？這些事情簡直不能多想，多想就要流淚的。這女人的日子，其實是最不經熬的。過的時候不覺得，過去了再回頭，怎麼就已經十年二十年的？曬霉常常叫人惆悵心起，那一件件的舊衣服，都是舊光陰，衣服蛀了，烊了，生霉了，光陰也越推越遠了。

曾有一次，王琦瑤讓薇薇試穿這件旗袍，還幫她將頭髮攏起來，像是要再現當年的自己。當薇薇一切收拾停當，站在面前時，王琦瑤卻惘然若失。她看見的並非是當年的自己，而是長大的薇薇。薇薇要比她高大，因此這件旗袍在她身上，緊繃繃的，也略短了。到底年代久了，緞面有些發黃變色，一看便是件舊物。薇薇穿了它，怎麼看都不大像的。她在鏡子前左顧右盼，咯咯地笑彎了腰。這件舊旗袍，並沒有將她裝束成一個淑女，而是襯出她無拘無束的年輕鮮活。是從那衣褶裡迸出來的。薇薇做出許多怪樣子，自得其樂。等她樂夠了，脫下旗袍，王琦瑤再沒將它收進箱底，只是隨手一塞，有幾次理東西看見它，也做不看見的推在一邊，漸漸地就把它忘了。

2　薇薇的時代

薇薇眼睛裡的上海，在王琦瑤看來，已經是走了樣的。那有軌電車其實最是這城市的心聲，如今卻沒了。今天，在一片嗡然市聲之中，再聽不見那個領首的「噹噹」聲。馬路上的鐵軌拆除了，南京路上的楠木地磚早二十年就撬起，換上了水泥。沿黃浦江的喬治式建築，石砌的牆壁發了黑，窗戶上蒙著灰垢。江水一年比一年渾濁稠厚，拍打防波堤的聲音不覺降了好幾個調。蘇州河就別提了，隔有一站路就嗅得見那氣味，可直接作肥料的。上海的弄堂變得更陰沉了，地上裂了，牆上也裂了，弄內的電燈，叫調皮孩子砸碎了，陰溝堵了，汙水漫流。夾竹桃的葉子也是蒙垢的。院牆上長了狗尾巴草，地磚縫裡，隔年的西瓜籽發了芽。這還都是次要，重要的變化在於房子的內心。先說那公寓大樓，就像有千軍萬馬在樓梯上奔跑過，大理石的梯級都踩塌了邊沿，也不怪它踩塌，幾十年的腳步，是滴水穿岩的工夫。大理石的樓梯尚且如此，弄堂房子裡的木樓梯就不用說了。大樓穹頂上的燈至少是碎了燈罩的；羅馬式的雕花有還不如沒有，專供積灰塵和結蛛網的；電梯的吊索自然是長了鏽，機械部分也不靈了，一升降便隆隆響；樓梯扶手可千萬別碰，幾十年的灰塵積在上面。倘若爬上頂樓，便可看見水箱的鐵皮板也生了鏽，頂上蓋一片牛毛氈，是教雨打得千瘡百孔的。頂樓平台上是風聲浩蕩，掃起了地上的土，飛砂走石的勢態。這裡有一些莫名其妙的不知從哪裡來的破東西，叫人百思不得其解。走過這些破東西，扶著磚砌的圍欄，往下看去，便可看見這城市所有的曬台和屋頂都是爛了磚瓦的。從人家的老虎天窗看進去，那板壁牆早已教白螞蟻蛀空了。最妙的是花園洋房，不要進門，只看院子，便可知道那裡的變化。院子裡搭了多少晾衣架呀，一個洗衣工廠也不過如此。花壇處搭起了灶間，好端端的半圓形大陽台，一分為二，是兩個灶間。要是再走進去，活脫脫就是進了一座迷宮。尤其是在夜晚，你兩眼一摸黑，耳邊的聲音卻很豐富，油鍋爆響，開水沸騰，小孩啼哭，收音機播音樂，那是從四面八方上下左右圍攏來。你一動就會碰壁，一轉彎也會碰壁，壁縫裡傳出的淨是油煙味。你也不能摸，一摸一手油。這裡全都改了樣子，昔日的最豪華，今天的最局促。當年精心設計的建築式樣，裝飾風格，如今統統談不上。

弄堂房子的內心還算是沉得住氣，基本是原來的樣子，但是一推敲，卻也不同了。每一座房子的過道，樓梯拐角，都堆著舊東西。那是一年到頭也想不起要用的東西，要扔卻像是割他的肉，死活不肯的。這些舊東西就像有生命，會蔓生蔓長，它們先是在平地上擴展，漸漸就上了天花板。有時是貼著，有時則懸著，岌岌可危，弄不好就撞你的頭。只要看它們，就可知道這裡面積攢了多少歲月。這裡的樓梯也是踩塌的；地板是鬆動的；抽水馬桶大半是漏水的，或者堵塞的；電線從牆壁裡暴露出來，千股萬股的樣子；門球也是不靈的，裡頭滑了絲，旋了幾圈也旋不開。倘若是木窗，難免就是歪斜的，關不嚴，或者關嚴就開不開。都是叫歲月侵噬的。弄堂房子的內心，其實是憔悴許多的，因為耐心好，才克制著，不叫爆發出來。再說，又能往哪裡去爆發？

薇薇她們的時代，照王琦瑤看來，舊和亂還在其次，重要的是變粗魯了。馬路上一下子湧現出來那麼多說髒話的人，還有隨地吐痰的人。星期天的鬧市街道，形勢竟是有些可怕的，人群如潮如湧，噪聲喧天，一不小心就會葬身海底似的。穿馬路也叫人害怕，自行車如穿梭一般，汽車也如穿梭一般，真是舉步維艱。這城市變得有些暴風疾雨似的，原先的優雅一掃而空。乘車，買東西，洗澡，理髮，都是人擠成一堆，爭先恐後的。謾罵和鬥毆時有發生。這情景簡直讓人驚心動魄。僅有的幾條清靜街道，走在林蔭之下，也是心揣不安，這安寧是朝不保夕，過一天少一天。西餐館裡西餐也走樣走得厲害，杯盤碗碟都缺了口，那焗麵的器具好像二十年都沒洗似的，結了老厚的鍋巴。大師傅的白衣衫也至少二十年沒洗，油膩染了顏色。奶油是隔夜的，土豆色拉有了餿氣，火車座的皮面換了人造革，瓶裡的鮮花換了塑料花。西式糕點是洩了祕訣，一下子到處都是，全都是串了種變了味的。中餐館是靠豬油和味精當家，鮮得你掉眉毛。熱手巾是要打在菜價裡的，女招待臉上的笑也是打進菜價的。榮華樓的豬油菜飯不是燒爛就是炒焦，喬家柵的湯糰不是餡少就是漏餡。中秋月餅花色品種多出多少倍，最基本的一個豆沙月餅裡，豆沙是不去殼的。西裝的跨肩和後背怎麼都做不服貼了，領帶的襯料是將就的，也是滿街地穿開，卻是三合一作面料的。淑女們的長髮，因不是經常做和焗，於是顯得亂紛紛。皮鞋的後跟，只顧高了，卻不顧力學的原則，所以十有九雙是歪的，踩高蹺似的，顫顫巍巍。什麼好東西都經不得這麼濫的，不粗也要粗了。王琦瑤甚至覺得，如今滿街的想穿好又沒穿好的奇裝異服，還不如文化革命中清一色的藍布衫，單調是單調，至少還有點樸素的文雅。

上海的街景簡直不忍卒讀。前幾年是壓抑著的心，如今釋放出來，卻是這樣，大鼓大噪的，都窩著一團火似的。說是什麼都在恢復，什麼都在回來，回來的卻不是原先的那個，而是另一個，只可辨個依稀大概的。霓虹燈又閃起來了，可這夜晚卻不是那夜晚；老字號，名字號也掛起來了，這店也不是那店了；路名是改過來了，路上走著的就更這人不是那人了。可再怎麼著，薇薇也是喜歡這時代。有誰能不喜歡自己的時代？這本不是有選擇的事情，不喜歡也要喜歡，一旦錯過就再沒了。薇薇又沒接受過什麼異端思想，她一招一式都是跟著這時代走的。這城市的人幾乎全是跟著時代走的，甚至還有點跟著起鬨。因此，那一股時代潮流就顯得格外強勁，聲勢浩大。薇薇倘不是有王琦瑤時不時地敲打，不知要瘋成什麼樣子了。她走在馬路上擠擠的人群中，心裡就洋溢著很幸運的喜悅，覺著自己生逢其時。她從櫥窗玻璃裡照見自己模模糊糊的身影，那也是摩登的身影。她心緒很好，所有的不高興都是衝著母親來的。在家生氣，出了門又興致勃勃。她就像是這城市馬路的主人一樣，最有發言權。她在馬路上最看不得的是外地人，總是以白眼對待。在她看來，做外地人是最最不幸的命運。所以，除了對她的時代滿意，薇薇還為她的城市很驕傲。她滿嘴都是馬路上的流行語，說回家王琦瑤一句不懂，但其中那一股粗俗氣，是令她掩耳的。薇薇在馬路上也是不吃虧的，誰要是踩了她的腳，可就了不得。踩她腳的要是外地人，就更了不得。像她這樣年紀的女孩，人們一般是不敢惹的。她們目中無人，不可一世，言語尖刻。但要是遇上一兩個存心惹事的無賴之徒，那可就吃不了兜著走了。所以，她們往往是三個五個成行。要是有了男朋友，她們的神氣就更逼人了，那才叫天不怕地不怕呢。

薇薇這一代傲行馬路的摩登女性比前邊歷代的都多了一個秉性，那就是饞。你細細看去，她們幾乎一無二致的，嘴裡全在咀嚼，臉上有享受的表情。她們的唇齒都異常靈巧，可將易碎的瓜子皮肉兩分。她們的舌頭也很靈光，能品出萬種滋味。她們的脾胃非常康健，一日三餐之外，還有著許多零碎負擔，並且千奇百怪，回回給它出難題。其實，以前的小姐也饞，只是不好意思罷了，如今倒是實在多了。所以，這饞倒是給她們增添可愛的。電影院裡，那嘩嘩剝剝老鼠吃夜食的聲響，就是今天小姐們摩登的聲音。今天的小姐倒都是不講虛禮的，也不會作假，有一點豪爽的脾氣。你要能放下架子，忍著她們的冷臉，無須長久，只一會兒便能與她們作朋友，然後一起交流摩登的心得。這一代的摩登女性還有一個特徵是鬧。她們到哪裡都有滿腹的知心話似的，嘰嘰喳喳說個沒完，好像喜鵲鬧窩。她們大凡都有清脆的聲音，又特別喜愛笑。她們知心話不愛在家裡說，喜歡在戶外說，有一半是教人給聽去的。她們的唇舌除了吃靈巧，說也很靈巧。昔日的娘姨也沒她們嘴碎，拉得來家常。她們一邊吃一邊說的，倒虧得舌頭忙得過來。不過她們說的大都不是要緊話，說過等於白說，沒一句留得住的。今天的摩登小姐其實是有著一顆樸實的心，是鄉下人的耿脾氣，認準一條摩登的道路，不到黃河心不死。

現在，交誼舞也時興起來了，誰要是見過初興舞會的那情景，一定會受感動。參加舞會的人們是那麼害羞卻執著，堅決同怕出洋相的心情作鬥爭。有時候，好幾支舞曲都結束了，卻沒有一個跳舞的人。人們圍著牆根坐了一圈，嚴肅而興奮地凝視著空場子。一旦有人下去跳了，周圍便爆發出笑聲，笑聲掩蓋了羨慕的心情。這時候的舞會，一般都是單位裡舉辦，要是想經常地參加舞會，必須在社會上有著較廣泛的關係，漸漸地再聯絡起一些志同道合者。他們提著一只也是新興的卡式錄音機，找一間空房子，就可舉行一場舞會。這種舞會是真正奔著跳舞而來的，不存在任何私心雜念，你只要看那踩著舞步的認真勁便可明白。七十年代末和八十年代初的時尚，全都是實心眼的。

3 薇薇的女朋友

和薇薇要好的女朋友有好幾個，她們是同班同學，還是逛馬路的好夥伴。淮海路上有一個新跡象，她們便通風報信。她們互相鼓勵和幫助，在每一代潮流中，不讓任何一個人落伍。她們之間自然是要比的，妒忌心也是難免，不過，這並不妨礙她們的友誼，反而能督促她們的進取心。切不要認為她們是沒什麼見解，只知跟隨時尚走的女孩。她們在長期的身體力行之後，逐漸積累起一些真正屬於自己的時尚觀念。她們在一起時常討論著，否則你怎麼解釋她們在一起的話多？

其實，要是將她們在一起的閒聊記錄整理出來，就是一本預測時尚的工具書，反映出樸素的辯證思想。她們一般是利用反其道而行之的原理，推算時尚的進程。比如現在流行黑，接著就要流行白；現在流行長，緊跟著就是短。也就是從一個極端走向另一個極端。極端也是她們總結出的一個時尚精神。時尚為引起群眾注意，總是旗幟鮮明，因此，它又帶有獨特的精神。然後，矛盾就來了，她們如何能在潮流中保持獨特性呢？她們的討論其實已經很深入，如果鍥而不舍，便能成為哲學家了。

在薇薇的女朋友裡邊，最使薇薇崇拜的，是中學同學張永紅。張永紅可說是已經達到時尚中的獨特境界，是女朋友中間的佼佼者。她對時尚超凡脫俗的領悟能力，使你不能不相信這個女孩是有著極好的審美的天性。張永紅能使時尚在她身上達到最別緻，縱然一百一千個時髦女孩在一起，她也是個最時髦。而她絕不是以背叛的姿勢，也不是獨樹一幟。她是順應的態度，是將這時尚推至最精華。這城市馬路上的時尚多虧有了張永紅這樣的女孩，才可保持最好的面目。因為大多數人是在起破壞作用，把時尚歪曲得不成樣子才罷休的。張永紅難免會引起女友們的妒意，覺得被她搶了鋒頭，但內心又不能不服，因為確實從她那裡學來許多東西，所以在面上還維持著友好的關係。張永紅自知這一切，便格外驕傲，把別人都不放在眼裡，卻唯獨對薇薇遷就，甚至還反過來有些巴結她的。當然，這巴結也是帶有恩賜的意思。其實這也很簡單，再得意的人也一樣怕孤獨，總是要找一個伴的。張永紅選擇薇薇，雖不是經過明確的權衡，但本能的驅使自有它的道理。薇薇的心底單純和她的不具備威脅性，使張永紅一眼就認定這是她最好的夥伴。薇薇見張永紅對她好，幾乎是受寵若驚，高興都來不及呢！她是那種內心挺軟弱的女孩，天下的仇敵只她母親一人，出了門外，就都是她的朋友，個個曲意奉承，何況出類拔萃的張永紅呢。和張永紅走在一起，她禁不住有著點狐假虎威的心情，張永紅出眾，她也跟著出眾了。

而你決計想不到如張永紅這樣的風流人物，她所生活的家是什麼樣的，這其實是淮海路中段的最驚人的奇蹟。這條繁華的馬路的兩邊，是有著許多條窄而小的橫馬路。這些橫馬路中，有一些是好的，比如思南路，它通向幽靜的林蔭遮道的地方。那是鬧中取靜的地方，有著一些終日關著門的小樓，切莫以為那裡不住人，是個擺設。那裡的人生是凡夫俗子無法設想的，是前邊大馬路的喧譁與繁榮不可比擬的。相形之下，這種繁榮便不由不教人感到虛張聲勢，還是徒有其表。有了它在，這淮海中路的華麗怎麼看都是大眾情調，走的群眾路線。倘若認識到這一點，再去看那些旁枝錯節般的橫馬路，你就能有些心理準備。這些橫馬路中最典型的一條是叫作成都路，它是一條南北向的長馬路，要知道，這城市的大馬路幾乎都是東西向的，所以，它是從多少著名的馬路穿越而過啊！儘管如此，它依然沒有沾染那些豪華大道的虛榮氣息，因它是有些銅牆鐵壁的意思。這是堅如磐石的人生。你只要嗅嗅那裡的氣味便可了然。那氣味是小菜場的氣味，有魚腥氣，肉腥氣，菜葉的腐爛氣，豆製品在木格架子上的酸酵氣，竹掃帚掃過留下的竹腥氣。你再抬頭看看那裡的沿街房屋，大都是板壁的，伸手可搆到二樓的窗戶。那些雨簷都已叫雨水蝕爛了，黑烏烏的。樓下有一些小店，俗話叫煙紙店的，賣些針頭線腦。弄堂就更別提了，幾乎一律是彎彎曲曲，有的還是石子路面，自家搭的棚屋。你根本想不到，這樣的農舍般的房屋，可躋身在城市的中心地帶。這些農舍般的房屋到了薇薇這個年代，大都已經翻建成水泥的，這使得局面更加雜亂，弄堂也更狹窄，連供人轉身都勉強了。想不到吧，淮海路的浮華竟是立足於這樣一些腳踏實地的生存之計。

在那條崎嶇漫長的成都路上，淮海路與長樂路之間的一段，沿街有一扇小門，雖是常開著，卻無人會注意。一是因它小；再是因那裡頭的暗。假如無意地在門口滯留一時，便可嗅見一股嗆鼻的異味。這異味中說的出名堂的是一股皮硝的氣息，而那說不出所以然的，其實就是結核病菌的氣息。這門裡黑洞洞的，沒有後窗，前窗也教一塊早已變色的花布擋著，透進朦朧的光線。倘若開了燈，便可看見那房間小得不能再小，堆著舊皮鞋或者皮鞋的部件。中間坐著的修鞋匠，就是張永紅的父親。迎著門，是一道窄而陡的樓梯，沒有扶手的，直上二樓。說是二樓，實在只是個閣樓，只那最中間的屋脊下方，才可直起身子。這一個閣樓上躺著兩個病人，一是張永紅的母親，二是張永紅的大姊。她們患的均是肺結核。倘若張永紅也去醫院檢查，或就又是一個結核病患者。她的膚色白得出奇，幾乎透明了，到了午後兩三點，且浮出紅暈，真是豔若桃花。因從小就沒什麼吃的，將胃口壓抑住了，所以她厭食得厲害，每頓只吃貓食樣的一口，還特別對魚肉反胃。她身上的新衣服都是靠自己掙來的：她替人家拆紗頭，還接送幾個小學生上下學，然後看管他們做作業，直至孩子的大人回家。她倒也不缺錢，但她也決計不會給自己買點吃的。當薇薇第一次把張永紅帶到家裡，王琦瑤僅一眼便看出這女孩的病態。她先是不許薇薇與她作伴，以免染病。可薇薇哪裡聽她的，說了也是白說。再則，張永紅看上去是那麼美，結核病菌倒替她平添一股高貴氣質，掩飾了困窘生活留下的粗魯烙印，她也觸動了王琦瑤的惻隱之心，讓她想起紅顏薄命的老話。張永紅衣著的得體更是贏得王琦瑤的好感，同樣的時間，在薇薇身上是人云亦云的味道，在張永紅身上卻有了見解。於是，她也就不再干涉她們的交往，但她絕不留她吃飯，當然也絕不擔心張永紅會留薇薇吃飯。

張永紅對王琦瑤印象深刻。她問薇薇她母親是做什麼的，這倒叫薇薇答不上來了。繼而又問她母親有多大年紀，薇薇以為她也會像所有人那樣感嘆母親顯得年輕，看上去像她的姊姊。不料張永紅只是說：你看你母親身上的棉襖罩衫是照男式罩衫做的，開叉，反門襟，多麼時髦啊！薇薇聽了此話並沒像以往那樣生忌，反而有些高興，因她實在太感激張永紅的厚愛，心懷慚愧，不知該回贈什麼。現在，看見張永紅對她母親有敬佩和學習之心，便覺得對得起她了些。雖因母親反對她們往來，有些為難再帶張永紅上門，可實在報恩心重，也顧不得太多，於是三天兩頭邀張永紅來玩。張永紅則有請必應，一趟不落。久而久之，就和王琦瑤熟了起來。張永紅和王琦瑤不熟不要緊，一熟竟是相見恨晚，有許多不謀而合的觀點。而且，就像有什麼默契，什麼話都不用多說，一點就通。薇薇在一邊聽著，簡直傻了眼。比如有一回張永紅對王琦瑤說：薇薇姆媽，其實你是真時髦，我們是假時髦。王琦瑤笑道：我算什麼時髦，我都是舊翻新。張永紅就說：對，你就是舊翻新的時髦。王琦瑤不禁點頭道：要說起來，所有的時髦都是舊翻新的。薇薇就笑了，說你們就好像繞口令。可畢竟是因為崇拜張永紅，所以便也對母親有了些尊重，不再那麼事事作對了。

張永紅的審美能力從沒有受到培養教育，馬路上的時尚是她唯一的教科書，能夠在潮流中獨占鰲頭已是可能得到的最好成績。她畢竟又還年輕，沒經歷有幾朝時尚的，雖然才能過人，卻終是受局限。不至掉在時尚的尾上，至多也不過是在時尚的首上，還是大多數人的隊伍。如今的情形卻起變化了。王琦瑤給她打開一個新世界。張永紅再沒想到，在她們之前，時尚已有過花團錦簇的輝煌場面。她們如同每一代的年輕人一樣，以為歷史是從她們這裡開始的。但張永紅不像薇薇那麼冥頑不化，而王琦瑤又特別教她信服，因她是真的懂什麼是好，什麼是不好的。那羽衣霓裳的圖書呀！張永紅真是慶幸自己遇到王琦瑤，這是她人生的良師。王琦瑤也很高興遇到張永紅，她有多少日子沒有打開話匣子？真是數也數不清了。又不是說別的，說的是時裝。幾十年的時裝，王琦瑤全部歷歷在目，那才是不思量，自難忘。時裝這東西，你要說它是虛榮也罷，可你千萬不可小視它，它也是時代精神。它只是不會說話而已，要是會說話，也可說出幾番大道理。王琦瑤向張永紅仔細地描繪歷年歷代的衣裝鞋帽，眼前是一幅幅的美人圖。張永紅禁不住慚愧地想：她們這時代的時尚，只不過是前朝幾代的零頭，她們要補的課實在太多了。薇薇也跟著一起聽，卻不像張永紅那麼有感觸，她還是覺著自己的時代好，母親描繪的時裝，在她腦子裡，就好像老戲裡的戲裝，總顯得滑稽可笑。只有等到這些時尚又一個輪迴過來，走到她面前，她才會服氣。這孩子是有些不見棺材不掉淚的。她完全不動腦筋，只看眼前，過去和將來對她都沒意義。

八十年代初期，這城市的時尚，是帶些埋頭苦幹的意思。它集回顧和瞻望於一身，是兩條腿走路的。它也經歷了被扭曲和壓抑的時代，這時同樣面臨了思想解放。說實在，這初解放時，它還真不知向哪裡走呢？因此，也帶著摸索前進的意思。街上的情景總有些奇特，有一點力不從心，又有一點言過其實。但那努力和用心，都是顯而易見，看懂了的話，便會受感動。自從受到王琦瑤的影響，張永紅表現出脫離潮流的趨勢。乍一看，她竟是有些落伍，待細看，才發現她其實已經超出很遠，將時尚拋在了身後。但畢竟如張永紅這樣的有見識者是在少數，連好朋友薇薇都難以理解，所以她便把自己孤立了。這時，有許多女孩額手稱慶，以為她們的競爭對手退場了，留下的全是她們的舞台。其實她們是該感到悲哀才對，因為失去了領頭人，每一輪時尚都難免平庸的下場了。說真的，本來時尚確是個好東西，可是菁英們不斷棄它而走，流失了人才，漸漸地就淪為俗套。現在，張永紅顯得形單影隻的，只有王琦瑤是她的知音。有時候，薇薇不在家，她也會來和王琦瑤聊天。正說著，薇薇走了進來，她們倆看薇薇的眼光，就好像薇薇是外人，她們倒是一對親人了。後來，中學畢業，薇薇去護校讀書，張永紅因是家庭特困，照顧分配到煤氣公司，做抄表員的工作，三天兩頭就跑來看王琦瑤，就更是這兩個人近，薇薇遠了。薇薇有時對王琦瑤說：把張永紅換給你算了！但其實，王琦瑤和張永紅之間，倒並不是類似母女的感情，而是一個女人和另一個女人間的，跨過年紀和經歷的隔閡而攜起手來。

這兩個女人的心，一顆是不會老的，另一顆是生來就有知的，總之，都是那種沒有年紀的心，是真正的女人的心。無論她們的軀殼怎麼樣變化和不同，心卻永遠一樣。這心有著深切的自知，又有著嚮往。別看那心只是用在幾件衣服上，可那衣服你知道是什麼嗎？是她們的人生。都說那心是虛榮心，你倒虛榮虛榮看，倘不是底下有著堅強的支撐，那富麗堂皇的表面，又何以依存？她們都是最知命的人，知道這世界的大榮耀沒她們的份，只是掙一些小鋒頭，其實也是為那大榮耀作點綴的。她們倒是不奢望，但不等於說她們沒要求，你少見她們這樣一絲不苟的人。她們對一件衣裙的剪裁縫製，細緻入微到一個襉，一個針腳。她們對色澤的要求，也是嚴到千分之一毫的。在她們看起來隨便的表面之下，其實是十萬分的刻意，這就叫做天衣無縫。當她們開始構思一個新款式的時候，心裡歡喜，行動積極。她們到綢布店買料子，配襯裡，連鈕子的品種，都是統籌考慮的。然後，樣子打出來了，試樣的時刻是最精益求精的時刻，針尖大的誤差也逃不過她們的眼睛。等到大功告成，望著鏡子裡的自己，身穿新裝，針針線線都是心意。她們不禁會有一陣惆悵，鏡子裡的圖景是為誰而設的？這樣虛空的時候，她們更是你需要我，我需要你。她們倆穿著不入俗流的衣裝，張永紅挽著王琦瑤的胳膊，走在熱鬧非凡的淮海路上，那身姿是有著無法揮去的落寞。這是遲暮時分的落寞和早晨時節的落寞，都只有著一線微弱的光，世界籠罩在昏昧之中。一個是收尾的，沒有前景可言的，另一個雖有前景，可也未必比得過那已結束的景致，全是茫茫然。要不從年紀論，她們就真正是一對姊妹。

不過，她們倒是不說體己話的，論衣談帽就是她們的體己話。只是當一件事情發生之後，情形才有所改變。這天，張永紅從王琦瑤家出來，已經走到弄堂口，想起前日借王琦瑤的兩塊錢沒還，就又返身回去。進去時看見方才自己喝過水的茶杯已收到一邊，杯裡放了一個紙條。這顯然是模仿一般飲食店的做法，桌上放一碟紅紙條，凡患有傳染病的客人吃過之後，取一張紙條放在碗盤裡，以便特別消毒。張永紅當時沒說什麼，將兩塊錢還給王琦瑤就走了。可過後有一個星期沒有上門。星期六薇薇從學校回來，問張永紅怎麼沒來，王琦瑤嘴裡說不知道，心裡卻有幾分數的。薇薇去找張永紅，是她姊姊從閣樓窗口伸出頭來，說張永紅不在家，單位裡加班。薇薇只得去找別的女朋友，打發過了一個假日。過了兩日，張永紅卻忽然來了，進門一句話不說，將一份病歷卡放在王琦瑤面前，上面有醫師潦草的字跡，寫著診斷結果，說明沒有在肺部發現病竈及結核菌。王琦瑤窘紅了臉，一時竟有些囁嚅。但她很快鎮定下來，說：張永紅，你做到我前邊去了。我早就想帶你去檢查呢！這樣子，我也可以放心了，不過，雖然你沒有肺病，但我還是覺得你有肺火，肺虛，過幾日，我陪你去看看中醫，你說好不好？張永紅先是一怔，然後扭過頭哭了。

在張永紅這樣的年紀，最體己的話，自然是關於男朋友的了。張永紅沒有男朋友，當她談起那些對她表露心意的男孩子，總是懷著嘲笑的口吻。王琦瑤知道，像張永紅一類的女孩子，總是要犯高不成低不就的錯誤。她們仗著長得好，衣著時髦，又因為同時有幾個男孩追逐，就以為這男朋友是由她們挑由她們揀的。她們擺足了架子，卻不知道男孩子大都不很有耐心，並且知難而退。雖有個把死心塌地等著的，又往往是她們最瞧不上眼的那個。所以倒不如那些自知不如人的女孩，能夠認清形勢，及時抓住機會。王琦瑤覺著有責任將這番道理講給張永紅聽，心底裡也是想煞煞她的傲氣。王琦瑤想：誰的時間是過不完的呢？張永紅卻不以為意，甚至還有幾分不服，覺得王琦瑤把她看低了。於是，她再向王琦瑤展示那些男孩時，自然就誇張一些，將有些其實並不屬於追求者的人也拉了進來，充人頭數似的。這些謊言竟將她自己也騙過了，說起來像真的一樣。王琦瑤當然能辨出虛實，想這張永紅是在做夢，會有什麼樣的結果呢？因她不聽自己的規勸，有時便也不掩飾懷疑的態度。張永紅就惱了，越發要說得她信，卻越說越有疑。說來也有意思，不說體己話的時候，句句是真，正經說起了體己話，倒要摻些假話了。不說體己話時還很和氣，說開了體己話，就難免要生隙了。這陣子，王琦瑤和張永紅之間，氣氛是有些緊張了，比較起來，王琦瑤畢竟有涵養，從容不迫一些，張永紅可就劍拔弩張的。也是她年輕，看不出王琦瑤的虛處，才這般的不肯讓步。為了向王琦瑤做證明，這天，她帶來了一個男朋友。

那男朋友來的時候，薇薇也在家，見張永紅帶個男孩子來，話就多了些，行動也瑣碎了些。王琦瑤不覺咬牙，心裡罵薇薇不莊重，暗中給了她幾個白眼。薇薇卻全無察覺，嘰嘰喳喳說個不停。張永紅靜坐一邊，臉上的表情是帶幾分慷慨的。又見那男孩子確實不錯，臉龐白淨，舉止斯文，難免更添氣惱。可由不得男孩子會討人喜歡，說話也有趣，尤其和薇薇一句來一句去的，好像說相聲，有幾回，王琦瑤忍不住也笑了。她起身走到廚房，為這幾個孩子燒點心，耳邊是那不解憂愁的笑聲，心底反漸漸明朗了。想到底是些年輕人，在一起不分你我，只顧著高興，也是福分，大人不該去掃他們的興。她替他們做了幾樣點心，吃過後又打發他們去看電影。等他們走了，一個人坐在陡地安靜下來的房間，看著春天午後的陽光在西牆上移動腳步，覺著這時辰似曾相識，又是此一時彼一時。那西牆上的光影，她簡直熟進骨頭裡去的，流連了一百年一千年的樣子，總也不到頭的，人到底是熬不過光陰。她的眼睛逐著那光影，眼看它陡的消失，屋裡漸漸暗了。薇薇還不回來，不知去哪裡瘋了。星期天的黃昏總是打破規矩，所有動靜都不按時了。明明是燒晚飯的時間，卻分外安靜，再過一會兒，燈光就要一盞一盞亮了。然後，夜晚來臨，出去玩耍的人們更不急著回家了。

王琦瑤沒等到薇薇回來就自己上床睡了，夜裡醒來，見燈亮著，薇薇自己在收拾明天回學校的東西，想她還沒忘記上學，又闔上了眼睛，半睡半醒的，聽得見鄰家曬台上的鴿子，咕咕地做著夢囈。又過了一會兒，燈滅了，薇薇也睡了。

下一回，張永紅再來時，王琦瑤誇獎她的男朋友很不錯，不料張永紅卻說那算不上是男朋友，不過在一起玩玩罷了。王琦瑤碰了個釘子，要說的話又嚥回肚子，停了一會，笑著說：可別把光陰都玩過去了，後悔就來不及。張永紅說：不怕的，有光陰就是要玩。王琦瑤就說：你以為有多少光陰供你用的，其實都只一霎眼的工夫，玩得再熱鬧也有驀然回首的一天。張永紅說：驀然回首就驀然回首。兩人就有些不歡而散。再到下一回，張永紅又帶個男朋友來，不是上回的那個，是黑一些，高一些，不太愛說笑的一個。鐵塔似的坐在旁邊，聽張永紅嘰嘰嘎嘎地笑，同上一個形成對比。王琦瑤曉得她是「玩玩的」，就不當真了，也沒燒點心，兩人坐到晚飯前走了。第二天，張永紅來說，這倒是個正經的男朋友，不過是在試驗階段。王琦瑤還是沒當她真。可再下回，張永紅真的又帶他來玩，以後就經常的來。這男孩雖不如前一個那麼討喜，可是卻能幹。自來水龍頭，抽水馬桶，電燈開關，縫紉機皮帶盤，都會修，而且手到病除，對張永紅也是忠心耿耿的樣子。薇薇在家的時候，三個人就一同去吃西餐，都是他會鈔。可是忽然有一天，張永紅卻宣布同他斷了，理由很奇怪，說他有腳癬，而且是生在手上。那男孩子來找過王琦瑤一回，羞憒交集，竟流下了眼淚。不僅是他，連王琦瑤都覺得受了耍弄。她對張永紅說：以後不要把你的玩伴帶來，我沒時間奉陪。張永紅果然不再帶來。可有時候，話正說到一半，站起來就要走，說有人等她。話沒落音，後窗下就有自行車鈴聲。等她下了樓，王琦瑤耐不住好奇，跑到樓梯拐角的窗口，往下看，就看見張永紅坐在一架自行車的後架上，慢慢出了弄堂。那騎車人雖只看見一個背影，卻也認得出是個新人。並且，從薇薇口中，她也聽出來，張永紅又替換過幾輪新朋友了。

張永紅走馬燈似地交著男朋友。她的男朋友來源不一，有單位的同事，有中學的同學，有住一條馬路的鄰居，甚至有一個是她負責抄煤氣表的地段裡的一個用戶。她很難說有多少喜歡他們，她選擇他們做朋友的原因其實只有一個，那就是他們喜歡她。他們的喜歡是能為她撐腰的，喜歡她的人越多，她的腰桿就越硬。她的那個家呀！除了替她掙羞辱，還能掙什麼，還不都靠她自己了。她裝束摩登，形貌出眾，身後簇擁著男孩子，個個都像僕人一樣，言聽計從，招來妒忌的目光。這是她親手為自己繪製的圖畫，哪怕有一筆畫歪了，也是她畫上去的。她特別善於捕捉那些欣賞她的目光，再使些小手腕，將欣賞發展成喜歡，就到此為止，又去注意下一個了。這樣大的吞吐量，而後來者從不會斷檔，就好像是一支義勇軍的隊伍。他們從她那有始無終的圈套裡經過，留下曇花一現卻難以磨滅的記憶。因為那大都是在他們人生的初期，最容易汲取印象，這使他們一生都認為女人是撲朔迷離的。張永紅自己呢？男朋友拉洋片似的從眼前過去，都是淺嘗輒止，並沒有太深的苦樂經驗，心倒麻木了，覺不出什麼刺激，像起了一層殼似的。所以，面上看起來很活躍，底下其實是靜如止水。

現在，張永紅和男朋友約會，幾乎都要拉薇薇到場，薇薇是個俗話裡的「電燈泡」。這「電燈泡」也是做觀眾的意思，約會就變成展覽，最合張永紅心意了。要換個女朋友，是斷斷不肯做「電燈泡」的，可薇薇不是有心眼的，又天生喜歡快活，還很感激張永紅總是叫上她。她也處在對男孩留意的年紀，學校裡男女生間都不說話，抱著不無做作的矜持態度，內心卻一無二致地渴望交往。張永紅帶著她去約會，她掩飾不住興奮的心情，有點不識趣的話多，沒有守「電燈泡」的本分。張永紅卻並不見怪，相反還有一種滿足的心情。那男朋友起先覺著薇薇聒噪，喧賓奪主，並且常被張永紅推出做替身，錯承了他的殷勤，叫他有苦說不出。但漸漸的，因追求張永紅太累，懷了受挫敗的傷痛，面對薇薇的如火熱情，不覺把目光移到了薇薇身上。雖說不免有些退而求其次的味道，可年輕人總是善於發掘優點的。於是，幾次便發生了微妙的變化。這些哪裡瞞得過張永紅呢？她稍一看出端倪，便立即將男朋友打發了，是先下手為強。想到薇薇的男朋友是她不要的，失落中又有了一絲安慰。

當男朋友單獨來與薇薇約會的時候，她自然是又驚又喜，卻做出勉強的表情。這倒不是因為那是被張永紅不要的，怕貶了身價。只是她以為男孩提出邀請，女孩就該這樣。這都是從張永紅那裡學來的。她學來的還有頻繁地更換男朋友，當然，這些男朋友一律是從張永紅那裡敗下陣來的。薇薇內心裡一直是羨慕張永紅的，一招一式都跟著她走，親聞目睹她交男朋友，早盼著有朝一日練練身手。不過，她再跟張永紅學，也只是學的皮毛，走走形式而已，內心還是她自己的。

她首先是抗不住別人的對她好，再就是天生有熱情要善待別人，所以是不忍那麼拾一個扔一個的，架子也擺不足。又因為總是處在旁觀的位置，得以冷靜看人，所以，還是有自己喜歡與不喜歡的原則。於是，三五輪下來，她就有了一個比較固定的男朋友，雖不是如火如荼的，卻呈現穩步發展的趨勢。每個星期見一兩回面，看一場電影，逛一回馬路。分手也不是十八相送式的，卻說好下回再見，從不爽約。是那種可以將純潔關係一直保持到婚禮舉行的戀愛。你說平淡是平淡了些，可許多幸福和諧的婚姻生活，都是從這裡起步的。這時候，薇薇已經在市區一家區級醫院實習，做一名開刀間的護士。

4　薇薇的男朋友

薇薇的男朋友姓林，比薇薇大三歲，父親是煤氣公司一名工程師，年紀雖不大，但因文化革命中吃了苦，身體垮了，便提前退休讓兒子頂替，在下面基層單位做修理工。小林白天工作，晚上自修。他曾經考過一次大學，可惜落第了，現正在準備下一年再考。由於考試落第，又由於和張永紅也是落第的初戀，他臉上帶著憂鬱的神情，言語又不多，正好和薇薇形成互補。薇薇的簡單和活潑，無疑是對他起好作用的。他的沉默寡言，也可抑止薇薇的浮躁，使她變得穩重一些。總之，他們是天生的一對，真是沒比的和諧。像薇薇這樣沒心沒肺，不用腦子的女孩，倒能忠實地聽憑她的本能行事。這本能一般都騙不了她，不會給她虧吃的，到頭來，總會有意想不到的好結果。而聰敏如張永紅，本能就不起作用了，那點聰敏又還不夠用，難免會犯錯誤。倘要是大智大慧，則是將本能化為理性，還是跟著本能走，就像是兩次否定一樣。所以，還是薇薇這樣的好，省得繞圈子。王琦瑤看見小林第一面的時候，就禁不住地想：就才叫糊塗人有糊塗福呢！

薇薇不說，王琦瑤也猜得到，小林先是張永紅的男朋友，但她並沒覺得有什麼委屈，她倒還替張永紅有些遺憾，覺得她沒有眼光。小林家住新樂路上的公寓房子。那是一條安靜的馬路，林蔭遮地，有這城市難得的鳥叫，來自附近的花園，那是昔日上海大亨的一所偏宅。因此，小林的臉色看上去就清潔一些，也安靜一些，沒有鬧市喧囂所烙上的騷動與浮躁，是好人家孩子的面相。他家的公寓，王琦瑤不用進也知道，只憑那門上的銅字碼便估得出裡面生活的分量，那是有些固若金湯的意思。然而也擋不住時間淘洗，世事變遷，那門內的房間已經有些分崩離析了。有的來自外力，文化革命中的搶占房屋；還有的源於內部，比如兄弟生隙，分門立戶。倘能避免這兩劫，那就至少還可保持一代人的好日子。那是安定、康樂、殷實、不受侵擾的日子，是許多人爭取一生都得不到的。

這一日，王琦瑤很鄭重地請張永紅來，向她打聽小林的情況。這並不是王琦瑤的本意，小林的情況又不經薇薇這張快嘴說的，三言兩語便一清二楚。王琦瑤其實是向張永紅照會，明確薇薇和小林的關係。她對張永紅存著戒心，怕她會後悔當初再來插足。王琦瑤曉得，薇薇遠不是她的對手，況且年輕人的情感本就容易死灰復燃。因此，叫張永紅來也有安撫的意思。張永紅沒來之前就猜出王琦瑤幾分意思，一經她提起話頭，便大表撮合之意，完全是介紹人的姿態。王琦瑤不禁暗嘆這女孩子的聰敏和驕傲。但她畢竟是個孩子，比不上大人的圓滑，表演得過火了些，還是露出不自然的馬腳。王琦瑤看出她的失落，又想到沒有大人為她作主不說，倒有大人同她鬥法，不覺慚愧和內疚，便放下了那話題，問她究竟有沒有談妥一個男朋友。張永紅先是一怔，接著便沉默下來。王琦瑤說：那麼多男朋友，難道就沒一個中意的？張永紅還是不說話，眼圈卻紅紅的，有點觸動心事的樣子。王琦瑤嘆了口氣，又說：我還是那句老話，別看這一時爭先恐後，一眨眼便作鳥獸散了，女人呀，就這麼一會兒的工夫，到最後被耽擱的，其實都是你這樣漂亮聰明的女孩。張永紅低著頭，半天才說：你看哪個好呢？王琦瑤被她的孩子氣逗笑了，說：怎麼要我看，你看才作數的。張永紅也笑了，帶幾分撒嬌地說：就要讓你看。王琦瑤說：我不看，我看不來。張永紅便說：你替薇薇看得來，替我就看不來？這話雖是無心，也叫王琦瑤尷尬了一下，她停了一會說：其實我對你說的這些話，對薇薇倒是從沒有說過，你比她聰敏，我怕的是，聰敏反被聰敏誤。張永紅不作聲了，兩人相對無言地又坐了一會，張永紅就告辭了。

其時，薇薇的男朋友小林已進入複習臨考的關鍵時刻，與薇薇的見面自然減少了。每天晚上，王琦瑤看見薇薇百無聊賴的樣子，心裡不免有些擔心，想那「複習臨考」會不會是個托詞。再一想，自己女兒又不是個老姑娘，還怕嫁不出去？可一顆心終是有些放不下。這一天晚上，已經十點鐘了，薇薇已經洗過澡上床，不料那小林卻在前弄堂下一聲迭一聲地叫。薇薇穿著睡裙跑下去，去了就不回來了。王琦瑤想她穿了睡裙也不會跑遠，就藉買蚊香作由頭，鎖了門到弄堂口去找。剛出了小弄堂，便看見前邊橫弄口一盞電燈下，站著那兩個孩子，隔了一架自行車在說話。薇薇總是瘋瘋傻傻，張牙舞爪的樣子，老遠能聽見她的笑聲。王琦瑤又悄悄退了回去，再推開那房間門，心是放下了，卻覺著發空。也是那空房間襯托的，形影相弔的情景。那面梳妝鏡更是不堪，裡面外面都是一個人，照了不如不照。正站著，樓梯上一陣噼里啪啦聲，是薇薇穿了拖鞋的腳步。問她小林這麼晚來做什麼？回答說是看書看累了，來找她說幾句閒話，放鬆放鬆。王琦瑤就說，以後讓他上樓來坐，吃點西瓜什麼的。薇薇說：誰家沒有西瓜？

下一次小林再來，把薇薇叫出去，站在路燈下說話。王琦瑤就藉故走過去，對薇薇說，她出去買東西，房門也沒鎖，他們到家裡坐坐，替她看一會門吧！薇薇只得帶了小林回家，嘴裡嘀咕著說她怎麼出去不鎖門。兩個孩子上了樓，東說西說的，王琦瑤也不回來，漸漸倒把她忘了，很是自由。小林在她家房間裡走來走去，指著那核桃心木的五斗櫃說：這是一件老貨。又對了梳妝桌上的鏡子說：這也是老貨，一點不走樣的。薇薇就說：有什麼鏡子會走樣？小林笑笑，不與她分辯，又去看那珠羅紗的帳子，結論是又是一件老貨。薇薇對他質問道：照你這樣說，我們家成了舊貨店了？小林知她理解錯了，卻並不解釋，這時，王琦瑤從樓梯口上來了，手裡拿幾塊冰磚，又進廚房取了盤子勺子，分給他們。兩人都有些拘謹，不再說話。王琦瑤就問小林書溫得怎麼樣了，考場設在哪裡，十之八九是由薇薇搶著回答了。小林來不及說一二句的，只得低頭看那碟子上的花紋和金邊，想這樣的細瓷如今是再難見了。這小林雖然年輕，卻是有一股懷古的心情，看什麼都是老的好。倒不是說他享用過它們的好處，而是相反，正因為他沒有機會享用它們。那些老日子他都是聽父母們說的，他那樣的公寓，誰沒有一點好回憶？小林在薇薇家看到了些老日子，雖是零星半點，卻貨真價實。王琦瑤又對他說，以後來找薇薇說話，就上樓來，不必客氣，站在路燈底下，難道是餵蚊子？小林就笑了，薇薇卻說：人家又不是客氣，人家是不認識你。王琦瑤聽她這話說得失分寸，便不搭理她，收拾起碟子進了廚房，小林也起身告辭了。

往後，小林來了，便不在窗下一聲高一聲低地喊，而是逕直上樓來，在樓梯口喊一聲。王琦瑤總是找個藉口讓出去，給他們自由。過上一段時間回來，也是為了替他們做點心。做完吃完，小林也到了回家的時候。這是能教人安心的夜晚，尤其是在決定命運的考試來臨之前，可使人分出心去，注意一些細枝末節的東西，這是些和命運無關，或者說給命運打底的東西，平時誰也不會注意，那就是日常生活。王琦瑤有一種本領，她能夠將日常生活變成一份禮物，使你一下子看見了它。這時你會覺著，哪怕是退一萬步，也還有它呢！這禮物對一般人，比如像薇薇，還顯不出好處，因她們本也無所謂進退的。可對於小林這樣求勝心切的，卻無疑是一帖良藥。

到了臨考前的幾天，小林幾乎天天都來了。由於緊張，也由於要克服緊張，小林變得話多起來。因薇薇多半是有些胡攪蠻纏，或是不懂裝懂，所以，小林的說話大半是對了王琦瑤的。他告訴王琦瑤，他父親原是一個孤兒，在徐光啟創立的天主教學校裡，有一日學校來了一個老人，要聽孩子背《聖經》，將背得最快最好的一個領為養子，這孩子便是他的父親。他的父親受到了很好的教育，曾在美國留學。如今，他一心希望他們孩子能上大學，事業成功，可上面兩個大的，一個下鄉，一個進廠，都與讀書無緣，希望就寄託在他身上了。王琦瑤聽後便笑道：凡天下父母的希望都是有些言過其實，說到底就是要兒女好，因此你也不必顧慮他們太多，只想著自己盡力就行，再說他們要小林你考大學也是因你實在是讀書的料，還是為了你自己的希望，你要光想著他們，倒把自己給忽略了。她這一番話不是替他開釋責任，而是讓他放下包袱，輕裝上陣。小林聽了心裡真的豁朗了些，情緒也安定了。這話匣子一旦打開，就關不上，他繼而向王琦瑤介紹他的母親，一戶中等人家的女兒，縮衣節食地供她讀完中西女中。薇薇在一旁早已不耐煩了，嚷著要出去逛馬路，小林只得截住了話頭，卻是戀戀不捨的樣子。薇薇登登地下了樓梯，小林跟在後面，一走到弄堂裡，薇薇就說：你和我媽倒有話說。小林說：這有什麼不好嗎？薇薇說：不好，就不好！小林見和她無理可講，一扭頭推上自行車走了。兩人不歡而散。

就這樣，考試的日子到了。考完後的下午，小林不回自己家，倒從考場直接去了薇薇家。王琦瑤見他來，一邊端出綠豆百合湯給他消暑，一邊就到公用電話站打電話給薇薇，讓她提早下班回來。經歷一輪考試，小林竟瘦了一圈，精神卻不錯。問他考得如何，只說還可以，見他按捺著的樣子，知他是有話要等薇薇來說的，便也不多問，給他找了幾張報紙看著。不一會兒，薇薇進門了，高跟鞋一踢，抱怨著渴和熱，竟像是她考試回來。小林等她問些考試的事情，她也不問，卻問晚上有什麼電影看，說已經有很長時間沒看電影，又說如今正流行一種什麼款式，再不趕上就要過時了。王琦瑤有些看不下去，只得代薇薇向小林提些問題，有哪些題目，回答得如何，等等。小林這才得以報告考試的情形，雖是以平淡的口氣，卻依然流露出興奮和激動，尤其是外語這一門，幾乎連他預習的三分之一都沒有考到，自然得心應手。薇薇聽了也很高興，鬧著要小林請她吃紅房子，王琦瑤便阻止說：小林還沒回過家，大人都在等他，再說又不是接到錄取通知了，分明是敲竹槓嘛！小林卻說無妨，家裡可打個電話回去，至於錄取不錄取，那也由不得他，總是謀事在人，成事在天，他總歸問心無愧了！雖是豁達的話，也是要有十二分把握撐腰的。王琦瑤便由他們去，兩人走到門口，小林又回過身說：薇薇媽媽也一起去吧！王琦瑤自然是推辭，實在推辭不掉，薇薇又說些不耐煩的話，使局面有些尷尬起來，王琦瑤就說，也好，不過由她請客，算作犒勞小林吧！然後她讓他們先走，她隨後就到。等她換了衣服，拿了些錢，來到紅房子西餐館的時候，已是七點鐘光景。夏天的黃昏總是漫長，太陽已經下去了，光還在街道上流淌。這種黃昏，即便一千年過去，也是不變，叫人忘記時光流轉。這一條茂名路也是鐵打的歲月，那兩側的懸鈴木，幾乎可以攜手，法國式的建築，雖有些滄桑，基本卻本意未改。沿著它走進去，當看見那拐角上的劇院，是會有些曲終人散的傷感。但也是花團錦簇的熱鬧之後，有些夢影花魂的。這一路可真是永遠的上海心，那天光也是上海心。她看見了綠樹後面的紅房子，想這名字也起得好，專叫人不老的。這時，路燈亮了，黃黃的，反倒將天映出了夜色，蒙著層薄霧。

王琦瑤隔著餐館的玻璃門就看見了薇薇和小林的身影，兩人頭對頭地在看菜單，有一些燈光罩著他們。王琦瑤不覺停了一下，心想：幾十年的歲月怎麼就像在一轉眼間呢？她推門進去，走到他們面前，薇薇見她的第一句話便是：還當你不來了呢！口氣裡是有些嫌她來的意思。王琦瑤卻作不知，反是說：說好請你們，怎麼能不來。接著就是薇薇點菜，大包大攬的，專挑貴重的點，是向小林擺闊，也是敲母親竹槓。王琦瑤本想隨她，但見她太不顧自己面子，有意要給點顏色，便將薇薇點的菜做了番刪減，又換了幾味價廉物美的。薇薇難免爭辯，王琦瑤就說：你不要以為貴就是好，其實不是，說起來自然是牛尾湯名貴，可那是在法國，專門飼養出來的牛，這裡哪有，不如洋蔥湯，是力所能及，倒比較正宗。這一番話把薇薇說得啞口無言，從此就不開口，沉著臉。小林卻聽出這話裡的見識，也是和老日子有關的，便引發出一連串的問題，王琦瑤則有問必答，百問不厭。

轉眼間，面前擺滿了大盤小碟，白瓷在燈光下閃著柔和的光澤，有一些稀薄的熱氣瀰漫著，哈著人的眼睛，眼裡就有些濕潤。窗外的天全黑了，路燈像星星一樣亮起來，有車和人無聲地過去。樹在晚風中擺著，把一些影一陣陣地投來，夢牽魂縈的樣子。這街角可說是這城市的羅曼蒂克之最，把那羅曼蒂克打碎了，殘片也積在這裡。王琦瑤有一時不說話，看著窗外，像要去找一些熟識的人和事，卻在窗玻璃上看見他們三人的映像，默片電影似地在活動。等她回過臉來，一切就都有了聲色。眼前這兩人真可說是天生地配，卻是渾然不覺。王琦瑤靜靜地坐著，幾乎沒動刀叉，她禁不住有些納悶：她的世界似乎回來了，可她卻成了個旁觀者。

第二章

5 舞會

舞會上，那安靜地坐在一隅，很甘於寂寞的女人，就是王琦瑤。她守著一堆衣服和包，臉上帶著些寬容的微笑，看著舞場中的人群，似乎是在說：你們都跳錯了，但也無妨。一個晚上，她也會有幾次出場，和她作舞伴的是幾個年輕的男女。當你靠近他們，便可聽見她輕聲的指點，才曉得她是教他們來的。你還沒有足夠的經驗為她的舞步作評價，只覺得她的從容和鎮靜。在這種年輕人成堆的地方，能保持這風度著實不容易。像她這樣年紀的人，無論男女，在每個舞場，平均都有一個或幾個，專為舞會倒溯歷史的。他們為舞場帶來了紳士和淑女的氣息，是三四十年前的，雖然不起眼，卻是舞場的正傳。他們上場時，一律表情嚴肅，動作一絲不苟。初看上去，你會以為他們是把跳舞當工作，本著負責的精神。可再往下看，你就在他們的舉手投足間看出了心底的快樂。這快樂不是像年輕人那樣如水漫流，而是在渠道裡流淌，不事張揚卻後勁很足的樣子。相形之下，年輕人那快樂就只能叫作瘋狂。這時你會明白拉丁舞的妙處，它將人的好情緒，嚴格規範在有序的動作中，使其得到理性的表達，它幾乎是含有哲學的，要看懂它不容易。因此，這些人物在今天的舞場裡，無一不顯得落落寡合。這時節，迪斯科還沒流傳開，可年輕人已經沒了耐心，他們跳起舞來，大多動作草率而衝動。他們喜歡快速的舞曲，因為那能懵人，也能懵自己。他們太急於攫取跳舞的快感，不管會不會的，跳起來再說。他們不曉得約束的道理，那是可使快樂細水長流，並且滋生繁衍。他們太揮霍了，往往收支不能相抵，一夜歌舞不夠一夜用的。於是他們便一夜連一夜，是預支快樂和激情。但那瘋狂勁真是能感染人，在旁邊想坐也坐不住，心怦怦跳著，血湧上了頭。

有一次，是區政協舉辦的舞會，小林搞來入場券，幾個人又去了。在這裡，王琦瑤看見了真正的拉丁舞。和以前去的舞會不同，這一次來的有一半是年過半百的老人，他們穿著灰或者藍的家常衣服，熟人和熟人圍坐一桌。舞場設在飯廳，空氣中有著油煙的味道。地也髒了，重新拖過，又灑上一些滑粉，顯得邋遢。天花板薰黃了，可是那一周邊沿卻是文藝復興風格的花樣，廊柱也是羅馬式的，還有迎向花園的拱形落地窗。燈光大亮著，倒不如暗些好遮一遮那個舊。這一亮，便什麼也逃不過眼睛了，連那臉上手上的老年斑，都歷歷可數的清楚。後來，音樂響了，從一個四喇叭的錄音機裡放出，沙沙啞啞的，在空廓的大廳裡，顯得有些軟弱。二三小節過去，便有幾對上了場，緩緩地滑行著。在那高大的穹頂之下，人變虛變小了，就像個小人國似的。可這些小人兒全是舞蹈家，有過幾十年舞蹈的經驗，那舞姿全是爐火純青。別看他們不動聲色，內裡可是胸有成竹，路數全在心中。這是三十年不跳也不會忘的，因為學的時候下功夫，練的時候也下功夫。雖是小人國，可那臉上的表情卻躍然入目，幾乎稱得上是肅穆。你曉得他們心裡在想什麼嗎？你曉得他們眼睛裡看見了什麼嗎？這真是猜不透。他們看上去都有些悲喜交集似的，悲的什麼又喜的什麼呢？年輕人都有些瑟縮，不肯下去跳，去跳的也放不開手腳。今晚的舞場被凝重的氣氛籠罩。這些頭髮花白的舞者，都是沒有年紀的人，無古無今的，這大廳也是無古無今。拉丁舞真是了不起，它有穿越時間隧道的能力，無論是舊，是老，是落拓，是滄桑，有了它墊底，就都化腐朽為神奇，變成了高尚。

王琦瑤慫恿薇薇他們去跳，自己坐在邊上，有風從落地窗裡吹進來。她看著眼前的場面，覺得就像是從三十年前照搬過來的，只是蒙了三十年的灰垢，有些暗淡了。她甚至看得見舊窗幔上，有成縷的灰塵緩緩地飄落下來，墜入畫面，消失了蹤跡。等年輕人漸漸加入進去，那畫面的顏色才鮮明起來。有幾個是身著盛裝的，雖和環境不相配，跳得也不怎麼樣，可那衣袖裙裾，卻不由分說地奪人眼睛。青春也是奪目的，只那麼幾點，便將氣氛活躍起來。有些亂，分明是錯了節拍，卻也頑強地向下走，直到曲終。還有誤以為舞步就是走步，於是縱橫交錯，滿場地梭行。正跳著，忽然來了兩個抬汽水箱的人，號召人們憑入場券去領汽水。於是就有等不及的，從舞蹈的人叢中穿越，去領汽水。撥瓶蓋的聲音連成一片。還有人自作主張跑到錄音機處，將奏到中間的舞曲按停，換上自己帶來的磁帶，叫人停不了又接不上。好了，這下全來了，連那民間的山歌都作了快四步跳，方才那古典派的一幕則作了鳥獸散，七零八落的。王琦瑤正坐著，忽有人來請她跳舞，倒是一位老先生。這時，舞會已到了將近尾聲的時分，有些如火如荼，漸漸不分你我，天下與共的氣氛。王琦瑤緩緩被帶入舞池，前後左右都是人，卻誰也不看誰，沉浸在各自的舞步中。雖是同一支舞曲，但每個人都覺著是自己的，各有各的跳法。這老先生的舞步就像是躑躅，長了便覺出那步子裡的節律。在一片活躍之中，這樣的舞步就像是海裡不動的礁石。王琦瑤從這老人的舞步裡就已經辨別出他是哪一類人，是那種規規矩矩，兢兢業業，持一份殷實家業，娶一位賢良太太，為了應酬才涉足舞場的好好先生，當年那些未嫁女兒的操心的父母們，眼睛都是盯著這類先生的。如今，他已滿頭白髮，衣服也改了樣子。舞曲終了，正好將王琦瑤送回原位，老先生輕輕一握她的手，然後鬆開，微微一頷首，轉身走了。隨後，最後一支舞曲響了，是《魂斷藍橋》的插曲〈一路平安〉。

除了單位舉行的舞會，還有一類家庭舞會。房間稍大一些，再有個錄音機，便成了。張永紅新結識的男朋友小沈，就常組織這樣的舞會，也不是在他家，而是在他的朋友家。有一回，也邀請王琦瑤去，說是請她教大家跳舞。王琦瑤說了聲，她能教什麼呢，就跟著去了。小沈這朋友，竟是住在愛麗絲公寓，也是底層，不過是隔了兩個門牌。雖然是晚上，周圍又變得厲害，可王琦瑤一進那個院落，便認了出來。她奇怪自己這麼多年裡卻從來沒再來過一回，倘若不是今晚來跳舞，大約一輩子也走不到這裡。說起來，才是三四站公共汽車的距離，倒像是隔山阻水似的。有時候想起愛麗絲公寓，就好比上一世的事情。小沈這朋友的一套公寓，雖也是底層，隔間卻有些區別，有兩個臥室，客廳也多了個手槍柄似的一角。這朋友的父母姊妹都陸續去了香港，上海只他自己一人，住這麼一套房子，雖是衛生煤氣一應俱全，卻沒什麼煙火氣。來了這些人，也不燒開水，放了一桌啤酒和汽水。王琦瑤他們到時，已經有幾對人來了，在音樂聲中緩緩起舞。也不知誰是主，誰是客，人人都很熟悉的樣子，自己到冰箱裡拿冰塊，聽見門鈴響，誰都去開門，進來的人也像到了自己的家。甚至有一人，對跳舞沒興趣，自己跑進臥室睡覺去了。說是請王琦瑤教跳舞的，其實沒有一個人來向她學習，都是自己管自己跳。王琦瑤先有些不知所措，後來看大家都是自己照顧自己，也就放鬆下來，乾脆拿出主人翁的姿態，跑到廚房燒了壺水，沖在熱水瓶裡，又找到茶葉盒，泡了一杯茶，然後找個角落坐下。接著又有幾個跟著泡了茶，也不問問是誰燒的水，天生該有似的。這時候，房間裡大約聚了有二十來個人，有人將燈關了幾盞，只留下一盞檯燈，昏昏黃黃的照著，將些人影投在牆上，黑森林一般。王琦瑤坐在暗處，因沒人注意，感到很自在。她想她竟回到了愛麗絲，但愛麗絲卻是另一個愛麗絲。她王琦瑤也是另一個王琦瑤了。

王琦瑤坐在沙發裡，手裡的茶杯已經涼了。她的影子在密密匝匝的影子裡被吞掉了，她自己都要將自己忘了。要說她才是舞會的心呢！別看她是今晚上唯一的不跳，卻是舞會的真諦，這真諦就是緬懷。別看那些人舉手投足，舞步踩得地板空空響，豈不知他們連舞曲的尾巴都踩不著。音樂只是音樂的殼，約翰·斯特勞思蛻了一百年的蟬蛻，掃掃有一大堆的。那把裙裾展成蓮花似的旋轉，一百轉也是空轉，裡面裹的都是風，沒有一點羅曼蒂克。那羅曼蒂克早已無影無蹤，只留有一些記憶，在很少幾個人的心裡，王琦瑤就是其中一個。那是一點想念罷了，哪經得住這麼大肆張揚的折騰，一折騰就折騰散了。這舞會啊，開了不如不開，怎麼著都是走樣。就好像一個古墓，不出土還好，一出土，見風就化。在舞曲間歇時分，王琦瑤聽見窗外有無軌電車駛過的聲音，從百樂門那邊傳來，她想：這就是愛麗絲的夜晚嗎？

6 旅遊

小林收到大學通知之後，為表示慶賀，王琦瑤拿出錢讓小林帶薇薇去杭州玩幾日。小林卻說：伯母為什麼不去呢？王琦瑤一想，那杭州雖然離上海近，卻從沒去過，便準備一起出行。臨走前，趁薇薇去上班，把小林叫到家裡，交給他一塊金條，讓他到外灘中國銀行去兌錢，並囑他不要告訴薇薇。如今，王琦瑤對小林比對薇薇更信得過，有事多是和他商量，也向他拿主意。而小林呢，凡事也是多和王琦瑤商量。和薇薇是玩耍快活，要遇上心情不好，倒更願意同王琦瑤傾說，可以得些安慰。在內心裡，小林要說是將王琦瑤當未來的岳母，還不如說是當朋友。王琦瑤也至少是將他當半個朋友看的，她有時甚至會忽略他的年輕，同他說一些自己的心情。當她將金條交給小林的時候，她猶豫了一下：要不要告訴他這筆財產的來歷，這可是個大祕密。王琦瑤這幾十年裡，積攢了多少祕密啊！她聽著小林下樓出門，近中午時便回來了，送還給她一疊鈔票，於是，那隱祕往事也像兌了現似的，不提也罷。小林也並不多問，這城市裡的財富也像祕聞一樣，名不見經傳。像小林這樣的上海老戶人家，自然是明白這些的。王琦瑤留他吃過午飯，他便回家了。

在杭州玩的三天裡，王琦瑤盡力做到「識相」兩個字。每天清早，她先起來，走出賓館轉一圈。他們住的賓館是在裡西湖，她就沿著湖走，一直走到白堤。太陽把湖水照得灼亮，身上也出了一層薄汗，然後回來。路上，正和薇薇、小林相遇，他們也是散步去的。她對他們說一聲：等你們吃早飯啊，便走了過去，進到賓館。這時，浴室裡還有熱水供應，洗一個澡，換身衣服，下去到餐廳，坐一刻，他們便來了。白天的活動，三次裡有一次她缺席，晚上的時間統統給他們倆自由。薇薇直要到十二點才回房間，王琦瑤聽見門響便閉上眼睛裝睡。聽著薇薇碰碰撞撞地洗澡，刷牙，開燈，關燈，最後上床，轉眼間睡熟，響起輕輕的鼾聲。她這才敢翻身，睜開眼睛，那眼睛閉得都有些累了。房間裡其實很亮，什麼都看得清楚，那光有一些極輕微的波動，想來是從湖面上折來的光。王琦瑤想著白天去過的九溪十八澗，一派空山鳥語的意境，心想去那裡做個女隱士怎麼樣？樣樣事情眼不見心不煩，多好！那樣的少人跡的地方，一百年都和一天一樣，沒什麼過去和將來，也很好。但又覺著現在再去做隱士，有些晚了，已經付出的那半生的代價，難道都算作徒勞？都不計結果了？豈不是吃了大虧，又豈不是半途而廢。再要去想那結果當是什麼，思想卻散漫開來，抓又抓不住，出現了些旁枝錯節，漸漸就睡著了。第二天早上，她一睜開眼便見屋內大亮，薇薇已不見了蹤影，才知自己睡過時間了。但也不著急，乾脆慢下來，閉會眼睛再起床梳洗，到餐廳等那兩位吃早餐。左等不來，右等不來，眼看人家要收攤，只得匆匆吃了幾口。走到大廳裡等，還是不來。又到門外去等。湖水已有些蒸人，遠望過去，蘇堤、白堤上已有了遊人的身影，慢慢地晃動。天上有幾絲浮雲，一會兒就不見了，蟬鳴起來，依然沒有他倆的身影。

薇薇和小林這天早上是到六公園喝茶去了，然後直接乘船遊了趟湖，中午十二點才回到賓館。以為會在餐廳裡碰見王琦瑤，卻沒有，便自己吃了飯再去房間拿些東西。因小林是與別人合房間的，所以東西都放在王琦瑤母女的房內。一開房門，卻見王琦瑤靠在床上，看連環畫，身邊還放了有一疊連環畫。因沒想到屋裡有人，先是驚了一跳，然後小林便問，伯母有沒有吃飯。王琦瑤卻像沒聽見似地不回答，眼睛看著連環畫，手慢慢地翻著，臉上倒帶著微笑。薇薇兀自拿了衣服進浴室去換裝，小林又問，下午一同去黃龍洞看方竹吧！王琦瑤說：不去！臉上的微笑陡地沒了。小林停了一下，就解釋說：早上，我和薇薇沿著蘇堤散步，走遠了，就沒回來吃早飯。王琦瑤聽了這話，不由一陣委屈湧上心頭，眼圈也紅了，掙了一下才說出一句：我也散步去了。說罷又惱怒，恨自己顯出可憐相，便再加了一句：你不用來向我匯報的。這時，薇薇從浴室裡出來，衝著小林說：走不走？也不看王琦瑤一眼，就好像沒這個人似的。王琦瑤從連環畫上轉過臉，看了她說：你是對誰說話？薇薇被她問得一怔，朝她翻翻眼：不是對你說話。王琦瑤便冷笑了：你不對我說話，又是對誰說話！你不要以為你有男人了，就可以不把別人放在眼睛裡，你以為男人就靠得住？將來你在男人那裡吃了虧，還是要跑回娘家來，你可以不相信我這句話，可是你要記住。她這漫不著邊的一席話，把薇薇說急了，她說：誰有男人了？誰不把別人放在眼裡了？今天我倒要你把話說說明白，黃龍洞我也不去了！說罷就在對面床上坐下，擱起腿來望著王琦瑤，正式談判的樣子。這母女倆向來不分尊卑上下，別人說她們像姊妹倆，還不僅因為王琦瑤長得年輕。平時的口角就不少，就連小林這個外人都親眼目睹過幾回。但今天的形勢卻有些不同尋常，似是無來無由，吵不下去卻要硬吵，其實是有著原委，一旦觸動可是個大難堪。小林看出這場口角的危險，便過去拉薇薇走，薇薇打開小林的手：你總是幫她，她是你什麼人！話沒落音，臉上就挨了王琦瑤一個嘴巴。薇薇到底是只敢還口不敢還手，氣急之下，也只有哭這一條路了。小林則往外拉她，她一邊哭一邊還說：你們聯合起來對付我！這一個下午，誰也沒出去玩。大好的陽光，大好的湖光山色，便在怨怒和抽泣中過去了。

小林將薇薇拉到他的房間，同屋的人正好不在，於是便百般撫慰與勸說。薇薇鬧了一會，漸漸平靜下來，抬起淚汪汪的眼睛，說：小林，你評評這個理，今天是我不對還是她不對。小林替她擦著淚說：自己媽媽有什麼對不對的？再不對也是你媽媽。薇薇又氣了：照你這麼說，世界上就沒有什麼對和錯了？小林笑道：我又沒說「世界上」。然後他沉默一下，又說：你媽媽其實很可憐。薇薇便說：可憐什麼可憐！小林也不與她爭，只是望著窗外出神。停了一會，薇薇將他的臉搬過來，問道：你和她好還是和我好？薇薇鄭重的神情，使這荒唐無聊的問題變得嚴肅起來。小林親了薇薇一下，反問說：我有必要回答你嗎？薇薇也笑了，笑著笑著害羞起來，將臉埋在枕頭裡，不讓小林看。兩人這麼說著話，時間就過得很快，到晚飯時間，小林對薇薇說：咱們去叫她吃飯，你要有點笑容。薇薇偏就拉下了臉，說：我不會笑。正要出去，卻聽有人敲門，開門一看，是王琦瑤。她換了一身衣服，拿著手提包，臉色平靜，說帶他們去樓外樓吃飯。等他們各自拿了隨身的東西，三個人便下樓出去。

太陽正垂到街的上空，將個杭州城照得金光燦燦。自行車就像金水裡的魚似地，穿行而過。西湖上倒冷清下來，遊客大都上了岸，只有很少幾艘船在水上漂著。有漂到湖邊的，與岸上的行人對望的眼神，似都帶了些詫異。這時，天空變得絢麗，雲彩被夕照染成七八種顏色，鋪展到天邊。小林說要拍照，於是單人照雙人照地拍了一氣，天色也純淨下來。到樓外樓，三人坐定，王琦瑤讓他們兩人點菜，自己並不發表意見。薇薇漸漸緩了過來，開始活躍，說這說那的，王琦瑤有時也應和兩句，都將下午的事忘記了。小林這才將吊了半日的心放下來，鬆了口氣。他一邊替母女倆倒啤酒，一邊很由衷地說：薇薇，你應當敬你媽媽一杯酒，她把你養這麼大，吃了多少辛苦！薇薇耍賴道：是她情願，又不是我逼她生下來的。王琦瑤笑著說：是我逼你的，好不好？小林就說：我敬伯母一杯酒，花這麼多錢讓我們來旅遊。不料，王琦瑤聽了這話竟有些變臉，雖然還笑著，卻是冷了下來。她喝了一口酒，並沒說什麼，就吃菜。薇薇自然不會察覺什麼，小林卻感不安了，隱約覺著自己說錯了話，又不知錯在哪裡。這半日來，為了調解母女倆，已有些筋疲力盡，如今見這情形，竟是徒勞一場。不免心灰意懶，便也悶悶地喝酒吃菜。一時上，只有薇薇在聒噪，興致很高，且不察顏觀色。一頓飯就她吃得高興。

晚上，王琦瑤一人回到房間，也無事可幹，便慢慢地收拾明天回去的東西。收到一半，突然一笑，心裡說，原來是當她銀行用啊！停了一會，又問自己，她當她是什麼呢？她丟下手裡的東西，決定去洗澡。熱水還沒來，水龍頭空空地吐氣。她就讓它開著，又回房間躺在床上，不想卻打了個瞌睡。醒來時只聽見嘩嘩的水聲，從浴室門裡湧出一團團的蒸氣，瀰漫在房內。

第二天，他們是乘下午車回上海，車到北站已是晚上十點，廣場上人聲鼎沸。路燈縱橫排著，散布著昏黃的光，混沌沌地浮在攢動的人頭之上。薇薇和小林走在前邊，王琦瑤落後半步，小林不時回頭照應，問她東西好不好拿，路好不好走。王琦瑤就說很好，心想自己還沒老到這程度。他們橫穿廣場，終於走到馬路上，也是無頭無尾的人流。最後，終於回到家中。才走三四天，房間已積起一層灰來，幾隻米蟲化成的蛾子在左衝右突地飛翔。

7 聖誕節

這一年，上海的某些客廳裡，興起了聖誕節。到了聖誕夜，這些人家的燈是亮過十二點的。還有鋼琴上的聖誕歌，也是通宵達旦。這種夜晚雖也免不了吃喝，卻因有聖誕蠟燭和聖誕歌作背景，吃喝也俗不到哪裡去。聖誕樹一般是沒有的，沒地方去買。午夜的鐘聲是聽無線電裡「嘟嘟」的報時聲，在靜夜裡有些寂寞，卻使這聖誕節更顯得獨樹一幟。其實，這些過聖誕的人家倒並不見得是上帝的信徒，你問他們耶穌的事情，也只答得出一二。他們大都是從外國寄來的聖誕卡上了解這一節日。那些早年真正受過洗禮的教友們，恐怕都已想不起聖誕節這回事了。他們往往年老力衰，也有些落伍，不免隨流入俗了。過聖誕節的事，是由這城市裡最摩登的人物擔任。這些摩登人物的銳利目光，掃過這城市的每一個角落，這城市缺什麼都躲不過他們的眼睛。他們積極地要將這城市推進潮流，結束它離群索居的歷史。在今年的日子，聖誕夜難免有些冷清，可你可以想見它的竭誠竭力。最好的碗碟拿出來了，新桌布鋪起來了，玫瑰花插在瓶子裡了，客人也來了，一律是最新潮，一看便是這城市的主人。他們進門就說「聖誕快樂」，也是聖誕的主人。天有些冷，又沒有暖氣，可因為興致高，便也不在乎，穿的都是春裝。吃一點東西，再跳一會兒舞，就覺得身上發熱，揮灑自如了。聖誕夜是在九點鐘開始的。這時候，人們大都準備就寢，外出的人也在往家趕，連舞會都到下半段了，可是這裡才在迎客。等鄰居家窗口一個一個暗了，這裡的璀璨就好像是一座航標，這城市再不會迷失方向了。

這年頭，這城市就像一個乾涸已久的大海綿，張開了藻孔，有多少快樂便吸吮多少快樂，如今它還遠沒有吸飽呢！你看，那樓房上方的夜空，還是黑多亮少，那掩緊的門窗後頭，大多是睡眠，這麼點快樂不夠人們用的。那點快樂，從街上流過，只能濕一濕地皮。你不知道，這城市對快樂的需求量有多大啊！這些客廳啊，舊是舊了，不過還管用，還盛得下一個聖誕夜，讓我們就在這裡歌舞好了。鋼琴的音不準了，不過卻是老牌的「斯特勞思」。那些老校音師呢？還須耐心地將他們一個個尋訪出來，使其重操舊業，這城市的舊鋼琴全指望他們了。否則，聖誕歌怎麼辦？還有很多朔拿大，小夜曲怎麼辦？

薇薇跟著小林到他同學家過聖誕的時候，王琦瑤一人在家。她想：這墨樣黑的晚上，過什麼聖誕呢？她坐在燈下編織羊毛的嬰兒連衣褲，忽覺四下裡十分的靜，平日裡的人聲此時都偃止了，難道都去過聖誕了？這時，她聽見有自鳴鐘的聲音響起，數了數，竟敲了十下，才知夜已深了。她想聖誕這日子真沒意思，聚在一起聽鐘打十二下，哪一天不打十二下呢？王琦瑤自己上床睡了，夜裡並不知道薇薇回來。早上起來買菜，見她睡著，床前躺著新買的長統靴，衣服也是亂扔著，真有些一夜狂歡的意思。她輕輕下樓出門，路燈剛滅，天色有些陰，是在作雪，看起來卻像通宵未眠的疲憊。路上走著匆匆的行人，有迎面過來的，王琦瑤便在他臉上看見過聖誕的痕跡。她覺著，人人都過了聖誕，只有她除外，可她無所謂。她買了菜，拿了牛奶，還買了豆漿油條，就往回走。一路上就有許多上學的孩子，臉凍得通紅，啃著冰冷的早點。想來他們的父母也是剛從聖誕舞會上回家，來不及為他們燒早飯的。太陽在陰霾後面，透出滯重的光。王琦瑤回到家，房間裡還是走時的情景，薇薇蒙頭睡著。一股又酸又甜的隔宿氣瀰漫在屋內，叫人心頭煩亂。王琦瑤想起今天是薇薇休息，不知她要睡到幾點。便退到廚房，自己燒早飯吃。從窗裡看見對面人家在收拾房間，進進出出的。還有一扇窗戶裡，伸出一竿洗淨的衣服，又關上了窗戶。那衣服在陰冷的空氣中，永遠不會乾的樣子。然後，送早報的來了，自行車鈴響著。弄堂裡嘈雜起來，一天開始了。

這天，薇薇睡到中午還不起來，兩頓飯都沒吃。王琦瑤不想與她費口舌，就隨她去。一點來鐘時，張永紅卻來了。薇薇翻個身睜開眼睛，人躺在被窩裡。聽她們說話，並不插嘴。王琦瑤少見她這麼安靜的，問她要不要吃飯，她說不要。因睡足了覺，臉色很紅潤，披散了頭髮，懶得像一隻貓。王琦瑤問張永紅，昨晚有沒有去過聖誕夜。張永紅不解地說：什麼聖誕夜，聽也沒聽說過。王琦瑤便慢慢告訴她聖誕節的來歷。張永紅認真聽著，提了些無知的問題，讓王琦瑤解釋。薇薇也聽著，一聲不出。天陰著，屋裡有些暗，不是夜色的那種暗，而是遮蔽得挺嚴實，於是便覺著溫暖的暗。張永紅聽了半天說：咱們這些人有多少熱鬧沒趕上啊！王琦瑤就說：你們還有時間呢，像我，連時間也沒了。張永紅不同意道：你已經趕過了，怎麼好和我們比。王琦瑤安慰她：這就好比看戲，上場演過了，要停一會兒，下一場就開幕了。張永紅說：可別停得太久了呀！王琦瑤說：怎麼會太久，鑼鼓傢什都敲起來了，你看這人，昨晚不就瘋了一夜？她指了指薇薇，薇薇往被窩裡一縮，露出雙眼睛，還是不說話。王琦瑤就告訴張永紅，薇薇昨天跟小林去過聖誕，不知什麼時候才回來的。張永紅朝薇薇看了一眼，沒有說話。房間裡又暗了一些，也暖了一些。王琦瑤起身到廚房去燒水，這邊兩個人卻是無話，默默的，一個躺，一個坐。薇薇閉著眼睛，睡著的樣子。張永紅低著頭，不知在想什麼。等王琦瑤回來，屋裡似乎又暗了一成，連人都看不清了。有那麼一陣子，三個人一點聲音都沒有，都像在醞釀什麼心事似的。忽然，被窩裡發出一聲笑，極短促的。王琦瑤和張永紅朝那邊看去，卻見薇薇整個頭都埋進被窩了。王琦瑤問：笑什麼？先是沒回答，過了一會兒才有聲音，也是忍著笑的：不可以笑嗎？

王琦瑤不再理薇薇，轉過頭來問張永紅，同她那男朋友關係如何了？張永紅很不願提的表情，說已經斷了。王琦瑤曉得是這結果，還是怔了怔，想說什麼，又想什麼都說過了。張永紅卻又開口，數出那男朋友的一堆壞處，都是要不得的。王琦瑤聽罷後不覺笑道：張永紅你的眼睛真是鍛鍊出來了，看人入木三分。張永紅沒聽出她話裡的刺，有些憂鬱地說：是呀，我大約是有毛病了，十分鐘的熱情一過去，樣樣都看不入眼了。王琦瑤說：你是經得太多，就像吃藥，吃多了就會有抗藥性，不起作用；交人交多了，反交不到底了。張永紅說：我反正是弄僵掉了！話是這麼說，骨子裡還是透著得意，畢竟是她挑人家，不是人家挑她，僵也是人家僵，她是有餘地的。王琦瑤看出她的心思，在心裡說：會有掉過頭來的一日。她看張永紅缺乏血色幾近透明的臉上，已有了憔悴的陰影，那都是經歷的烙印。一次次戀愛說是過去，其實都留在了臉上。人是怎麼老的？就是這麼老的！胭脂粉都是白搭，描畫的恰是滄桑，是風塵中的美，每一筆都是欲蓋彌彰。王琦瑤看著張永紅替她整理毛線的纖纖十指，指甲油發出貝類的潤澤的光，皮膚下映出來淺藍色的脈絡，有一股撐足勁的表情，王琦瑤有些為她難過。張永紅開始說一些馬路傳聞，無非是偷情和殺人兩大題目。薇薇從被窩裡又伸出頭來，眼睛睜得溜圓地聽，王琦瑤就斥責道：你過了一個聖誕夜，倒像是值了個夜班，還要我們來服侍你嗎？薇薇聽了並不回嘴，王琦瑤不覺有些詫異，就看她一眼。她懶洋洋的，一動也不動。

這會兒，天是真的黑了，一開燈，有些滿屋生輝的。張永紅就說要走，薇薇也不起來，王琦瑤送她到樓梯口，返身進廚房燒飯。見那北窗外霧濛濛的，還有盈耳的沙沙聲，仔細看，才知是下雪珠了。王琦瑤對著窗外看了一會，心想這倒是像聖誕節了。忽聽薇薇在房間裡叫她，先是不理她，而後還是走了出去，問她有什麼事，難道還要把飯送到她床上？薇薇不答她的話，把被子拉到下巴上，說，小林向她提出要結婚。王琦瑤慢慢地坐在椅子上，然後問什麼時候？薇薇臉背著她說：春節。雖然薇薇和小林的關係已是定局，可卻從未正式論過婚嫁之事，知道這一日遲早會到，真到了眼前，也還是意外似的。王琦瑤想：薇薇都要出嫁了，真是光陰如梭啊！她心裡不知是喜是悲，一時竟無語以對。不知停了有多少時間，耳邊響起薇薇急躁的聲音：他爸爸媽媽下星期就要請我們吃飯，你到底同意不同意啊！王琦瑤猛醒過來，說：我有什麼不同意的？是你們自己好的，什麼時候問過我。薇薇卻還是逼著問同意不同意，王琦瑤這才輕嘆一口氣道：我怎麼會不同意呢？這是好事情。薇薇說：這算什麼好事情！王琦瑤不說話，站起身到屋角，搬開樟木箱上的雜物，打開箱蓋，將裡面的羊毛毯，羽絨被，鴨絨被，一床一床搬出來，攤了一大片，然後說：我多少年前就為你準備的。說罷眼淚流了出來。薇薇也哭了，卻是嘴硬，不說一句軟話的。

8 婚禮

王琦瑤給薇薇準備嫁妝，就好像給自己準備嫁妝。這一樣樣，一件件，是用來搭一個錦繡前程。這前程可遇不可求，照理說每人都有一份，因此也是可望的。那緞面上同色絲線的龍鳳牡丹，寬褶複襉的荷葉邊，鏤空的蔓蘿花枝，就是為那前程描繪的藍圖。你看那百貨公司床上用品櫃台前擠來擠去的女人們，有一大半是來買嫁妝的，不是為自己也是為女兒。她們看上十家也買不下一樣，她們買下一樣可就是做成了一件大事，誰能知道這裡的心意啊！王琦瑤從沒給自己買過嫁妝，這前程是被她繞著走過的。她走出老遠四下一看，卻已走到不相干的地方。不過，她可以替薇薇買嫁妝，可是有時候也會想：薇薇的嫁妝與她有何相干呢？於是，她熱一陣，冷一陣的。這麼斷斷續續買下的東西，卻已存夠有兩三個箱子。曬霉的日子，一打開來，全是新東西，在伏天的大太陽下閃著耀眼的光彩。沒什麼來歷，也沒什麼根基，卻有的是前程。王琦瑤也是不忍細看，因知道都是沒她份的。她把窗戶都打開，太陽和風進來，房間裡充滿了一股新東西才有的氣味，沒沾過人氣的氣味。王琦瑤也會有一剎那間的喜悅，那多半是忘記誰是誰的時候。新東西總是教人高興，什麼都沒開始的樣子。

現在，薇薇將嫁妝從王琦瑤手裡接過來了。一下子擁有一大筆財產，心裡便覺著十分富足。她每日都要翻一翻，看一看，再和王琦瑤討論討論。遇到對東西的質地有懷疑，又相持不下的時候，她們便一起做一個小試驗。拔一撮絨毛，點上火，看它燃燒的狀態和速度，以此辨別是否純羊毛。當她們並攏了頭專注地看，兩人都有些像孩子。張永紅也來參觀薇薇的嫁妝，一邊看一邊暗暗與自己的比較。張永紅不知從何時起，就將買衣服的錢省下一半，用來買嫁妝。雖然是走馬燈一樣地交著男朋友，一個個都是過眼煙雲，這一份嫁妝卻月月年年地積累起來，天長日久的樣子。張永紅唯有積攢著嫁妝的時候，才覺得自己的未來依稀可見，其餘則是一片茫然。薇薇的嫁妝中有一頂珠羅紗蚊帳，王琦瑤將它抖開，與張永紅各拽一頭地張開。薇薇一頭鑽進來，隔著紗帳，真的成了一個新娘。王琦瑤與張永紅對視一眼，有一種同情在兩人之間升起，很快地閃開了眼睛。

再接著，薇薇要做衣服了。王琦瑤為她選的是一塊西洋紅的女衣呢，託嚴師母找一個做西裝的裁縫。這天，裁縫來了，給薇薇量尺寸，邊上站著王琦瑤，張永紅，還有帶他來的嚴師母，七嘴八舌地出主意。那裁縫便說：究竟你們是裁縫，還是我是裁縫？於是她們都笑，說：好，好，不說了。可只過一會兒，就又忍不住了。只有薇薇不聲不響，很矜持地站著，由他們擺布，是今天的主角。這主角似乎是不期而至，稀里糊塗就當上的。要說她是對結婚最木知木覺，而金玉良緣就是專派給這種木知木覺的人的。越是刻意追求，苦心經營，越是不達。這就叫做有意栽花花不發，無心插柳柳成蔭。為給西洋紅西裝配皮鞋也花了大力氣。先是想當然地買了雙白的，穿上卻覺得頭重腳輕，還有些鄉氣。再配黑的，壓是壓住了，卻壓得過頭，一身豔麗到此為止，畫了個句號，瀰漫不開了。於是再動腦筋，還要練腳勁。幾乎跑遍全上海，終於覓到一雙同是西洋紅的皮鞋，略深那麼一點，卻是朝著一個方向深去，這才畫龍點睛，且又天衣無縫。然後是髮式的問題，這是王琦瑤說了算的。她提前一個月叫薇薇去燙了長波浪，然後，每隔一週修剪一回。臨到喜期，頭髮便似燙非燙，翻鬈自然，梳起披下總相宜。

此時此刻，薇薇已不知多少次地在鏡子前裝扮成新娘。每逢這時，王琦瑤便暗暗驚嘆，想一個相貌平平的女人，一旦做起新娘，竟會煥發出這樣的光彩。這真是花朵綻開的那美妙的一瞬，所有的美麗都偃旗息鼓，為它讓道的。這是將女人做足了的一刻，以前的日子是醞釀，然後就要結果。這一個交界點可是集精華於一身的。

現在，要縫被子了。王琦瑤來到嚴師母家，對她說：你知道，我這樣的女人是不能縫這鴛鴦被的，嚴師母你兒女雙全，大富大貴，薇薇要有你百分之一的福分也好了。嚴師母二話不說，叫上她家的保姆便來到王琦瑤家。讓那保姆幫她鋪展被子，隨後就一針一線縫了起來。王琦瑤遠遠坐著看，不動一點手。嚴師母讓她幫扯一根線，她也不扯，說：嚴師母，你知道我是不能碰的。嚴師母說：你倒找到偷懶的道理了。心裡卻有些淒然，因有那紹興女人在場，也不好多說什麼，只埋頭縫著。中午，那保姆回去，自己則留下吃飯，聞到廚房裡傳出的菜香，恍然覺著時間倒流回去，又是多年前的情景，許多謎語湧上心頭，都是擱下不提的。等飯菜上桌，兩人面對面坐下，嚴師母開門見山就問：薇薇結婚，要不要教她爸爸知道？這句話因是有二十多年時間作緩衝，所以並不顯得突兀，王琦瑤笑笑說：她爸爸死了。然後又加一句：死在西伯利亞了。兩人都笑起來，幾乎噴飯。嚴師母說：你也要做件新衣服，薇薇結婚那日好穿。王琦瑤就說：人是個舊人，穿什麼新衣服也沒用。嚴師母說：那你也去當新人好了。說罷，兩人又笑。笑過了，嚴師母正色道：其實，我也不全是說笑話，薇薇走了，你一個人就要冷清，不如找個伴呢？王琦瑤便問：你說找誰？

被子縫好，一天也過去了，薇薇的婚期又近了一日。由於臨近春節，人們都在置辦年貨，送舊迎新，更為這婚禮增添了氣氛。小林放了寒假，卻又參加了一個英語班學習。他父親在美國的舊同學，已為他作保，他準備讀完這個學年，拿到大學二年級的學分，便去美國讀書。結婚也是去美國的步驟之一，有配偶更容易得到入境簽證。想到這，王琦瑤不免感到憂慮。可薇薇自己卻正相反，小林去美國，是比結婚更教她興奮。結婚是每個人都要結，去美國可不是每個人都能去的。甚至不需要想到將來小林會把她也辦到美國去，僅僅是小林一個人去，已是夠她激動了。因是要走，所以就有些臨時觀點。新房是做在朝西的小間，家具也是用舊的。可是，結婚畢竟是教人歡喜，這歡喜重複多少遍也不會褪色的。小林學習英語空下來的時候，便和薇薇出去，逛馬路，吃西餐，看電影。知道結婚就在眼前，難免會有一點小越軌，可也不要緊。在那人家的門洞裡和公園的犄角裡，能幹得出什麼大事？也有一些時間是在王琦瑤家裡度過的。他們說著美國，人沒去心已經飛去了。王琦瑤也是喜歡美國的，她喜歡的美國是好萊塢電影裡的。喜歡是喜歡，卻知道是個故事，可望不可即的。那兩個卻是當現實來喜歡的，有許多計畫要在那裡實施。王琦瑤插不進嘴去，只覺得他們的美國很乏味，比不上好萊塢的一半。

這一天，小林來的時候，薇薇不在家。王琦瑤說：小林你坐坐，吃過午飯薇薇會回來的。於是小林坐下，拿一張隔日的晚報翻看。王琦瑤鉤著羊毛衫，問他酒席訂了沒有，在什麼地方。小林說他母親正要問王琦瑤，她們家要幾桌。王琦瑤想她的娘家人請也未必到，其他的關係，就只有一個嚴師母了，雖不是十分投契，卻是幾年來一直沒斷過來往，也算得上半個長相隨了。就說，要不了一桌，只她一個再加嚴師母一個。小林說：嚴師母是要請，但她是朋友，難道就沒有親戚了嗎？王琦瑤默了一會說：我只有薇薇一個親戚，現在也交給你了。這話出口，彼此都有些感動。小林說：將來，你和我們一起生活。王琦瑤站起身，將手裡的開司米一擱：那怎麼行，還有你父母呢？然後就走進廚房。小林忽有些難過起來，即將到來的喜期似也罩上一層傷感的影子。這時候，他發現，這房間裡的五斗櫥，梳妝鏡，他小林所讚嘆的「老貨」，其實都蒙著這樣的影子。說它「老」，其實不是，而是「傷懷」。有薇薇在，他還不覺得，薇薇是將生活大把大把揮霍的，而這「傷懷」卻恨不能伸出手去，抓住流逝不返的時光，這也是她們母女的不同了。薇薇是用完算數；王琦瑤用的時候悉心悉意，用完了卻不能算數。其實不算數又如何？分明是不由己的事情，到頭還是苦自己。

結婚那一日終於到了。早上，兩個新人就去王開照相館拍結婚照，王琦瑤陪著去的。婚服是照相館出租，不知上過多少人身了。是照那最大的尺碼縫製，兜頭套上，再用大頭針沿著身子一路別下來，從頭做一件也不過這樣的工程。但那白紗裙終是處子的表情，無論多麼不合身，也是合乎情理的。薇薇變得十分安靜，由著王琦瑤整理修改。那裙裾堆在腳下，一堆雪似的。王琦瑤的手在其間出入，感覺到那紗縐的潮濕，大頭針的針頭又有些禿，很難刺進去。不一會兒，她手心裡出了汗，額上也出了汗，眼前有些恍惚，不知白紗裙裡的人是誰。她抬起頭，看看前面的鏡子，鏡子裡有一個公主，美麗而高傲。鏡子上方有一盞電燈照亮著，窗戶叫布幔遮住了，鏡台上放了一把纏著頭髮的髮刷。照相館的化妝間裡有著一股幽祕的氣息，包藏著許多不為人知的小手腕。比如，婚服的腋下那兩排密密麻麻的大頭針，還有裙襉裡的大頭針。頭髮也是做過手腳的，地上散落的髮夾就是證明。現在，這一襲婚服可說是天衣無縫了，再披上婚紗，瀑布般直瀉而下，幾乎成了天人。

燈光大明的時刻，王琦瑤是坐在暗處，幾乎成了個隱身人，沒人看見她。燈光聚集處，是另一個世界，咫尺天涯的。王琦瑤忽然想：今天她真不該跟著來的，來也是做看客，看的又是不想看的。她明知道照相館這地方是騙人，卻還是要上這騙局的當，幾十年也不覺悟。那燈光驟地冥滅與驟地照耀，使她的心也是一明一暗。這燈光其實是她最熟悉的，此時卻離她遠去。她分明看見攝影師的嘴動著，卻聽不見一點聲音，新人們的聲音也聽不見。後來，他們終於走下場來，換了另一對上場。她替薇薇解下婚紗，大頭針撒落一地，發出幽祕的嚓唧唧的聲音。脫裙子的時候，薇薇的口紅抹上了白紗綴，給這婚服又添一筆歷史。裙子堆在地板上，是一個巨大的蟬蛻。走出照相館，已是中午，就到國際飯店十一樓吃飯。三個人都有些疲憊，不怎麼說話。望著窗外的天空，無風無雲，無邊無沿。然而，只要將目光向下移一寸，那連綿起伏的屋頂便湧入眼瞼，囂聲也湧入耳內。這天空和這城市似乎兩不相干，自行其事，黃浦江也是自行其事，總是流淌，卻流淌不盡。不曉得誰是真理。

下午是在王琦瑤家度過的，小林也跟了來坐著。因是大年初二，弄堂裡不時有鞭炮爆響。大年初二還是訪親問友的一天，平安里的動靜都是迎客和送客的動靜。停下來的時候，便有一些冷清。兩個年輕人都沉默著，連日的興奮和辛苦消耗了精力和心情，臨到正式開幕，不由有些退縮起來。兩人坐在桌邊嗑瓜子，轉眼間嗑出一堆瓜子殼，嘴唇也黑了。太陽在地板上畫著方格子，新人的臉色都有些蒼白，吃瓜子是打發時間的好辦法。王琦瑤試圖挑起一些話題，也無人響應。她走到廚房燒水，看見陽光已越到北窗，這是多少日復一日的。北窗上的陽光到底是走過一天的路程，積攢了閱歷，流露出善解和同情。窗台上停了一隻覓食吃的麻雀，啄了幾下飛走了。王琦瑤推開窗，在窗台上放了幾粒剩飯，等牠明天再來吃。她回到房間去時，竟見那兩個一人占一張床，昏昏地睡著了。她一看時間不早，趕緊叫醒他們，催促他們整裝。不一會兒，日前定好的出租車就在後弄裡揿喇叭了。

他們直到坐進汽車，臉上還木木地帶著睏意。這一天顯得無比漫長，幾乎沒有信心堅持到底。想到即將來到的盛大場面，三個人竟都有些膽寒。新人是怯場，一生只一場的戲劇就要開幕，他們卻發現還沒準備充分，手足無措，台詞都忘得差不多了。王琦瑤也是怯場，是做看官的準備沒做好。這一幕幕的，淨是新花頭，還有這最後最輝煌的一幕，要在她眼前演過去。現在，已經能看見酒家門前的燈光了，鋪了一地，光裡頭空著，等著人去填充。汽車靠了邊，有一些閒人站住了腳，等著看新人新事開場，王琦瑤先下車，再等那兩人下來。她拉住小林的手臂，讓薇薇挽住，然後在身後暗暗一推。他們並肩走了過去，看那背影，可真是一對啊！

9 去美國

薇薇結婚，將她的衣服都帶走了，衣櫥陡地空了一半，五斗櫥也空了一半。王琦瑤覺得，撫育薇薇的二十三年倏忽而去，而自己，竟然有了白髮。她開始使用染髮水。但她的皮膚和身腰還是顯得年輕，如果不是有這樣成年的女兒，人們絕不會想到她的年紀。她也是用女兒來提醒自己的，否則連自己都不相信似的。染過的頭髮比原先更黑亮，又增添幾分年輕。王琦瑤看著鏡子裡的自己，思緒便有些散漫，想這是什麼時候，何年何月？薇薇不在家，有時王琦瑤一天只吃一頓飯，從這天下午睡到那天下午，睡和醒都在午後一二點，太陽定在一個地方，沒移動過一樣。星期天是知道的，這一天，薇薇會和小林回家。他們早上來，晚飯後才走，生活恢復了常規。一天過去，一切重又散漫下來，顯得常規的力量很不夠。但畢竟是給散漫打了一個節拍，不至於陷入混沌。

婚後的薇薇和小林，變成了客人。她買菜買酒，煮湯燒飯，最後，人走了，留給她的是一堆吃剩的碗碟。王琦瑤在水斗裡洗涮著，心想這一日終於應付過去。她收拾完了，打開電視，從抽屜裡拿出一包菸，點上一支。她坐下來，肘撐在桌面，徐徐地吐出煙。眼前有些雲遮霧罩的，心裡也是雲遮霧罩。只一支菸就足夠了，她收起菸還得再坐一時，聽那窗外有許多季節交替的聲音。都是從水泥牆縫裡鑽出來的，要十分靜才聽得見。是些聲音的皮屑，蒙著點煙霧。有誰比王琦瑤更曉得時間呢？別看她日子過得昏天黑地，懵里懵懂，那都是讓時間攪的。窗簾起伏波動，你看見的是風，王琦瑤看見的是時間。地板和樓梯腳上的蛀洞，你看見的是白螞蟻，王琦瑤看見的也是時間。星期天的晚上，王琦瑤不急著上床睡覺，誰說是獨守孤夜，她是載著時間漂呢！

這日子是無須數的，冬裝脫下了，換上春裝，接著春裝也嫌厚了。小林的簽證下來了，八月就要到美國，去趕秋季的開學。這些日子就有些亂，有一陣，星期天也不來，又有一陣，卻是天天來。天天來是為了向王琦瑤請教置裝的事情。人在中國，想著美國，就好像那裡是一個大派對，非有幾套行頭不行。王琦瑤帶小林去培羅蒙做西裝，一路上教給些穿西裝的道理。說到衣服，王琦瑤就有些活躍。她說衣服是什麼？衣服也是一張文憑，都是把內部的東西給個結論和證明，不至被埋沒。小林聽了這說法，覺得新鮮又好笑。王琦瑤就說你不要笑，我說的一點不過分，衣服至少是女人的文憑，並且這文憑比那文憑更重要。小林更笑了，轉臉問薇薇：你有文憑嗎？王琦瑤冷笑一聲道：那文憑讀幾年書就能讀來，這文憑可是從生下地就開始苦心經營的，也不要問薇薇，她是生在福中不知福的，只問問張永紅就可知道。薇薇就說：張永紅有「文憑」，可到現在也找不到「工作」呢！這話說得很刻薄，是那種被幸福沖昏頭腦的人才說的，連王琦瑤聽了都有些刺痛，說：你不用替她發愁，她比你強！說著話，就到了地方。先看料子，再選式樣，不免又發生了衝突。薇薇傾向新近流行的大駁殼領，雙排鈕的款式。王琦瑤則堅持最規矩的西裝，說這才是本分，任何時候都有一份天下，而那些流行的式樣，必得當時當令，只須差上一點點，便落到過時的下場，何況上海的流行，未必能與美國流行合拍。薇薇雖沒有充分的道理，態度卻很強硬。她天然地排斥老派的東西，喜新厭舊，目光又短淺，看不清未來，於是一味地追趕時髦，還是脫離背景地看問題。她像吵架般地，還有些蠻不講理。王琦瑤只得說：讓小林決定吧！小林卻採納了王琦瑤的意見，薇薇氣得一扭身走了，小林便去追她，剩下王琦瑤一個人在店裡，走不好不走也不好，站了一會兒，乾脆也走了。去乘公共汽車的路上，想想三個人出來，卻一個人回家，真是無趣得很。南京路上的熙攘和喧鬧，都是在嘲笑她的。回到家裡，已近中午。那兩人是下午才進門，嘻嘻哈哈的，手裡提著大包小包，上午的不快早已忘得一乾二淨。王琦瑤也不問那西裝的事，全當不關心，卻見小林背著薇薇向她眨了眨眼睛，是默契與討好的意思。王琦瑤便生出一股委屈，想：你們做什麼樣的西裝與我何干呢？

為小林置辦行裝，買的都是最好的東西，差一點就會愧對美國似的。以前的舊衣服，一件也用不上，裡外全換新的。不僅求質，而且求量，每一種東西，都以打為計，十二件十二件的買。從這點看，又不像去美國，倒像是去偏遠地區插隊落戶。美國那地方，到底是去的人少，光知道是好，卻不知道是怎麼個好。總之，能做到的盡量都做到。這也有些像置辦嫁妝，是茫然的前途中的一個握在手，派上派不上用場且是另一回事了。那兩個特大號箱子，一點一點塞滿，心裡便踏實起來似的。這一日，薇薇一個人回家，手腳很勤快地幫著做事情，將王琦瑤泡在盆裡的兩件衣服也洗了。王琦瑤知道薇薇是有事求她，並且大體可斷定是錢的事情。以前，她求王琦瑤買衣服，就是這樣表現的。不過，此時比那時更殷勤，出口也多了些猶豫，畢竟是已出閣的人了，再向母親伸手總是理虧。王琦瑤不免也生出些感嘆，再想小林這一走，也不知什麼時候才可夫妻聚首，薇薇一個人住在婆家，雖說也是家，到底兩下裡都是不相干，前景也不可多想。薇薇晾好衣服進來，見桌上已放了一些錢，王琦瑤說：拿去給小林買雙鞋，算我送的。薇薇沒有拿錢，說春夏秋冬的鞋都買了，不需再買鞋。王琦瑤看出她是嫌少了，就說，不買鞋就買別的，多的她也拿不出，這算是她的一點心意。薇薇還是不拿錢，低著頭。王琦瑤就有些心涼，不再說什麼，起身走開。不料薇薇卻說話了，說的是某人某年也是去美國，什麼都沒帶，就帶了他外婆給的一件金鎖片，到了美國後，就憑這金鎖片度過了最初的時期，站穩了腳跟。王琦瑤聽了這故事，心裡便一動，她想：這是什麼意思？接著便想起有一日讓小林替她去兌金條的事情，她一陣心跳，臉都漲紅了。她抖著聲音說：我可從來沒虧待過你們。薇薇驚異地揚起眉毛：誰說你虧待我們了，我們是向你借，以後一定還的。王琦瑤幾乎要落下淚來：薇薇你真是瞎了眼，嫁給這種男人！薇薇不高興了，說：是我自己來同你商量的，小林他都不知道，其實我也有幾個戒指，但都是十四開，貴在工藝上，賣不出錢，外面的人是看成色的，要不，我這幾個押在你這裡，還頂不了你一個嗎？王琦瑤這才明白薇薇看中的是她那一個老式嵌寶戒。這是初識李主任的時候，李主任帶她到老鳳祥銀樓買的，也可算得上是一只婚戒，倘若說王琦瑤也有過婚姻的話。是一個紀念，可再是紀念也抵不過那人事皆非，滄海桑田的，給就給了吧！王琦瑤停了停，開開抽屜鎖，將那戒指取出交給了薇薇，只說了一句：待男人太好，不會有好結果。薇薇沒理會她，拿了戒指就走了。

走之前，小林家在錦江飯店辦了一次宴請，親朋好友一共坐了四桌，竟比結婚的場面還盛大。王琦瑤看著滿面春風的薇薇，想：分明給人做了個出國的籌碼，還高興！她一個人坐在滿目陌生的林家親友中，雖是無人搭理，臉上卻還須保持著微笑。待小林和薇薇敬酒敬到這一桌時，她倒真是想笑的，不料眼淚卻掉了下來，倒弄得場面有些尷尬。後來，眼淚收住了，心裡卻抑鬱得要命，也說不出個來由，就是覺得沒意思。看出去的燈影酒光都是蒙淚的，都是在哀悼什麼，人臉上的笑也是哭變的。那邊年輕人的一桌上，樂得不行，吵得人耳聾，王琦瑤卻覺得是悲極生樂，全是哀的面孔。鄰座一個孩子打翻了大人的葡萄酒，桌布上一片殷紅，王琦瑤看見的是血色。她幾乎支持不到底了，心裡痛得很，又不知癥結在哪裡，便無從解開。這一場盛宴似乎是最後的晚餐，一切都到了頭的樣子。這種絕望是突如其來，且來勢凶猛，專找這樣的大場面作舞台似的。場面越輝煌，哀絕的心情越強烈。隔著一張桌子，她聽見小林和薇薇在唱歌，這歌聲眼看將她最後的防線沖垮，又被一陣起鬨壓住了。待到大家起身互相告別的時候，王琦瑤已經哽塞得說不出話來，只能點頭示意。好在，人們也不認識她，將她撇在一邊。她從三三兩兩握手道辭的人群中走過，自己回了家。

在這一場不合時宜的大慟之後，又是長久的平靜日子。小林走了，薇薇回家就很經常，有時遇到張永紅也在，就好像回到了以前的時光。將一塊面料鋪在桌上，左比劃右比劃，就是不下剪子。這時候，淮海路上又起來一批更年輕更大膽的時髦人物，張永紅這一代已轉向保守。但這保守不是那保守，這是以守為攻，以退為進。經過一系列的潮流，她們逐漸形成自己的觀念，她們也過了那種搖擺不定人云亦云的階段，就將時尚的風口浪尖的位置讓了出來。總之是，她們已經在追波逐浪的潮流中站穩了腳跟，有點中流砥柱的意思。別看她們不趨潮流，卻正是潮流中人，潮漲潮落都是經她們而去。馬路上的時尚看起來如火如荼，卻沒什麼根基，轉瞬即逝的。薇薇總是要比張永紅慢一步，她是天生需要領袖的人，倘若沒有張永紅和王琦瑤為她掌舵，保不住終身要做時尚的奴隸。現在，她們三人又一度在一起熱切地商量剪布裁衣的事情。她們都添置了衣服，每一件都是集思廣益，反覆研究而成。試樣的時候，一個站在鏡前，那兩個便身前身後地仔細察看。偶爾一轉身，看見鏡子裡的那張臉，陡地發現那臉上的寂寞，趕緊地說出些話來，便遮掩了過去。

這一年的聖誕節，是她們三人一起過的。她們穿上新做的大衣，化了些妝。日前已定好三個聖誕大餐的座位，是在虹橋新開發區的大酒店。她們叫了部出租車，車還沒走到酒店，已是滿目的絢爛。她們走下汽車，有些茫然地站著，枝形的燈光在頭頂結成了網，火樹銀花的。她們移動腳步，走進酒店，有裝扮成聖誕老人的侍者走來走去，賓客如雲的氣氛。她們上到餐廳，找到自己的座位，在足有二十人的長桌旁邊。前後左右大多是情侶，也有年輕的父母，帶著孩子，都是旁若無人的嘁嘁喳喳。她們三人，平時也是有話的，逢到這樣的場合卻不知說什麼才好，正襟危坐著。那大餐也沒什麼了不起的，由於人多，倒像是吃客飯。聖誕歌卻是一直在唱，同時不斷預告十二點的鐘聲，屆時會有聖誕老人來送禮物，禮物是憑餐券摸彩。這三人都意識到來錯了地方，這樣的場合完全不適合她們。情侶們在親熱著，她們只能視若無睹。還是小孩子好些，都不大認生的，會和她們搭訕幾句，增添了幾分熱鬧。但父母們則都嚴肅著，目不斜視，她們就不好太過熱絡。總之她們在這裡，是處處受箝制，渾身不自在，等不到十二點，便商量著要走。三人起身離開座位時，誰也沒有注意她們。走到門口，卻見一大群小姐端著托盤擁進，才知還須上一道冰淇淋，但也沒有興致再回頭了。走廊裡靜靜的，一按電鈕，電梯無聲地迅速上來，走進去，門便闔上。三面都是鏡子，鏡子裡的臉是不忍看的，一句話皆無，只看那指示燈，一一亮下去，終於到了底。她們走出大堂，也忘了要車，走上了馬路。新區的馬路又寬又直，很少有人，只有從機場方向過來的靜靜的車流。她們走了幾步，才想起搭車，這時，王琦瑤就說，到她那裡去吧，哪裡不能過聖誕呢？那兩人也說好，便又走回酒店門口叫了輛車。十一點的城市，外面是靜了，可那有一些門裡和窗裡，卻藏著大熱鬧。不是從裡面出來不會知道，從裡面出來，便攜了些聲色，播種似地播了一路。

聖誕夜是在王琦瑤家結束的，從那熱鬧場出來，到平安里，就覺靜得不能再靜，斂聲屏息似的。恰是在這靜中，顯出了她們心的活躍。這活躍方才是被壓著蓋著，發不出聲來，現在，就都是她們的世面了。她們吃著零食，說些閒話，有些平時不說的這會也情至所致地說了出來。張永紅告訴說她與最近一位男朋友的齟齬，只為很小的一點事情，卻根本改變了婚姻的前途。王琦瑤聽她這麼說，知她是在考慮婚嫁大事，不免勸說她放寬些標準。雖還是那些老話，可因這晚的氣氛，是有些推心置腹的。張永紅非但沒有排斥，還說了些苦衷。她說，其實她並不是高估了自己，不過是將婚嫁當作人生的第二次投胎。她說你們都曉得我那個家的，因此，結婚也是重新書寫歷史。薇薇就說，也不能完全吃現成，要改寫歷史就兩個人一起改寫好了。張永紅說：倒不是要吃現成，而是要吃些老本，兩手空空從頭來起，到老也看不見曙光；要說薇薇你才是吃現成，有公寓房子住，老公又去了美國。薇薇說：我倒情願他不去美國，這種日子除非自己過，別人是想也想不到的。王琦瑤倒是第一次聽薇薇訴苦，有些意外，再一想，也是情理之中。張永紅說眼下自然有些苦，熬過去就好了。薇薇說：這一天天的熬，別人又不能代我，知道我為什麼老往娘家跑嗎？因為我不要看他們那種知識分子的臉。張永紅笑道：知識分子的臉有什麼？我想看還看不到呢？三人都笑了。這一晚，張永紅也沒回去，睡在沙發上。他們都忘了時間，等窗簾上有些發亮，才睡著。

這一夜裡積攢的同情，還夠她們享用一陣的。她們一週要見幾次面，薇薇幾乎是一半搬回了娘家。只要有張永紅在場，她們母女就能保持著諒解與寬待的空氣。張永紅是她們關係的潤滑劑。可是不久，張永紅又交了新的男朋友，來得就稀疏了。又過了半年，小林為薇薇辦了陪讀手續，薇薇也要走了。雖然只等了一年多的時間，可也耗盡了薇薇的耐心。她甚至沒有心情為自己置裝，只將平日穿的一些衣服裝了一箱，另一箱裝的大多是生活用品，包括一些炊具，還有一大盒華亭路上買來的兩角錢一個的十字架項鍊。小林來信說，這項鍊在美國至少可賣兩美元一個。王琦瑤心裡猶豫要不要給她一塊金條，但最終想到薇薇靠的是小林，她靠的是誰呢？於是打消了念頭。薇薇穿了一身家常的布衣和一雙舊鞋，登上了飛往舊金山的飛機。

第三章

10 老克臘

所謂「老克臘」指的是某一類風流人物，尤以五十和六十年代盛行。在那全新的社會風貌中，他們保持著上海的舊時尚，以固守為激進。「克臘」這字其實來自英語「colour」，表示著那個殖民地文化的時代特徵。英語這種外來語後來打散在這城市的民間口語中，內中的含義也是打散了重來，隨著時間的演進，意思也越來越遠。像「老克臘」這種人，到八十年代，幾乎絕跡，有那麼三個五個的，也都上了年紀，面目有些蛻變，人們也漸漸把這個名字給忘了似的。但很奇怪的，到了八十年代中葉，於無聲處地，又悄悄地生長起一代年輕的老克臘。他們要比舊時代的老克臘更甘於寂寞，面目上也比較隨和，不作譁眾取寵之勢。在熙來攘往的人群中，人們甚至難以辨別他們的身影，到哪裡才能找到他們呢？

人們都在忙著置辦音響的時候，那個在聽老唱片的；人們時興「尼康」、「美能達」電腦調焦照相機的時候，那個在擺弄「羅萊克斯」一二〇的；手上戴機械錶，喝小壺咖啡，用剃鬚膏刮臉，玩老式幻燈機，穿船形牛皮鞋的，千真萬確，就是他。找到他，再將眼光從他身上移開，去看目下的時尚，不由看出這時尚的粗陋鄙俗。一窩蜂上的，都來不及精雕細刻。又像有人在背後追趕，一浪一浪接替不暇。一個多和一個快，於是不得不偷工減料，粗製濫造，然後破罐破摔。只要看那服裝店就知道了，牆上，貨架上，櫃台裡，還有門口攤子上掛著大甩賣牌子的，一代流行來不及賣完，後一代後兩代已經來了，不甩賣又怎麼辦？「老克臘」是這粗糙時尚中的一點精細所在。他們是真講究，雖不作什麼宣言，也不論什麼理，卻是腳踏實地，一步一個腳印，自己做，讓別人說。他們甚至也沒有名字，叫他們「老克臘」只是一兩個過來人的發明，也流傳不開。另有少數人，將他們歸到西方的「雅士皮」裡，也是難以傳播。因此，他們無名無姓的，默默耕耘著自己的一方田地。其實，我們是可以把他們叫作「懷舊」這兩個字的，雖然他們都是新人，無舊可念。可他們去過外灘呀，擺渡到江心再驀然回首，便看見那屏障般的喬治式建築，還有歌特式的尖頂鐘塔，窗洞裡全是森嚴的注視，全是穿越時間隧道的。他們還爬上過樓頂平台，在那裡放鴿子或者放風箏，展目便是屋頂的海洋，有幾幢聳起的，是像帆一樣，也是越過時間的激流。再有那山牆上的爬牆虎，隔壁洋房裡的鋼琴聲，都是懷舊的養料。

王琦瑤認識的便是其中一個，今年二十六歲。人們叫他「老克臘」，是帶點反諷的意思，指的是他的小。他在一所中學做體育教師，平時總穿一身運動衣褲，頭髮是板刷式的那種。由於室外作業，長年都是黝黑的皮膚。在學校裡少言寡語，與同事沒有私交，誰也不會想到他其實彈了一手好吉他，西班牙式的，家裡存有上百張爵士樂的唱片。他家住虹口一條老式弄堂房子，父母都是勤儉老實的職員，姊姊已經出嫁。他自己住一個三層閣，將棕棚放在地上，唱機也放在地上，進去就脫了鞋，席地而坐，自成一統的天下。他的老虎天窗開出去就是一片下斜的屋瓦，夏天有時候他在屋瓦上鋪一張席子，再用根背包帶繫了腰，拴在窗台上，爬出去躺著。眼前便是一片深藍的天空，懸掛著一些星星。遠處有一家工廠，有隱約的轟鳴聲傳來，那煙囪裡的一柱煙，在夜空裡是白色的。一些瑣細的夜聲沉澱下去，他就像被空氣融解了似的，思無所思，想無所想。他還沒有女朋友。在一起玩的男女中，雖也不乏相互有好感的，但只到好朋友這一層上，便停止了發展，因為沒有進一步的需要。他對生活談不上什麼理想，只要有事幹就行，也曉得事情是要自己去找，因此還是抱積極的態度。沒有遠的目標，近的目標是有的。所以，他便也沒有大的煩惱。只不過有時會有一些無名的憂鬱，這點憂鬱也是有安慰的，就是那些二十年代的爵士樂。薩克斯管裡夾帶著唱片的走針聲，嘶嘶的，就有了些貼膚可感的意思。他是有些老調子的，新東西討不得他歡心，覺著是暴發戶的味道，沒底氣的。但老也不要老得太過，老得太過便是老八股，亦太荒涼，只須有百十年的時間盡夠了。要的是那剛開埠的少數人的繁華，黑漆漆的夜空裡，那一小叢燦爛，平整的蛋硌路上，一座歐式洋房，還有那萬籟俱寂中的一點蜿蜒曲折的音響。說起來，其實就是那老爵士樂可以代表和概括的。

老克臘的那些男女青年朋友，都是摩登的人物，他們與老克臘在事物的兩極，他們是走在潮流的最前列。這城市有網球場了，他們是第一批顧客；某賓館進得保齡球了，他們也是第一批顧客。他們是老克臘讀體育系時的同學，以體育的精神獨領風騷，也體現了當今世界的潮流特徵。

只看那些名牌：耐克，飄馬，幾乎都來自於運動服裝，而西裝的老牌子「皮爾‧卡丹」，卻是在衰落下去。他們這一列人出現在馬路上的形象，多是騎著摩托車，後座上有個姑娘，長髮從頭盔下飄起來，一陣風地過去。迪斯科舞廳中最瘋狂的一夥也是他們。他們以各種方式，總能結識一個或兩個外國人，參加在其中，使他們這一群人有了國際的面目，並可自由出入一些國際場所。老克臘在其中是沒沒無聞的一個，沒有建樹的一個。別人熱鬧的時候，他大多是靠邊站，有他沒他都行的。他看上去是有些寂寞的，但正是這寂寞，為這個快樂新潮的群體增添了底蘊。所以，有他和沒他還是不一樣的。對他來說呢，也是需要有一個摩登背景襯底，真將他拋入茫茫人海，無依無託的，他的那個老調子，難免會被淹沒。因那老調子是有著過時的表象，為世人所難以識辨，它只有在一個嶄新的座子上，才可顯出價值。就好像一件骨董是要放在天鵝絨華麗的底子上，倘若沒這底子，就會被人扔進垃圾箱了。所以，他也離不開這個群體，雖然是寂寞的，但要是離開了，就連寂寞也沒有，有的只是同流合俗。

老克臘的父母，將他看作一個老實的孩子。不抽菸，不喝酒，有正經的工作，也有正經的業餘生活，亦不亂交女朋友。他們年輕的時候，也都不是貪玩的人，每週看一回電影，便是他們所有的娛樂。他母親曾有一度熱中於收集電影說明書，文化革命時自覺燒掉了她的收藏，後來的電影院也再不出售說明書了。再往後，他們因有了電視機，就不去電影院了。每天晚飯吃過，打開電視機，一直看到十一點。有了電視機，他們的晚年便很完美了。兒子在閣樓上放的老音樂，在他們聽來是有些耳熟，更使他們認定兒子是個老實的孩子。他的少言寡語，也教他們放心。他們即便在一張桌子吃飯，從頭到尾都說不上幾個字。其實彼此是陌生的，但因為朝夕相處，也不把這陌生當回事，本該如此似的。說到底，這都是些真正的老實人，收著手腳，也收著心，無論物質還是精神，都只須一小點空間就夠用了。在上海弄堂的屋頂下，密密匝匝的存著許多這樣的節約的生涯。有時你會覺著那裡比較嘈雜，推開窗便噪聲盈耳，你不要怪它，這就是簡約人生聚沙成塔的動靜。他們畢竟是活潑潑的，也是要有些聲響的。在夏夜的屋頂上，躺著看星空的其實不止一個孩子，他們心裡都是有些鼓盪，不知要往哪裡去，就來到屋頂。那裡就開闊多了，也自由多了，連鴿子也棲了，讓出了牠們的領空。那嘈雜都在底下了，而他們浮了上來，漂流一會兒就會好的。像這樣的有老虎天窗的弄堂，也是有些不同凡響的心曲，那硬是被擠壓出來的，老虎天窗就是它的歌喉。

真了解老克臘的是上海西區的馬路。他在那常來常往，有樹蔭罩著他。這樹蔭也是有歷史的，遮了一百年的陽光。茂名路是由鬧至靜，鬧和靜都是有年頭的。他就愛在那裡走動，時光倒流的感覺。他想，路面上有著電車軌道，將是什麼樣的情形，那電車裡面對面的木條長椅間，演的都是黑白的默片。那老飯店的建築，磚縫和石棱裡都是有字的，耐心去讀，可讀出一番舊風雨。上海東區的馬路也了解老克臘，條條馬路通江岸，那風景比西區粗獷，也爽利，演的黑白默片是史詩題材，舊風雨也是狂飆式的。江鷗飛翔，是沒有歲月的，和鴿子一樣，他要的就是這沒有歲月。要的也不過分，不是地老天荒的一種，只是五十年的流螢。就像這城市的日出，不是從海平線和地平線上起來的，而是從屋脊上起來的，總歸是掐頭去尾，有節制的。論起來，這城市還是個孩子，真沒多少回頭望的日子。但像老克臘這樣的孩子，卻又成了個老人，一下地就在敘舊似的。心裡話都是與舊情景說的。總算那海關大鐘還在敲，是煙消雲滅中一個不滅，他聽到的又是昔日的那一響。老克臘走在馬路上，有風迎面吹來，是從樓縫中擠過來的變了形的風，他看上去沒什麼聲色，心卻是活躍的，甚至有些歌舞的感覺。他就喜歡這城市的落日，落日裡的街景像一幅褪了色的油畫，最合乎這城市的心境。

這一天，朋友說誰家舉行一個派對，來人有誰誰誰，據說還有一個當年的上海小姐。他坐在朋友的摩托車後座，一路西去，來到靠近機場的一片新型住宅區。那朋友住一幢僑匯房的十三樓，是他國外親戚買下後託他照管的。平時他並不來住，只是三天兩頭地開派對，將各路朋友匯集起來，過一個快樂的夜晚，或者快樂的白天。他的派對漸漸的有了名聲，一傳十，十傳百的。來的人呢，也是一帶十，十帶百，他全是歡迎。人多了，難免魚目混珠，摻和進來一些不正經的人，就會有不愉快的事情發生，比如撬竊的案子。但按照概率來說，人多了也會沙裡淘金地出現菁英。因此，有時他的派對上會有特別的人物出場，比如電影明星，樂團的首席提琴手，記者，某共產黨或國民黨將領的子孫。他的派對就像一個小政協似的，許多舊聞和新聞在客廳上空交相流傳，可真是熱鬧。在這新區，推開窗戶，便可看見如林的高樓，窗戶有亮有暗，天空顯得很遼闊，星月反而遠了。低頭看去，寬闊筆直的馬路上跑著如豆的汽車，成串的亮珠子。不遠處永遠有一個工地，徹夜的燈光，電力打夯機的聲音充滿在夜空底下，有節律地湧動著。空氣裡有一些水泥的粉末，風又很浩盪，在樓之間行軍。那賓館區的燈光卻因為天地樓群的大和高，顯得有些寂寥，卻是璀璨的寂寥，有一些透心的快樂似的。這真是新區，是坦盪盪的胸襟，不像市區，懷著曲折衷腸，叫人猜不透。到新區來，總有點出城的感覺，那種馬路和樓房的格式全是另一路的，橫平豎直，是講道理講出來的，不像市區，全是掏心窩掏出來的。

在新區的夜空底下，這幢僑匯房十三樓裡的歡聲笑語，一下子就消散了，音樂聲也消散了。這點快樂在新區算得上什麼，在那高樓的蜂窩般的窗洞裡，全是新鮮的快樂。還沒加上四星或五星級的酒店裡的，那裡每晚都舉行著冷餐會，舞會，招待會。還儲留著一些豔情，那也是響噹噹的，名正言順，門口掛著「請勿打擾」的牌子。那裡的快樂因有著各色人種的參加，帶著普天同慶的意思。尤其到了聖誕節，聖誕歌一唱，你真分不清是中國還是外國。這地方一上來就顯得有些沒心肺，無憂慮，是因為它沒來得及積蓄起什麼回憶，它的頭腦裡還是空白一片，還用不著使用記憶力。這就是一整個新區的精神狀態。十三樓裡那點笑鬧，只是滄海一粟罷了。只有開電梯的那女人有些不耐煩，這一群群，一夥夥，手裡拿著酒或捧著花，湧進和湧出電梯，又大多是生人，形形色色的。

老克臘來到時，已不知是第十幾批了。門半開著，裡面滿是人影晃動。他們走進去，誰也不注意他們，音響開著，有很暴烈的樂聲放出。通往陽台的一間屋裡，掩著門坐了一些人在看電視裡的連續劇。陽台門開著，風把窗幔捲進捲出，很鼓盪的樣子。屋角裡坐著一個女人，白皙的皮膚，略施淡妝，穿一件絲麻的藕合色套裙。她抱著胳膊，身體略向前傾，看著電視屏幕。窗幔有時從她裙邊掃過去，也沒教她分心。當屏幕上的光陡地亮起來，便可看見她下眼瞼略微下墜，這才顯出了年紀。但這年紀也瞬息即過，是被悉心包藏起來，收在骨子裡。是躡著手腳走過來的歲月，唯恐留下痕跡，卻還是不得已留下了。這就是一九八五年的王琦瑤，薇薇去美國已經三年了。

其時，在一些回憶舊上海的文章中，再現了一九四六年的繁盛場景，於是，王琦瑤的名字便躍然而出。也有那麼一兩個好事者，追根溯源來找王琦瑤，寫一些報屁股文章，卻並沒有引起反響，於是便銷聲匿跡了。到底是年經月久，再大的輝煌，一旦墜入時間的黑洞，能有些個光的渣就算不錯了。四十年前的這道光環，也像王琦瑤的人一樣，不盡人意地衰老了。這道光環，其至還給王琦瑤添了年紀，給她標上了紀年。它就像箱底的舊衣服一樣，好是好，可是錯過了年頭，披掛上身，一看就是個陳年累月的人，所以它還是給王琦瑤添舊的。唯有張永紅受了感動，她起先不相信，後來相信了，便湧出無數個問題。王琦瑤開始矜持著，漸漸地就打開了話匣子，更是有無數個回答等著她來問的。許多事情她本以為忘了，不料竟是一提就起，連同那些瑣瑣碎碎的細節，點點滴滴的，全都匯流成河。這是一個女人的鋒頭，淮海路上的爭奇鬥豔的女孩，要的不就是它？那一代接一代的新潮流，推波助瀾的，不就是搶一個上鋒頭？張永紅掂得出那光榮的分量，她說：你真是叫人羨慕啊！她向她每一任男友介紹王琦瑤，將王琦瑤邀請到各類聚會上。這些大都是年輕人的聚會上，王琦瑤總是很識時務地坐在一邊，卻讓她的光輝為聚會添一筆奇色異彩。人們常常是看不見她，也無餘暇看她，但都知道，今夜有一位「上海小姐」到場。有時候，人們會從始至終地等她蒞臨，豈不知她就坐在牆角，直到曲終人散。她穿著得那麼得體，態度且優雅，一點不掃人興的，一點不礙人事情的。她就像一個擺設，一幅壁上的畫，妝點了客廳。這擺設和畫，是沉穩的色調，醬黃底的，是真正的華麗，褪色不褪本。其餘一切，均是浮光掠影。

老克臘就是在此情此景下見到王琦瑤的，他想：這就是人們說的「上海小姐」嗎？他要走開時，見王琦瑤抬起了眼睛，掃了一下又低下了。這一眼帶了些驚恐失措，並沒有對誰的一種茫然的哀懇，要求原諒的表情。老克臘這才意識到他的不公平，他想：「上海小姐」已是近四十年的事情了。再看王琦瑤，眼前便有些發虛，焦點沒對準似的，恍惚間，他看見了三十多年前的那個影。然後，那影又一點一點清晰，凸現，有了些細節。但這些細節終不那麼真實，浮在面上的，它們刺痛了老克臘的心。他覺出了一個殘酷的事實，那就是時間的腐蝕力。在他二十六歲的年紀裡，本是不該知道時間的深淺，時間還沒把道理教給他，所以他才敢懷舊呢，他才敢說時間好呢！老爵士樂裡頭的時間，確是個好東西，它將東西打磨得又結實又細膩，把東西浮淺的表面光澤磨去，呈現出細密的紋路，烈火見真金的意思。可他今天看見的，不是老爵士樂那樣的舊物，而是個人，他真不知說什麼好了。事情竟是有些慘烈，他這才真觸及到舊時光的核了，以前他都是在舊時光的皮肉裡穿行。老克臘沒走開，有什麼拖住了他的腳步。他就端著一杯酒，倚在門框上，眼睛看著電視。後來，王琦瑤從屋角走出來，想是要去洗手間。走過他身邊時，他微笑了一下。她立即將這微笑接了過去，流露出感激的神情，回了一笑。等她回來，他便對她說，要不要替你去倒杯飲料？她指指屋角說那裡有她的一杯茶，不必了。他又請她跳舞，她略遲疑一下，接受了。

客廳裡放著迪斯科的音樂，他們跳得卻是四步，把節奏放慢了一倍的。在一片激烈搖動之中，唯有他們不動，狂潮中的孤島似的。她抱歉道，他還是跳迪斯科去吧，別陪她磨洋功了。他則說他喜歡這個。他扶在她腰上的手，覺出她身體微妙的律動，以不變應萬變，什麼樣的節奏裡都能找到自己的那一種律動，穿越了時光。他有些感動，沉默著，忽聽她在說話，誇他跳得好，是老派的拉丁風。接下來的舞曲，也有別人來邀請王琦瑤了。他們各自和舞伴悠然走步，有時目光相遇，便會心地一笑，帶著些邂逅的喜悅。這一晚是國慶夜，有哪幢樓的平台上，放起禮花，孤零零的一朵，在湛黑的天空上緩緩地舒開葉瓣，又緩緩凋零成細細的流星，漸漸消失，空中還留有一團淺白的影。許久，才溶入黑夜。

自這次派對以後，王琦瑤還在幾次派對上見過老克臘。他們漸漸相熟起來。有一次，老克臘對王琦瑤說，他懷疑自己其實是四十年前的人，大約是死於非命，再轉世投胎，前緣未盡，便舊景難忘。王琦瑤問他有什麼根據。他說根據是他總是無端地懷想四十年前的上海，要說那和他有什麼關係？有時他走在馬路上，恍惚間就好像回到了過去，女人都穿洋裝旗袍，男人則西裝禮帽，電車「噹噹噹」地響。「白蘭花買哦」的叫聲鶯啼燕囀，還有沿街綢布行裡有夥計剪布料的「嚓嚓」聲，又清脆又凜冽的，他自己也成了個舊人，那種梳分頭，夾公文皮包，到洋行去供職的家有賢妻的規矩男人。王琦瑤聽到這裡便笑了，說家有賢妻是怎樣的賢妻？他不理王琦瑤，兀自說下去。說有一日自己照常乘電車去上班，不料電車上發生一場槍戰，汪偽特務追殺重慶分子，在車廂裡打開了，從這頭追到那頭，不幸叫他吃了記冷槍，飲彈身亡。王琦瑤就說：你這是從電視劇裡看來的。他還是不理她，說，他實是一個冤魂，心有不甘，因此，到了如今，人是今人，心卻是那時的心。他說：你看，我就是喜歡與比自己年長的人在一起，似曾相識的感覺。這時候，舞曲響了起來，兩人便去跳舞。跳到中途，王琦瑤忽然笑了一下：要說我才是四十年前的人，卻想回去也回去不得，你倒說去就去了。聽了這話，他倒有些觸動，不知回答什麼。王琦瑤又接著說：就算那是一場夢，也是我的夢，輪不到你來做，倒像是真的一樣！說罷，兩人都笑了。散之前，老克臘說下一日請王琦瑤吃飯。王琦瑤見他是在扮演紳士的角色，心中好笑，也有些感動，說：還是我請你吧！我也不在外面請，自己家的便飯，願來就來，不來拉倒。

到這天，老克臘早早地來了，坐在沙發上，看王琦瑤擇豆苗。王琦瑤還請了張永紅和她的新男朋友，都叫他長腳，他們是臨吃飯才到的。這時，飯菜已上了桌，老克臘已像半個主人一樣，擺碗布筷的。因是請這樣的晚輩，王琦瑤便不甚講究，冷菜熱菜一起上來，只讓個湯在煤氣灶上燉著。張永紅他們倒和老克臘不熟，見是見過，名字和人卻對不上號。彼此難免有些生疏，話也說不太起來，全憑王琦瑤從中周旋。因是吃飯，所以談的無非是菜餚，王琦瑤說了幾種如今看不到的菜，比如印尼的椰汁雞，就因如今買不到椰醬，就不能做這樣的雞。還有廣東叉燒，如今也沒得叉燒粉賣，就又做不了。再就是法式鵝肝腸，越南的魚露……她對他們說，這就是四十年前的餐桌，聯合國開會似的，點哪一國的菜都有；那時候的上海，可是個小世界，東西南北中的風景都可看到，不過，話說回來，風景總歸是風景，是窗戶外面的東西，要緊的是窗戶裡頭的，這才是過日子的根本；四十年前的這根本其實是不張揚的，不張貼也不作廣告，一粒米一棵菜都是清清爽爽的，如今的日子不知怎麼的變成大把大把的，而且糊里糊塗的，有些像食堂裡的大鍋菜；要知道，四十年前的麵，都是一碗一碗下出來的。老克臘聽出王琦瑤這話是說給他聽的，意思是告訴他四十年前的內心，而他所以為的只不過是些皮毛。他曉得王琦瑤是在嘲笑他，但也不覺著難堪，相反，內心還很歡迎這樣的批評，這是帶領他入門的。他還體會到她的聰穎，那也是四十年前的聰穎，沒爭得什麼地位，像委屈似地隱忍著，沒有張牙舞爪，聲嘶力竭，並且多是為別人著想，少是為自己打算，其中懷著一股體貼。是四十年後的聰穎所沒有的。

過後，他就經常來了。有一回來，是見張永紅在請教王琦瑤做大衣，就在邊上聽著。雖是不太懂裁剪上的細節，但其中卻是含有一些抽象的道理，可用於許多事物的。想他原來是什麼也不懂的，那唱片裡的老爵士樂其實只是伴奏曲，或者畫外音，主旋律和內容情節卻是在這裡，別看那薩克斯管的裝飾音千變萬化，花梢得可以，到底只是為引人注意，搶鏡頭的。而那真正為主的卻不動聲色，也很簡單，甚至相當樸素，是一顆平常心。他的眼睛從窗戶望出去，是對面人家的窗口，關著窗，不知藏著些什麼，他想，那大約是羅曼蒂克的底蘊一般的東西。他在房間裡慢慢地走動，聽見腳下地板鬆動的嘎嘎聲，也是底蘊。他真是不知道，真是不懂得。其實四十年前的羅曼蒂克都是近在眼前，星散在各個角落。老克臘實在是個極有悟性的青年，對那年頭的風情世故，一點就通。是真的就逃不過他眼睛，是假的也騙不了他。他幾乎能嗅得到那樣的空氣，摻著夢巴黎的香水味和白蘭花的氣息。前者是高貴，後者是小戶人家的平實，帶點俗氣，也是羅曼蒂克之一種，都是精心種植再收穫的。前者雖是有著些超凡脫俗的想頭，行起來還是腳踏實地。這是人間煙火的羅曼蒂克，所以挺經久耐磨，殼剝落了，還剩個芯子。

他和王琦瑤說：到你這裡，真有時光倒流的感覺。王琦瑤就嘲笑：你又有多少時間可供得起倒流的？難道倒回娘肚子裡不成？他說：不，倒回上一世。王琦瑤聽他的轉世輪迴說又來了，趕緊搖手笑道：知道你的上一世的，是個家有賢妻洋行供職的紳士。他也笑，笑過了則說：我在上一世怕是見過你的，女中的學生，穿旗袍，拎一個荷葉邊的花書包。她接過去說：於是你就跟在後頭，說一聲：小姐，看不看電影，費雯麗主演的。兩人笑彎了腰。這樣就開了個頭。以後的話題往往從此開始，大體按著好萊塢的模式，一路演繹下去，難免是與愛情有關的，因是虛擬的前提，彼此也無顧忌。一個是回憶，一個是憧憬，都有身臨其境之感。有時會忘了現實，還以為夢想是真，所編織的情節也注入了些真感情，說著說著竟傷感起來。王琦瑤便說：行了行了，別當是真的了。他則說：我倒情願是真。這一句話說出後，有一刻靜默無聲。兩人都有些尷尬，這才發現扯得遠了。他到底年輕，不很善辭令，解釋了一句：我很愛那時節的氣氛。王琦瑤先沒說話，停了停才說：是啊，氣氛是好的，人卻已經老掉牙了。他這便發現方才的話有了漏洞，再要解釋也找不到詞，不由漲紅了臉。王琦瑤伸手撫了下他的頭髮，說：你真是個孩子！他的喉頭有點哽，不敢抬頭，總覺著有什麼事情是被誤解了，又說不清，還有什麼事情確實是他錯了，也是說不清。當王琦瑤的手撫上他頭髮時，他感覺到這女人的委屈和體諒，於是，就有一股同情從心裡滋長出來，使得他與王琦瑤親近了。

這樣，他們再坐在一起時，便不提這個話題，揀些閒事說說，也不錯。話雖少了些，但也不覺冷場，靜著的時間，總有些什麼墊後的。是那些新編的舊故事的細節，不思量自難忘的。這一日，老克臘又要請王琦瑤吃飯，王琦瑤卻是想答應也沒法答應，她心裡說：這算什麼呢？要是早四十年！她笑著說：這又何必，在外面未必有家裡吃的好。將意思轉移了個方向，他就也不堅持。自此，每過三天就要來一回，每來就要吃一頓飯的，像是半個家一般。間隔著，張永紅也會來，就多一個人吃飯。再有時，張永紅會帶長腳來，卻不定吃飯，兩人坐一會就走了，剩下他們兩個，氣氛是要靜一靜，有點意味似的。這段日子，他們卻不約而同地迴避派對，那些派對使他們覺著大而無當，有話沒處說的感覺。因此寧願在家裡，雖有些寂寥，但這寂寥倒是實事求是，有話則長，無話則短，是對相熟的人合適。而派對是為陌路人著想的。每當王琦瑤做一個新菜，就會問他一句：比你媽媽如何？最近一次，王琦瑤又這麼問的時候，他說：我從來不拿你和我媽媽比。王琦瑤問為什麼，他就說：因為你是沒有年紀的。王琦瑤倒說不出話來，停了停才說：人怎麼會沒有年紀？老克臘堅持道：你其實是懂我的意思的。王琦瑤就說：意思是懂，卻不同意。老克臘則說：我又不要你同意。說完就有點悶悶的，垂著頭不說話。王琦瑤也不理他，只是心裡苦笑，想這人真是走火入魔了，卻說不出是悲是喜。她站在灶間窗前，守著一壺將開未開的水，眼睛望著窗外的景色。也是暮色將臨，有最後的幾線陽光，依依難捨的表情。這已是看了多少年頭的光景了，絲絲縷縷都在心頭，這一分鐘就知道下一分鐘。

王琦瑤走回房間，將泡好的茶往桌上一放，見他還沉著臉，就說：不要無事生非，好好的事情倒弄得不好了。他賭氣地將臉扭到一邊。王琦瑤又說：我是喜歡你這樣懂事有禮的孩子，可我不喜歡胡思亂想的孩子。他突然地昂起臉，爆發道：什麼孩子，孩子的，不要這麼叫我！王琦瑤說了聲：毛病！起身又要走，他就說：你走什麼？你迴避什麼，有道理就講嗎？王琦瑤站住了說：叫我和你講什麼道理？有什麼道理可講的？他更加發作道：反正你沒道理，總想一走了之！王琦瑤笑了，返身又坐下了說：那我倒要聽聽你的道理，你說吧！他繼續著對王琦瑤的批判：你不敢正視現實。王琦瑤點點頭同意，要再聽下去，他卻無話了。王琦瑤就冷笑一聲：我還當你有多大道理呢！他一聽這話，幾乎要炸，張開嘴又不知要說什麼，卻一頭扎進王琦瑤的懷裡，要賴地抱住她的腰。王琦瑤大大地吃了一驚，卻不敢動聲色。她並不推開他，也不發怒，而是抬手撫著他的頭髮，輕聲說一些安慰的話。他卻再不肯起來，有一陣子，王琦瑤的安慰話也說完了，只得停下來，兩人都靜默著。

暮色一點點進來，將什麼都蒙了一層暗，卻仔細地構著輪廓，成了一幅圖畫，一動不動的。他們也是動不了，沒有一點前途供他們走的，他們只能停，停，停在這一刻中，將時間拉長些而已。他們也只能靜默，說又說什麼？像方才那樣的吵？其實都是瞎吵一氣，牛頭不對馬嘴的，越吵越糊塗。等靜默下來，事情才剛剛有些對頭。可時間在一點一滴過去，他們總不能這麼到老吧！等天黑下來，彼此都有些面目難辨的時候，只見這兩個人影悄悄起來，分開，然後，燈亮了。是平安里最後亮的一扇窗。

這一日就這麼過去了，兩人都忘了一般，擱下不提。不過，王琦瑤不再拿那樣的問題問他，就是「我和你媽媽比怎麼」，這話在如今的情形下已變得有挑逗性。年紀不年紀的事也不提了，成了一個禁區。那一天的結果，看起來是個減法，刪去一些話題，但其實這減法是去蕪存菁的，減去的都是些枝節。他們如今的相處是更為簡潔，有時竟是無言，卻是無聲勝有聲的。也有說個不停的時候，那可都是在說一些要緊的話，比如王琦瑤回憶當年。這樣的題目真是繁榮似錦，將眼前一切都映暗了。還有與那繁榮連著的哀傷，也是披著霓虹燈的霞帔。王琦瑤給他看那四十年前的西班牙木雕的盒子，沒打開只讓他看面上的花紋，裡頭的東西不適合他似的。盒子上的圖案，還有鎖的樣式，都是有年頭的，是一個好道具，幫助他進入四十年前的戲劇中去。他其實是有些把王琦瑤當好萊塢電影的女主角了，他倒並不充當男主角，當的是忠誠的觀眾，將戲劇當人生的那類觀眾。他真是愛那年頭的戲劇，看個沒夠的，雖只是個看，卻也常常忘了自己身處何地。

從王琦瑤的往事中抬起頭，面對眼前的現實，他是電影散場時的闌珊的心情。那一幕雖不是他經歷的，可因是這樣全神貫注地觀看，他甚至比當事人更觸動。當事人是要分出心來應付變故，撐持精神。他再躺到老虎天窗外的屋頂上，看那天空，就有畫面呈現。一幅幅的，在暗沉、鱗次櫛比的屋頂上拉過。哦，這城市，簡直像艘沉船，電線桿子是那沉船的桅，看那桅的上面還掛著一片帆的碎片，原來是孩子放飛的風箏。他幾乎難過得要流出眼淚。沉船上方的浮雲是托住幻覺，海市蜃樓。耳邊是一聲一聲傳來的打樁聲，在天宇下激起回聲，那打樁聲好像也是要將這城市砸到地底下去的。他感覺到屋頂的顫動。瓦在身下咯吱咯吱地叫。現在，連老爵士樂都安慰不了他了，唱片上蒙起了灰塵，唱針也鈍了，聲音都是沙啞的，只能增添傷感。他不知什麼時候睡著的。天上有了星辰，驅散了幻覺，打樁聲卻更歡快激越，並且此起彼伏，像一支大合唱。這合唱是這城市夜晚的新起的大節目，通宵達旦的。天亮時，它們才漸漸收了尾音，露水下來了。他不由一哆嗦，睜開眼睛，有一群鴿子從他眼瞼掠過，撲啦啦的一陣。他想：這是什麼時候了？他迷濛地望著鴿子在天空中變成斑點，自己也成了其中的一個。太陽也出來了，照在瓦楞上，一層一層地閃過去，他要起來了。

他問王琦瑤說，有沒有覺著這城市變舊了。王琦瑤笑了，說：什麼東西能長新不舊？停了一下，又說：像我，自己就是個舊人，又有什麼資格去挑剔別的？他有些辛酸，看那王琦瑤，再是顯年輕也遮不住浮腫的眼瞼，細密的皺紋。他想：時間怎麼這般無情？憐惜之情油然生起。他抬起手摸摸王琦瑤的頭髮，像個年長的朋友似的。王琦瑤又笑了，輕輕彈開他的手，他卻不依了，反握住她的手，說：你總是看不起我。她用另一隻手理理他的頭髮，說：我沒有看不起你。他堅持說：你就看不起我。王琦瑤也堅持：我就沒有看不起你。他又說：其實，年齡是無所謂的。王琦瑤想了想說：那要看什麼樣的事情。他就問：什麼樣的事情？王琦瑤不回答，他便追問，問緊了，王琦瑤才說：和時間有關係的事情。這一句話說得很滑頭，兩人都笑了，手還握在他手裡。這情形有些滑稽，還有些無聊，可在這滑稽與無聊下面，還是有一點嚴肅的東西。這點東西是不堪推敲的，推敲起來會是慘痛的。有誰見過這樣的調情？相距有四分之一個世紀的，完全錯了時辰，錯了節拍。倘若不是那背後的一點東西，便有些肉麻了。他們手拉著手，又是停著了。好在兩人都是有耐心，再說又是個沒目的，急又能急什麼？因此，便漸漸地鬆了手，一切還按老樣子進行。就算有時會插進幾句唐突的話，應付過去，還是老樣子。

有一回，他說：你不能怪我！王琦瑤回答：我又沒有怪你！他說：你心裡怪我，怪我來遲了。王琦瑤笑笑，停了一下說：我們還是修修來世吧！他問：修來世做什麼？王琦瑤反問：難道沒聽說這一句話？修百年才能同舟，修千年方可共枕。說到「共枕」兩個字，雙方的心都一動，靜了下來。王琦瑤漸漸紅了臉，覺著說話不妥，有想入非非之嫌，又看他是低頭沉默著，就以為是不悅之色，不禁難堪得落下淚來。怕他看見，趕緊轉身去到灶間，站了一會，收拾了一些不知什麼東西，再回來，卻見人已經不在了。桌上留了個條，上面寫著：既有今生，何必來世。看了這字，心裡反倒平靜下來，還有些好笑，想這是在幹什麼？難道還當真嗎？伸手將那字條團了。這一回就這樣過去了，以後，許多這樣的箭在弦上的日子都安然過去。不過，想想卻有些後怕的，眼看著就走到薄刃上，一個閃失便可掉下去的，卻又不知怎麼的收住了腳。走鋼絲般的遊戲，是有些刺激的。可也不能多，多了就要失足了。因此，當他們單獨相處時，會有一股緊張的空氣，劍拔弩張的。這樣的時候，張永紅的到來，便會受到他們真心的歡迎。有第三者在，他們便可暫時避免去走鋼絲。他們三個人說著些海闊天空的話題，無論說到多遠，於這兩個人其實都是一個意思。有了張永紅這個外人，這兩個便成了自己人，她的不相干反證了他們的相干。於是，默契便產生了。張永紅的加入，真是解決了他們進也不是，退也不是的大苦惱，延緩了停滯的時間。漸漸的，張永紅變成了他們不可缺少的人。

這一次，他再一次提出請客吃飯，因是包括張永紅在內的，王琦瑤便無法推辭了。下一日，張永紅卻帶了長腳一起來，四個人來到錦江飯店底層的西餐廳吃牛排。長腳雖是臨時加盟的，倒唱了主角，數他的話多。說著時下的流行語和街頭傳聞，天外奇談一般，叫人目瞪口呆的。這些事情，老克臘和張永紅還不覺新鮮，王琦瑤卻大開了眼界，真不知道在這城市夜也平常晝也平常的生計裡，會有著燒殺掠搶，刀光血影的。心中半信半疑，就當故事來聽。一頓飯有聲有色地結束，長腳又要付錢，並且力不可擋。老克臘爭奪了幾番，也沒成功，只得由他作了東。張永紅無所謂誰付錢，這兩人則覺得吃錯了飯似的，很不稱心。原先是藉了張永紅的幌子想作成一件私事，不料竟落了空，一些醞釀許久的心情也落了空。那一對出了門去便揮手上了一輛出租車，幹別的去了。剩下他們站在馬路沿，一時茫然不知接下去該去哪裡。兩人沿了長廊走了一段，那尷尬才好些，老克臘說：真心請你吃一頓飯的，到底也沒請成。王琦瑤就笑：還是誠意不夠啊！他也笑：再加油吧！說罷，將雙手插在褲兜裡的臂彎朝王琦瑤送了送，王琦瑤伸手挽住了。茂名路這條林蔭道，有著用不盡的羅曼蒂克。你以為那樹蔭是遮涼的？不對，那是製造夢境的，將人罩在影裡，蒙上一層世外的光芒。

11　長腳

張永紅和長腳維持了較長時間的朋友關係。一是因為長腳捨得在她身上花錢，二是因為還沒有出現替代長腳的人。長腳對張永紅說，他的祖父是滬上著名的醬油大王，他且是唯一的孫子，是法定繼承人。他說他祖父的醬油廠遍布東南亞地區，歐洲美國也有一部分。他老人家的產業除去醬油工業，還有橡膠園，墾殖地，甚至原始森林，湄公河邊有一個專用碼頭，紐約華爾街在發行他的股票。聽起來，就像是天方夜譚。張永紅並不當真，但有一樁事情，卻是假不了的，那就是他的錢。長腳花起錢來確實有些駭世驚俗，他使張永紅對錢的觀念，前進了好幾位數。有時候，她克制不住激動的心情，來向王琦瑤描述他們一擲千金的情形。王琦瑤問他從哪裡來的錢，張永紅就也把那一套天方夜譚從頭說一遍。說的時候，自己心裡便也信服了。王琦瑤可不敢信，心裡存疑，又不好說破，有機會冷眼觀察長腳，卻看出幾分端倪。

這其實是一類混社會的人，上海這地場從來就有這樣的人，他們大都沒有正式職業，但吃喝穿戴卻一律是上乘。在白天酒店的大堂酒吧裡，喝酒談笑的，就是他們。晚上，更不必說了，沒有他們，這城市的夜生活便開不了場。但你別以為他們光是在玩，他們也是在工作掙錢。比如，陪外國人打網球，教授摩托車。再比如替一些服務單位接洽旅行團，順帶做一點兌換外幣的買賣。這些國內國外的關係，他們是在馬路和酒店裡打通的。他們一般都會幾句英語，夠他們打招呼，套近乎，換外幣，做臨時導遊。由於他們從事的工作帶有國際化的性質，使他們開闊了眼界。服飾和風度漸趨世界潮流。他們是思想開放的一群，不拘一格的作風。這個社會有許多兼顧不到的小環節，都是由他們承擔義務，填補了漏洞。他們可是比誰都忙碌，街上出租車的生意，主要是靠他們做的，餐館的買賣，也是靠他們做的。這城市顯得多繁榮啊！

長腳身高一米九〇，臉是那類瘦長臉型，中間稍有些凹，牙齒則有些地包天，戴一副眼鏡。

身體看上去幾乎是乾瘦，實際上卻很結實，肌肉稱得上是發達。由於地包天的關係，他說起話來稍稍有些大舌頭，但並不礙事，聽起來還有幾分斯文。他很喜歡說話，不管生人熟人，見面就滔滔不絕，這給人熱情洋溢的印象。他還喜歡替人付帳，有時在餐館吃飯，遇到有熟人在另一桌吃，結束時，他便把熟人那一桌一起付帳了。陪張永紅買東西，都是挑最好的買。每次去王琦瑤家，從不空手的，要帶禮物。禮物帶得很雅緻，一束玫瑰花，並且是在大冷的冬天，這玫瑰是從南方空運過來，十元錢一朵，來到沒有暖氣的王琦瑤家中，轉眼間便枯萎了。他成天跑東跑西，來不及地花錢，錢都是花在別人身上，自己身上一年到頭是一條牛仔褲，又髒又破。旅遊鞋也是又髒又破。是顧不上自己，也是風格。尤其是冬天，他從不穿羽絨衣，只一件單衣，凍得鼻青臉腫，人也蹺起來了。但情緒依舊很昂揚，總是樂呵呵的，不笑不說話。他是一個天性快樂的人，喜歡人多和熱鬧，看到大家高興，他便高興。為了創造歡快的氣氛，他甚至願意扮演一個受嘲弄的角色。他真是能委屈自己，像他這樣無私的人，天下難找。漸漸的，他確實也贏得了人們的心。人們要去哪裡，都要叫上他一起，看不見他，也會找他，說：長腳呢？上哪兒去了？他就是這樣，慢慢地耐心經營起他的人際關係。像他們這樣混社會的人，表面上流動無常，實質裡還是有著相對的穩定，有一些約定俗成的規則。所以也是像上班和下班一樣，聚和散是有一定路數可循的。他們上的是接近工廠裡中班這一檔班次，大約中午十一點碰頭，深夜十二點以後才分手的。他們分手後，就各人走各人的路，漸漸消失在路燈下的樹影裡面。

長腳騎著一輛破舊的自行車，向著上海的西南角騎去。他慢慢地踏著車，路面上的人影顯得很冷清。開始他嘴裡還哼著一支歌，漸漸地也沒聲了，只聽見自行車的鉸鏈，吱啦啦響。馬路偏僻起來，燈也稀疏了，長腳那一顆歡快的心沉寂下來。假如有人在這時看見他的臉色，便會發現他換了一個人。他鬱鬱寡歡，眉宇間還有一股因煩躁而起的凶蠻之氣。他的臉色暗淡了，失去了光彩。這時候，他已經騎到了一個住宅區，兩邊的房屋是七十年代造的工房，由於施工粗糙，用料簡陋，看上去已舊得可以，在陡然明亮的月光下，像一排排的水泥盒子，一盞燈都不亮了。那裡面藏著黑壓壓的夢魘，只有一個靈魂是清醒的，那就是長腳。他穿行在水泥盒子間，要是能夠伏視的話，就好像一個蟲子在墓穴間穿行。他停在其中一座樓前，將自行車靠在牆上，然後走進門洞，便被那裡的黑暗吃掉了。難為長腳是怎麼走上樓梯的。樓梯放滿了雜物，供人走的只有一尺半寬的地方。這時，長腳就變成了一隻靈巧的貓，他悄無聲息，三步兩步就上了樓。你可以想像他在這裡已經生活得多麼久了。他打開一扇門，這裡有一些光了，是從通道的窗裡透進來。並且有一些動靜，馬桶的漏水聲。通道裡也是東西。這是兩家共一套的單元，住了很多年，屋角裡的蛛網就是證明。長腳先到廚房裡，拉開碗櫥的紗門朝裡看看，並不為想吃什麼，只是習慣成自然。碗櫥裡有一些碗腳，上面積了一層薄膜。他關上櫥門，從煤氣灶下提了一瓶水，就去了廁所。過一會兒，就響起了腳在水盆裡攪動的輕輕的潑喇聲，長腳在洗腳。這一切他都是趁著窗外那點模糊的月光做的，完全不必開燈，閉著眼都行。他坐在馬桶上，腳浸在水盆裡，手裡抓一塊乾腳布，擱在膝蓋上，眼睛看著前方。潮濕的水泥地上，有一些小蟲在活動，長腳在想什麼呢？

假如不是親眼看見，你說什麼也不會相信，長腳睡在這樣一張床上。這床是安在一個直套間的外間，床前是吃飯的方桌，桌上總難免有一些油膩的氣息。床的上方是一長條擱板，夏天放棉花胎，冬天放席子，還放一些終年不用卻不知為什麼不丟的雜物。所以長腳看上去就好像鑽進一個洞裡去睡覺的。他一旦鑽進去，便將被子蒙了頭，轉眼間也讓夢魘攫了進去，沉沒在黑暗中了。於是，最後的一點活動也沒有了，真是說不出的寂靜和沉悶。這裡的黑夜倒是貨真價實的黑夜，不摻一點假的，盛在這些水泥格子裡，又壓實了一些。從光明裡走來的長腳怎麼忍受得了啊！所以，他蒙著頭大睡的樣子，就好像是在哭泣，是一頭哭泣的鴕鳥。你看他弓著腰，蹺著長腿，要藏身又藏不住的傷心樣，你的眼淚也會流了下來。可到了白天，這情形就會變得有些滑稽。因像長腳這樣晚睡的人，通常都是要晚起的。再說，他就是早起了又能上哪兒去？所有過夜生活的人這時候都在睡覺呢！於是他也只得睡覺。要去上班或者上學的人們就在他床前走來走去，高聲說話，或是坐在床沿吃早飯，筷子碰在碗邊，叮噹作響。門窗大開著，早晨的日光直曬到長腳身上，這是白晝的夢魘。誰說夢魘都是黑夜裡的？有一些就不是。好像是有意同昨晚的寂靜作比，這時候是要多吵有多吵，各種各樣的聲音都有，那個鬧呀！可長腳就是睡得著，是這萬物齊鳴中的一個獨睡不醒。這樣的鬧至少有一個小時，只聽那些門一扇扇碰響，樓梯上腳步雜沓，窗外自行車鈴聲一片，慢慢遠去，趨於無聲。就在將靜未靜的一刻，卻從遠而來一陣音樂。是小學校的早操樂曲，一拍一拍的極有節律，傳進長腳的耳朵。這時，長腳就好像回到了小的時候。

長腳小時候還有一種常聽的音樂，就是下午四點鐘左右，鐵路岔口放路障的噹噹鐘聲。鐘聲一響，他的兩個姊姊就一人牽著他的一隻手，跑到路口去等。他還隱約記得那時住的房子，是一片平房中的一間。他們姊弟三人在這些自家搭建的房屋的阡陌裡穿行著，急匆匆像是去趕赴什麼約會。當他們來到路口，已可看見那燈一亮一亮，警示行人車輛停止，鐘聲依然噹噹個不停。然而，汽笛響了，火車咔嚓嚓地過來了，開始還是輕快的腳步，到了近處，卻陡然間風馳電掣起來，一節節車廂從眼前過去，那車窗裡都是人，卻來不及看清面目。長腳就想：他們是去哪裡呢？車廂過盡，稍停一會，路障慢慢舉起，人和車潮水般漫上鐵軌，長腳便看見了一張熟悉的臉，他們的母親。他是這家裡唯一的男孩，兩個姊姊一個比他大七歲，一個比他大六歲，是他的兩個小保姆。她們在門口一棵樹上吊一根繩子，繩子上拴一個小板凳，這樣就做成一個鞦韆，是他的兒童樂園。還有磚地上爬行的螞蟻，泥裡的蚯蚓，都是他的夥伴，他還隱約記著那時的快樂。後來他們就搬到了現在的工房。這水泥匣子樣的工房，給長腳的只有煩悶。雖然他是有好天性的，可也止不住煩悶的生長。屋角和床肚裡的灰塵，牆上的水跡，天花板上的裂紋，還有越來越多的雜物，其實都是他日積月累的煩悶。他又說不出來，就覺著沒意思，很沒意思。中學畢業，他分在一家染料化工廠做操作工，進廠第二年就得了肝炎，回家休養，再沒去上班。長病假裡，他每天早晨騎著自行車出去漫遊，不知不覺的，煩悶消散了。

他騎車走在馬路上，看著街景，快樂的好天性又回來了。街上的陽光很明媚，景物也明媚。長腳弓著背，慢慢地蹬著車，就像陽光河裡的一條魚。長腳來到市中心的時候，總是在十一點半的光景。他停在馬路邊，臉上浮起些茫然的表情，但只一小會兒就過去，緊接著又堅定起來。他選擇了一個方向騎去。太陽在建築的頂上反射出銳利的光芒，是教人興奮的。這是在武康路淮海路的那一帶，是鬧中取靜的地方，也是鬧中取靜的時間，有著些偃息著的快樂和驕傲。長腳心裡明朗起來，夢魘的影子消散殆盡，有一些輕鬆，也有一些空曠。所有看見長腳的人都斷定他是一個成功的人，有著重要的事情在身上。長腳是去做什麼呢？他是去請他的朋友們吃飯。

長腳要對人好的心是那麼迫切，無論是近是遠，只要是個外人，都是他愛的人。是這些人，組成了他愛的這一個上海。上海的美麗的街道上，就是他們在當家作主。他和他的家人，卻都是難以企目的外鄉人。現在，他終於憑了自己的努力，擠身進去了。他走在這馬路上，真是有家的感覺，街上的行人，都是他的家人，心裡想的都是他的所想。那馬路兩邊的櫥窗，雖不是他所有，可在那裡和不在那裡就是不一樣。一萬個從街上走過的人中間，只可能有一個懷有這樣至親至近的心情，這萬分之一的人是上海馬路的脊梁，是馬路的精神。這些輕佻佻的，不須多深的理由便可律動起來的生命力，倒是別無代替的，你說它盲動也可以，可它是那樣的天真，天真到回歸真理的境界。

在有些日子裡，長腳從事的工作是炒匯，可別小看炒匯這一行當，這也是正經的行當，他們還印有名片呢！他們都是有正義感的人，你可去調查一下，騙人的把戲從來不是出自他們的手，那全是些客串的小角色攪的渾水。哪個行當裡都有魚目混珠的現象。他們一般都有一些老主顧，這些老主顧就可證明他們的品行。這種生意是有風險的生意，好時壞時都有。壞的時候，他們蟄伏著，等待好時候一躍而起。長腳做起生意來也是友誼為上的，只要人家找上門，賠本他也拋，倒是給人實力雄厚的印象。他的名片滿天飛，誰手裡都有一張的。有人說，長腳，你應當去做大買賣。長腳便不置可否地笑笑，也給人實力雄厚的印象。張永紅認識他的時候，正是炒匯這一買賣比較順手的當口，長腳揮金如土，叫人看了發呆。花錢本就有成就感，何況為女人花錢。長腳天性友善，又難得經驗女性的溫存，花錢花到後來，竟花出了真情。這一段日子裡，他把對人對事的一腔熱誠全放在張永紅身上，把朋友淡了，把生意也淡了。他看上去是那麼和藹，忠實，眼睛裡全是溫柔，誰見都要感動。他實在是一個忘我的人，一心全在別人的身上。他給張永紅買了一堆時裝，自己別提有多邋遢了。他眼裡都是張永紅的好，自己則一無是處。他恨不能把一整個自己兜底獻給張永紅，又打心底自以為渾身上下沒一點兒值錢的。他有上千句上萬句的真心話要對張永紅說，可說出口的卻是實打實的假話。

長腳到王琦瑤家來，開始是為了張永紅，後來就不全是了。他覺得這地方挺不錯，王琦瑤這個人也挺不錯。雖然是長了一輩的人，可是和他們在一起，並沒什麼隔閡的。雖然是舊時代的人，可是對這新時代的精神也是沒有隔閡的。長腳和老克臘不同，他對舊人舊事沒什麼認識，也沒什麼感情，他是朝前看的，越前面的事情越好。因他不是像老克臘那麼有思想，做什麼都不是有選擇，而是被推著走，是隨波逐流，那浪頭既是朝前趕，便也朝前看了。就是這樣的不由自主，他也還是有著一些直覺的，這些直覺有時甚至能比思想更為敏捷的，長驅直入事物的本質。他在王琦瑤這裡也能獲得心靈的某種平靜，這平靜是要他不必忙著朝前趕，有點定心丸的意思。好像冥冥之中發現了循環往復的真理，還有萬變不離其宗的真理。上海馬路上的虛榮和浮華，在這裡都像找著了自己的家。王琦瑤飯桌上的葷蔬菜，是飯店酒樓裡盛宴的心；王琦瑤身上的衣服，是櫥窗裡的時裝的心；王琦瑤的簡樸是闊綽的心。總之，是一個踏實。在這裡，長腳是能見著一些類似這城市真諦一樣的東西。在愛這城市這一點上，他和老克臘是共同的。一個是愛它的舊，一個是愛它的新，其實，這只是名稱不同，愛的都是它的光華和錦繡。一個是清醒的愛，一個是懵懵懂懂的愛，愛的程度卻是同等，都是全身相許，全心相許。王琦瑤是他們的先導和老師，有了她的引領，那一切虛幻和夢的情境，都會變得切膚可感。這就是王琦瑤的魅力。

長腳也會有問題對王琦瑤提出，卻是比老克臘幼稚一百倍的，有的實在令人發笑。但王琦瑤也還是一一向他解釋，心裡感嘆著他的憨傻可愛，心想：他到了張永紅的手裡，還不是要圓就圓，要扁就扁？也算是張永紅有福。但接著又冷笑了一下：只是不知道長腳的錢究竟能維持多久。她想：世上凡是自己的錢，都不會這樣花法，有名堂地來，就必要有名堂地去，如長腳這樣漫天揮灑，天曉得是誰的錢！她這麼想其實還是不了解長腳，長腳是會將自己的錢花在別人身上的。甚至，為別人花錢正是他掙錢的動力，否則，當他手頭拮据的時候，他用得著那樣的苦惱和不安？他自己又沒什麼需要花費的。前邊說過，穿的是那麼簡單，吃是更不必說了，一碗泡飯一包榨菜便可打發。即便是訂了一席盛宴，也盡是在為別人張羅，少見他動筷子的。他個人的需求實在只在溫飽線上。他的快樂是在供別人吃喝玩耍的時候，有好幾回，因別人搶著與他會鈔，他動氣翻了臉，那可是動真格的，他覺著別人是在剝奪他的享受。可他確實苦於沒有足夠的錢，套匯是一門起落很大的買賣，收入極不穩定，有時家人會給他一些錢，但也是杯水車薪。曾經有朋友介紹他陪幾個海外華人遊玩，採購，做些跑腿的事，到頭來，他爭付的飯錢和茶錢要比傭金多。朋友勸他不必如此，說好是包他茶水飯費的，他卻回答，交個朋友嘛！他就是這麼看重友情。誰都不知道，在他豪爽的背後，是日以繼日地為錢發愁。說真的，他向他兩個姊姊借的錢已是個大數目，平時想都不敢去想。他還挪用套匯的錢，和主顧打個招呼，拖幾日兌現，打個時間差。好在他的信用向來不錯，對朋友的情誼則有目共睹，所以拖幾日也還成。而他也深知此事不可多，多了就收不住閘，非到萬不得已不為之。實在萬般無奈，他就對外聲稱，去外地幾日，見他的從海外來的親戚，藉此躲幾日。這幾日裡，熱鬧的飯桌上再見不著他的身影，聽不見他爭搶買單的聲音。誰能知道其實他就在這城市的東北角的一個冷僻的小公園裡，坐在一條長凳上，看著面前的滑梯，孩子們在爬上滑下，那尖叫聲在城市邊緣很顯遼闊的天空下，傳得很遠。有麻雀在他腳邊不遠的地方啄著沙土，和他作伴。他一坐就是一天，直到傍晚公園關門才慢慢地回家，去吃家人留在飯桌上用紗罩蓋著的飯菜。這時候，他口袋裡連在外面吃一碗小餛飩的錢也沒有了。

上海的繁華不折不扣是個勢利場，沒錢沒勢的人別進來。要說長腳是為朋友花錢，其實是在向這勢利場納稅。那閃爍不定的霓虹燈，日長夜消的新浪潮，現在還多出了流行曲和迪斯科，把個城市的天空，鬧得沸沸揚揚，你能甘心做個局外人嗎？像長腳這樣混社會的人，他們日裡夜裡在這繁華地裡遊蕩穿行，天天都在過聖誕節，怎麼忍受得了平常的非年非節的歲月。他們閉上眼睛就可辨別出哪裡明，哪裡暗。同是一條暗街，他們用鼻子嗅也能嗅出哪面牆裡有通宵達旦的歌舞，哪面牆後只是一覺到天明。他們都是人裡的尖子，這樣的人怎麼能甘於平凡？明白了這些，才能明白長腳一個人坐在小公園裡的淒楚，不用問就知道他心裡在想什麼。

其實只有幾十分鐘的車路，可卻是兩重天地，風是寂寥，空氣也是寂寥，人更是寂寥。他想，那些朋友在做什麼？張永紅又在做什麼？和張永紅在一起的時候，他一心只想著怎麼教張永紅高興，現在一個人了，他的思緒便走遠了一些，開始考慮他和張永紅的將來，這是一個陌生的思想。他們這些混社會的人，是很少想將來的，將來本是不想自來，沒什麼可想的，一旦去想，則又發現是想不出來的。因為是一個不知道，還因為是一個不打算。長腳的思緒在這裡被彈了回來，他發現他和張永紅是沒有將來可言的，只有眼下這一天天的日子。這一天天的日子是濃縮成一餐餐的飯，一堂堂的舞會，一趟趟的逛馬路買東西，這可都是人生的精華，是挑最要緊的來的，這最要緊的則是用錢來打底。因此，思緒兜了一圈又回來了，還是個錢的問題。

長腳再次出場，是以更為抖擻的面貌，他神清氣朗，滿面笑容，新理了髮，換了乾淨衣衫，腰包鼓鼓的，連長年弓著的腰也直起來了。他說要請大家吃燒烤，在錦江飯店新開張的啤酒園。初秋的夜晚，風吹著桌上的蠟燭光，還有燒烤架的火光，玻璃盞裡的酒是晶瑩的色澤，有一些淡淡的煙隨風而逝。長腳的眼睛幾乎是噙淚的，心想：這可不是做夢吧？頭頂上的布篷就像一面帆，時時鼓起著，不知要帶他們去哪個溫柔鄉。這才是上海的夜晚呢，其他的，都是這夜晚的沉渣。長腳這麼一走一來，難免要為他的家族傳說增添新的篇章。在這水晶宮般的夜晚裡，說什麼都是教人信的，人也是有想像力的。草坪裡有一些小蟲，輕輕地啄著人的腳，四周是歐式建築環繞，懸鈴木的樹葉遮著擋著，有音樂盈耳。這些還都在其次，重要的，重要的是在心裡，心裡是什麼樣的感覺啊！好像人不是人，而是仙。長腳心裡的話都是語不成句，歌不成調的，他的膝蓋微微打著顫，手指在上面敲著鼓點，也是沒拍眼的。什麼叫陶醉，這就是陶醉。前後只不過幾天，長腳卻好像做了兩世人。

長腳時隔幾日不出現，王琦瑤幾乎斷定他是一個騙子了，他這麼一再來，王琦瑤又糊塗了。長腳並不解釋什麼，將一紙袋的禮品隨意一放，紙袋上有免稅商店的中英文字樣。王琦瑤心裡猜想他到底從什麼地方來，嘴上卻不問，只說張永紅怎麼不來？話沒落音，張永紅已從樓梯口上來了，原來是在弄堂口打電話。正好老克臘也在，四個人就坐下閒話。長腳環顧著小別重逢的王琦瑤的家，感動地想：一切都沒有改變。他覺得自己已離開了很久的時間，而這裡的人和事竟然依舊，似乎是在等著他歸隊，真教人倍感溫馨。為了回到這好日子裡來，長腳終於做了一回詐騙犯。大前天的晚上，他在浦東陸家咀路一條弄堂裡，成交了一筆買賣，交貨時，他使用了掉包計，用十張一元錢的美鈔，代替了二十元的美鈔。這樣的掉包計，雖然不稀奇，可在長腳卻是頭一遭，這在他套匯的歷史上，刻下了一個恥辱的記號。在從浦東回浦西的輪渡上，長腳望著月亮被雲遮住，心裡一陣暗淡。如不是走投無路，他是絕不會走這條黑暗的道路。長腳的好天性裡還有一條是純潔，現在，這純潔被玷辱了，他心裡隱隱作痛著。這時，他望見了岸上的燈光，那巍峨的建築群，像山巒似的，陡立眼前，鍍著一道城市的光芒。那裡的夜晚在向他招手，是如何的攝人魂魄！

第四章

12　禍起蕭牆

在這城市的喧囂之中，有誰能聽見平安里的祈禱？誰能注意到這裡不求有功但求無過的生計？那曬台上又搭出半間披屋，天井也封了頂，做了灶間。如今要俯瞰這城市，屋頂是要錯亂並且殘破許多的，層上加層，見縫插針。尤其是諸如平安里這樣的老弄堂，你驚異它怎麼不倒？瓦碎了有三分之一，有些地方加鋪了牛毛氈，木頭門窗發黑朽爛，滿目灰拓拓的顏色。可它卻是形散神不散，有一股壓抑著的心聲。這心聲在這城市的喧騰裡，算得上什麼呢？這城市又沒個靜的時候，晝有晝的聲，夜有夜的聲，便將它埋沒掉了。但其實它是在的，不可抹煞，它是那喧騰的底蘊，沒了它，這喧騰便是一聲空響。這心聲是什麼？就是兩個字：活著。那喧騰再是大聲，再是熱鬧，再是沒日沒夜，也找不出這兩個字的。這兩個字是千斤重，只能向下沉，沉，沉到底，飄起來的都是一些煙和霧般的東西。所以，那心聲是不能聽的，聽了你會哭。平安里的祈禱，也是沒日沒夜，長明燈一般，熬的不是油，是心思，一寸一寸的。那大把大把揮灑在空中的喧騰，說到底只是些活著的皮毛，所以才敢這麼不節省，這麼誇口。在這上海的幾十萬幾百萬弄堂裡，藏著的祈禱匯集起來，是要比歐洲城市教堂裡的鐘聲齊鳴還要響亮和震聾發聵，那是像地聲一樣的轟鳴，帶來的是山崩地裂。可惜我們無法試一試，但只要看一看它們形成的溝壑，就足以心驚，它們把這塊地弄成了什麼呀！你說不上它們是建設，還是破壞，但這手筆卻是大手筆。

平安里祈求的就是平安，從那每晚的「火燭小心」的鈴聲便可聽出。要說平安還不是平常，平安里本就是平常心，也就這麼點平常的祈求，就這一點，還難說是求得。多少年來，大事故沒有，小事情卻不斷。收衣服翻身摔下樓，濕手摸開關觸了電，高壓鍋爆炸，錯吃了老鼠藥，屈死鬼也不算少了，要喊冤也能喊得耳朵聾，能不求平安嗎？到了開燈的時分，你看那密密匝匝的窗戶裡的亮，是受驚的警覺的眼睛，尋找著危險的苗頭。可是當危險真的來臨，卻誰也聽不見它的腳步。這就是平安里麻木的地方，也是它經驗主義的地方，它們對新的危險沒有準備。火啊，電的，它們早已經曉得了，其餘的，它們卻沒有想像力了。所以，要是能聽見平安里的祈禱，那就是像阿寶背書似的，只動嘴不動腦，行行復行行。那窗台外的花盆，差一步就要掉下去了，卻沒人伸手拉一把的；那白螞蟻已經把樓板蛀得不成樣子了，也沒人當回事的；加層再加層，屋基快要下陷，新的一層眼看又起來了。在夏日的颱風季節，平安里其實搖搖欲墜，可人們蜷縮在自己的房間裡，感受著忽然涼爽的風，心裡很安恬。因此，平安里求的，其實是苟且偷安，睜眼閉眼，是個不追究。早晨的鴿哨，奏的是平安令，卻報喜不報憂，可報了又怎樣？躲得了初一，躲得了十五嗎？這樣說來，那祈禱還透著知天命，是個大道行。再沒什麼說的了，就只願它夜夜平安，也是句大白話。

風穿街過巷，悉悉索索地響，將落葉掃成一小撮一小撮，光也是一小撮一小撮，在這些曲長弄堂裡流連。夏天過完了，秋天也過到頭。後弄裡的那些門扇關嚴了，窗也關嚴了。夾竹桃謝了，一些將說未說的故事都收回肚裡去了。這是上海弄堂表情比較肅穆的時刻。這肅穆是有些分量了，從中可以感受到時間的壓力，這弄堂也已經積累起歷史了，歷史總是有嚴正的面目，不由使它的輕佻有所收斂。原先它是多麼不規矩呀，角角落落都是風情的媚眼，你一進去就要上它的圈套。如今，又好像是故事到了收尾部分，再嘻皮笑臉的都須正色以待，再含糊不過去，終要水落石出了。扳著指頭算算，上海弄堂的年頭可真不短了，再耐久的日子也是在往梢上走了。再登上高處看那城市的風貌，縱橫交錯的弄堂已透出些愴涼了。倘若它是高大宏偉的，這愴涼還說得過去，稱得起是壯觀。而它卻是些低牆窄院，凡人小事，能配得起這愴涼嗎？難免是滑稽的表情，就更加叫人黯然神傷。說得不好聽，它真有些近似瓦礫堆了，又是在綠葉凋謝的初冬，我們只看見一些碎磚爛瓦的。那個窈窕的輪廓還在，卻是美人遲暮，不堪細想了。風裡還有些往昔的餘韻嗎？總不該會是一無所存？那曲裡拐彎就是。它左繞右繞的，就像是左顧右盼，它顧盼的目光也有歲數了，散了神的，什麼也抓不住。再接著，雨夾雪來了，是比較寒冽的往事，也已積起三五代的，落到地就化成了水。

現在，讓我們透過窗口，看一看平安里的內景。先是弄口過街樓上，住的是掃弄堂老人的一家，籍貫山東，老人已在年前去世，牆上掛著他炭筆畫的遺像，遺像下的方桌上有孫兒在寫作業，要將一個字寫上二十遍，早已瞌睡得睜不開眼了。樓下披屋的一家，晚宴還未結束，酒喝得並不多，總共那麼一斤竹葉青，卻喝得很纏綿，點點滴滴全入心的。再往裡去，灶間的後窗裡，兩個女人竊竊私語，眼睛瞟起一下，又瞟起一下，是母女倆在說媳婦和嫂嫂的壞話。沿著門牌號碼過去，那下一戶的前房間裡正在打麻將，聽得見嘩嘩的洗牌聲，還有「一筒」「二索」的叫牌聲，看得出是一家人，卻也是親兄弟明算帳的架式。隔壁的夫婦正反目，一句去一句來，都是傷筋動骨的詛咒，今宵今夜都過不去了，又像是拉鋸戰，沒個了斷。再隔壁的窗是黑著，不知是睡下了，還是沒回來。十八號裡退休自己幹的裁縫，正忙著裁剪，老婆埋著頭鎖洞眼，面前開著電視機，誰也沒工夫看。對了，雖然各家各事，可有一點卻是一條心，那就是電視。無論打牌，喝酒，吵架，讀書，看或是不看，聽或是不聽，那電視總開著，連開的頻道都差不離，多是些有頭沒尾的連續劇，是夜晚的統領。我們終於看到了王琦瑤的窗口，原以為那裡是寂寞的，不料全是人。沙發上，椅子上，甚至地板上，有坐著，有靠著，也有站著，還飄出小壺咖啡的香味。這裡正開派對，你看有多熱鬧！

王琦瑤家，如今又聚集起人了，並且，大都是年輕的朋友，漂亮，瀟灑，聰敏，時髦，看起來就教人高興。他們走進平安里，就好像草窩裡飛來了金鳳凰。人們目送他們的背影，消失在王琦瑤家的後門裡，想著王琦瑤是多麼了不起，竟召集起上海灘上的菁英。人們已經忘記了王琦瑤的年紀，就像他們忘記了平安里的年紀。人們還忘記了她的女兒，以為她是一個沒生過孩子的女人。要說長青樹她才是長青樹，無日無月，歲歲年年。現在，又有那麼些年輕灑脫的朋友，進出她家就好像進出自己家，真成了個青春樂園。有時，連王琦瑤自己也會懷疑，時間停止了腳步，依稀還是四十年前。這樣的時候，確實有些教人昏了頭，只顧著高興了，就不去追究事實。其實，王琦瑤家的這些客人，就在我們身邊，朝夕相遇的。我們卻沒有聯繫起來。比如，你要是到十六鋪去，就能從進螃蟹的朋友中，認出其中一個兩個。你要是再到某個小市場去，也會發現那賣蟋蟀的看上去很面熟。電影院前賣高價票，證券交易所裡搶購股票認購證……那可真是三百六十行，行行有他們的人，到處能看見他們活躍的身影。他們在王琦瑤家度過他們閒暇的時間，喝著小壺咖啡，吃著王琦瑤給做的精緻點心，覺得這真是個好地方。他們一帶十，十帶百地來到王琦瑤家，有一些王琦瑤完全說不上名字，還有一些王琦瑤只叫得上綽號，甚至有一些王琦瑤都來不及看清面目。人是太多了，就有些雜，但也顧不上了。王琦瑤的沙龍，在上海這地方也可算得上一個著名了，人們慕名而來，再將名聲傳播出去。

不過，常客還是那幾個，一個老克臘，再加張永紅和長腳一對。如今，他們更加稔熟，經常約好了一起行動，到哪裡吃飯飲茶，又到哪裡看電影跳舞。冬天來到的時候，王琦瑤便在自己家燒一個火鍋，一人坐一邊，邊吃邊說話，時間不知不覺地溜走，天色漸暗，那火鍋卻越燒越暖。王琦瑤忽覺得這情景似曾相識，哪一年哪一日有過，只是換了人的，不覺有些感傷。鍋下的炭火一爆，發出紅光，從下向上照耀了王琦瑤的臉，這張臉陡然間現出皺褶，一道道的，雖只一霎間，坐在對面的老克臘卻全看見，心裡先是一驚，後又是一痛，想：她是一個老夫人了。火鍋吃到這個火候上，便是默然了。張永紅和長腳也安靜下來，各想各的心思，心情一下子曠遠了。

良久，王琦瑤輕聲笑了一下，不由把那幾個一驚，發現天已黑了。王琦瑤起身開了燈，又給火鍋添上水，說道：怎麼都不說話？誰就說：你也不說話。王琦瑤又笑了一聲，問她笑什麼，她不回答，再問，她就說，看著他們三個人，想起一些事情。問是些什麼事情，卻又說與他們無關。存心要弄他們似的，那三個人就不滿了，定要她說個究竟。逼了半天，王琦瑤才說：你們將來不知是個什麼命運呢！這三人倒一愣，停了一時，張永紅說：你不也是不知道嗎？王琦瑤笑笑，再接著說，他們三個人今天的形勢是這樣，明天的結局卻不定是怎樣。他們三個面面相覷，忽然都有些尷尬，尤其是老克臘，硬被她扯進那一對的關係裡，成了個第三者，不明白王琦瑤把水攪渾，是要摸條什麼魚。而他隱隱覺著王琦瑤的話其實是專講給他聽的，帶有些窺探和試驗的意思，心裡感到不自在，就有意要把話扯開，說些別的。王琦瑤卻不讓，繼續說著命運的無常，此一時彼一時，山不轉水轉，水不轉人轉。那兩個聽得發懵，心裡茫茫然一片，老克臘則聽不下去了，他不無刻薄地笑道：聽你的意思，就是說他們兩人終於是要拆檔，而我卻會同張永紅好。經他這麼挑明，大家都笑了。王琦瑤先還辯解，說不是這個意思，老克臘說，照你的話，就這三個人，還能有什麼組合法？王琦瑤說不出話來，也笑了。長腳臉上笑，心裡卻有些惱怒，他不怒王琦瑤，怒的是老克臘，覺著被他占了便宜。張永紅嘴裡罵老克臘神經病，心裡則很微妙地一動。王琦瑤一邊笑一邊朝老克臘點頭，說：算你嘴巴凶，算我輸給你！

火鍋之夜過去了幾天，老克臘再去王琦瑤家，逕直上樓，見房門開著，王琦瑤一人坐在沙發上，膝上蓋條羊毛毯，手裡鉤著羊毛衫。他用手指彈一下門，走了進去。王琦瑤眼睛都沒向他抬一下，就好像沒他這個人。老克臘曉得她是在生氣，卻並不理會，自己在房間裡慢慢地踱步。這天他穿一件中山裝，一條白綢巾，隨便搭在頸上，雙手插在褲袋裡，就像一名五四青年。他踱了一會，眼睛看著腳，在地板上陽光的方格裡跨進跨出，想著又一個冬天來臨了。忽聽王琦瑤在身後冷冷地說話了，是嫌他走來走去妨礙了她的安靜。老克臘便拉出一把椅子坐下，看窗台上的麻雀啄食，因被窗框擋著，只露出半個腦袋。停了一會，王琦瑤又說，今天她不舒服，不打算燒飯，所以沒有飯給他吃。老克臘笑著說：難道我是來吃飯的嗎？王琦瑤這才抬起眼睛，說：那你是來做什麼的？老克臘反問：你說我來做什麼？王琦瑤低下眼睛再去鉤羊毛衫，不搭理他了。老克臘也有些氣了，悶悶地坐著，手依然插在褲袋裡。那姿態是含著委屈的，無緣無故地受了冤枉，又說不出來，討回不了公道。坐了一時，那王琦瑤倒從沙發上起身了，泡了一杯茶，送到他跟前，說了一聲：生什麼氣？說罷轉身進了廚房，去燒午飯。這回輪到老克臘不理她了，繼續坐在椅上生悶氣。不知怎麼的，又讓王琦瑤占了道理，掌握了主動。這種時候，就體現出人生經驗的高低之分了。這經驗是靠時間積累的，天大的聰敏也超越不了時間，一天兩天好說，一年兩年也好說，可十年二十年就不好說了。

這天的午飯卻比以往更豐富和精緻，王琦瑤將方才的脾氣全收起了，對他無微不至，說了許多有趣的事情，都是以前沒說過的。老克臘漸漸緩了過來，幾乎要把那些不痛快忘記，王琦瑤卻又提起了。她說：你以為吃火鍋時，我說那些話是無來由的？我有這麼無聊嗎？老克臘不知她要說什麼，只停著筷子。她又說：我想起很多年前，也是這樣的陰冷天，也有四個男女坐一處吃火鍋，其中一個女的是無關的，另兩男一女之間，後來發生的事情卻是做夢也未想到的。停了一會兒，她說：那個女的就是我。老克臘放下筷子，抬眼看著王琦瑤。王琦瑤臉上是無所謂的神情，就像在說人家的事情。二十多年前，她和毛毛娘舅，薩沙的那段糾葛，如今說來，已隔膜得很，痛癢無關的心情。有些細節，不知是真模糊，還是假模糊，前後不太對得上號。就因這般的平淡和隨意，這悲劇更是怵目驚心。他是頭一次聽王琦瑤說自己的經歷，以前的談話多是關於情景的描述，情景中人則是虛的，一個忽隱忽現的影。如今，這人凸現起來，成了個真人，他倒有了玄虛的心情，如墜五里雲霧之中。王琦瑤的臉就像水中的倒影，搖搖曳曳。他明白，自己是在落淚。他這眼淚，一半是同情，一半是感動。王琦瑤說：我都沒哭，你哭什麼？他將頭伏到桌上，說：不知道。

就此，王琦瑤向他敞開了幾十年的祕史。一連幾天，他們一個聽一個講地度過。聽的和講的都吸著菸，房間裡煙霧繚繞。彼此的臉看起來都變得恍惚，聲音也恍惚。那是四十年前起始的故事，一身的錦繡煙塵，如今，哪裡去找這舊故事的頭啊！那故事的頭，雖然講的是悲劇，也是個錦繡繁華悲劇，這故事的尾將收在哪裡呢？王琦瑤的聲音靜下了，一時上沒有聲音，只有煙霧在自由無拘地聚散。然後屋裡響起輕輕的三擊掌，是王琦瑤自己。他不由一驚，抬頭朝她望去，見她在煙霧中笑著，說：這場戲差不多也演到頭了。他微微一顫，覺著一些陰森可怖。她又說：做人就像在做戲，對不對？他不置可否，見她站起來，披了一身煙霧的，向他走來，手摸著他的頭，心涼了一下。那手梳理了幾下他的頭髮，只聽她說了聲：你這個小弟弟。他伸出手要去挽留那手，卻沒有捉到，在空氣中徒然地揮動了一下。王琦瑤已經離開了房間。他望著她消失了身影的房門，身上開始發熱。王琦瑤再回到房間時，見他坐在椅子上打寒噤，牙齒碰得格格響。王琦瑤將手上的飯菜一放就去摸他的額頭，卻被他像藤纏樹樣地抱住了。問他怎麼了，他一個字也不說，閉著眼睛貼在她身上。她感覺到他渾身發燙，用力扶起他，讓他在床上躺下。他的兩條胳膊箍緊了王琦瑤的腰，將她也帶倒了，壓在他的身上。王琦瑤叫著「鬆手鬆手」，他反越加抱得緊。她急了，用手摑他的臉，他不睜眼也不鬆手，由她摑去。她把手都摑痛了。看著他臉上被摑紅楨起的地方，便軟了下來，將手輕撫上去，又被他的臉貼住了。就這樣，有一些時間過去了。她嘆息了一聲，伏在了他的胸前，而他趁勢一翻身，將王琦瑤壓住了。

他身上的熱退了，瀉下一頭冷汗，還是打顫，嘴裡說著夢囈般的話，聽不出是在說什麼。王琦瑤百般撫慰他，把他當個孩子般地哄他。他要什麼都依著他，曲意奉承。他有幾次發急，想做什麼，又不知道該做什麼，鬧著性子，都是王琦瑤把著手幫他。他還哭了幾聲，哀哀的，為著什麼萬念俱灰。王琦瑤便安慰他，鼓勵他。這一夜真是又長又不安穩，不知有多少多出來的事情。那燈是一會兒開一會兒關，人是一會兒起一會兒睡。這一夜，平安里也不知怎麼，那樣的靜，什麼夜聲都沒了，滿世界是他們的聲音。這聲音也是要被吞噬掉的，越是鬧就越顯得孤寂。他們兩人都做了許多噩夢，發出壓抑著的驚叫，呼吸粗重，眼睛酸澀。這一夜過得真是累，千斤重擔壓在身似的。他們心裡都在祈告著白天快點來臨，但當窗簾映上一絲光線時，兩人又都懼從中來，這個白天將怎麼過啊！他已經筋疲力盡，手腳都不會動彈。她則強掙著，在天大亮之前起床。當她梳頭洗臉的時候，她不敢看鏡子裡的自己，匆匆完畢，提起菜籃子賊樣地溜出家門。外面其實還一片漆黑，路燈都亮著，沒幾個行人。她向菜場走去，那裡已有些人聲，天色又白了些，她這才覺得活過來了一點。後來，路燈一盞盞地滅了，天上卻還滯留著幾顆星星，極淡的。王琦瑤想：這是什麼時候了？等她回到家，床上已沒了人，老克臘走了。

他這一走就沒有再來，王琦瑤覺著這樣也好。那天早晨，王琦瑤見他走了，第一個動作就是拉開窗簾，陽光照進來，就好像將昨日的夜晚化解掉了。她的思緒從這個夜晚上跳躍過去，她想：什麼也沒有發生。以後的日子，很平靜，夜晚也很平靜。人來人往似也稀疏了一些，各人都在忙各人的。王琦瑤新起頭一件開司米毛線衫，很繁瑣的針法。她從早織到晚，中間除了燒飯吃飯，電視機一早就開著，直到最後兩個字跳出：「再見」，然後收針睡覺。她連他的名字都不去想，就像沒有過這個人一樣。有時，她會很詫異地想：日子不是照樣地過？有一天長腳來，隨口問了聲：老克臘幾時回來？王琦瑤一怔，想他何時走的卻也不知道。長腳又說：他不是去了無錫？王琦瑤沒說什麼，心裡卻無故地冷笑了一聲。這天，她燒了很多菜招待長腳，為他燙了些花雕，聽他吹牛。近來一段，長腳混得還不錯，有幾件買賣都得心應手，所以也多了一些話題，一樣樣說給王琦瑤聽。王琦瑤聽得很仔細，不時提些問題。長腳受到這般重視，很是感動，加上喝了酒，眼睛都濕潤了，他說：王阿姨，你或者你的朋友要換外匯的話，交給我好了，一定比中國銀行的牌價合算得多。他舉出比價給她聽，還算帳給她聽。王琦瑤說：我並沒有外匯。停了一下，又說：黃貨你換不換？長腳說：換呀！又報出黃金的黑市價和銀行價，迅速算出差價，又給她講了一些兌換的實例。王琦瑤卻說：我也沒有黃金。長腳最後說了一句：其實是很合算的，便按下不提，說別的去了。吃完飯，長腳走出王琦瑤的家，已是下午三點鐘的光景，陽光很好，燦燦地照著，卻是走下坡路的樣子，做不了大打算了。長腳略有些走路不穩，而且睜不開眼，他站在人車如流的馬路沿，想：現在去什麼地方呢？

晚上，王琦瑤坐在沙發上織毛線，聽著電視機裡鬧哄哄的聲音，覺著有些乏，就閉了閉眼睛，不料卻睡著了。醒來時，只見電視屏幕上白花花的一片，滿屋都是嚓嚓的空頻的噪音。她睜著眼睛，覺得這房間格外的空和大，燈也比平時亮，將房間照得慘白。她勉力起身關了電視，然後關燈上床。燈一滅，月光就跳到了床前。她忽然變得很清醒，睡意全無，看看月光裡的窗簾的花影，思忖是什麼日子，有這樣好的月亮。她又想方才一覺是不該睡的，弄得現在睡不著了，這一夜可怎麼過？一個人在靜夜裡醒著，自然會想起許多事情。奇怪的是許多重要的事情她都沒去想，卻想起一個無關緊要的夜晚。就是許多年前，兩個鄉下人抬著病人找醫生，錯敲了她的門的那一晚。那萬籟俱寂中的敲門聲，就好像響在耳畔，是多麼清脆，不知是報喜訊，還是報凶信。這時候，王琦瑤的耳朵變得很靈，能將這一條長弄的動靜盡收耳底。沒有敲門聲。弄裡靜得很，連野貓從牆頭跳下那輕輕的一墩都能聽見。王琦瑤將這些瑣細的夜聲都搜索進來，細細辨別。這是一個靜夜的遊戲，可打發時間。這一夜，王琦瑤幾乎是睜著眼到天亮的，有幾次瞌睡，也很淺，似睡非睡，一驚即醒。下一日的晚上，因怕再度失眠，便有意熬到很晚，實在不能支持，才上了床，自然一沾枕頭就入睡了。

不知什麼時候，夢裡忽然一驚，聽玻璃窗響。醒過來，玻璃窗又是一響，似乎有人在扔石子。她起身走到窗前，撩開窗簾，樓下弄裡一地月光，並沒有一個人。她停了一會，剛要放下窗簾，那院牆的影地裡卻退出一個人，仰頭站在月光裡。兩人一上一下地看了一會，王琦瑤轉身回到床前，拿件衣服披上，然後下了樓去。後門一開，便踅進一個人來。兩人默不作聲，一前一後上了樓梯。

房間裡沒開燈，但有月光，兩人卻都對月光背著臉，不願讓對方看清似的。一個坐在床沿，另一個卻站著，抱著胳膊。又有一些時間過去，站著的說：你回來了？坐著的垂下了頭。站著的又說：你跑什麼？難道我會去追你？隨即冷笑一聲，退到沙發上，點起了一支菸。這時，月光照在她臉上了，是慘白的，頭髮蓬亂著，一團煙霧騰起，又遮住了她。他不說話，兀自脫了衣褲，蹺進被窩，蒙上了頭。她吸著菸，臉轉向窗戶，月光勾出她的側影，煙霧繚繞，像是另一世界的人形。不知夜裡幾點，總之，連貓兒都睡著了。她終於吸完一支菸，將菸頭撳滅在菸缸裡，然後起身走到床邊，上了床。這一夜是靜默的，一切是在沉默中進行，沒有啜泣，沒有囈語，甚至連呼吸都偃息著。後來，月亮西移了，房間裡暗了下來，這一張床上的兩個人，就像沉到地底下去了，聲息動靜全無。在這黑和靜裡，發生的都是無可推測的事情，所謂隱祕就指這，聽不得，看不得，甚至想不得，無以為計，無能為力。這個夜晚，只有一樣東西是不安靜的，那就是樓頂曬台上的鴿子，牠們一夜鬧騰，咕咕地叫個不停，好像有誰在摸牠們的窩。

早上九點鐘的時候，在冬日少有的明媚陽光下，老克臘騎車走在馬路上，他問自己：這難道不是做夢嗎？周圍的景物都是鮮明和活躍的，使夜裡的夢魘顯得虛無渺茫，並且令他恐懼。他記不起是何以始，又何以終。他現在愛往人多的地方去，壯膽似的。他還喜歡白天，太陽升起心裡就一陣輕鬆。他最怕的是天色將黑未黑時分，一股惶惑從心底升起，使他坐立不安。他常常事先就定下一些活動和約會，可等到晚飯後七八點鐘，夜間的節目即將拉開帷幕，他卻不由自主地車頭一轉，駛上去王琦瑤家的路上，就好像那些夢魘在向他招手。他已經有多長時間沒有去唱片行？也沒有聽唱片，家裡的唱片已蒙上灰塵。在那些他堅持回到自己的三層閣上的夜晚，他多半是通宵不眠，睜著眼睛。老虎天窗外是空寂的天幕，看久了，一顆心都要墜下去似的。那些夢魘此時在清晰的意識裡都復活了，而且分外鮮明生動，靠他一個人承受著，無依無傍，真的不行。他只有去王琦瑤家，卻又製造了新的夢魘。他橫豎是不得安寧，因此他就有些豁出去了。有一日的早晨，他沒有早早地從王琦瑤的床上溜走，而是看著晨曦一點點照亮房間，他看見了枕畔的王琦瑤，王琦瑤也看見了他。兩人互相微笑了一下。

早上吃什麼呢？停了一會，王琦瑤問，好像他們做了幾十年的夫妻了。他沒說話，手越過王琦瑤的身體去床頭櫃上摸香菸。王琦瑤遞給他，自己也拿了一支，他們接火的樣子，也像是一對老夫妻。這時，第一線陽光射進來了，停在窗框的一邊，清晨陽光裡的煙霧透露出些倦怠和悵惘，這一日沒開張就已到頭了似的。幾點鐘上班？王琦瑤又問。他回答說不上班，放寒假了。王琦瑤一想，是啊，眼看春節就到眼前了，可是什麼都沒準備呢？便說：這年怎麼過呢？他說：和往年一樣過。王琦瑤就說：往年怎麼過我還真不知道呢。他聽出這話裡使性子的意思，並不搭腔，王琦瑤也就把那點意思收了回去，笑了笑，說：年初二請張永紅一對來吃飯，如何？他說很好。兩人不再說話，一支菸接一支菸地吸。太陽已經把窗簾照得通紅，滿屋都是光，光裡是氤氳流動。直到中午，他們才起床，簡單下點麵條，王琦瑤便要他幫忙大掃除。將被褥曬出去，床單泡在肥皂水裡，拉開櫥櫃掃塵撣灰，兩人倒也幹得意氣奮發。一宿和一晨的晦濕氣，都一掃而空，心情也清明起來。撣掃完畢，王琦瑤洗床單時，便打發他去浴室洗澡，再買些燻臘乾貨，好存著過年。等他一身清爽地帶了東西再進王琦瑤家，已是點燈時分。雖是天晚，卻也看得出房間裡窗明几淨，空氣都是新鮮的，桌上放著飯菜，王琦瑤一邊看電視，一邊織毛衣，見他進來，就說：吃飯吧！

這一晚上是少有的安寧，他甚至想：人生求的不就是這個？他和王琦瑤說著小時候的故事，爬牆磕破頭，偷雞蝕把米的雞毛蒜皮。王琦瑤靜靜地聽著，臉上帶著微笑。他的話就變得越加瑣碎囉嗦，電視機裡的聲音是畫外音。弄堂裡不曉得哪個性急鬼點燃今冬明春第一個炮仗，「嗵」一聲，把人驚了一跳，也是畫外音。這一晚上幾乎可算得上是甜蜜，夢魘退去了，也不再失眠。他們沉入睡鄉，沒有囈語。屋裡很寧靜，只有輕微的鼻息聲。他們經歷了搏鬥與掙扎的夜晚，終於匯入了平安里的平安夜。

春節就是在這樣的平安氣氛中到來了。這是一九八五年的春節，是一個祥和的春節，到處透露著變化的希望，只要聽聽除夕的鞭炮聲便可明白，此起彼伏，聲聲不絕。尤其當十二點鐘聲敲響，滿城都是鞭炮聲，天都炸紅了。炸碎的火藥紙如落英繽紛，鋪了個滿地紅，說來也是好兆頭。有哪一年的除夕是這般火爆？就像要爆出一個新世界。除舊的炮竹剛剛消停，迎新的又來了。晨曦薄霧中的頭一個炮竹，爆響在天空中，就像雄雞司晨，揭開了新紀元。你聽那遠遠近近的一片應和聲，雖不如前晚那樣轟轟烈烈，卻是綿綿不盡，聲聲復聲聲。它漸漸也稠密起來，並不是攪成一鍋粥的，而是類似大珠小珠落玉盤，帶了些歌唱的性質。唱的是複調，賦格，不變中進行，不知不覺就走遠了。唱的是對位，眾口一曲中你應我和。唱的還是卡儂，一浪追過一浪的。這就是這城市的大合唱，每個狹縫和犄角，都有聲部參加。你唱累了我接上，從不終止。要聽這合唱，便發現這城市是眾志成城。

如王琦瑤所建議，初二那天，請張永紅和長腳來作客了。一反常規，這一日全是老克臘的傑作。他圍著王琦瑤的圍裙和套袖，從前一天起就在準備。王琦瑤卻為他打下手，玩笑說：看是什麼人替你做小工啊！他便說：唯有這樣的人才考得及給我做小工。王琦瑤點頭笑道：很好，就是怕把牛皮吹破！他說：吹破了自有人補。王琦瑤問：誰補？你補！他說。忙過一晚，又忙過一早，到下午兩點，各道菜便初見雛形，倒相當令王琦瑤意外。問他從哪裡學的，他笑而不答，再問，就說自己跟自己學的。正說話，那一對到了，長腳手裡自然提著大包小包，還有一束玫瑰。王琦瑤嘴裡怪他買這麼貴重的花，心裡卻很高興，想這是很好的兆頭。張永紅對著桌上的大盤小碟，一眼看出風格的異常，便問是新請了廚師嗎？王琦瑤向著老克臘努努嘴，老克臘且是笑而不答，張永紅便說：這可是千金難請啊！老克臘這才說：不敢當！又忙了一陣，雖然時間還早，但看也沒別的事，四人便圍桌坐下，準備吃飯。反正，新年裡都是亂了鐘點的，無所謂早晚。

坐下之後，那後來的一對便向主人和做菜的道辛苦敬酒，互祝新年歡喜。然後由老克臘指點著，開始品菜。每一道菜都是有名目的，他都要說個開篇，就要引來張永紅的冷嘲熱諷。他也不爭辯，只讓事實說話。事實果然是過得硬的，張永紅心裡服，嘴上卻不服，還硬頂著。老克臘見她吃了嘴還不軟，便也要用語言來作較量。於是你一句，我一句，打開了嘴仗。這兩人都是聰敏絕頂，又都受過王琦瑤的調教，很有說話道白的技巧，出語驚人，使那兩個聽眾不時地叫好。一見有人喝采，自然更上了情緒，頭腦和口舌都加倍地機敏活躍，不曉得多少個回合下去，還沒有罷休的意思。漸漸地，那兩位喝采的就有些不是滋味了，雖還鼓噪著，聲音和笑容則冷淡下來，兩個抬槓的便也餘興未休地告一段落。

這一鬥嘴可說是接上了頭，彼此都有些領略對方的厲害，自然生出了好鬥心，有些按捺不住的興奮。這時候，是想不鬥嘴也要鬥嘴了。一開口便是挑釁，一回答則是應戰。一餐飯，至少也有二三個段落下來，兩人問的對答，竟是有些珠聯璧合，嚴絲合縫的意思。雙方都很戀戰，不急於決出勝負，只顧領略樂趣，就像一場表演賽。正當他們沉浸在這場賽事之中，卻聽王琦瑤說道：好了，暫停一會，吃些水果再繼續。這兩人才像醒過來似的，注意到那兩個被他們冷落的人。長腳顯出無聊的樣子，還有些悵然若失，在房間裡踱來踱去。王琦瑤則面帶微笑地給大家分水果，當她將果盤送給老克臘時，眼睛並不看他。過後，無論他和她說什麼，她嘴裡回答，眼睛卻看著別處，像是那裡有著她更關心的事情。他知道他使她不悅了，可非但沒有掃興，相反，興致更加高漲起來。他甚至有些得意地再接著去找張永紅的茬，開始了又一輪的舌戰。他顯得很歡悅，很活潑，機智得要命，真叫人看傻了眼。而王琦瑤就是不看他，只看著手裡的毛線活，臉上的微笑始終不褪。長腳卻沒那麼好耐心，吵著要走。一看，也已經十一點鐘，張永紅便起了身。老克臘說：我和你們一起走吧！也一同出了門。三個人的腳步在樓梯上雜沓了一陣子，又靜了下來。王琦瑤走到灶間，準備洗碗，聽見他們在窗下後門口推自行車的動靜。是誰找不到自行車鑰匙了，找了一時又找到了，就聽自行車啪啪地開了鎖，然後一個個駛出了後弄。王琦瑤望著水斗裡滿滿的碗碟，一時竟不知從何下手。她看著那髒碗碟站了一會，拉滅燈回到了房間。

其實老克臘同他們倆分手後，兀自在街上兜了個圈子，就又慢慢地向王琦瑤家騎去。馬路上幾乎沒有人，難得有一輛空曠的公共汽車亮堂堂地開過去。他聽著自己的自行車車條的滋滋聲，心裡的興奮已經平息下來。這是一個淘氣夠了的孩子，要回他的家去了，由於心滿意足，而變得分外安靜。他看著樓房在街道上的暗影，還有梧桐枝的暗影，心裡想著些無謂的事，漸漸接近了那條熟悉的弄堂，看見弄堂深處的一盞電燈。野貓在他車輪下逃躥過去，有著柔軟的足音。他的自行車無聲地停在王琦瑤的後門口，然後摸出鑰匙開了後門。上了樓，再摸出一把鑰匙開房門，卻沒開動。他將耳朵伏在門上，裡面是用力屏住的寂靜，王琦瑤將門銷上了。他停了停，再又躡足下了樓，踅出後門。雖然吃了閉門羹，可他的心情一點沒壞，他對自己說：這可不怪我！就騎出了弄堂。他從弄口過街樓下騎過，身影陡然出現在腳下，竟生起一股快樂。他放開一只車把，直起身子望望天空，這才是靜夜呢！他風一般地駛回自己的家，老遠就認出自己那一扇老虎天窗，伏在屋頂上，耳邊似乎響起了一支老爵士樂的旋律，薩克斯吹奏的。

初三和初四，他沒出門。坐在他的三層閣上聽了兩天的唱片，好像又回到了幾個月前的時光。唱針走在唱紋裡的沙沙聲，是在歡迎他回來，還有點驚寵的意思。他很有耐心地用細刷子刷著唱片上的灰塵，將這些收藏又檢閱了一番。一天三頓飯他都是在家吃的，家裡的飯菜呈現出久別重逢的味道，父母因他的在家流露出孩子般的羞怯的歡喜，父子倆在飯桌上對酌時互相都有些躲著眼睛。沒有朋友來找他，說明他已有多麼久不回家了。他仰天躺在床墊上，望著梁上方三角形的屋頂，心裡依然平靜。不是那種萬事俱結的平靜，而是含著些期待，卻又不知期待什麼。小孩子在窗下零零落落地放著炮仗，還有鄰人們送客迎客的寒暄聲聲。這才是過年呢！親是親，客是客的。初五初六他也是在家過的，父母都上班了，鞭炮聲也稀疏了，弄堂裡安靜下來，又是平常的日子。因這平常的日子是經年節理順了的，所以顯得更能沉得住氣些，有些既往不咎，從頭來起的決心。初七是個星期天，春節的餘波便又迴盪了一下，激起些小小的漣漪。他決定出門了。他騎著自行車，慢慢地在馬路上行駛，有一些商店開著，有一些商店關著，是因為補休年假。地磚縫裡殘留著一些未掃盡的炮仗的碎紙，樹枝上掛著一只飛上天又炸破了的汽球。他看見了前邊的平安里的過街樓，有陽光照在上面，記錄落成年代的水泥字樣已經脫落，看上去無精打采。樓下的弄口灰拓拓的，也是打不起精神。他的自行車從平安里前面滑了過去，是有意要試試自己的不講道理。他加快了騎速，還微微地搖擺身子，看上去不大像老克臘，倒像是現代青年，一往無前的姿態。

再過幾日，學校假期就結束了，他上了班，早出晚歸，時間是排滿的。他天天睡得早，心裡很安寧。這時候，即便是老虎天窗外的黑瓦屋頂，也可看出一些春意了。那瓦縫裡的雜草，雖然是無名無姓，卻也茂盛起來。陽光是暖調子的，潮潤了一些。還有就是鳥的啁啾，調門豐富了許多，有說不完的話似的。早晨起來，會想一想：今天會有什麼好事情發生？連涉世頂深，頂老練的人，也難免這樣的無名希望。這就是春天的好處了，每個人都無端地嚮往盡善盡美，心情也變得輕鬆。這一個星期天，他終於去了王琦瑤家。走進後弄，他忽有些茫然，甚至想：這是個什麼地方？他曾經來過嗎？可他輕車熟路地就停在了王琦瑤的後門口，逕直上了樓梯。房門關著，他先敲門，沒人應，就摸出鑰匙去開門，還沒對上鎖孔，門卻開了。房間裡拉著窗簾，近中午的陽光還是透了進來，是模模糊糊的光，摻著香菸的氤氳。床上還鋪著被子，王琦瑤穿了睡衣，起來開門又坐回到床上。他說：生病了嗎？沒有回答。他走近去，想安慰她，卻看見她枕頭上染髮水的汙跡，情緒便低落了。房間裡有一股隔宿的腐氣，也是叫人意氣消沉。他說了聲「空氣不好」，就走開去開窗，撩起窗簾時，有陽光刺了他的眼睛。他打起精神又說：該燒午飯了。不料這句話有了回音，王琦瑤幽然答道：你一直要請我吃飯，今天請好不好？這話就好像將他的軍，其實彼此都明白這請吃飯的含義，卻總是一個要一個不要。時過境遷，換了位置，還是一個要一個不要。他將臉對著窗簾站了一會，轉身出了房間。

13　碧落黃泉

前邊說過長腳是個夜神仙，不過子夜不回巢的。曾經有一晚，他結束了一段夜生活，看看時間還早，又餘興未休，騎車走過平安里，不知不覺就彎了進去。見王琦瑤那扇窗亮著，以為那裡一定聚著人，度著快樂的時光，心裡便激動起來，趕緊朝後弄騎去。這時，他看見後門口正停下一輛自行車，原來是老克臘，他正要叫，卻見老克臘逕直開了後門進去，門輕輕地關上了。長腳想：他怎麼會有這後門的鑰匙？雖然生性單純，但還是多了一個心眼，他沒有叫門，而是退出了後弄。走過前弄時，再往上看一眼，見那窗戶上的燈光已暗了。長腳低頭看看錶，是十二點整。平安里已沒有一點燈光，房屋在夜幕上剪出崎嶇的影的邊緣。這夜晚有一點怪異，連深諳這城市夜生活的長腳，也感到了神祕叵測，心裡受到壓力，還有一些騷亂。樓房上空狹窄的夜幕，散布著一些鬼魅似的，還有著一些讖語似的夜聲。長腳感到了這城市的陌生和恍惚。紅綠燈在沒有車輛行人的十字街頭明暗交替，也是暗中受操縱的。難得有個趕路的，更是人怕人，趕緊走開算數。長腳覺得這夜晚就像一張網，而他就是網裡的魚，怎麼游也游不出去的。這是有點類似於夢魘的印象，不過長腳是個沒記性，早晨醒來便煙消雲散，下一個夜晚還是一如既往的可親可愛，朋友們在一起多麼好，霓虹燈都是會歌舞的。

說起來，那也是春節前的事了，大年初二這一天，他們聚在王琦瑤家，光顧著觀賞老克臘和張永紅打嘴仗，長腳甚至都沒想起來那一回事。這一個春節，長腳過得也不容易，年初二在一起吃的飯，年初三他就不見了。人們都知道長腳是去香港同表兄弟見面，張永紅還等待他給自己買香港最流行的時裝，實際上呢？長腳正冒著寒風，坐在人家的三輪卡車斗裡，去洪澤湖販水產。身上裹一件工廠發的棉大衣，手插在袖筒裡。公路上的車都是搶道的，只見碗口粗的燈光掃來掃去，粗暴地抽打著蜷在車斗裡的夜行人。滿耳是卡車的發動機聲，夾雜著尖厲的喇叭，路邊不時出現翻倒的車輛，邊上站著面無表情的人。這真是另一個世界，天是偌大一個天，地是偌大一個地，人是天地間的小爬蟲，一腳就可踩死的。人在此種境遇裡，是很容易產生亡命的思想，一下子就失去了做人的目標似的。販水產的生意是有大風險的，前途未卜，長腳把他最後一筆錢押在這上面了。這幾乎是破釜沉舟的，倘若失了手，他再怎麼回上海去見他的朋友們，還有張永紅呢？

這時候，上海正盛傳著他的香港之行。你知道，事情就怕傳，一傳十，十傳百，不走樣也走樣。人們說長腳這一去不會回來了，他的表兄弟為他辦了移民手續。也有說他是去正式接受遺產，就算回來，也今人非昔人了。張永紅便有些不安，心裡暗暗算著他離開的日子。她不由想到自己的年紀，早該是婚嫁之齡。近一年來，自己也漸漸地專注於這個人，這也是唯一的人選了。她想著自己的歸宿，就越發惦念長腳。他一去數日也沒個消息，謠言則滿天飛，她真有點坐不住了。這一日，她想去王琦瑤家散散心，剛到王琦瑤後門，卻見老克臘從裡面出來，就問：王琦瑤不在家嗎？老克臘不置可否，反問她有沒有事情，要不要一起去吃飯。張永紅想：到哪裡散心不是散心？便掉頭跟他去了。兩人也沒走遠，就進了隔壁弄堂裡的「夜上海」，找了個角落裡的桌子，很僻靜的。張永紅原想著老克臘會問起長腳，自己該如何回答，不料他並不提起。心裡就有些感激，又有些不服，好像被他讓了一步棋的感覺，就有意地說起長腳。說他到了香港忙昏了頭，只來了一張明信片什麼的。老克臘聽了說：長腳去了香港嗎？張永紅這才發現他其實不知道這事，心裡便怪自己多事，有些尷尬。老克臘卻不察覺，與她商量著點什麼菜，正說著，有一個人繞過一張張的桌子朝他們走來，停在面前，一抬頭，見是王琦瑤。她梳洗一新，化了淡妝，頭髮在腦後盤緊，穿一件豆綠色的高彈薄棉襖，顯得格外年輕。她笑盈盈地說：真巧啊！怎麼在這裡遇上你們倆。張永紅雖是不明白什麼，可也覺得了不對勁，心裡打著鼓。老克臘卻幾乎支持不住，臉變了色，停了一下說：坐吧！王琦瑤說：我不打擾你們。說罷便坐到對面角落，靠窗的單人小桌前坐下，又轉過臉向他倆微笑一下。這樣，他們這三人就坐了兩張桌子，漸漸地來了客人，將他們之間的幾張空桌坐滿了，擋住了他們的視線。可這有什麼用？彼此的眼睛裡其實誰都沒有，只有對面的那桌子上的人，一舉一動都逃不過去的。

這頓飯不知怎麼過去的，吃的不知是什麼，說的不知是什麼，店堂裡的那些人，也不知是在做什麼。終於走出「夜上海」，到了馬路上，車輛如梭，行人也如梭，更是茫茫然。他也不知怎麼和張永紅分了手，她走她的路，他走他的路。他決定去找他的朋友們。他已經離開他們很久了。他知道這樣的星期天下午，他們通常是在做什麼，就往那地方騎去。果然就找到了他們，正準備去哪個大酒店去游溫水泳，於是便參加進去。青年男女五六人，一逕去了。

游泳池上方，瀰散著一層霧氣，看出去的人和物，虛無飄渺。聲音也虛無飄渺，在穹頂下懵里懵懂地撞擊著。他在池子裡來回游著，透過防水鏡，看見藍色的水流一股股地穿行回流。水從身體上滑過的感覺也很好，告訴你身體的力量和彈性。他離開他的朋友，一個人在深水區游，有一些嬉鬧聲傳來，隔世的遠。身體內有一些混濁的東西漸漸在運動中澄清了，思想也澄清了。從游泳池出來，乘觀光電梯下樓，已有幾盞燈初亮，在暮色中閃爍。俯視之下的城市，此時此刻有一股溫和的表情，對一切都很包容的樣子。天空中還有霞光，漸漸暗下去，卻散播著暖意。他有些激動，湧起一些歡悅的情緒。老克臘再是崇尚四十年前，心還是一顆現在的心。電梯降落，他的激動也平息下來，餘下的是一點親情般的感動。這時候，他想到了王琦瑤，她一個人坐在角落裡的樣子浮現在眼前。他的心很溫柔地抽搐了一下，他想：是了結的時候了。

再到王琦瑤家的時候，已是晚飯過後，王琦瑤見他來，就站起替他泡茶。將茶杯放在他面前時，他看見她平靜的臉色，不像發生過什麼的樣子。有些放心，又有些不相信。正想著話應該從何說起，卻見王琦瑤走到五斗櫥前，開了抽屜的鎖，從中取出一個雕花木盒，轉身放在了他的面前。他見過這盒子，記得上面的花樣，也知道它的來歷，只是不明白此時此地的意思。停了一會兒，王琦瑤說話了。她說這麼多年來，她明白什麼都靠不住，唯獨這才靠得住，她向這盒子示意了一下；萬般無奈的日子裡，想到它，心裡才有個底，現在，她說，現在她想把這個底交給他了；她已經沒多長的歲月，要說底的話，眼睛也看得到了，他不必擔心，她不會叫他拖幾年的，她只是想叫他陪陪她，陪也不會陪多久的；倘若一直沒有他倒沒什麼，可有了他，再一下子抽身退步，便覺得脫了底，什麼也沒了。她漸漸語無倫次，越說越快，臉上帶著笑，眼淚卻緩緩地流下來。流也流不多，只左眼裡的一滴，像是乾涸的樣子。她一邊說一邊將那雕花木盒往他跟前推，他則用手擋著，感覺到她的力氣，不得不也用了力氣。她說：你不要嗎？你大概是不知道這裡頭是什麼，我來打開給你看。於是就要打開，他用手按住蓋子，觸到了她的手，手是冰涼的。他不由握住這手，眼淚也下來了，心裡覺著淒慘得很，不曉得怎麼會有這樣的局面。王琦瑤掙著手，非要開那盒子不可，說他看見了就會喜歡，就會明白她的提議有道理，她是一片誠心，她把什麼都給他，他怎麼就不能給她幾年的時間？王琦瑤的話像刀子一樣割他的心，他一句話也說不出來，只是流淚。他想他今天實在不該再來，他真是不知道王琦瑤的可憐，這四十年的羅曼蒂克竟是這麼一個可憐的結局。他沒趕上那如錦如繡的高潮，卻趕上了一個結局，這算是個什麼命啊？最後，他是用力掙脫了走出來的。短短一天裡，他已經是兩次從這裡逃跑出去，一次比一次不得已。他手上還留有王琦瑤手的冰涼，有一種死到臨頭的感覺，他想，這地方他再不能來了！

春天不留情地到了，春雨濛濛，暖濕的陰霾籠罩著城市，街道上盛開的雨傘是雨季裡的花朵，傘下的行人步履匆匆。長腳終於回來了。這一走可是不短的時間，關於他的流言早已經平息，張永紅等他等得絕望，倘若不是有老克臘與她消磨時間，她真不知該如何度過這些日子。她甚至生發過向老克臘移情的念頭，只是憑她的聰敏，足夠了解老克臘的真實心情，她窺出他找她不過是為排遣某一樁難辦的心事。他從不說，她也從不問，這種識相的態度自然使他產生好感，但這好感不是那好感。因此，她便也及早遏制了那個念頭。這一日，老克臘說有一件事情託她，她問什麼事，他就交給她兩把繫在一起的鑰匙。說等她哪一日去王琦瑤家時，交給她便可。張永紅想說：為什麼不自己交給她？話到嘴邊又嚥了回去，心裡暗忖老克臘與王琦瑤會有什麼瓜葛。又不敢亂想，往哪想都是個想不通，再加上自己也是一肚子心情，也容不下別人的了。她接受鑰匙往包裡一擱，與老克臘一起吃了頓飯然後分手。回家時路過平安里，想彎進去交一下鑰匙，可進弄堂卻見王琦瑤的窗戶黑著，便想改日再來，就退了出來。過後的幾日裡都有些想不起來，有一回想起來又有事情沒時間，於是就決定下一日去，就在下一日，長腳悄然而至。

長腳給張永紅帶來一套法國化妝品，還有一頂窄沿女呢帽。兩人來到「夢咖啡」裡坐下，就著桌上一盞蠟燭燈。張永紅絮叨著別後的一些事情，長腳卻變得話少，而且有些走神。他眼睛裡的張永紅，是隔了幾重山幾重水的，人回來了，魂還在飄蕩。這燭火搖曳，輕聲慢語，又喝了一點酒，看出去的人和物全是虛的，洇開去又融在一起，光色交映，是朦朧的輝煌。他長腳卻是在這輝煌的邊邊上，最沉暗的一點上，因此他怎麼看也看不見自己，自己已經消失了。這地方不愧為「夢咖啡」，是忘我的境界。長腳漸漸興奮起來，開始說起香港。靈感來臨了，香港呈現在了眼前，他看得多麼清楚啊！他告訴張永紅這，又告訴那，這些日子的經歷真是豐富得了不得。他的美妙前程也呈現在眼前，他甚至提到了結婚這一樁喜事。他說他們的婚禮應當到泰國的曼谷去舉行，或者到美國的舊金山去舉行。在這些地方，全有著他父親的豪華宅邸，都是婚禮的好地方。張永紅也激動起來，眼睛閃著淚光。雖然是講究實際的頭腦，可也擋不住這裡的夢幻氣氛。那蠟燭是飄在水上的一截，永遠沉不下去，也燃燒不盡。熔化的蠟是永遠聚在一起，凝固不散，餵著那一叢夢幻之火。

這晚上，這小別重逢的兩個人，不知喝了多少杯酒，最後，買單結帳，起身要走時，張永紅忽又想起一件事。她從皮包裡掏出兩把鑰匙，笑著說：你看怪不怪，老克臘要我把這鑰匙交給王琦瑤，就像他自己不能去交似的。長腳接過鑰匙看了看，心裡忽然一亮，酒醒了不少。張永紅說：我也不想再去她家，誰知她是高興是不高興。於是就告訴長腳在「夜上海」的一幕。長腳其實並不在聽，只顧端詳這鑰匙，又聽張永紅說：乾脆你去交吧！他說好，就把鑰匙揣進了口袋，然後兩人走出了「夢咖啡」。將張永紅送回家，他一個人騎車走在馬路上，不知不覺地向王琦瑤家騎去。騎進弄堂時，黑暗裡好像又有老克臘的身影在前邊，逕直走進那一扇後門裡。他騎到門前，沒有下車，用腳支著地，然後掏出鑰匙，選擇其中一把插入鎖孔，鑰匙在鎖孔裡靈活地轉動了半周。他又回復到原位，拔了出來。這時他發現這無星無月的午夜，其實是有光的，他甚至能看清門扇上陳舊的紋理和裂縫。這城市是黑不到底的，你只要細想想，有多少徹夜不息的燈啊，還有多少徹夜不眠的人啊！你就能找到這光的源頭。他把鑰匙捏在手心裡，出了弄堂。王琦瑤的窗黑著。

第二天下午，三點鐘時分，長腳帶了一盒化妝品，去了王琦瑤家。一上樓梯，他便嗅到一股苦澀的中藥氣味，然後就看見灶間的煤氣上，小火燉著一個藥罐。王琦瑤在睡午覺，見他來才起身。長腳看她臉色枯黃，問她是哪裡不舒服。王琦瑤說是胃寒且有肝火，說著就去替他倒茶，被他擋住了，要自己去倒，並且問要不要幫她把藥端來。王琦瑤說還需十分鐘方可煎畢，長腳這才坐定。談了一會保養身體，又談了一會香港，十分鐘已經過去，立即起身去廚房關火倒藥。忙了一陣，還差點燙了手腳，才將一碗黑呼呼的苦水端進去，放在王琦瑤的床前。等她吃下藥去，又含了一塊糖去苦味，就將那兩把鑰匙放到桌上，說是老克臘讓他順便捎來的。一看見這兩把鑰匙，王琦瑤「哇」一聲竟把喝下去的藥連同嘴裡的糖一併吐回到碗裡。長腳慌忙站起，走過去幫她捶了一陣背，又扶她躺下。王琦瑤笑著說：真是現世，對不起長腳，今天沒辦法招待你，改日吧。長腳說，他是老朋友了，不用招待，只是她病得這樣，身邊怎能沒人。於是就陪在她身邊，說些閒話給她聽。到了傍晚時，又要去灶間燒飯，在煤氣灶前站了一會兒，卻無從下手。這時王琦瑤撐著走進來，說還是她來吧。長腳實在愛莫能助，只得在一旁打下手。不一會，兩碗麵條下出來了，還單獨為長腳蒸了一碗鯗魚肉餅，王琦瑤自己只吃麵條。半碗麵條吃下，王琦瑤的臉色才見好些，人也有了些精神，環顧房間，苦笑道：長腳你看，我這一病，房間裡的灰都積了起來，好像要來埋我的樣子！長腳說：灰有什麼，一撣就沒。說罷就真的拿了塊抹布去擦灰。擦了一遍，房間真顯得亮堂了。又打開電視，音樂聲響起，房間裡就有了些生氣。

往下的兩天，長腳一早就來，服侍王琦瑤，用盡了小心。看著他受累的樣子，王琦瑤難免也會想：他這是為了什麼？再一想：他能為什麼呢？便自嘲地笑道：他為什麼她也無所謂了。無論如何，在這難捱的時候，有長腳來與她消磨，心裡還是感激的。就也找些話來應酬他，說些閒人閒事給他聽，好教他不至覺得無聊。長腳聽得也很入迷，手腳更加殷勤，做這做那，就想多聽點。她要說累了，就由長腳說些新鮮事給她聽。長腳說來說去就說到黑市的黃金價，說如今黃金值錢到什麼程度，是要比國家牌價翻幾個跟頭的。王琦瑤說：那可不是犯法？五十年代的時候，私套黃金是要吃槍斃的。長腳笑道：這才叫只許州官放火，不許百姓點燈，要說做黃牛，國家是大頭，個人是小頭。王琦瑤也笑了：聽你說的也是道理。長腳說：但是凡事也都是此一時彼一時，現在形勢很自由，誰知道哪一天國家的腦子又搭牢？王琦瑤問：那你說怎麼辦？長腳說：我的意思是，要是有黃貨，現在拿出去兌換是最合算了！王琦瑤說：話是對的，可你說現在誰能拿得出黃貨？長腳道：要我說，一百個人裡至少有一個有黃貨，文化大革命抄家時，有拉黃包車的都藏著幾兩黃金呢！王琦瑤笑著說：我倒願意我是那拉黃包車的。長腳也笑了。這個話題就此打住，再去說別的。幾天下來，王琦瑤的身體漸漸恢復，精神也振作了，她和長腳說：已經有很久沒有聚一聚，星期六晚上，開個派對怎麼樣？長腳說好啊！自打香港回來，他還沒和朋友們打過招呼呢，正好趁這個機會見面。王琦瑤說：我來準備吃的，你負責通知人，長腳答應了就走，走到樓梯口又轉回頭問：要不要叫老克臘？王琦瑤說：為什麼不叫，第一個就要叫他。

然後，他們就分頭去做準備。王琦瑤因為身體虛弱，便偷了懶，並不親手做菜，只到弄口新開的個體戶餐館裡訂了些菜，讓他們到時候送來，自己就只須買些酒水果餅之類。到了那一日，把家具稍稍挪動了位置，換了桌布，又插一束鮮花，房間就顯得不一樣。王琦瑤忽然想到：這屋裡已經好久沒開過派對了，只是那一個人來那一個人往的。今天，又要熱鬧了。什麼都安排停當，還只下午三點，人沒來，菜也沒來，收拾過的房間顯得有些空。她一個人坐著，心裡也有些空。太陽照在玻璃上，明晃晃的。星期六下午，小孩子都不上學，在弄堂裡玩耍，唱著歌謠，有一些新的，還有一些唱了幾十年的，起心的熟悉。對面曬台上，盆裡的夾竹桃長葉了，綠油油的。到底是春天了，天長了那麼多，太陽老是不下去。樓梯上靜悄悄的，沒有人來。弄堂裡卻是有著清脆的足音，一會兒近來，一會兒遠去。不過，別著急，熱鬧的夜晚在等著呢，很快就要來臨。

老克臘沒有來。他內心曉得，王琦瑤的這個派對，是專為他一個人舉行的，會有些難堪等著他，還會有些傷感等著他，這就是王琦瑤為他準備的好菜餚。但他還是騎著車在平安里附近兜了一圈，晚上十點鐘的光景。他知道，這往往是晚會正酣的時節。他騎進弄堂，看著王琦瑤的那一扇窗，光有些搖曳，他曉得那不是燈光，而是燭光。他望著那窗口，有幾分鐘的走神，心想：這是哪一年的景色？他甚至還能聽見一些樂聲，辨不出年頭的。他車轉身子出了弄堂，想他不管怎麼也算到過了，也是對她請求的一個回音吧！這是一個正式的告別，有些歌舞在作著伴奏，他心裡無喜也無悲，木木然地背著那歌樂離去。那歌樂中人實是鏡中月水中花，伸手便是一個空。那似水的年月，他過橋，他渡舟，都也是個追不上。

王琦瑤其實也知道他不會來，這邀請只是個傳話，告訴他，她放不了他，沒有他在場，再是聚也是散。她忙裡忙外，招呼這招呼那，全為了抵銷心裡的空虛。她把電燈關上，點上蠟燭，有些好時光就好像冉冉地回來。屋裡都是年輕的朋友，又歌又舞的，她也忘記了時光流逝。人們都在說：今天玩得實在好。不知不覺過去了一夜，十二點的鐘聲在一記一記地敲。酒水喝光了，大蛋糕也切得個七零八落。朋友們陸續在告辭再見了，說著情意綿綿的話，終於魚貫下了樓梯。長腳最後一個走，幫助收拾碗盞杯盞。王琦瑤說：明天再說吧，今天我也沒精力了。長腳一出門，王琦瑤就吹熄了蠟燭，屋裡鴉雀無聲，樓梯上也一片黑。長腳說了聲「再見」，輕輕下了樓梯，走到後弄，關上了後門。身上忽然哆嗦了一下，他抬頭看天，天上有幾顆星，發出疏淡的光，風裡有一絲寒氣。他輕輕地打著顫，開了自行車的鎖，顫顫巍巍地出了弄堂。

這一夜的熱鬧是給平安里留下印象的，習慣早睡的人們都以為是徹夜的燈火，這在平安里可算是個不平凡的事情，為它的睡夢增添了光色。人們睡醒一覺睜眼看見王琦瑤的窗口，還有中班下班，夜班上班的人們也看見王琦瑤的窗口，心想：還在鬧呢！然後，睡覺的睡覺，上班的上班。其實這才十二點呢，下一點的事情人們就都不知道了，更別說是下半夜兩三點鐘。兩三點是最平安無事的鐘點，連蟲子都在做夢。這時的睡夢特別嚴實，密不透風，一天的辛勞就指望這時候恢復了。淮海路的路燈靜靜地亮著，照著一條空寂的馬路。平安里深處只有一盞鐵罩燈，有年頭了，鏽跡斑斑，混混濁濁的光。就是在這斂聲屏息的時刻，有一條長長的人影閃進了平安里，是長腳的身影。長腳悄無聲息地在王琦瑤的後門停了車，口袋裡摸出一把鑰匙，開鎖的那一霎，有「咔」一聲輕響，卻也無礙。他踮起腳跟，學著貓步，一級一級上了樓梯，拐彎處的窗戶，有天光進來照著他，就像照著另一個他。他令自己都吃驚的靈巧，在堆滿雜物的角落裡毫不碰撞地轉了出來，上了又一層樓梯。現在，他站在了王琦瑤的房門前。灶間的門開了半扇，透進一道天光，將他的身影投在房門上，也像是別人的影子。他停了停，然後摸出了第二把鑰匙。

房門推開了，原來是一地月光，將窗簾上的大花朵投在光裡。長腳心裡很豁朗，也很平靜。他還是第一次在夜色裡看這房間，完全是另外的一間，而他居然一步不差地走到了這裡。他看見了靠牆放的那具核桃木五斗櫥，月光婆娑，看上去它就像一個待嫁的新娘。長腳歡悅地想：正是它。它顯出高貴和神秘的氣質，等待著長腳。這簡直像一個約會，激動人心，又折磨人心。長腳心跳著向它走攏去，一邊在褲兜裡摸索著一把螺絲刀，躍躍欲試的。當螺絲刀插進抽屜鎖的一剎那，忽然燈亮了。長腳詫異地看見自己的人影一下子跳到了牆上，隨即周圍一切都躍入眼瞼，是熟悉的景象。他還是沒明白發生了什麼，只起心的奇怪，他甚至還順著動作的慣性，將螺絲刀有力地一撬，拉開了抽屜。那一聲響動在燈光下就顯得非同小可，他這才驚了一下，轉過頭去看個究竟。他看見了和衣靠在枕上的王琦瑤。原來她一直是醒著的，這一個夜晚在她是多麼難熬啊！她一分一秒地等著天亮，看天亮之後能否有什麼轉機。方才看見長腳進來，她竟不覺著有一點驚嚇。夜晚將什麼怪誕的事情都抹平了稜角，什麼鬼事情都很平常。看見他去撬那抽屜，她就覺得更自然了。下半夜是個奇異的時刻，人都變得多見不怪，沉著鎮靜。

王琦瑤望著他說：和你說過，我沒有黃貨。長腳有些羞澀地笑了笑，躲著她的眼睛：可是人家都這麼說。王琦瑤就問：人家說什麼？長腳說：人家說你是當年的上海小姐，上海灘上頂出鋒頭的，後來和一個有錢人好，他把所有的財產給了你，自己去了台灣，直到現在，他還每年給你寄美金。王琦瑤很好奇地聽著自己的故事，問道：還有呢？長腳接著說：你有一箱子的黃貨，幾十年用下來都只用了一只角，你定期就要去中國銀行兌鈔票，如果沒有的話，你靠什麼生活呢？長腳反問道。王琦瑤給他問得說不出話了，停了一會兒，才說：簡直是海外奇談。長腳向她走近一步，撲通跪在了她的床前，顫聲說：你幫幫忙，先借我一點，等我調過頭來一定加倍還你。王琦瑤笑了：長腳你還會有調不過頭來的時候？長腳的聲音不由透露出一絲淒慘：你看我都這樣了，還會騙你嗎？阿姨，幫幫忙，我們都曉得阿姨心腸好，對人慷慨。王琦瑤本來還有興趣與他周旋，可聽他口口聲聲地叫著「阿姨」，不覺怒從中來。她沉下臉，喝斥了一句：誰是你的阿姨？長腳將身子伏在床沿，扶住王琦瑤的腿，又一次請求道：幫幫忙，我給你寫借條，王琦瑤讓開他的手，說：你這麼求我，何不去求你的爸爸，人們不都說你爸爸是個億元富翁嗎？你不是剛從香港回來嗎？這話刺痛了長腳的心，他臉色也變了，收回了手，從地上爬起來，拍了拍膝蓋上的灰，說，這和我爸爸有什麼關係？不借就不借。說罷，便向門口走去。卻被王琦瑤叫住了：你想走，沒這麼容易，有這樣借錢的嗎？半夜三更摸進房間。於是他只得站住了。

在這睡思昏昏的深夜，人的思路都有些反常，所說的話也句句對不上茬似的，有一些像鬧劇。本來一場事故眼看化險為夷，將臨結束，卻又被王琦瑤一聲喝令叫住，再要繼續下去。長腳說：你要我怎麼樣？王琦瑤說：去派出所自首。長腳就有些被逼急，說：要是不去呢？王琦瑤說：你不去，我去。長腳說：你沒有證據。王琦瑤得意地笑了：怎麼沒有證據？你撬開了抽屜，到處都是你的指紋。長腳一聽這話，腦子裡轟然一聲，有些懵了，有冷汗從他頭上沁出。他站了一會，臉上露出猙獰的笑容：看來，我做和不做結果都是一樣，那還不如做了呢！說著，他就走回到五斗櫥前，從抽屜裡端出那個木盒。王琦瑤躺不住了，從床上起來，就去奪那木盒。長腳一閃身，將木盒藏在身後，說：阿姨你急什麼？不是說什麼都沒有嗎？這回輪到王琦瑤急了，她流著汗叫道：放下來，強盜！長腳說：你叫我強盜，我就是強盜。他臉上的表情變得很無恥，還很殘忍。王琦瑤扭住他的手，他由她扭著，就是不給她盒子。這時，他已經掂出了這盒子的重量：心裡喜滋滋的，想這一趟真沒有白來。王琦瑤惱怒地扭歪了臉，也變了樣子。她咬著牙罵著：癟三，你這個癟三！你以為我看不出你的底細？不過是不拆穿你罷了！長腳這才收斂起心頭的得意，那隻手將盒子放了下來，卻按住了王琦瑤的頸項。他說：你再罵一聲！癟三！王琦瑤罵道。

長腳的兩隻大手圍攏了王琦瑤的頸脖，他想這頸脖是何等的細，只包著一層枯皮，真是令人作嘔得很！王琦瑤又掙扎著罵了聲癟三，他的手便又緊了一點。這時他看見了王琦瑤的臉，多麼醜陋和乾枯啊！頭髮也是乾的，髮根是灰白的，髮梢卻油黑油黑，看上去真滑稽。王琦瑤的嘴動著，卻聽不見聲音了。長腳只覺得不過癮，手上的力氣只使出了三分，那頸脖還不夠他一握的。心裡的歡悅又湧了上來，他將那雙手緊了又緊，那頸脖綿軟得沒有彈性。他有些遺憾地嘆了口氣，將她輕輕放下，鬆開了手。他連看她一眼的興趣都沒有，就轉身去研究那盒子，盒子上的雕花木紋看上去富有而且昂貴，是個好東西。他用螺絲刀不費力就撬掉了上面的掛鎖，打了開來。心裡不免有些失望，卻還不至一無所獲。他將東西取出，放進褲兜，褲兜就有些發沉。他想起方才王琦瑤關於指紋的話，就找一塊抹布將所有的家具抹了一遍。然後拉滅了電燈，輕輕地出了門。就這樣鬧了一大場，月亮僅不過移了一小點，還是兩三點。這真是人不知鬼不覺，誰知道這裡發生了什麼呢？

只有鴿子看見了。這是四十年前的鴿群的子息，牠們一代一代的永不中斷，繁衍至今，什麼都盡收眼底。他聽牠們咕咕噥噥叫著，人類的夜晚是牠們的夢魘。這城市有多少無頭案啊，嵌在兩點鐘和三點鐘之間，嵌在這些裂縫般的深長里弄之間，永無出頭之日。等到天亮，鴿群高飛，你看騰起的一剎那，其實是含有驚乍的表情。這些啞證人都血紅了雙眼，多少沉底的冤情包含在牠們心中。那鴿哨分明是哀號，只是因為天宇遼闊，聽起來才不至那麼刺耳，還有一些悠揚。牠們盤旋空中，從不遠去，是在向這老城市致哀。在新樓林立之間，這些老弄堂真好像一艘沉船，海水退去，露出殘骸。

王琦瑤眼瞼裡最後的景象，是那盞搖曳不止的電燈，長腳的長胳膊揮動了它們，它們就搖曳起來。這情景好像很熟悉，她極力想著。在那最後的一秒鐘裡，思緒迅速穿越時間隧道，眼前出現了四十年前的片廠。對了，就是片廠，一間三面牆的房間裡，有一張大床，一個女人橫陳床上，頭頂上也是一盞電燈，搖曳不停，在三面牆壁上投下水波般的光影。她這才明白，這床上的女人就是她自己，死於他殺。然後燈滅了，墮入黑暗。再有兩三個鐘點，鴿群就要起飛了。鴿子從牠們的巢裡彈射上天空時，在她的窗簾上掠過矯健的身影。對面盆裡的夾竹桃開花了，花草的又一季枯榮拉開了帷幕。

國家圖書館出版品預行編目（CIP）資料

長恨歌/王安憶著. -- 四版. -- 臺北市：麥田出版：英屬蓋曼群島商家庭傳媒股份有限公司城邦分公司發行, 2024.10
面；　公分. --（王安憶經典作品集；4）

ISBN 978-626-310-749-6 (平裝)

857.7　　113012308

王安憶經典作品集4

長恨歌（新藏版）

作　　者　王安憶
責任編輯　林秀梅　張桓瑋

版　　權　吳玲緯　楊　靜
行　　銷　闕志勳　吳宇軒　余一霞
業　　務　李再星　李振東　陳美燕
副總編輯　林秀梅
編輯總監　劉麗真
事業群總經理　謝至平
發 行 人　何飛鵬
出　　版　麥田出版
台北市南港區昆陽街16號4樓
電話：886-2-25000888　傳真：886-2-25001951
發　　行　英屬蓋曼群島商家庭傳媒股份有限公司城邦分公司
台北市南港區昆陽街16號8樓
客服專線：02-25007718；25007719
24小時傳真專線：02-25001990；25001991
服務時間：週一至週五上午09:30-12:00；下午13:30-17:00
劃撥帳號：19863813　戶名：書虫股份有限公司
讀者服務信箱：service@readingclub.com.tw
城邦網址：http://www.cite.com.tw
麥田部落格：http://ryefield.pixnet.net/blog
麥田出版Facebook：https://www.facebook.com/RyeField.Cite/
香港發行所　城邦（香港）出版集團有限公司
香港九龍九龍城土瓜灣道86號順聯工業大廈6樓A室
電話：852-25086231　傳真：852-25789337
電子信箱：hkcite@biznetvigator.com
馬新發行所　城邦（馬新）出版集團
Cite（M）Sdn. Bhd.（458372U）
41, Jalan Radin Anum, Bandar Baru Seri Petaling,
57000 Kuala Lumpur, Malaysia.
電話：+6(03)-90563833　傳真：+6(03)-90576622
電子信箱：services@cite.my

設　　計　朱疋
排　　版　宸遠彩藝工作室
印　　刷　前進彩藝有限公司
2024年10月　四版
定價／520元
ISBN：978-626-310-749-6
9786263107656（EISBN）